HEYNE <

ELLA THOMPSON

OCEAN VIEW AVENUE

WO DEINE TRÄUME WAHR WERDEN

ROMAN

WILHELM HEYNE VERLAG
MÜNCHEN

FSC
www.fsc.org
MIX
Papier | Fördert gute Waldnutzung
FSC® C014496

Penguin Random House Verlagsgruppe FSC® N001967

Originalausgabe 02/2024

Redaktion: Diana Mantel
Umschlaggestaltung: zero-media.net, München
unter Verwendung von Getty Images (Peter Unger),
FinePic®, München
Satz: satz-bau Leingärtner, Nabburg
Druck und Bindung: GGP Media GmbH, Pößneck
Printed in Germany
ISBN: 978-3-453-42771-6

Hope

PROLOG

VOR ZEHN JAHREN

Hazelton, Kansas, war noch nie ein besonders einladender Ort gewesen. Doch in dieser Nacht war er an Hoffnungslosigkeit nicht zu überbieten. Trostlos und grau hatte sich die Dämmerung über die weiten Felder gelegt, die sich in endlosen Bögen bis zum Horizont erstreckten – und weit darüber hinaus.

Harper McNally schloss für einen Moment die Augen und wartete darauf, dass sich ihr wild schlagendes Herz beruhigte. Stattdessen nahm der Rhythmus, in dem es gegen ihre Rippen hämmerte, immer weiter zu. Doch ihr blieb keine Zeit mehr. Ein Blick auf ihr Handy verriet ihr, dass sie keine Sekunde länger warten konnte. Sie schulterte ihren Rucksack und hängte sich die Tasche mit ihrem alten, batterieschwachen Laptop um. Auf Zehenspitzen schlich sie aus ihrem Zimmer, löschte das Licht und zog in Zeitlupe die Tür in dem Wissen ins Schloss, dass sie vielleicht nie wieder hierher zurückkehren würde.

Ihre Finger klammerten sich um das Treppengeländer, das die Hände ihrer Familie über Jahrzehnte hinweg glatt geschliffen hatten. Neben ihr hingen die verstaubten Bilderrahmen, die sie und ihre Schwester bei ihren Purity Balls zeigten. In weißen gerüschten Kleidern, mit hübschen Hochsteckfrisuren, die so gar nicht zu ihren Kindergesichtern passen wollten. Neben sich ihren triumphierend blickenden Vater in seinem geliehenen Smoking. Harper hielt sich an der Wand, um auf dem Weg ins Erdgeschoss so wenig Geräusche wie möglich auf dem altersschwachen Holz zu verursachen. Machte einen großen Schritt über die Stufe, die am lautesten knarrte.

Benji stand am Fuß der Treppe und sah ihr winselnd entgegen. Harpers Herz zog sich zusammen. Zwölf Jahre hatte der Golden Retriever sie durch ihr Leben begleitet. Aber sie würde sich von ihm verabschieden müssen – so wie sie sich auch vom Rest verabschieden musste.

Als sie das Erdgeschoss erreichte, klebte ihr Hoodie an ihrem Rücken. Schweiß kribbelte an ihrem Haaransatz. Für einen weiteren Moment hielt sie den Atem an. Der Fernseher im Wohnzimmer war laut genug, um Benjis Winseln zu schlucken. Harper spähte vorsichtig um die Ecke und sah die Füße ihres Vaters, auf seinem Fernsehsessel hochgelegt. Er war eingeschlafen. Wie immer um diese Uhrzeit.

Harper kniete sich hin und legte dem Hund die Hände um den Nacken. »Pass gut auf dich auf«, flüsterte sie, bevor sie sich wieder aufrichtete und die Träne, die sie nicht hatte zurückhalten können, von ihrer Wange wischte. Dankbar, dass ihr Vater die Angeln der Haustür erst vor ein paar Tagen geölt hatte, zog sie sie auf und schob sich langsam durch den Spalt der Fliegengittertür. Benjis Winseln wurde lauter, und sie hielt abermals den Atem an, aber der Hund bellte nicht. Ihr Vater schlief weiter.

So schnell es die Dunkelheit zuließ, lief sie auf die Rückseite des Ranchhauses und kroch zwischen die Büsche. Ihr

Herzschlag hatte gerade erst begonnen, sich zu beruhigen, als das Fenster im Zimmer ihrer Schwester Brooke hochgeschoben wurde und eine Reisetasche mit einem leisen Plopp auf dem sonnenharten Boden aufschlug. Brooke setzte sich aufs Fensterbrett, hangelte sich zum Rosenspalier hinüber und kletterte so behände hinunter, dass Harper gar nicht daran denken wollte, wie oft sie sich schon auf diese Weise aus dem Haus geschlichen hatte. Harper hätte sich nie auf diese wacklige Rankhilfe getraut, selbst wenn ihr jemals der Sinn danach gestanden hätte, nachts unbemerkt ihr Zuhause zu verlassen. Nicht einmal heute hatte sie sich selbst davon überzeugen können. Es gab nur eine Sache, der sie sich sicher gewesen war: Brooke würde abhauen. So schnell wie möglich. Und Harper würde für sie da sein. So wie sie es ihr ganzes bisheriges Leben gewesen war. So wie ihre Mutter es sich wünschen würde.

Sie wartete, bis Brooke unten ankam und ihre Tasche schulterte, bevor sie sich zwischen den Büschen erhob.

»Harp!« Ihre Schwester gab einen erschrockenen Laut von sich. »Was um Himmels willen tust du hier?«, zischte sie.

Selbst in dem schwachen Licht, das aus dem Wohnzimmer des Ranchhauses nach draußen strahlte, konnte Harper das zugeschwollene Auge ihrer Schwester sehen. Die dunklen Schatten der Blutergüsse auf ihrer Wange. Sie griff nach Brookes Hand und drückte sie. »Ich lass dich nicht allein gehen«, flüsterte sie. Brooke war der wichtigste Mensch in ihrem Leben. »Ohne dich bleibe ich nicht hier.«

1

JETZT

Harper erwachte im Morgengrauen. Einen Augenblick blieb sie liegen und lauschte auf die Stille. Im McNally-Haus war es oft laut. Auf eine fröhliche, ausgelassene Art. Ruhige Augenblicke waren selten, aber Harper liebte das Chaos, die Lautstärke. Kraft schöpfte sie jedoch aus den stillen Momenten – die nichts Bedrohliches an sich hatten, sondern Glück und Zufriedenheit ausstrahlten. Besonders an einem Tag wie diesem.

Sie schob die Decke zur Seite und stand auf. Barfuß ging sie ins Erdgeschoss hinunter. Der Holzboden unter ihren Füßen war so kalt, dass sich ihre Zehen krümmten, aber der Kaffee war schon durchgelaufen und verbreitete seinen behaglichen Duft im Haus. Neben der Maschine auf dem Küchentresen stand bereits ihre Lieblingstasse, die über und über mit bunten Blumen bedruckt war und in die die gute Kaffeefee bereits einen Schluck Milch gekippt hatte. Sie goss sich Kaffee ein und inhalierte das Aroma, das bereits half, ihre Sinne zu schärfen. Dann schlüpfte sie in ihre Crocs, zog den Hoodie über, den sie am vergangenen Abend über die Sofalehne gehängt hatte, und trat aus dem Haus.

Vorsichtig schloss sie die Tür hinter sich und blieb einen Moment auf der kleinen Veranda stehen. Sie atmete die kalte, salzige Luft tief ein und ließ den Blick über die Blumenkästen schweifen, die ihre Schwester erst vor ein paar Tagen mit Taglilien, Tulpen, italienischem Lungenkraut und Narzissen bepflanzt hatte, die sich dem rauen Küstenfrühling ebenso störrisch entgegenreckten wie Brooke den Herausforderungen des Lebens.

Harper nippte an ihrem Kaffee und betrachtete den wolkenlosen Himmel, das einzelne Fischerboot, das lautlos am Horizont entlangtuckerte, und die Küstenlinie Newports dahinter. Ihr Hund Lucky raste glücklich über den menschenleeren Strand und jagte Möwen. Doch Harpers Blick blieb an der einsamen Gestalt hängen, die am Wasser stand und in die Ferne sah. In Crocs, Pyjamahosen und einem Hoodie, wie sie selbst.

Den Kaffee in der Hand, stieg Harper die drei Stufen von der Veranda hinunter, durchquerte den schmalen Vorgarten und ging über die Strandpromenade, die ihr Zuhause von der Narragansett Bay trennte, auf den breiten Sandstreifen. »Hey«, sagte sie leise, als sie neben Brooke trat, die so nah am Wasser stand, dass die sanften Wellen nur Zentimeter vor ihren Füßen ausrollten.

»Hey.« Ihre Schwester warf ihr einen Seitenblick zu, der Harper völlig ausreichte, um sie zu lesen. Und um zu wissen, was in ihr vorging. Brooke fühlte sich genauso wie sie selbst. Aufgewühlt und unruhig, wie sie es am Morgen dieses Jahrestages schon immer gewesen waren.

Im Laufe der nächsten Stunden würde sich das ändern. Am Abend würden sie lachen, feiern und dankbar sein. Aber im Morgengrauen fühlte sich Harper wie eine Betrügerin. Eine Hochstaplerin, die das Leben, in das sie gerutscht war, gar nicht verdient hatte. Mit so viel Glück. Mit so vielen freundlichen, hilfsbereiten Menschen, die ihnen über die Jahre unter die Arme gegriffen hatten.

Lucky kam angerannt und warf ihnen seinen leuchtend roten Ball vor die Füße. Mit einer Miene, in der ein breites Hundegrinsen prangte, sah er zu ihnen auf. Brooke bückte sich nach dem Ball. »Ich fühle mich, als ob gleich jemand um die Ecke kommt und sagt: Ätsch! Das war alles nur eine Show! Das ist nicht euer Haus. Das ist nicht euer Leben. Verschwindet zurück nach Kansas, wo ihr hingehört.« Sie schleuderte den Ball im hohen Bogen davon, und Lucky rannte ihm mit einem begeisterten Bellen nach.

Harper warf einen Blick zu ihrem hübschen kleinen Haus zurück und seufzte. Dann legte sie ihrer Schwester den Arm um die Schultern. »Ich weiß genau, was du meinst«, sagte sie leise. »Aber wenn es tatsächlich jemand wagen sollte, um die Ecke zu kommen und uns nach Kansas zurückschicken zu wollen, würden wir kämpfen. Wie wir es schon immer getan haben.«

Brooke lehnte ihren Kopf an Harpers Schulter. »Zehn Jahre. Ich kann es noch gar nicht glauben, dass wir schon so lange hier sind. Und ich bin so glücklich, dass wir unseren Platz ausgerechnet auf dieser Insel gefunden haben. Und ein Zuhause für Reeva.«

»Den besten Platz, den man sich wünschen kann«, stimmte Harper ihr leise zu, als die Sonne sich über das Wasser erhob, das um diese Tageszeit wie ein blank polierter Spiegel vor ihnen lag. Erste sanfte Lichtstrahlen tauchten die Pell Bridge, die die Bucht zwischen Jamestown und Newport überspannte, in zarte Rosa- und Orangetöne. Die Schwestern standen nebeneinander und sahen dem friedlichen, stillen Schauspiel zu, teilten sich den Kaffee, den Harper mitgebracht hatte, und warfen noch ein paarmal den Ball für Lucky.

»Na komm«, sagte Brooke schließlich. »Reeva hat beschlossen, uns zur Feier des Tages Frühstück zu machen. Das sollten wir lieber nicht unbeaufsichtigt lassen.«

Harper lachte leise. »Erst einmal müssen wir sie aus dem Bett bekommen.«

Zurück im Haus wischten sie Lucky den Sand aus dem Fell und von den Pfoten. Dann machte sich Brooke auf den Weg, um Reeva davon zu überzeugen, das Bett zu verlassen. Schließlich hatte sie groß angekündigt, das Frühstück zuzubereiten. Harper zog sich in ihr Zimmer zurück, um zu duschen und sich für ihren Arbeitstag anzuziehen. Sie hatte nicht vor, ihre Nichte bei den Frühstücksvorbereitungen zu stören. Ihr in die Quere zu kommen, während sie sich in der Küche austobte, war keine gute Idee. Mit ihren neun Jahren war Reeva keine besonders talentierte Köchin, dafür aber äußerst entschlossen – und in der Lage, den Raum innerhalb von Minuten ins Chaos zu stürzen.

Stattdessen setzte sich Harper in ihren Lesesessel vor dem Bücherregal, das Brooke aus leeren Weinkisten für sie gebaut hatte und das sich über die gesamte Wand erstreckte, und überflog auf dem Handy ihre Mails. Erst der Duft nach Pfannkuchen und gebratenem Speck lockte sie aus ihrem Zimmer.

Reeva stand in die viel zu große Schürze ihrer Mutter gewickelt am Herd und buk Pfannkuchen. Zumindest mit dem Anteil des Teigs, den sie nicht auf die Arbeitsplatte gekleckert hatte, während Brooke den Frühstückstisch deckte. Beide blickten auf, als sie Harper auf der Treppe bemerkten, rümpften die Nasen und stießen dann einen Seufzer aus, der sie selbst dann eindeutig als Mutter und Tochter identifizierte, wenn man die äußerlichen Ähnlichkeiten übersehen hätte.

Harper setzte ein Lächeln auf und wappnete sich für das Gespräch, das vor ihr lag. Und das sie schon viel zu oft geführt hatte. Wobei sich Diskussionen dieser Art in der letzten Zeit zu häufen schienen.

Reeva ließ den Blick noch einmal über Harpers nicht besonders vorteilhaften grauen Hosenanzug von der Stange gleiten, für den sie sich an diesem Morgen entschieden hatte und der sich nicht besonders von den anderen Modellen in ihrem Schrank unterschied. »Deine ›Uniform‹ sieht echt uncool aus«, teilte sie ihr mit der Weisheit einer Neunjährigen mit.

Brooke legte Servietten mit Schneemännern, die aus der Winterzeit übrig geblieben waren, neben die Teller und schüttelte den Kopf. »Wann hörst du endlich auf, dich so zu verkleiden?«, fragte sie zum gefühlt tausendsten Mal.

»Das riecht fantastisch«, sagte Harper, ohne auf die Bemerkungen ihrer Schwester und Nichte einzugehen. Einzig Lucky hatte kein Problem mit ihrem Outfit – und ihrem Auftreten. Er riss seinen Blick, mit dem er versucht hatte, die Speckstreifen zu hypnotisieren, vom Küchentresen los und kam zu ihr herüber, um sich ein paar Streicheleinheiten abzuholen.

Als sie sich wieder aufrichtete, kam Brooke mit einer frisch gefüllten Tasse Kaffee zu ihr herüber, drückte sie ihr in die Hand und umarmte sie. »Du weißt, dass wir das nicht sagen, um an dir herumzukritisieren, aber es ist wirklich an der Zeit, mit dieser Kostümierung aufzuhören.« Als sie sich wieder von Harper löste, strich sie ihr eine Haarsträhne hinter das Ohr, die es geschafft hatte, sich aus dem strengen Haarknoten zu lösen.

Harper zwang sich zu einem Lächeln. »Sicher«, sagte sie und schluckte. Natürlich hatte ihre Schwester recht. Auf ihre Art. Nach zehn Jahren bei Marshall Construction und fast eineinhalb Jahren als persönliche Assistentin von Blake Marshall könnte sie sich etwas anders kleiden. Anders auftreten. Aber auch wenn Brooke einen guten Job in der Schreinerei hatte und ihr eigenes Unternehmen Smells like Wood, in dem sie alte Möbel wieder auf Vordermann brachte, gut lief, war Harpers Job bei Marshall Construction schon immer ihre sichere Bank gewesen. Er hatte sie durch die Zeit rund um Reevas Geburt gebracht. Brooke den Highschool-Abschluss und diverse College-Kurse ermöglicht. Er zahlte ihre Krankenversicherung und half, den Ausbildungs-Fonds ihrer Nichte zu füllen. Wenn es dazu nötig war, in günstigen Kostümen von der Stange zur Arbeit zu gehen, die keine Details über ihren Körper verrieten, statt sich herauszuputzen, oder die Haare in strengen Knoten zu tragen und ihre Kontaktlinsen durch ein billiges Brillengestell zu ersetzen, dann würde sie das tun. Denn Blake Marshall bezahlte sie verdammt gut dafür, dass sie sein Leben organisierte und ansonsten unsichtbar war. Für die Kunden der Firma – und für ihn. Es war natürlich kein gesundes Arbeitsklima, ständig zu versuchen, nicht aufzufallen. Ganz besonders, wenn das eigene dumme Herz immer ein bisschen schneller schlug, wenn ihr Boss den Raum betrat. Die Umstände waren nicht optimal. Aber Harpers Schwester wusste genauso gut wie sie selbst, dass dieser Job die Basis für das wundervolle, sichere Leben war, das sie führten.

»Frühstück ist fertig«, riss Reeva sie aus ihren Gedanken. Sie balancierte die Pfannkuchen zum Esstisch, den Brooke wie die meisten anderen Möbel im Haus selbst geschreinert hatte und der aus einer längs aus einem dicken Walnussstamm gesägten Platte bestand, die noch immer die unebenen Kanten des einstigen Baumes aufwies. Reeva stellte den Teller ab und hüpfte noch einmal zur Kücheninsel zurück, um den gebratenen Speck zu holen. In ihrem Pyjama, der über und über mit bunten Einhörnern bedruckt war, und den vom Schlaf völlig zerzausten blonden Haaren, sah sie einfach wundervoll aus. Ein glückliches neunjähriges Mädchen. Stolz überflutete Harper wie eine Welle. Stolz, dass sie so ein fantastisches Mädchen großgezogen hatten.

Mit vor Aufregung geröteten Wangen wartete Reeva, bis Harper und Brooke sich gesetzt hatten. Dann platzte sie mit ihrem »Happy Hope Day!« heraus.

»Happy Hope Day«, erwiderten die Schwestern und mussten lachen.

»Auf uns«, ergänzte Brooke und hob ihre Kaffeetasse zum Toast.

»Los, probiert die Pancakes«, forderte Reeva sie auf und schob den Teller ein wenig weiter in die Mitte des Tisches.

Harper legte einen auf ihren Teller und goss Ahornsirup darüber, bevor sie ein Stück abschnitt und sich in den Mund schob. Hope – Hoffnung – war es gewesen, was sie empfunden hatten, als sie erst in Newport und später in Jamestown gestrandet waren. Ein Tag, der sich ziemlich nach Schicksal angefühlt hatte – und den sie seitdem feierten. »Die schmecken fantastisch. Vielen Dank, dass du Frühstück gemacht hast«, lobte Harper ihre Nichte und zog dann ihr Handy aus der Tasche, weil es den Signalton einer eingehenden Nachricht von sich gab.

»Nicht dein Ernst«, kommentierte Brooke und verdrehte,

genau wie Reeva, die Augen. »Handys haben am Frühstückstisch nichts verloren.«

»Ist das der Lord of Late Nights?«, wollte Harpers Nichte wissen. Sie benutzte den Spitznamen, den Brooke und sie Blake verpasst hatten, weil er Harper ihrer Meinung nach an den meisten Abenden viel zu lange in seiner Firma versklavte. »Was will er denn?«

»Hmm.« Harper überflog die kurze Nachricht. Blake Marshall brauchte die Edge on Hudson-Unterlagen sofort, wenn er in einer Stunde ins Büro kam. Was bedeutete, dass sie in einer halben Stunde in der Firma sein musste, um alles herauszusuchen, damit sie es ihm pünktlich auf den Schreibtisch legen konnte. »Mist«, murmelte sie und schlang in Rekordgeschwindigkeit den Rest ihres Pancakes hinunter. »Ich muss leider los und noch ein paar Dinge erledigen.«

Brooke runzelte die Stirn. »Der Lord of Late Nights beordert dich in die Firma?«

»Tut mir wirklich leid«, murmelte Harper, als sie sich erhob, um ihren Teller in die Spülmaschine zu stellen.

»Wie lange soll das noch so weitergehen?«, hörte sie ihre Schwester in ihrem Rücken sagen. »Du springst, wenn dieser Kerl mit dem Finger schnippt. Und du ziehst diese albernen Klamotten an.« Sie wies mit der Kaffeetasse in der Hand auf Harpers schlecht sitzende Kostümjacke, als sie sich wieder umdrehte. »Nicht einmal an unserem Hope Day lässt er dich morgens in Ruhe.«

»Er konnte ja nicht wissen, dass wir heute gemütlich zusammen frühstücken wollten«, verteidigte Harper ihren Boss ganz automatisch. Wie sie es ihrer Familie gegenüber seit Jahren tat.

»Und warum ist das so?« Jetzt stand auch Brooke auf. »Weil er nichts über dich weiß. Weil er dich nicht einmal wahrnimmt. Weil du mit der Wand verschmilzt, während du ihn heimlich anhimmelst.«

Harper erstarrte. Ihr Blick glitt von der Falte zwischen den Brauen ihrer Schwester zum neugierigen Blick, mit dem ihre Nichte zwischen ihnen hin und her sah. Sie spürte, wie Hitze an ihrem Hals nach oben kroch und in ihre Wangen stieg.

Brooke hob die Hände in einer entschuldigenden Geste, legte den Kopf in den Nacken und atmete langsam aus. »Entschuldige. Das war gemein«, sagte sie, als sie die Hände wieder senkte und Harper in eine feste Umarmung zog. »Ich wünsche mir einfach nur, dass du endlich darüber nachdenkst, diesen Kerl hinter dir zu lassen. Einen Mann, der dich nicht einmal wahrnimmt, obwohl er ohne dich gar nicht lebensfähig scheint.«

»Er ist lebensfähig«, murmelte Harper in den Stoff des Hoodies, den ihre Schwester trug. Und dafür, dass er sie nicht wahrnahm, war Harper selbst verantwortlich. »Es ist nun mal meine Pflicht als seine persönliche Assistentin, seinen Alltag zu organisieren.«

Brooke ließ Harper wieder los. »Aber du weißt, dass du diesen Job nicht länger machen musst«, begann sie mit der alten Leier.

Harper schüttelte den Kopf. Brooke hatte ihr in den letzten Monaten in den Ohren gelegen, endlich zu kündigen, weil sie ihr Job und der Mann, für den sie arbeitete, nicht glücklich machten. Aber sie war noch nicht bereit gewesen, sich das selbst einzugestehen. Sie hatten die Gehaltsschecks so viele Jahre lang gebraucht, sich von Lohnauszahlung zu Lohnauszahlung gehangelt.

»Wir brauchen das nicht mehr«, erinnerte Brooke sie daran, dass sie nicht mehr allein für die Sicherheit ihrer kleinen Familie verantwortlich war.

Aber es war eben schwer, die Verantwortung und die Sorge um seine Liebsten einfach so zur Seite zu schieben.

»Ich habe meine Assistentin schon gebeten, mir die Edge on Hudson-Unterlagen rauszusuchen.« Blake Marshall klemmte sich das Handy zwischen Ohr und Schulter und richtete seinen Krawattenknoten mit einem kritischen Blick in den bodentiefen Spiegel in seinem Bad. »Sobald ich im Büro bin, gehe ich die Liste durch, die der Bauinspektor geschickt hat. Aber ich erwarte nicht, dass es Probleme gibt.« Er nahm das Handy wieder in die Hand, verließ das Bad und griff nach dem inzwischen nur noch lauwarmen Kaffeebecher auf dem Küchentresen.

»Ich habe keine Ahnung, warum die ufernahen Terrassen plötzlich falsche Maße haben sollen«, schimpfte Ian, sein Projektleiter in Sleepy Hollow.

»Wer weiß, was für eine Laus dem Inspektor über die Leber gelaufen ist. Die Abmessungen sind absolut korrekt.« Blake trank einen Schluck Kaffee, verzog das Gesicht und kippte den Rest in den Ausguss. »Danke, dass du mir Bescheid gegeben hast, Ian. Ich werde mich sofort darum kümmern«, versprach er.

Blake verabschiedete sich und beendete das Gespräch. Er zog seine Anzugjacke an und schob sein Handy in die Messenger Bag, die zwar nicht zu seinem Outfit passte, auf die er aber trotzdem nicht verzichtete. Im Laufe des Morgens hatte er bereits fünf Meilen auf seinem Laufband zurückgelegt, die Online-Ausgabe der *New York Times* gelesen, einen Smoothie hinuntergewürgt und den größten Teil seiner Mails gelesen. Einen Moment dachte er darüber nach, sich einen frischen Kaffee aufzubrühen, aber ein Blick auf seine Uhr sagte ihm, dass es höchste Zeit war, sich auf den Weg zu machen. Also hängte er sich die Tasche über die Schulter und zog die Tür seines Lofts hinter sich zu.

Auf dem kurzen Fußweg in das große Backsteingebäude am Hafen, das den Firmensitz von Marshall Construction beherbergte, führte Blake weitere Telefonate, erteilte Aufträge und machte sich gedankliche Notizen, die er an seine Assistentin weitergeben würde, sobald er im Büro war. Er hätte gern die morgendliche Kühle genossen, durch die die ersten warmen Sonnenstrahlen schnitten. Das Meer aus Narzissen, das die Stadt in jedem Frühjahr überschwemmte. Das Kreischen der hungrigen Möwen und die auf dem Wasser schaukelnden Fischerboote. Aber statt sich auf eine der Bänke an der Uferpromenade zu setzen und für einen Moment durchzuatmen, nahm er bereits das nächste Telefonat an. Trotzdem konnte er sich einen sehnsüchtigen Blick in Richtung der Segelboote, die in der Bucht ankerten, nicht verkneifen. Es wurde höchste Zeit, dass er sich ein Wochenende Zeit nahm und mit seinen Kumpels auf einen Törn ging. Zum ersten Mal nach dem Winter unter der Pell Bridge hindurchfahren, die Newport mit Jamestown verband, die Segel zu setzen und auf den Atlantik hinauszugleiten. Er musste unbedingt daran denken, Harper zu bitten, ihm im Kalender ein paar Tage freizuschaufeln und den Trip mit seinen Kumpels zu organisieren.

Der Firmensitz von Marshall Construction befand sich in einem alten Warenhaus mit riesigen, für die Stadt typischen

Bogenfenstern, in dem im neunzehnten Jahrhundert Schätze gelagert worden waren, bevor sie ihren Weg aus Rhode Island über den Ozean nach Europa gefunden hatten. Blakes Großvater hatte es vor über siebzig Jahren gekauft und zum Herzen des Familienunternehmens gemacht. Blake mochte sein helles, modernes Büro in Providence. Aber dieses Gebäude, in dem er praktisch aufgewachsen war und wo er das Geschäft des Bauunternehmers von der Pike auf gelernt hatte, hatte sich schon immer wie der Ort angefühlt, an den er gehörte. Er nickte einem der Buchhalter zu, der sein Fahrrad neben dem Gebäude anschloss, bevor dieser gleich in einem der oberen Stockwerke verschwinden würde, und lächelte der Empfangsdame Nancy zu, die gerade ein Telefonat entgegennahm und die Lippen zu einem tonlosen *Hallo* formte.

Seine Schritte klackten auf den alten Fliesen im Schachbrettmuster, die den Boden des Foyers bedeckten. Vorbei an dem Firmenlogo, das ein regionaler Künstler direkt auf die Wand gemalt hatte.

»Morgen«, grüßte er seine Assistentin, die wie immer an ihrem Arbeitsplatz vor seinem Büro saß, im Vorbeigehen, und warf einen Blick auf die nächste E-Mail, die auf seinem Handy aufploppte. Dieses Bauprojekt in Sleepy Hollow und dieser verdammte Bauinspektor gingen ihm langsam aber sicher gewaltig auf die Nerven.

»Guten Morgen, Blake«, hörte er Harper antworten. Er zog die Tür seines Büros hinter sich zu und griff nach dem Kaffee, der auf seinem Schreibtisch stand, wie jeden Morgen. Noch bevor er seine Messenger Bag abnahm, trank er den ersten, heißen Schluck und biss in einen der beiden Oreos, die ebenfalls jeden Morgen auf der Untertasse lagen. Harper legte sie dorthin, weil sie seine Lieblingskekse waren. Und weil ihr Zucker den nicht besonders geschmackvollen morgendlichen grünen Smoothie wenigstens ein bisschen ausglich.

Er warf sein Handy auf die gläserne Schreibtischoberfläche, hängte seine Tasche an den Kleiderhaken hinter der Tür und sein Jackett daneben. Dann ließ er sich auf seinen Schreibtischsessel fallen und griff nach den Unterlagen, die Harper für ihn bereitgelegt hatte. In der richtigen Reihenfolge. So wie er es mochte.

Sein Büro lag im hinteren Teil des Gebäudes. Große Fenster in den rauen Ziegelwänden ließen den Raum hell wirken und erlaubten ihm, den Blick über das gleiche Hafenpanorama schweifen zu lassen, das ihn auch auf seinem Weg hierher begleitet hatte. Von seinem Schreibtisch aus konnte er die Boote mit ihren aufgestapelten Hummerfallen auslaufen sehen, erblickte die Autos, die über den hohen Bogen der Brücke huschten. Blake atmete tief durch, trank noch einen Schluck Kaffee und wandte seine Aufmerksamkeit dann weg von der Aussicht den Problemen des Edge on Hudson-Projekts zu.

Erst ein Klopfen an der Tür ließ ihn wieder aufblicken. »Ja, bitte«, rief er.

Harper öffnete die Tür, blieb aber auf der Schwelle stehen. »Ihr Vater hatte heute Morgen seinen Check-up beim Kardiologen«, erinnerte sie Blake an den Termin. Er warf einen Blick auf die Uhr seines Computerbildschirms. Es war schon fast Mittag. Der Vormittag war an ihm vorbeigeglitten, ohne dass er es gemerkt hatte. »Soll ich Sie mit Ihrer Mutter verbinden?«, wollte seine Assistentin wissen.

»Ja, Harper, machen Sie das.« Dankbar, sich blind auf sie verlassen zu können, lehnte er sich in seinem Schreibtischsessel zurück, während sie nickte, einen Schritt zurücktrat und die Tür leise schloss. In den eineinhalb Jahren, die Harper für ihn arbeitete, hatte sie Blake noch nie enttäuscht. Und auch wenn er sich im ersten Moment gegen den Gedanken einer Assistentin gewehrt hatte, war er inzwischen verdammt dankbar dafür. Der Herzinfarkt, der seinen Vater (und damit natürlich auch den Rest der Familie) völlig unerwartet getroffen und daran erinnert hatte, wie endlich das Leben sein konnte, hatte Spuren hinterlassen. Und jede Menge Verantwortung auf Blakes Schultern geladen. Verantwortung, der er unbedingt gerecht werden wollte. Die aber manchmal dafür sorgte, dass er die Details aus den Augen verlor, die an die Peripherie seiner Gedanken rutschten. Harper hatte glücklicherweise immer alles im Blick.

Sein Telefon gab das Signal von sich, dass seine Assistentin die Verbindung zu seiner Mutter hergestellt hatte. »Hi, Mom«, sagte er, als er abgehoben hatte. »Wie geht es Dad?«

2

VOR ZEHN JAHREN

Harpers Herz hämmerte so hart und schnell gegen ihren Brustkorb, dass sie befürchtete, es würde demnächst ihre Rippen zertrümmern. Sie versuchte, tief durchzuatmen, als sie ihren Blick über das alte Backsteingebäude an der America's Cup Avenue schweifen ließ, in dessen riesigen Bogenfenstern sich die helle Mittagssonne spiegelte, brachte aber nur ein atemloses Japsen zustande. Wenn sie es nicht bald schaffte, ihre Angst und Nervosität unter Kontrolle zu bringen, würde sie ohnmächtig werden. Hier draußen. Auf dem Gehweg. Neben den Narzissen, die hier überall blühten. Inmitten der Touristen, die an Newports Hafen entlangschlenderten, bevor sie zu einer der Austern-Happy-Hours in ein Restaurant oder eine Bar einfallen würden. Ohne Sauerstoff in ihren Lungen würde sie einfach umkippen. Ohne den Job zu bekommen. Das durfte sie nicht zulassen. Sie brauchte diese Arbeit. Viel zu sehr, um sich auch nur irgendeine Emotion zu erlauben. Langsam senkte sie den Blick auf den gepflasterten Gehweg und machte den ersten Schritt in Richtung des Firmengebäudes von Marshall Construction.

Das Jackett ihres Hosenanzuges zwickte unter den Armen. Er war etwas zu klein. Oder sie zu fett, wie ihr Vater sie hin und wieder hatte wissen lassen, wenn er sie überhaupt einmal wahrgenommen hatte. Denn eines hatte sie in den sieben Jahren seit dem Tod ihrer Mutter perfektioniert: sich unsichtbar zu machen. Und das, obwohl sie mit ihrer großen, zu kräftigen Statur, den braunen Haaren und Augen wie eine Kopie ihres Vaters aussah. Harper achtete darauf, nie aufzufallen. Sie war ruhig, effizient und es gewohnt, sich im Hintergrund zu halten. Denn das war schon immer das beste Mittel gewesen, sich vor Charles McNallys Wutausbrüchen zu schützen. Wer unsichtbar war, konnte nicht angebrüllt oder geschlagen werden.

Aber das hier war anders. Die Zeitarbeitsfirma, bei der sich Harper beworben hatte, hatte ein Vorstellungsgespräch für einen Buchhalterjob für sie arrangiert. Wenn Marshall Construction sie einstellte, hätten Brooke und sie Geld für Lebensmittel. Vor allem Harpers Schwester musste endlich vernünftig essen. Sie mussten die Ultraschalluntersuchungen bezahlen. Vitamine und Nahrungsergänzungsmittel kaufen. Und sie brauchten, verdammt noch mal, eine bessere Wohnung als das Rattenloch, in dem sie zurzeit hausten. Eine Wohnung, in der ein Baby aufwachsen konnte.

Harper schob die große, schwere Eingangstür des Gebäudes auf. Sie hatte sich um ein professionelles Auftreten bemüht. Ihr nicht besonders schönes Brillengestell ließ sich nicht ändern, aber ihre Haare hatte sie zu einem strengen Knoten zusammengefasst, der hoffentlich ebenso professionell wirkte. Der Hosenanzug hatte sie im Thrift Store nur drei ihrer letzten wertvollen Dollar gekostet, und er saß nicht perfekt. Aber sie hatte es zumindest versucht.

Harpers Blick glitt über das wunderschöne Schachbrettmuster des Bodens in der Eingangshalle. Sie hob den Blick und betrachtete für einen Moment ein Wandbild, das wie ein Firmenwappen aussah: Eine der typischen Newport-Mansions, vor der ein Mann stand, der den linken Stiefel auf das Blatt eines Spatens gestellt hatte und in der rechten Hand einen Hammer hielt. Ohne den Blick von dem Bild abzuwenden, das ein Indiz dafür war, wie lange es diese Firma schon gab und an was für Palästen die Marshalls mitgebaut hatten, wandte sie sich in Richtung des Empfangstresens – und prallte gegen ein Hindernis.

Oder besser gesagt: einen Mann. Einen, der sich sofort bückte, um die Bewerbungsunterlagen aufzuheben, die sie vor Schreck hatte fallen lassen, noch bevor sie selbst sich hinknien konnte, um sie einzusammeln.

Lächelnd richtete er sich mit Harpers Mappe und den Blättern, die herausgefallen waren, wieder auf. »Miss McNally«, grüßte er sie mit einem Blick auf den Namen auf ihrem Lebenslauf in seiner Hand. Eine dunkle Locke fiel ihm in die Stirn, und sein Lächeln wurde noch eine Spur breiter – und ein ganzer Schwarm Schmetterlinge setzte in Harpers Bauch zum Line Dance an.

Sie streckte die linke Hand nach ihrer Bewerbungsmappe aus und presste die rechte auf ihren verrücktspielenden Magen. Was passierte hier gerade? Drehte sie durch vor Aufregung wegen ihrer Bewerbung?

»Viel Glück für Ihr Vorstellungsgespräch«, sagte er freundlich, schenkte ihr noch einmal dieses umwerfende Lächeln und wandte sich zum Gehen.

Harper sah ihm nach, bis er mit wenigen langen Schritten die Eingangstür erreichte, sie aufschob und in der Mittagssonne verschwand. Sein Verhalten war nichts anderes gewesen als eine respektvolle, höfliche Geste. Nichts, was sie gewohnt war. Trotzdem … ihre Reaktion war völlig unangemessen. Sie hatte sich nicht einmal für ihre Ungeschicklichkeit entschuldigt oder sich für das Aufheben ihrer Bewerbung bedankt. Stattdessen hatte sie stumm auf die Muskeln gestarrt, die sich unter den Ärmeln seines Poloshirts mit dem Firmenlogo wölbten. Auf seinen Hintern in diesen abgetragenen Jeans. Auf diese Locke. Und … dieses Lächeln, von dem ihr ganz schwindlig wurde. Selbst jetzt noch, wo sie längst wieder allein im Foyer stand. Nur beobachtet von der Empfangsdame hinter ihrem Tresen.

Mit wackligen Knien setzte Harper sich wieder in Bewegung. Sie war hier, um sich einen Job zu angeln. Damit Brooke und sie eine Zukunft hatten. Aber die Gefühle, die in diesem Moment begannen, sich in ihr einzunisten, das Kribbeln ihrer Haut, wo seine Finger ihre berührt hatten, und die Hitze, die ihr in die Wangen stieg, all das kannte sie nur aus den Romanen, die sie ständig las. Reaktionen, von denen sie nicht gedacht hätte, dass sie auch in der realen Welt existierten.

Harper McNally hatte noch nie einen Grund gehabt, sich über die Liebe auf den ersten Blick Gedanken zu machen. Und doch war sie offenbar gerade von ihr erwischt worden. Auf dem Weg zum wichtigsten Vorstellungsgespräch ihres Lebens. »Danke Cupido«, murmelte sie, bevor sie sich zu einem freundlichen, offenen Lächeln zwang, das hoffentlich von ihren feuerroten Wangen ablenkte.

Zwei Tage später erfuhr Harper, dass sie den Job bekommen hatte. Brooke und sie konnten dadurch über ein bescheidenes, aber regelmäßiges Einkommen verfügen, und Harpers Schwester konnte aufhören, zehn Stunden am Tag bei Walmart Einkaufstüten zu packen.

Darüber hinaus begriff Harper in den nächsten Tagen, dass Liebe einen ganz schwindlig machen konnte. Und dass es furchtbar schmerzte, wenn einem das Herz brach. Denn als sie zu arbeiten begann, fand sie schnell heraus, dass der attraktive, nette Fremde aus dem Foyer niemand Geringeres als Blake Marshall war. Der Juniorchef, der irgendwann über das Bau-Imperium herrschen würde und der mit einer wunderschönen, schillernden Architektin namens Melody liiert war. Dem Büroklatsch zufolge würden die beiden sich bald verloben.

Blake Marshall war ein Mann, der sich maximal dazu eignete, ihn aus der Ferne anzuschmachten. Zu Harpers Erleichterung verbrachte er den größten Teil seiner Zeit in seinem Architekturbüro in Providence und ließ sich nur selten im Firmensitz in Newport blicken.

Aber jedes Mal, wenn Harper ihn in dem alten Backsteingebäude sah, schlug ihr Herz ein wenig schneller.

JETZT

Harper hatte sich im Ellie's in Providence häuslich eingerichtet und einen der Tische am Fenster in ihr mobiles Büro verwandelt. Sie liebte das Café im Stadtzentrum, das nach den alten Sepiafotografien an seinen Wänden früher einmal Amerikas großartigste Apotheke gewesen war. Nachmittags hatte sie Blake nach Providence begleitet, ihm in den Geschäftsräumen, die Marshall Construction hier unterhielt, bei einigen Meetings assistiert und sich anschließend mit ihrem Laptop ins Ellie's zurückgezogen, während er einige Geschäftspartner zum Essen traf. Zeit, die sie damit verbringen konnte, weitere Mails abzuarbeiten und Blakes Leben zu organisieren.

Ihr Handy vibrierte neben ihr lautlos auf dem Tisch. Harper warf einen Blick auf das Display und erkannte den Namen ihrer besten Freundin Naya. Mit einem »Hey« nahm sie das Gespräch an. »Was gibt's?«

»Das wollte ich dich fragen.« Naya klang, als sei sie zu Fuß unterwegs. »Brooke hat gesagt, dass du nach Providence gefahren bist. Ausgerechnet heute.«

Harper ließ den Blick über die weiß glänzenden Metrofliesen und die schwarzen Tafeln mit den Tagesangeboten des Cafés gleiten und bemühte sich, nicht die Augen zu verdrehen. Ihre Schwester und sie kamen aus dem Mittleren Westen. Sie wussten, was es bedeutete, große Entfernungen zurückzulegen. Deswegen musste sie sich immer das Lachen verkneifen, wenn Naya so tat, als wäre Providence eine halbe Weltreise von Newport und Jamestown entfernt. Dabei gab es im kleinsten Bundesstaat der USA überhaupt keine weiten Strecken. Von Providence würde sie nur eine halbe Stunde nach Hause brauchen.

»Du wirst doch heute Abend auf der Hope-Day-Party sein?«, hakte Naya nach, als Harper nicht gleich antwortete. »Oder hält der Lord of Late Nights dich wieder als Geisel?«

Nun verdrehte Harper doch die Augen. »Ihr sollt aufhören, Blake so zu nennen. Er ist mein Boss. Und natürlich werde ich da sein. Ich verpasse doch nicht das Fest, das ich mir selbst ausgedacht habe.« Sie meinte es so, wie sie es sagte, und doch machte sich das schlechte Gewissen in ihr breit. So sehr sie sich auch wünschte, mit ihren Freunden und Nachbarn auf diesen besonderen Tag anzustoßen, so sicher war sie sich, dass sie zumindest zu spät kommen würde. »Nur für den Fall, dass ich es nicht ganz pünktlich schaffen sollte, fangt ihr einfach schon mal ohne mich an. Und Ray soll mit seiner Rede bitte nicht auf mich warten.« Brookes Chef war ein begnadeter Schreiner und gerissener Pokerspieler. Aber seine Reden waren grauenvoll.

Naya lachte. »Du drückst dich doch nicht etwa?«

»Nein, natürlich nicht. Aber ich habe hier wirklich noch ein bisschen was zu tun.« Und vor allem musste sie warten, bis Blake so weit war. »Aber ich komme so schnell wie möglich. Versprochen.«

»Okay. Dann bis später.« Naya beendete das Gespräch, und Harper legte das Handy langsam auf den Tisch zurück.

Sie klappte den Laptop zu und betrachtete, statt weiterzuarbeiten, das bunte Treiben vor dem Providence Performing Arts Center auf der gegenüberliegenden Straßenseite. Harper hasste es, ihre Familie und ihre Freunde zu enttäuschen – und das Verhalten ihres Chefs machte sie auch nicht gerade glücklich. An diesem Morgen war er wieder an ihr vorbeigelaufen. Ihr Herz zog sich jedes Mal zusammen, wenn ihr bewusst wurde, dass er sie überhaupt nicht wahrnahm. Nicht ansah. Nicht *sah*. Sie wurde gut dafür bezahlt, unsichtbar zu sein. Als sie bei ihrem ersten Treffen vor zehn Jahren mit Blake zusammengestoßen war, hatte ein Blitz ihr Herz getroffen. Sie hatte sich wirklich Hals über Kopf in einen Fremden verliebt. Natürlich war dieses Gefühl im Laufe der Jahre verblasst, war einer harmlosen Schwärmerei für einen unerreichbaren Mann gewichen, die höchstens ihre Schwester dazu brachte, sie hin und wieder mit ihrer kleinen Schwäche für den Chef aufzuziehen. Doch als sie vor eineinhalb Jahren angefangen hatte, als Assistentin für Blake zu arbeiten, waren ihre Gefühle komplett durcheinandergewirbelt worden.

Nicht weil Blake ein attraktiver intelligenter Mann war. Sondern weil die Hingabe an seine Familie einfach … anbetungswürdig war. Er hatte so viel seines eigenen Lebens aufgegeben, um nach dem Herzinfarkt seines Vaters einzuspringen. Harper wusste, dass er einfach alles für seine Familie tun würde. Genau wie sie selbst. Die Liebe zu denen, die einem am nächsten standen, ließ sich mit nichts aufwiegen. Aber das schnelle Klopfen ihres Herzens, wenn sie ihn wieder einmal liebevoll mit seinem Vater sprechen hörte oder wenn er seiner Mutter irgendeine Pflicht abnahm, war schon lange nicht mehr vereinbar mit dem Gefühl, unsichtbar für ihn zu sein. Natürlich hatte sie sich das selbst eingebrockt. Dennoch war Blakes Nähe immer schwerer zu ertragen. Wenn sie die Lachfältchen in seinen Augen bei einem Telefonat mit seinem Neffen wahrnahm, während er einfach durch sie hindurchblickte.

Die Diskussion mit ihrer Schwester kam ihr wieder in den Sinn. Vielleicht hatte Brooke ja doch recht, und es wurde Zeit, sich nach einem neuen Job umzusehen. Sie wurde noch in diesem Jahr dreißig. Womöglich war es an der Zeit, ein neues Kapitel in ihrem Leben aufzuschlagen.

Harper klappte den Laptop wieder auf und rief eine Jobbörse auf, um sie nach Stellenangeboten für persönliche Assistentinnen oder sonst irgendetwas, das zu einem BWL-Abschluss passte, zu durchforsten.

Weit war sie noch nicht gekommen, als eine Nachricht von Blake auf ihrem Display aufploppte: *Können Sie einen Tisch für zwei im The Mooring für morgen Abend reservieren?*

Harper schloss die Augen und wartete, bis ihr Herz, das sich in einem solchen Moment immer schmerzhaft zusammenzog, normal weiterschlug. The Mooring war Blakes bevorzugtes Restaurant, um Frauen auszuführen. War er mit Lydia verabredet, die er den Winter über ein paarmal getroffen hatte? Oder hatte er bereits eine neue oberflächliche Affäre begonnen? Fragen, die ihr überhaupt nicht zustanden. *Selbstverständlich*, schrieb sie zurück und ballte ihre Hände zu Fäusten, als ihr bewusst wurde, dass ihre Finger zitterten. Dann wechselte sie wieder zur Jobbörse. Es war wirklich nicht richtig, für einen Mann zu arbeiten, sich jeden Tag zu verstellen und selbst dafür zu sorgen, dass er sie nicht wahrnahm und sich gleichzeitig mit Gefühlen herumzuschlagen, die in einer Arbeitsbeziehung nichts verloren hatten. Schon gar nicht, wenn sie den Chef betrafen.

Die Dunkelheit brach bereits über Newport herein, als Blake und Harper nach einem Besprechungsmarathon endlich in den Firmensitz zurückkehrten. Er hatte seiner Assistentin die ganze Fahrt über die Informationen und Ideen diktiert, die er aus dem Geschäftsessen mitgenommen hatte. Diese Besprechung hatte viel zu lange gedauert, aber sie war nützlich gewesen, und jetzt war er bei einigen Projekten einen Schritt weiter.

»Haben Sie die Reservierung im *Mooring* gemacht?«, fragte Blake, als er den Fuß vom Gas nahm und den Jaguar vor Marshall Construction ausrollen ließ.

»Selbstverständlich.« Harper klappte ihren Laptop zu, den sie auf ihren Knien balanciert hatte, um seine Gedanken zu notieren. »Neunzehn Uhr. Ein Tisch für zwei Personen.«

»Danke.« Blake wartete, bis sie ihren Sicherheitsgurt gelöst hatte und die Beifahrertür aufschob. »Bis morgen.«

»Ich wünsche Ihnen einen schönen Abend.« Sie warf die Tür hinter sich zu und ging auf das Gebäude zu, in dem um diese Uhrzeit nicht mehr viele Lichter brannten.

Blake wartete, bis Harper die Firma betrat, bevor er wieder anfuhr. Er wusste, dass sie jetzt noch alles, was vom heutigen Tage zu tun übrig geblieben war, erledigen und den nächsten Arbeitstag vorbereiten würde. Für einen Moment beschlich ihn das schlechte Gewissen, weil sie jetzt noch all diese Pflichten zu erfüllen hatte. Andererseits fuhr er jetzt zwar zu seinen Eltern, aber spätestens nach dem Familienessen, wenn er in seinem Loft zurück war, würde er sich ebenfalls wieder an seinen Schreibtisch setzen. Einen schönen Abend hätte er ihr trotzdem wünschen können. Er hatte es versäumt. Was unter anderem daran lag, dass seine Gedanken nicht nur mit der Firma, sondern auch von Lydia okkupiert waren. Seit Melody ihn vor eineinhalb Jahren verlassen hatte, stand ihm nicht mehr der Sinn nach ernsthaften Beziehungen. Schon gar nicht bei dem Arbeitspensum, das der Herzinfarkt seines Vaters für ihn mit sich gebracht hatte. Er hatte gedacht, diesen Punkt unmissverständlich klargemacht zu haben, bevor er etwas mit Lydia angefangen hatte. Doch nach ein paar unverbindlichen Treffen begann sie plötzlich zu klammern und ihn mit Nachrichten zu bombardieren. Grund genug, sie morgen ein letztes Mal auszuführen und die Beziehung zu beenden. Seiner Erfahrung nach musste man weniger damit rechnen, eine Szene gemacht zu bekommen, wenn man sich in einem solchen Moment in der Öffentlichkeit befand. Er hasste es, dass sie sich verletzt fühlen würde. Lydia war eine schöne und intelligente Gesellschaft gewesen. Humorvoll und sportlich. Aber er hatte ihr immer gesagt, dass er nicht auf der Suche nach einer festen Beziehung war. Jetzt wollte sie plötzlich doch mehr, und das würde er ihr nicht geben können.

Er lenkte seinen Wagen aus dem Stadtzentrum hinaus und die Bellevue Avenue hinunter, vorbei an all den prachtvollen Anwesen, die das Gilded Age – das goldene Zeitalter und den Reichtum vergangener Jahrhunderte – symbolisierten, und an denen auch Blakes Vorfahren mitgebaut hatten.

Verglichen mit diesen Prachtbauten wirkte das Haus, in dem er aufgewachsen war, schon fast gewöhnlich. Es stand am Ende der Avenue stolz über den Klippen. Weiß, mit einer beeindruckenden Veranda, umlaufenden Balkonen im ersten Stock, einem Erker an der Stirnseite und einer Terrasse im zweiten Stock, die einen Teil des Daches ersetzte. Ein riesiger Wintergarten hatte sich schon vor Jahrzehnten zum zwanglosen Familiensalon entwickelt, in dem meistens irgendein Marshall anzutreffen war.

Blake drückte die Fernbedienung für das schmiedeeiserne Tor, das lautlos aufschwang, und folgte der gewundenen Auffahrt. Die Lichter im Erdgeschoss des Hauses strahlten warm in die Nacht hinaus. Ein deutlicher Kontrast zum eisigen Wind, der an ihm riss, sobald er aus seinem Wagen gestiegen war. Ohne den Schutz der Bucht, in der das Stadtzentrum lag, tobten die Naturgewalten um ihn herum, und der Wind peitschte die Brandung gegen das Cliff unter ihm.

Mit schnellen Schritten lief Blake zum Haus hinüber. Seine Mutter öffnete die Tür bereits, bevor er sie erreicht hatte. Im hellen Licht hinter ihr konnte er ihre Gesichtszüge im ersten Moment nicht richtig erkennen, doch als er nah genug war, sah er das Lächeln und den entspannten Ausdruck in ihren Augen. Sie hatte ihn also am Telefon nicht beruhigen wollen: Die Untersuchung seines Vaters war tatsächlich gut verlaufen. Zum ersten Mal an diesem Tag spürte er, wie etwas von dem Druck abfiel, der sich in dem Moment auf seine Schultern gesetzt hatte, in dem er am Morgen die Augen geöffnet hatte. »Hallo, Mom«, sagte er und ließ sich in eine feste Umarmung ziehen.

»Komm rein, mein Junge.« Mirinda Marshall, Doktorin der Kunstgeschichte, eine stolze und aufrechte Frau, der in den vergangenen eineinhalb Jahren ein Teil ihrer Stärke durch die Sorge um ihren Mann genommen worden war, trat einen Schritt zur Seite, um ihn in das warme Foyer zu lassen. »Das Essen wird gleich serviert«, sagte sie und ging ihm voraus in Richtung des Wintergartens. Blake fand, dass sie sogar aufrechter ging. Leichtfüßiger als noch vor Wochen.

Er folgte ihr und begrüßte seinen Vater, der neben dem flackernden Kamin saß, und strich dann dem Familienlabrador Sammy über den Kopf, der es sich zu seinen Füßen gemütlich gemacht hatte. Richard Marshall war noch immer schmal und wirkte in dem wuchtigen Lehnsessel kleiner als der überlebensgroße Visionär, der er immer gewesen war. Verletzlicher und endlich. Aber er hatte sich berappelt. Was er seinem eisernen Willen – und vermutlich dem seiner Frau – zu verdanken hatte. Er war wieder da. Nicht mehr ganz so wie früher. Aber auf eine Art, die ihn immer noch Ehemann, Familienvater und Grandpa sein ließ, wenn auch nicht mehr Chef von Marshall Construction. Blake war sich sicher, dass das Wissen, sein Vermächtnis bei seinem Sohn in sicheren Händen zu sehen, Richard geholfen hatte loszulassen. Er übernahm, unterstützt von seiner Assistentin Marla, nur noch wenige Aufgaben, die er von zu Hause aus erledigen konnte, und würde nie wieder in die Firma zurückkehren.

Blake hatte nicht damit gerechnet, so früh in die Fußstapfen zu treten, die immer größer geworden waren, seit sein Ur-Ur-Großvater als kleiner Handwerker das Wagnis des Baus eines Herrenhauses in Newport eingegangen war. Jetzt lastete das Unternehmen auf Blakes Schultern. Und er würde dafür sorgen, dass weder sein Vater noch sonst jemand in seiner Familie sich Sorgen machen musste.

VOR EINEINHALB JAHREN

Blake saß auf der Treppe des mehr als baufälligen Hauses, das Melody immer nur die *Addams Family*-Burg nannte. Seine Finger strichen über die Wurzelspitze einer Kastanie, die die Betonstufen an einer Stelle einfach gesprengt hatte, bevor Wind und Regen kleine Brösel daraus gemacht hatten.

Er blickte auf, als die Tür des lila gestrichenen Hauses auf der anderen Straßenseite geöffnet wurde, und Elena Masters auf den Absatz ihrer leuchtend blau gestrichenen Treppen trat. In beiden Händen einen Kaffeebecher blickte sie zu ihm herüber, bevor sie die Stufen herunterstieg und über die Straße direkt auf ihn zuhielt.

Ohne etwas zu sagen, reichte sie ihm einen der Becher und setzte sich neben ihn.

»Danke.« Blake warf ihr einen Seitenblick zu. Elena war die erste Nachbarin gewesen, die er kennengelernt hatte, als er das Haus gekauft hatte. Federal Hill war dafür bekannt, ein Stadtteil von Providence mit einer besonders herzlichen, freundschaftlichen Nachbarschaft zu sein, was für ihn einer der Gründe gewesen war, hierherzuziehen. Elena verkörperte genau das. Sie war etwa im Alter seiner Eltern und trug die Haare zu einem lockeren Knoten zusammengefasst, wie es auch seine Mutter immer tat, wenn sie zu Hause war. Hier hörten die Gemeinsamkeiten allerdings schon auf. Alles an Elena war bunt. Von den wippenden Ohrringen über ihre geringelte Leggings bis zu dem weiten, weißen Männerhemd und den pinkfarbenen Crocs, die beide von Farbklecksen übersät waren. Wahrscheinlich war sie gerade in ihrem Atelier gewesen und hatte gemalt, als sie ihn entdeckt hatte.

Elena seufzte und rieb über einen kleinen blauen Farbklecks auf ihrem Unterarm, bevor sie einen Schluck Kaffee trank und die Tasse dann neben sich auf den rissigen Beton stellte. »Ich hatte gehofft, Sie würden diesem alten Kasten wieder neues Leben einhauchen«, sagte sie mit einem Blick auf das Zu-verkaufen-Schild, das der Makler an diesem Morgen im Vorgarten aufgestellt hatte.

»Ja, das hatte ich auch gehofft.« Momente wie dieser waren seine Vision gewesen. Mit seinen Parks und Straßen voller Bäume, den alten Häusern voller Charme, war Federal Hill das kommende Viertel. Aber das war nicht der Grund gewesen, aus dem er das alte Spukhaus mit den Türmchen und Erkern, dem Zuckerbäckerstuck und dem schwarzen Anstrich gekauft hatte. Er hatte sich hier gesehen. Morgens auf dieser Treppe. Mit einer Tasse Kaffee in der Hand, so wie jetzt. Ein Hund, der im Vorgarten spielte. Nachbarn, die vorbeiliefen, grüßten oder so wie Elena von der gegenüberliegenden Straßenseite auf einen kleinen Plausch herüberkamen. Er hatte seine Kinder hier aufwachsen sehen wollen. Hatte sich vorgestellt, sonntags durch das Viertel zu spazieren, Bagels zu essen oder einen Cappuccino in einem der Cafés am Broadway zu trinken, die so winzig waren, dass man die Treppen der Nachbarhäuser einfach als Café-Möbel mitbenutzte. Blake war nicht nur dem Charme und den Möglichkeiten erlegen, die das Haus bot, das er gekauft hatte – er hatte sich in Federal Hill verliebt. In die gemischte Nachbarschaft. Leute wie Elena, die schon ihr Leben lang hier lebten. Junge Familien und Studenten, die an der Brown studierten und hier zur Untermiete wohnten. »Mein Vater hatte vor ein paar Wochen einen Herzinfarkt.«

»Mein Lieber.« Elena griff nach seiner Hand und drückte sie. »Das tut mir leid. Wie geht es ihm?«

Blake zuckte die Schultern und trank einen Schluck Kaffee. »Einigermaßen, im Moment. Er ist in der Reha. Und ich … ich muss mich um meine Familie kümmern. Und um die Firma. Das funktioniert nicht, solange ich in Providence lebe. Ich muss also nicht nur dieses Haus verkaufen«, das er niemals nach seinen Vorstellungen würde aus- und umbauen können, »ich muss zurück nach Newport.«

»Uhh.« Elena zog die Augenbrauen hoch. »Zurück in Ihr altes Kinderzimmer?«

Damit brachte sie Blake zum Lachen. »Zum Glück nicht.« Er hatte mit seinen Kumpels schon vor Jahren das Loft in einem der alten Warenhäuser am Brickmarket Place ausgebaut, weil ihm klar gewesen war, dass er irgendwann zurückkommen würde, um die Firma zu übernehmen. Nur nicht jetzt. Und nicht so.

»Newport ist eine gute halbe Stunde entfernt«, erinnerte die Nachbarin ihn daran, dass es genug Leute gab, die diese Strecke täglich pendelten.

»Ich habe es versucht, Elena. Aber zwischen den Büros pendeln funktioniert nicht. Ich muss dort sein, wo die Entscheidungen getroffen werden. Und das ist nun mal nicht das Architekten-Atelier in Providence, sondern der Firmensitz in Newport.«

»Das ist wirklich schade, mein Lieber.« Elena legte ihm die Hand auf die Schulter. »Ich hoffe, dass Ihr Vater schnell wieder auf die Beine kommt.« Sie wandte den Kopf zu dem großen, fast hundertfünfzig Jahre alten Haus hinter sich. »Und diesem Schätzchen wünsche ich, dass es einen Käufer findet, der es mit dem gleichen Blick betrachtet wie Sie.« Sie sah Blake wieder an und schenkte ihm ein Lächeln, das ihre Augen in einem Hauch Wehmut glitzern ließ. »Ein solches Haus loszulassen ist ein bisschen, wie seine große Liebe zu verlieren«, sagte sie leise.

Blake schluckte. Elena hatte recht. Und die *Addams Family*-Burg war nicht die einzige große Liebe, die er gerade verloren hatte.

JETZT

Blake hörte Stimmen aus dem Foyer und drehte sich in dem Moment um, in dem sein Bruder Oliver und seine Schwester Phoebe in den Raum stürmten. Wie meistens lagen sie sich wegen irgendetwas in den Haaren, obwohl seine Schwester bereits dreißig war und Oliver achtundzwanzig.

»Woher willst du denn Ahnung haben, wie eine Hochzeitstorte aussehen muss?«, wollte Phoebe gerade wissen. »Du hast bei Hochzeitstorten doch bisher höchstens darauf geachtet, wie sie schmecken.«

»Du weißt überhaupt nicht, von was ich eine Ahnung habe.« Oliver drehte seiner Schwester den Rücken zu und schenkte ihnen ein breites Lächeln. »Hey, Paps.« Er umarmte

Richard, der sich aus seinem Sessel erhoben hatte. »Und hallo, großer Bruder.« Er schlug Blake auf die Schulter, ehe er sich vor Sammy auf den Boden fallen ließ. Was Sammy dazu brachte, sich sofort auf den Rücken zu drehen, damit Oliver ihm den Bauch kraulen konnte. Die beiden liebten es, sich so zu begrüßen.

Phoebe umarmte erst ihren Dad und dann Blake. »Er glaubt immer, er hat recht.« Sie blickte in Richtung ihres jüngeren Bruders. »Und er muss immer das letzte Wort haben.«

Richard seufzte und zwinkerte Phoebe zu. »Die gleichen Sätze haben wir schon von euch gehört, als du fünf Jahre alt warst und ihr darüber gezankt habt, wessen Laufrad schneller war.«

»Pff.« Phoebe hakte sich bei Richard unter. »Mit fünf hatte ich längst ein Fahrrad und war schneller als der Wind.«

»Ein Fahrrad mit Stützrädern«, korrigierte Oliver sie und rappelte sich vom Boden auf.

»Ich habe nichts dagegen, dass ihr euch streitet«, sagte ihre Mutter, die gefolgt von der Haushälterin, Mrs. Wells, den Wintergarten betrat. »Aber bitte bei Tisch. Wir wären so weit.«

»Was gibt es denn?« Oliver ließ sich auf seinen Platz neben Phoebe fallen, was definitiv dafür sorgen würde, dass sie sich den Rest des Abends weiterkabbelten.

»Brokkoli«, sagte ihre Mutter zum Entsetzen aller Anwesenden und warf ihrem Mann einen herausfordernden Blick zu.

Blake sah amüsiert dabei zu, wie Richard versuchte, das Gesicht nicht zu verziehen. Denn ihm war, wie jedem anderen am Tisch, klar, dass seine Gesundheit der Grund für dieses Hass-Gemüse der Familie Marshall war.

»Keine Sorge«, beruhigte Mrs. Wells sie mit einem gutmütigen Zwinkern. Ihr runzliges Gesicht leuchtete belustigt auf. »Es gibt auch noch gebratene Jakobsmuscheln. Damit lässt sich der Brokkoli auf jeden Fall ein bisschen veredeln.«

»Brokkoli lässt sich mit nichts veredeln«, moserte Oliver. »Wusstet ihr, dass nicht mal die Bakterien, die für die Zersetzung von Pflanzen zuständig sind, Brokkoli mögen? Das ist wie radioaktiver Müll. Das Zeug verrottet nicht. Egal wie viele Millionen Jahre vergehen.«

»Erinnere mich dran, dass ich nicht mehr erlaube, dass du meinem Sohn Gutenachtgeschichten erzählst«, konnte Phoebe sich nicht verkneifen. »Deine Fantasie verdirbt einen unschuldigen Neunjährigen nur.«

Mirinda setzte sich an das Kopfende des Tisches und funkelte die Streithähne an, während Richard sich an das andere Ende setzte. »Mir ist es egal, wie die Halbwertszeit eines Brokkoli ist«, erklärte sie. »Er ist gut für euren Vater, also steht er auf dem Speiseplan.«

»Und wir werden uns nicht weiter beschweren und ihn einfach essen«, versuchte Blake den Frieden am Tisch wiederherzustellen. Er setzte sich seinen Geschwistern gegenüber hin und bemühte sich, nicht zusammenzuzucken, als Mrs. Wells ihm eine ordentliche Portion des verhassten Grünzeugs auf den Teller schaufelte.

Es tat verdammt gut, hier zu sitzen, seinen Geschwistern beim Streiten zuzuhören oder selbst Opfer ihrer Sticheleien zu werden. Die liebevollen Blicke zu sehen, die seine Eltern austauschten. Bei grauenvollem Gemüse und fantastischen Muscheln. Begleitet von der leisen klassischen Musik im Hintergrund, dem Heulen des Windes, der über die Klippen fegte und an den Fensterläden rüttelte, und Sammys

Schnarchen vor dem Kamin. Viel zu lange hatte es diese Art von Familienzusammenkünften nicht gegeben, viel zu lange hatten sie gefürchtet, nie wieder mit ihrem Vater hier zu sitzen. Blake schob den größten Teil des Brokkoli zur Seite und ließ sich von Mrs. Wells noch ein paar Muscheln auf den Teller schmuggeln. Er erzählte seinem Vater von den Fortschritten, die das Edge on Hudson-Projekt machte, lauschte ein paar Geschichten seiner Mutter aus der Uni und wurde gezwungenermaßen Zeuge einer hysterischen Sprachnachricht, die Olivers Verlobte Lacey ihm schickte – und in der es um die Hochzeitstorte ging.

Phoebe verschränkte die Arme vor der Brust und lehnte sich mit einem Blick in den Augen zurück, der das höchste Maß an Selbstzufriedenheit ausdrückte. Diesmal hatte sie recht behalten.

Blake konnte nicht anders, als laut zu lachen.

Später am Abend, als Blake in seinem Loft über seinen Projekten brütete, fiel es ihm trotz der Stille um ihn herum schwer, sich zu konzentrieren. Er stand auf und ging mit seinem halb leeren Bier zum Fenster hinüber. Obwohl es erst April war, war das holprige Pflaster der Gassen unter ihm bevölkert. Die Menschen unterhielten sich, lachten, feierten.

Blake rieb sich mit der Faust über den Brustkorb. Ein bisschen fühlte er sich, als blicke er von außen auf das Leben. Wie ein Zuschauer durch eine Glaskugel.

3

Der Abend hatte sich bereits über die Bucht gelegt, als Harper in die Ocean View Avenue einbog. Am Strand flackerten ein paar Lagerfeuer. Auch wenn im April ein verdammt kalter Wind vom Atlantik in den Rhode Island Sound pfiff, waren die Teenager nicht mehr in den Häusern zu halten, sobald sich der Frühling ankündigte.

Der Eisstand, den Dexter Simpson an der Promenade betrieb, war verwaist, genau wie der Tisch daneben, an dem er in jeder freien Minute mit Neele Chapman, der das Piece of Heaven gehörte, und Ray Wilson, Brookes Boss in der Schreinerei, pokerte. Wenn die drei nicht hier herumlungerten, gab es eigentlich nur einen Ort, an dem sie im Moment sein konnten. Harper ließ ihren Toyota hinter dem rostigen Jeep ihrer Freundin Naya ausrollen, die für diesen Abend extra von Newport herübergefahren war, und blickte zu ihrem hell erleuchteten Zuhause hinüber. Sie konnte die Musik und das Lachen ihrer Nachbarn und Freunde bis hierher hören. Die Poker-Gang, die jeder in Jamestown *Die Drei* nannte, saß mit Sicherheit in Harpers Wohnzimmer und versuchte, die Gäste der Hope-Day-Party zu einem kleinen Spielchen zu verführen.

Der Sand, den der Wind wie eine zarte Schicht Puderzucker über den Asphalt gefegt hatte, knirschte unter Harpers Schuhen, als sie ausstieg und einen Moment vor dem Haus stehen blieb. Die meisten der Leute, die für den Lärmpegel im Haus und im Garten dahinter verantwortlich waren, wohnten in ihrem Viertel und brauchten nicht mehr als zwei Minuten, um nach Hause zu kommen. Mit der Hope-Day-Party feierten Harper und Brooke nicht nur den Start in ihr neues Leben. Es war auch ein Dankeschön an ihre Freunde und Nachbarn, die ihnen geholfen hatten, hier Fuß zu fassen. Die sie unterstützt hatten, ohne jemals Fragen zu stellen. Die sie akzeptiert hatten. An diesem Tag vor zehn Jahren, als sie mit einem heruntergekommenen Schrank im Gepäck in Jamestown aufgetaucht waren. Brooke und sie hatten nie viel über ihre Vergangenheit erzählt, aber das war auch nicht nötig gewesen. In Jamestown sahen die Menschen, wenn Hilfe gebraucht wurde. Und packten an, ohne zu zögern. Die Party war Brookes und ihre Art, ihnen etwas zurückzugeben – und das jetzt schon seit vielen Jahren, in denen diese Party für viele ihrer Nachbarn zu einer festen Konstante geworden war.

Harper atmete tief durch. Die Feier war wichtig, und sie wollte mit ihren Freunden anstoßen. Trotzdem zögerte sie einen Moment. Der Tag mit Blake war anstrengend gewesen. Ihn zu vergessen und ihre Arbeit auszublenden, fiel ihr schwer. Genau wie die Gedanken, die sie sich in letzter Zeit so oft um ihren Job machte. Für einen Moment wünschte sie sich, allein in ihrem Zimmer zu sitzen, ein Buch aufzuschlagen und alles …

»Willst du da Wurzeln schlagen, Mädchen?«

Harper zuckte zusammen, als die kratzige, leise Stimme aus der Dämmerung wehte. »Grandma Wilson.« Sie presste die Hand auf ihre Rippen, hinter denen ihr Herz erschrocken gestolpert war. »Ich habe Sie gar nicht gesehen. Was machen Sie denn hier draußen in der Kälte?« Eilig durchquerte sie den handtuchgroßen Vorgarten und stieg die Stufen zur Veranda hinauf, auf der die alte Dame in einem der Schaukelstühle saß. Beruhigt stellte Harper fest, dass sie sich in eine Decke gehüllt hatte.

»Bah, Kälte.« Marbel Wilson gab einen abfälligen Ton von sich. »Ich kenne die Frühlingsnächte in der Bucht seit meiner Geburt. Bin nie woanders gewesen.«

Harper biss sich auf die Innenseite der Wange, um nicht zu lachen. Offenbar waren sie beim Lieblingsthema der alten Dame angelangt. Als diese vor ein paar Monaten ihren hundertsten Geburtstag gefeiert hatte, waren ihr die Leute mit der Frage, wie sie so alt geworden war, auf die Nerven gegangen. Doch dann hatte sie ein Spiel daraus gemacht und sich die skurrilsten Anti-Aging-Methoden ausgedacht, die sie mit Begeisterung unter die Leute brachte. Seitdem bestand sie darauf, nach ihrem Alter gefragt zu werden. »Ist das der Grund, aus dem Sie hundert geworden sind, Grandma Wilson? Weil Sie so gut mit der Kälte im Frühling in Jamestown umgehen können?«, fragte Harper deshalb gehorsam.

»Pff.« Marbel winkte ab, aber Harper konnte im Zwielicht sehen, wie ihre Augen funkelten. Dann beugte sie sich vor, als wolle sie Harper ein Geheimnis verraten. »Ich habe mir jeden Morgen einen Kiesel vom Strand geholt und ihn eine Stunde lang gelutscht, um die Mineralien und alles, was das Meer daran hinterlassen hat, aufzunehmen.«

»Was für eine Idee!« Harper lächelte Marbel an. »Wenn Sie das vermarkten, werden Sie stinkreich.« Sie kannte zumindest genug Leute, die verrückt genug wären, sofort loszuziehen,

Steine zu sammeln und jeden Tag darauf herumzulutschen. »Aber jetzt sollten wir wirklich reingehen, Grandma Wilson.« Harper hielt ihr die Hand hin, um ihr aufzuhelfen. »Meine Schwester hat einen guten Punsch gebraut. Das wäre genau das Richtige für Sie«, lockte sie Marbel. Sie half ihr hoch und hielt ihr die Haustür auf. Erst als die alte Dame sich zufrieden in Brookes altem Lehnsessel niedergelassen hatte, machte Harper die Runde, um die Gäste zu begrüßen. Wie sie es vermutet hatte, war die Poker-Gang zur Höchstform aufgelaufen und saß mit Reeva und Naya am Esstisch. Den Chips nach, die sich vor Harpers Nichte stapelten, war Reeva gerade dabei, ihr Taschengeld aufzubessern. Harper küsste sie aufs Haar und grinste in die Runde. »Zockt euch die Kleine ab?«, fragte sie mit unschuldiger Stimme.

»Sie spielt wie ein gerissener alter Fuchs«, brummte Neele, ohne von ihrem Blatt aufzusehen.

»Mach sie fertig, mein Mädchen«, flüsterte Harper ihrer Nichte ins Ohr, bevor sie sich aufrichtete. »Es ist auf jeden Fall schön, euch hier zu haben.« Sie grinste in die Runde und umarmte Naya von hinten. »Danke, dass ihr gekommen seid.«

Auf dem Weg durchs Haus umarmte sie Coralee Miller »Da bist du ja endlich, Herzchen«, rief die Frau, der das Faithful Flowers in der Ocean View Ave gehörte, und brachte Harper mit ihrem »Du sollst den Tag nicht vor den letzten Gästen loben« zum Lachen. Coralee schaffte es einfach nicht, ein Sprichwort richtig hinzukriegen. Und das, obwohl sie diese Sprüche über alles liebte. Diese kleine Marotte machte jeden Besuch in ihrem Laden zu einem sprachlichen Abenteuer.

Harper drängelte sich weiter durch die Gäste. Sie grüßte Mason Hill und seinen Mann Elijah und versprach, beim nächsten Zumba-Kurs auf jeden Fall dabei zu sein. Hielt ein wenig Small Talk mit den Brüdern Chester und Zac Elliot, die die besten Bars der Stadt betrieben. Maddox Oakley, dem das Restaurant an der Promenade gehörte, und Angelo Russo von Angelo's Pizzeria wollten ihre Meinung zu einer Krabbencocktail-Pizza wissen, die sie zusammen rausbringen wollten.

Und so ging es weiter und weiter. Mindestens vierzig Gäste bevölkerten das Haus. Bis Harper ihre lachende Schwester ausfindig machte, schwirrte ihr der Kopf.

»Harps!« Brooke umarmte sie. »Da bist du ja endlich.«

Harper atmete auf. Ihre Schwester war nicht sauer, weder weil sie erst so spät gekommen war und ihr nicht bei den Vorbereitungen der Party geholfen hatte, noch weil sie als Gastgeberin einfach nicht vorhanden gewesen war.

Brooke löste sich von ihr und schob Harper an den Schultern ein Stück zurück. »Du hast ja noch immer deine Ich-verschmelze-mit-der-Wand-Uniform an.«

»Unsere Gäste haben mich gesehen«, widersprach Harper. »Sogar Grandma Wilson, die draußen in der Dunkelheit saß.«

»Hmm.« Brooke legte den Kopf schräg. »Grandma Wilson hat vermutlich jeden Tag ihres Lebens zehn Kilo Karotten gegessen. Was sie nicht nur hundert Jahre hat alt werden lassen, sondern ihr auch Adleraugen beschert hat. Aber egal. Zieh dich um. Wir feiern hier eine Party.«

Harper gehorchte. Sie zog sich in ihr Zimmer zurück und tauschte ihren Hosenanzug gegen Jeans und ein langärmliches Shirt, auf dem das Wort *Jamestowngirl* quer über die Umrisse der Insel gedruckt war, bevor sie ihre Haare aus dem strengen Knoten befreite und sich kurz ihre schmerzende

Kopfhaut massierte. Als sie ins Erdgeschoss zurückkehrte, erwartete Brooke sie an der Treppe. Sie balancierte mit der rechten Hand zwei Weingläser und hielt ihr mit der Linken eine Jacke hin. »Lass uns kurz rausgehen«, sagte sie über den Lärm hinweg, den ein Country-Song verursachte. Vermutlich die Wahl von Ruby Jackson, der die Galerie an der Promenade gehörte und die schwer verliebt in Blake Shelton war.

»Sind wir nicht die Veranstalter dieser Party?«, fragte Harper und zog die Augenbrauen hoch.

»Ach.« Brooke grinste und warf einen Blick über die Schulter zu ihren Gästen. »Die amüsieren sich wunderbar ohne uns. Ich muss mit dir reden.« Sie hielt die Jacke ein wenig höher, um Harper aufzufordern, sie ihr abzunehmen.

Harper hatte keine Ahnung, worüber ihre Schwester ausgerechnet jetzt reden wollte. Es konnte zumindest nichts Schlimmes sein. Brooke leuchtete regelrecht und schien vor Aufregung fast zu platzen. Sie zog die Jacke über und griff nach einem der Weingläser. Dann folgte sie ihrer Schwester nach draußen.

Brooke blieb nicht wie erwartet einfach auf der Veranda stehen, sondern überquerte wie am Morgen die Straße und hielt auf den Strand zu. In einiger Entfernung zum Wasser und den flackernden Lagerfeuern blieb sie stehen und nippte an ihrem Wein.

»Was ist passiert?«, fragte Harper, weil es untypisch war, dass ihre Schwester so aufgeregt war, aber nicht mit der Sprache rausrückte und stattdessen auf den Ozean hinausstarrte.

»Ich …« Brooke legte die Hand auf ihr Herz. »Ich kann es noch gar nicht fassen. Es ist irgendwie unwirklich.« Sie drehte sich zu Harper um, und ihre Augen glänzten. »Ray hat mir die Firma angeboten«, platzte sie heraus.

»Die … Schreinerei?« Ray war mit Wood by Wilson der Erste gewesen, der Brooke eine Chance – und einen Job – gegeben hatte. Nachdem sie in Newport gestrandet waren, und Harper den Buchhalterjob bei Marshall Construction ergattert hatte, hatte ihre Schwester angefangen, bei Walmart als Einpackerin zu jobben. Harper hatte es nicht gefallen, wie ihre Schwester sich jeden Tag abrackerte und stundenlang stehen musste, nur um nach der Arbeit auch noch zu Fuß nach Hause gehen zu müssen, wenn nicht gerade einer ihrer Kollegen so nett war, sie mitzunehmen. Aber sie hatten damals jeden Cent gebraucht und nicht wählerisch sein können. Eines Tages hatte Brooke bei einem Garagenflohmarkt einen ziemlich heruntergekommenen Schrank im Regency-Stil entdeckt. Sie hatte als kleines Mädchen so viel Zeit mit ihrer Mutter in der Werkstatt hinter dem Haus verbracht und geholfen, alte Möbel zu restaurieren, dass sie sich sicher war, gerade einen absoluten Glücksgriff gelandet zu haben. Auch wenn sie dafür achtzehn ihrer letzten zwanzig Dollar ausgegeben hatte, die eigentlich für Schwangerschaftsvitamine gedacht gewesen waren. Die Suche nach einer Schreinerei, in der sie das Möbelstück restaurieren konnte, hatte sie zu Wood by Wilson geführt. Ray Wilson hatte ihr nicht nur einen kleinen Raum für ihre Arbeit überlassen – er hatte sie eingestellt. Hatte ihnen ein winziges Apartment über der Garage angeboten, in das Brooke und Harper gezogen waren. Und schließlich hatte er ihnen das Haus vermietet, in dem sie seit inzwischen vier Jahren lebten. Von all den Menschen, die gerade in ihrem Haus feierten, verdankten sie Ray, abgesehen von Naya, am meisten. »Warum will er dir die Schreinerei übergeben?«, fragte Harper überrascht. »Geht er in Rente?«

Brooke nickte. »Seine Frau hat ihn endlich überredet, langsamer zu machen. Na ja …« Sie biss sich auf die Unterlippe und blickte für einen Moment wieder auf das Meer hinaus, bevor sie sich abermals zu Harper umdrehte. »Er hat als Erstes an mich gedacht.«

Harper nippte an ihrem Wein. »Und du willst die Schreinerei unbedingt«, brachte sie den Ausdruck in den Augen ihrer Schwester auf den Punkt.

»Sie würde sich so gut mit Smells like Wood ergänzen.« Brookes eigene kleine Firma, in der sie nach wie vor alte Möbelstücke restaurierte oder ihnen auf andere Art neues Leben oder eine neue Bestimmung gab, so wie ihre Mutter es früher in der kleinen Werkstatt hinter dem Haus getan hatte. »Aber natürlich mache ich es nicht, wenn wir es uns nicht leisten können. Wir müssen alles durchrechnen.« Sie seufzte und griff nach Harpers Hand. »Dafür brauche ich dich und deinen Rat. Reevas Collegefonds darf dadurch nicht in Gefahr geraten. Das ist das Wichtigste. Aber die Schreinerei läuft fantastisch und meine Firma auch. Ich glaube, dass wir einen Kredit bekommen würden, um Ray den Laden abzukaufen. Wenn nicht«, diesmal klang ihr Seufzen wehmütig, »wird er sicher auch einen anderen guten Käufer finden. Vielleicht kann ich dann weiterhin in der Schreinerei arbeiten. Oder ich konzentriere mich ganz auf meine Möbel.«

Harper drückte die Hand ihrer Schwester. »Wir werden das durchrechnen und mit der Bank reden. Wood by Wilson braucht dich. Und du brauchst diese Schreinerei. Wenn es einen Weg gibt, werden wir ihn finden.«

»Wenn das funktioniert«, Brooke setzte ihr schelmisches Grinsen auf, das so sehr an Reeva erinnerte, wenn sie irgendetwas ausheckte, »kannst du endlich beim Lord of Late

Nights kündigen und meine Buchhaltung machen. Oder du suchst dir einen echten Nine-to-five-Job.«

Das Lächeln, das Harper sich abrang, kostete sie Mühe. Sie spürte die Aufregung ihrer Schwester. Die Schreinerei zu übernehmen, war genau richtig für Brooke, und Harper war froh, dass Ray sie ihr als Erstes angeboten hatte. Aber vielleicht war ihre finanzielle Sicherheit nicht groß genug. Solange ihre Schwester eine neue Existenz gründete, würde Harper unmöglich ihren Job bei Blake aufgeben können, denn ein Sicherheitsnetz brauchten sie. »Lass uns erst einmal die Bücher ansehen und …«, begann Harper und drehte sich dann, genau wie Brooke, um, weil sie Schritte hinter sich hörte.

»Hey, ihr zwei«, rief ihre Freundin Naya ihnen zu. Sie hatte sich nur das Tuch umgeworfen, das an der Garderobe neben der Tür hing. Ihre Haare wehten im frischen Wind hinter ihr her, als sie auf sie zukam. »Was treibt ihr hier draußen, wenn in eurem Haus die Party des Jahres steigt?« Als sie die Schwestern erreichte, strich sie sich mit der rechten Hand ihre pinkfarbene Haarsträhne hinter das Ohr und griff mit der linken nach Harpers Glas, um einen Schluck zu trinken. Ihre rechte Hand wanderte in einer unbewussten Geste zu ihrer zarten Halskette und tastete über den kleinen Herzanhänger, als müsse sie sich vergewissern, dass sie noch da war.

»Ray hat mir angeboten, die Schreinerei zu übernehmen«, platzte Brooke zum zweiten Mal innerhalb von ein paar Minuten heraus.

»Ja!« Naya ließ ihre Kette los und reckte die Faust in einer Siegerpose in die Luft. »Das sind fantastische Neuigkeiten.« Sie gab Harper ihr Glas zurück und hakte sich bei ihnen unter. »Na los, lasst uns zurückgehen und feiern. Harps«, sagte sie, als sie sich umgedreht hatten und die Freundinnen zurück in Richtung Ocean View Ave gingen, »bedeutet die Übernahme der Schreinerei, dass du aufhörst, deine Zeit für den Lord of Late Nights zu opfern?«

Harper sparte sich eine Antwort und verdrehte stattdessen die Augen, was Brooke und Naya zum Lachen brachte.

Der Freitagabend war so kalt und ungastlich, wie es ein Aprilabend in Newport nur sein konnte. Aber Blake hatte die ganze Woche in geschlossenen Räumen verbracht und sog die klare Luft auf dem Pier in seine Lungen, als er die Firma verließ. Einen Moment blieb er stehen und sah zu den Booten hinüber, die auf dem Wasser schaukelten. Es fühlte sich gut an, an der frischen Luft zu sein, sich den eisigen Wind um die Ohren wehen zu lassen und den erdigen Geruch des Frühlings einzuatmen.

Er hatte noch genug Arbeit, die sich von seinem Schreibtisch in der Firma einfach auf den in seinem Apartment verlagern würde. Arbeit, mit der er den Freitagabend verbringen konnte. Falls ihm der Sinn nach Bewegung stand, könnte er das Laufband in seinem Loft nutzen. Was ihm die Möglichkeit gab, nebenbei noch die Nachrichten zu sehen und ein paar E-Mails zu lesen. Das Edge on Hudson-Projekt fraß im Moment den größten Teil seiner Zeit. Aber auch die anderen Bauvorhaben von Marshall Construction hatten seine Aufmerksamkeit verdient. Andererseits hatte er das Bedürfnis, endlich mal wieder etwas anderes zu machen, als über seinen Projekten zu brüten. Am Ende würde es ihm wahrscheinlich sogar guttun, seinen Kopf freizubekommen und mit neuer

Energie weiterzuarbeiten. Außerdem vermisste er es, einen Abend mit seinen Kumpels zu verbringen.

Er öffnete den Chat seiner Männerrunde und schickte die Frage in die Gruppe, ob jemand Lust hatte, ein paar Körbe zu werfen. Falls seine Freunde schon andere Pläne hatten, was für einen Freitagabend vermutlich für jeden außer ihm normal wäre, konnte er immer noch eine Runde Joggen gehen – oder eben doch aufs Laufband. Aber ihm war nach Gesellschaft. Und als nacheinander Will, Liam und Luke ein Daumen-Hoch schickten, konnte er sich ein Grinsen nicht verkneifen.

Sie trafen sich an dem Basketballplatz in Admiral Hill, auf dem sie schon seit ihrer Jugend spielten. Nicht in der hübschen Gegend der Newport Mansions, in der Blake aufgewachsen war und in der er mit seinem immer noch besten Freund James Lawson III. auf dem Cliff Walk herumgelungert hatte. Hier war der Asphalt aufgeplatzt und die Hauswände mit Graffiti verschönert. Für manche dieser alten Ziegelwände der einzige Schmuck. Allein von den vier Gebäuden, die den Basketballplatz einschlossen, standen zwei leer oder beherbergten allerhöchstens noch ein paar Obdachlose, die in den leeren Räumen Schutz vor dem Winter gesucht hatten.

Seine Freunde erwarteten Blake bereits, als er sein E-Bike am Basketballplatz ausrollen ließ. Er lehnte es an eine Bank mit einer ziemlich maroden Sitzfläche, die neben ein paar Narzissen stand, die um diese Jahreszeit einfach an jedem Ort in der Stadt blühten.

»Unglaublich, dass du es endlich mal wieder schaffst, deinen feinen Hintern in diese heruntergekommene Gegend zu bugsieren«, rief Will ihm zu. Er war, genau wie Liam und

Luke, auf der anderen Seite der Bahngleise aufgewachsen, wie man das so schön nannte. Will stammte aus einer Wohnwagensiedlung, und Liam und Luke aus dem heruntergekommenen, ärmlichen Stadtteil, in dem sie jetzt den Basketball auf dem rissigen Asphalt prallen ließen. Keinen von ihnen hatte das je gestört, selbst wenn sie es sich nicht nehmen ließen, Blake (und wenn er in der Stadt war auch James) mit ihrer Herkunft aufzuziehen.

»Ich bin gekommen, um euch so richtig abzuzocken«, hielt Blake grinsend dagegen, begrüßte seine Freunde mit einer Ghettofaust und schlug Liam dann mit einer blitzschnellen Bewegung den Ball weg, drippelte zum Korb (oder besser gesagt dem Ring, denn das Netz fehlte hier schon lange) und versenkte den Ball. »Und ich bin schon dabei«, verkündete er und schlug sich mit der flachen Hand auf die Brust. Er fing den Ball wieder ein und dachte – nicht zum ersten Mal – darüber nach, wie weit der Platz und ganz Admiral Hill heruntergekommen war. Irgendwann mussten sie etwas unternehmen und dafür sorgen, dass ihr Basketballfeld in Ordnung gebracht wurde, wenn sie auch in Zukunft noch hier spielen wollten.

»Wie niedlich«, kommentierte Luke und fing den Ball, den Blake in seine Richtung warf. »Lässt sich monatelang nicht blicken, und denkt dann, wir hätten nicht heimlich trainiert.« Er warf den Ball mit einer eleganten Bewegung aus dem Handgelenk und verfehlte den Korb um einen Meter.

Blake klatschte Beifall, während sich seine Kumpels ausschütteten vor Lachen. So war es zwischen ihnen immer gewesen. Sie hatten sich auf einer der Marshall Construction-Baustellen kennengelernt. Blake hatte sich dort herumgedrückt, weil ihn alles interessierte, was mit Architektur und Bau zu tun hatte und ihm völlig klar war, dass er nach seinem Studium in die Führungsebene des Unternehmens einsteigen würde. Für Liam, Will und Luke war es die einzige Möglichkeit, in den Ferien Geld zu verdienen, das sie damals dringend gebraucht hatten. Für ihre Collegespardosen. Benzin. Und um mal ein Mädchen ins Kino einzuladen. Sie hatten Blake misstrauisch beäugt. Sie hatten ihn nicht ausstehen können. Doch sie waren die einzigen Jungs in seinem Alter gewesen, also hatte er sich in der Pause einfach zu ihnen gesetzt. Und als das Eis erst einmal gebrochen war, hatten sie sich zu einem ziemlich harten Basketballspiel getroffen – und waren Freunde geworden.

»Was treibt Jamie?« Luke keuchte, als er aus einem Zweikampf mit Liam als Sieger hervorging. Er warf – und traf das Brett, bevor der Ball am Korb abprallte und ein paar Grashalme zerquetschte, die einen Weg durch den rissigen Boden gefunden hatten.

»Was ist los mit dir, Mann?« Will boxte den Freund gegen die Schulter. »Hast du vergessen, dein Zielwasser zu trinken?«

Blake schnappte sich den Ball, deutete an, links an Will vorbeizudribbeln, drehte sich im letzten Moment um die eigene Achse und warf einen Dreier. »Jamie geht's gut. Er sitzt in seinem Labor und versucht, die Welt zu verbessern.« Blakes bester Freund, Dr. James Lawson III., hatte sich der Entwicklung eines bezahlbaren Elektromotors für alle Fahrzeugtypen verschrieben. »Langsam entwickelt er sich zu einem leicht verrückten Wissenschaftler. Ich schwöre euch, seine Haare haben schon was von einem dunkelhaarigen Einstein.« Er warf Liam den Ball zu und ging in Verteidigerposition. »Am Memorial Day will er seine Forscherhöhle in Boston verlassen und sich hier blicken lassen.«

»Wir sollten uns den Tag freihalten und endlich mal wieder mit dem Boot rausfahren«, schlug Will vor. »Ein bisschen Hochseeangeln. Ein paar Bier.«

»Das klingt nach der besten Idee des heutigen Tages.« Liam stützte seine Arme auf den Knien ab und schnappte nach Luft. »Auf jeden Fall besser als dieses Spiel. Ich glaube, Luke hat mir gerade eine Rippe gebrochen.«

»Ach was. Hör auf zu jammern, Weichei.« Will schlug ihm kräftig auf den Rücken, was Liam dazu veranlasste, sich auf den Platz fallen zu lassen und alle viere von sich zu strecken.

Sie halfen ihm wieder auf. Lachten. Bohrten sich bei Zweikämpfen weiter die Ellenbogen in die Rippen, und Blake hatte seine beste Trefferquote seit Langem, während Liam so gut wie nichts traf, was ihm dem permanenten gutmütigen Spott seiner Freunde aussetzte. Sie redeten über die Genesung seines Dads. Kauten das skurrile Blind Date durch, das Wills Schwester für ihn organisiert hatte. Und hörten sich die lustigen Anekdoten an, die Luke von der Highschool berichtete, an der er Mathe unterrichtete.

Als sich die Dunkelheit über das Viertel senkte, mussten sie ihr Spiel wohl oder übel beenden. Denn nur noch eine der umstehenden Straßenlampen funktionierte, was nicht ausreichte, um den Platz auszuleuchten. Blake wurde bewusst, wie sehr er das vermisst hatte und wie viel Energie ihm die Zeit mit seinen Freunden gab. Er musste aufhören, sich ausschließlich um seine Arbeit zu kümmern, sondern sich mehr Zeit für die Leute nehmen, die in seinem Leben eine wichtige Rolle spielten. Seine Ex-Freundin Melody hatte immer die Nase gerümpft, wenn es um seine Kumpels gegangen war, obwohl sie aus dem gleichen schäbigen Viertel gestammt hatte. Vielleicht gerade deswegen. Sie hatten sie an ihre Vergangenheit erinnert, die sie am liebsten hatte vergessen wollen. Nun, Melody gab es in seinem Leben nicht mehr – Will, Luke und Liam waren aber noch immer da. Das sprach für sich. Das Spiel und die Frotzeleien mit den Jungs hatten gutgetan. Es war höchste Zeit, an seinen Schreibtisch zurückzukehren. Andererseits wartete seine Arbeit geduldig auf ihn. Morgen würde er das vermutlich bereuen, aber …

»Wie wäre es mit einem Bier im *Gas Lamp Grille*?«, fragte Blake. Er zog sein schweißnasses Shirt über den Kopf und angelte ein frisches aus seiner Tasche.

»Gute Idee. Ich muss dringend etwas für meinen Elektrolythaushalt tun«, stimmte Will ihm zu.

»Bin dabei.« Liams Gesicht leuchtete im Licht eines Scheinwerferkegels auf.

Aus den Augenwinkeln nahm Blake den Wagen wahr, der in die Straße bog. Er glitt durch den Kegel der einzig verbliebenen Straßenlaterne und fuhr langsam weiter, um nicht in einem der kratergroßen Schlaglöcher aufzusitzen. »Was zum Henker …?« Blake hörte nicht, ob Luke sich ebenfalls für einen Abend im Pub entschied, weil er bereits zur nächsten Straßenecke unterwegs war. Erst als er das leer stehende Gebäude an der Kreuzung erreicht hatte und einen vorsichtigen Blick auf die Straße warf, begriff er, dass er gerannt war. Sein Atem ging schnell, und sein Herz raste.

Hinter sich hörte er Schritte, und gleich darauf Wills leises: »Was ist los mit dir, Mann? Was machst du denn?«

Blake warf noch einen Blick um die Ecke. »Das ist Stanley Logan«, erwiderte er leise.

Seine Freunde spähten ebenfalls in Richtung der Kreuzung.

»*Der* Stanley Logan? Stadtrat Logan?« Luke warf Blake einen Seitenblick zu. »Bist du sicher?«

»Absolut«, erwiderte Blake.

Will kratzte sich am Kopf. »Fährt der nicht so eine riesige Angeberlimousine?«, fragte er mit Blick auf das Sportcabrio mit geschlossenem Verdeck.

»Fährt er«, gab Blake ihm recht. »Das ist der Wagen seiner Frau.« Was er mit Sicherheit sagen konnte. Schließlich hatte er sich schon mehr als ihm lieb war mit Stanley Logan beschäftigen müssen. Bei einem der Streitgespräche, das sie in der Vergangenheit auf Logans Anwesen geführt hatten, hatte Blake genau diesen Wagen in der offenen Garage stehen sehen.

»Aber wenn das der Stadtrat ist, was hat er in der Dunkelheit in diesem Viertel verloren?«, überlegte Liam mit einem Bühnenflüstern.

»Und warum trifft er sich mit Diego Alvarez?«, ergänzte Luke, der noch einen Blick um die Hausecke wagte.

Blake sah dabei zu, wie ein junger Mann auf Logan zutrat, kaum dass der aus dem Wagen gestiegen war. Sie standen sehr nah beieinander und redeten. Der Stadtrat sah angespannt aus, aber sein Gegenüber wirkte, als könne ihn die ganze Welt am Arsch lecken. Ganz besonders Logan. Erst als der Stadtrat sich hektisch nach rechts und links umsah, in die Innentasche seines Jacketts griff und einen Umschlag herauszog, den er dem Typen hinhielt, änderte sich dessen Haltung. Er warf einen kurzen Blick auf den Inhalt, schob ihn dann in die Gesäßtasche seiner zerfetzten Jeans und nickte. Ohne ein weiteres Wort drehte er sich um und verschwand in den Schatten der Gasse hinter sich. »Du kennst den Typen?«, fragte Blake seinen Freund. »Ist er einer deiner Schüler?«

Luke stieß ein leises Schnauben aus. »Dazu müsste er überhaupt mal im Unterricht auftauchen, was nur äußerst selten der Fall ist. Auf jeden Fall gehört er zu einer der Gangs in der Gegend und ist mit Vorsicht zu genießen.«

»Trotzdem scheint der geschätzte Stadtrat ihn zu kennen«, sagte Will. »Was er ihm da wohl gegeben hat?«

»Geld«, mutmaßte Liam. »Warum sonst sollte sich der feine Pinkel die Mühe machen, mit dem Wagen seiner Frau nachts in dieser Gegend unterwegs zu sein, um jemanden wie diesen Alvarez zu treffen.«

Genau so sah Blake das auch. Sein Herz schlug noch immer laut und schnell. Logan hatte ihn am langen Arm verhungern lassen, als Melody die Firma und ihn verlassen hatte. Mit seinen Bauplänen, mit denen sie Logans Ausschreibung für einen Luxuswohnkomplex am Pier gewonnen hatte. Der Stadtrat hatte ihm nicht geglaubt, dass die Pläne gestohlen waren. Oder er hatte es gewusst und es hatte ihn nicht interessiert. Schon damals hatte Blake gedacht, dass mit Logan etwas nicht stimmte. Oder dass er korrupt war. Er hatte den Mann zwar zur Rede gestellt, damit aber überhaupt nichts erreicht.

Sie sahen zu, wie Logan in das Auto stieg und davonfuhr. Dann kehrten sie zum Basketballplatz zurück und sammelten ihre Sachen ein. Als Blake auf sein Rad stieg und zum Pub fuhr, rätselte er noch immer darüber nach, was die Begegnung, die seine Freunde und er gerade beobachtet hatten, bedeutete. Auf jeden Fall führte der Stadtrat irgendetwas im Schilde. Nur was? Darauf konnte Blake sich keinen Reim machen.

Am Samstagmorgen öffnete Harper leise die Tür zum Zimmer ihrer Nichte. Unter einem Betreten-verboten-Schild hing das Poster eines hübschen Rappen, der über ein Feld galoppierte, an dem nussbraunen Holz. Das Tier und die Landschaft erinnerten Harper immer an ihre alte Heimat in Kansas. Brooke empfand das vermutlich genauso, denn sie rümpfte jedes Mal die Nase, wenn ihr Blick auf das Poster fiel. So wie auch jetzt.

Aber Pferde waren nun mal Reevas große Liebe. Neben Lucky, der sich in ihr Bett geschmuggelt hatte, wie Harper feststellte, als sie gemeinsam mit Brooke in das Zimmer ihrer Nichte schlich. Um sie herum herrschte das übliche Chaos. Als ihr nackter Fuß auf eine Cowgirl-Barbie traf, zuckte sie zusammen und war dankbar, dass Reevas Lego-Phase vorbei war. Sie hatte irgendwann aufgehört zu zählen, wie oft sie auf diese hinterhältigen kleinen Bausteine getreten war.

Die Sonne, die bereits aufgegangen war, wurde von den Jalousien in schmale Streifen zerschnitten, die sich über das gesamte Zimmer verteilten. Lucky klopfte zweimal mit dem Schwanz auf die Bettdecke, tat aber so, als ob er weiterschlafe. Dann konnte ihm nämlich niemand mit einem Blick zu verstehen geben, dass er nichts in Reevas Bett verloren hatte.

Reevas Bett war der Traum jedes kleinen Mädchens. Auch dieses Möbelstück hatte Brooke selbst gebaut. Es war einer Scheune nachempfunden. Die Seiten dunkelrot gestrichen, mit weiß abgesetzten Leisten und Fensterläden. Das Bett wirkte wie eine Koje. Der obere Teil war wie ein Baumhaus gebaut, über eine Leiter erreichbar und das ultimative Spielparadies, das sogar über eine Barn Door verfügte, die sich auf- und zuschieben ließ. Highlight waren aber die Stallboxen, die Brooke in die Bettseiten eingebaut hatte. So konnte jeder ihrer kleinen Plastik-Spielgefährten nachts in Reevas Nähe schlafen. Etwas, worauf das Mädchen großen Wert legte. Harper und Brooke waren nicht weniger dankbar, weil das automatisch dafür sorgte, dass wenigstens ein Teil des Spielzeugs aufgeräumt war.

Harpers Nichte schlief wie immer auf dem Bauch, die Decke halb über ihren Kopf gezogen. Als die Schwestern sich kichernd rechts und links von ihr auf die Matratze quetschten, gab sie ein unwilliges Brummen von sich. »Geht weg«, murmelte sie und versuchte, die Decke noch höher zu ziehen.

»Das könnten wir«, flüsterte Brooke und schob ihrer Tochter die Haare hinter das Ohr, die ihr Gesicht verdeckten. »Aber dann würdest du unsere Überraschung verpassen.«

Reeva kniff die Augen weiter zusammen. »Hat die Überraschung etwas mit Muffins von Miss Neele zu tun?«, brummte sie.

»Ich würde sagen, sie ist deutlich größer«, gab Harper ihr den nächsten Hinweis.

Einen Moment lang lag Reeva ganz still, dann schob sie die Decke weg und richtete sich mit großen Augen auf. »Pferde«, wisperte sie. »Machen wir einen Ausflug zum Reiterhof?«

Brooke hob die Hände zu einer allumfassenden Geste. »Größer«, sagte sie in einem verschwörerischen Tonfall.

»Aber … was?« Reevas Gehirn arbeitete so kurz nach dem Aufwachen noch nicht auf Hochtouren. Oder sie konnte sich schlicht nicht vorstellen, dass es etwas Größeres gab als eine Reitstunde in ihrem Lieblingsstall.

Brooke zog die Antwort noch ein wenig hinaus, um die Spannung zu erhöhen. Dann vollführte sie einen kleinen Trommelwirbel auf der Bettdecke. »Ein Wochenende auf einer Ranch. Winzige Reiterferien.«

Reeva stieß einen Jubelschrei aus und strampelte die Bettdecke jetzt vollständig zur Seite. Während sie erst ihrer Mutter und dann Harper die Arme um den Hals schlang, sprang

Lucky aus dem Bett, in dem es ihm zu unruhig wurde, und rollte sich auf dem Teppich davor zusammen.

»Fahren wir jetzt gleich?«, wollte Reeva wissen und zappelte noch immer aufgeregt.

»Nächstes Wochenende«, erklärte Harper. »Wir starten am Freitag nach der Schule und bleiben bis Sonntag.« Brooke und sie hatten diesen Trip schon vor Wochen geplant. Aber wenn sie Reeva schon davon erzählt hätten, hätte sie sie in den Wahnsinn getrieben. Eine Woche dieser brodelnden Vorfreude ließ sich dagegen ertragen.

»Sechs Tage«, zählte Reeva nach. »Das halte ich aus. Und dann will ich auf einem wie Stormy reiten.« Sie wies mit dem Zeigefinger auf den hübschen Palomino mit der blonden Mähne auf der gegenüberliegenden Wand. Naya hatte auf Reevas Betteln hin ein Bild über die ganze Zimmerseite gemalt, das zusammen mit dem grünen Teppich den Eindruck erweckte, als stehe man mitten auf einer Wiese, auf der mehrere Pferde und Fohlen grasten und herumsprangen. Jedem einzelnen hatte Reeva einen Namen gegeben.

»Wir finden ganz bestimmt ein Pferd, das aussieht wie Stormy«, versprach Brooke. Sie schob Reeva die Haare aus der Stirn und küsste sie auf die Schläfe.

Harper lächelte ihre Schwester über den Kopf ihrer Nichte hinweg an. Die Entscheidung war richtig gewesen, auch wenn Brooke sich dagegen gewehrt hatte. Reeva träumte schon so lange von einem Reiterurlaub oder überhaupt davon, in der Nähe von Pferden zu sein. Ihr Herz hing an diesen Tieren, genau wie Brookes früher. Sie hatten auf Pferden gesessen, bevor sie hatten laufen können, und Brooke hatte ihre Flower geliebt. Sie war zwölf oder dreizehn gewesen, als Flower ein paar Tage nach einem furchtbaren Streit mit ihrem Vater verschwunden war. Charles McNally hatte die sanftmütige Stute einfach verkauft – um seine Tochter zu bestrafen. Sie war durch einen übellaunigen, unkontrollierbaren Wallach ersetzt worden, den ihr Vater mit harter Hand führte, von dem sich Harper und Brooke aber so weit entfernt wie möglich hielten. Bis auf die eine Begebenheit, die Harper noch heute eine Gänsehaut über den Rücken trieb.

Brooke hatte sich nicht einmal von Flower verabschieden können. Sie waren aus der Schule nach Hause gekommen, und die Stute war weg gewesen. Das hatte Harpers Schwester das Herz gebrochen. Zusammen mit dem Tod ihrer Mutter und dem Moment, in dem Charles herausgefunden hatte, dass sie schwanger war, war das sicher einer der schlimmsten Tage in Brookes Leben gewesen. Reevas Sehnsucht nach diesen Tieren brachte viele schmerzliche Erinnerungen zurück. Und doch hatte sie sich dazu durchgerungen, ihrer Tochter diesen Traum zu erfüllen – und absolut ins Schwarze getroffen.

»Ich muss sagen, dass ich die Idee mit den Muffins bei Miss Neele auch nicht schlecht finde«, sagte Harper. »Frühstück im Piece of Heaven. Wer zuletzt angezogen ist, zahlt.«

Lachend versuchten sie alle drei gleichzeitig aus dem Bett zu kommen. Ein fröhlicher Wettkampf, der perfekt zu diesem sonnigen Morgen passte.

4

Blake stand in der Tür des Konferenzraumes und wartete, bis sich die Fahrstuhltüren schlossen. Alle sechs Mitglieder, die der Stadtrat von Gray Beach zu dieser Besprechung entsandt hatte, hatten sich auf dem Weg nach unten zusammen in die Aufzugkabine gequetscht.

Als das typische Pling des Fahrstuhls ertönte, atmete er langsam aus und lehnte sich mit der Schulter in den Türrahmen. Dieses Treffen war verdammt erfolgversprechend gewesen. Wenn er es schaffte, innerhalb kürzester Zeit einen Entwurf für ein Konzert- und Veranstaltungszentrum aus dem Hut zu zaubern, standen die Chancen für Marshall Construction nicht schlecht, den Auftrag der Küstenstadt zu erhalten. Es musste nur innovativ sein. Nachhaltig. Und sowohl den Pazifik als auch den Bundesstaat Oregon widerspiegeln. Eine Kleinigkeit, wenn man ein halbes Jahr Zeit hatte und nicht nebenher noch ein Bauunternehmen führen musste. Es war allerdings etwas anderes, wenn man kurzfristig um einen Vorschlag gebeten wurde, weil alle anderen bisher eingereichten Entwürfe die Erwartungen der Stadt nicht erfüllten. Entlang der Atlantiklinie hatte Marshall Construction über die Jahrzehnte unzählige Projekte verwirklicht. An der Westküste waren sie allerdings noch nicht vertreten. Die Chance, dort Fuß zu fassen, war unbezahlbar. Also würde Blake einen Weg finden, das perfekte Gebäude zu entwerfen. Genau das, was die Leute aus Gray Beach suchten. Wie auch immer er das umsetzen sollte. Und wann.

Blake fuhr sich durch die Haare, zog dann seine Krawatte vom Hals und öffnete den obersten Hemdknopf. Er würde einen Weg finden. Länger hier herumzustehen und vor sich hin zu träumen, brachte jedenfalls nichts. Entschlossen stieß er sich aus dem Türrahmen ab, joggte die Treppe hinunter und schlug den Weg in Richtung seines Büros ein.

Harper blickte vom Bildschirm ihres Rechners auf, als sie ihn auf sich zukommen sah. »Wie ist es gelaufen?«, fragte sie.

»Perfekt«, erwiderte Blake. »Fast schon zu perfekt. Ich bin guter Dinge, dass wir den Auftrag bekommen, wenn wir uns ranhalten.«

»Das sind großartige Neuigkeiten.« Seine Assistentin hielt ihm ein paar Notizzettel hin. »Ihr Bruder hat angerufen, um Sie an die Anprobe für den Anzug zur Hochzeit zu erinnern. Und eine Miss Parker vom *Providence Journal* fragt an, ob Sie und Ihr Vater bereit für ein Porträt über Sie und die Firma wären.«

»Danke, Harper.« Er war schon an seiner Bürotür, als ihm etwas einfiel, und er sich noch einmal umdrehte. »Haben Sie etwas über Logan herausfinden können?«, fragte er.

Harper schüttelte den Kopf. »Nein. Es gibt keine geplanten Projekte oder irgendwelche städtebaulichen Veränderungen, die die Aufmerksamkeit des Stadtrates für Bauangelegenheiten in Admiral Hill erfordern würden.« Sie zuckte die Schultern. »Wahrscheinlich war er in einer privaten Angelegenheit dort.«

»Hmm.« Die Informationen, die Harper für ihn hatte, gefielen Blake nicht. Er war sich sicher, dass viel mehr hinter diesem nächtlichen Treffen mit einem Gangmitglied steckte, als auf den ersten Blick ersichtlich war. Aber wenn seine Assistentin nicht mehr herausbekommen hatte, gab es im Moment auch nicht mehr darüber zu wissen. »Tun Sie mir einen Gefallen und behalten Sie diese Sache im Blick. Ich will wissen, wenn es irgendwelche Neuigkeiten gibt, die Admiral Hill betreffen.« Er wusste selbst nicht, warum ihm das so wichtig war. Außer, dass er Logan nicht mehr über dem Weg traute, nachdem er Melody eine Ausschreibung mit einem von Marshall Construction gestohlenem Entwurf hatte gewinnen lassen. Sein Bauchgefühl sagte ihm, dass er den Stadtrat im Auge behalten musste. Also würde er genau das tun.

»Natürlich.« Harper nickte wieder. »Soll ich Ihnen eine Tasse Kaffee bringen, bevor Ihre Videokonferenz mit den Leuten vom Edge on Hudson-Projekt beginnt?«

Blake öffnete seine Bürotür. »Das wäre nett«, sagte er. Bis zu seiner nächsten Konferenz blieb ihm eine Viertelstunde. Zeit, in der er sich erste Gedanken über den Entwurf für Gray Beach machen konnte.

Nach dem Online-Meeting war ein Teil der Euphorie über den möglichen Auftrag aus Gray Beach bereits wieder verflogen. In Sleepy Hollow ließen die Probleme einfach nicht nach, und der Bauinspektor trampelte ihnen pausenlos auf den Füßen herum oder atmete ihnen in den Nacken. Fast als hätte er ein persönliches Problem mit dem Projekt. Genervt kniff Blake sich mit Zeigefinger und Daumen in die Nasenwurzel, als könne er die aufkeimenden Kopfschmerzen auf diese Weise zurückdrängen. Die Probleme mit dem Edge on Hudson-Projekt mussten geklärt werden. Noch heute. Sonst stand am Ende die ganze Baustelle still. Und bevor er das nicht erledigt hatte, konnte er sich nicht auf Gray Beach konzentrieren. »Herein«, rief er auf das leise Klopfen an der Tür, das mit Sicherheit von seiner Assistentin stammte.

Eine frische Tasse Kaffee erschien in seinem Blickfeld. Ein Glas Wasser und eine Kopfschmerztablette. Er hatte keine Ahnung, wie Harper das machte. Manchmal erweckte sie den Eindruck, besser zu wissen, was er brauchte, als er selbst. »Danke«, sagte er und wandte sich wieder den E-Mails zu, mit denen der Bauinspektor von Sleepy Hollow ihn bombardierte. »Seien Sie so gut und sagen Sie für heute alle Termine ab, Harper«, bat er und öffnete die nächste Mail.

»Wird erledigt«, hörte er sie leise sagen.

»Und sorgen Sie dafür, dass alle Termine von morgen auf nächste Woche geschoben werden. Ich muss nach Providence und dort im Architekturbüro einiges vorbereiten.«

»Kein Problem«, erwiderte sie abermals, während Blake bereits bei der nächsten Mail war.

»Gut. Ich brauch Sie dann morgen Nachmittag hier, wenn ich aus Providence zurück bin. Wir haben das Wochenende über verdammt viel zu tun.« Er wartete einen Moment. Als jedoch das übliche »Selbstverständlich«, das er von Harper gewohnt war, nicht kam, warf er ihr einen irritierten Blick zu.

Sie stand bereits an der Tür und schluckte, als er den Kopf hob. »Tut mir leid, Blake«, sagte sie leise. »Ich kann am Wochenende nicht.«

Im ersten Moment glaubte Blake, sich verhört zu haben. »Was soll das heißen? Sie können nicht? Wir müssen diese Ausschreibung in Gray Beach angehen. Das lässt sich nirgends mehr in den Arbeitsalltag reinquetschen. Das muss am Wochenende erledigt werden.«

Harper nickte und sagte: »Das verstehe ich.« Gut. Doch dann redete sie weiter. »Es tut mir leid, dass Sie das ganze

Wochenende dafür opfern müssen. Aber ich werde Sie nicht unterstützen können.«

Blake rieb sich über die rechte Schläfe, wo die Kopfschmerzen mit voller Wucht einsetzten. Jetzt würde ihm nicht einmal mehr die Tablette helfen, die Harper ihm gebracht hatte. »Geht es um die Überstunden?«, fragte er und schaffte es nicht, einen genervten Unterton aus seinen Worten zu verdrängen. Er hatte keine Zeit für diese Art von Diskussionen, er musste sehen, dass er vorwärtskam. Seine Assistentin hatte sich noch nie quergestellt oder war nicht da gewesen, wenn er sie gebraucht hatte.

»Sie zahlen mir meine Überstunden bereits, Blake. Darum geht es nicht. Ich habe einfach keine Zeit. Wenn Sie möchten, spreche ich mit Rachelle. Vielleicht kann sie Ihnen …«

»Nein, verdammt!«, explodierte er. »Ich will niemanden aus dem Sekretariat. Ich will verdammt noch mal, dass meine Assistentin ihren Job macht. Was können Sie denn schon vorhaben am Wochenende? Ihre Kakteen gießen?«

Harper antwortete nicht. Sie hielt den Blick noch immer gesenkt, während sich das schwere Schweigen zwischen ihnen ausbreitete. Schließlich hob sie den Kopf und sah ihn an. Das Licht, das durch die großen Fenster vom Hafen in sein Büro drang, spiegelte sich in ihren Brillengläsern. Er konnte den Ausdruck in ihren Augen nicht erkennen, aber ihre zu einem schmalen Strich zusammengepressten Lippen sprachen für sich. Im Moment konnte Blake sich allerdings keine Gedanken über Harpers Befindlichkeiten machen. Er brauchte sie. Und wenn sie die Ausschreibung an der Westküste gewannen, würden weitere Projekte folgen. Projekte, die ihre Überstunden bezahlten. Die für ihre Krankenversicherung sorgten. Und für die der anderen Mitarbeiter. Er trug die

Verantwortung, und der würde er gerecht werden. Auch wenn das Harper McNally nicht passte. Solange sie am Freitagnachmittag in seinem Büro stand und ihren Job erledigte, war er bereit, ihre schlechte Laune hinzunehmen. »Gray Beach will einen Entwurf von uns. Und sie wollen, dass ich diesen Entwurf gestalte. Als leitender Architekt. Später kann ich die Arbeit sicher delegieren. Aber im Moment gibt es keine Alternativen. Ich muss mich auf Sie verlassen können, Harper. Hier geht es nicht um Kleinigkeiten.« Ganz abgesehen davon, dass es nicht zu seinen Stärken gehörte, anderen zu vertrauen. Zumindest nicht mehr, seit Melody ihn reingelegt hatte. Harper war eine der wenigen Personen, auf die er überhaupt zählte. Und er hatte es noch nie erlebt, dass sie sich so gegen ihre Arbeit sträubte.

»Hören Sie, Blake, …«, begann sie noch einmal.

»Das war alles«, unterbrach er sie und senkte den Blick wieder auf den Monitor. Er würde ihr nicht die Möglichkeit geben, sich doch noch für das Wochenende herauszureden.

Als er hörte, wie sie leise die Tür hinter sich ins Schloss gezogen hatte, griff er nach der Kopfschmerztablette und spülte sie mit dem ganzen Glas Wasser hinunter, das er auf ex trank.

VOR EINEINHALB JAHREN

Alle wussten, dass etwas vorgefallen war – abgesehen von Richard Marshalls Herzinfarkt. Davon wussten natürlich auch alle bei Marshall Construction. Und davon, wie sein Sohn Blake versuchte, alles zusammen- und die Räder am Laufen zu halten. Gerüchte machten die Runde, dass Blake zudem von seiner Verlobten verlassen worden war. Es gab jede Menge Gerüchte. Von einem anderen Mann über einen besseren Job in einem anderen Architekturbüro bis zu geraubten Projekten aus der Firma war alles dabei. Was zumindest eine Erklärung für Blakes Laune war, die einem Hurrikan der Kategorie vier glich.

Harper hörte nicht auf das Gerede. Und sie beteiligte sich auch nicht daran. Wie oft hatte sie die Leute in Kansas hinter ihrem Rücken tuscheln hören? Dass ihr Vater zu hart war. Dass ihr Vater nicht hart genug war. Je nachdem, wessen Meinung man ausgesetzt war. Am schlimmsten war die Behauptung gewesen, dass Harpers Mutter nicht einfach bei einem Autounfall ums Leben gekommen war, sondern auf der Flucht vor ihrem grauenvollen Ehemann, bei dem sie ihre Töchter einfach zurückgelassen hatte. Es hatte nie Beweise gegeben. Weder dafür noch dagegen. Aber das hatte die Nachbarn nicht davon abgehalten, sich das Maul über die McNallys zu zerreißen.

Auch bei diesem Thema hatte sich Harpers Talent, sich unsichtbar zu machen, ausgezahlt. Solange sie sie nicht bemerkten, hatten die Tratschtanten in Hazelton ihren Mund gehalten. Und wenn niemand bei Marshall Construction auf sie aufmerksam wurde, war ihr Job in der Buchhaltung nicht in Gefahr. Auch wenn sie längst nicht mehr unter den Attacken und Machtspielchen ihrer Chefin, Mrs. Murphy, leiden musste, die vor ein paar Jahren in Pension gegangen war. Warum also war sie zur Personalchefin zitiert worden? Nicht in die Personalabteilung, was ihr bereits genug Sorgen bereitet hätte. Sondern zur Leiterin der Abteilung höchstpersönlich. Sie war ein paar Minuten zu früh gekommen und hatte

Richard Marshalls Assistentin Marla in dem Büro verschwinden sehen. Was auch immer hinter dieser Tür los war, es hatte etwas mit ihr zu tun.

Es dauerte noch ein paar Minuten, bis die Personalchefin, Gillian Mayers, Harper in ihr Büro bat. Mit klopfendem Herzen und schweißnassen Händen erhob sich Harper von der steingrauen Ledercouch, auf der sie gewartet hatte. Wenn sie gefeuert wurde, würde nicht die Welt untergehen, wie es vielleicht vor acht Jahren der Fall gewesen wäre. Ihre Schwester hatte in der Schreinerei einen guten Job. Sie hatten ein wenig Geld zur Seite gelegt, sodass sie über die Runden kommen würden, bis sie etwas Neues gefunden hatte. Zumindest redete sie sich das ein, während sie einmal tief durchatmete.

»Danke, dass Sie sich Zeit für uns nehmen, Harper«, holte Marla sie mit einem freundlichen Lächeln aus ihren Gedanken.

»Ähm …« Harper nickte. Sie hatte nicht den Eindruck gehabt, eine Wahl zu haben.

»Sie fragen sich wahrscheinlich, warum wir Sie hergebeten haben.« Gillian schenkte ihr ein ebenso freundliches Lächeln.

Was dafür sorgte, dass Harpers Unbehagen noch weiter stieg. »Das … könnte man so sagen.«

Marla lachte herzlich. »Setzen Sie sich, meine Liebe. Es gibt keinen Grund, im Stehen zu reden.« Sie wies in die kleine Sitzecke, und Harper nahm gehorsam in einem der Clubsessel Platz.

»Wir haben ein Problem«, begann Gillian.

Harper schluckte.

»Und wir glauben, Sie sind die Lösung«, ergänzte Marla. Bevor Harper etwas erwidern konnte, fuhr sie fort. »Sie haben sicher von Richard Marshalls Herzinfarkt gehört. Er befindet sich auf dem Weg der Besserung.« Sie legte die Hand auf ihr Herz. »Gott sei Dank. Er wird sich nur langsam erholen, und wir wissen heute noch nicht, ob er je wieder in die Firma zurückkehren wird. Aber der Juniorchef arbeitet seit dem Ausfall seines Vaters doppelt so hart.«

Harper nickte. Das war ihr ebenfalls aufgefallen. Nicht nur, weil sie den Mann, den sie seit ihrem Zusammenprall an ihrem ersten Tag in der Firma nie ganz aus den Augen verloren hatte. Er erfüllte Richards Pensum mit, versank in Arbeit und war deshalb sogar aus Providence nach Newport zurückgekehrt.

»Ich finde, dass es so nicht weitergehen kann«, erzählte Marla weiter. Sie beugte sich vor, als wollte sie von einem besonders gelungenen Coup erzählen. »Ich habe Gillian ins Boot geholt, und wir haben uns auf die Suche nach einer Assistentin für Blake gemacht.«

Harper nickte erneut. Sie verstand nicht, was die Frauen von ihr wollten.

Gillian schenkte ihr wieder ihr freundliches Lächeln. »An dieser Stelle kommen Sie ins Spiel.« Sie schlug einen Ordner auf, und Harper erkannte, dass das ihre Personalakte war. »Wir suchen nach jemand Zuverlässigem. Jemandem, der strukturiert ist und organisiert.«

»Jemandem, der mitdenkt und Blake hin und wieder vielleicht sogar einen Schritt voraus ist«, schaltete sich Marla wieder ein.

Was versuchten diese Frauen ihr zu sagen? Dass sie Blake Marshalls persönliche Assistentin werden sollte. »Ich …«

»Sie haben Ihren Collegeabschluss nachgeholt«, sagte Gillian mit einem Blick auf ihre Personalakte. »Neben der Arbeit. Meinen Respekt dafür. Wir wissen, dass Sie ein deutlich höheres Arbeitspensum als Ihre Kollegen haben, auch wenn Sie sich nie damit brüsten. Sie sind ruhig. Effizient. Und, soweit wir das beurteilen können, bereit, auch mal Überstunden zu machen«, zählte sie auf. »Sie sind die Assistentin, die wir uns für Blake wünschen.«

Harper blinzelte ungläubig. Hatte sie das gerade richtig verstanden? »Ich habe überhaupt keine Qualifikation für diesen Job. Ich hatte noch nie eine Assistentenstelle«, platzte sie im nächsten Moment heraus. Wie kamen diese Frauen ausgerechnet auf sie? Brooke würde ihr jetzt wahrscheinlich raten, die Coole zu spielen und so zu tun, als wäre dieses Jobangebot nichts Besonderes und sie könnte es locker mit dieser Aufgabe aufnehmen. Aber so war Harper nicht. Sie hatte keinen blassen Schimmer, was von einer persönlichen Assistentin erwartet wurde.

»Sie sind eine unserer zuverlässigsten Mitarbeiterinnen. Genau das, was Blake jetzt braucht.« Marla legte ihr die Hand auf den Unterarm. »Jemand, auf den er sich verlassen und dem er vertrauen kann.«

Gillian hob beruhigend die Hand, bevor Harper etwas erwidern konnte, und warf einen Blick auf ihre Uhr. »Sie müssen sich natürlich nicht auf der Stelle entscheiden. Auch wenn ich Ihnen versprechen kann, dass damit selbstverständlich eine signifikante Gehaltserhöhung verbunden ist. Darf ich Sie bitten, noch einmal einen Moment draußen Platz zu nehmen? Nachdem wir mit Blake gesprochen haben, unterhalten wir uns noch einmal.«

Harper fühlte sich wie betäubt. Sie nickte, verließ das Büro und nahm wieder auf der grauen Couch vor der grauen Wand Platz. Sie hielten sie für zuverlässig und vertrauenswürdig. Das waren genau die Charaktereigenschaften, mit denen sie sich selbst beschreiben würde. Harper hätte nur nie gedacht, dass das ausreichte, den Posten der persönlichen Assistentin des Juniorchefs angeboten zu bekommen.

Während sie darüber grübelte, ob es eine gute Idee war, das Angebot anzunehmen, rauschte der Mann, für den sie künftig arbeiten sollte, an ihr vorbei – ohne sie zu sehen. Blake Marshall wirkte gehetzt. Genervt. Die tiefe Falte zwischen seinen Brauen sprach genau wie seine abgehackten, schnellen Bewegungen für die Wut, die offenbar in ihm brodelte. Seine Haare hätten einen Schnitt vertragen können. Eine Rasur hätte ihm ebenfalls nicht geschadet, und das Hemd unter seinem Jackett sah ziemlich zerknittert aus, ergänzte sich aber fantastisch mit seinen Augenringen. Er arbeitete wirklich viel zu viel. Es gab sicher niemanden in der Firma, dem das nicht aufgefallen war.

»Was ist so wichtig, dass es nicht bis nächste Woche warten kann«, hörte Harper ihn durch die dünnen Wände, kaum dass er die Tür hinter sich ins Schloss geworfen hatte.

»Hallo, Blake. Schön, dich zu sehen«, wies Marla ihn prompt in ihrer unnachahmlichen Art darauf hin, dass er unhöflich war.

Harper hörte ihn leise etwas sagen, konnte ihn aber nicht verstehen. Als ihr bewusst wurde, dass sie lauschte, bemühte sie sich, nicht mehr hinzuhören. Stattdessen dachte sie darüber nach, was Brooke und ihre beste Freundin Naya von der Beförderung halten würden. Vermutlich würden sich beide Gedanken machen, dass sie dann noch mehr arbeitete und noch seltener zu Hause war. Im Blick ihrer Schwester würde Harper darüber hinaus wahrscheinlich noch ein ziemlich schlechtes Gewissen entdecken, weil Reeva und sie noch immer auf Harper zählten. Aber genau dafür war eine Familie ja da. Und schließlich lag Brooke ihr ja nicht auf der Tasche und ließ sich aushalten. Sie schuftete in der Schreinerei und ihrem eigenen Restaurations-Shop genauso schwer wie Harper.

»... geht so nicht weiter«, drang Gillians Stimme in einem eindringlichen Tonfall zu Harper durch.

»... jemand, der dir Arbeit abnimmt und deinen Alltag und dein Büro organisiert«, stimmte Marla ein. »Sonst kannst du dich in ein paar Wochen in das Krankenbett neben deinem Dad legen.«

»... will keine verdammte Assistentin. Und ich brauch auch keine.« Blakes Stimme war mit jedem Wort lauter geworden, bis er den letzten Teil des Satzes regelrecht brüllte.

Harpers Herz sank. Wenn er gar keine Assistentin brauchte, warum hatten Gillian und Marla ihr diesen Job überhaupt erst schmackhaft gemacht? Sie bemühte sich inzwischen nicht mehr, so zu tun, als höre sie nicht, was im Büro der Personalchefin geschah. Schließlich ging es hier um sie. Und die Stimmung im Büro war – vorsichtig formuliert – angespannt. Marla und Gillian redeten auf Blake ein, dessen war sie sich sicher. Sie konnte die Frauen nicht verstehen, aber aus ihren Stimmen klang eine Mischung aus Beschwichtigung, Bitten und einem Appell an Blakes Vernunft heraus.

Dann herrschte einen Moment lang Stille, und Harper hielt den Atem an, bevor sich die Wut, die sie vorhin in Blakes Gesicht gesehen hatte, Bahn brach. »Ihr wollt, dass ich mir eine Assistentin zulege? Fein! Sucht mir am besten jemanden aus, der für meine Geschäftspartner unsichtbar ist. O ja, am allerbesten wäre es, sie würde mit der Wand verschmelzen. Die graueste Maus, die ihr finden könnt. Denn ich habe die Nase gestrichen voll von Leuten in meinem Umfeld, die nicht nur mit der Konkurrenz ins Bett gehen, sondern gleich ganze Projekte klauen und damit abhauen.«

»Wir haben da schon eine passende Mitarbeiterin im Auge«, hörte Harper die Personalchefin mit Begeisterung in der Stimme sagen. »Eine Angestellte, die so wenig stört, dass sie nahezu unsichtbar ist. Im Gegensatz zu …«

Die Tür wurde aufgerissen, und Blake stürmte heraus, bevor Gillian ihren Satz zu Ende sprechen konnte. Was meinte er mit ›Menschen, von denen er die Nase voll hatte, weil sie mit der Konkurrenz ins Bett gingen und Projekte klauten‹? Hatte seine Verlobte – Ex-Verlobte, korrigierte Harper sich in Gedanken – ihn etwa betrogen? Blake nahm Harper gar nicht wahr, die wie erstarrt auf ihrem Platz saß, als er an ihr vorbeirannte. Ihre Wangen brannten, und ihre Knie fühlten sich zu wacklig an, um aufzustehen. Sie war als Blakes Assistentin ausgewählt worden. Aber nicht wegen ihrer Zuverlässigkeit und Vertrauenswürdigkeit, wie man ihr gesagt hatte, sondern weil sie mit der Wand verschmelzen konnte. Weil sie so unsichtbar war, dass selbst ihr künftiger Vorgesetzter an ihr vorbeilief, ohne sie zu sehen. Das funktionierte ja offenbar perfekt.

Als Harper den Blick hob, standen Marla und Gillian in der Tür zum Personalbüro und lächelten sie an, als irritiere sie Blakes Ausbruch kein bisschen. »Sie haben den Job«, sagte Marla fröhlich.

»Den Eindruck habe ich allerdings auch«, murmelte Harper.

JETZT

Harper kam zu spät. Wieder einmal. Sie schlich sich in die Halle, die vor Jahren einmal das Herzstück der Safe Harbor Marina gewesen war. Während hier früher Boote repariert worden waren, wurde inzwischen nur noch der Jamestown

Boatyard, der zur Marina gehörte, genutzt. Die Bootshalle hingegen war in ein – ziemlich überdimensioniertes – Tanzstudio verwandelt worden. Was auch notwendig war, denn es schien, als käme jedes Mal die halbe Stadt zu den Kursen, die Elijah Hill hier anbot.

Schnelle Zumba-Rhythmen schlugen Harper gemeinsam mit dem Geruch nach Holz und Schmieröl, der hier noch immer in der Luft hing, entgegen. Der Kurs lief bereits eine halbe Stunde, aber Blake hatte noch so viele Aufträge für sie gehabt, dass sie es einfach nicht eher aus dem Büro geschafft hatte.

Eigentlich machte es überhaupt keinen Sinn, so spät hier aufzutauchen. Aber Brooke und Naya hätten sie wahrscheinlich gegrillt, wenn sie geschwänzt hätte. Also hatte sie sich in ihre Sportklamotten geworfen und war hergeradelt.

Von den Tanzenden unbemerkt, stellte sie ihre Tasche neben die anderen an der Wand und atmete tief durch. Dieser Tag hatte sie gestresst. Regelrecht emotional ausgelaugt. Sie hatte Blake widersprochen. Zum ersten Mal in den eineinhalb Jahren, die sie nun schon für ihn arbeitete. Und er hatte es nicht gut aufgenommen. Entschlossen schob sie den Gedanken zur Seite und machte einen Schritt in Richtung Kurs, als sie aus den Augenwinkeln eine Bewegung an der gegenüberliegenden Wand wahrnahm. Sie wandte den Kopf und lachte leise, als sie Mason Hill entdeckte, Elijahs Ehemann, der hinter der in Regenbogenfarben beleuchteten Bar stand, an der nach den Tanzkursen Smoothies und Eiweißshakes mit fantasievollen Namen gereicht wurden. Er schwenkte mit der linken Hand ein halb volles Margarita-Glas und winkte sie mit der anderen zu sich herüber. Im Gegensatz zu Elijah trug er kein perfekt durchgestyltes

Tänzeroutfit, sondern Jeans und ein knallenges schwarzes T-Shirt, das jeden Muskel seines durchtrainierten, fünfzigjährigen Tänzerkörpers und die prächtigen Tattoos auf seinem linken Arm zur Schau stellte.

Die Entscheidung zwischen einem Drink – den sie an diesem Abend wirklich bitter nötig hatte – und Sport fiel ihr nicht besonders schwer. »Du bist ein hinterhältiger Kerl, Mason Hill«, sagte sie, als sie die Bar erreichte.

»Schätzchen.« Er beugte sich über den Tresen und küsste Harper auf die Wange. »Du siehst definitiv aus, als bräuchtest du das hier verdammt dringend.« Er goss ihr eine Margarita ein, die hier Zumba-Ritas hießen, und schob sie in ihre Richtung, bevor er sich selbst nachschenkte und sein Glas hob.

»Verdammt dringend«, gab Harper ihm recht, stieß mit ihm an und nahm einen großen Schluck.

»Hat der Lord of Late Nights dich wieder gequält?«, wollte Mason mit neugierig aufgerissenen Augen wissen. Was Harper angesichts seiner zur Unbeweglichkeit gebotoxten Stirn zum Lachen gebracht hätte, hätte sie sich bei seinen Worten nicht verschluckt.

»Was …?« Sie hustete und wischte sich die Tränen aus den Augenwinkeln, bevor sie krächzte: »Wie, um Himmels willen, kommst du auf diesen Namen?«

Mason schenkte ihr einen unschuldigen Augenaufschlag. »Lord of Late Nights? Nennt deinen Boss nicht jeder so?«

Harper starrte ihn an. »Jeder – im Sinne von …?«

Er zuckte die Schultern. »Sagen wir so: In Jamestown ist dieser Spitzname kein Geheimnis. Dieser Mensch muss dir Luft zum Atmen lassen, Schätzchen.« Mason seufzte. »Er sieht wirklich heiß aus. Auf eine dunkle, grüblerische Art. Zumindest auf diesen Bildern auf eurer Firmenhomepage.

Und neulich in der Zeitung, als er dieses eine Gebäude in Newport eingeweiht hat.« Er wedelte mit der Hand, weil ihm offenbar nicht mehr einfiel, um was für ein Projekt es sich da gehandelt hatte. Harper wusste auch so, was er meinte – auch wenn der neue Krankenhaus-Flügel nicht in Newport, sondern in Bristol eröffnet worden war. »Aber er muss aufhören, dich so schuften zu lassen«, beendete Mason seine Rede.

Wem sagte er das? Harper trank noch einen Schluck. Vorsichtiger diesmal, um sich nicht wieder zu verschlucken. Das Vorstellungsgespräch vor eineinhalb Jahren war furchtbar gewesen, aber nachdem sie einmal angefangen hatte, für Blake zu arbeiten, waren sie schnell zu einem perfekten Team zusammengewachsen. Was hauptsächlich an ihrem Engagement gelegen hatte. Schon nach kürzester Zeit hatte sie genau gewusst, was er brauchte, noch bevor er es ausgesprochen hatte. Er konnte sich immer blind auf sie verlassen. Harper organisierte seinen Job – und hin und wieder auch sein Leben. »Das ist leichter gesagt als getan«, gab sie zu. »Ich habe heute versucht, ihm etwas abzuschlagen«, verriet sie Mason.

Er zwinkerte ihr zu. »Das versteh ich, Schätzchen. Ich weiß, wie es ist, wenn der perfekte Mann vor einem steht und man versucht, Nein zu sagen. Das funktioniert in den seltensten Fällen.« Er goss Harper noch einmal nach, bis sie die Hand hob, um ihn zu bremsen.

Sie hatte noch nichts gegessen und merkte den Alkohol, der auf direktem Weg in ihre Blutbahn schoss, bereits. »Es geht nicht darum, dass ich ihm nicht widerstehen kann. Das kann ich nämlich verdammt gut.« Auch wenn die Art, wie er mit seiner Familie umging, ihr Herz immer ein klein wenig aus dem Takt geraten ließ. »Er akzeptiert ein Nein einfach nicht. Es interessiert ihn nicht, was andere denken, solange sie die Dinge nicht genauso sehen wie er.« Harper hörte über die lauten Zumba-Rhythmen hinweg, wie bitter sie klang. Es reichte eben nicht aus, ein fantastisches Team zu sein. Je länger sie mit Blake zusammenarbeitete, desto mehr hatte Harper das Gefühl, alles über ihn zu wissen, während er sie überhaupt nicht sah. Was natürlich auch daran lag, dass sie sich noch immer genau so verhielt, wie Blake es vor eineinhalb Jahren von Marla und Gillian verlangt hatte: unsichtbar. Er sah meistens nicht einmal auf, wenn er mit ihr sprach. Er wusste nichts über sie. Über ihr Leben. Weil es ihn einfach nicht interessierte. *Was haben Sie am Wochenende vor? Ihre Kakteen gießen?* Seine hässlichen Worte hallten wieder und wieder durch ihren Kopf.

Mason legte seine Hand auf der Bar über ihre und drückte sie sanft. »Du musst ihn dir aus dem Kopf schlagen, Schätzchen«, sagte er so leise, dass sie ihn über die Musik hinweg gerade noch so verstehen konnte.

Harper zwang sich zu einem Lächeln. »Brooke sagt mir auch ständig, ich soll mir einen anderen Job suchen.«

»Das meine ich nicht.« Mason schüttelte den Kopf. »Du sollst den Mann abhaken. Er wird dich nie so ansehen wie du ihn. Wenn er dich gar nicht wahrnimmt, wie soll er sich dann jemals in dich verlieben? In unsere wundervolle, warmherzige Harper? Glaub mir!« Er zielte mit dem Zeigefinger in Richtung ihres Herzens, als hielte er eine Pistole in der Hand. »Er hat dich nicht verdient.«

»Nicht … verdient?« Harpers Wangen begannen zu brennen. »Was … Wieso denkst du …?« Sie kniff die Lippen zusammen, bevor sie weiter stotterte.

»Dass du dich in deinen Boss verknallt hast, als du ihn an deinem ersten Arbeitstag im Foyer umgeschubst hast?«

»Ich habe ihn nicht …«, wollte Harper sich verteidigen, doch Mason sprach bereits weiter.

»Du hast es mir an dem Abend erzählt, an dem wir das Tanzstudio eröffnet haben. Du hattest definitiv ein paar Margaritas zu viel an diesem Abend.«

»O mein Gott!« Harper schob ihr Glas zur Seite. Sie konnte sich nur noch verschwommen an den Abend vor vier Jahren erinnern. Hatte sie Mason wirklich von ihrer albernen Schwärmerei für Blake erzählt? Mit der sie damals längst abgeschlossen hatte. Hoffentlich hatte sie nicht noch mit anderen darüber gesprochen. Obwohl … »Warte!« Sie kniff die Augen zusammen und fixierte Mason mit einem Blick, der hoffentlich streng wirkte. »Du hast doch niemandem davon erzählt, oder?«

»Ich?« Mason legte sich mit einem empörten Augenaufschlag die Hand aufs Herz, und Harper atmete auf. »Elijah habe ich es natürlich erzählt. Und einmal haben Neele und ich darüber gesprochen, als sie sich Sorgen gemacht hat, weil es mit dir und den Männern einfach nicht klappen wollte. Und Zac. Der es vermutlich Chester erzählt hat. Aber sonst habe ich kein Sterbenswörtchen verraten.«

Im Umkehrschluss: Ganz Jamestown wusste Bescheid. Harper ließ den Kopf auf den Tresen sinken. Das kühle Holz unter ihrer Stirn roch nach der Margarita, von der Mason einen Schluck verschüttet hatte.

»Hör zu, Schätzchen.« Mason tätschelte ihre Hand. »Nimm Elijah und mich als Beispiel. Ich hätte ewig am Broadway tanzen können. Mit Elijah an meiner Seite New York unsicher machen. Gott, waren das Zeiten.« Er stieß ein melancholisches Seufzen aus. »Aber dann ist mein Vater gestorben und hat mir diese Marina hinterlassen. Das hat mich zerrissen. Pflicht auf der einen Seite. Und der Mann meines Lebens auf der anderen. Dass Elijah hier keinen Job als Choreograph und Tanzcoach findet, war klar. Warum also hätte er sein Leben aufgeben und mich hierher begleiten sollen? Aus Liebe, Schätzchen. Das ist der einzige Grund. Und genau deshalb habe ich diese Halle umbauen lassen. Damit Elijah hier seiner Leidenschaft nachgehen und Tanz unterrichten kann. So konnten wir zusammenbleiben und leben unsere Träume noch immer, wenn auch etwas kleiner. Ich sag dir eins: Mit dem Lord of Late Nights wird das nicht funktionieren. Er sieht dich nicht. Also weiß er auch nicht, wovon du träumst. Er wird dir nicht auf halbem Weg entgegenkommen. Er wird deine Wünsche nicht wahr werden lassen. Also, jag diesen Kerl aus deinen Gedanken. Er hat dort nichts verloren. Vielleicht hat deine Schwester recht, und es ist Zeit, deinen Job zu kündigen. Jetzt, wo Brooke die Schreinerei übernimmt, kannst du dir doch etwas Neues suchen. Jemand mit deinen Qualitäten kann sicher unter jeder Menge Angeboten wählen. Dann musst du diesen Kerl nicht mehr jeden Tag sehen, und dein Herz heilt. Öffne dich für einen der netten Männer, die da draußen herumlaufen und erkennen, was für eine wundervolle Frau du bist. Denn eines ist klar: Du bist eine unglaublich starke Frau voller Herz. Menschen wie dein Boss sehen das nur nicht, weil du still bist. Und dich nie in die erste Reihe drängst. Aber gerade das sind die Frauen, die man niemals unterschätzen sollte.« Harper spürte, wie er sich über sie beugte. »Wenn du mich fragst, solltest du es mal mit Online-Dating versuchen«, flüsterte er. »Ich helfe dir, ein Profil zu erstellen.«

Harper stieß ein gequältes Seufzen aus. Sie würde auf keinen Fall mit Online-Dating beginnen. Schon gar nicht, wenn Mason ihr Profil erstellte – und das in der ganzen Stadt herumposaunte. Sie musste jetzt erst einmal verarbeiten, was ihre Nachbarn und Freunde alles über sie wussten.

Bei einer Sache hatte Mason aber auf jeden Fall recht. Sie musste endlich anfangen, sich aus ihren Gefühlen für Blake und ihrem Bedürfnis, ihm alles recht zu machen, zu befreien. Einen Schritt in die richtige Richtung hatte sie an diesem Nachmittag auf jeden Fall gemacht. Vielleicht war es wirklich an der Zeit, sich nach einem neuen Job umzusehen. Sie würde den Reitausflug mit ihrer Nichte dazu nutzen, ihre Situation zu analysieren – denn das war etwas, was sie verdammt gut konnte – und nach einer Lösung zu suchen.

Die letzten Töne der Zumba-Musik verklangen, und die Teilnehmer des Kurses applaudierten Elijah. Harper richtete sich wieder auf, griff nach ihrem Glas und leerte es in einem Zug. In einer halben Minute würde es an der Bar nur so wimmeln von Zumba-Tänzern, die den Kurs nur als Vorwand nutzten, um sich an einem Donnerstagabend auf einen Drink und jede Menge Klatsch und Tratsch zu treffen. »Ich nehm noch einen.« Harper schob das Glas über den Tresen. »Und wenn ich anfange, noch mehr meiner Geheimnisse auszuplaudern, schick mich nach Hause, ja?«

Mason ließ abermals sein unschuldiges Lächeln aufblitzen. »Sicher, Schätzchen«, versprach er und ließ wie zu einem Schwur die Hand über seinem Herzen flattern.

5

Blake stand vor dem Arbeitsplatz seiner Assistentin und starrte auf die penibel aufgeräumte Tischoberfläche. Er schob die Hände in die Hosentaschen und drehte sich einmal um die eigene Achse. Wo, verdammt noch mal, steckte Harper? Er hatte sie bereits zweimal angerufen, war aber beide Male auf der Mailbox gelandet. Ein dritter Versuch würde es nicht besser machen. Die Nachricht, die er ihr hinterlassen hatte, war deutlich: Er brauchte sie in der Firma!

Eine Bewegung hinter ihm ließ Blake den Kopf wenden. »Margery«, rief er der Mitarbeiterin aus der Marketingabteilung zu, die das Foyer auf dem Weg zum Ausgang und in die Aprilsonne mit schnellen Schritten durchquerte.

»Hallo, Mr. Marshall.« Sie winkte ihm zu, verlangsamte ihre Schritte aber nicht.

»Wissen Sie, wo Harper steckt?«, rief er ihr nach, was sie dazu veranlasste, nun doch stehen zu bleiben und sich zu ihm umzudrehen.

Verwunderung stand in ihrem Blick, als sie ihn ansah. »Im Wochenende, Mr. Marshall.« *Sollten Sie auch mal probieren*, klangen die Gedanken der Grafikerin unausgesprochen zwischen ihren Worten mit. »Wobei, wenn ich es mir recht überlege, ist das tatsächlich außergewöhnlich. Normalerweise ist sie diejenige, die hier abschließt.« Sie winkte Blake noch einmal zu und war im nächsten Moment im hellen Licht des Freitagmittags verschwunden.

Blake starrte auf die zuschwingende Eingangstür. Harper hatte tatsächlich Feierabend gemacht? Obwohl er ihr ausdrücklich klargemacht hatte, dass er sie brauchte? Und zwar das ganze Wochenende über? Dunkel erinnerte er sich, dass sie erwähnt hatte, sie könne an diesem Wochenende nicht. Er war sich allerdings sicher gewesen, dass sie verstanden hatte, wie wichtig dieses Projekt für ihn war. Für die Firma. Und damit auch für sie.

Der erste Gedanke, der ihm durch den Kopf schoss, als er erneut auf Harpers ordentlichen Schreibtisch blickte, verursachte ihm ein unangenehmes Ziehen in der Magengegend. Vertrauen. Vertrauen war einer der wichtigsten Punkte in ihrer Arbeitsbeziehung. Er musste sich auf Harper verlassen können. Nachdem er sich anfangs gegen die Idee einer Assistentin gewehrt hatte, waren sie doch schnell zu einem eingespielten Team zusammengewachsen. Harper war nicht Melody. Sie wollte ihn weder ausnehmen noch übers Ohr hauen. Sie wollte sich auch nicht mit Plänen aus der Firma bei der Konkurrenz ins gemachte Nest setzen. Blake fuhr sich durch die Haare. »Scheiße!«, fluchte er leise. Wusste er das wirklich? Hatte er Harper zu sehr vertraut? Sie wusste so gut wie alles über sein Leben. Und sie hatte ihn noch nie hängen lassen.

Harper war nicht Melody, rief er sich noch einmal ins Gedächtnis. Das änderte aber nichts daran, dass er wissen musste, warum sie nicht an ihrem Schreibtisch geblieben war und auf ihn gewartet hatte. Er musste einfach sichergehen, dass sie sein Vertrauen nicht missbrauchte. Und er brauchte sie, verdammt noch mal, dieses Wochenende, um mit dem Angebot für Gray Beach vorwärtszukommen. Noch einmal zog er sein Handy aus der Hosentasche, schob es aber wieder zurück. Wenn sie mit ihm sprechen wollte, hätte sie sich längst gemeldet. Außerdem musste er ihr in die Augen sehen, wenn er mit ihr sprach. Nur dann konnte er sicher wissen, warum sie ihn – zum ersten Mal – hatte hängen lassen. Er warf einen Blick auf seine Uhr. Es würde Zeit fressen, die er für den Entwurf der Festhalle nutzen könnte. Doch es war vermutlich am besten, Harper einen Besuch abzustatten. Dann konnte sie ihm nicht ausweichen. Ausreden würden nicht funktionieren. Einen Moment überlegte Blake, wo Harper wohnte. Überrascht stellte er fest, dass er keinen blassen Schimmer von ihrer Adresse hatte. Hatte sie ihm gegenüber nie erwähnt, wo sie lebte? Er schob ihren Schreibtischstuhl zurück und fuhr ihren PC hoch. Dann loggte er sich in die Mitarbeiterdatenbank ein, um nach Harpers Adresse zu suchen.

Jamestown war an einem Freitagmittag genauso ruhig wie an vermutlich allen anderen kühlen Frühlingstagen. Zumindest vermutete Blake das. Obwohl Newport und die Insel nur durch die Pell Bridge getrennt waren, über die er jedes Mal fuhr, wenn er nach Providence unterwegs war, hatte er Jamestown noch nicht oft besucht. Selbst wenn er mit seinen Freunden segeln ging, fuhren sie meistens an dem Städtchen vorbei auf den Ozean hinaus.

Doch jetzt war er hier, auf der Suche nach seiner Assistentin. Blake ließ seinen Jaguar F-Pace am Straßenrand ausrollen. Laut seinem Navi war er da. Er warf einen Blick durch die Windschutzscheibe auf das Haus, in dem Harper wohnte.

Es sah gepflegt aus. Frühjahrsblüher wippten in Blumenkästen am Verandageländer. Blake hatte nie darüber nachgedacht, wie seine Assistentin wohnte. Aber vermutlich passte das hier zu ihr.

Er stieg aus, durchquerte den winzigen Vorgarten und klopfte an Harpers Tür. Als niemand öffnete, versuchte er es noch einmal. Lauter und länger.

»Wollen Sie zu Brooke?«

Er drehte sich um. Neben einem Eisstand auf der Strandpromenade, an der er geparkt hatte, saßen zwei alte Männer und eine Frau an einem Tisch und spielten Karten.

»Sie ist noch in der Schreinerei«, erklärte einer der Männer. »Wollen Sie auf sie warten? Sie können so lange gern eine Runde mit uns pokern.«

Blake verließ die Veranda und kehrte auf die Straße zurück. Er ging zu der Pokerrunde hinüber. »Danke für das Angebot«, sagte er höflich. »Aber ich bin auf der Suche nach Harper McNally.« Er hatte gar keine Ahnung, wer diese Brooke war. Hatte er sich vielleicht im Haus geirrt?

»Ah.« Die Frau, deren Haare ein bisschen aussahen, als hätte sie einen feuerrot eingefärbten Bienenkorb auf dem Kopf, nickte. »Entschuldigen Sie. Die meisten Leute, die hier auftauchen, wollen zu Brooke«, erklärte sie Blake – was ihm nicht weiterhalf. »Harper ist am Strand.« Sie nickte in Richtung des breiten Sandstreifens, der die Promenade vom Meer trennte. »Ich will sehen«, wandte sie sich im nächsten Moment schon wieder an ihre Pokerfreunde.

»Danke.« Blake ließ den Blick über den Strand gleiten, sah aber niemanden außer ein paar Teenagern, die trotz des kalten Windes oberkörperfrei Beachvolleyball spielten, und einer Mutter mit ihrem Kind, die einem Hund Stöckchen warfen. Von Harper war nichts zu sehen. Mit einem Seufzen wechselte er von der asphaltierten Promenade auf den Sand, der sich schon beim ersten Schritt einen Weg in seine Schuhe bahnte. Die Kids kannten Harper möglicherweise nicht. Es war sinnvoller, es bei der Frau zu versuchen, die das leuchtend pinkfarbene Frisbee in Richtung Wasser sausen ließ. Vielleicht machte Harper einen Spaziergang am Ufer entlang. Wenn er die Richtung wusste, konnte er sie einholen.

»Hallo!«, rief er, als die Frau in Hörweite war. »Entschuldigen Sie.«

Die Frau, die gerade das Frisbee geworfen hatte, erstarrte, mit dem Rücken zu ihm.

Das Mädchen, das bei ihr stand, drehte sich zu ihm um und grinste ihn zahnlückig an. »Hallo«, rief sie zurück und winkte. »Suchen Sie jemanden?«

»Ja, ich …« Der Hund, der das Frisbee aus dem Wasser gefischt und vor seinem Frauchen abgelegt hatte, sah ihn für den Bruchteil einer Sekunde an ihren Beinen vorbei an, dann entschied er offenbar, dass Blake eine stürmische Begrüßung verdient hatte und rannte auf ihn zu.

Das »Nein Lucky!« der Frau und ihr entsetzter Gesichtsausdruck, als sie herumfuhr, trafen ihn im gleichen Moment wie auch der Hund. Das Tier war nicht groß genug, ihn umzuwerfen, schaffte es aber, eine gehörige Portion nassen Sand und Meerwasser auf seiner Anzughose zu hinterlassen, als es an ihm hochsprang.

Blake hatte die Stimme der Frau erkannt. Aber er erkannte *sie* nicht. Zumindest nicht im ersten Moment. »Harper?« Er blinzelte sein Gegenüber überrascht an, das wie seine Assistentin aussah – und dann auch wieder nicht. Und offenbar ein Kind hatte. Das ihn neugierig musterte.

»Blake? Was tun Sie hier?«, fragte Harper, die weder ihren strengen Haarknoten trug noch ihre nicht besonders vorteilhafte Brille oder einen dieser grauen Hosenanzüge, die dafür sorgten, dass niemand auch nur ein zweites Mal über seine Assistentin nachdachte und sich durch sie von seinen Geschäften ablenken ließ.

»Harper?«, fragte er noch einmal. Sein Gehirn verarbeitete noch immer den Anblick vor sich. Die Frau war … attraktiv. Ihre Jeans und der rosa Hoodie weiblich. Der Wind spielte mit den braunen Beachwaves, die über ihre Schultern strichen, und ihre Augen funkelten ihn in der Farbe eines guten Whiskeys schockiert an. Nichts erinnerte an die etwas angestaubte Harper aus seinem Büro, über deren Alter er sich noch nie Gedanken gemacht hatte. Diese Harper hier sah jung aus, auf jeden Fall jünger als er selbst. Und sie hatte bereits ein Kind, also war sie vermutlich früh Mutter geworden. Blake hatte keine Ahnung gehabt. Genau genommen hatte er Harper nie nach ihren Lebensumständen gefragt oder bis auf die Suche nach ihrer Adresse heute einen Blick in ihre Personalakte geworfen. Das hatte er Gillian und Marla überlassen. Er schüttelte den Kopf, als könne er die unwillkommenen Gedanken verdrängen, die ihn bei der Erinnerung an all die Überstunden überkamen, obwohl sie ein Kind hatte. Hier ging es ums Geschäft. Harper hätte den Job vor eineinhalb Jahren nicht annehmen müssen, wenn es nicht zu ihren Lebensumständen gepasst hätte. Doch das hatte sie getan. Und jetzt brauchte Blake ihre Hilfe. »Ich bin hier, weil Sie nicht mehr im Büro waren, als ich aus Providence zurückkam«, erklärte er sein Auftauchen.

Harper starrte ihn noch immer wie paralysiert an.

Ihre Tochter schien da weniger erschrocken »Sie sind der

Lord of Late Nights?« Das Mädchen machte einen Schritt auf ihn zu. Ihre Jeans und die Jacke waren mindestens so voller Sand wie Blakes Anzug nach der Begegnung mit ihrem Hund. »Ich habe Sie mir ganz anders vorgestellt«, sagte sie, zog die Unterlippe zwischen die Zahnlücke und grinste dann breit. »Viel dunkler. Ein bisschen wie Voldemort oder so.«

»Reeva!« Harper schloss die Augen und verzog das Gesicht, als hätte sie Schmerzen. »Entschuldigen Sie, Blake«, begann sie.

»Lord of Late Nights?«, fragte er im selben Moment.

»Sie wissen schon.« Reeva kickte mit ihrem Turnschuh in den Sand und ließ eine kleine Fontäne feiner Körner aufsteigen, die der Wind mit sich riss. »Weil Harper Tag und Nacht für Sic schuften muss.«

»Ich … Reeva!« In Harpers Augen blitzte Entsetzen auf. Sie machte einen Satz nach vorn und hielt dem Mädchen den Mund zu. »Könntest du bitte nach Hause gehen? Ich komme gleich nach, okay?«

»Na gut«, murmelte sie, als Harper ihre Hand wieder wegnahm. »Komm, Lucky«, rief sie den Hund und winkte ihnen im Davonrennen zu. »Beeil dich, Harper. Wir müssen bald los. Bye, Blake.«

Blake sah dem Mädchen nach, das in Richtung Haus rannte und unterwegs auch der Pokerrunde auf der Strandpromenade zuwinkte. Die Kleine hatte ihn Lord of Late Nights genannt. Also waren Harpers Arbeitszeiten ganz offensichtlich ein Thema innerhalb ihrer Familie. »Sie haben eine Tochter«, sagte er als Erstes, was ihm in den Sinn kam. »Wenn ich gewusst hätte … Wir haben Kinderbetreuung und solche Sachen in der Firma. Sie müssen mich nicht hinter meinem Rücken …«

»Lord of Late Nights nennen?«, beendete sie seinen Satz. »Reeva ist meine Nichte, nicht meine Tochter.« Harper senkte für einen Moment den Blick auf den Sand vor sich, als wäre es ihr unangenehm, dass sie hier so aufeinandertrafen. Doch dann hob sie den Kopf wieder, und Blake erkannte ein herausforderndes Funkeln in ihren Augen. »Ich entschuldige mich in aller Form für das, was Reeva gerade gesagt hat. Natürlich habe ich grundsätzlich kein Problem damit, lange zu arbeiten.« Eine feine Röte zog sich über ihre Wangen. »Es tut mir leid, dass Sie sich die Mühe gemacht haben, extra hier rauszufahren, aber ich kann an diesem Wochenende wirklich nicht ins Büro kommen.« Sie schob die Hände in die Gesäßtasche ihrer Jeans und zog sie in einer nervösen Bewegung wieder heraus, als er nichts sagte. »Wenn Sie mich entschuldigen würden? Sie haben es ja gerade gehört.« Sie wandte sich zum Gehen, drehte sich dann aber noch einmal um. »Ich muss mich beeilen. Wir wollen los.« Ohne Blake noch einmal anzusehen, folgte sie den Fußspuren des Mädchens – ihrer Nichte.

Harper stand unter Schock. Zumindest fühlte sie sich so. Was, zur Hölle, hatte Blake in Jamestown verloren? Falsch! In Jamestown konnte er sich herumtreiben, soviel er wollte, korrigierte sie sich. Solange er ihr nicht über den Weg lief. Die Frage musste lauten: Was hatte Blake Marshall in ihrem Leben verloren?

Sie wusste, warum er hier aufgetaucht war. Weil er seinen Willen nicht bekommen hatte. Diese Hartnäckigkeit machte ihn zu einem fantastischen Geschäftsmann und Verhandlungspartner. Aber es machte ihn zu einem verdammt schlechten Boss einer persönlichen Assistentin, die ihm zum ersten Mal seit eineinhalb Jahren einen Wunsch abgeschlagen hatte.

Mit seinem Auftauchen in ihrem Zuhause hatte er ihr Privatleben irgendwie … kontaminiert. Blake-amiert. Es war schlimm genug, von dem Mann aus ihrem Büro zu träumen. Sie musste nicht noch zusätzlich Bilder sammeln, auf denen er über den Strand – ihren Strand – lief oder auf ihrer Veranda stand. Denn natürlich hatte er sich von ihrer Bitte zu gehen nicht abhalten lassen. Er war einfach neben ihr her zum Haus zurückgegangen.

»Bitte«, versuchte sie es noch einmal. »Fahren Sie nach Hause, Blake. Oder in die Firma. Dieses Wochenende habe ich Pläne. Ab Montag kann ich mir die Abende freihalten und nacharbeiten, was Sie mir hinlegen. Aber das hier ist wirklich wichtig«, bat sie ihn.

Die störrische Falte zwischen seinen Brauen sagte ihr, dass ihre Worte an ihn verschwendet waren.

Harper setzte gerade zu einer neuen Überredungstaktik an, als die Tür hinter ihr geöffnet wurde, und ihre Schwester sich in den Rahmen lehnte.

»Hallo.« Eigentlich hatte Brooke noch in der Schreinerei zu tun gehabt. Wahrscheinlich hatten Reevas brühwarmer Bericht und ihre Neugier sie herausgetrieben. Sie hatte sich noch nicht einmal die Mühe gemacht, den Sägestaub aus ihren Klamotten zu schütteln. In Latzhosen, Arbeitsstiefeln und einer Baseballkappe mit dem Logo der Schreinerei mit dem Schirm nach hinten, um ihre Haare vor den Maschinen zu schützen, grinste sie breit. »Ich bin Brooke.« Sie streckte Blake ihre schmutzige Hand entgegen, die er ohne zu zögern ergriff, während Harper innerlich zusammenzuckte.

»Und ich bin der Lord of Late Nights«, stellte sich Blake trocken vor.

»Ich hab's aus Versehen verraten«, ließ Reeva, die hinter ihrer Mutter Stellung bezogen hatte, mit einem Bühnenflüstern wissen.

»Nicht schlimm, Süße.« Brooke legte ihr die Hand auf die Schulter. »Jeder hat einen Spitznamen. Und wer weiß, vielleicht hat der Lord noch einen anderen Namen, mit dem wir ihn ansprechen können.« Sie amüsierte sich offenbar köstlich.

Harper spürte, wie ihre Wangen immer heißer wurden. Ihr Gesicht musste farblich inzwischen einer Tomate ähneln. Wenn sich nur einfach der Boden unter ihren Füßen …

»Blake«, antwortete ihr Boss mit einem Seitenblick in ihre Richtung. »Mitunter werde ich Blake genannt.«

»Na, das ist doch mal ein schöner Name. Wir freuen uns, Sie mal kennenzulernen, Lord Blake. Möchten Sie auf eine Tasse Kaffee reinkommen?«

Was? Nein! Harper warf ihrer Schwester einen vernichtenden Blick zu und zeigte mit dem Zeigefinger auf eine imaginäre Uhr an ihrem Handgelenk. Doch Brooke ignorierte sie und lächelte Blake breit an.

Selbstverständlich nahm er die Einladung an. Schließlich hatte er die Absicht, weiterhin zu versuchen, Harper ihren Wochenendtrip auszureden. Ihr blieb nichts weiter übrig, als ihm ins Haus zu folgen und ihm einen Platz an der Kücheninsel anzubieten.

Harper sah dabei zu, wie er sich in ihrem Zuhause umblickte. Interessiert. Sein Blick glitt über die etwas unordentliche Couchecke, in der Reeva einen Film geschaut hatte, bevor sie an den Strand aufgebrochen waren. Die Möbel, die

Brooke fast alle selbst gebaut hatte. Zu dem Pflanzendschungel, mit dem Naya die hintere Wand gestaltet hatte und den sie indirekt beleuchteten, sobald es draußen dunkel wurde. Blake wirkte, als sähe er sie mit völlig anderen Augen, seit sie vor zehn Minuten am Strand aufeinandergetroffen waren. So als sähe er sie zum ersten Mal.

»Nun rücken Sie schon raus mit der Sprache, Lord Blake.« Brooke hatte ihnen den Rücken zugekehrt, um die Kaffeemaschine zu befüllen, sprach aber trotzdem weiter. »Ich vermute, dass Sie nicht gekommen sind, weil Sie neugierig darauf sind, wie wir wohnen. Und einen neuen Esstisch wollen Sie wahrscheinlich auch nicht kaufen.«

»Meine Schwester ist Schreinerin«, erklärte Harper ihm, was Blake mit einem Nicken zur Kenntnis nahm.

»Nein, das ist nicht der Grund«, sagte er und legte seine verschränkten Hände entspannt auf den Küchentresen, als fühle er sich absolut wohl. »Obwohl ich Ihnen für dieses Haus ein Kompliment aussprechen muss. Dieser Mix aus Farbe und Holz ist wirklich einzigartig. Wir haben ein paar Bauprojekte, die diese Handschrift vertragen könnten.«

»Keine Chance.« Brooke grinste ihn über die Schulter an, bevor sie die Schranktür öffnete und Tassen herausholte. »Dieses Haus soll schließlich einzigartig bleiben.«

»Blake ist hier, um mich zu bitten, dieses Wochenende zu arbeiten«, unterbrach Harper die Unterhaltung. Ihr Boss musste sich nicht bei ihrer Schwester einschleimen und Small Talk halten. Er war hier, um das Familienwochenende auf den Kopf zu stellen, nicht um Brooke als Innendesignerin abzuwerben.

Reeva, die auf den Hocker neben ihrem Gast geklettert war und sich über die Kücheninsel lehnte, um an das Glas mit den Cookies heranzukommen, hielt mitten in der Bewegung inne. Mit großen Augen sah sie Harper an. »Kommst du nicht mit?« Sie schluckte. »Oder fahren wir gar nicht?«

Harper schüttelte den Kopf. »Natürlich fahren wir.« Sie schob die Kekse in Reevas Richtung. »Und natürlich komme ich mit. Ich habe Blake bereits mehrfach gesagt, dass ich dieses Wochenende keine Zeit habe.« Sie umrundete die Kücheninsel und drückte Reeva einen Kuss auf den Scheitel, als ihre Nichte – offenbar zufrieden mit Harpers Antwort – in ihren Keks biss.

Blake beobachtete sie aus den Augenwinkeln und rieb sich dann über den Nacken, als bemerke er gerade, dass die Strategie, die er sich zurechtgelegt hatte, nicht mehr funktionierte. Sicher suchte er bereits nach einem neuen Weg, sie zu überzeugen. Persönlich hier aufzutauchen und sie mit seiner Präsenz unter Druck zu setzen, hatte nicht so funktioniert, wie er sich das gedacht hatte. Doch statt einen erneuten Überredungsversuch bei Harper zu starten, wandte er sich an ihre Nichte. »Was für einen Ausflug habt ihr denn vor?«, fragte er.

Als hätte es nur diesen winzigen Anstoß gebraucht, erzählte ihm Reeva haarklein von ihrem geplanten Reitabenteuer, während Brooke, noch immer amüsiert, Kaffee ausschenkte und sich dann Blake gegenüber an die Kücheninsel setzte.

Nachdem Harpers Nichte geendet hatte, lehnte er sich mit seiner Kaffeetasse in der Hand zurück. Einen Moment betrachtete er Reeva nachdenklich, die sich noch einen Keks aus dem Glas angelte. Dann begann ein Lächeln an seinen Mundwinkeln zu zupfen. Eines, das Harper nur zu gut kannte. Das vor Überlegenheit nur so strotzte. Gleich würde er ihr sagen, dass der Ausflug sicher nett war, dass er aber auf keinen Fall auf seine Assistentin verzichten konnte. Schließlich ging es bei Marshall Construction um mehr als ein paar Reitstunden auf dem Land. »Euer Ausflug klingt nach einer tollen Idee. Aber ich brauche Harper an diesem Wochenende ebenfalls dringend«, begann er.

Bingo. Harper kannte ihn einfach viel zu gut.

»Wie wäre es, wenn wir beides verbinden?«, stellte er eine Frage, mit der sie allerdings nicht gerechnet hatte.

»Was …?«, begann sie.

Doch Reeva war schneller. »Sie kommen mit uns zum Ausflug?«, fragte sie. »Können Sie denn reiten?«

Blake lachte. »Ich kann reiten. Auch wenn ich schon eine Weile nicht mehr auf einem Pferd gesessen habe. Aber nein, ich möchte nicht mit zu eurem Ausflug kommen. Ich schlage euch eine Alternative vor: die Marshall-Familienranch. Wir können das Wochenende in den Catskill Mountains verbringen. Du«, er wies mit der Tasse in der Hand auf Reeva, »kannst reiten, im Stall helfen und Pferde füttern, so viel du willst. Deine Mom genießt ein entspanntes Wochenende. Und Sie, Harper«, jetzt wandte er sich an Harper, »können Zeit mit Ihrer Familie verbringen, und wir schaffen es nebenbei trotzdem noch, zu arbeiten.«

»Ja!« Reeva streckte den Arm in einer Siegerpose in die Luft.

Während Harper im gleichen Moment: »Auf keinen Fall«, sagte.

Und Brooke ein »Interessanter Vorschlag«, murmelte.

»Das kommt überhaupt nicht infrage«, wiederholte Harper. Ganz abgesehen davon, dass sie ihr Reitwochenende nicht einfach stornieren konnten, sie würden das Geld für einen

Ausflug, den sie nicht antraten, regelrecht zum Fenster hinauswerfen. »Wir planen einen Familienausflug, kein Arbeitswochenende in hübscher Umgebung. Und Sie sollten die nächsten Tage gar nicht mit uns verbringen, Blake. Allein haben Sie viel mehr Ruhe, um mit dem Projekt vorwärtszukommen.«

»Wie viele Pferde haben Sie?«, wollte Reeva wissen, bevor Blake antworten konnte.

Er lachte und ignorierte Harpers Einwurf. »Einen ganzen Haufen. Ich muss kurz telefonieren. Entschuldigt mich bitte.« Blake stellte seine Kaffeetasse auf die Küchentheke, erhob sich und ein paar Sekunden später fiel die Haustür hinter ihm ins Schloss.

»Wirklich interessant«, wiederholte Brooke noch einmal.

Harper schüttelte den Kopf. Sie konnte in den Augen ihrer Schwester lesen, dass diese den Vorschlag ernsthaft in Betracht zog. Reeva hatte sich bereits entschieden. »Wir machen das auf keinen Fall!«, ließ sie die beiden wissen. Blake wäre sauer, wenn sie sein Angebot ablehnte. Aber er würde sie deshalb nicht feuern.

»Aber überleg doch mal.« Ihre Nichte strahlte sie an. »Blake hat einen ganzen Haufen«, betonte sie die Menge, »Pferde.«

»Kennst du die Ranch? Warst du schon mal da?«, wollte Brooke wissen.

»Nein, ich kenne diese Ranch nicht. Und ich werde auf keinen Fall mein Privatleben mit meiner Arbeit vermischen. Bis vor einer halben Stunde hat Blake weder gewusst, wo ich wohne, noch dass es euch gibt, oder dass ich an meinen Wochenenden überhaupt etwas vorhabe.« *Was machen Sie am Wochenende? Ihre Kakteen gießen?* »Ich werde den Ausflug, auf den wir uns schon so lange freuen, nicht mit meinem

Boss verbringen.« Sie wollte normal sein, nicht mit der Wand verschmelzen müssen. Sie wollte sich nicht permanent Gedanken darüber machen müssen, wie sie für Blake empfand. Und sie hatte, verdammt noch mal, dieses Wochenende dazu nutzen wollen, sich endlich klar darüber zu werden, wie ihre Zukunft aussehen sollte. Wie sollte sie Entscheidungen treffen, wenn der Grund für all ihre verwirrenden Gedanken die ganze Zeit neben ihr saß?

»Harps.« Brooke schob ihre Hand über die Kücheninsel und strich über ihren Arm. »Du musst dir jetzt keine Gedanken mehr darum machen, wie du es schaffst, unsichtbar zu sein und trotzdem alle seine Wünsche zu erfüllen. Ab jetzt kannst du du selbst sein. Blake hat dich gesehen. Die echte Harper. Er wird damit klarkommen, falls dir das Sorgen macht. Gönn Reeva den Spaß. So eine Einladung bekommen wir schließlich nicht alle Tage. Und bevor der Lord of Late Nights dich überredet, das Wochenende mit Arbeit zu verbringen, verbring die Zeit lieber mit Arbeit an einem schönen Ort. Ich wette, diese Ranch ist ein Traum.«

»Willst du ein gebuchtes und bereits bezahltes Wochenende einfach so in den Wind schießen?«, konnte Harper sich nicht verkneifen. Sie hatten ihr Geld schließlich noch nie zum Fenster hinausgeworfen.

Brooke gab ein »Pff«, von sich und winkte ab. »So was lässt sich doch regeln«, behauptete sie.

Bevor Harper ihrer Schwester widersprechen konnte, hörten sie, wie die Haustür geöffnet wurde und wieder ins Schloss fiel. Im nächsten Moment stand Blake wieder am Küchentresen und füllte den Raum mit entschiedener Präsenz.

»Wir haben eine Entscheidung getroffen«, ließ Brooke ihn wissen.

Selbstgefällig grinste Blake in die Runde, bis sein Blick an Harper hängen blieb. »Ich verspreche, dass Sie auf jeden Fall genug Zeit übrighaben, die Sie mit Ihrer Familie verbringen können.«

Harper schluckte den unwilligen Laut, der in ihrer Kehle festsaß. »Sie haben nicht mal gefragt, wie die Entscheidung ausgefallen ist.«

6

Blake musste seiner Assistentin nicht ins Gesicht sehen, um ihren Widerwillen zu erkennen. Er strahlte aus jeder ihrer kantigen Körperbewegungen. Legte sich wie eine düstere Aura um sie. Vielleicht war er übers Ziel hinausgeschossen, als er ihre gesamte Familie auf die Ranch eingeladen hatte. Okay, das war definitiv eine Kurzschlussreaktion gewesen. Aber Harper hatte ihm das Gefühl gegeben, dass sie dieses Wochenende auf keinen Fall Zeit in seinem Büro verbringen würde. Sie war eine neue Version der Harper, die er kannte. Eine farbenfrohe Variante, die überhaupt kein Problem damit hatte, sich seinen Vorstellungen zu widersetzen. Was er immer noch nicht ganz verarbeitet hatte. Am Ende hatte er eine Win-win-Situation geschaffen. Oder etwa nicht? So hatten sie alle etwas von diesem Wochenende.

»Die Ranch wurde sechs Generationen lang von meiner Familie bewirtschaftet«, erzählte er Brooke und Reeva, die auf dem Rücksitz seines Wagens saßen und begeistert nach draußen schauten. »Meine Mutter ist hier aufgewachsen. Inzwischen nutzen wir sie aber nur noch als Gästeranch und Rückzugsort für die Familie.« Sein Vater hatte nach seinem Herzinfarkt viel Zeit hier verbracht.

»Dann wird auf der Ranch gar nichts mehr angebaut und es werden keine Tiere gezüchtet?«, wollte Reeva wissen.

»Die meisten landwirtschaftlichen Flächen sind verpachtet, werden also immer noch genutzt. Nur eben nicht von meiner Familie«, erklärte er dem Mädchen.

Reeva nickte und zeigte ihrer Mutter dann eine besonders skurrile Baumform am Straßenrand.

Während ihre Schwester und ihre Nichte die sanft geschwungenen grünen Bergketten der Catskill Mountains bewunderten und sich begeistert gegenseitig auf Bäche, Sandsteinformationen und Straßenschilder hinwiesen, an denen sie vorbeirauschten, hielt Harper auf seinem Beifahrersitz den Blick stur auf den Bildschirm ihres Laptops gerichtet. Sie hatte darauf bestanden, mit ihrem eigenen Wagen zu fahren, was Blake abgelehnt hatte. Er hatte es damit begründet, dass es unnötig sei, zwei Autos zu benutzen, wenn sie alle in eines passten. Außerdem konnten Harper und er so die Zeit nutzen und schon mal ein paar Dinge durchgehen und vorbereiten, wie sie es sonst auch taten, wenn sie zusammen nach Providence fuhren. Insgeheim hatte er aber tatsächlich befürchtet, dass Harper es sich noch einmal anders überlegte und doch den eigentlich geplanten Ausflug antrat. Das war auch der Grund, aus dem er darauf verzichtet hatte, noch einmal nach Hause zu fahren und eine Reisetasche zu packen. Er hatte auf der Ranch genug Klamotten, um ein Wochenende lang klarzukommen. Die McNallys waren bereits reisefertig gewesen, als er sie überrascht hatte. Brooke und Reeva waren begeistert von der Idee, ihn zu begleiten. Und nach einem kurzen Telefonat von Harpers Schwester mit ihrem eigentlichen Ausflugsziel war ihr ursprünglicher Trip auf ein anderes Wochenende verschoben. Es war besser gewesen, sofort aufzubrechen und einen Fluchtversuch von Harper von vornherein zu unterbinden.

Blake bremste ab und bog von der Hauptstraße auf den geteerten Weg, der unter dem großen Bogen hindurchführte, in dem das Wappen der Familie seiner Mutter eingelassen war: Ein Pferdekopf, ein Fisch und eine Axt – die Symbole für die Pferdezucht, die fischreichen Gewässer und die Forstwirtschaft, die hier über Jahrhunderte hinweg betrieben worden war.

Der Jaguar F-Pace rollte die geschwungene Auffahrt hinauf. Harper klappte ihren Laptop zu und blickte auf. Blake hörte, wie sie nach Luft schnappte und konnte sich ein Grinsen nicht verkneifen. Diese Wirkung hatte die Ranch auf Gäste, wenn sie sie zum ersten Mal sahen.

»Ist das die Ranch?« Reeva beugte sich aufgeregt zwischen den Sitzen vor. »Sie ist wunderschön.« Ehrfurcht schwang in ihrer Stimme mit.

»Da kann ich dir nur recht geben«, stimmte Brooke ihr zu. »Was für ein Anblick.«

Harper blieb stumm und verstaute stattdessen ihren Laptop in der dazugehörigen Tasche, die sie aus dem Fußraum angelte. Ihre überraschte Reaktion hatte zwar bereits gezeigt, dass sie genauso beeindruckt war wie der Rest ihrer Familie. Aber aus irgendeinem Grund störte es ihn, dass sie es nicht in Worte fasste. Fast so, als erhoffte er sich ein Lob von ihr. Für etwas, an dem er überhaupt keinen Anteil hatte. Er verdrehte innerlich die Augen über sich selbst. Was war nur los mit ihm? »Herzlich willkommen auf der Dutton Ranch«, sagte er und schaltete den Motor aus.

Harper schnaubte, während Brooke kicherte. »Dutton Ranch? Wie Kevin Costners Ranch in Yellowstone?«, fragte sie lachend.

Blake zwinkerte ihr im Rückspiegel zu. »Ja, wobei unsere Ranch schon so hieß, als sie in Hollywood noch nicht mal wussten, wie man Filme dreht.« Er löste seinen Sicherheitsgurt und schob die Fahrertür auf.

Die Fahrt von Jamestown hierher hatte über vier Stunden gedauert. Die Sonne begann bereits, hinter die Wipfel der riesigen Pinien zu sinken. Sie spiegelte sich in den großen Sprossenfenstern des Hauses, was diese wirken ließ, als hätten sie orange loderndes Feuer gefangen. Ein Schauspiel, das Blake schon seit seiner Kindheit liebte. Und das perfekt zu den holzverkleideten Wänden und dem Sockel aus grauem Flussstein passte.

Brooke drehte sich einmal um die eigene Achse, nahm die Umgebung in sich auf, während ihre Tochter bereits auf den Waldrand zulief, um die Umgebung zu erforschen. »Ich würde dir gern einen Deal anbieten«, sagte Brooke und lächelte ihn an. Sie verbrachten ein Wochenende zusammen, also waren Förmlichkeiten wie das ›Sie‹ ihrer Meinung nach nicht mehr angebracht. Wo Blake ihr recht geben musste. »Wenn du vorhast, in Zukunft öfter mal ein Wochenende durchzuarbeiten, fahr mit Harper immer hierher. Wir kommen gerne jederzeit zur moralischen Unterstützung mit.«

»Verführerischer Vorschlag.« Blake lächelte zurück. Brooke war eine unkomplizierte Frau. Offen und gut gelaunt. Sie flirtete mit ihm, aber auf eine unverfängliche, freundschaftliche Art. Ungefährlich.

»Sehr witzig«, hörte er Harper ihrer Schwester zuzischen. Sie verhielt sich noch immer so steif und zurückhaltend, wie sie es bei ihrem Job als Assistentin war. Ein Verhalten, das kein bisschen zu ihrer lässigen Kleidung passte, die nach wie vor aus Jeans, Hoodie und Turnschuhen bestand. Das sich nicht damit vereinbaren ließ, wie fröhlich sie mit ihrer Nichte und dem Hund am Strand das Frisbee hatte fliegen lassen.

Blake öffnete den Kofferraum, um das Gepäck herauszuholen, als er sah, wie die Haustür aufschwang und die Haushälterin des Anwesens heraustrat, die hier arbeitete, solange er denken konnte. Statt sich um die Koffer zu kümmern, lief er auf sie zu und ließ sich in eine Umarmung ziehen, die wie immer nach frisch gebackenem Brot und dem Bienenwachs der Politur roch, mit dem sie die Möbel polierte. »Mrs. Spearce. Schön, Sie zu sehen.« Als die Frau sich von ihm löste, legte er den Kopf ein wenig zurück. »Sie sehen fantastisch aus. Wie immer.«

»Ach, Junge.« Sie tätschelte ihm die Wange. »Versprüh deinen Charme bei den jungen Damen und nicht bei mir alter Schachtel.«

»Ich bitte Sie«, ging er auf das Geplänkel ein, das sich bereits vor Jahren zu einer Tradition zwischen ihnen entwickelt hatte. In einer Zeit, in der er gemeinsam mit seinem Bruder versucht hatte, den Mädchen im Dorf den Kopf zu verdrehen. »Sie sind so weit weg von einer alten Schachtel wie ich davon, auf Marsmission zu gehen.« Er wurde wieder ernst. »Danke, dass Sie alles so kurzfristig für das Wochenende vorbereitet haben.«

»Ach was.« Sie strich mit der Hand über ihren perfekt sitzenden Dutt. »Ich freue mich, dich wieder einmal hierzuhaben. Mit Gästen.« Sie blickte neugierig zu den zwei Frauen und dem Mädchen. »Hoffentlich hast du dir nicht zu viel Arbeit mitgebracht.«

»Hat er«, ließ Brooke die Haushälterin gut gelaunt wissen. »Aber hier ist es so wundervoll, dass wir fest davon überzeugt sind, ihn von so viel wie möglich davon abzuhalten. Ich bin

Brooke McNally. Das ist meine Schwester Harper. Und irgendwo im Gebüsch da hinten«, sie wies mit dem Daumen grinsend über ihre Schulter, »stromert meine Tochter Reeva herum.«

Blake, der eigentlich das Gepäck hatte ausladen wollen, hatte sich von Reeva dazu überreden lassen, ihr die Ställe zu zeigen. Also waren es plötzlich nur noch Harper, Brooke und Mrs. Spearce, die sich auf dem Hof gegenüberstanden.

»Ich zeige Ihnen jetzt Ihre Zimmer«, verkündete die Haushälterin. »Um Ihre Koffer kann sich Blake später kümmern«, ergänzte sie mit einem Blick in Harpers Richtung, als diese begann, ihre Sachen aus dem Kofferraum zu laden.

»Kein Problem«, murmelte Harper. Dann hob sie den Kopf und schenkte der älteren Frau ein Lächeln, als ihr klar wurde, dass ihr Murren unhöflich war. Immerhin hatte Mrs. Spearce kurzfristig ihren Aufenthalt auf der Ranch arrangiert und konnte nichts dafür, dass Blake einfach die Kontrolle über ihr Wochenende übernommen hatte. »Das ist wirklich kein Problem«, sagte sie, als sie ihre Reisetasche schulterte und dann nach den Arbeitsunterlagen griff, die ihr Boss und sie in den nächsten Tagen brauchen würden. »Ich komme klar.«

Mrs. Spearce nickte lächelnd. »Wie Sie möchten.« Sie wandte sich zum Haus um. »Folgen Sie mir bitte.«

Harper und Brooke gingen hinter ihr durch das Portal aus dunklem Holz und betraten das Innere des Ranchhauses. Harper konnte nur einen flüchtigen Blick in die Räume werfen, an denen sie vorbeigingen, bevor sie die breite Treppe ins Obergeschoss hinaufstiegen. Sie sah Holz. Weite Fenster und einen großen Kamin.

»Ihre Zimmer befinden sich im linken Flügel des Hauses«, erklärte die Haushälterin und schlug diese Richtung ein. Sie öffnete eine Tür, die in eine Art Suite führte. Mit einem gemütlichen Wohnzimmer oder Salon, von dem mehrere Türen abgingen. »Die junge Dame können wir hier unterbringen.« Sie wies auf einen etwas kleineren Raum, der mit seinem Himmelbett etwas von einem Prinzessinnenzimmer hatte. Reeva würde definitiv ausflippen. »Sie können sich jeweils eines der drei anderen Zimmer aussuchen.«

»Oh, nein«, protestierte Harper. »Meine Schwester und ich können uns ein Zimmer teilen. Das ist überhaupt kein Problem.«

Die Haushälterin schenkte ihnen einmal mehr ihr freundliches Lächeln. »Das ist nicht nötig, meine Liebe. Sie sind vielleicht hier, um zu arbeiten«, sagte sie mit Blick auf die Unterlagen, die Harper umklammert hielt. »Dennoch sind Sie Gast in diesem Haus. Lassen Sie sich Zeit, und kommen Sie in Ruhe an.«

Brooke wartete genau so lange, bis Mrs. Spearce die Tür der Suite hinter sich zugezogen hatte, bis sie sich grinsend einmal um die eigene Achse drehte und dann losrannte. »Ich nehme dieses Zimmer«, rief sie, stürmte durch die Tür des Raumes, der neben Reevas lag, und ließ sich mit einem Jubelschrei auf das riesige Bett fallen.

»Du genießt das ja richtig«, brummte Harper.

Ihre Schwester trat sich die Schuhe von den Füßen und streckte dann die Arme und Beine auf der feinen, weißen Baumwolle aus. »So was von!« Sie strampelte mit den Füßen in die Luft. »Hast du dieses Wohnzimmer im Erdgeschoss gesehen? Dieses Haus ist ein einziger Traum. Definitiv mehr Luxus als das Motel, das wir uns für dieses Wochenende ausgesucht haben. Warum soll ich da nicht begeistert sein?« Sie hob den Kopf weit genug, um Harper anzusehen. »Ich sage dir, Reeva wird das Wochenende ihres Lebens haben. Sie wird durchdrehen, wenn sie ihr Zimmer sieht.« Sie lachte. »Wahrscheinlich wird sie auf der Stelle genau so ein Bett wollen.«

Harper konnte sich bei diesem Gedanken ein Lächeln ebenfalls nicht verkneifen. Brooke und Reeva würden hier wirklich ein wundervolles Wochenende verbringen. Ihre Schwester hatte recht. Das hier war viel luxuriöser als der von ihnen geplante Trip. Harper hatte zwar vorgehabt, die freien Tage zu nutzen, um sich Gedanken über ihre berufliche Zukunft zu machen. Aber wenn sie dazu keine Chance bekam, weil ihr Boss ständig in ihrer Nähe war und ihre Aufmerksamkeit forderte, war es das trotz allem wert, wenn ihre Familie auf Wolke sieben schwebte.

Sie entschied sich für das Zimmer, das dem ihrer Schwester gegenüberlag, stellte ihre Tasche auf den alten Dielenboden und legte die Unterlagen auf das Nachtschränkchen. Sie musste anerkennen, dass der Raum wunderschön war. Zartgraue Wände, ein Kingsize-Bett mit einer smaragdgrünen Tagesdecke und einem Kopfteil, das zum Holz der Kommode an der gegenüberliegenden Wand passte. Ein kleiner Gaskamin und eine Sitzecke mit zwei gemütlichen Sesseln ergänzten die Einrichtung.

Harper trat an die breite Fensterfront, von der aus eine Tür auf die obere Terrasse hinausging. Eingerahmt von hauchdünnen weißen Vorhängen öffnete sich der Blick auf die Weiden, die zur Ranch gehörten. Dahinter erhoben sich die Catskill Mountains wie sanfte Riesen. Dieser Flecken Erde wirkte so einsam, als wären sie allein auf der Welt. Ein interessanter Kontrast zur Strandpromenade, an der sie lebten.

Zumindest die Poker-Gang hing immer vor ihrem Haus herum, und im Sommer flanierten zusätzlich jede Menge Feriengäste über den Strand.

Harper drehte sich wieder um. Ihr Blick fiel auf die Unterlagen, und sie erinnerte sich wieder daran, dass Blake sie nicht aus reiner Freundlichkeit zu diesem Wochenende eingeladen hatte. Sie war nicht zum Vergnügen hier. Entschlossen packte sie ihre Tasche aus, verstaute ihre Kleidung in der Kommode und kehrte mit den Papieren ins Erdgeschoss zurück, wo sie Mrs. Spearce in der Küche fand und sich den Weg zum Arbeitszimmer zeigen ließ.

Es verwunderte sie nicht, dass auch dieser Raum sehr geschmackvoll eingerichtet war. Bücherregale und ein Schreibtisch aus dunklem Holz, sodass alles wirkte wie eine kleine Bibliothek. Auch hier fand sich ein Gaskamin und eine gemütliche Sitzecke mit einer kleinen Couch und zwei Sesseln. Die französischen Türen führten auf die hintere überdachte Veranda und boten den gleichen Ausblick, den sie bereits von ihrem Zimmer aus bewundert hatte.

Sie hätte als Arbeitsplatz für ein Wochenende definitiv ein schlechteres Los ziehen können. Sorgfältig sah sie die Unterlagen noch einmal durch, sortierte ein paar um und stapelte alles ordentlich auf den Schreibtisch. Dann stellte sie ihren Laptop und ihr Notizbuch in der Sitzecke auf.

Nachdem alles zu ihrer Zufriedenheit vorbereitet war, trat Harper an die französischen Türen und blickte nach draußen. Sie hatte Reevas helles, begeistertes Lachen gehört und sah sie nun gemeinsam mit Blake aus dem Gebäude auf der anderen Hofseite kommen, in dem sie den Stall vermutete.

Selbst auf die Entfernung und durch das Türglas konnte Harper das Leuchten in den Augen ihrer Nichte sehen. Was vermutlich daran lag, dass sie ein Kätzchen in den Armen hielt, das sich an ihren Oberkörper gekuschelt hatte.

Harper hielt den Atem an. Blake war doch nicht so weit gegangen, Reeva eine Katze zu schenken? Er hatte bereits genug getan, um ihre Familie auf seine Seite zu bekommen. Auch ohne ein Tier, das sich vermutlich die ganze Zeit mit Lucky zanken würde. Die Katzen der Nachbarn, die über die Ocean View Ave flanierten, konnte ihr Hund jedenfalls nicht leiden. Falls Harpers Nichte sich also in den Kopf gesetzt haben sollte, dieses Fellknäuel behalten zu wollen – so süß es auch war – würde sie sich eine Taktik …

Ein Geräusch hinter Harper ließ sie herumfahren. Mrs. Spearce stand im Türrahmen, in den Händen ein Tablett mit einer bauchigen Kanne und einer Tasse.

Der Blick der Haushälterin ging an Harper vorbei, und ein feines Lächeln umspielte ihre Lippen. Offenbar hatte sie Blake und Reeva ebenfalls entdeckt – und Harper dabei erwischt, wie sie die beiden beobachtet hatte. Hitze kroch in ihre Wangen.

Was Mrs. Spearce nicht weiter kommentierte. Stattdessen sagte sie: »Machen Sie sich keine Sorgen um Ihre Nichte. Blake kann sehr gut mit Kindern umgehen. Sein Neffe Tyler dürfte im gleichen Alter wie Reeva sein, und die beiden sind ein Herz und eine Seele.«

Harper blickte wieder nach draußen und sah, wie ihr Boss und ihre Nichte die Köpfe zusammensteckten. Wie es aussah, war er nicht nur mit Tyler ein Herz und eine Seele. Sie schluckte. Natürlich kam Familie für ihn an erster Stelle. Das wusste sie nur zu gut. Es grenzte zwar an Erpressung, wie er Harper dazu gebracht hatte, ihn zu diesem Wochenendausflug zu begleiten. Aber immerhin hatte er dafür gesorgt, dass sie trotz der vielen Arbeit, die vor ihnen lag, Brooke und Reeva nicht enttäuschen musste und Zeit mit ihnen verbringen konnte.

»Ich habe Ihnen eine Kanne Tee gemacht«, holte Mrs. Spearce sie abermals aus ihren Gedanken. »Die Kräuter stammen alle aus dem rancheigenen Küchengarten. Ich habe sie selbst getrocknet und die Mischung zusammengestellt.«

»Das klingt fantastisch.« Harper wandte sich wieder zur Haushälterin um und atmete das Aroma der aufgebrühten Kräuter ein. »Den würde ich wirklich sehr gern probieren.«

Blake genoss es, Reeva die Ställe zu zeigen. Ihre Begeisterung sprudelte über wie eine Champagnerflasche, die geschüttelt worden war. Er genoss es, ihrem glucksenden Lachen zu lauschen, das Funkeln in ihren Augen zu sehen. Überhaupt genoss er es, auf der Ranch zu sein. Noch vor wenigen Tagen hatte er darüber nachgedacht, wie er es schaffen konnte, endlich mal wieder genug Zeit freizuschaufeln, um ein paar Tage mit seinen Kumpels segeln zu gehen. Und nun verbrachte er sogar ein ganzes Wochenende auf der Familienranch, die er zuletzt nur noch besucht hatte, um nach seinem Vater zu sehen.

Die Sorge um dessen Gesundheit hatte ihn völlig vergessen lassen, wie sehr er die Ausflüge in die Berge schon immer geliebt hatte. Schon als Kind hatten seine Geschwister und er ihre Sommer am liebsten hier verbracht, waren durch die Wälder gestreift und geritten oder hatten am Fluss ein Fort gebaut. Sie waren von morgens bis abends draußen gewesen. Reevas begeistertes Plappern versetzte ihn für einen Moment in diese Zeit zurück. Grinsend griff er nach ein paar Äpfeln, die immer in einem Korb an der Stallwand lagen, und begann, damit zu jonglieren. »Du bist also ein Riesen-Pferdefan?«, fragte er Reeva.

Sie grinste, griff ebenfalls nach drei Äpfeln und versuchte ihn nachzuahmen. »Das liegt mir im Blut. Glaube ich zumindest.« Ein Apfel fiel herunter, und sie ließ die anderen sinken. Für einen Moment blitzte ein betretener Ausdruck in ihren Augen auf, dann bückte sie sich, hob die Frucht auf und drehte sie in der Hand, als suche sie nach Schadstellen. »Man sollte nicht mit Essen spielen«, sagte sie leise.

Blake fing überrascht seine Äpfel auf und hörte auf zu jonglieren. Einen Satz wie diesen hatte er noch nie aus dem Mund eines Kindes gehört, das vermutlich noch nicht einmal zehn Jahre alt war.

Nachdem Reeva sich davon überzeugt hatte, dass ihr Apfel beim Absturz ins Stroh unter ihren Füßen nicht kaputtgegangen war, kehrte das Grinsen in ihr Gesicht zurück. »Ich habe die Liebe zu Pferden im Blut«, kehrte sie zum ursprünglichen Thema zurück. »Zumindest sagt Harper das immer. Meine Mom und meine Tante sind nämlich in Kansas aufgewachsen. Und dort gibt es jede Menge Pferde«, erklärte sie ihm.

»Das stimmt.« Blake griff nach dem Messer auf dem Fensterbrett und zerteilte ein paar der Äpfel.

»Leider kann ich nicht besonders oft reiten gehen. Deshalb habe ich mich so auf dieses Wochenende gefreut.«

Blake zwinkerte ihr zu. »Dann wollen wir keine Zeit verstreichen lassen.« Er reichte ihr ein paar der Apfelschnitze. »Unsere Pferde sind ganz verrückt nach ihren Snacks. Möchtest du sie ein bisschen verwöhnen?«

Er sah dabei zu, wie Reeva mit den Tieren auf Tuchfühlung ging. Offenbar war sie ganz verliebt in Sunshine, eine hübsche Palomino-Stute, die sie aus seelenvollen dunklen Augen ansah und sich auf diese Weise noch ein Extrastück Apfel sicherte.

Reeva strich ihr in einer fast ehrfürchtigen Geste über den Hals. »Sunshine ist das schönste Pferd, das ich jemals gesehen habe«, behauptete sie. »Darf ich sie morgen reiten?«

»Da müssen wir Pete fragen. Er ist für die Pferde verantwortlich. Aber ich denke, das dürfte kein Problem sein.« Blake strich der Stute ebenfalls über den Hals. »Sie sieht auf jeden Fall so aus, als freue sie sich auf einen Ausflug mit dir.«

Reeva seufzte. »Am liebsten würde ich gleich losreiten.«

Blake wartete, bis sie das letzte Stück Apfel verfüttert hatte, bevor er sie langsam in Richtung Stalltür lotste. »Das glaube ich. Aber wahrscheinlich gibt es bald Dinner«, erinnerte er Reeva daran, dass sie langsam ins Haus zurückmussten. Und weil er auch zu seinem Neffen immer ehrlich war, ergänzte er: »Und ein bisschen arbeiten muss ich heute auch noch.«

»Ja.« Reeva seufzte noch einmal. »Lord of Late Nights und so.«

»Aber immerhin sind wir hier«, hielt Blake dagegen. Dieses kleine Mädchen war verdammt schlau. Er hatte für einen winzigen Moment ein schlechtes Gewissen, weil er ihre Tante in der Vergangenheit so gedankenlos eingespannt hatte – und das auch für dieses Wochenende plante. Überhaupt, ihre Tante … Blake schob das Bild der neuen Harper, die er heute kennengelernt hatte, zur Seite und öffnete die Stalltür. »Weißt du was? Ich habe eine Idee«, sagte er, als sie in die kühle Abenddämmerung hinaustraten. Der warme Pferdeduft wurde vom frischen, erdigen Geruch des Waldes abgelöst.

»Nach dem Abendessen können wir draußen ein Feuer machen und Marshmallows rösten.«

»Yeah!« Reeva streckte ihre Faust in die Luft. Dann hielt sie plötzlich inne und drehte sich um. »Was ist das?«, fragte sie und lauschte in die Dämmerung.

Im ersten Moment wusste Blake nicht, was sie meinte, doch dann hörte er das dünne Maunzen ebenfalls.

Reeva ging bereits in die Knie und richtete sich mit einem Kätzchen im Arm wieder auf. »Wer bist du denn?«, flüsterte sie.

Blake sah, dass sie sich auf der Stelle in das Katzenbaby verliebte. Mist. Brooke schien zwar eine entspannte Mom zu sein, aber von einem neuen Haustier ließ sie sich sicher genauso ungern überrumpeln wie jede andere Mutter. »Hör mal«, zog er Reevas Aufmerksamkeit auf sich. »Das ist eines der Stallkätzchen. Wahrscheinlich hat es sich rausgeschlichen und dann seinen Weg nicht zurückgefunden.« Er zog die Stalltür wieder auf. »Wir sollten es zu seiner Katzen-Mommy bringen. Und dann schauen wir nach, was Mrs. Spearce Leckeres für uns gekocht hat.«

7

»Ich bin absolut verliebt in dieses Haus«, schwärmte Brooke. Reeva und sie hatten mit Naya geskypt, um Lucky Hallo zu sagen, und dann einen Spaziergang zum Fluss unternommen, der durch den Wald hinter dem Haus floss, während Harper und Blake sich ins Arbeitszimmer zurückgezogen und mit ihrer Arbeit begonnen hatten. Inzwischen saßen sie gemeinsam beim Dinner an einer großen Tafel im Esszimmer, das so förmlich und mächtig wirkte, dass es Harper geradezu einschüchterte. Ihre Schwester jedoch beschrieb begeistert jedes Detail des Ranchhauses, das ihr gefiel. Und das waren verdammt viele. Ihre Augen leuchteten dabei nicht weniger als die ihrer Tochter, wenn sie von den Pferden und Stallkatzen berichtete. Blake Marshall, Lord of Late Nights, über den sie sich, genau wie über seine Arbeitsmoral, in den letzten Jahren ständig beschwert hatten, hatte die McNally-Frauen mit einem Bann belegt. Oder er hatte Harper mit einem Fluch überzogen, der sie dazu verdammte, ihre Familie für den Rest ihres Lebens von diesem Mann und seinem Haus schwärmen zu hören.

Dabei musste auch Harper zugeben, dass diese Ranch wirklich traumhaft war, auch wenn sie es bisher noch nicht einmal geschafft hatte, das Haus zu verlassen. Der Rest der Räume im Erdgeschoss war, genau wie die Gästesuite, die sie bewohnten, weniger förmlich als das Esszimmer. Gemütliche Teppiche auf alten Holzböden, große Sofas, der riesige Kamin und überall dieser Blick nach draußen durch weite Fenstertüren. Sie konnte sich vorstellen, sich abends mit einem Roman vor das Feuer zu kuscheln. Oder im Sommer in einem der Schaukelstühle auf der umlaufenden Veranda zu sitzen und auf den Sonnenuntergang zu warten.

»Ich bin am Verhungern«, holte Reeva sie aus ihren Gedanken. Sie hatte bereits eine Portion des Irish Stew vertilgt, das Mrs. Spearce gekocht hatte. Zusammen mit dem frisch gebackenen Brot war es das perfekte Essen für einen kalten Frühlingsabend in den Bergen. Die Haushälterin hatte das Dinner vorbereitet und war dann nach Hause gefahren, sodass sie ganz unter sich waren.

»Es ist genug da.« Blake lächelte ihre Nichte an und teilte ihr eine halbe Kelle aus, bevor er seinen Teller noch einmal komplett füllte.

Reeva griff nach einem weiteren Stück Brot. »Blake hat gesagt, dass wir ein Feuer machen und Marshmallows grillen«, verkündete sie, nachdem sie abgebissen hatte, mit vollem Mund. Ihre Augen funkelten, und sie tat ein wenig, als erlebe sie gerade ein riesiges Abenteuer, dabei gab es auch im Haus der McNallys regelmäßig S'Mores. Auch in Jamestown hatten Lagerfeuer Tradition. Am Strand genauso wie im Garten hinter dem Haus. Es gab überhaupt keinen Grund, so zu tun, als hätte Blake gerade die Idee des Jahrhunderts aus dem Hut gezaubert.

Was tat sie hier? Harper schloss für einen Moment die Augen. Genervt von sich selbst. Während Blake entspannt mit Reeva und Brooke plauderte, rief sie sich innerlich zur Ordnung. War sie eifersüchtig darauf, wie gut er mit ihrer Familie klarkam? Eifersüchtig auf die Zeit, die er mit ihrer Schwester und Nichte verbrachte? Dafür müsste sie verdammt noch einmal dankbar sein. Immerhin nahm er sich wirklich viel Zeit für die beiden, obwohl ihnen die Arbeit im Nacken saß. Harper war sich sicher, dass er heute Abend noch verdammt lange arbeiten würde, um die Zeit wieder reinzuholen, die ihre Familie ihn gerade kostete.

Sie öffnete die Augen, setzte ein Lächeln auf und bemühte sich, sich an den lockeren Gesprächen zu beteiligen. Dabei war sie sich plötzlich Blakes Aufmerksamkeit bewusst, die auf ihr ruhte. Entschlossen wich sie seinem Blick aus und fragte Brooke nach Sunshine, dem Pferd, das ihre Nichte am nächsten Tag unbedingt reiten wollte.

Nach dem Essen entzündete Blake in einem Feuerkorb auf der Terrasse Holzscheite, während die McNallys die Spülmaschine einräumten und die Reste des Eintopfes und das Brot verstauten. Mrs. Spearce hatte bereits Marshmallows, Schokolade und Graham Cracker für den Nachtisch bereitgestellt. Reeva sauste damit davon, doch Brooke hielt Harper zurück, indem sie ihr die Hand auf den Arm legte. »Ist alles okay?«, fragte sie, und Harper sah die Sorge im Blick ihrer Schwester, die mit Unverständnis kämpfte, weil sie nicht verstehen konnte, warum sie dieses Wochenende nicht so genießen konnte wie der Rest von ihnen.

»Natürlich.« Harper schob ihre Mundwinkel nach oben und legte die Hand über die ihrer Schwester auf ihrem Arm.

Brooke legte statt einer Antwort den Kopf schief und sah sie schweigend an, bis Harper seufzend den Blick senkte. Wenn man sich gemeinsam durch das Leben gekämpft hatte, wie sie beide, dann war es nicht einfach, dem anderen etwas vorzumachen. »Ich fühle mich nicht wirklich wohl«, gestand sie ihrer Schwester leise, nachdem sie sich mit einem Blick über die Schulter versichert hatte, dass weder Blake noch Reeva in der Nähe waren. Dabei hätte sie sich darum keine Gedanken machen müssen, weil die beiden bereits die Köpfe zusammensteckten und die ersten Marshmallows aufspießten. »Mit Blake im Büro zu arbeiten, ist etwas völlig anderes, als hier zu sein«, sagte sie. »Ich bin mit euch zusammen ein anderer Mensch als in der Firma. Und ich wollte nicht … ich möchte nicht …«

»Du willst nicht, dass dein Boss diese Seite von dir sieht«, sprang Brooke ein, als sie es nicht schaffte, die richtigen Worte zu finden.

»Nein«, gab sie Brooke recht. »Ich fühle mich im Büro wohler.«

»Weil du dort deine ›Uniform‹«, betonte Brooke das Wort einmal mehr, »trägst, wie eine Rüstung. Dieser Mann ist dir nicht egal, Süße. Und jetzt, wo ich ihn kennenlerne, verstehe ich auch, was du so an ihm magst. Aber du versteckst deine Gefühle vor dem Rest der Welt. Du versteckst dich«, erinnerte sie Harper eindringlich an die immer wieder zwischen ihnen aufflammende Uneinigkeit. »Ich finde es fantastisch, dass er die Harper sieht, die wir so lieben. Du bist schließlich viel mehr als seine unsichtbare Assistentin. Außerdem haben wir sowieso darüber nachgedacht, dass du kündigen könntest, wenn ich die Schreinerei übernehme. In diesem Fall ist es sogar völlig egal, was dein Boss von dir hält. Denn dann musst du dir keine Gedanken mehr über ihn machen. Also genieß dieses Wochenende mit uns. Erledige deinen Job, aber sei in der restlichen Zeit du selbst. Das bist du dir schuldig.«

Das war sie sich schuldig? Bei ihrer jüngeren Schwester klang alles so leicht. Brooke ritt die Wellen des Lebens. Und wenn sie abstürzte, unterging, hielt sie einfach den Atem an, schwamm an die Oberfläche zurück und surfte weiter. Harper hatte versucht, so an die Dinge heranzugehen wie Brooke. Aber das war nun mal nicht ihr Weg. Vor diesem Wochenende hatte sie eine ganz klare Vorstellung davon gehabt, wie es weitergehen sollte. Sie wollte die Tage nutzen, sich Gedanken über ihre Zukunft zu machen. Aber wie sollte ihr das gelingen, wenn der Mann, der die Ursache für all ihre durcheinander geratenen Gefühle war, die ganze Zeit neben ihr stand und sie mit diesem nachdenklichen Blick betrachtete, der ihr das Gefühl gab, er könne bis in ihre Seele sehen?

»Ich bemühe mich, okay?« Harper lächelte ihre Schwester noch einmal an. »Mach dir keine Sorgen um mich. Ich habe es nur noch nicht so ganz geschafft, mich mit der Situation zu arrangieren.« Sie umarmte Brooke. »Das bekomme ich noch hin. Und jetzt lass uns S'Mores essen, bis uns schlecht wird«, schlug sie vor und zog Brooke hinter sich her, bevor sie die Unterhaltung fortsetzen konnte.

Harper bemühte sich, den Abend zu genießen. Es gelang ihr nicht die ganze Zeit. Doch Blake schaffte es, noch mehr Pluspunkte bei ihrer Familie zu sammeln. Er wartete eine halbe Stunde, bis er seinen Laptop und Harpers Tablet holte, um nebenher zu arbeiten. Und er beantwortete Brookes Fragen zu seinem und ihrem Job. Harpers Schwester schien sich in den Kopf gesetzt zu haben, ihm keine Ruhe zu lassen, bis sie nicht alles über das Projekt an der Westküste wusste. Die Blicke, mit denen Harper von Blake bedacht wurde, zeigten, dass er verwundert war, dass sie zu Hause so wenig über ihre

Arbeit erzählte. Dabei gehörte das zu den Dingen, die er von Anfang an von ihr verlangt hatte: Alles, was in der Firma passierte, für sich zu behalten, um zu verhindern, dass noch einmal ein Projekt von der Konkurrenz gestohlen wurde. Auch wenn alle in der Firma wussten, auf welche Weise Blake vor eineinhalb Jahren um dieses Projekt gebracht worden war.

Als Reeva die Augen zufielen, erhob sich Brooke, nahm ihre Tochter Huckepack und verabschiedete sich. »Ich werde gleich neben der Kleinen ins Bett fallen. Rechnet also heute Abend nicht mehr mit mir. Ich freue mich auf den Ausritt morgen. Also halte Harper nicht zu lange vom Schlafen hab, Lord of Late Nights.«

Blake hob den Blick von seinem Laptop, lachte und winkte Harpers Schwester zu. »Ich werde mich bemühen«, versprach er.

Während Harper sie einen Moment lang überrascht anstarrte. Brooke freute sich darauf zu reiten? Nachdem sie so viele Jahre lang alles verweigert hatte, was sie an ihr geliebtes Pferd und die Zeit in Kansas an sich erinnert hatte? Beschwor ihr Aufenthalt hier gute Erinnerungen herauf? Wenn dem so war, musste Harper ihrem Boss allein dafür dankbar sein. Sie lächelte ihre Schwester an. »Träumt was Schönes, ihr zwei«, sagte sie leise und sah ihnen dann nach, bis sie im Haus verschwunden waren.

Als sie den Kopf wieder umwandte, starrte Blake sie einmal mehr mit diesem merkwürdigen Blick an. Das Feuer knisterte leise, und sie atmete den beruhigenden Duft des Holzrauches ein. Blakes Gesicht wurde von den flackernden Flammen abwechselnd in Licht und Schatten getaucht, was ihn nahbarer wirken ließ, als er es in der Firma oft war. Wenn das hier eine Szene aus einem der Romane wäre, die sie so gerne las, würde jetzt eine unglaublich romantische Geste folgen. Etwas Unvorhergesehenes. Etwas … Harper klappte die Schutzhülle über ihr Tablet und sprang auf. Das hier ging eindeutig zu weit. Das Feuer vernebelte ihr die Sinne. Alles brachte sie durcheinander. Das hier war nicht professionell. Sie saß an einem Feuer in den Catskill Mountains, die nicht einmal ansatzweise etwas mit einem Büro gemein hatten. »Wir sollten im Haus weiterarbeiten«, schlug sie vor.

Blake musterte sie noch immer. Jetzt streckte er seine Beine aus und veränderte die Position seines Laptops auf seinem Oberschenkel so, als wolle er es sich in seinem Deckchair so richtig gemütlich machen. »Lass uns hierbleiben«, entgegnete er. Im Laufe des Abends waren Blake und sie zu allem Übel auch noch zum Du übergegangen. Nachdem er es ihrer Schwester und Nichte angeboten hatte, wäre es albern gewesen, sich weiter zu siezen. Aber damit hatte Blake abgesehen von den unzähligen Grenzen, die er bereits überschritten hatte, seit er verlangt hatte, dass sie dieses Wochenende zur Arbeit erschien, nur eine mehr verletzt. Er schien das nicht zu merken. Oder es war ihm egal. »Wie oft kann man seinen Job schon in einer solchen Umgebung erledigen?«, stellte er die rhetorische Frage.

Harper ließ sich langsam wieder auf die Kante ihres Sitzes sinken. »Drinnen, in deinem Büro, hätten wir vermutlich mehr Platz für unsere Unterlagen«, versuchte sie es noch einmal.

»Für die Recherche brauchen wir doch gar nicht mehr Platz als wir hier haben.« Jetzt stellte er seinen Laptop neben sich auf den Boden und griff nach seinem Weinglas. Das Feuer ließ die dunkelrote Flüssigkeit darin funkeln. »Doch bevor wir weitermachen, muss ich dich etwas fragen.« Er blickte sie über den Rand des Glases an. »Fühlst du dich hier wohl, Harper? Ich habe das Gefühl, dass du nicht gern hier bist. Liegt es an dem Ort? Oder liegt es an mir?«

War das sein Ernst? Er hatte sie gezwungen, alle Wochenendpläne über den Haufen zu werfen. Hatte ihre Familie bezirzt. Und sie in eine Umgebung gebracht, die eine so andere Atmosphäre ausstrahlte als ihr Arbeitsplatz in der Firma. Eine Umgebung, in der sie auch ihn noch einmal völlig anders wahrnahm. Als warmen, liebevollen Menschen. Er ging mit ihrer Familie so um wie mit seiner eigenen. Und er nahm sie plötzlich wahr – was er in all den vergangenen Jahren nicht getan hatte. »Ich finde die Ranch sehr schön«, blieb sie neutral. »Aber ich bin es nun mal gewohnt, im Büro zu sein. Das hier«, sie holte mit der Hand zu einer allumfassenden Geste aus, »ist einfach nicht meine Art zu arbeiten. Das ist einfach neu für mich.« Es machte keinen Sinn, ihm noch einmal zu erklären, was sie davon hielt, so von ihm herumkommandiert zu werden wie an diesem Tag. Er hatte ihre Einwände schließlich auch beim ersten Mal nicht verstanden.

Blake grinste sie an, bevor er einen Schluck trank. »Ich kann es immer noch nicht glauben«, sagte er, als er das Glas wieder senkte. »Du bist privat ein völlig anderer Mensch. So anders als in der Firma, dass ich dich wirklich fast nicht erkannt hätte. Und auch jetzt noch ständig neue Facetten an dir entdecke.«

Das Grinsen ließ einen ganzen Schwarm Schmetterlinge in Harpers Bauch herumwirbeln. Sie schluckte und zog ihren inneren Schutzschild hoch, um sich vor seinem Charme in Sicherheit zu bringen. Charme, von dem sie schon so oft gesehen hatte, wie er ihn bei anderen Frauen angewandt hatte.

»Ich trenne Arbeit und Privatleben eben gerne«, blieb sie bei ihrem neutralen Tonfall.

Der Blake aber nicht abzuschrecken schien. »Ist das der Grund, aus dem ich praktisch nichts über dich weiß?«, fragte er und beugte sich in seinem Deckchair vor.

»Ich hatte keine Ahnung, dass es etwas gibt, das du über mich wissen willst«, gab Harper zurück.

»Ich auch nicht«, sagte Blake leise. Harper sah, wie er seine Hand ausstreckte und über ihre schob, die auf der Armlehne ihres Stuhls lag. Seine Handfläche war ein wenig rau, obwohl er den größten Teil seiner Zeit hinter einem Laptop verbrachte. Wärme ging von ihr aus, und Harper wurde bewusst, dass sich Blake und sie noch nie berührt hatten, seit sie für ihn arbeitete. Das war das erste Mal, und Harper schaffte es nicht, ihren Blick von seiner Hand auf ihrer zu lösen, während seine nächsten Worte sich wie eine warme Decke um sie legten. »Ich habe heute herausgefunden, dass es verdammt viel gibt, was ich über dich wissen will. Alles. Ich will alles über dich wissen.«

Stunden nach diesem überraschenden Moment wälzte sich Harper noch immer hellwach im Bett hin und her. Es war unmöglich, die Augen zu schließen, ohne Blakes Gesicht vor sich zu sehen. Ließ sie die Augen offen und starrte in die Dunkelheit, war es nicht viel besser. Er wollte alles über sie herausfinden, hatte er gesagt. Während sie längst alles über ihn wusste. Sie kannte seine Vorlieben. Seine Spleens. Wusste ganz genau, dass er immer zwei Oreo-Kekse zu seinem Kaffee aß. Dass er das E-Bike nahm, wenn er sich mit seinen Kumpels zum Basketball spielen traf. Wie sehr es ihn nervte, Klamotten zu kaufen. Besonders, wenn sie angepasst werden mussten, wie der Smoking, den er zur Hochzeit seines Bruders tragen würde. Dass er sich mit Frauen immer im The Mooring verabredete. Und dieses Lachen, das in seinen Augen funkelte, wenn sein Neffe ihm eine Sprachnachricht schickte und sich darüber ausließ, wie superblöd er die Schule fand.

Es fühlte sich merkwürdig an, an so unterschiedlichen Punkten zu stehen. Harper hatte sich gewünscht, dass er sie früher bemerkt hätte, gestand sie sich ein, als sie an die dunkle Zimmerdecke starrte. Sie lag in einem Bett in seinem Haus. Eingehüllt in weiche, ägyptische Baumwolle. Und zerbrach sich den Kopf. Sie hatte gegen jeden gesunden Menschenverstand gehofft, dass Blake sie wahrnehmen würde. Auch wenn sie gleichzeitig versucht hatte, so unauffällig wie möglich zu sein.

Mit einem unterdrückten »Scheiße!« setzte sie sich auf. Was erwartete sie denn von diesem Mann? Sie war kein verzaubertes Dornröschen. Nein, sie hatte sich selbst dazu entschieden, mit der Wand zu verschmelzen – genau so, wie Blake es sich von seiner Assistentin gewünscht hatte. Weil sie, verdammt noch mal, diesen Job gewollt hatte. Aber das war damals gewesen. Wenn sie ihrer Schwester glaubte, könnte sie schon bald aufhören, für Blake zu arbeiten. Und dann … Was machte sie ihrem Herzen hier vor? Nach all den Jahren würde es wohl kaum ein Happy End mit Glitterregen geben. Auch nicht, wenn ihr Herz sich das wünschte und dabei alle Logik und Vernunft hinter sich ließ.

Harper schob die Bettdecke zur Seite, stand auf und ging zum Fenster hinüber. Als sie die Vorhänge zur Seite schob, konnte sie die Silhouette des Pferdestalles vor den dunklen Schatten des Waldes und der Berge erkennen. Früher hatten

Pferde sie beruhigt. Wenn sie traurig gewesen war oder sich nach dem Tod ihrer Mutter einsam gefühlt hatte, war der Stall immer ein gutes Versteck gewesen. Das Streicheln der Tiere hatte ihr geholfen, zu sich selbst zurückzufinden. Und manchmal hatte sie zwischen Holz, Stroh und dem entspannten Schnauben auch Antworten gefunden.

Harper tastete sich durch das dunkle Zimmer zum Nachttisch zurück und blickte auf ihr Handy-Display. Halb drei. Wen würde es schon stören, wenn sie den Pferden einen Besuch abstattete? Ohne weiter darüber nachzudenken, schlüpfte sie in ihre Schuhe, zog einen Hoodie über und schlich im schwachen Licht des Mondes den Flur entlang und die Treppe hinunter. Dann hielt sie den Atem an und öffnete in Zeitlupe die Haustür. Doch das hier war nicht ihr altes Zuhause in Kansas. Kein Knarzen. Kein Quietschen. Die Angeln dieser Tür waren perfekt geölt. Etwas anderes wäre für einen der größten Bauunternehmer an der Ostküste vermutlich auch eine Schande gewesen.

Wie eine Diebin schob sich Harper durch den Türspalt und schlich durch die Nacht über den Hof. Was Blödsinn war, weil sie hier Gast war und sicher niemand etwas dagegen hatte, dass sie in den Stall ging. Lediglich die Uhrzeit konnte man etwas verwunderlich finden. Ganz abgesehen davon, dass außer ihrer Familie und Blake, die in ihren Betten lagen und im Gegensatz zu ihr friedlich schliefen, sowieso niemand hier war.

Leise schob sie die Stalltür auf und atmete das Aroma nach Heu und Tieren tief ein. Sie ertastete den Lichtschalter an der Wand und blinzelte gegen die Helligkeit an, die den Raum im nächsten Moment flutete. Einige der Pferde in den Boxen interessierten sich nicht für sie, andere waren neugierig, wer sie so spät in der Nacht noch besuchen kam. Diese weichen Nasen zu streicheln, die Hand über das warme Fell des Halses gleiten zu lassen, beruhigte Harper tatsächlich. Bei Sunshine, der Palomino-Stute, die Reeva als ihren Liebling auserkoren hatte, verbrachte Harper ein wenig mehr Zeit. »Du wirst doch gut auf unser kleines Mädchen achtgeben, nicht wahr?«, flüsterte sie dem Tier zu. Sunshine schnupperte an ihrer Hand, und Harper öffnete sie, um ihr zu zeigen, dass sie keinen Snack für sie dabeihatte. »Reeva hat dich bestimmt schon mehr als genug verwöhnt heute«, sagte sie, als das Pferd enttäuscht schnaubte. »Wir wollen doch keine Kolik riskieren, meine Süße. Liebe muss reichen.« Sie kraulte der Stute den Hals und lachte leise, als diese genüsslich ihren Kopf streckte.

Sie hatte schon fast das Ende der Stallgasse erreicht. Nur noch eine Box war übrig. »Hey, Wild Thing«, lockte sie den Wallach nach einem Blick auf sein Namensschild an der Tür. Einen Moment lang geschah gar nichts. Der Rappe, der am hinteren Ende seiner Box stand, starrte sie unter seinem langen Schopf hervor an. Im nächsten Moment preschte das Tier vor. Die Hufe knallten in einem ohrenbetäubenden Lärm gegen die Boxentür. Der Wallach stieß ein scharfes Wiehern aus, schnappte nach Harpers Schulter und wich dann wieder zurück. Aus wilden Augen starrte er sie an.

Sie wich zurück, als das Tier im nächsten Moment schon wieder nach vorn schoss und tobend gegen die Tür trat. Wild Thing stieg. Der unebene Boden ließ Harper stolpern. Sie taumelte gegen die Stallwand. Das Pferd gebärdete sich weiter wie wild. Und obwohl sie wusste, dass Wild Thing auf der anderen Seite der Boxenwand gefangen war, katapultierte dieser Moment sie in eine andere Zeit zurück. An einen anderen Ort. Harper hörte ein Wimmern und begriff, dass es aus ihrer Kehle kam. Sie ließ sich an der Wand nach unten rutschen, zog die Beine an und machte sich so klein wie möglich.

Blake blickte auf, als er sah, wie im Stall das Licht eingeschaltet wurde. Inzwischen saß er im Dunkeln, nur der Bildschirm seines Laptops strahlte sein blaues Licht in den Raum. Er rieb sich über die brennenden Augen, während er aus dem Fenster starrte und herauszufinden versuchte, was im Stall vor sich ging. Wer schlich dort herum?

Einen Moment zögerte er, dann klappte er den Laptop zu, schob ihn zur Seite und stand auf. Viel hatte er in den letzten Stunden sowieso nicht zustande gebracht, dazu war er viel zu abgelenkt gewesen. Er konnte nicht bestreiten, dass die ihm bislang unbekannte Seite seiner Assistentin ihn beschäftigte. Trotzdem musste er irgendwann ins Bett. Er würde jetzt nachsehen, was im Stall los war, und dann würde er endlich Feierabend machen. Da er noch seine Klamotten vom Abend trug, musste er nur in seine Sneakers schlüpfen. Er machte sich nicht die Mühe, das Licht im Flur einzuschalten, schließlich kannte er hier jeden Winkel. Nachdem er die Haustür hinter sich ins Schloss gezogen hatte, hob er die Schultern gegen die nächtliche Kälte und joggte über den Hof.

Blake hatte den Stall fast erreicht, als er Wild Things aufgebrachtes Wiehern hörte. »Was zur Hölle …« Er riss die Tür auf und stürmte in den Stall. Was er erblickte, ließ ihm für einen Moment das Blut in den Adern gefrieren. Dann begriff er, dass Harper zwar zusammengekrümmt in der Ecke saß und Wild Thing in seiner Box stieg, aber ihr keine Gefahr von dem Wallach drohte. Mit wenigen Schritten war er bei seiner Assistentin und kauerte sich neben sie. »Bist du okay?«

Sie antwortete nicht, sondern stieß nur ein leises Wimmern aus.

Blake legte Harper den Arm um die Schultern und zog sie an sich. »Hey.« Er strich ihr beruhigend über den Rücken. »Es ist alles in Ordnung. Wild Thing hat seinen Namen nicht von ungefähr«, versuchte er, sie zu beruhigen. »Er ist ein bisschen unberechenbar und übellaunig. Aber er kommt nicht aus seiner Box.« Blake atmete Harpers überraschend weichen, blumigen Duft ein, als er sie noch ein wenig enger an seine Brust zog und festhielt. Sie zitterte wie Espenlaub.

»Ich … ich habe mich nur erschreckt«, wisperte sie gegen seinen Hoodie, und Blake verstand sie nur, weil auch Wild Thing sich langsam wieder ein wenig beruhigte. »Ich wollte ihm eigentlich nur Hallo sagen, und er ist … er ist einfach …« Sie sprach nicht weiter.

»Ja, sein Name ist Programm.« Blake spürte, wie sich Harper langsam wieder beruhigte. Er blickte an ihr herunter und betrachtete für einen Moment die Pyjamahosen, auf denen sich lachende Cupcakes tummelten. »Konntest du nicht schlafen?«, fragte er leise.

Harper schüttelte an seiner Brust leicht den Kopf. »Mir sind zu viele Dinge durch den Kopf gegangen. Ich habe keine Ruhe gefunden, also dachte ich, ich statte den Pferden einen Besuch ab. Und dann …« Sie seufzte.

Blake strich weiter über ihren Rücken, weil sie das zu beruhigen schien. Reeva hatte ihm erzählt, dass ihre Mutter und Harper in Kansas mit Pferden aufgewachsen waren. Aber vielleicht hatte seine Assistentin doch nicht so viel mit diesen Tieren am Hut gehabt, wenn sie so reagierte. Wild

Thing war zwar genau das, ein echt wilder Kerl, aber jemand, der sein Leben mit diesen Tieren verbracht hatte, reagierte nicht so extrem wie Harper.

»Warum bist du noch wach?«, murmelte sie in seinen Hoodie und lenkte seine Aufmerksamkeit wieder auf sie.

»Ich habe noch gearbeitet«, gab er zu.

Endlich hob sie den Kopf und sah ihn an. »Natürlich. Das hätte ich mir denken können.« Sie wisperte noch immer, so als fürchte sie, die Pferde noch einmal gegen sich aufzubringen. Ihre Augen waren noch geweitet von dem Schreck, aber trocken. Sie hatte nicht geweint. Und die Worte, die sie gerade gesagt hatte, ließen sie den rechten Mundwinkel ein wenig nach oben ziehen. Sie waren sich nahe. Ein wenig zu nahe vielleicht. Aber es fühlte sich nicht falsch an, so mit Harper hier zu sitzen, auch wenn sie seinen Schutz nicht mehr zu brauchen schien. »Hmm.« Sein Körper reagierte auf ihr Lachen, und auch seine Mundwinkel verzogen sich. »Ich muss schließlich meinem Ruf als Lord of Late Nights alle Ehre machen.«

Harper sah ihn einen Moment stumm an. Ihre Augen weiteten sich. Dann legte sie den Kopf in den Nacken und lachte.

8

Blake lauschte vergeblich auf das Kreischen der Möwen, als er am nächsten Morgen erwachte. Stattdessen hörte er das leise Wiehern eines Pferdes und wurde sich bewusst, dass er nicht in seinem Loft in Newport war, sondern auf der Ranch. Mit Harper und ihrer Familie.

Langsam öffnete er die Augen und blinzelte gegen die Helligkeit an. Er nahm seine Armbanduhr vom Nachttisch und ließ sie mit einem Stöhnen sinken, als er sah, dass es bereits halb zehn war. Normalerweise schlief er nie so lange – dafür hatte er viel zu viel zu tun. Ganz besonders an einem Wochenende, wo er die Arbeit auch noch mit privaten Unternehmungen kombinieren musste. Die Ereignisse der vergangenen Nacht fielen ihm wieder ein, und Blake wurde einmal mehr bewusst, dass Harper ihm ein Rätsel war. Ein Gedanke, der ihn beschäftigte, seit er sie gestern Mittag am Strand gesehen hatte. Definitiv ein Gedanke, der ihn mehr beschäftigte, als er sollte. Ihr Privatleben hatte schließlich nicht mehr Bedeutung für ihn als das aller anderen Angestellten. Okay, vielleicht musste er künftig mehr Rücksicht darauf nehmen, dass sie zu annehmbaren Zeiten Feierabend machen konnte, um nicht mehr Lord of Late Nights genannt zu werden. Schließlich kümmerte sie sich gemeinsam mit ihrer Schwester um Reeva. Viel mehr als das interessierte ihn allerdings, warum die beiden das Mädchen allein großzogen. Wo war Reevas Dad? Und warum erzählte die Kleine, dass ihre Mutter und ihre Tante mit Pferden aufgewachsen waren, wenn Harper bei Wild Things Verhalten so sehr in Panik geraten war? Anders ließ sich ihre Reaktion auf den Wallach jedenfalls nicht beschreiben.

Und es ging ihn auch nichts an, erinnerte sich Blake daran, dass er gar kein Recht hatte, sich den Kopf über das Leben seiner Assistentin zu zerbrechen. Harper war genial in ihrem Job. Und sie waren hier, um zu arbeiten. »Nach dem Ausritt«, murmelte er und schob die Bettdecke zur Seite. Wenn er nicht bald aufstand, würde Reeva ihre Familie vermutlich davon überzeugen, ohne ihn loszureiten.

Als er ins Erdgeschoss kam, schlug ihm bereits der Duft nach Pfannkuchen und Speck entgegen, und er hörte Reevas helles Lachen und murmelnde Frauenstimmen. Für diesen Morgen hatten sie Mrs. Spearce offenbar zur weniger förmlichen Variante eines Küchenfrühstücks überredet, statt das Esszimmer zu nutzen. Blake konnte das gut verstehen, auch er hatte die gemütliche Eckbank mit dem großen, zerkratzten Holztisch immer bevorzugt.

In der Küchentür blieb er stehen und nahm den Anblick, den die McNallys boten, in sich auf. Sie hatten es sich in der Sitzecke gemütlich gemacht. Reeva trug noch ihren karierten Pyjama, ihre Mutter eine Leggings und einen übergroßen Pulli, dessen Ärmel sie zu den Ellenbogen hochgeschoben hatte. Blakes Blick blieb an Harper hängen. Sie hatte den gleichen Hoodie wie letzte Nacht im Stall an, aber statt ihrer Cupcakes-Schlafanzughose trug sie dunkle Jeans. Ihre Füße steckten in dicken Wollsocken, und die Haare hatte sie zu einem Knoten auf ihrem Kopf zusammengebunden. Keiner von der strengen Sorte, die er aus dem Büro nur zu gut kannte, sondern einen von denen, die das Bedürfnis in ihm weckten, an dem Haargummi zu ziehen und den Knoten zu lösen. Sie war komplett auf ihre Nichte konzentriert, die mit ausschweifenden Handbewegungen erklärte, wie Sunshine und sie heute ein echtes Abenteuer erleben würden. Er konnte die Schatten sehen, die unter Harpers Augen lagen und seinen in nichts nachstanden. Trotzdem war das liebevolle Funkeln in ihrem Blick nicht zu übersehen, wenn sie Reeva betrachtete. Und ihr fröhliches Lachen ging Blake durch und durch.

»Guten Morgen.«

Blake zuckte zusammen und sah zu Mrs. Spearce hinüber, die am Herd stand. Ihre hochgezogenen Augenbrauen sagten ihm ganz deutlich, dass sie ihn beim Starren erwischt hatte. Er räusperte sich. »Guten Morgen, die Damen. Ich hoffe, ihr habt alle gut geschlafen.«

»Gut schon«, erwiderte Reeva und verdrehte die Augen. »Aber ich bin schon seit Ewigkeiten wach und habe darauf gewartet, dass alle aufstehen.«

»Reeva!«, tadelte Brooke ihre Tochter leise. »Sie kann den Ausritt einfach nicht erwarten«, entschuldigte sie das Mädchen. »Guten Morgen.«

Blake nickte ihr zu und ließ sich auf den Platz Harper gegenüber fallen. Seine Assistentin warf ihm einen Blick zu, der fast als scheu durchging, und murmelte ebenfalls ein »Guten Morgen«.

Blake konnte nur vermuten, dass ihre Begegnung in der

Nacht ihr ziemlich unangenehm war. Wie ein Häufchen Elend in der Stallecke hockend, wollte niemand erwischt werden – schon gar nicht von seinem Boss.

Er hatte plötzlich das Bedürfnis, Harper dieses unangenehme Gefühl zu nehmen. Mrs. Spearce stellte einen Teller mit Pancakes, Rührei und Bacon vor ihm ab, und er bedankte sich, bevor er Reeva zuzwinkerte. »Dann hast du vor allem wegen mir so ewig lange warten müssen.« Er kippte großzügig Ahornsirup über seine Pfannkuchen. »Du wirst überrascht sein, wie schnell ich essen kann. Und dann geht es ab in den Stall.« Aus den Augenwinkeln warf er Harper einen Blick zu, während Reeva begeistert die Faust in die Luft reckte. Seine Assistentin war bei der Erwähnung des Stalls nicht zusammengezuckt, und Blake war sich noch immer nicht sicher, ob sie nun ein Problem mit Pferden hatte oder nicht. Er stopfte sich ein großes Stück Pancake in den Mund. Gleich würden sie es herausfinden.

Angetrieben von Reevas Begeisterung beendeten sie das Frühstück in Rekordzeit. Die Lunchpakete in der Hand, die Mrs. Spearce vorbereitet hatte, machten sie sich auf zum Stall. Pete war schon da und hatte neben Sunshine bereits zwei weitere Stuten und einen Wallach zum Putzplatz gebracht.

»Das ist Wild Thing«, erklärte Reeva ihrer Mutter und ihrer Tante, die sie an den Händen gefasst hatte und auf dem Weg zur Sattelkammer hinter sich herzog, als sie an der Box des übellaunigen Wallachs vorbeikamen, der bereits wieder wiehernd gegen die Tür trat. »Bei ihm muss man ein bisschen aufpassen«, erzählte sie weiter, und Blake kam der Verdacht, dass sie an diesem Morgen ihre Zeit totgeschlagen hatte, indem sie Pete ein Loch in den Bauch gefragt hatte. »Er ist echt launisch. Aber er kann uns ja nichts tun.«

Harper drehte sich zu Blake um, und ihre Blicke trafen sich. Hatte sie Angst, dass er von ihrem nächtlichen Treffen im Stall erzählen würde? Er hob die Hand an die Lippen und drehte einen imaginären Schlüssel um. Wenn Harper ihrer Familie nichts davon erzählte, hatte sie mit Sicherheit ihre Gründe. Sie schenkte ihm ein kleines Nicken und konzentrierte sich dann wieder auf ihre Nichte.

Gemeinsam suchten sie Helme aus, holten das Zaumzeug und die Putzkisten der Pferde und schulterten die Sättel.

Reeva ließ die Kardätsche über Sunshines Fell gleiten und plapperte dabei in einem fort.

Blake konzentrierte sich auf Molly, die Stute, die er reiten würde, und darauf, die Fragen des Mädchens neben sich zu beantworten. Nachdem er das Pferd aufgesattelt und -gezäumt hatte und sah, dass Reeva Hilfe von Pete hatte, drehte er sich zu Harper um. Sie hatte Winston bereits gesattelt, aber Blake wusste, dass der Wallach gern mal den Bauch aufblies, damit der Sattelgurt nicht zu eng saß. Er beugte sich hinunter, um den Gurt noch einmal nachzuziehen – im gleichen Moment, in dem Harper sich neben ihm ebenfalls herunterbeugte und ihre Hand auf die Schnalle legte. Einen Moment hielten sie inne, dicht nebeneinander. Dann zog Harper ihre Finger langsam zurück und richtete sich wieder auf.

»Danke«, murmelte sie, während Blake den Gurt noch weiter anzog.

»Keine Ursache.« Blake rieb mit der Hand über seine Jeans. Er konnte noch immer spüren, wo Harpers Hand über seine geglitten war. Was war nur los mit ihm? Entschlossen schob er seine Reaktion auf die Berührung zur Seite. »Winston ist ein lieber Kerl«, sagte er und kraulte dem Wallach den Hals.

»Manchmal ist er ein wenig schreckhaft. Ist das für dich okay?«

Harper nickte. Sie beschäftigte sich damit, sich für den Ausritt fertig zu machen, und wich seinem Blick aus. »Sicher. Mach dir keine Gedanken.« Dann drückte sie die Schultern durch und drehte sich mit einem selbstbewussten Lächeln im Blick um. »Winston und ich kommen klar«, versicherte sie ihm noch einmal. Die Frau, die er heute Nacht vor Wild Things Box gefunden hatte, war verschwunden.

Harper war sich Blakes Aufmerksamkeit überdeutlich bewusst. So lange hatte sie davon geträumt, dass er sie wahrnahm. Und nun, da er es tat, war es unangenehm. Weil seine Blicke viel zu fragend, viel zu bohrend waren.

Reiten hingegen war wie Fahrrad fahren. Sie konnte mit Pferden umgehen, genau wie Brooke, die gemeinsam mit Reeva vor ihnen ritt. Blake hielt sich neben ihr, sobald die Wege breit genug waren, nebeneinander zu reiten. Er achtete darauf, dass sie keine Probleme mit Winston bekam. Dabei war der Wallach ein Schätzchen. Ein wenig scheu, aber mit einem riesigen Herzen. Sie ritten so nah nebeneinander, dass sich ihre Knie immer wieder berührten. Harper hatte jedes Mal das Gefühl, dass zwischen seiner und ihrer Jeans kleine Funken stoben. Das hier war surreal. Wenn Blake sie nicht in der Nacht bei ihrem kleinen Zusammenbruch erwischt hätte, wäre er nicht so fürsorglich. Würde er ihr nicht die ganze Zeit so fragende Blicke zuwerfen.

Sie ritten auf eine Lichtung, und Harper sah aus den Augenwinkeln ein Eichhörnchen, das am Wegrand entlangflitzte.

Im nächsten Moment spürte sie, wie Winston erschrak und ausbrechen wollte. Noch bevor Blake nach ihren Zügeln greifen konnte, brachte sie das Tier mit ruhigen Bewegungen wieder unter Kontrolle und tätschelte ihm die Flanke, als er noch einmal in Richtung des Eichhörnchens schielte, dann aber weitertrabte.

Blake schüttelte den Kopf. »Ich hätte mir vor diesem Wochenende nicht vorstellen können, dass ich das jemals sage, aber: Du bist ein echtes Rätsel. Du kannst wirklich gut mit Pferden umgehen. Was war da heute Nacht los im Stall?«

Harper blickte nach vorn, wo Brooke und Reeva gerade abstiegen, weil sie einen umgefallenen Baum als perfekten Picknickplatz entdeckt hatten. »Nicht jetzt, okay?«, bat sie Blake. Ihre Vergangenheit war nicht wirklich ein Geheimnis. Aber es gab Dinge, über die sie nicht in der Gegenwart ihrer Nichte sprechen wollte.

Blake folgte ihrem Blick und nickte dann. »Ich lasse aber nicht locker.«

Als ob Harper nicht wüsste, wie hartnäckig er war. »Ich erzähle es dir heute Abend«, versprach sie ihm und trieb Winston an, damit er zu den anderen aufholte.

Das Versprechen blieb über Harper hängen wie eine dunkle Wolke. Trotzdem genoss sie diesen Tag in vollen Zügen. Reeva war im Paradies, und auch Brooke schien das Reiten Spaß zu machen, obwohl sie genauso lange wie Harper selbst auf keinem Pferd mehr gesessen hatte. Wäre ihre Schwester in der Nacht allerdings auf den aggressiven Wallach getroffen, hätte sie vermutlich nicht viel anders reagiert als sie.

Nach dem Ausritt ließ Reeva es sich nicht nehmen, Pete im Stall zu unterstützen, der scherzhaft behauptete, noch nie eine so billige, aber fleißige Arbeitskraft gehabt zu haben. Brooke nutzte die Zeit, die ihre Tochter beschäftigt war, für ein ausgiebiges Vollbad, das sie mit einem Glas Champagner, zu dem Mrs. Spearce sie überredet hatte, und einem spannenden Roman genoss.

Harper und Blake hingegen machten sich endlich an die Arbeit, mit der ihr Boss das Wochenende eigentlich hatte verbringen wollen.

»Es tut mir leid, dass wir nicht so viel geschafft haben, wie du dir vorgestellt hast«, sagte sie, als sie es sich mit einer Tasse Kaffee in der kleinen Couchecke im Büro gemütlich gemacht hatte.

Blake nahm an dem wuchtigen Schreibtisch Platz und zündete mit einem Druck der Fernbedienung den Gaskamin an. Nachdenklich starrte er einen Moment in die Flammen, bevor er den Blick wieder hob und Harper ansah. »Wir werden nicht mal im Ansatz fertig mit dem, was ich mir vorgenommen habe. Aber …« Nachdenklich fuhr er mit dem Finger am Rand seiner Tasse entlang, und Harper betrachtete wie gebannt seine Finger, die sie in den letzten beiden Tagen mehr berührt hatten als in den Jahren davor. »Ich glaube, das, was wir hier machen, ist genau richtig. Danke, Harper.« Er lächelte sie an. »Ohne deine Weigerung und euren geplanten Ausflug wäre mir nicht bewusst geworden, wie dringend ich eine kleine Auszeit brauche. Erst neulich habe ich darüber nachgedacht, dass ich unbedingt mal wieder ein Wochenende mit meinen Kumpels segeln gehen will. Aber dann habe ich mir doch keine Zeit freigeschaufelt.«

»Du hast eben jede Menge zu tun«, ergriff Harper Partei für ihn. Ganz automatisch, als wäre das Teil ihrer Jobbeschreibung.

Blake trank einen Schluck Kaffee und klappte seinen Laptop auf. »Eigentlich habe ich mich von Marla überreden lassen, dich zu meiner Assistentin zu machen, damit ich weniger arbeite. Stattdessen habe ich mir – und dir – seitdem nur noch mehr aufgehalst. Dabei ist das Ziel eigentlich, nicht so wie mein Dad zu enden. Das Wochenende zeigt mir, wie wichtig dieses kurze Durchatmen ist. Also …« Er zog die Augenbrauen hoch. »Erinnere mich gerne jederzeit daran, dass ich einen Gang zurückschalten muss.«

Harper schluckte und nickte. Blakes Worte hinterließen ein Prickeln in ihrem Magen, als hätte sie an dem Champagnerglas genippt, mit dem ihre Schwester in der Badewanne lag. Blake und sie begegneten sich plötzlich auf Augenhöhe. Fast wie … Freunde. Sie hatte keine Ahnung, wie sie damit umgehen sollte. »Lass uns anfangen«, schlug sie vor. »Dann schaffen wir wenigstens einen Teil der Arbeit. Vielleicht kannst du dir ja dann bald mal ein Wochenende für einen Segeltörn freischaufeln.«

Blake streckte sich, um seinen steifen Rücken ein wenig zu entlasten. »Wirklich Wahnsinn, was wir alles geschafft haben.« Sein Blick glitt über die Unterlagen, die Harper fein säuberlich vor sich auf dem Tisch in der Couchecke aufgestapelt hatte. Überall im Raum standen leere Kaffeetassen verteilt, weil Mrs. Spearce sie regelmäßig mit frischem, heißem Koffein versorgt hatte.

Sie hatten eine Pause gemacht, um mit Brooke und Reeva zusammen zu essen, und sich dann wieder ins Arbeitszimmer zurückgezogen.

»Manchmal hilft ein wenig Abstand, um mit einem frischen Blick an das Projekt heranzugehen«, sagte Harper leise und gähnte.

Damit hatte sie sicher recht. Er hatte lange nicht mehr so viel Energie gehabt. Und das, obwohl er in der vergangenen Nacht verdammt wenig Schlaf gefunden hatte. »Lass uns für heute Schluss machen«, schlug er vor.

Harper warf einen Blick auf das Display ihres Handys. »Bist du sicher?«, fragte sie.

»Ja.« Er erhob sich von seinem Platz und trat an das Sideboard, auf dem sein Vater seinen Scotch aufbewahrte. »Wir trinken einen Absacker. Und dann wolltest du mir ja noch erzählen, warum Wild Thing und du so ein Problem miteinander habt.«

Blake hatte Wild Thing nicht vergessen. Natürlich nicht. Er trug Jeans und ein Longsleeve, das sich an seinen Oberkörper schmiegte wie eine zweite Haut, als er mit einem Whiskey-Tumbler in jeder Hand auf sie zukam. Er würde sich doch nicht … Harper seufzte, als er sich neben sie auf die kleine Couch quetschte, statt den Sessel zu nehmen, der ihr gegenüberstand. So nahe kamen Blake und sie sich sonst nur, wenn sie zu einem Termin nach Providence fuhren. Wobei sich Blake auf das Fahren konzentrierte und sie auf den Bildschirm ihres Tablets oder Laptops. Seit sie auf der Ranch waren, war Blake ihr schon viel zu oft viel zu nahe gekommen. Hatte er sie schon viel zu oft berührt.

»Also?« Fragend hob er die Augenbrauen und reichte ihr den Drink. »Erzählst du mir, warum du dich gut mit Pferden auskennst, Wild Thing und du aber keine Freunde werdet?«

Harper drehte den Tumbler einen Moment in den Händen, bevor sie ihn auf den Tisch stellte, ohne davon zu trinken. Sie konnte nachvollziehen, dass Blake etwas aus ihrem Leben wissen wollte, jetzt, da sie nicht mehr der graue Schatten in seinem Büro war. Aber wie viel wollte sie ihn wirklich wissen lassen? »Ich bin mit Pferden aufgewachsen«, begann sie. »Meine Schwester und ich, wir haben schon früh reiten gelernt und Pferde immer geliebt.« Besonders Brooke war so verliebt in ihre hübsche Stute Flower gewesen. »Wir hatten tolle Tiere und nie Probleme mit ihnen. Doch dann haben wir das Pferd verloren, das wir am meisten geliebt haben.«

»Eine Kolik?«, fragte Blake nach und nippte an seinem Scotch.

»So etwas Ähnliches.« Ihr Vater hatte Flower einfach verkauft. Um Brooke zu bestrafen. Stattdessen hatte er diesen Teufel in Pferdegestalt angeschafft, mit dem niemand zurechtkam. Außer ihm. Und auch Charles McNally war nur mit roher Gewalt gegen das Tier angekommen. Was ihn nicht störte. Ihm war es viel wichtiger gewesen, Brooke zu bestrafen. Es war ihm gelungen: Er hatte das Herz seiner Tochter gebrochen, bevor er seine beiden Kinder diesem Biest auf vier Beinen ausgeliefert hatte. Aber das war nichts, was sie Blake erzählen würde. Sollte er glauben, dass Flower eine Kolik nicht überlebt hatte. »Wir bekamen ein neues Pferd. Einen Rappen wie Wild Thing. Er hieß Dream Boy.« Harper stieß ein trockenes Lachen aus.

Blake setzte sich ein wenig schräg auf die Couch, um sie besser ansehen zu können. Sein Arm lag lässig auf der Lehne, sodass Harper die Wärme seiner Hand hinter sich spüren konnte, auch wenn er sie nicht berührte. Sie hatte befürchtet, dass seine Nähe ihr die Luft zum Atmen nehmen würde. Stattdessen beruhigte er sie auf seltsame Weise.

»Der Wallach hatte nichts von einem Dream Boy. Er war ein Albtraum. Und wir …«, sie stockte, »Brooke und ich, wir hatten wirklich Angst vor ihm.«

Blakes Daumen berührte ihren Nacken, und Harper zuckte innerlich zusammen. Sie atmete schneller, und ihre Hände zitterten bei der Erinnerung an dieses verdammte Pferd. Und was tat Blake? Er zog mit dem Daumen kleine Kreise auf ihre Wirbelsäule – was sie definitiv nicht beruhigte, aber ein wenig von den Ereignissen vor all den Jahren ablenkte. »Lass mich raten«, sagte er mit leiser Stimme. »Ihr wolltet trotzdem versuchen, ihn zu reiten, und das ist nicht gut ausgegangen.«

Harper zwang sich zu einem Lächeln, von dem sie nicht sicher war, dass es ihre Augen erreichte. »In etwa.« Tatsächlich hätten sich weder ihre Schwester noch sie jemals freiwillig auf das unkontrollierbare Monster gesetzt. Aber ihr Vater hatte sie, wie bei so vielen anderen Dingen in ihrem Leben, gezwungen. Zumindest Brooke. Harper war gar nicht in seinem Blickfeld aufgetaucht. Aber sie war da gewesen. Wenn ihre kleine Schwester mit diesem Tier kämpfen musste, wollte sie ihr im Notfall helfen können. »Brooke hat versucht, ihn zu reiten. Als mir klar wurde, dass sie keine Kontrolle über Dream Boy hatte, habe ich versucht, ihn zu halten, aber er ist gestiegen.« Harper blickte auf ihre Hände, als könne sie die blutigen Striemen, die der Führstrick dort hinterlassen hatte, noch immer sehen. »Ich bin gestürzt, und er … er war genau über mir.« Wie paralysiert hatte sie auf dem Reitplatz gelegen, die Hufe angestarrt, die über ihr durch die Luft tobten. Hörte den Schrei ihrer Schwester, weil sie selbst vom Rücken des wilden Wallachs gestürzt war. Sie hatte gewusst, dass die

Hufe im nächsten Moment herunterkrachen würden. Auf ihren Körper. Ihren Kopf. Im Bruchteil einer Sekunde wurde ihr klar, dass sie diesen Moment nicht überleben würde. Hoffentlich war Brooke weit genug geflogen, um nicht auch noch unter Dream Boys Hufe zu geraten – das war der letzte Gedanke, an den Harper sich erinnern konnte. »Mein Vater hat mich im letzten Moment zur Seite gezogen.« Zur Seite gezerrt, traf es eher, bevor er sie mit zorngerötetem Gesicht angeschrien hat, was für ein dummes Miststück sie war und ihr dann eine kräftige Ohrfeige verpasst hatte. Noch eine. Und eine dritte. Bevor er auf ihre Schwester losgegangen war.

»Sch.« Harper hatte gar nicht gemerkt, wie sehr sie zitterte. Nicht nur ihre Hände. Ihr ganzer Körper. Doch nun zog Blake sie in seine Arme, und der Daumen, der gerade noch über ihre Wirbelsäule geglitten war, wurde von seiner Hand ersetzt, die in beruhigenden Kreisen über ihren Rücken rieb. Sie atmete Blakes Duft ein. Das Waschmittel seines Shirts. Ein unaufdringliches Aftershave und ein Hauch von Pferd und Leder, die nach dem Ausritt noch an ihm hafteten. Im warmen Kokon seiner Arme ließ das Zittern langsam nach. Das Gleiche galt allerdings nicht für ihren Herzschlag, der immer schneller wurde. Wenn sie nicht bald Abstand zwischen Blake und sich brachte, würde sie wahrscheinlich anfangen zu hyperventilieren. Oder einfach ohnmächtig werden. Einfach nur, weil er sie hielt. Fürsorglich. Liebevoll. Als bedeute sie ihm etwas.

»Das muss furchtbar traumatisierend für euch gewesen sein«, flüsterte er, und Harper spürte seinen Atem an ihrem Hals. »Umso besser, dass ihr nicht aufgehört habt zu reiten. Schon um Reevas willen.«

Harper nickte an seiner Schulter. »Wir haben uns wieder

berappelt«, murmelte sie. Und das stimmte auch. Sie waren auch nach diesem furchtbaren Tag noch geritten. Selbst wenn sie danach nie wieder die gleiche Freude dabei verspürt hatten, wie vor diesem Zwischenfall. Und nachdem sie abgehauen waren, hatten Pferde sowieso gar keine Rolle mehr in ihrem Leben gespielt. Es hatte sie überrascht, wie sehr sie die Zeit mit den Tieren genossen hatte. Und auch Brooke hatte Spaß gehabt an diesem Tag. »Wild Thing hat mich nur erschreckt und an den Moment mit Dream Boy erinnert.«

Mit einer langsamen Bewegung zog sich Blake von Harper zurück, und alles in ihr schrie danach, sich an ihn zu klammern und einfach weiter an ihm festzuhalten. An seiner Stärke. Der Sicherheit, die von ihm ausging.

Doch statt sich vollständig von ihr zu lösen, hielt er inne, nachdem er sich weit genug zurückgebeugt hatte, um ihr ins Gesicht sehen zu können. Sie waren sich immer noch nah. Ihr Atem vermischte sich. Mit einer zärtlichen Bewegung glitt sein Daumen über Harpers Wangenknochen. Genau über die Stelle, an der sie vor all den Jahren die Hand ihres Vaters getroffen hatte. So als wisse er, wie sehr sie diesen Trost brauchte. Die Stimme der Vernunft in ihrem Hinterkopf, auf die sie immer hörte, wisperte ihr zu, dass das hier falsch war. Dass sie Blake zu nahe war. Dass sie nicht mehr klar denken konnte, wenn sie die Energie einatmete, die ihn umgab. Doch statt mehr Abstand zwischen sich und ihn zu bringen, hob sie langsam die Lider und blickte in Blakes graue Augen. Die manchmal hart und glänzend wie Stahl wirkten. Jetzt erinnerten sie an den weichen Nebel über der Narragansett Bay.

Sie schluckte, konnte ihren Blick aber nicht von ihm lösen.

»Harper.« Nur ihr Name. Rau. Bittend. Drängend. Sie schaffte es nicht, den Gefühlen, die in diesem einen Wort mitschwangen, zu widerstehen. Der Art, wie er ihren Namen sagte. Für einen Moment schien die Welt den Atem anzuhalten, dann trafen sich ihre Lippen.

Wie ein elektrischer Schlag fuhr ihr die Berührung in den Magen. Harper hörte den rauen Laut, den Blake ausstieß, als er mit seinen Lippen über ihre fuhr, sie dazu verführte, sich für ihn zu öffnen. Sie hatte es sich vorgestellt, ihn zu küssen. Hatte davon geträumt. Aber die Realität … Ihr Herz schlug einen Salto, als Blakes Zunge ihre berührte. Träge. Tastend. Mit einer Vorsicht, als könne er genauso wenig glauben, was hier gerade geschah. Seine Hände rahmten ihr Gesicht ein, hielten sie, als er den Kuss vertiefte.

Harper hatte keine Ahnung, wie lange sie sich küssten. Sie war viel zu überwältigt von den Gefühlen, die sie überfluteten wie eine Welle, um auf die warnende Stimme in ihrem Hinterkopf zu hören. Fast zu überwältigt, um die Titelmelodie der alten Fernsehserie *The Waltons*, die von irgendwo an ihr Ohr drang, wahrzunehmen. Sie ließ sich immer weiter küssen. Bis Blake sich von ihr löste, die Hände immer noch an ihren Wangen.

Wieder erklang die Melodie, die gleichzeitig Blakes Klingelton für seine Familie war, seit sein Bruder sie zum Scherz auf all ihren Handys eingerichtet hatte. Seine Familie! »Du …« Harper versuchte, ihre Stimme unter Kontrolle zu bringen, die rau war vor lauter Gefühlen, und räusperte sich. »Du musst da rangehen.«

Blake hielt ihren Blick noch einen Moment länger, bevor er langsam sein Handy aus der Hosentasche zog und einen Blick auf das Display warf. »Oliver«, grüßte er seinen Bruder.

Harper atmete langsam aus. Das half zwar nicht, ihren Herzschlag zu beruhigen. Aber zumindest war es nicht ungewöhnlich, dass sich Blakes Bruder so spät am Abend noch bei ihm meldete. So konnte sie zumindest davon ausgehen, dass es seinem Vater gut ging. Wäre es seine Mutter gewesen, die ihren Kuss unterbrochen hätte … Harper presste die Hand auf ihr wild schlagendes Herz, und Blake folgte der Bewegung mit den Augen, während er seinem Bruder zuhörte. Sie hatte Blake geküsst. Ihren Boss. Mit dem sie am Montag wieder zusammenarbeiten musste, als wäre nichts gewesen. O Gott!

Harper erhob sich und blieb einen Moment auf wackligen Beinen stehen. Blake sah unter hochgezogenen Augenbrauen zu ihr auf. Was wollte er ihr sagen? Dass sie hierbleiben sollte? Dass er da weitermachen wollte, wo sie gerade unterbrochen worden waren? Die Hand noch immer auf ihr klopfendes Herz gepresst, umrundete sie langsam den Couchtisch und ignorierte die Hand, die Blake nach ihr ausstreckte, während er seinem Bruder erklärte, dass ihm die Sitzordnung auf seiner verdammten Hochzeit am Arsch vorbeiging.

Harper kannte Blake gut genug. Die Unterbrechung seines Bruders nervte ihn. Harper hingegen konnte nicht dankbarer für den Anruf sein.

Sie eilte aus dem Arbeitszimmer und lief die Treppe so schnell hinauf, dass es fast als rennen durchging. Dann stürmte sie in die Gästesuite, schob die Tür hinter sich zu und lehnte sich mit dem Rücken dagegen, schloss sie die Augen und atmete tief durch.

»Du machst den Eindruck, als wärst du auf der Flucht.«

Harper zuckte zusammen, als sie die Stimme ihrer Schwester hörte, und riss die Augen erschrocken wieder auf.

Brooke hatte es sich auf der Couch vor dem flackernden Kamin gemütlich gemacht, ein Buch in der einen, ein Glas

Rotwein in der anderen Hand. »Wer jagt dich?«, wollte sie wissen. »Der Lord of Late Nights?«

Harper gab einen Ton von sich, der an ein verzweifeltes Stöhnen erinnerte. Sie ging zu ihrer Schwester hinüber, ließ sich neben ihr auf die Couch fallen und schlug die Hände vors Gesicht.

Brooke zog eine ihrer Hände zur Seite und hielt ihr das Glas hin. »Offensichtlich brauchst du den Wein dringender als ich. War das Arbeiten mit Blake so schlimm?«

Harper ließ sich gegen die Sofalehne sinken und drehte das Glas in der Hand. Das Flackern des Feuers malte warme, abstrakte Muster in den Wein. »Nein«, sagte sie und trank einen Schluck. »Aber er hat mich geküsst. Oder ich ihn«, fügte sie nach einem kurzen Zögern hinzu. »Ganz sicher bin ich mir da nicht.«

»Was?« Brooke sprang auf, nahm ein zweites Weinglas vom Sideboard, füllte es und drückte es Harper in die Hand. »Du hast deinen Boss geküsst? Blake, in den du schon seit Ewigkeiten verknallt bist?« Langsam ließ sie sich auf die Couch zurücksinken.

»Ich bin nicht in Blake verknallt«, protestierte Harper. Sie mochte ihn einfach nur viel zu sehr.

»Okay. Nennen wir es anders: Blake, für den du seit Ewigkeiten etwas übrig hast. Gefällt dir das besser?« Brooke zog die Augenbrauen hoch. »Kommt am Ende auf dasselbe raus, wenn du mich fragst: Du hast ihn geküsst.«

Harpers Herzschlag nahm schon wieder eine unangenehme Geschwindigkeit an. »Warum bist du so aufgebracht?« Schließlich müsste sie diejenige sein, die sich über diesen Fehler ärgerte. »Du liegst mir doch ständig damit in den Ohren, dass ich mal ein bisschen Spaß haben soll.«

»Aber doch nicht mit Blake«, zischte Brooke. »Nicht nach allem, was du mir über ihn erzählt hast. Ich weiß, dass du eine Schwäche für ihn hast, aber du weißt selbst, dass er kein Beziehungsmaterial ist. Er bindet sich nicht. Und er ist, verdammt noch mal, dein Chef«, zählte sie auf.

»Wow.« Harper starrte ihre Schwester an. Nicht sicher, was sie von diesem Ausbruch halten sollte. Immerhin war sie das Wochenende über ziemlich gut mit Blake ausgekommen und schien ihn zu mögen.

Brooke stieß einen ungeduldigen Laut aus, so als verstehe Harper nicht, was sie sagen wollte. »Du sollst doch glücklich sein, Harps. Du sollst eine wundervolle Beziehung führen. Oder einfach nur Spaß haben. Ganz egal. Aber Blake ist nicht der Richtige dafür.«

Harper sackte in sich zusammen und stieß ein Seufzen aus, das so unglücklich klang, wie sie sich fühlte. »Ich weiß ja, dass du recht hast«, sagte sie leise. Schließlich war sie aus genau diesem Grund gerade vor Blake davongelaufen. »Warum habe ich das nur getan?«

Für einen Moment herrschte Stille zwischen Brooke und ihr, dann schob ihre Schwester ihr den Arm um die Taille und legte ihren Kopf an Harpers Schulter. »Das war jetzt gerade wirklich unsensibel von mir. Und ein bisschen hart. Von einem Kuss wird die Welt schon nicht untergehen. Ich mache mir einfach nur Sorgen, dass dir jemand das Herz brechen könnte.« Brooke löste sich wieder von ihr, lehnte sich gegen die Armstütze der Couch und zog die Beine an. »War es denn wenigstens so schön, wie du es dir in den letzten zehn Jahren ausgemalt hast?«

Statt einer Antwort warf Harper ein Sofakissen nach ihr.

Brooke fing es lachend mit der Linken, während sie mit

der anderen ihr Weinglas balancierte. »Den Boss zu küssen ist vermutlich nur in den Romanen, die du ständig liest, eine gute Idee. Aber wenn dir danach ist, das zu wiederholen, nur zu. Lass dich auf Küsse ein. Auf mehr, wenn du magst. Wenn wir die Schreinerei gekauft haben, kannst du kündigen und deine eigenen Entscheidungen treffen. Ich sorge für uns. Du hast schließlich lange genug hart geschuftet, um uns über Wasser zu halten.« Sie griff nach Harpers Hand und drückte sie. »Versprich mir nur eins: Was immer du tust, pass auf dein Herz auf.«

Harper atmete an dem Kloß vorbei, der in ihrem Hals festsaß und nickte, weil sie ihrer Stimme nicht traute. Ihre kleine Schwester und sie hatten schon immer aufeinander aufgepasst. Das war wichtig gewesen, um zu überleben. Und sie würden niemals damit aufhören.

9

VOR ZEHN JAHREN

Harper und Brooke hatten ihre Flucht nicht geplant. Sie waren einfach weggelaufen, nachdem ihr Vater klargestellt hatte, dass Brooke ihr Baby nicht bekommen würde. Sie kannten ihn gut genug, um zu wissen, dass Charles McNally keine leeren Drohungen aussprach. Außerdem war Brooke minderjährig. Ihr Vater würde – mit Sicherheit tobend vor Wut – eine Vermisstenanzeige aufgeben. Wenn man sie fand, würde man Harpers Schwester sofort zurückbringen. Also bemühten sie sich, unter dem Radar zu fliegen. Über ihr Ziel hatten sie nicht gesprochen, aber viele Optionen gab es nicht – Harpers Schulfreundin Marla war die Einzige, die ihnen einfiel.

Sie hatten nur wenige Ersparnisse, aber es hatte für Greyhound-Tickets nach New York gereicht. Und für Metro-Karten, um zu der Adresse in der Lower Eastside zu fahren, an der Marla lebte, weit genug entfernt, um dem langen Arm ihres Vaters in Kansas zu entkommen. Wer sollte sie schon in diesem Großstadt-Dschungel finden, in dem es vor Menschen, Menschen, und noch mehr Menschen nur so wimmelte? Sie quetschten Brooke und sie in der Metro, bis sie fast keine Luft mehr bekamen. Sie bevölkerten die breiten

Gehwege, sodass die Schwestern ihre Taschen im Slalom um sie herumtragen mussten. Und sie saßen auf der Treppe, die zu dem Haus führte, in dem Marla lebte.

»Sind wir hier richtig?«, fragte Brooke und sah sich unsicher um. Sie hatte sich die Kapuze ihres Hoodies tief ins Gesicht gezogen, um ihr zugeschwollenes Auge und die Hämatome zu verbergen, die ihre Haut in einem so schillernden Blau-Lila bedeckten, dass sie sich unmöglich mit Make-up abdecken ließen.

Harper hatte bereits einen Kloß im Hals, seit sie aus den Tiefen der Metrostation aufgetaucht waren. Die Straßenränder dieser Gegend waren übersät mit Müll. Obdachlose hatten sich quer auf den Fußwegen ausgestreckt, sodass sie über sie hinwegsteigen mussten. Alles um sie herum wirkte heruntergekommen und abgerissen. Hoffnungslos. Wie Kansas – nur anders. Harper umklammerte den Gurt ihrer Tasche und blickte noch einmal auf den Zettel, auf dem sie Marlas Adresse notiert hatte. »Apartment 2B«, las sie ab und drückte dann auf die entsprechende Klingel. »Vielleicht ist es innen ja ganz anders als hier draußen. Wohnraum in New York City ist teuer.«

»Sicher«, murmelte Brooke, und Harper wurde bewusst, dass sie nicht nur ihre Schwester, sondern auch sich selbst beruhigen wollte. Mit mäßigem Erfolg.

Ihr Herz klopfte laut, als Marlas Stimme, verzerrt durch die Sprechanlage, zu ihnen drang. »Wer will was?«, zischte sie schlecht gelaunt.

»Ich bin's, Harp. Harper McNally«, ergänzte sie ihren vollen Namen. »Mit meiner Schwester.«

»Was habt ihr denn hier verloren?«, schnarrte Marla.

»Äh …« Harper blickte über ihre Schulter zu den zwei

Typen, die auf der Treppe saßen und sich einen Joint drehten. Sie sahen aus, wie sie sich Gangmitglieder vorstellte. Die Männer drehten die Köpfe zu ihnen um und musterten sie und ihr Gepäck einen Augenblick zu lange. Lange genug, dass sich eine Gänsehaut von Harpers Nacken über ihren Rücken nach unten zog.

»Na egal. Kommt erst mal rein.« Die Gegensprechanlage gab ein rostiges Seufzen von sich. »Bevor ihr noch überfallen werdet.«

Der Türsummer erklang, und Brooke und sie zwängten sich in den dunklen, muffigen Hausflur. Harpers Herzschlag beruhigte sich ein wenig, als die Tür wieder ins Schloss fiel, ohne dass jemand sie angegriffen hatte. Hinter ihrer Schwester stieg sie die knarzenden Stufen in den ersten Stock hinauf.

Überrascht hielt Harper die Luft an, als sie ihre frühere Schulfreundin in der Tür zu ihrer Wohnung stehen sah. Sie versuchte, sich den Schock nicht anmerken zu lassen, als sie deren eingefallene Wangen und den ausgemergelten Körper sah. Marla hatte in den vergangenen Jahren in jeder ihrer (zugegeben spärlichen) Mails davon geschwärmt, wie grenzenlos die Möglichkeiten in der Stadt, die niemals schlief, waren. Wie glamourös ihr Leben hier war. Die Partys, zu denen sie ging. Harper musste die heruntergekommene Wohnung hinter ihrer alten Freundin nicht betreten, um zu wissen, dass Marla sie belogen hatte. Und vermutlich auch sich selbst.

»Ich bin überrascht, dass ein Landei wie du sich in den Sündenpfuhl New Yorks verirrt.« Marla blickte zwischen Harper und Brooke hin und her. »Deiner Schwester hätte ich das schon eher zugetraut.« Sie löste sich aus dem Türrahmen und trat zurück, und sie folgten ihr in die Wohnung. »Wenn ihr euch die Stadt ansehen wollt, könnt ihr ein paar Nächte hier pennen.« Sie wies mit dem Kinn in Richtung eines Zimmers, dessen Tür offen stand und das vom Platz her einer Schuhschachtel glich. »Das da drüber ist meins«, erklärte sie. »Das Bett ist tabu, verstanden? Ihr könnt auf dem Boden schlafen. Für ein paar Nächte geht das sicher. Lasst die Finger von den Sachen im Kühlschrank. Und vom Alk.« Ein weiteres kantiges Nicken deutete in Richtung der winzigen, nicht besonders sauberen Küchenzeile. »Meine Mitbewohner verstehen wenig Spaß, wenn es um ihre Sachen geht.« Sie warf einen Blick auf die Mickey-Mouse-Uhr neben dem Kühlschrank. »Ich muss jetzt los. Habt Glück gehabt, dass ihr mich noch erwischt habt.«

Wohin … musst du?, wollte Harper fragen. Aber sie hatte ihre Stimme immer noch nicht wiedergefunden. Das hier war … grauenvoll.

»Geld verdienen. Was denkst du denn, wie man in New York überlebt? Hier kann man keine Kartoffeln hinter dem Haus anbauen, die einen über den Winter bringen.«

Harper meinte, sie ein »Gott sei Dank« murmeln zu hören. Aber beim Anblick dieser Absteige schwappte Heimweh über sie hinweg wie eine Flutwelle. Nach der Vertrautheit ihres Zimmers, in dem sie ihr ganzes Leben verbracht hatte. Nach dem Apfelbaum hinter dem Haus und dem Geruch der Pferde. Dem unendlichen Sternenmeer, in das sie so oft sehnsuchtsvoll gestarrt hatte. Entschlossen richtete sie sich ein wenig gerader auf. Hier ging es nicht um sie, sondern um Brooke. Sie griff nach der Hand ihrer Schwester und drückte sie. Sie würden es schaffen. Ein paar Tage auf Marlas Boden würden sie aushalten. Sie würden sich Jobs und eine eigene kleine Wohnung suchen. Es musste nichts Besonderes sein. Nur sauber und warm.

Neben ihr legte ihre Schwester in einer unbewussten Geste die Hand auf ihren Bauch. »Danke, Marla«, sagte sie leise, und ihre Stimme klang rau. »Wir werden dir nicht lange zur Last fallen.«

»Gut. Denn das kann ich im Moment wirklich nicht brauchen. Und wenn ihr schon hier rumlungert, könnt ihr ruhig ein paar Dollar dalassen, bevor ihr wieder abhaut.«

Marla arbeitete als Barfrau in einer eher zwielichtigen Kneipe auf der gegenüberliegenden Straßenseite. Mit einem gefälschten Führerschein, der sie ein paar Jahre älter machte. Denn eigentlich dürfte sie sich genau wie Harper und Brooke noch gar nicht in einer Bar aufhalten, geschweige denn dort arbeiten. Aber mit den scharfen Kanten, die das Leben in ihr Gesicht gefräst hatte, wirkte ihre Fake-ID echter, als es der Führerschein der fröhlichen, unschuldigen Marla aus Kansas jemals gekonnt hätte.

Brooke und Harper richteten sich so gut es ging auf dem winzigen freien Stück Fußboden vor dem Bett ihrer Schulfreundin ein und versuchten zu schlafen. Sie hatten immer noch nicht darüber gesprochen, wie ihre Zukunft aussehen sollte. Aber die Reise hatte sie erschöpft. Vor allem Brooke, deren Gesichtsfarbe zwischen Grau und Grün hin und her schwappte. Trotz der wild kreisenden Gedanken in ihrem Kopf schlief Harper tatsächlich ein.

Nur um mitten in der Nacht zusammenzuzucken, als ihr jemand in den Rücken trat. Mit wild klopfendem Herzen hielt sie den Atem an und versuchte zu verstehen, wo sie sich befand. Die Erleichterung, dass sie in Marlas Apartment lag und nicht im Haus ihres Vaters oder irgendwo auf der Straße schlief und überfallen wurde, fiel mit der Erkenntnis zusammen, dass ihre Freundin nicht allein war, als diese kichernd über sie hinwegstieg.

Der Typ, der sie begleitete, hatte Harper in den Rücken getreten, weil er sie im Dunkeln nicht gesehen hatte. »Verdammt, da liegt ja jemand«, brummte er, und Harper versuchte, durch den Mund einzuatmen, weil sich ihr bei den Ausdünstungen, die plötzlich das Zimmer füllten, der Magen umdrehte. Schweiß. Alkohol. Und Hoffnungslosigkeit.

»Das sind nur zwei Mädchen aus meinem alten Leben.« Marla lachte kurz und hart. Sie lallte, als sie weitersprach. »Zu weich für diese Stadt. Und spätestens morgen verschwunden. Mach dir um die keine Sorgen.«

»Soll mir recht sein.«

Harper drehte vorsichtig den Kopf und sah, wie Marla und der Typ sich küssten. Ihre Körper wirkten vor dem Neonlicht einer Leuchtreklame auf der gegenüberliegenden Straßenseite wie ein schwarzer Scherenschnitt. Sie schloss die Augen, als sich das Paar unter dem Quietschen der Federn und Marlas gurrendem Lachen auf das Bett fallen ließ.

Harpers Körper spannte sich an. Sie kniff die Augen zusammen und versuchte auszublenden, wie die beiden miteinander rummachten. Und sie hoffte, dass Brooke schlief und von all dem nichts mitbekam. Doch im nächsten Moment rollte sich ihre kleine Schwester in ihre Umarmung und begann, lautlos zu weinen. Ihr Körper wurde von stillen Schluchzern geschüttelt, die auch Harper nicht beruhigen konnte. Was hatte sie nur getan? Sie hätte Brooke woanders hinbringen müssen. Sie hätte sich nicht von den Mails über Marlas angeblich so glänzendes Leben blenden lassen dürfen.

Erleichtert lauschte sie schließlich dem Schnarchen des Typen. Offenbar waren ihre Gastgeberin und deren Gast eingeschlafen, bevor sie sich die Klamotten vollständig vom Leib gerissen und es völlig besoffen miteinander getrieben hatten.

Im trüben Licht des anbrechenden Morgens stieg der Typ – mit offener Hose – über sie hinweg, um pinkeln zu gehen, und Harper bekam mehr von ihm zu sehen, als sie je gebraucht hätte. Als der Typ vollends verschwunden war (nicht ohne ihr noch einmal auf die Hand zu treten und ein kratziges »Sorry« zu murmeln), war ihr klar, dass sie nicht länger bleiben konnten. Das hier würde sie ihrer Schwester keine Sekunde länger als nötig zumuten.

Abgesehen davon, dass Marlas Worte in der Nacht nicht zu überhören gewesen waren. Der Blick ihrer Freundin aus halb geöffneten, blutunterlaufenen Augen, als diese kurze Zeit später erwachte, bestätigte ihre Gedanken. »Das funktioniert nicht«, ließ Marla sie wissen, ohne den Kopf von der Matratze zu heben. »Ihr müsst hier verschwinden. Sucht euch ein Hostel.«

Ein Hostel kam für Harper und Brooke ebenso wenig infrage wie ein Hotel, Motel oder ein Airbnb. Sie hatten so gut wie kein Geld mehr. Jeder Dollar, der sich noch in ihren Taschen befand, war für sie so wertvoll wie Gold. Den ganzen Tag über liefen sie kreuz und quer durch die Stadt, vorbei an den unzähligen Sehenswürdigkeiten, die jeder Tourist mit offenen Augen bestaunte. Doch ihnen war nicht nach lachenden Selfies vor dem Empire State Building oder Fotos mit der Brooklyn Bridge im Hintergrund.

Schließlich landeten sie auf der 5th Avenue und gingen zum

Central Park hinauf. Inmitten der wundervollen, blühenden Bäume und weiten Rasenflächen richteten sie sich auf einer Bank ein und begannen, Jobs und Unterkünfte zu googeln, bis die Akkus ihrer Handys aufgaben. Da war einfach nichts. Keine Perspektiven. Keine Möglichkeiten. Keine Hoffnung.

Als die Dunkelheit begann zwischen die Wolkenkratzer der Stadt zu sickern, gaben Harper und Brooke ihre Bank auf und gingen zur Metrostation an der 72. Straße.

»Schau mal da!« Brooke griff nach Harpers Hand und zog sie hinter sich her. »Strawberry Fields«, rief sie begeistert, noch bevor Harper den Wegweiser entdeckt hatte. Ihre Worte wurden noch immer von der Kapuze ihres Hoodies gedämpft, die sie sich, zum Schutz vor den neugierigen Blicken, tief ins Gesicht gezogen hatte.

Harper folgte ihrer Schwester zu der Gedenkstätte, die an John Lennon erinnerte. Gemeinsam mit jeder Menge anderer Menschen, die sich auf das große Mosaik stellten, setzten und legten, um ein perfektes Selfie zu fabrizieren. »Imagine« stand in der Mitte des Kreises. Andere traten diese Stelle mit Sneakern, Stiefeln oder Chucks. Aber immer, wenn wieder jemand die Mitte des Kreises freimachte, wurde Harpers Blick wie magisch von dem Wort angezogen. Wobei sie allerdings nicht sicher war, ob sie überhaupt noch in der Lage war, sich irgendetwas vorzustellen. Besonders, wenn es um ihre Zukunft ging.

Imagine.

»Stell dir vor«, flüsterte Brooke neben ihr, den Blick ebenfalls auf das Wort gerichtet, »wir würden es hier schaffen. Wer es in New York schafft, schafft es schließlich überall.«

Harpers Herz zog sich zusammen. Sie liebte ihre Schwester dafür, dass sie in dieser völlig hoffnungslosen Situation noch immer den Mut fand, von einem Happy End zu träumen. »Ja, die Vorstellung ist schön«, gab sie müde zurück. »Aber vielleicht ist nicht jeder von irgendwo dafür gemacht, es in New York zu schaffen.« Was im Moment egal war. Sie waren in dieser Stadt gestrandet. Ohne ein Dach über dem Kopf. Pleite. Und mit knurrenden Mägen. Harper musste wenigstens dafür sorgen, dass ihre Schwester nicht wie die vielen anderen Obdachlosen in dieser Stadt auf dem Gehweg liegen musste. »Lass uns in die Metro gehen«, schlug sie vor. In den U-Bahnen war es wenigstens warm. Und hatte man das System erst einmal betreten, konnte man sich ewig hier unten aufhalten. Was ebenfalls eine Option vieler Wohnsitzloser zu sein schien. Denn sie fuhren genau wie die Schwestern die ganze Nacht kreuz und quer durch die Metropole. Ausgeschlossen von der Welt über ihnen. Den Lichtern. Der Atmosphäre. So als bewegten sie sich in einer düsteren Parallelwelt.

Brooke schlief irgendwann ein, ausgestreckt auf einer der Sitzbänke. Doch Harper machte kein Auge zu und bewachte den Schlaf ihrer Schwester. Hier ging es schließlich auch um das ungeborene Leben, wegen dem sie die Flucht angetreten hatten und das in den vergangenen Tagen genug Strapazen ausgesetzt gewesen war.

Als die ersten Pendler in ihren schicken Anzügen und Kostümen in die Waggons der Metro zu strömen begannen und die Obdachlosen naserümpfend betrachteten oder einfach ganz ignorierten, weil sie längst in ihre Ausgaben der *Financial Times* vertieft waren, suchten die nächtlichen Gäste ihre Habseligkeiten zusammen und verließen den Untergrund, um sich dem Tag in der oberirdischen Welt zu stellen.

Ein alter Mann, der seine fleckige Vietnam-Veteranen-Kappe sorgfältig auf seine grauen Locken drückte, hielt sie auf, nachdem auch Harper und Brooke aus der U-Bahn gestiegen waren. »Das hier ist nichts für euch, Mädchen«, sagte er und schulterte einen Army-Rucksack, der fast so groß wirkte wie der zusammengesunkene Mann selbst. »Sucht euch eine Arbeit und eine Bleibe, bevor ihr in der Spirale dieser Stadt genauso weit nach unten sinkt wie der Rest von uns.« Er schnippte mit seinen schmutzigen Fingern. »Das geht schneller, als ihr denkt.«

Brooke, die ihren Hoodie ein Stück nach hinten geschoben hatte, als mache es ihr nichts aus, dass der alte Mann ihre Verletzungen sah, weil er vermutlich selbst schon genug erlitten hatte, lächelte resigniert. »Denken Sie, das haben wir nicht längst versucht? Die Stadt hat einen Fluch über uns gelegt oder so was.«

Der Alte schüttelte den Kopf. »Ihr seid zu weich für New York City. Ihr gehört hier nicht her. Geht weiter nach Norden. In Boston sieht es besser aus. Dort findet ihr auch Arbeit.« Ohne ihre Erwiderung abzuwarten, drehte er sich um und humpelte langsam davon. Die Antwort darauf, warum er selbst nicht ging, obwohl es anderswo angeblich besser war, blieb er ihnen schuldig.

Aber seine Worte brachten ein wenig Energie und Entschlossenheit zurück. Harper und Brooke teilten sich einen Kaffee und einen Muffin bei Starbucks und luden ihre Handys auf. Sie googelten Jobs und Apartments und hatten das Gefühl, dass es besser aussah, je weiter sie sich von New York in Richtung Norden entfernten. Es war eine Entscheidung, die den größten Teil ihrer verbliebenen Finanzen pulverisieren würde. Und doch kehrten die Schwestern zum Busterminal zurück. Sie wandten der Stadt den Rücken zu, so schnell sie konnten. New York hatte sich von seiner hässlichsten Seite gezeigt – hoffentlich empfing Boston sie freundlicher.

Sie fuhren einen Küsten-Highway entlang nach Norden, durch bildhübsche, farbenfrohe Städte, von denen eine schöner wirkte als die nächste. Durch die Scheiben des Greyhound-Busses sahen sie zum ersten Mal die Endlosigkeit des Ozeans. Große Tanker, Fährschiffe, die über den Long Island Sound glitten. Hummerfischerboote, die in kleinen Häfen vor Anker lagen. Boote, deren Segel sich in der steifen Brise über dem Wasser blähten. Fasziniert nahm Harper alles in sich auf. Boston lag am Atlantik. Wenn sie es wirklich schafften, sich dort ein neues Leben aufzubauen, konnten sie vielleicht mit einem Boot auf das Meer hinausfahren. Irgendwann.

Inzwischen hatten sie Rhode Island erreicht, den kleinsten Bundesstaat der USA, wie ihnen der Busfahrer fröhlich verkündete. »Es gibt in Texas eine Ranch, die größer ist als dieses Land hier.« Sein Lachen dröhnte noch durch das Mikrofon, als er auf einer spektakulären Brücke eine Bucht überquerte. Unter ihnen lag spiegelglatt das Wasser und schimmerte blau. »Wir erreichen unseren nächsten Halt, Newport, in ein paar Minuten. Dort haben wir eine halbe Stunde Aufenthalt. Also nutzen Sie die Chance, sich ein wenig die Beine zu vertreten. Bis Boston gibt es keine weitere Pause mehr.«

»Steigen wir aus?«, fragte Brooke. Sie hatte ihre Kapuze ein wenig nach hinten geschoben. Die Hämatome in ihrem Gesicht hatten ihre Farben zu Grüngelb gewechselt. Aber wenigstens war die Schwellung weit genug zurückgegangen, sodass sie ihr Auge wieder richtig öffnen konnte.

Harper sah den Glanz darin. Die gleiche Aufregung, die sie selbst fühlte. »Natürlich steigen wir aus. Lass uns ein wenig rumlaufen und uns das Wasser ansehen.«

Vom Busbahnhof war es nicht weit bis zur Uferpromenade, die mit Bänken gesäumt war. Hinter ihnen Grünflächen, auf denen Unmengen von Narzissen blühten, vor ihnen auf dem Wasser schaukelnde Segelboote. Sie setzten sich, blickten auf den Ozean hinaus.

»Ich dachte, dass das Wasser irgendwie wilder sein müsste«, sagte Brooke und machte mit ihrem Handy ein Foto der glatten, ruhigen Oberfläche.

»Nicht in dieser Bucht, Schätzchen.« Eine ältere Frau, die mit ihrem Hund an ihnen vorbei spazierte, hatte Harpers Schwester offenbar gehört und lächelte ihnen zu. »Aber draußen am Cliff ist der Atlantik wirklich aufbrausend.« Sie nickte freundlich und ging weiter.

»Danke«, rief Brooke ihr hinterher. »Schade, dass wir nicht genug Zeit haben, uns dieses Cliff anzusehen«, sagte sie dann leiser zu Harper. »Ich stelle mir das toll vor.«

»Hmm.« Harper legte den Kopf gegen die Lehne der Bank und schloss die Augen. »Vielleicht können wir ja noch mal herkommen, irgendwann. Bis Boston ist es gar nicht mehr so weit«, murmelte sie. Die Erschöpfung der vergangenen Tage legte sich schwer auf ihre Schultern. Die Luft war zwar kühl, aber in ihre Jacke gehüllt, die Sonne im Gesicht, fühlte sie sich im Moment geradezu leicht. Und schläfrig.

»Machst du ein Nickerchen?«, neckte Brooke sie und lachte.

Harper atmete die frische Luft ein, die genauso schmeckte, wie sie sich das Meer immer vorgestellt hatte. »Ich mach nur ein paar Minuten die Augen zu. Weck mich, falls ich wirklich einschlafe.«

Harper zuckte zusammen. Ihr Körper war steif von ihrer unnatürlichen Schlafposition, und Kälte kroch unter ihre Jacke. Wo war sie? Im ersten Moment sah sie nur die Sterne, die in der Dämmerung am Firmament aufblitzten. Dämmerung? Schlagartig war sie hellwach. Den Blick auf die Bucht gerichtet, sprang sie auf. Hinter der geschwungenen Stahlkonstruktion der Brücke war nur noch ein schmaler orangener Streifen von diesem Tag übrig. »Wir haben den Bus verpasst!« Erschrocken fuhr sie herum.

Ihre Schwester hatte es sich auf der benachbarten Bank gemütlich gemacht. Ihre Beine baumelten über die Lehne. Sie hatte sich ihren Rucksack als Kissen unter den Kopf geschoben, und ihr Gesicht wurde vom Bildschirm ihres Handys erhellt. Als Harper aufsprang, ließ sie das Handy sinken. »Ich will hierbleiben«, sagte sie schlicht.

Harper starrte sie an. »Was? Wir hatten Bustickets bis Boston.«

»Aber hier ist es wunderschön.« Brooke richtete sich auf. »Wusstest du, dass hier Millionen Narzissen gepflanzt wurden?« Sie zeigte auf die im Wind fröhlich wippenden gelben Blumenköpfe hinter der Bank. »Die haben einfach Blumenzwiebeln verteilt und den Leuten gesagt, pflanzt sie ein, wo auch immer ihr wollt. Und jetzt ist alles voller Narzissen.« Vor Begeisterung überschlug sich ihre Stimme. »Und du weißt, ich liebe Narzissen«, ergänzte sie unnötigerweise. »Und ich habe die Gegend gegoogelt.« Sie setzte sich auf die Bank, auf der Harper die Abfahrt des Busses verschlafen hatte, griff nach ihren Händen und zog sie neben sich. »Weißt du, dass das Staatsmotto von Rhode Island *Hope* lautet? Hoffnung! Das ist ein Zeichen, Harps.«

So viel hatte ihre Schwester nicht geredet, seit sie vom

Rosenspalier ihres Elternhauses geklettert war. Harper schluckte. Ihre kleine Schwester hatte die Zeit, in der sie selbst weggetreten war, offenbar gut genutzt. »*Hope* klingt toll«, stimmte sie zu. Das war vielleicht wirklich ein Zeichen.

»Die Frau, die vorhin von diesem Cliff gesprochen hat … Ich habe das gegoogelt, und stell dir vor, dort gibt es einen ganzen Haufen spektakulärer Herrenhäuser. Die will ich sehen. Und das Meer, wenn es aufgewühlt ist.« Sie ließ Harpers Hand los und sprang auf. »Ein paar Stunden auf dieser Promenade haben gereicht, um mich in diese Stadt zu verlieben.« Sie legte die Hand auf ihren flachen Bauch. Ihr Blick wurde ernst. »Es ist wundervoll hier. Ich möchte, dass mein Baby hier aufwächst.«

Es war verrückt, diese Entscheidung einfach so aus dem Bauch heraus zu treffen. Sie wussten nichts über diese Stadt, was über die Artikel in dieser kleinen Zeitung hinausging. Auf der anderen Seite war es vermutlich auch nicht verrückter, als einfach nach New York abzuhauen und in der Metro zu stranden. Und sie musste Brooke recht geben. Sie spürte es auch. An diesem Ort kam sie irgendwie … zur Ruhe. »Okay.« Harper erhob sich ebenfalls, trat neben ihre Schwester und atmete den Duft des Meeres tief ein. »Dann lass uns schauen, ob wir ein neues Zuhause und Jobs finden.«

»Hab ich schon gemacht.« Brooke drehte eine kleine Pirouette. Es war schön, sie so energiegeladen und positiv zu sehen. »Wir werden am Anfang vielleicht nicht die schönste Wohnung bekommen. Und bestimmt auch nicht die besten Jobs. Aber ich habe ein wirklich gutes Gefühl.«

JETZT

Natürlich war es nicht einmal im Ansatz so einfach gewesen, wie Brooke es sich in diesem Moment vor zehn Jahren an der Uferpromenade ausgemalt hatte. ›Nicht die schönste Wohnung‹ war ein schäbiges Kellerloch gewesen, das den Namen Apartment nicht verdient hatte.

Aber sie hatten dort Naya kennengelernt, die Soziale Arbeit studierte und sich bereits damals als Streetworkerin engagiert hatte. Ihre neue Nachbarin hatte Fähigkeiten, sich mit nichts durchzuschlagen. Sie schaffte es, den richtigen Zeitpunkt abzupassen, um dem Vermieter auf die Zehen zu treten, wenn die Heizung mal wieder nicht funktionierte oder nur ein spärliches, rostiges Rinnsal aus der Dusche tropfte. Von Naya hatten sie gelernt zu überleben, und die tiefe Verbundenheit, die sich zwischen ihnen entwickelt hatte, hätte nicht enger sein können, wenn sie Schwestern gewesen wären.

Brooke hatte als Einpackerin bei Walmart gejobbt, was für eine Schwangere auf Dauer unglaublich anstrengend gewesen war. Deshalb war Harper so dankbar gewesen, den Buchhalter-Job bei Marshall Construction zu bekommen und ihre kleine Familie absichern zu können.

Sie hatten damals in eine ungewisse Zukunft geblickt. Aber sie waren fest entschlossen gewesen, ihren eigenen Weg zu gehen und das Baby zu einem wundervollen Menschen großzuziehen. Frei und selbstbestimmt.

Und jetzt stand Harper hier, auf der Ranch ihres Arbeitgebers, den sie geküsst hatte, und starrte im frühen Morgenlicht auf die Pferde, die gelassen auf der Koppel grasten. Ein

Anblick, der schon immer in der Lage gewesen war, ihren Herzschlag zu beruhigen. Zehn Jahre lang hatten sie sich ein wirklich wundervolles Leben aufgebaut, auf das Harper genauso stolz war wie Brooke. Und jetzt änderte sich alles.

10

Blake erwachte nach einer unruhigen Nacht früher als am Tag zuvor. Er hatte Harper geküsst, und das war … Er konnte noch nicht einmal sagen, wie das überhaupt passiert war. Aber eines war sicher: Dieser Kuss hatte ihn aufgewühlt und überrumpelt. Überwältigt. Aber im Bett liegen zu bleiben und diesen Moment zu analysieren, brachte ihn auch nicht weiter.

Er stand auf, zog seine Jeans und ein T-Shirt über. Dann ging er kurz ins Bad und anschließend auf Socken ins Erdgeschoss. Die Kaffeemaschine war bereits durchgelaufen, obwohl er Mrs. Spearce gesagt hatte, dass sie sie heute nicht brauchen würden. Offenbar war also jemand von seinen Gästen bereits wach. Blake nahm sich einen großen Becher und füllte ihn bis fast zum Rand. Er brauchte das Koffein dringend, um einen klaren Kopf zu bekommen. Und die Pferde. Wenn er auf der Ranch war, trank er seinen ersten Kaffee morgens immer bei den Tieren. Ihr Anblick war beruhigend. Er erdete ihn.

Pete war an diesem Morgen schon da gewesen und hatte die Herde auf die Koppel gestellt, wie er durch das Küchenfenster sah. Er zog im Schmutzraum seine alten, ausgetretenen

Stiefel an und schlüpfte in eine Fleecejacke. Es war kühl, und der Morgennebel reichte bis zu den Knien. Trotzdem konnte er bereits die Sonne erahnen, die jeden Moment über die Berggipfel kriechen würde. Vor ihnen lag ein warmer Frühlingssonntag.

Auf halbem Weg zur Koppel erblickte Blake die einsame Gestalt, die am Zaun lehnte und zu den Pferden hinausstarrte. Harper. Sie trug eine der Jacken aus dem Schmutzraum, die sie fest um ihren Körper schlang.

Blakes Schritte wurden langsamer. Er zögerte. Harper sah so aus, als wollte sie allein sein. Unschlüssig trank er einen Schluck Kaffee, doch dann ging er weiter. Dieser Zeitpunkt war perfekt, um miteinander zu reden. Vielleicht würde er ihr noch einmal so nahe kommen wie in der vergangenen Nacht. Sein Herzschlag beschleunigte sich bei dem Gedanken. Wie hatte er nur eineinhalb Jahre lang mit Harper zusammenarbeiten können, ohne sie jemals bemerkt zu haben? Dieses Wochenende hatte wirklich mit ein paar ganz besonderen Erkenntnissen aufgewartet. Er musste das alles durchdenken. Ganz besonders die Tatsache, dass er Harpers Boss war. Aber bei einer Sache war er sich trotz allem sicher: Der Kuss am vergangenen Abend sollte nicht der letzte gewesen sein. »Hey«, sagte er, als er die Koppel erreichte.

Harper zuckte zusammen und drehte sich zu ihm um. Überraschung spiegelte sich für einen Moment in ihrem Blick, dann setzte sie eine betont neutrale Miene auf. »Guten Morgen.« Sie blickte über die Schulter auf die Koppel. »Die Pferde haben etwas Beruhigendes an sich«, erklärte sie, warum sie hier stand.

»Geht mir genauso.« Blake trank einen Schluck Kaffee und bot ihr den Becher dann an.

Sie schüttelte den Kopf und drehte ihm wieder den Rücken zu.

Okay. Körpersprache verstand er. Aber eine kalte Schulter würde ihn nicht davon abhalten, mit ihr zu reden. »Harper«, begann er. »Wegen gestern Abend …«

»Ich möchte nicht darüber reden«, sagte sie und blickte weiter starr geradeaus.

»Das sollten wir aber. Wir arbeiten zusammen, und so etwas sollte nicht unausgesprochen zwischen uns hängen. Genau genommen bin ich dein Vorgesetzter.« Auch wenn sie sich nicht im Büro geküsst hatten. Oder dieser Moment in irgendeiner Beziehung zu ihrer Arbeit gestanden hatte – abgesehen von der Tatsache, dass sie nur wegen ihres Jobs hier waren.

Nun drehte Harper sich doch zu ihm um. »Wenn du mich fragst, können wir das Ganze einfach vergessen.« Sie hob die Hände in einer ergebenen Geste. »Es ist gar nichts passiert. Wir haken dieses Wochenende einfach ab und kehren morgen in unseren Alltag zurück.«

Blake stieß ein ungläubiges Lachen aus. »So willst du damit umgehen, dass wir uns geküsst haben?« Er schüttelte den Kopf und trank einen Schluck des inzwischen nur noch lauwarmen Kaffees. »So einfach ist das nicht, Harper.«

»Die Dinge sind immer so kompliziert, wie wir sie werden lassen.« Für sie war das ganz offenbar eine Tatsache.

Blake sah sie einen Moment ungläubig an. »Ist das der Grund, aus dem du privat eine völlig andere Person bist als im Büro? Immerhin habe ich dich fast nicht wiedererkannt, als ich dich am Freitag an diesem Strand getroffen habe. Bei Marshall Construction wirkst du wie ein effizienter Schatten, den man fast nicht wahrnimmt. Aber hier, Harper, auf der Ranch, bist du sehr präsent. Ich will wissen, warum das so ist.« Er trat einen Schritt näher und stemmte seinen Arm gegen das oberste Brett des Koppelzauns. Sie konnte ihm nach hinten ausweichen, aber trotzdem engte er sie mit dieser Bewegung ein, drang in ihren persönlichen Bereich ein. »Gut möglich, dass das die Dinge verkompliziert. Aber, Harper, wir haben uns geküsst«, erinnerte er sie noch einmal daran, wie sie aufeinander reagiert hatten. »Das kam vermutlich alles ein bisschen zu schnell.« Blake trank noch einen Schluck Kaffee und überlegte, welche Taktik die beste war. Frauen kamen oft auf ihn zu, machten ihn auf sich aufmerksam, sodass er es nie besonders schwer hatte, wenn er sich für sie interessierte. Aber das hier war Harper. Seine Assistentin, die vermutlich alles über seine Beziehungen in den vergangenen Jahren wusste. Der er nichts vormachen konnte. Und der er eigentlich nicht näherkommen durfte, solange sie seine Angestellte war. Also entschied er sich für Ehrlichkeit. Das hatte sie verdient. Genau genommen hatten sie beide das verdient. »Für mich war dieser Moment auch unerwartet, und ich kann mir gut vorstellen, dass dich das überrumpelt hat. Das tut mir leid, denn es war nicht meine Absicht. Wir können aber nicht so tun, als hätte er nichts zwischen uns verändert.«

Harper schüttelte den Kopf, als wollte sie noch immer sagen: Ich ignoriere diesen Kuss einfach, also ändert sich auch nichts.

Eine der Stuten kam an den Zaun, als wolle sie nachsehen, ob einer von ihnen ein Stück Apfel und Karotte aus seiner Jackentasche zaubern würde. Harper nutzte die Neugier, um sich von Blake abzulenken. Sie drehte sich um und strich dem Tier sanft über die Blesse.

»Ich möchte dich kennenlernen«, sagte Blake leise. Langsam fühlte sich das hier wie ein ziemlich eintöniger Monolog an. »Mehr über die Seite von dir erfahren, von der ich bis vor ein paar Tagen nichts wusste.«

Harper war innerlich zusammengezuckt, als Blake die Worte ›effizienter Schatten, den man fast nicht wahrnimmt‹ benutzt hatte. Sie hatte es ihn nicht merken lassen. Aber je länger er dastand und auf sie einredete, desto weiter stieg das Verlangen, einfach die Flucht anzutreten. Der Kuss hatte sie überfordert. Blake überforderte sie. Und er sah sie plötzlich mit anderen Augen. Bedachte sie mit einem Blick, von dem sie eine Zeit lang geträumt hatte, auch wenn sie inzwischen versuchte, diese Gedanken nicht mehr zuzulassen. »Bitte«, sagte sie und drehte sich wieder zu ihm um, als die Stute herausgefunden hatte, dass es bei ihnen keine Leckereien zu holen gab und zu den anderen Pferden zurücktrabte. »Kannst du akzeptieren, dass ich im Moment einfach nicht darüber reden möchte?«

Einen Moment sah er sie schweigend an. Dann strich er ihr eine Haarsträhne hinter das Ohr, die der Wind über ihre Wange tanzen ließ. Mit einer Geste, die so sanft war, dass Harper Gänsehaut bekam. »Okay«, sagte er. »Für den Moment vergessen wir das Ganze. Aber, Harper, das heißt nicht, dass das nicht passiert ist. Und es bedeutet auch nicht, dass wir nichts empfunden haben.«

Als ob er das extra erwähnen müsste. »Danke«, murmelte sie und stieß sich vom Koppelzaun ab. »Ich werde mal nach den anderen schauen. Nach dem Frühstück können wir ja noch ein wenig an der Gray Beach-Präsentation weiterarbeiten, bevor wir nach Hause fahren«, schlug sie vor, um das Gespräch wieder in professionelle Bahnen zu lenken.

Blake schenkte ihr ein kleines Lächeln. »Ich bin mir sicher, Reeva wird jede Sekunde herausschinden, die sie mit den Pferden verbringen kann.«

Davon ging Harper ebenfalls aus.

Als sie ins Haus zurückkehrten, waren Brooke und Reeva bereits auf und in der Küche dabei, ein Frühstück zuzubereiten, mit dem sie sich bei Blake für seine Gastfreundschaft bedanken wollten. Harper rechnete es ihm hoch an, dass er bei den Kleckereien, mit denen ihre Nichte die Küche des Ranchhauses verunstaltete, nicht zusammenzuckte. Ein letztes Mal setzten sie sich zusammen an den großen Esstisch in der Küche. Reeva bemerkte die merkwürdige Stimmung zwischen Blake und Harper nicht. Sie plapperte aufgeregt und ohne Punkt und Komma über alles, was sie an diesem Tag noch im Stall erledigen wollte, bevor sie fuhren. Genau wie Blake vorhergesagt hatte. Allerdings musste man kein Hellseher sein, um zu dieser Erkenntnis zu kommen. Harpers Schwester beobachtete sie allerdings sehr genau. Ihr Blick glitt immer wieder zwischen Blake und ihr hin und her. Brooke wusste von dem Kuss. Und auch wenn sie das Blake gegenüber nicht ansprechen würde, wollte sie doch wissen, was in seinem Kopf vorging. Was ihre Schwester wohl dazu sagen würde, dass er Harper kennenlernen wollte – die Harper, die er bisher nicht gekannt hatte? Brooke würde wahrscheinlich lachen und ihn darauf hinweisen, dass sie Marshall Construction jederzeit verlassen und sich einen neuen Job suchen konnte, falls ihr danach war, die Erfahrungen mit Blake zu vertiefen.

Aber genau das würde sie nicht tun. Sie kannte die Erfahrungen, die man mit Blake machen konnte, bereits. Sie hatte sie in den letzten eineinhalb Jahren bei einigen Frauen hautnah miterleben dürfen. Und sie wollte definitiv keine von ihnen werden.

Zu ihrer Überraschung schafften Blake und sie es nach dem Frühstück, noch für ein paar Stunden professionell zu arbeiten, ohne dass der Kuss zum Thema wurde oder Blake irgendwelche Annäherungen versucht hätte. Reeva hatte sich fest in den Kopf gesetzt, so viele Ställe zu misten, wie man ihr erlaubte, und darüber hinaus noch ein paar Ponymähnen zu flechten, also zogen Harper und Blake sich noch einmal in das wunderschöne Arbeitszimmer im Erdgeschoss zurück und tüftelten weiter an ihrer Präsentation.

Als Blake schließlich das Gepäck im Kofferraum verstaute und Brooke noch einmal zum Pferdestall hinüberging, um Reeva endgültig aus Sunshines Box zu holen, packte Harper ihre Sachen bereits auf den Rücksitz des Wagens und rutschte hinterher, sobald sich Reeva auf ihren Platz fallen ließ.

»Ich kann hinten sitzen«, schlug Brooke vor. »Ihr müsst sicher noch arbeiten.«

Harper schüttelte den Kopf, wich Blakes Blick aber aus. »Ich habe das ganze Wochenende über viel zu wenig von Reeva mitbekommen.« Sie beugte sich zu ihrer Nichte hinüber und küsste sie auf den Scheitel. »Ich will alles wissen, was du erlebt hast. Und wie du es fandest.«

Reeva grinste. »Ich fand es mega cool. Am liebsten würde ich gar nicht mehr nach Hause fahren. Außer wegen Lucky. Der wäre ohne uns bestimmt total einsam.«

»Er wird sich auf jeden Fall freuen, uns wiederzusehen.«

Lucky wurde von ihrer Freundin Naya vermutlich bis in die Fellspitzen verwöhnt. Sie hatte den Hund mit in die Wohngruppe genommen, die sie betreute. In der Vergangenheit hatten sie die Erfahrung gemacht, dass Lucky bei den Kids extrem gut ankam und die Aufmerksamkeit sehr genoss.

Brooke hatte kein Problem damit, auf dem Beifahrersitz Platz zu nehmen. Sie plauderte entspannt und gut gelaunt mit Blake. Doch er warf Harper im Rückspiegel einen Blick zu, der ihr ganz deutlich zeigte, dass er ganz genau wusste, dass sie ihn mied. Aber das war ihr im Moment egal. Für ein Wochenende hatte Harper ganz eindeutig genug Blake gehabt.

Die Dunkelheit war bereits über Jamestown hereingebrochen, als Blake den Jaguar vor dem Haus der McNallys ausrollen ließ. Auf der Promenade, die das Städtchen vom Strand trennte, waren nur wenige Fußgänger unterwegs. Der Tisch, an dem am Freitag die Pokerrunde gesessen hatte, war verwaist.

Sie halfen ihm, ihr Gepäck auszuladen, und Harper versuchte weiter, ihm aus dem Weg zu gehen. Im Gegensatz zu Reeva, die ihn überschwänglich umarmte, um ihm für das tolle Wochenende zu danken.

»Gern geschehen«, sagte Blake, sah dabei aber nicht ihre Nichte, sondern Harper an. »Bis morgen«, ergänzte er. Und so wie er das sagte, klang es wie ein Versprechen und nicht wie die übliche Verabschiedungsfloskel. Es störte ihn nicht wirklich, dass Harper den Tag über versucht hatte, ihm aus dem Weg zu gehen. Er hatte Geduld. Und sie konnte ihm nicht aus dem Weg gehen. Nicht, wenn sie sich morgen früh im Büro sehen würden.

Als er eine halbe Stunde später die Tür seines Lofts in Newport aufschloss, wurde er von einem derben Fluch begrüßt. Er ließ seine Reisetasche fallen und lehnte sich mit verschränkten Armen gegen das Türblatt, nachdem er die Türe mit dem Fuß zugeschoben hatte. Vor Jahren hatte er Liam einen Schlüssel zu seinem Apartment gegeben. »Was ist an dem Begriff Notfallschlüssel falsch zu verstehen?«, fragte er seine Kumpels, die mit Bier (aus seinem Kühlschrank) und Queues bewaffnet an seinem Billardtisch herumlümmelten.

»Wer sagt denn, dass das hier kein Notfall ist?«, wollte Will wissen und trank einen großen Schluck Bier.

»Du bist doch derjenige, auf den wir an einem Sonntagabend warten müssen«, ergänzte Liam.

»Wo hast du dich überhaupt rumgetrieben?« Luke stieß sich vom Billardtisch ab und ging zum Kühlschrank hinüber. Er holte ein Bier heraus, drehte den Deckel ab und reichte es Blake, als er sich von der Tür löste und in seinen Raum trat.

»Geht euch nichts an«, sagte er, als er das Bier nahm und einen großen Schluck trank.

»Oh, là, là.« Liam wackelte mit den Augenbrauen. »Du hast das Wochenende mit einer Frau verbracht?«

»Mit dreien, um genau zu sein.« Blake imitierte seinen Freund und wackelte jetzt ebenfalls mit den Augenbrauen. »Aber ihr wisst ja, wie das ist: Ein Gentleman genießt und schweigt.«

»Pff.« Will verdrehte die Augen. »So jung bist du auch nicht mehr. Wenn du das Wochenende mit drei Frauen verbracht hättest, wie wir uns das gerade vorstellen, wärst du auf allen vieren durch die Tür gekrochen. Also war es geschäftlich.«

Blake grinste breit. »Warum bist du eigentlich kein Cop geworden?«

»Weil ich mich zu selten an die Regeln halte«, gab Will zurück und versenkte die rote Kugel. »Und weil ich gern in die Apartments meiner Freunde einbreche, um Billard zu spielen.«

»Nachvollziehbar.« Blake trank noch einen Schluck Bier und betrachtete die Kugeln, die noch auf dem Tisch lagen. Die familieninterne Ausbildung bei Marshall Construction bedeutete, alle Abteilungen der Firma zu durchlaufen. Wer in der Führungsetage sitzen wollte, musste sowohl auf dem Bau geschuftet als auch Excel-Tabellen in der Buchhaltung ausgefüllt haben. Erst wenn all diese Praktika durchlaufen waren, durfte man sich für eine Ausbildung oder ein Studium entscheiden. Blakes Traum war schon immer die Architektur gewesen. Aber er war dankbar dafür, dass er Liam, Will und Luke auf einer seiner Praktikums-Baustellen kennengelernt hatte. Sie hatten sich schon damals regelmäßig sonntags in einer Kneipe getroffen, um Pool zu spielen. Bis sie ihm geholfen hatten, das Loft nach seinen Vorstellungen auszubauen. Blake liebte seine Familie zwar sehr, trotzdem hatte er es gar nicht erwarten können, sein eigenes Ding zu machen. Er hatte damals noch geplant, das *Addams Family*-Haus in Providence für Melody und sich umzubauen und eine Familie zu gründen. Immer in dem Bewusstsein, dass er irgendwann nach Newport zurückkehren und den Firmensitz übernehmen würde. So lange sollte das Loft nur als Zweitwohnsitz dienen. Aber Blakes Kumpels hatten darauf bestanden, eine coole Junggesellenbude daraus zu machen. Wer brauchte schon einen Esstisch, wenn er viel zu selten zu Hause war, um etwas zu kochen? Und wenn er zu Hause gewesen war, hatte er meist seine Kumpels zu sich eingeladen. Was ganz automatisch Pizza bedeutet hatte. Und die konnte man auch essen, wenn man auf der Couch saß. Oder mit seinem Bier auf dem Boden lag. Sie waren der Meinung gewesen, dass ein Billardtisch viel cooler war als ein spießiges Esszimmer. Ganz abgesehen davon, dass sie sich das Geld fürs Bier in der Kneipe sparen konnten, wenn sie sonntags stattdessen einfach seinen Kühlschrank plünderten.

»Es gibt aber tatsächlich etwas, worüber wir reden müssen«, sagte Liam. Er lehnte sich mit der Hüfte gegen Blakes frei stehende Küchenzeile aus gebürstetem Beton und stellte sein Bier ab. »In Admiral Hill gehen ein paar merkwürdige Dinge vor sich.«

Blake, der gerade einen Schluck trinken wollte, ließ seine Flasche sinken. »Tatsächlich? Hat das etwas mit Stadtrat Logan zu tun?«

»Das ist durchaus möglich.« Will legte seinen Queue zur Seite und gesellte sich zu ihnen an die Kücheninsel.

Luke folgte ihm. »Ich habe von zwei unterschiedlichen Leuten gehört, dass er sich im Viertel herumgetrieben hat. Und zwar nicht an dem Abend, an dem wir Basketball gespielt haben.«

»Bei den beiden Beobachtungen sind wir nicht sicher, ob es sich um den gleichen Tag handelt«, fuhr Will fort. »Also müssen wir davon ausgehen, dass er noch mindestens einmal dort gewesen ist. Du weißt ja, die Bewohner dieser Gegend gehören zu den neugierigsten Klatschbasen der Stadt. Du musst dich schon nachts in dunklen Ecken treffen, wenn niemand etwas von deinem Besuch mitbekommen soll.«

Blake rieb sich über den Nacken. »Dann war er mindestens zweimal da und hat einmal – in einer dunklen Ecke«, bediente er sich an Wills Worten, »einen Umschlag an ein Gangmitglied übergeben. Das stinkt bis zum Himmel«, fluchte er.

»Womit du absolut recht hast«, pflichtete Luke ihm bei. »Die Frage ist nur, was der Grund für seine Besuche ist. Es wird kaum etwas damit zu tun haben, dass er auf Tuchfühlung mit der Bevölkerung geht, um wiedergewählt zu werden. Dazu sind ihm die Bewohner von Admiral Hill definitiv nicht wichtig genug.«

Blake nickte. »Sehe ich genauso. Er ist eher der Typ, der ein Viertel plattmacht, statt etwas Gutes zu tun.«

»Nur, dass man Admiral Hill nicht plattmachen kann«, warf Liam ein.

»Ich habe meine Assistentin gebeten zu überprüfen, ob in der Gegend Bauprojekte ausgeschrieben oder zumindest angedacht sind.« Für einen Moment huschten Blakes Gedanken zu Harper zurück, und der winzige Augenblick, kurz bevor sie sich geküsst hatten, tauchte vor seinem inneren Auge auf.

»Hey!« Liam wies mit dem Bier in der Hand auf ihn. »Was für ein Grinsen ist das?«

»Was?« Blake sah ihn verständnislos an.

»Du hast von deiner Assistentin gesprochen, und dabei hat sich dieses grenzdebile Grinsen auf deinem Gesicht ausgebreitet, wie wir es sonst nur von Luke kennen, wenn er mal wieder zu einem von seiner Mutter organisierten Blind Date geht.«

»Was?«

»Alter!«

Blake und Luke hatten gleichzeitig gesprochen. »Ich grinse nie grenzdebil«, empörte sich Luke weiter.

»Und wir reden hier über Logan und seine Pläne«, ergänzte Blake.

»Lenk nicht ab«, schlug sich Will auf Liams Seite. »Ich habe es auch gesehen. Also, was läuft da mit deiner Assistentin?«

Blake rief sich innerlich zur Ruhe, auch wenn die Fragen seiner Freunde ihm die Röte ins Gesicht zu treiben drohten. »Hier geht es nicht um Harper«, betonte er noch einmal, »sondern um die Frage, warum Logan sich in Admiral Hill herumtreibt.« Er würde nicht erzählen, dass Harper und er sich geküsst hatten. Zumindest jetzt noch nicht. Erst einmal musste er selbst herausfinden, in welche Richtung sich das Knistern zwischen ihnen entwickelte.

»Okay.« Luke hob sein Bier, um mit den Freunden anzustoßen. »Für den Moment lassen wir dich vom Haken. Aber denk bloß nicht, dass wir das vergessen.«

Blake seufzte und stieß mit ihnen an. Selbstverständlich würden sie das nicht vergessen – und es ihm bei der nächstbietenden Gelegenheit aufs Brot schmieren. »Zurück zu Logan«, ignorierte er Lukes Kommentar. »Wir haben keinen Anhaltspunkt darauf, was er dort verloren hat.«

»Nein, haben wir nicht.« Will schüttelte den Kopf. »Es bleibt uns also nichts anderes übrig, als die Augen und Ohren offenzuhalten. Wenn wir es richtig machen, können wir ganz Admiral Hill als Spionagenetz nutzen. Das Nachrichtensystem im Viertel ist spektakulär.«

»Und wir sollten selbst mehr Zeit in der Gegend verbringen«, kam der nächste Vorschlag von Liam.

Blake hatte keine Ahnung, wie er noch Zeit dafür erübrigen sollte, in Admiral Hill herumzuschnüffeln. Vielleicht bekam er es hin, wenn er gar nicht mehr schlief.

»Wir reden schon seit einer gefühlten Ewigkeit davon, endlich den Basketballplatz auf Vordermann zu bringen«, erinnerte Luke sie an die Pläne, die sie jedes Mal aufs Neue schmiedeten, wenn sie ein paar Körbe warfen, es dann aber doch nicht schafften, die Zeit freizuschaufeln, um wirklich

Hand anzulegen. »Lasst uns das endlich mal durchziehen. Das hilft uns auf jeden Fall, die Stimmung im Viertel einzufangen.«

Ein Klingeln an der Tür unterbrach das Gespräch. »Erwartet ihr noch jemanden?«, fragte Blake seine Kumpels.

»Klar, Mann.« Will schlug ihm auf die Schulter. »Den Pizzaboten. Mit vollem Magen lässt es sich doch viel besser Pläne schmieden.«

11

Hinter Harper lag eine weitere unruhige Nacht. Sie hatte diesen Morgen in Gedanken wieder und wieder durchgespielt. Hatte sich die Sätze zurechtgelegt, mit denen sie Blake klarmachen würde, dass sie eine Grenze überschritten hatten und es keinen weiteren Kuss geben würde. Falls er das Thema überhaupt noch einmal ansprach. Vielleicht hatte er längst vergessen, dass sie … völlig entnervt gab Harper schließlich auf, sich von einer Seite des Bettes auf die andere zu wälzen.

Sie kleidete und frisierte sich wie an jedem anderen Arbeitstag, was ihr ein verständnisloses Kopfschütteln ihrer Schwester und ihrer Nichte einbrachte. Aber zumindest sparten sie es sich, Harpers ›Uniform‹ zu kommentieren. Egal, was der Tag bringen würde, so fühlte sie sich sicher. Oder zumindest so gerüstet, wie sie sich an einem Tag wie diesem nur fühlen konnte.

Als sie ihren Wagen auf dem Firmenparkplatz abstellte, hatte sich der Tumult in ihrem Inneren verändert und begann einem Schwarm Schmetterlinge zu gleichen, die wild durcheinanderflogen. Was absolut dämlich war. Schließlich war sie diejenige, die Blake auf Abstand halten wollte. Warum verhielt sich ihr Herz dann, als gehöre es einem verknallten Teenager?

Sie schob die Gedanken beiseite, begrüßte Jenny an der Rezeption und ließ dann ihren PC hochfahren, während sie ihre Jacke und Handtasche im Schrank verstaute.

Als sie durch die großen Bogenfenster sah, wie Blake mit seinem Wagen die Straße herunterkam, bereitete sie seinen Kaffee vor und legte wie immer seine zwei Oreo-Kekse neben die Tasse. Dann zögerte sie, nahm die Kekse wieder weg und legte den Cookie hin, den Reeva als Dankeschön für das Wochenende für ihn gebacken hatte. Im nächsten Moment tauschte sie ihn wieder gegen die Oreos aus. Blake liebte diese Kekse und mochte seine morgendlichen Rituale.

»Was machst du hier eigentlich?« Harper verdrehte die Augen über sich selbst und legte alle drei Kekse neben die Tasse. Ihre Nichte hatte sich Mühe gegeben, um sich bei Blake zu bedanken, also hatte sie kein Recht, ihm dieses Dankeschön vorzuenthalten. Auch wenn die beiden vermutlich kein zweites Mal aufeinandertreffen würden und das Thema so nie zur Sprache kommen würde.

Bevor Blake durch die Tür trat, saß sie wieder auf ihrem Platz vor seinem Büro und senkte den Blick auf die Schreibtischplatte.

»Guten Morgen«, grüßte er sie gut gelaunt und blieb vor ihrem Schreibtisch stehen.

»Morgen«, murmelte sie und hob den Blick nur bis zu seinem Krawattenknoten. Offenbar war sie weder für Blake unsichtbar, noch war sie in der Lage, ihm auf Augenhöhe zu begegnen. Sie reichte ihm die Nachrichten, die sie bereits für ihn entgegengenommen hatte. »Liam Jones hat angerufen und mitgeteilt, dass er schon ein paar Leute zusammenhat, die bei der Basketballaktion mitmachen würden. Du wüsstest schon, um was es geht.«

»Danke.« Blake nahm den Stapel Post-its, den sie ihm reichte, und schloss seine Bürotür hinter sich.

Die merkwürdige Atmosphäre löste sich auf, nur um im nächsten Moment zurückzukehren, als Blake die Bürotür wieder öffnete, Reevas Cookie in der Hand. Diesmal machte Harper den Fehler, ihm in die Augen zu sehen. Ihre Blicke verhakten sich für einen Moment, und die Schmetterlinge in ihrem Bauch führten wieder ihr Teenagerschauspiel auf.

»Was ist das?«, fragte Blake und hielt den Keks hoch.

Harper ging in Verteidigungshaltung. »Den hat meine Nichte für dich gebacken, um sich für das Wochenende zu bedanken. Ich weiß, das ist nicht das, was du normalerweise zu deinem Kaffee isst …«

Blake wandte den Blick nicht von Harper ab, als er in den Keks biss. »Dann sag ihr«, nuschelte er mit vollem Mund, »dass ich begeistert bin. Der schmeckt fantastisch.«

»Wirklich?« Harpers Herz beschleunigte sich ein wenig. »Das wird Reeva freuen.« Und mich auch, dachte sie, weil das wirklich nett von ihm war. Andererseits war sein Lob nicht verwunderlich. Sie wusste, wie er mit seiner Familie umging. Und sie hatte ihn mehrere Tage lang dabei beobachten können, wie er Zeit mit ihrer Familie verbrachte.

»Klar. Der hat die perfekte Konsistenz und eindeutig zu viele Schokostücke. Genau so, wie es sein muss. Und außerdem«, mit zwei langen Schritten hatte er die Distanz zwischen seiner Bürotür und ihrem Arbeitsplatz überbrückt, legte die Finger unter ihr Kinn und hauchte ihr einen federleichten Kuss auf die Wange, »noch einmal guten Morgen, Harper. Ich hoffe, du hast gut geschlafen.«

»Ehrlich gesagt, nicht.« Sie schluckte, als ihr bewusst wurde, was sie da gerade zugegeben hatte. Ohne nachzudenken. Einfach nur, weil Blake schon wieder ihren Blick hielt. Und sie noch immer seine Lippen auf ihrer Wange spürte. Wenigstens sprudelte sie nicht auch noch den Grund für ihre Schlaflosigkeit heraus. Selbst wenn Blakes hochgezogener rechter Mundwinkel dafürsprach, dass ihm sehr wohl klar war, dass er der Grund dafür war. Aber so wusste er zumindest nicht, ob ihre Gedanken positiv oder negativ gewesen waren. Hatte sie nicht aufhören können, an ihn zu denken? Oder hatte sie sich Gedanken darum gemacht, wie sie mit ihm umgehen sollte? Sie würde es ihm nicht verraten.

Blake hatte bereits den Mund geöffnet, um nachzufragen, als ihr Telefon klingelte. Sie griff nach dem Hörer wie nach einer Rettungsleine. »Harper McNally, Marshall Construction. Wie kann ich Ihnen helfen?« Aus den Augenwinkeln sah sie, wie Blake den Mund wieder schloss. »Mr. Marshall ist in seinem Büro, Leroy. Ich verbinde Sie«, sagte sie zu dem Mitarbeiter, der von der Edge on Hudson-Baustelle anrief, und warf Blake einen Blick unter hochgezogenen Augenbrauen zu.

Er nickte, zwinkerte ihr zu, als wäre ihre Unterhaltung noch nicht beendet, und schloss im nächsten Moment die Bürotür hinter sich. Dankbar, dass sie zumindest jetzt nicht weiter mit ihm reden musste, teilte sie Leroy mit, dass sie ihn durchstellte, und drückte dann die passende Tastenkombination auf ihrem Telefon.

Als Blake den Anruf annahm, legte sie ihren Hörer langsam auf und atmete tief durch.

Wenn Blake in den Arbeitsmodus schaltete, passierte es gelegentlich, dass er in eine Art Tunnel geriet, der ihn nicht mehr viel um sich herum wahrnehmen ließ. Im Moment hatte er so viel zu tun, dass er problemlos in diesen Zustand gleiten müsste. Doch das geschah nicht. Genauso wenig wie er es geschafft hatte, in den tiefen, traumlosen Schlaf zu finden, den er so dringend gebraucht hätte. Ein Schlaf, durch den keine Harper ritt, ihn küsste und … Von sich selbst genervt schob er den Gedanken an seine ziemlich eindeutigen Träume zur Seite.

Nur um im nächsten Moment darüber nachzudenken, dass er sie heute Morgen an ihrem Arbeitsplatz geküsst hatte. Zwar nur auf die Wange, aber ohne sie vorher zu fragen, ob das okay für sie war. Er hatte nicht nachgedacht. Der Moment hatte sich einfach so ergeben. Eineinhalb Jahre lang hatte er sich keine Gedanken um Harper gemacht. Für ihn war nur wichtig gewesen, dass keiner seiner Geschäftspartner oder Konkurrenten auf die Idee gekommen war, sie abzuwerben oder ihr Firmengeheimnisse aus dem Kreuz zu leiern. Dabei hatte er sich um ihre Loyalität nie Sorgen gemacht. Aber er wusste eben auch, zu was seine Konkurrenten fähig waren. Deshalb war er hin- und hergerissen. Einerseits war ihr Outfit ein klares Statement, dass sie auch künftig nicht auffallen und ihre Arbeit unbemerkt im Hintergrund erledigen würde. Andererseits hatte er an diesem Morgen fast erwartet, sie in etwas Fröhlicherem zu sehen. In einer dieser engen Jeans vielleicht, die sie am Wochenende getragen hatte. Mit offenen Haaren, die ihr in weichen Wellen über die Schultern fielen. Jetzt, wo er sie wahrnahm und wusste, wie sie sich außerhalb des Büros kleidete, wie humorvoll sie war, wie verführerisch ihre Küsse schmeckten, wünschte er sich, dass sie wenigstens einen Teil davon beibehalten hätte. In diesem hässlichen, grauen Hosenanzug, der Brille und dem strengen Haarknoten wirkte Harper, als spiele sie nur eine Rolle. Was sie ja irgendwie auch tat. Nur hatte Blake noch nicht herausfinden können, was der Grund dafür war.

Ja, er hatte versucht, so weiterzumachen wie vor diesem Wochenende. Als er die Firma am Morgen betreten hatte, war er versucht gewesen, sie so zu sehen, wie er es noch vor ein paar Tagen getan hatte. Aber das funktionierte nicht mehr. Er nahm Harper wahr. War sich ihrer Anwesenheit auf der anderen Seite seiner geschlossenen Tür bewusst. Ganz egal, wie mausgrau das Outfit war, für das sie sich an diesem Morgen entschieden hatte.

Als sich der Abend über die Stadt senkte, gab Blake auf. Er müsste, verdammt noch mal, mit seiner Präsentation für Gray Beach vorwärtskommen, aber sein Gehirn lähmte sich selbst mit den Gedanken an Harper. Entweder fand er eine Lösung dafür, oder er würde seinem Arbeitspensum weiter hinterherhinken.

Kurz entschlossen sicherte er die Datei, an der er gerade gearbeitet hatte, schob seinen Schreibtischstuhl zurück und öffnete die Tür.

Harper saß mit konzentriertem Blick an ihrem Arbeitsplatz, telefonierte über ihr Headset und tippte gleichzeitig, den Blick auf den Bildschirm gerichtet, mit rasender Geschwindigkeit auf ihrer Tastatur herum.

Blake lehnte sich in seine Bürotür, schob die Hände in die Hosentaschen und sah ihr zu, bis sie das Gespräch beendete. Am liebsten hätte er seine Finger in diesen strengen Haarknoten geschoben, der es den ganzen Tag über nicht gewagt hatte zu verrutschen, und die Nadeln zu lösen, bis ihr die

Haare so weich über die Schultern fielen wie am Wochenende. »Hi«, sagte er, als Harper sich von ihrem Anrufer verabschiedete und über den Knopf an ihrem Headset auflegte.

»Hi.« Sie sah mit fragendem Blick zu ihm auf. »Brauchst du noch was?«

»Ja. Essen.« Blake löste sich aus dem Türrahmen und schlenderte zu ihr hinüber.

»Soll ich dir was bestellen?« Harper zog ihre Lieferdienstmappe aus der Schublade und hielt sie ihm entgegen.

»Lass uns zusammen was essen gehen«, schlug er vor und sah Harper dabei zu, wie sie die Mappe langsam sinken ließ.

»Warum das denn?« Sie schluckte, als ihr offenbar auffiel, wie unhöflich sie klang. »Entschuldige bitte«, sagte sie nach einem kurzen Zögern. »Aber warum willst du ausgerechnet mit mir etwas essen gehen?«

»Ich habe gar nicht mitbekommen, dass du schon Dinner hattest«, zog er sie auf und konnte sich ein Lächeln nicht verkneifen.

»Nein, hatte ich nicht …«, begann sie.

Doch Blake ließ sie nicht weiterreden. »Und zum Lunch hast du dich hauptsächlich von diesen Keksen ernährt, die Reeva gebacken hat. Das habe ich genau gesehen. Und wenn ich ganz ehrlich sein soll«, er lehnte sich mit der Hüfte an ihren Schreibtisch, »war mein Arbeitstag nicht wie sonst. Normalerweise kann ich mich super konzentrieren, wenn ich erst mal an meinem Schreibtisch sitze. Aber heute habe ich gemerkt, dass das nicht geht. Ich wollte mit dir reden. Die ganze Zeit. Und deshalb möchte ich jetzt mit dir essen gehen. Um das nachzuholen und dann mit etwas Glück morgen mein Arbeitspensum zu schaffen.«

Harper senkte den Blick auf ihren Schreibtisch. Ihre Wangen färbten sich in einem zarten Rot. »Die ganze Zeit habe ich gedacht, ich würde bei so einer Frage ablehnen. Aber …« Sie sah auf, und ihre Blicke trafen sich abermals. »Irgendwie kann ich nicht Nein sagen.« Ihre Stimme war nur noch ein Flüstern. »Ich habe auch den ganzen Tag nachgedacht. Über dich … uns … Also, über das Wochenende«, stammelte sie. So kompetent sie in allen Belangen war, die die Firma betrafen, so unsicher verhielt sie sich ihm gegenüber.

Blake lachte. »Den Teil mit dem ›mehr über dich wissen‹ hast du weggelassen. Wahrscheinlich, weil du schon alles über mich weißt.«

Die Röte in ihren Wangen vertiefte sich. »Als deine Assistentin bleibt das nicht aus …«

»Hey.« Er legte seine Hand über ihre, die noch auf ihrer Maus ruhte. »Das war nur ein Scherz. Wir wissen doch beide, dass du mein Leben managst und ich bis Freitag noch nicht einmal gewusst habe, wo du wohnst. Das sind ziemlich ungleiche Verhältnisse. Und die würde ich jetzt gern ändern. Also … essen?«

Blake führte sie ins The Mooring aus. Wohin auch sonst? Im ersten Moment hatte Harper darüber nachgedacht, das Essen doch noch abzusagen, um nicht mit all den anderen Frauen, mit denen er hier gewesen war, konkurrieren zu müssen. Oder wenigstens ein anderes Restaurant vorzuschlagen. Doch dann hatte sie sich einfach von ihm zu seinem Wagen führen und das kurze Stück zum Pier fahren lassen.

Sie war fest entschlossen gewesen, Blakes Einladung zu widerstehen. Aber das, was er gesagt hatte, war regelrecht …

romantisch gewesen. Er hatte den ganzen Tag über sie nachgedacht, und das hatte ihn an seiner Arbeit gehindert? Welche Frau hörte so etwas nicht gern?

Harper folgte ihm in das noble Restaurant, das sie noch nie betreten hatte. Natürlich wurde Blake hier mit Namen begrüßt. Und natürlich wurde für sie plötzlich ein Tisch am Fenster frei, obwohl das Restaurant sehr gut besucht war. Blake hielt ihr den Stuhl, während sie Platz nahm, und orderte zwei Gläser Champagner, bevor sie widersprechen konnte.

»Auf uns«, brachte Blake einen Toast aus und ließ sein Glas gegen Harpers klingen.

Ihr lag ein »Es gibt kein uns«, auf der Zunge, aber sie schluckte es gemeinsam mit dem ersten, prickelnden Schluck Champagner hinunter. Sie wollte nicht beeindruckt sein von diesem Restaurant, in dem die Gäste ein Vielfaches dessen von der Kreditkarte abbuchen ließen, was Harper und Brooke für Lebensmittel für eine halbe Woche ausgaben. Doch sie konnte sich der Atmosphäre genauso wenig entziehen wie dem Mann, der ihr gegenübersaß. Es gab kein uns. Aber es gab diesen außergewöhnlichen Moment, der so besonders war, dass sie einfach beschloss, ihn zu genießen. Mit dem nächsten Schluck Champagner ließ sie sich entspannt zurücksinken und den Blick durch den Raum schweifen. Der kupfern glänzende Kabeljau über der nostalgischen Bar aus dunklem Mahagoni beeindruckte sie genauso wie der Viermaster, der auf dem Sims eines riesigen Kamins thronte, in dem ein munteres Feuer flackerte. Der Blick auf die nächtlichen Lichter der Boote, die noch in der Bucht vor den Fenstern unterwegs waren, hatte etwas Beruhigendes.

Der Kellner brachte die Speisekarten und zählte die Spezialitäten des Tages auf. Blake orderte mit der Souveränität, die zeigte, dass er regelmäßig hier aß – und ohne sich die Mühe zu machen, nach ihrer Meinung zu fragen.

»Ich hoffe, dir ist recht, dass ich den Wein geordert habe«, nahm er ihr den Wind aus den Segeln, kaum dass Ärger über diese Selbstverständlichkeit in ihr aufkam. »Ich bin mir sicher, dass er dir nach dem Wein, den wir auf der Ranch getrunken haben, schmecken wird. Und er passt wunderbar zu allem, was aus dem Ozean kommt.«

Harper trank noch einen Schluck Champagner und verdrehte innerlich die Augen über sich selbst. Blake war fordernd, wenn es um die Arbeit ging, aber er war umsichtig und zuvorkommend, wenn es sich um seine Familie handelte oder wenn er sich mit einer Frau verabredete. »Ich bin mir sicher, dass du etwas Gutes herausgesucht hast«, sagte sie und griff nach der Speisekarte. »Kannst du etwas von der Karte empfehlen?«

Blake machte sich nicht die Mühe, das Angebot zu lesen. Er sah Harper an und lächelte. »Wann öffnest du diesen Haarknoten?«, stellte er die Gegenfrage, statt ihre zu beantworten.

Harper tastete nach ihren fest zusammengebundenen Haaren. »Wenn ich zu Hause bin«, gab sie zurück und wedelte mit der Karte vor seinem Gesicht. »Empfehlungen?«, fragte sie noch einmal.

Blakes Grinsen wurde breiter. »Auf jeden Fall Clamchowder als Vorspeise. Sie wird hier nicht wie zum Beispiel in Boston automatisch mit Sahne gemacht. Hier bekommst du, was du bestellst. Der Hummer als Hauptgang ist natürlich ebenfalls genial. Aber du kannst wirklich jedes Essen auf dieser Karte bestellen. Es schmeckt alles fantastisch. Ähm …« Für einen Moment wirkte er unsicher. »Du isst doch Fisch?«

Harper legte den Kopf schief und bedachte ihn mit einem neckenden Blick. »Ist es für diese Frage nicht ein wenig zu spät?«, zog sie ihn auf. Das hier machte tatsächlich Spaß.

»Du bekommst hier auch Alternativen«, sagte Blake sofort. »Wir können den Kellner fragen lassen, was die Küche für dich zaubern kann …«

»Blake.« Harper legte ihre Hand auf seinen Arm. »Das war ein Scherz«, sagte sie. »Ich esse sehr gern Fisch.«

»Gut. Das ist … gut«, sagte er langsam. Sein Blick ruhte auf ihrer Hand, die noch immer auf seinem Arm lag. Harper spürte seine Körperwärme, die durch den Stoff seines Hemdes drang.

Der Kellner trat mit dem Rotwein erneut an ihren Tisch, und Harper zog ihre Hand zurück. Ihre Handfläche kribbelt auch noch eine Minute später, als sie sie um den Stil ihres Weinglases schloss, um abermals mit Blake auf den Abend anzustoßen.

Sie hatte ihr Glas gerade wieder abgesetzt, als sie das leise Brummen von Blakes Handy hörte. Er zog es aus der Hosentasche und warf einen Blick auf das Display. »Das ist schon wieder die Edge on Hudson-Baustelle.« Mit einem entschuldigenden Ausdruck in den Augen sah er sie an. »Da muss ich rangehen.«

»Natürlich.« Wenn es etwas gab, das sie verstand, dann seinen Job.

Blake stand auf. »Such dir schon mal aus, was du essen möchtest, ich bin gleich zurück.«

Harper studierte in aller Ruhe die Karte, auch wenn ihr die Preise, die unter den Gerichten standen, die Tränen in die Augen trieben. Sie stellte sich vor, wie Blake vor dem Restaurant mit dem Handy am Ohr hin und her tigerte. Als er zurückkehrte, hatte sie sich für die Hummer-Linguine entschieden. »Wie ist es gelaufen?«, fragte sie, als Blake wieder ihr gegenüber Platz nahm. »Hat der Bauinspektor sich endlich beruhigt?«

Blake griff nach seinem Glas, drehte es langsam am Stiel und lehnte sich auf seinem Stuhl zurück. Das Lächeln, das sich auf seinem Gesicht ausbreitete, war träge. So als habe es absolut nichts mit dem Telefonat eben zu tun, sondern ... mit ihr. Was unglaublich sexy war. »Harper«, sagte er, und das Lächeln vertiefte sich. »Von den Problemen mit dem Bauinspektor erzähle ich dir morgen. Du bist heute Abend nicht als meine Assistentin hier, sondern als mein Date.«

»Blake ...« Sie war sich nicht sicher, was sie darauf antworten sollte. Das hier fühlte sich gleichzeitig richtig und doch so falsch an.

»Genieß diesen Abend einfach. Das Essen. Den Wein. Und am Ende werden wir wissen, ob du auch meine Gesellschaft genießen kannst, wenn ich nicht darum bitte, noch diese oder jene Unterlagen zu kopieren oder einen Termin mit einem der Bauleiter zu organisieren.«

Verdammt. Harper hatte das Gefühl, dass Blake an diesem Abend immer das Richtige sagte. Ganz egal, was es war. Er machte sie zum Mittelpunkt seiner Aufmerksamkeit. Und sie beschloss, sich darin zu sonnen. Nur für diesen Abend. Und nur ein bisschen. Brooke lag ihr immer wieder in den Ohren, endlich mal an sich selbst zu denken. Das würde sie jetzt tun. Nur ein paar Stunden lang.

Sie genoss Blakes Gesellschaft tatsächlich. Genau wie das fantastische Essen und den guten Wein. Er erzählte Anekdoten aus seiner Kindheit in Newport. Sie konnte sich gut vorstellen, wie wundervoll es gewesen sein musste, direkt am

Cliff Walk aufgewachsen zu sein und die zerklüfteten Felsen und Höhlen als Spielplatz zu haben. Schon als Teenager mit seinen Freunden auf das Meer hinauszusegeln.

Sie selbst erzählte ihm ebenfalls ein paar Geschichten aus Brookes und ihrer Vergangenheit. Harmlose Erinnerungen. Schöne Momente. Sie wollte ihre dunklen, harten Erinnerungen nicht an diesen wunderschön gedeckten Tisch am Fenster des The Mooring holen.

Als Blake schließlich die Rechnung kommen ließ, bat Harper den Kellner, die Reste ihrer üppigen Portion Hummer-Nudeln einzupacken. Blake hatte auf einer Vorspeise und einer Creme Brûlée zum Nachtisch bestanden, und sie hatte beim besten Willen nicht aufessen können.

»Du musst die Reste nicht mitnehmen«, sagte Blake, als der Kellner mit Blakes Kreditkarte und einem Nicken in ihre Richtung verschwunden war.

Für einen Moment schwappte eine Welle aus Scham über Harper hinweg. Sie hatte nicht nachgedacht. Denn es war egal, ob man Burger in einem Diner aß oder den Abend in einem schicken Restaurant wie diesem verbrachte: Essen durfte man niemals verschwenden. Das verstanden aber vermutlich nur diejenigen, die wussten, wie es sich anfühlte, wenn der Hunger einem ein Loch in den Bauch fraß. Zusammen mit der Angst, ob wenigstens noch genug zu essen für die schwangere Schwester da war, die die letzte Scheibe Toast mit Erdnussbutter viel dringender brauchte als man selbst. Blake hatte noch nie Hunger leiden müssen. Er würde sich das nicht einmal vorstellen können, wenn sie ihm davon erzählte. Was sie auch nicht tun würde. Er wusste inzwischen genug über ihre Vergangenheit. Über die Zeit, in der sie in einem Kellerloch in Admiral Hill gehaust hatte, würde sie ihm nichts erzählen. Entschlossen straffte sie die Schultern und begegnete seinem Blick. Sie musste sich nicht für ihre Vergangenheit schämen. Schließlich waren Brooke und sie unglaublich stolz darauf, was sie in den letzten zehn Jahren erreicht hatten. »Wir essen nicht oft so edel«, erklärte sie Blake – wobei nicht oft definitiv nie bedeutete. »Ich würde Brooke und Reeva gern davon probieren lassen«, bog sie die Wahrheit um die eingepackten Reste ein wenig zurecht.

»Wir können für die beiden einfach noch eine frische Portion bestellen und mitnehmen«, schlug Blake sofort vor.

»Nein.« Harper schüttelte den Kopf. »Einmal naschen reicht den beiden völlig aus.«

Kurz darauf verließen sie das Restaurant, und Blake fuhr Harper zu ihrem Wagen zurück, der noch an der Firma geparkt war. Nachdem er den Motor ausgeschaltet hatte, machte er Anstalten, den Sicherheitsgurt zu lösen und auszusteigen. Um ihr die Beifahrertür zu öffnen und beim Aussteigen behilflich zu sein – wie sie es schon viele Male beobachtet hatte.

»Warte«, sagte sie, bevor er seine Tür öffnete.

Blake hielt inne und sah zu ihr hinüber. Das Licht der Armaturen beleuchtete seine linke Gesichtshälfte schwach. Die rechte lag im Dunkeln.

Harper hatte das Gefühl, ewig hier sitzen und ihn anstarren zu können. Wie ihm eine dunkle Locke in die Stirn fiel. Wie stark der Kontrast zwischen seinem weißen Hemd und der gebräunten Haut war. »Bleib sitzen«, sagte sie und räusperte sich, weil ihre Stimme irgendwie rostig klang. »Ich schaff das schon.« Sie schob die Tür auf und wollte schon aussteigen, als sie es sich noch einmal anders überlegte. Sie drehte sich noch einmal um. »Danke für diesen Abend«, sagte sie leise. »Ich habe nicht damit gerechnet, dass er so schön werden würde.« Wie er am Morgen beugte sie sich zu ihm hinüber und küsste ihn federleicht auf die Wange. Mit einem »Gute Nacht«, sprang sie aus dem Jaguar und hastete zu ihrem Toyota.

Als Harper den Wagen zehn Minuten später vor ihrem Haus ausrollen ließ, brannte im Erdgeschoss noch Licht. Sie schnappte sich die Linguine-Reste vom Beifahrersitz und machte sich auf das Verhör gefasst, das ihr garantiert bevorstand.

»Hey, ich bin da«, rief sie leise, als sie die Haustür öffnete.

Brooke, die es sich auf dem Sofa bequem gemacht hatte, drückte auf die Fernbedienung, um die Netflix-Serie einzufrieren, die sie gerade ansah, und stand auf. »Du kommst spät«, versuchte sie sich an der Stimme einer strengen Mutter. »Aber du hast Essen dabei«, ergänzte sie mit glänzenden Augen, als Harper die Restetüte hochhielt, und wurde sofort wieder zu ihrer immer hungrigen, lebensfrohen Schwester.

Bevor Harper etwas sagen konnte, hatte Brooke sich die Tüte geschnappt und warf einen neugierigen Blick in die Box. »Hmm«, sagte sie und zog die Besteckschublade auf. Mit einer Gabel in der Hand gab sie ihr mit der Hüfte einen Schubs, die sie wieder zufahren ließ. »Ich liebe Hummernudeln.«

»Aus dem The Mooring.«

»Echt jetzt?« Brooke ließ Pappbox und Gabel sinken. »So fein warst du essen? Ich tippe auf Blake.«

Harper seufzte. »Er hat mich gefragt, ob ich mit ihm essen gehe. Und er hat es als Date bezeichnet.«

»Na ja.« Brooke hatte sich wieder gefangen, drehte mit der Gabel die lauwarmen Nudeln auf. »Wenn er dich ins The Mooring einlädt, sollte das schon ein Date sein«, sagte sie mit vollem Mund. »Ich wundere mich ein bisschen, dass du die Einladung angenommen hast. Aber für die Reste bin ich dankbar«, ergänzte sie, während sie ein Stück Hummer aus der Packung pickte und zwischen ihre Lippen schob. Genüsslich verdrehte sie die Augen.

»Das ist das Problem«, gab Harper zu. »Ich wollte gar nicht mit ihm ausgehen. Aber dann hat er Dinge gesagt, die mich einfach umgehauen haben.«

»Dinge, von denen er wusste, dass sie eine Frau umhauen?«, wollte Brooke wissen.

»Dinge, von denen er wahrscheinlich wusste, dass sie mich umhauen würden«, korrigierte Harper. »Es ist, als ob er mich genau kennt, obwohl er mich bis zum Wochenende überhaupt nicht gesehen hat.«

»Hast du ihm von uns erzählt?«, fragte Brooke.

Harper schüttelte den Kopf. Weder sie noch ihre Schwester hatten in den vergangenen Jahren den Männern, mit denen sie ausgegangen waren, von ihrer Vergangenheit erzählt. »Nein. Er denkt, ich habe die Reste mitgenommen, damit ihr auch was von dem tollen Dinner habt.«

»Wie großzügig.« Brooke grinste.

Harper seufzte. »Ich glaube wirklich, dass es keine gute Idee ist, mich auf ihn einzulassen. Aber Zeit mit ihm zu verbringen, macht einfach Spaß, und es ist verdammt schwer, ihm zu widerstehen.«

»Vielleicht musst du dem Ganzen dann doch einfach nachgeben. Einfach um herauszufinden, wie es wäre, wenn …«

»Das wird auf keinen Fall passieren«, fiel Harper ihrer Schwester ins Wort. Was das betraf, war sie sich absolut sicher.

12

In den nächsten Tagen kehrte der Alltag mit aller Macht in Blakes Leben zurück und erinnerte ihn daran, dass er durch das Wochenende auf der Ranch und das Dinner mit Harper viel zu viel Zeit verloren hatte. Auch wenn er weder von der Zeit in den Catskill Mountains noch den Abend im The Mooring auch nur eine Sekunde missen wollte.

Er kniete sich in seine Projekte, versuchte, regelmäßig seine Eltern zu besuchen und nebenbei mit seinen Freunden die Instandsetzung des Basketballplatzes zu planen. Und vor allem versuchte er, Zeit reinzuholen. Harper war wunderbar wie immer. Sie unterstützte ihn und erledigte viele Dinge, bevor er sie überhaupt ausgesprochen hatte. Die perfekte Assistentin, die zusätzlich über ein wundervolles Lächeln verfügte und verdammt verführerisch geschmeckt hatte, als er seine Lippen auf ihre gelegt hatte. In den wenigen Stunden Schlaf, die er sich gönnte, träumte er von ihr. Sehr realistisch. Und sehr detailliert. Was regelmäßig dazu führte, dass er ziemlich frustriert aufwachte.

Die Anziehung zwischen Harper und ihm stieg von Tag zu Tag, ohne dass sie sich zu nahekamen. Trotzdem schaffte er es inzwischen ziemlich gut, sich tagsüber auf seine Arbeit zu konzentrieren. Am Freitagnachmittag öffnete er eine Mail seines Vaters mit der Bitte, ihm am Wochenende die Akte eines alten Bauprojektes vorbeizubringen. Blake hatte keine Ahnung, was Richard damit vorhatte, entschied aber, dass es der Gesundheit seines Vaters nicht schadete, ihm die Unterlagen mitzubringen. Gegen ein Abendessen – in dem hoffentlich kein Brokkoli vorkam.

Er wollte Harper darum bitten, die Akte zu suchen, aber sie war nicht an ihrem Platz, als er aus seinem Büro trat. Einen Moment stand er unschlüssig da, doch dann entschied er, dass er die Unterlagen auch selbst holen konnte. Er ging den Flur zum Archivraum hinunter und stieß die Tür auf.

Der erschrockene Schrei seiner Assistentin ließ ihn zusammenfahren. »Harper?«, fragte er überrascht.

Sie presste sich die Hand aufs Herz und atmete langsam aus. »Verdammt, hast du mich erschreckt.« Einige Akten in der Hand, lehnte sie sich gegen eines der massiven Stahlregale, in denen alle Projekte lagerten, die jemals von Marshall Construction umgesetzt worden waren. »Was machst du hier?«

Blake hielt die Mail seines Vaters hoch, die er ausgedruckt hatte. »Ich suche Unterlagen. Und du? Ich habe mich schon gewundert, als du nicht an deinem Platz warst.«

»Ich helfe Mandy. Sie hätte noch die Ablage dieser Woche machen müssen, aber ihr Freund will sie zu einem romantischen Wochenende auf Cape Cod entführen«, erzählte sie ihm. »Sie glaubt, dass er ihr einen Antrag machen wird. Also habe ich ihr angeboten, die paar Akten zu archivieren, damit sie ihn nicht warten lassen muss.« Sie hielt die Unterlagen hoch.

Das war typisch für sie. Blake lehnte sich neben sie an das Regal. »Wie wäre es, wenn wir heute Abend wieder zusammen essen gehen«, schlug er vor. Bis vor zwei Minuten war noch völlig klar gewesen, dass er an diesem Tag so lange arbeiten würde, bis ihm die Augen zufielen. Und jetzt bat er Harper, den Abend mit ihm zu verbringen.

Sie senkte den Blick wieder auf ihre Unterlagen, so als würde ihr plötzlich klar, dass Blake und sie in dem schummrigen, engen Raum, zwischen all den Regalen, viel zu eng beieinanderstanden. »Ich kann nicht«, sagte sie. »Heute Abend habe ich schon etwas vor.« Sie drehte sich um und begann, zwischen den einsortierten Akten nach dem Platz zu suchen, an den die Unterlagen in ihrer Hand gehörten.

»Gehst du mir aus dem Weg?«, fragte Blake und schob sich an ihr vorbei, um weiter hinten im Gang nach den Papieren für seinen Vater zu suchen. »Ich dachte, darüber sind wir hinaus nach dem Essen am Montag?«, sprach er weiter, während er die Projektnamen durchging. Er zog eine Akte heraus, sah, dass es nicht das war, was er suchte, und steckte sie wieder zurück. Als er die nächste hervorzog, wurde ihm bewusst, dass Harper ihm nicht geantwortet hatte. Er blickte zu ihr hinüber. Sie hatte die Unterlagen neben sich ins Regal gelegt und die Arme in einer defensiven Haltung vor dem Oberkörper verschränkt.

»Was ist?«, fragte er und legte die Mail ebenfalls zur Seite, bevor er zu ihr zurückging.

»Ich war mir nicht sicher, wie du das Dinner im The Mooring empfunden hast«, sagte sie, als Blake vor ihr stehen blieb. Ein bisschen zu dicht vielleicht. Aber sie wich nicht zurück. »Was es für dich bedeutet hat«, fügte sie leiser hinzu.

»Was es mir bedeutet hat? Harper …« Er rieb sich über den Nacken. Eine Geste, in die er die Frustration der letzten Tage legte. Diese Frau trieb ihn in den Wahnsinn. »Ich dachte, dass ich ziemlich deutlich kommuniziert habe, dass ich an dir interessiert bin. Auch wenn uns das in eine komplizierte Situation bringt.«

»Das hast du gesagt, ja. Aber dann hast du dich trotzdem die ganze Woche so verhalten, als hätte es den Montagabend nicht gegeben. Als hätte das Wochenende nicht stattgefunden.«

»Was genau genommen das ist, was du am Sonntag von mir verlangt hast«, erinnerte Blake sie. »Aber falls ich es noch einmal aussprechen muss: Ich habe es sehr genossen, mit dir auszugehen. Und ich möchte das wieder tun.« Er trat noch einen halben Schritt näher. Harpers Atem beschleunigte sich. Einen Moment zögerte er, nicht sicher, ob er das Richtige tat. Doch dann bemerkte er, wie sich Harper ein kleines bisschen vorbeugte. Und sein schwacher, treuloser Körper ließ ihn und seinen eisernen Willen im Stich. Er trat so nah an sie heran, dass er ihren Atem auf der Haut spüren konnte. »Diese Woche bestand aus mörderisch viel Arbeit. Abgesehen davon wollte ich dir einfach ein wenig Zeit geben, dich an das hier zu gewöhnen.« Blake hob die Hand und fuhr sich über das Kinn. Doch statt seinen Arm dann wieder fallen zu lassen, strich er an der Außenseite ihres Armes hinab. Und wieder hinauf. Ganz sanft. Federleicht. Er konnte den Flächenbrand, den seine Berührung in Harper auslöste, in ihren Augen sehen. »An mich, denn ich bin nach wie vor ziemlich interessiert an dir.« Seine Stimme klang jetzt so rau, dass er sie fast selbst nicht erkannte.

Harper starrte auf seinen Mund und schluckte.

Seine Hand stoppte in ihrem Nacken und glitt dann an ihrer Wange entlang. Er nahm ihr in einer langsamen Bewegung ihre Brille von der Nase und legte sie in das Regal. Dann hob er seine Hand wieder an ihre Wange, ließ ihr immer noch genügend Zeit, sich zurückzuziehen. Doch sie blieb, wo sie war, starrte weiter auf seine Lippen. Ein Schauder ließ sie erzittern. Ihre Lider senkten sich. Und im nächsten Moment – waren sie in einem wilden Kuss versunken.

Blake zog Harper an sich, fuhr mit den Fingern in ihre Haare, die von diesem festen Knoten gehalten wurden und nicht nachgaben. Er stieß einen frustrierten Laut aus und rahmte stattdessen ihr Gesicht mit beiden Händen ein, vertiefte den Kuss.

Harpers Arme legten sich um seinen Nacken, zogen ihn noch näher heran. Ohne den Kuss zu unterbrechen, taumelten sie gegen das Regal hinter ihr. Blake hielt sie gefangen zwischen dem kalten Metall und seinem plötzlich viel zu überhitzten Körper. Er ließ seine Hände an ihrem Hals nach unten gleiten, über ihre Schultern und dann über den glatten Stoff ihres Jacketts bis zu ihrer Taille. Seine Finger tasteten nach den Knöpfen, während Harper und er sich tiefer und tiefer küssten. Ihre Hände glitten in fieberhafter Hast über seinen Rücken. Er öffnete ihre Jacke, zog ihre Bluse aus dem Hosenbund und schob seine Hand über ihre Haut. Sein dunkles Stöhnen, als er ihren warmen, glatten Körper berührte, mischte sich mit dem kleinen Keuchen, das sie ausstieß.

»Gott, Harper«, murmelte er und ließ seine Lippen an ihrem Kiefer entlanggleiten, zu ihrem Hals. Er spürte ihren wild dahinjagenden Puls und küsste sich weiter hinunter. Schob ihren Blusenkragen zur Seite und ließ seine Lippen über ihr Schlüsselbein gleiten.

Harper legte den Kopf in den Nacken, was er als Einladung betrachtete, den ersten Knopf ihrer Bluse zu öffnen und …

»Harper hat mir den Gang ins Archiv zum Glück abgenommen. Ich bin so aufgeregt.«

Die Stimme war direkt vor der Tür. Mandy. Harper und Blake erstarrten.

»Und du denkst wirklich, dass er dir die Frage aller Fragen stellt?«, wollte eine Frau, die Blake an ihrer Stimme nicht erkannte, wissen.

»Hmm. All diese Andeutungen.« Mandy stieß ein glückliches Kichern aus. »Auf jeden Fall bin ich total froh, dass Harper mir die Arbeit abgenommen hat und ich loskann.«

»Toi, toi, toi.«

Sie hörten, wie sich die Stimmen und Schritte entfernten. Blakes Herz schlug in dem gleichen schnellen Tempo, wie Harpers Puls unter seinen Fingerspitzen dahinraste.

Er konnte auch nicht sagen, wer von ihnen diesmal mit dem Kuss begonnen hatte. Sie hatten sich aufeinander zubewegt. Wahrscheinlich war es die Energie zwischen ihnen gewesen, die sie wie magisch zueinander hingezogen hatte. Und jetzt standen sie hier, seine Lippen noch immer auf ihrer überhitzten Haut, ihre Hände in seinem Haar vergraben, und lauschten auf die Kollegen vor der Tür. Wenn es etwas gab, was weder Harper noch er wollten, dann von seinen Angestellten in flagranti erwischt zu werden. Im Firmenarchiv. Was sie hier taten, war das absolute Klischee. Er schloss die Augen und atmete Harpers warmen Duft ein. Und er war Harpers Vorgesetzter.

Er musste das beenden. Damit aufhören. Aber vielleicht konnte er diesen Moment noch ein winziges bisschen hinauszögern. Er küsste sich an ihrem Hals hinauf, ließ seine Lippen abermals über ihre Wange gleiten, bis er sie erneut küssen konnte. Doch sie ließ sich nicht noch einmal darauf ein, sondern schob ihn ein Stück zurück. »Hör auf damit«, murmelte sie rau. Ihre Wangen waren von einer feinen Röte überzogen. Und obwohl ihr strenger Haarknoten noch immer saß, waren ihre Haare irgendwie durcheinandergeraten.

Sie war einfach umwerfend. Und Blake konnte nicht anders, als sie noch einmal zu küssen. Diesmal erwiderte sie seinen Kuss, stoppte ihn dann aber viel zu schnell.

»Du hast recht.« Das hier war nicht der richtige Ort. »Lass uns zu mir fahren«, murmelte er an ihren Lippen. Sie vernebelte ihm die Sinne, und Blake war nicht mehr in der Lage, die Konsequenzen zu sehen, die diese Küsse nach sich zogen. Auch wenn er spüren konnte, dass Harper das hier genauso wollte wie er.

Sie war definitiv die Vernünftigere von ihnen. Diesmal schob sie ihn weit genug weg, sodass wirklich Abstand zwischen ihnen entstand. Dann angelte sie ihre Brille aus dem Regal und setzte sie wieder auf. Sie trat noch einen Schritt zurück und streckte den Arm aus, als Blake ihr folgen wollte. »Ich habe mich hinreißen lassen. Wir«, korrigierte sie sich, »haben uns hinreißen lassen. Aber das geht so nicht, Blake.« Sie schüttelte den Kopf und strich ihr Haar glatt. »Ich arbeite für dich. Ich mag meinen Job. Ich brauche ihn.« Sie klang eindringlich. »Wenn wir das tun, verkomplizieren wir alles. Wir wissen beide, wer den Kürzeren zieht, wenn das schiefgeht. Wir können nicht zusammen sein, während ich gleichzeitig für dich arbeite.« Sie senkte ihre Stimme zu einem Flüstern, weil auf dem Gang vor dem Archiv abermals Schritte vorbeihasteten. »Es tut mir leid, aber das kann ich mir einfach nicht leisten.«

Blake strich mit den Fingerspitzen an ihrem Hals hinunter und lächelte, als er die Gänsehaut sah, die seine Berührung auslöste. »Aber du spürst doch, dass da etwas ist, zwischen uns«, widersprach er ihr. Das hier fühlte sich nicht an, als ob sie Spielchen spielten. »Willst du das wegdiskutieren, weil du zu viel Angst hast?« Blake verstand selbst nicht, was er hier gerade tat. Er hatte sich geschworen, nie wieder etwas mit jemandem aus der Firma anzufangen, und jetzt stand er in diesem verdammten Archiv und bettelte Harper an, über ihren Schatten zu springen. Dabei wusste er genau, dass das nicht gut gehen konnte.

»Natürlich spüre ich das«, gab sie leise zu und legte ihre Hand auf den Brustkorb. »Ich will das nicht wegdiskutieren. Die Chemie zwischen uns können wir schwerlich leugnen. Aber ich werde ihr nicht nachgeben. Das kann ich einfach nicht. Ich weiß nur zu gut, wie du deine Beziehungen führst. Ich werde keine deiner Trophäen. Und verliere anschließend vielleicht noch meinen Job.«

Autsch. Das saß. Sah Harper ihn wirklich so? Ihre Worte hinterließen ein schlechtes Gewissen bei ihm. Dabei versprach er den Frauen nichts, mit denen er sich traf. Wenn er lockere Affären einging, dann hatten beide Seiten Spaß und genossen das Zusammensein. Aber ein Versprechen auf eine gemeinsame Zukunft gab Blake ihnen nie. Ganz zu schweigen, dass der Typ Frau, der Verbindlichkeit erwartete, ganz sicher nicht seiner war.

»Das hier, das darf nie wieder vorkommen, hörst du? Nie wieder!«, holte Harper ihn aus seinen Gedanken.

Blake konnte nicht verhindern, dass sich seine Lippen zu einem Grinsen verzogen. So einfach ließ er sich nicht abspeisen. »Sag das der Anziehung zwischen uns. Und meinem Ehrgeiz.«

Harper verdrehte die Augen. »Oh, bitte, Blake. Das ist kein Spiel.«

»Ich spiele nicht. Ich werde ganz brav sein und nur nehmen, was du mir zu geben bereit bist. Das ist alles«, antwortete er ihr und zog sie abermals zu einem Kuss an sich. »Was?«, fragte er, als sie sich wieder voneinander lösten, und Harper ihm einen dieser Blick zuwarf, die Männer beim besten Willen nicht interpretieren konnten.

»Nichts«, erwiderte sie.

Er verschränkte die Arme vor der Brust und lehnte sich gespielt entspannt neben sie an das Regal. »Ich habe Zeit«, sagte er.

Harpers Blick glitt zur Tür. Der Gedanke, hier mit ihm erwischt zu werden, schien sie nervös zu machen. Und je länger sie hierblieben, desto größer war die Wahrscheinlichkeit, dass doch noch jemand hier hereinschneite. Als sie sich wieder ihm zuwandte, biss sie sich auf die Unterlippe. »Ich habe nur gedacht, dass du sonst vermutlich mehr Kampfgeist an den Tag legst, um deinen Willen zu bekommen.«

»Ach ja?« Blake zwinkerte ihr zu und küsste sie dann auf die Schläfe. »Ich nehme, was du mir zu geben bereit bist. Aber ich bin mir sicher, dass das schon bald mehr sein wird, als du dir jetzt vorstellen kannst.« Abgesehen davon, dass der nächste Schritt einfach von ihr kommen musste. Auch wenn er den Gedanken hasste. Er wollte nicht irgendwann Probleme wegen sexueller Belästigung am Arbeitsplatz bekommen. Nicht, dass er Harper so ein Verhalten zutraute. Aber er hatte auch nicht erwartet, von Melody dermaßen hintergangen zu werden.

Seine Worte brachten Harper dazu, leise zu lachen. »Du bist überzeugter von dir, als gut für dich ist.« Sie griff nach ihren Akten und ging an ihm vorbei, um auch die Mail aus dem Regal zu nehmen, die er dort hingelegt hatte. »Ich kümmere mich um die Unterlagen, die dein Vater braucht. Könntest du jetzt bitte einfach gehen? Ich will nämlich nicht mit dem Boss in der Abstellkammer erwischt werden.«

Harper hatte nicht gelogen, als sie Blake gegenüber behauptet hatte, dass sie an diesem Abend keine Zeit hatte. Sie war verabredet. Mit ihrer Schwester. Ihrer besten Freundin Naya. Und einer Flasche Wein. Vielleicht auch zwei. Nur für den Fall, dass der Rotwein half, ihre wackligen Knie wieder in den Griff zu bekommen.

In den Romanen, die sie so liebte, kam es regelmäßig vor, dass die Heldin von einem Kuss überrascht wurde, der ihr die Knie weich werden ließ. Aber das waren Bücher. Reine Fiktion. Genau wie das Happy End, in das jede dieser Geschichten gipfelte. Die sie zwar liebte, die es aber in der Realität einfach nicht gab. Sie war jedenfalls noch nie so geküsst worden. Zumindest nicht bis heute. Vielleicht hätte auch der Kuss im Ranchhaus der Marshalls diesen Effekt auf sie gehabt, aber als Blake sie da geküsst hatte, hatte sie ja bereits gesessen.

Aber der Kuss im Archiv. Der war … überwältigend gewesen. Ein anderes Wort fiel Harper nicht ein, selbst wenn das nach einem totalen Klischee klang. Sie hatte sich an das Regal lehnen müssen, nachdem Blake sie endlich allein gelassen hatte. Hatte warten müssen, bis sich ihr Atem wieder beruhigt hatte. Bis sie ihre Beine wieder sicher trugen, bevor sie mit ein paar gezielten Handgriffen die Akte aus dem Archiv zog, die Blake brauchte und dann den Rest aufräumte. Mandy und Janet hatten sie gerettet. Harper war kurz davor gewesen, alles um sich herum zu vergessen. O Gott. Sie wollte gar nicht darüber nachdenken, was passiert wäre, wenn sie sich nicht gebremst hätten.

Kopfschüttelnd stieg sie aus ihrem Wagen und winkte der Poker-Gang zu, die wie immer ihren Tisch am Pier besetzt hatte. Sie winkten zurück, doch bevor sie Harper auffordern konnten, eine Runde mit ihnen zu spielen, rief sie: »Ich habe leider keine Zeit.« Dann lud sie die Einkaufstüten aus ihrem Corolla und balancierte sie auf dem linken Arm, während sie mit dem rechten den Deckel zuschlug und den Kofferraum mit der Fernbedienung verschloss.

Sie drehte sich um, als sie das Auto hinter sich hörte. Naya ließ ihren rostigen Jeep am Straßenrand ausrollen und sprang mit einem breiten Grinsen heraus. »Da bin ich«, begrüßte sie Harper. »Warte, ich nehme dir eine ab.« Die Freundin zog eine der Tüten aus Harpers Armen und küsste sie auf die Wange.

»Hey, Naya«, rief Dexter Simpson ihnen zu, nachdem die Freundin der Gang zugewinkt hatte. »Hast du Lust, eine Runde zu pokern?«

»Wollt ihr schon wieder von mir abgezockt werden?«, rief sie über den Pier und folgte Harper die Treppen zum Haus hinauf. »Tut mir echt leid, Leute. Ich würde euch wirklich gern mal wieder ausnehmen. Aber der Abend gehört meinen Freundinnen.«

»Schön, dass du da bist«, sagte Harper. »Und vor allem schön, dass du dem Glücksspiel da draußen widerstehen konntest.« Sie öffnete die Tür und stellte die Einkäufe ab, bevor sie ihre Jacke und die Schuhe auszog.

Naya verdrehte, noch immer lachend, die Augen. »Ich habe wirklich keine Ahnung, warum die mich immer wieder fragen. Reeva und ich gewinnen doch immer.« Sie hatte sich bereits die Stiefel von den Füßen getreten und trug die Tüte, die sie Harper abgenommen hatte, in die Küche.

Als Harper ihr folgte, war ihre Schwester bereits dabei, auf den Küchentresen zu stellen, was Naya für sie hereingetragen hat.

»Hey, Schwesterchen.« Brooke streckte sich, um Harper ebenfalls auf die Wange zu küssen. »Wie war dein Tag?«

»Das erzähle ich euch, sobald ich ein großes Glas Wein vor mir stehen habe. Oder noch besser, sobald ich es zur Hälfte ausgetrunken habe.«

»Oh, là, là.« Naya zwinkerte ihr zu. »So spektakulär? Oder so furchtbar?«

Spektakulär, dachte Harper. Ganz eindeutig spektakulär. »Erst der Wein«, entschied sie sich aber dagegen, sofort mit ihren Neuigkeiten rauszurücken. »Ich ziehe mir schnell was anderes an«, sagte sie und joggte die Treppe hinauf. In ihrem Zimmer schlüpfte sie aus ihrem Hosenanzug, hängte ihn ordentlich auf und löste die Nadeln aus ihrem Knoten. Sie massierte sich einen Moment lang die Kopfhaut und fasste ihre Haare dann zu einem unordentlichen Zopf zusammen. Die Brille nahm sie ab. Ihre Schwester und ihre Freundin würden ihr an diesem Abend nahe genug sein, um sie auch so zu erkennen. Dann zog sie eine Jogginghose und dicke Wollsocken an und ergänzte das Outfit mit einem Longsleeve und einer ausgeleierten, aber kuschligen Strickjacke, die sie schon seit einer Ewigkeit besaß. Das perfekte Outfit für eine Junk-Food-Girls-Night.

Zurück im Erdgeschoss betrachtete sie die Unmengen an Essen, die Brooke und Naya bereits auf dem Couchtisch ausgebreitet hatten. Naya hatte sich auf einer Seite der Couch ausgestreckt und hielt Harper ein sehr volles Weinglas entgegen. Brooke hatte sich neben dem Tisch auf den Boden gesetzt und lehnte ihren Rücken an der Couch an, während sie durch Netflix zappte.

»Danke.« Harper nahm das Glas entgegen, balancierte es vorsichtig auf die andere Seite der Couch und streckte sich ebenfalls aus.

»Ich finde so einen echten Mädelsabend wirklich toll.« Naya angelte einen sauren Wurm vom Gummibärchen-Teller. »Aber ein bisschen vermisse ich Reeva.«

Brooke tunkte einen Nacho in die Guacamole und schob ihn sich in den Mund. »Sie hat vermutlich mindestens so viel Spaß wie wir auf ihrer Pyjamaparty«, nuschelte sie und hob ihr Glas. »Auf uns!«

Sie stießen an, und Harper trank einen großen Schluck Wein.

Eigentlich hatte sie warten wollen, bis sie mindestens die Hälfte der ungesunden Leckereien auf dem Tisch verdrückt hatten, bevor sie mit ihren Neuigkeiten herausrückte. »Blake hat mich heute geküsst. Oder ich ihn. Vielleicht.« Sie seufzte. »Ich habe keine Ahnung, wer angefangen hat.«

»Das hast du beim letzten Mal auch schon gesagt«, erinnerte Brooke sie.

»Beim letzten Mal?« Naya, die gerade einen Schluck Wein hatte trinken wollen, ließ ihr Glas sinken. Ihre Finger glitten zu ihrer Halskette, und sie begann mit dem kleinen Herzanhänger zu spielen. »Wie oft passieren denn diese Küsse so im Schnitt?«

»Inzwischen regelmäßig«, zog Brooke sie auf, während Harper im gleichen Moment »Zweimal zu oft«, sagte.

Naya legte den Kopf in den Nacken und lachte dieses laute, fröhliche Lachen, das Harper als Erstes an ihr aufgefallen war, als sie vor zehn Jahren in die schäbige Wohnung in Newport gezogen waren und ihre neue Nachbarin kennengelernt hatten. »Okay, jetzt will ich definitiv Details. Meine Informationen enden an der Stelle, an der ihr mir Lucky für das Wochenende überlassen habt, weil der Lord of Late Nights euch auf seine Ranch verschleppt hat, statt euch euer Pferdeabenteuer zu gönnen. Um Harper für sich schuften zu lassen. Und offenbar auch, um sie zu küssen.« Sie suchte sich ein mit Marshmallowcreme gefülltes Törtchen aus dem Angebot auf dem Tisch aus und öffnete die Verpackung. »Ich will genau wissen, was an diesem Wochenende passiert ist.«

Harper erzählte von dem Ausflug, den sie in die Catskill Mountains gemacht hatten. Davon, wie sich das Wochenende trotz ihres Widerstandes als tolle Zeit entpuppt hatte. Und von dem Kuss, mit dem sie nicht gerechnet hatte. »Ich hatte wirklich ein Problem, damit umzugehen und keine Ahnung, wie ich mich am Montagmorgen in der Firma verhalten sollte.« Harper schüttelte einen kleinen Stapel Pringles aus der Packung und lehnte sich wieder auf die Couch zurück. »Aber dann hat Blake mich wieder überrascht.« Sie knabberte an einem Chip und erzählte von ihrem Abend im The Mooring.

»Ich finde es absolut nachvollziehbar, dass du dich gefragt hast, woran du bist.« Brooke richtete sich auf und schenkte ihnen allen Wein nach. »Ein Kuss, ein Dinner und dann eine Woche lang so tun, als wäre nichts geschehen. Wer verhält sich denn so?«

»Genau genommen hatten wir auch viel Arbeit diese Woche. Und außerdem wollte ja ich, dass der Kuss keine Rolle mehr spielt«, verteidigte Harper Blake ganz automatisch. »Wenn dieser Abend im The Mooring nicht gewesen wäre und er ihn nicht als Date bezeichnet hätte, hätte ich mir wahrscheinlich nicht die ganze Zeit Gedanken darüber gemacht.« Wem machte sie etwas vor? Sie hätte es auch dann nicht geschafft, Blake aus ihrem Kopf zu verbannen. Nur … jetzt war alles noch komplizierter.

»Hmm.« Naya griff nach einem Schoko-Twinkie. Wenn sie zu ihrem Junk-Food-Abend zusammenkamen, hielt sie sich meistens an die süßen Naschereien, während Harper sich an die herzhaften Snacks hielt und Brookes Vorlieben von Mal zu Mal schwankten. »Aber egal, was die Woche über passiert ist, dieser Kuss heute hat dich aus der Bahn geworfen. Lässt sich das so zusammenfassen?«, hakte Naya nach.

Harper seufzte. »Definitiv. Ich weiß nicht, was ich machen soll. Ich kann diesen verwirrenden Gefühlen, die er in mir auslöst, nicht einfach nachgeben.« Es gab eindeutig gewichtigere Gründe dagegen als dafür. Denn dafür sprach eigentlich nur ihr blödes Verlangen.

»Hmm«, sagte Naya abermals und blickte dann einen Moment lang nachdenklich in ihren Wein. Als sie den Kopf hob und Harper ansah, hatte sie diesen herausfordernden Blick in den Augen, den sie von ihrer Freundin nur zu gut kannten. »Du könntest das Ganze natürlich auch von der anderen Seite betrachten«, schlug sie vor. »Wann hat ein Mann zum letzten Mal diese verwirrenden Gefühle in dir ausgelöst?«

»Ähm …« Harper starrte die Freundin über den Rand ihres Weinglases hinweg an. »Ähm …«, wiederholte sie. Die Antwort war einfach. Viel zu einfach. So einfach, dass sich alles in ihr dagegen sträubte, sie auszusprechen. Naya wusste das genauso wie Brooke.

»Siehst du«, fuhr ihre Freundin fort, nachdem sie ihr einen Moment Zeit zum Nachdenken gegeben hatte. »So gesehen solltest du dich vielleicht eher fragen, ob du diese Gefühle näher erforschen willst.« Sie wies mit ihrem Weinglas in der Hand auf Harper. »Ich weiß, dass du das willst.«

Ja, das wollte Harper. Sie hatte sich immer nach diesen Gefühlen gesehnt. Aber nicht in Verbindung mit Blake. Sie hatte für ihn geschwärmt, hatte ihn in ihr Herz geschlossen. Aber das Prickeln, das seit dem Moment im Archivraum permanent durch ihre Venen kribbelte, hatte sie mit einem anderen Mann erleben wollen. Einem Mann, bei dem sie sicher war. Der nicht die Macht hatte, ihr das Herz zu brechen. Sie war nicht oft ausgegangen in den letzten Jahren und hatte es nur auf zwei nennenswerte Beziehungen gebracht, die beide nicht lange gehalten hatten. Aber keiner dieser Männer hatte sie so empfinden lassen.

Brooke schüttelte den Kopf und griff nach Harpers Hand. »Ich weiß, in welche Richtung deine Gedanken abdriften möchten. Aber du wirst Reeva und mich nicht mehr als Ausrede benutzen«, sagte sie entschieden.

Harper bemühte sich um ein unschuldiges Lächeln. »Du bist keine Hellseherin, kleine Schwester«, versuchte sie Brooke davon abzulenken, dass ihre Gedanken eben in genau diese Richtung hatten wandern wollen. Nicht weil sie ihre Familie als Ausrede benutzte, sondern weil es ihre Pflicht war, für das Wohlergehen ihrer Schwester und ihrer Nichte zu sorgen. Ganz abgesehen davon, dass sie nicht das Büroklischee sein sollte. Wenn sie sich auf das einließ, was Blake ihr anbot, und ihren Gefühlen freien Lauf ließ, dann hatte diese Liaison ein Verfallsdatum. Harper konnte nicht einmal sagen, wie schnell er das, was zwischen ihnen war, wieder beendete. Würde sie dann noch für ihn arbeiten können?

»Wir haben diese Woche angefangen, unsere Finanzen durchzugehen und Kreditangebote einzuholen«, erklärte Brooke ihrer Freundin. »Es sieht gut aus für die Übernahme der Schreinerei.«

»Noch sind wir nicht alle Zahlen durchgegangen«, widersprach Harper. Die Tatsache, dass ihre Schwester sich selbstständig machen wollte, war ein weiterer Grund, warum es ihr wichtig war, ihren Job zu behalten.

»Die Schreinerei funktioniert seit Jahrzehnten«, sagte Naya. »Das Möbel restaurieren läuft auch gut. Es ist eine große Entscheidung, den Laden zu übernehmen, keine Frage.« Sie zuckte mit den Schultern. »Aber ihr werdet das stemmen. Du solltest das nicht als Vorwand nehmen, Blake auf Abstand zu halten, Harps. Zumindest nicht, wenn du Interesse daran hast, deinen Gefühlen noch ein wenig weiter auf den Grund zu gehen. So etwas passiert sowieso viel zu selten. Du solltest es genießen, in Blakes Nähe zu sein, statt dagegen zu kämpfen.«

Harper stellte ihr Weinglas zur Seite und stand auf. »Ich werde drüber nachdenken. Versprochen.« Sie öffnete die Tür des Gefrierschranks und nahm eine Packung Salted Caramel von Ben & Jerry's heraus. Mit einem Löffel in der einen und dem Eis in der anderen Hand kehrte sie auf ihren Platz zurück. »Aber jetzt genug von mir. Was gibt es bei dir Neues, Naya?«

»Na gut.« Die Freundin lachte wieder. »Für den Moment hören wir auf, dich zu grillen.« Sie trank einen Schluck Wein und zwirbelte weiter ihre Halskette. »Bei mir ist in den letzten Tagen eigentlich nichts Spektakuläres passiert. Ich denke ernsthaft darüber nach, für die Wohngruppe meiner Kids einen Hund anzuschaffen. Lucky hat ihnen so gutgetan.«

»Das ist eine schöne Idee.« Brooke lehnte ihren Kopf so gegen die Sofapolster, dass sie sie beide ansehen konnte. »Aber ein Hund bedeutet noch mehr Arbeit, als du sowieso schon hast«, erinnerte sie Naya daran, dass sie schon mit viel zu vielen Aufgaben gleichzeitig jonglierte.

Naya seufzte. »Arbeit, die am Ende an mir hängen bleiben wird. Ich weiß. Aber die Versuchung ist groß. Vielleicht schließe ich erst einmal das Wandgemälde ab, um das mich die *Admiral Hill Community of Residents* gebeten hat. Sie haben sich endlich für einen Entwurf entschieden. Den mit der Frau aus dem Meer«, ergänzte sie, bevor die Schwestern sie fragen konnten, »Ich kann schon in zwei Wochen anfangen. Im Moment gibt es noch ein paar Streitereien mit dem Stadtrat, der sich neuerdings ständig im Viertel rumtreibt und etwas gegen das Bild hat.«

»Der Stadtrat?« Harper setzte sich auf. »Stadtrat Logan?«, fragte sie.

»Hmm. Er wurde in letzter Zeit ein paarmal in Admiral Hill gesehen. Und er ist der Meinung, dass ein Wandgemälde herausgeschmissenes Geld ist – und in unserer heruntergekommenen Nachbarschaft völlig unsinnig. Seiner Meinung nach sollte das Viertel erst einmal grundsaniert werden, bevor man sich über irgendwelche Schmierereien den Kopf zerbricht.« Naya schnaubte. »Ich fand schon immer, dass er ein Arsch ist. Und gewählt habe ich ihn ganz sicher nicht. Aber warum fragst du?«

»Blake hat mich gebeten, mich umzuhören, ob es irgendwelche Bauvorhaben in Admiral Hill gibt, in die er involviert ist. Er hat Logan neulich gesehen, als er mit seinen Kumpels

Basketball gespielt hat. Der Stadtrat hat sich mit einem Typen getroffen, der zu einer Gang gehört.« Harper überlegte, wie der Name des Typen gewesen war. Möglicherweise wusste Naya sogar, wer das war. Als Sozialarbeiterin in einem bestimmten Viertel blieb es nicht aus, dass man so gut wie jeden kannte. »Diego hieß er, glaube ich.«

Naya sah sie überrascht an. »Alvarez?«

»Ja. Genau. Das war der Name. Diego Alvarez. Kennst du ihn?«

»Zum Glück nicht. Ich bin sehr bemüht, meine Jungs von ihm und seiner Gang fernzuhalten.« Naya kaute einen Moment nachdenklich auf ihrer Unterlippe. »Es ist jedenfalls extrem verdächtig, dass sich ausgerechnet die beiden treffen. Dabei geht es wohl kaum um ein Gang-Rehabilitations-Programm oder irgendwas in die Richtung.«

Brooke nickte zustimmend. »Etwas Legales läuft da sicher nicht. Jemand sollte das im Auge behalten. Aber versprich mir, dass das nicht du sein wirst«, bat sie die Freundin.

Naya verdrehte die Augen. »Soll ich es etwa den Cops überlassen? Die sind sicher ganz erpicht drauf, den Hinweisen einer Sozialarbeiterin nachzugehen, wenn sie sich gegen den hochangesehenen Stadtrat richten. Ganz besonders dieser Neue im Bandendezernat. Detective Sloan. Dieser Kerl steht mir ständig auf den Zehen herum und macht meine Jungs für jede zweite Sachbeschädigung und den Vandalismus im Viertel verantwortlich. Neulich hat er sogar behauptet, sie hätten den Brand in einer leer stehenden Fabrikhalle gelegt. Einfach nur, weil sie sozial benachteiligte Kids sind, die ohne die Wohngruppe auf der Straße stehen würden. Ich hasse diese Schwarz-Weiß-Denker«, schimpfte sie.

Harper musste sich ein Lächeln verkneifen. Armer Detective Sloan. Er hatte sich mit einer Naturgewalt angelegt. Naya würde ihn auf ihre unnachahmliche Art in seine Schranken weisen, wenn er ihre Schützlinge zu Unrecht verdächtigte.

ZEHN JAHRE ZUVOR

Das Haus, in dem sich ihre neue Wohnung befand, hatte nichts mit den hübschen Stadthäusern zu tun, an denen sie auf dem Weg nach Admiral Hill vorbeigekommen waren. Schon gar nicht mit den wundervollen alten Lager- und Warenhäusern am Hafen, die zu traumhaft schönen Apartments und Geschäften umgebaut worden waren. Das hier war nicht viel besser als das Gebäude, in dem Marla in New York lebte. Genau genommen war es vermutlich noch heruntergekommener. »Nicht das, was ich mir für dich gewünscht habe«, sagte Harper. Sie stand neben ihrer Schwester auf dem rissigen, bröckligen Beton, der die Bezeichnung Gehsteig nicht verdiente.

»Ach was.« Brooke drückte lächelnd ihre Hand. »Ich bin diejenige, die uns in diese Situation gebracht hat. Und ich kann dir sagen, Harps, ich bin unendlich glücklich, dass du mich nicht allein hast gehen lassen.« In einer Geste, die ihr vermutlich gar nicht bewusst war, legte ihre Schwester die Hand auf ihren flachen Bauch. »Das hier«, sie nickte zu dem schäbigen Wohnhaus hinüber, »ist nur der erste Schritt. Hier haben wir ein Dach über dem Kopf. Wir suchen uns Jobs, arbeiten und dann sind wir in null Komma nichts wieder hier weg. In einer hübscheren Wohnung. Einem echten Zuhause für das Baby. Irgendwann haben wir vielleicht sogar ein kleines Häuschen«, schwärmte sie.

Harper zwang sich zu einem Lächeln. Sie wollte die Träume ihrer Schwester nicht zerstören. Aber eines hatte ihnen das Durchforsten der Wohnungsangebote in Newport ganz deutlich gezeigt: So viel billiger als New York City war Rhode Island nicht. Die meisten Unterkünfte konnten sie sich auf keinen Fall leisten. Geschweige denn, die Miete im Voraus bezahlen oder eine Kaution hinterlegen.

Sie hatten telefoniert, bis die Akkus ihrer Handys gedroht hatten, den Dienst zu versagen, und waren schließlich auf Hank Williams gestoßen. Ein Schlitzohr und Gauner, wie Harper sofort gedacht hatte, als der kleine, schmächtige Mann mit dem gerissenen Lächeln sich mit ihnen getroffen hatte. Keine gute Version eines Vermieters, aber die beste Option, die Brooke und ihr blieb. Denn Hank war bereit, sie in die Souterrain-Wohnung seines Hauses einziehen zu lassen und die Miete erst am Ende der nächsten Woche zu verlangen. Eine Miete, die sie sich tatsächlich erst dann leisten konnten, wenn sie Arbeit gefunden hatten. Möbel besaßen sie zwar nicht, aber all das würde sich mit der Zeit ergeben. Es musste einfach funktionieren. Harper hatte genau wie ihre Schwester das Verlangen gespürt, hier Wurzeln zu schlagen, nachdem sie ein wenig an der Uferpromenade entlangspaziert waren. Newport war ein wunderschönes Städtchen. Genau wie sie sich einen New-England-Küstenort vorgestellt hatte, wenn sie in ihren Romanen davon gelesen hatte. Rhode Islands Staatsmotto lautete schließlich ›Hope‹, und sie blieben dabei: Newport war ihr ganz persönlicher Hoffnungsschimmer.

»Steht ihr da nur rum, oder seid ihr die neuen Mieter, von denen mir dieser Halsabschneider von Miethai erzählt hat?«

Harper zuckte zusammen, als die brüske Frauenstimme sie aus ihren Gedanken riss. Sie hob den Blick zu den Treppenstufen, die zur Haustür ihrer Wohnung führten und auf denen eine Frau stand und dafür sorgte, dass sich das morsche Holz unter ihren Füßen bedenklich durchbog.

»Hey.« Brooke, wie immer offener und weniger zurückhaltend als Harper, winkte und ging auf die Frau zu. »Stimmt genau. Wir ziehen in die Souterrain-Wohnung.«

»Dann sind wir Nachbarinnen.« Die Frau war in ihrem Alter. Groß und schlank, fast schon zu dünn. Ihre Jeans und der Hoodie, den sie anhatte, sahen abgetragen, aber sauber aus. Lange schwarze Haare, geteilt von einer leuchtend pinkfarbenen Strähne, fielen ihr über die Schultern. »Immerhin bedeuten die Kellerlöcher, die Hank Apartments nennt, dass es einem nicht auf den Kopf regnet wie in den Wohnungen unter dem Dach.«

Sie wirkte stolz, fand Harper. Eine Frau, die ganz genau wusste, was sie wollte. Entschlossen. Es hätte Harper nicht gewundert, wenn sie plötzlich in einer Folge von *Xena* aufgetaucht wäre. Aber so selbstbewusst sie auch wirkte, von ihr ging nichts Bedrohliches aus. Also folgte Harper ihrer Schwester etwas langsamer, die bereits die Hand der Fremden schüttelte. »Hi, ich bin Brooke, und das ist meine Schwester Harper. Wir sind neu in der Stadt.«

Die andere nickte und verzog den rechten Mundwinkel zum Ansatz eines ironischen Grinsens. »Dass ihr neu seid, glaub ich. Oder völlig abgebrannt, wenn ihr hier einzieht. Ich bin Naya.« Sie nickte Harper zu. »Willkommen in Admiral Hill. Kommt mit, ich zeige euch das Apartment.« Ohne ihre

Antwort abzuwarten, drehte sie sich auf dem Absatz um und kehrte ins Haus zurück.

Harper und Brooke folgten ihr über die wacklige Treppe in einen muffigen, düsteren Hausflur, der nur von einer funzeligen Glühbirne beleuchtet wurde. Harper lief eine Gänsehaut über den Rücken. Sie drehte sich um und warf einen Blick zurück, als könnte jeden Moment jemand mit einem Messer in der Hand aus den dunklen Schatten springen.

Naya führte sie an Wänden mit abblätterndem Putz vorbei, über eine weitere baufällige Treppe in das Untergeschoss des Hauses. »Das da ist meine Wohnung. Eure ist die hier«, erklärte sie und zeigte erst auf die Tür links von ihnen und dann auf die rechte. »Hier unten lebt sonst niemand.« Wieder verzog sie ihre Lippen zu diesem ironischen Grinsen. »Die meisten, die hier eingezogen sind, haben es nicht wirklich lange ausgehalten.« Wie zu einer stummen Herausforderung zog sie die Augenbrauen hoch, bis sie unter ihren schwarzen Ponyfransen verschwanden.

Das Apartment war vermutlich keinen Deut besser, als das Haus von außen vermuten ließ. »Stimmt«, sagte Harper deshalb. »Wir werden vermutlich so schnell wie möglich versuchen, wieder hier wegzukommen. Aber im Moment ist es unser Zuhause.«

Nayas Lächeln wurde wärmer. »Das verstehe ich gut. Ein eigenes Zuhause ist verdammt wertvoll. Ich sag euch was.« Sie hatte die Hand bereits auf den Türknauf gelegt, drehte sich aber noch einmal zu ihnen um, bevor sie in ihre Wohnung ging. »Ich weiß, wie es ist, vor dem Nichts zu stehen. Aber ich weiß auch, wie man aus so einer Situation wieder rauskommt. Wenn ihr irgendwas braucht, Möbel oder was auch immer, lasst es mich wissen. Ich kann praktisch alles organisieren, was nicht illegal ist.« Sie zwinkerte. »Und ein paar illegale Sachen natürlich auch. Alles, was ich euch besorgen kann, ist auf jeden Fall billig oder umsonst. Meistens nicht schön. Aber es erfüllt seinen Zweck. Wir sehen uns, Nachbarinnen.«

Sie warteten, bis sich die Tür hinter ihrer neuen Nachbarin schloss. Dann drehte Brooke sich zu Harper um und atmete tief durch. »Bereit?«, fragte sie und hielt den Schlüssel hoch, den Hank ihnen gegeben hatte.

Kein bisschen, dachte Harper. »Bereit«, sagte sie trotzdem und sah ihrer Schwester dabei zu, wie sie den Schlüssel ins Schloss schob und schon im nächsten Moment die Tür zu ihrem neuen Zuhause aufschwang.

Sie erwartete genau das, was Harper befürchtet hatte. Feuchte Flecken an den Wänden, Tapeten, die sich bereits von ihrem Untergrund lösten und in Fetzen hingen. Schimmelflecken, die man aber dank des kaum vorhandenen Tageslichtes nur erkannte, wenn man nahe an die Zimmerecken herantrat. Dafür konnte man sie riechen. Zusammen mit dem Zigarettenqualm, den ein oder mehrere ihrer Vormieter in dem fleckigen Teppich hinterlassen hatten.

Brooke betätigte den Lichtschalter. Sie atmeten beide erleichtert auf, als die Birne, die in einer Fassung an der Decke baumelte, nach kurzem Flackern anging.

»Okay, das ist kein Luxusapartment«, sagte Brooke, nachdem sie die winzige Küchenzeile und das noch winzigere Bad in Augenschein genommen hatten. Der Rost verschwand immerhin aus dem Wasser, wenn man es lange genug laufen ließ. Das war aber auch der einzige positive Aspekt. »Zumindest müssen wir nicht auf der Straße oder in einer U-Bahn schlafen.« Sie umarmte Harper fest. »Wir machen das hier zu einem Zuhause«, flüsterte sie und ließ Harper dann wieder los – und mit ihren widerstrebenden Gefühlen allein.

Am liebsten hätte Harper die Flucht ergriffen und dieses Loch hinter sich gelassen, so schnell es nur ging. Aber wohin? Was für eine Wahl blieb ihnen denn? »Wir werden das schon hinbekommen«, versuchte sie ihrer Schwester, aber vor allem auch sich selbst, Mut zu machen.

Brooke eilte bereits aus der Wohnung und klopfte enthusiastisch an Nayas Tür. Ihre kleine Schwester war einfach nicht aufzuhalten, wenn sie ein Ziel vor Augen hatte. Die Sorgen, die Harper sich ständig um alles machte, schienen für sie gar nicht zu existieren. »Hi, wir sind's noch mal«, sagte sie, als Naya öffnete. »Wir würden deine Hilfe gerne gleich in Anspruch nehmen.«

»Das dachte ich mir schon.« Die Nachbarin zog die Tür weiter auf. »Kommt erst mal rein.«

Wieder war Harper die Vorsichtige, die nur zögernd in die andere Wohnung trat, während ihre Schwester unbeeindruckt losstürmte. Nur um im nächsten Moment so abrupt stehen zu bleiben, dass Harper gegen ihren Rücken prallte. »O mein Gott«, wisperte sie.

Harper hob den Blick – und erstarrte ebenfalls. »Das ist …« Ihr fiel kein Wort ein, um das zu beschreiben, was sie vor sich sah. Sie drehte den Kopf und korrigierte sich innerlich: Was sie um sich herum sah.

»Danke.« Naya lachte laut und fröhlich. »Ich muss gestehen, dass ich es ein wenig mag, wenn es den Leuten die Sprache verschlägt, wenn sie hier reinkommen.«

Harper drehte sich einmal im Kreis und betrachtete den Dschungel, der die Wände um sie herum bedeckte. Er war nur aufgemalt. Trotzdem hatte man das Gefühl, die Geräusche des

Urwaldes hören zu können. Riesige, exotische Blüten hingen schwer von den Ranken, an denen sie sich an Bäumen hinaufwanden. Die Tautropfen am Rand eines Farns wirkten so echt, dass Harper sich nicht gewundert hätte, wenn er im nächsten Moment tatsächlich zu Boden gefallen wäre. »Das ist unglaublich.« Sie sah Naya wieder an. »Hast du das alles gemalt?«

»Schuldig.« Die Nachbarin deutete eine kleine Verbeugung an. »Kann ich euch was zu trinken anbieten?«

»Ein Wasser wäre super«, sagte Brooke und trat dann näher an die Wand heran, um einen Schmetterling genauer zu betrachten. »Du bist eine echte Künstlerin.« Mit den Fingerspitzen strich sie das Motiv nach.

Naya drehte ihnen den Rücken zu und nahm zwei kleine Flaschen Wasser aus dem Kühlschrank der, wie Harper bewusst wurde, genau der Gleiche war wie in ihrer Wohnung. Überhaupt war dieses Apartment das Pendant zu ihrer eigenen neuen Bleibe. Es war nicht heller. Die Möbel waren schäbig und zudem recht spärlich im Raum verteilt. Trotzdem wirkte der Raum selbst wie ein Kunstwerk. So voller Details, dass man jedes Mal, wenn man hinsah, etwas Neues entdeckte. »Bist du Malerin?«, fragte Harper.

»Nein.« Naya drehte sich wieder zu ihnen um, und für einen Augenblick sah Harper so etwas wie Traurigkeit oder Bedauern über ihre Gesichtszüge huschen. Dann war der Ausdruck verschwunden. »Ich male einfach nur gern.«

»Aber …« Brooke drehte sich zu ihnen um und nahm die Flasche Wasser, die Naya ihr hinhielt. »Das ist ein unglaubliches Talent. Du solltest das zu deinem Beruf machen. Oder …« Begeistert wedelte sie mit der Flasche in der Hand herum, bevor sie sie öffnete und einen Schluck trank. »Du könntest Kunst studieren.«

Naya lächelte über Brookes Begeisterung, so wie sie selbst es immer tat, wenn ihre kleine Schwester ihre Euphorie nicht mehr im Zaum halten konnte. In diesem Moment schmolz ein Teil der Vorsicht, aus der Harper einen Schutzwall um Brooke und sich aufgebaut hatte. Von Naya ging keine Gefahr aus.

»Ich studiere Soziale Arbeit«, sagte die Nachbarin. »Da ist für meine Gemälde nicht besonders viel Platz. Aber ab und zu werde ich damit beauftragt, eine Hauswand mit einem Bild zu verschönern. Was eine gute Möglichkeit ist, meine Haushaltskasse ein wenig aufzufüllen.«

»Ich liebe diesen Dschungel. Aber wenn ich so malen könnte wie du, würde ich eine Unterwasserwelt auf meine Wand malen.« Brooke trank noch einen Schluck Wasser.

»Kann ich mir vorstellen.« Naya lehnte sich gegen ihren winzigen Küchentresen. »Passt gut zu dir. Aber jetzt sagt, wie kann ich euch helfen?«

An diesem ersten Abend ihres neuen Lebens in Newport schliefen Harper und Brooke auf Luftmatratzen in ihrer neuen Wohnung. In Schlafsäcken. Alles organisiert von Naya, die sie zu einer riesigen Portion Mac'n'Cheese eingeladen hatte.

Am nächsten Tag gingen sie auf Arbeitssuche. Als sie am Nachmittag in ihr Apartment zurückkehrten, zwinkerte ihnen von der Wand aus eine wunderschöne Meerjungfrau entgegen.

13

Blake hatte keine Ahnung, was in ihn gefahren war. Er hatte Harper gebeten, mit ihm nach Hause zu gehen, um das zu vollenden, was sie in diesem verdammten Archiv angefangen hatten. Er musste den Verstand verloren haben. Er hatte einfach vergessen, wer er war. Wo sie sich befanden. Und dass sein Vater die Akte brauchte und seine Mutter ihn zum Essen eingeladen hatte. Er hätte all das ignoriert, wenn Harper Ja gesagt hätte.

Zum Glück hatte sich ihre Vernunft eingeschaltet, und seine Mitarbeiter hatten ihn ausgebremst. Sonst hätte er vielleicht noch an Ort und Stelle … Verdammt! Was hatte diese Frau nur an sich? Er hatte keine Ahnung, warum er sich so zu ihr hingezogen fühlte. Sie war in ihre distanzierte, effiziente Rolle zurückgeschlüpft. Trug wieder diese unscheinbare Kleidung. Und diese Brille. Warum reizte Harper ihn so?

»Weil du der Einzige in der Firma bist, der weiß, was unter diesem Ich-bin-unsichtbar-Outfit wirklich steckt«, murmelte er, während er darauf wartete, dass das Tor zum Anwesen seiner Eltern aufschwang. Es war, als ob er ein Geheimnis kannte, von dem niemand sonst etwas ahnte. Wobei es nicht nur darum ging, wie Harper aussah, wenn sie Jeans trug statt dieser merkwürdigen Büroklamotten. Oder wie ihr die offenen Haare um die Schultern fielen, wenn sie nicht in diesen strengen Dutt eingeklemmt waren. Es war ihr ganzes Wesen. Die liebevolle, fröhliche Art, mit der sie mit ihrer Familie umging. Das etwas Geheimnisvolle, das über ihrer Vergangenheit lag.

Harper faszinierte ihn. Sie hatte ihn völlig in ihren Bann gezogen, gestand Blake sich ein, als die Torflügel weit genug aufgeschwungen waren, um den Jaguar hindurchzusteuern. Und das hatte bisher nur eine Frau geschafft. Melody. Die so völlig anders gewesen war als Harper. Zumindest am Schluss. Früher allerdings … Nein. Seine Ex-Verlobte hatte einen völlig anderen Hintergrund als Harper gehabt. Die beiden ließen sich nicht vergleichen, würgte er die Gedanken ab, die sich zu verselbstständigen drohten.

Statt ins Haus zu gehen, trat er an die Klippe, nachdem er den Wagen geparkt hatte. Der Abend war mild und ließ den Sommer bereits erahnen. Trotzdem zerrte der Wind an seinen Haaren, ließ die schweren Köpfe der Narzissen, die an der Felskante wuchsen, hin- und herpendeln und schob die Wellen tosend gegen die Felsbrocken unter ihm. Die Sonne war gerade erst hinter den Horizont gesunken und hatte am Himmel Farbschlieren in allen Schattierungen zwischen hellem Rosa und dunklem Orange hinterlassen. Er atmete den Geruch nach Meer und Salz ein. Schloss für einen Moment die Augen. Andere meditierten. Ihm reichte es, hier zu stehen und auf den Atlantik hinauszublicken, um sich zu entspannen und seinen Fokus zurückzugewinnen. Denn das war es, was er dringend tun musste. Sich konzentrieren. Nicht auf Harper. Sondern auf die Bauprojekte, für die er verantwortlich war. Und auf die Aufträge, die er für Marshall

Construction gern an Land ziehen wollte. Wie die Festhalle in Gray Beach. Auf die er in den letzten Tagen viel zu wenig Aufmerksamkeit verwandt hatte.

Schritte, die hinter ihm über den Kies knirschten, erinnerten Blake daran, dass er nicht allein hier war. Seine Familie wartete im Haus vermutlich bereits mit dem Essen auf ihn. Trotzdem drehte er sich nicht um und blickte weiter in die Richtung, in der Marthas Vineyard hinter dem Horizont lag.

»Gestresst?«, fragte sein Bruder, als er neben ihn trat. Wie Blake blickte er auf das Meer. Warf ihm aber, nachdem Blake nicht gleich antwortete, einen Seitenblick zu. »Was ist los?«, hakte er noch einmal nach.

Blake würde seinem kleinen Bruder nicht erzählen, dass seine Arbeit ein wenig ins Hintertreffen geraten war, weil er seine Zeit damit verbrachte, über seine Assistentin zu sinnieren. »Nichts. Ich wollte einfach mal kurz durchatmen.« Das war zumindest nicht gelogen.

»Und ich hab auf dich gewartet«, sagte Oliver.

»Ach?« Blake wandte sich zu ihm um und zog die Augenbrauen hoch. »Du bist nicht wegen einer Mahlzeit hier, um die du dich nicht selbst kümmern musst?«

»Doch, natürlich.« Oliver grinste. »Wobei ich hoffe, dass sie den Brokkoli heute weglassen.« Sein Gesichtsausdruck wurde wieder ernst. »Genau genommen bin ich abgehauen. Diese Hochzeitsplanung macht mich wahnsinnig. Sie macht alle um mich herum verrückt.«

Blake lachte. »Ist Lacey zu Bridezilla mutiert?« Er konnte sich zwar nicht vorstellen, dass die warmherzige, sanfte Verlobte seines Bruders angesichts der bevorstehenden Hochzeit austicken würde, aber er hatte schon die wildesten Geschichten über zukünftige Bräute gehört.

»Nein. Aber ich hätte mir im Traum nicht vorstellen können, dass meine zukünftige Schwiegermutter eine echte Schraube locker hat, wenn es um diese verdammte Hochzeit geht.« Er rieb sich über den Nacken und seufzte. »Ich schwöre dir, ich bin kurz davor, mir Lacey zu schnappen und mit ihr durchzubrennen.« Er schwieg einen Moment und blickte einer Möwe nach, die sich vom Wind über den Himmel treiben ließ. »Deshalb wollte ich auch mit dir reden«, fuhr er schließlich fort.

»Weil ich das Fluchtauto fahren soll? Was machen wir? Lacey entführen? Oder kommt sie freiwillig mit?«, zog Blake seinen Bruder auf. Oliver würde niemals die Hochzeit platzen lassen, von der seine Verlobte träumte. Und er würde es niemals wagen, sich mit seiner Schwiegermutter zu überwerfen. Dazu hatte er viel zu große Angst vor ihr. Selbst Blake fürchtete diese Frau, obwohl sie noch nie näher miteinander zu tun gehabt hatten und durch die Ehe seines Bruders und ihrer Tochter nur über drei Ecken verwandt sein würden.

Oliver stieß ihm den Ellenbogen in die Rippen. »Ich glaube, wenn ich das vorschlagen würde, würde sich Lacey wirklich in eine Monsterbraut verwandeln. Ich habe etwas anderes geplant. Ich würde sie gern nächstes Wochenende in dieses Bed & Breakfast entführen, in dem ich ihr den Antrag gemacht habe.«

»In Maine?« Jetzt wandte sich Blake vollständig zu seinem Bruder um. »Habt ihr die Zeit dafür?«

»Wir müssen uns die Zeit eben nehmen.« Zwischen Olivers Brauen entstand eine tiefe Falte. »Ich will nicht, dass sie die Nerven verliert, nur weil ihre Mutter ständig auf sie einredet und mit allen Mitteln versucht, sie in den Wahnsinn zu treiben. Und mich gleich mit. Das Wochenende wird uns guttun.

Es wird uns helfen, uns daran zu erinnern, warum wir heiraten. Dass es dabei um uns beide geht. Du weißt schon.«

Blake konnte sich ein Grinsen nicht verkneifen. »Wie erwachsen. Solche Weisheiten hätte ich dir gar nicht zugetraut. Aber was hat das Ganze mit mir zu tun?«

»Du musst einen Termin für mich übernehmen. Für Lacey und mich.«

Blake sagte nichts. Er sah seinen Bruder nur abwartend an.

»Wir übernehmen dafür die Spendenaktion für diesen Umweltfonds. Oder diesen Weihnachtsempfang, den du so hasst. Egal was. Aber geh für mich zu dieser Gala am Freitag«, bat sein Bruder.

Blake schüttelte den Kopf und atmete langsam aus. »Ich habe unglaublich viel zu tun im Moment. Wir haben uns die Veranstaltungen nicht umsonst aufgeteilt.« Nach dem Herzinfarkt ihres Vaters hatten die Geschwister überlegt, welchen gesellschaftlichen Verpflichtungen Richard nachkommen konnte, ohne sich zu überanstrengen. Alles andere, was das Jahr über anstand, hatten sie gerecht unter sich aufgeteilt. Was bedeutete, dass die Gala, auf der Spenden für obdachlose Jugendliche gesammelt wurden, Olivers Veranstaltung war. »Kannst du eure Auszeit nicht um eine Woche verschieben?«

»Nein. Das ist das letzte Wochenende vor der Hochzeit, an dem meine zukünftige Frau überhaupt noch Zeit hat.« Sein Bruder raufte sich die Haare. »Kannst du dir das vorstellen? Blake, das kann so echt nicht weitergehen.«

»Was ist mit Phoebe? Können sie und Thomas nicht einspringen?«, schlug Blake vor, die Verpflichtung an ihre Schwester weiterzureichen. Nicht ganz fair. Aber er hatte wirklich zu viel zu tun, um einen ganzen Abend in Providence zu verbringen.

»Hab sie schon gefragt. Sie haben irgendeine Familiensache. Jemand von Thomas' Seite hat sie eingeladen. Bleibst nur du«, brachte Oliver es auf den Punkt.

Blake legte für einen Moment den Kopf in den Nacken und schloss die Augen. Er wollte Bauunternehmer sein. Architekt. Gebäude entwerfen und dann bauen. Deshalb hatte ihm Marshall Construction immer am Herzen gelegen. Und deshalb war es nie eine Frage gewesen, die Firma eines Tages zu übernehmen. Auf diese verdammten gesellschaftlichen Verpflichtungen konnte er allerdings getrost verzichten. Bis zu Richards Herzinfarkt hatte er gar nicht gewusst, wie viele dieser Termine seine Eltern wahrnahmen. Erst als er und seine Geschwister einspringen mussten, hatte er das begriffen. Genauso wie die Tatsache, dass er diese Veranstaltungen meistens nicht besonders mochte oder sich zumindest langweilte. Aber sie waren wichtig. Denn wer hatte, musste auch geben. So hatte es Blakes Großvater immer gesagt. Und gerade die Unterstützung obdachloser Jugendlicher war ein wichtiges Thema, hinter dem *Marshall Construction* voll und ganz stand.

»Wenn du nicht gehst, wird Dad das selbst in die Hand nehmen wollen«, wies Oliver ihn darauf hin, dass er keine Wahl hatte. »Und dann wird Mom uns aufs Dach steigen und uns die Hölle heiß machen.«

»Ich hab's verstanden.« Blake musste sich zwingen, nicht vor Frustration mit den Zähnen zu knirschen. »Ich mache es. Aber dafür übernimmst du zwei meiner Termine.«

»Danke, großer Bruder.« Oliver schlug ihm dankbar auf die Schulter. »Ich schick dir die Tickets. Hoffentlich findest du so kurzfristig noch irgendeine heiße Begleitung, damit der Abend nicht ganz so öde wird.«

»Eine heiße Begleitung?« Blake wollte gerade genervt die Augen verdrehen und seinem Bruder einen Schubs verpassen, doch dann hielt er mitten in der Bewegung inne, während seine Gedanken rasten. »Ich habe wirklich keine Ahnung, wie ich das bis Freitag hinbekommen soll. Aber ich werde schon jemanden finden.« Er versuchte, gleichmütig zu klingen. Eigentlich hatte er Harper versprochen, sie den nächsten Schritt machen zu lassen. Aber vielleicht schaffte er es nicht ganz, sich an dieses Versprechen zu halten. Er wollte keinen Druck auf sie ausüben, aber die Einladung zu einer Gala? Vermutlich gab es auf der Welt nicht viele Frauen, die so etwas ausschlagen würden. Er würde Harper seinem Bruder gegenüber nicht erwähnen, auch wenn Oliver garantiert nachfragen würde, mit wem er den Freitagabend verbrachte. Sein Bruder wäre sicher nicht von seiner Wahl begeistert. Und Blake wollte mit keiner anderen Frau als Harper gehen. Er wollte, dass Harper sich bei ihm unterhakte, wenn sie den Festsaal betraten. Er wollte ihr Lachen sehen und sich mit ihr unterhalten, während sie das Sieben-Gang-Menü hinter sich brachten. Und dann wollte er sie in den Armen halten und mit ihr tanzen. Plötzlich kam ihm die Aussicht auf die Spendengala gar nicht mehr so schrecklich vor wie noch vor ein paar Minuten.

»Sicher.« Sein Bruder warf ihm einen skeptischen Blick zu. »Es wird sicher eine ganze Armada von Frauen geben, die sich dir für diese Veranstaltung an den Hals werfen werden.« Er zuckte mit den Schultern, als wäre das Thema damit für ihn abgehakt. »Was denkst du, wird es heute Abend Brokkoli geben?«

Blake blinzelte. Die Gedankensprünge seines Bruders waren legendär. Trotzdem schaffte er es manchmal nicht ganz, ihm zu folgen. Was in diesem Moment vermutlich daran lag, dass seine Gedanken bereits wieder bei der Gala waren. Und bei seiner Vision von Harper, die er beim Tanzen ganz eng an seine Brust zog.

Das Gespräch mit ihrer Schwester und Naya hatte Harper geholfen. Sie war nicht bereit gewesen, dem nachzugeben, was Blake in ihr weckte. Vielleicht, weil sie sich vor der Intensität ihrer Gefühle fürchtete. Vielleicht auch, weil sie ahnte, dass es ihr das Herz brechen würde, wenn das, was zwischen ihnen war, irgendwann endete. Und das musste es zwangsläufig. Dazu kannte sie Blake schließlich gut genug. Aber was war die Alternative? Das, was er ihr zu geben bereit war, nicht annehmen? Die Tatsache, dass bereits ein Kuss von ihm in der Lage war, ihre Welt aus den Angeln zu heben, ignorieren? So tun, als wäre nichts gewesen, während sie nicht aufhören konnte, sich zu fragen, wie es wohl wäre, Blake näherzukommen?

Als sie am nächsten Morgen Blakes Kaffee einschenkte und die zwei Oreos neben seine Tasse legte, hatte sie ihre Entscheidung getroffen. Sie würde sich darauf einlassen. Würde genießen, was er ihr anbot. Und wenn er das Interesse an ihr verlor, würde sie herausfinden, ob sie weiter für ihn arbeiten konnte, oder ob es an der Zeit war, einen neuen Weg einzuschlagen. Bis dahin hatte Brooke vielleicht schon die Schreinerei übernommen. Dinge, über die sie sich jetzt noch nicht den Kopf zerbrechen musste. Sie wollte im Hier und Jetzt sein. Wollte Blake genießen.

Deshalb kehrte sie auch nicht hinter ihren Schreibtisch

zurück, sondern wartete in Blakes Büro auf ihn. Weit entfernt von neugierigen Blicken. Und neugierigen Ohren. Als sie seine Schritte auf dem Schwarz-Weiß-Muster der Schachbrettfliesen hörte, atmete sie tief durch.

»Harper«, sagte er überrascht, als er die Tür öffnete und sie mitten in seinem Büro stehen sah.

»Hi.« Sie verschränkte die Hände vor ihrem Körper und ließ sie dann wieder fallen. Verdammt. Sie war nervös. Dabei müsste das Gespräch, das sie führen wollte, zwischen Erwachsenen doch etwas völlig Normales sein. »Ich … ähm …« Sie schloss ihre Finger zu Fäusten und öffnete sie dann wieder. »Ich habe dir Kaffee gebracht.« Wie jeden Morgen. Was redete sie denn für ein dummes Zeug?

»Hmm.« Blake hängte seine Messenger Bag und seine Jacke an die Garderobe, ohne sie aus den Augen zu lassen.

»Ich …«, versuchte Harper es noch einmal, doch Blake unterbrach sie.

»Ich wollte dich etwas fragen«, sagte er und griff nach ihren Händen. Löste die Fäuste und hielt sie zwischen seinen starken, warmen Fingern. »Am Freitag bin ich auf diese Wohltätigkeitsgala in Providence eingeladen.«

»Ja.« Eine Veranstaltung der Brown University. Harper wusste das, weil sie selbst diesen Termin in seinem digitalen Kalender vermerkt hatte, nachdem er zugesagt hatte.

»Würdest du mich begleiten?«

Der Satz hing zwischen ihnen. Schwer und bedeutungsvoll. Oder vielleicht auch nicht. Harper war sich nicht ganz sicher, ob sie Blake richtig verstanden hatte. Brauchte er ihre Hilfe bei irgendwelchen Klientengesprächen? Denn solche Veranstaltungen wurden immer für das Knüpfen von Kontakten genutzt. Harper konnte sich gar nicht vorstellen, wie viele Deals Marshall Construction auf diese Weise schon geschlossen hatte. »Als deine …?« Assistentin, wollte sie fragen.

Doch bevor sie das Wort aussprechen konnte, schüttelte er den Kopf und zog ihre linke Hand an seine Lippen. »Als mein Date«, flüsterte er und hauchte einen federleichten Kuss auf ihren Handrücken. Dann drehte er ihre Hand in einer sanften Bewegung um und legte seine Lippen auf den plötzlich wild hämmernden Puls an ihrem Handgelenk.

Ein Kuss, der gleichzeitig harmlos und unschuldig wirkte. Und doch so intim. Ihr wurde schwindlig, als seine Lippen ihren Puls ein zweites Mal streiften. »Sag ja«, murmelte er, und sein Atem strich über ihre Haut.

»Ja.« Harper hatte nicht nachgedacht. Sie hatte einfach reagiert. Blake hatte sie zu dieser Antwort verführt. Innerhalb von Sekunden. Seine Lippen auf ihrer Haut hatten einen Kurzschluss in ihrem Gehirn verursacht. Langsam zog sie ihre Hand aus seiner und machte einen Schritt zurück. »Ich …« Sie spürte die Hitze, die an ihrem Hals nach oben stieg und sich über ihre Wangen ausbreitete. Gott, Blake musste sie für ein naives, unerfahrenes Landei halten. Was sie ja irgendwie auch war. »Ich begleite dich gern. Aber jetzt muss ich zurück an meine Arbeit.« Sie war stolz darauf, dass sie sich wieder einigermaßen im Griff hatte. Zumindest konnte ihre Stimme ihn über das Chaos hinwegtäuschen, das in ihrem Inneren tobte. Das hoffte Harper wenigstens. Sie ging an ihm vorbei und trat durch die Bürotür nach draußen, ohne ihn noch einmal anzusehen. Als sie an ihrem Schreibtisch Platz genommen hatte, atmete sie ein paarmal tief ein und aus, um sich zu beruhigen. Dann griff sie nach ihrem Handy und schickte eine Nachricht in die Gruppe mit Brooke und Naya: *Notfall! Ich brauche ein Ballkleid!*

»Ich weiß nicht, warum ich Ja gesagt habe.« Harper ließ sich auf den freien Platz Naya gegenüber fallen.

»Hallo erst mal.« Ihre Freundin lächelte und wies mit dem Kopf in Richtung der großen Tafel über den Gebäckvitrinen. »Heute ist das Tagesangebot ein bisschen gruselig.«

Harper wollte nicht über die Tagesangebote des Piece of Heaven reden. Sie wollte Naya erzählen, wie Blake sie an diesem Morgen überrumpelt hatte. Aber offenbar würden sie erst einmal einen Cupcake bestellen. »Entschuldige bitte. Wo habe ich nur meine Manieren gelassen? Hallo. Und vielen Dank, dass du dir die Zeit genommen hast, dich mit mir zu treffen.«

Naya grinste. »Ich bin die Erste, die die heißen Neuigkeiten vom Lord of Late Nights erfährt. Ich hätte auch Zeit für dich gehabt, wenn du nicht meine beste Freundin wärst.«

»Wie beruhigend«, sagte Harper trocken und warf einen Blick auf das Tagesangebot. »Das klingt ja wirklich interessant«, murmelte sie, als sie sah, dass Neele Chapman, die Besitzerin des Cafés, Cupcakes mit einem Bacon-Ahornsirup-Topping auf der Karte stehen hatte.

Das Piece of Heaven war so besonders, wie seine Besitzerin eigen war. Neele hatte nicht nur das Bedürfnis, abends pünktlich zu schließen, um zu ihrer Pokerrunde an die Strandpromenade zu kommen. Sie experimentierte für ihr Leben gern herum und probierte Rezepte aus, die sie im Internet fand. Und manchmal hielt sie sich nicht einmal an die Rezepte, sondern kreierte ganz einfach ihre eigenen Werke. Abgesehen vom Tagesangebot gab es nur wenige Standard-Cupcake-Sorten.

Neele kam zu ihnen an den Tisch und umarmte Harper und Naya mit einem breiten Lächeln. »Hallo, Mädchen. Wo sind Brooke und Reeva?«, wollte sie wissen.

Harper fand es immer wieder amüsant, von der Bäckerin

als Mädchen bezeichnet zu werden. »Wichtige Termine.« Ihre Schwester war zu einem ersten Gespräch bei der Bank, um auszuloten, ob sie einen Kredit für die Übernahme der Schreinerei bekommen würde. Reeva besuchte eine Freundin. »Aber wir nehmen ihnen auf jeden Fall was mit.«

»Gute Idee.« Neele strich Harper in einer liebevollen Geste über die Schulter. Sie war eine Tratschtante und gefürchtete Pokerspielerin. Aber sie hatte Brooke und ihr oft unter die Arme gegriffen und Reeva über die Jahre immer wieder gebabysittet, wenn es notwendig gewesen war. »Was darf ich euch bringen?«

»Ich nehme auf jeden Fall den Cupcake mit Bacon und Ahornsirup. Das klingt nach einer spannenden Kombination«, entschied sich Harper.

»Für mich nur einen mit Vanillecreme«, bestellte Naya. »Und zwei Cappuccinos.«

»Kommt sofort.« Neele drehte sich auf dem Absatz um und kehrte hinter ihren Tresen zurück, wo sie begann, den Kaffee zuzubereiten. Der Dutt aus feuerrot gefärbten Locken, der auf ihrem Kopf aufgetürmt war und aussah wie ein Bienenkorb in der falschen Farbe, wippte bei jeder ihrer Bewegungen. Harper hatte keine Ahnung, wie alt die Frau tatsächlich war. Wahrscheinlich im Alter ihrer Poker-Gang, also um die Siebzig. Aber sie wirkte fitter als die meisten Sechzigjährigen, die Harper kannte.

»Also, was hat es mit dem Lord of Late Nights und dir auf sich? Von was für einer Gala hast du geschrieben?«

»Er hat mich gebeten, ihn zur Spendengala der Brighton Foundation am Freitag zu begleiten.«

»Wow.« Naya lehnte sich auf ihrem Stuhl zurück. »Spenden für obdachlose Teenager?«

»Hmm.« Harper wartete, bis Neele die Cappuccinos und die Cupcakes vor ihnen abgestellt hatte. Natürlich kannte Naya die Stiftung und ihren Zweck. Nicht nur, weil sie sich um obdachlose Teenager kümmerte, sondern weil sie selbst die schreckliche Erfahrung hatte machen müssen, als Jugendliche plötzlich auf der Straße zu stehen. »Die Marshalls gehen immer zu dieser Gala. Und sie spenden immer großzügig«, erzählte sie der Freundin.

»Das ist gut. Aber versprich mir eins.« Naya legte ihre Hand auf dem Tisch über Harpers. »Nimm auf jeden Fall einen Scheck von mir mit. Ich möchte auch etwas spenden.«

»Das mache ich. Aber bis es so weit ist, werde ich vermutlich ein bisschen durchdrehen. Blake hat gesagt, er möchte, dass ich ihn als sein Date begleite. Nicht als seine Assistentin. Ich habe nur noch einen Tag. Ich habe kein Kleid. Ich habe keinen Friseurtermin. Und über Schuhe will ich gar nicht nachdenken.« Harper stützte ihren Ellenbogen auf den Tisch und legte den Kopf in die freie Hand. »Ich meine, ich kann nichts tragen, was ich zur Arbeit anziehen würde, oder?«

»Auf keinen Fall.« Naya lachte. »Allein der Gedanke daran ist verboten. Ich verstehe auch so schon nicht, warum du nicht endlich mit dieser Maskerade aufhörst. Aber abgesehen davon ist das ein Date. Du und Blake …« Sie wackelte mit den Augenbrauen. »Das könnte der nächste Schritt sein.«

»O Gott. Daran zu denken, hilft nicht gerade, mit meiner Panik fertigzuwerden.«

»Es gibt keinen Grund, in Panik zu verfallen«, widersprach Naya. »Du wirst den Abend deines Lebens haben. Und vermutlich auch die beste Nacht, die du dir nur vorstellen kannst.«

Harper schnaubte und musste dann lachen, weil ihre Freundin eine sehr schulmeisterliche Miene aufgesetzt hatte. »Ich glaube nicht, dass es eine gute Idee ist, zu viele Erwartungen in diesen Abend zu setzen. Wenn man das tut, wird man doch nur enttäuscht.« Dessen war Harper sich sicher, denn das Leben hatte ihr oft genug genau das aufgezeigt. »Ich bin noch nie auf einer Veranstaltung dieser Art gewesen. Ich möchte nichts falsch machen und Blake in Verlegenheit bringen. Und mich selbst«, ergänzte sie. »Kann man die Regeln solcher Events irgendwo nachlesen?«

Jetzt war es an Naya, lachend zu schnauben. »Hör auf, dich verrückt zu machen. Du musst nur du selbst sein. Blake hätte dich nicht darum gebeten, ihn zu begleiten, wenn er dich nicht an seiner Seite haben wollte. Er möchte den Abend mit dir verbringen.« Sie biss in ihren Cupcake und leckte sich einen Klecks Sahne von der Oberlippe. »Du warst noch nie bei so einer Veranstaltung. Stimmt. Das waren wir alle noch nicht. Aber genau deshalb musst du dich entspannen und diesen Abend genießen. Damit du uns bei unserem nächsten Junk-Food-Abend bis ins kleinste Detail davon erzählen kannst. Alles.« Sie biss noch einmal in ihren Cupcake und sagte mit vollem Mund: »Wir wollen das so erzählt bekommen, dass wir das Gefühl haben, dabei gewesen zu sein.«

»Klar.« Harper zog die Papierumhüllung von ihrem Cupcake. »Vielleicht kann ich ja ein paar Fotos für euch machen. Oder am besten drehe ich gleich ein Video.« Vorsichtig biss sie in Neeles Backkreation und verdrehte genüsslich die Augen, als der Geschmack des salziges Bacons und des Ahornsirups auf ihrer Zunge explodierte. »Verdammt, ist das lecker. Du solltest das wirklich probieren.« Sie biss noch einmal ab und kehrte dann zur Gala zurück. »Trotzdem weiß ich nicht, wo ich bis morgen ein Kleid, Schuhe, Make-up und eine vorzeigbare Frisur herbekommen soll.«

Naya wedelte mit ihrem Gebäck zwischen ihnen hin und her. »Du verschonst mich mit dieser schrägen Cupcake-Version, und ich sorge dafür, dass du morgen aussiehst wie Cinderella.«

Harper klimperte mit den Wimpern. »Mit gläsernen Schuhen und einer Kürbiskutsche? Ich wusste gar nicht, dass du eine Fee bist.«

»Ich bin deine Fee, Schätzchen«, konterte Naya. »Und ich werde dich so richtig aufbrezeln. Erinnerst du dich noch an die Hochzeit meines Bosses vor zwei Jahren? Ich hatte mir doch dieses irre Kleid gekauft.«

»Das blaue?« Harper nickte. Ein mitternachtsblauer Traum aus Seide. Bodenlang und schmal geschnitten. Mit einem silbernen Saum, der die Füße umspielte und das tief ausgeschnittene Dekolleté betonte. Spaghettiträger und eine zarte Stola aus dem gleichen Stoff. Das raffinierteste Detail war der Schlitz im Rock, der bis zum Oberschenkel reichte. »Du hast umwerfend darin ausgesehen.«

»Genau. Und du wirst das auch. Diese Robe ist wie gemacht für die Gala und wird endlich mal wieder aus dem Schrank geholt. Blake wird es die Sprache verschlagen.«

»Du leihst mir das Kleid?« Harper schluckte. »Das ist … danke.« Naya war genau wie sie und Brooke nie verschwenderisch mit ihren Ressourcen umgegangen. Viel zu präsent war ihre Vergangenheit, in der sie nicht mehr besessen hatten, als in eine Reisetasche passte. Sie verschwendeten kein Essen. Und sie kauften nie wahllos Klamotten, mit denen sie ihre Kleiderschränke vollstopften, ohne sie je zu tragen. Auch wenn sie längst nicht mehr jeden Cent fünfmal umdrehen mussten, bevor sie ihn ausgaben, hatten sie diese Art zu leben so verinnerlicht, dass es ihnen schwerfiel, diese alten Gewohnheiten abzulegen. Es grenzte fast an ein Wunder, dass Naya überhaupt so viel Geld für ein Kleid ausgegeben hatte, das den größten Teil seines Daseins in einem Schrank fristen würde.

»Ich bin mir sicher, dass es dir passt. Vielleicht ist es einen Hauch zu lang, aber mit den richtigen Schuhen wird es gehen.«

Als Harper und Naya vor zehn Jahren aufeinandergetroffen waren, war die Freundin eine viel zu dünne Bohnenstange gewesen und Harper hatte einige Kilo zu viel auf die Waage gebracht. Doch sie hatte innerhalb kürzester Zeit jedes überflüssige Pfund verloren, weil sie viel zu oft viel zu wenig gegessen hatte, um mehr für Brooke zu lassen, die sich wegen ihrer Schwangerschaft wenigstens einigermaßen vernünftig ernähren sollte. Naya hingegen hatte schon so viele Jahre viel zu wenig gegessen, sodass sie es erst lange Zeit später, als sie als Sozialarbeiterin genug Geld verdient hatte, schaffte, aus ihrem Untergewicht herauszukommen. Seitdem hatten Harper und Naya eine ziemlich ähnliche Figur, nur dass die Freundin noch ein paar Zentimeter größer war als Harper. »Brooke soll dir die Haare hochstecken. Sie bekommt das von uns dreien am besten hin. Ein lockerer Knoten, aber elegant«, überlegte Naya. »Und das Make-up nicht zu dramatisch. Zu dir passt etwas, das natürlich aussieht. Deine Augen und deinen Mund sollten wir allerdings ein wenig betonen.« Sie zwinkerte ihr zu, und Harper verdrehte die Augen, weil sie wusste, in welche Richtung die Gedanken der Freundin schon wieder abdrifteten.

»Das könnte funktionieren, oder?«, fragte Harper leise. Ihre Entscheidung, Blake – und sich selbst – nachzugeben, ließ das Bedürfnis wachsen, den Abend zu einem unvergesslichen werden zu lassen. »Ich fühle mich wirklich ein bisschen wie Cinderella«, gestand sie sich und Naya ein.

»Dann solltest du diesen Aschenputtel-Moment mit dem *Prince* of Late Nights genießen«, wandelte Naya Blakes Spitznamen leicht ab. »Mit einem Unterschied: Dich zwingt niemand, dich danach wieder in die unsichtbare graue Maus zu verwandeln.«

Das vielleicht nicht. Trotzdem hatte Harper keine Ahnung, wie sie damit umgehen sollte, wenn sie sich tatsächlich auf Blake einließ. Sie hatte am Morgen vorgehabt, mit ihm darüber zu reden, wie er in der Firma mit dieser Situation umgehen wollte. Doch dann war er mit seiner Einladung herausgeplatzt, und ihre Frage hatte sich in Luft aufgelöst. Was aber natürlich nur vorübergehend funktionierte. Denn spätestens, wenn sie Blake zu dieser Gala begleitet hatte, würde die Realität sich verändern. Okay, sie hatte sich längst verändert. Genau in dem Moment, in dem Blake am Strand in Jamestown aufgetaucht war. Aber sie hatte Naya versprochen, sich nicht zu sehr den Kopf darüber zu zerbrechen. Den Abend auf sich zukommen zu lassen. »Erst einmal brauche ich ein paar Schuhe.« Und vielleicht neue Unterwäsche. Wenn sie schon bereit war, unnötiges Geld für High Heels auszugeben, die sie vermutlich nie wieder in ihrem Leben tragen würde, konnte sie auch bei Victoria's Secret vorbeischauen. BH und Höschen konnte sie immerhin auch nach ihrem Abend mit Blake noch tragen.

Naya warf einen Blick auf die Uhr auf ihrem Handy. »Ich habe Zeit. Lass uns nach Providence fahren.«

Harper nickte. »Ich hole nur noch schnell zwei Cupcakes für Reeva und Brooke.«

14

Blake warf sich im Rückspiegel einen Kontrollblick zu und rückte seine Fliege zurecht, nachdem er den Jaguar vor dem Haus der McNallys hatte ausrollen lassen.

Die Dämmerung hing schon tief über dem Horizont. Trotzdem war der Tisch unter der Straßenlaterne wie auch bei seinem letzten Besuch von dieser Pokerrunde besetzt. Sie winkten ihm zu, als er die Tür aufschob und ausstieg.

»Lust auf ein Spielchen?«, rief einer der älteren Männer zu ihm herüber.

Blake lachte. »Danke für das Angebot«, rief er zurück. »Ich befürchte, ich bin für diesen Anlass nicht richtig gekleidet.«

Die Männer nickten, und die Frau sagte etwas. Blake glaubte, etwas wie »Er führt doch heute unsere Harper aus« aus den Wortfetzen herauszuhören, die der Wind über die breite Straße trug. Unsere Harper. Das klang nach einem ausgeprägten Beschützerinstinkt. Harper und ihre Familie waren Teil dieses Städtchens. Ihre Freunde und Nachbarn waren ihnen wichtig, und anders herum war es genau dasselbe.

Ein beruhigender Gedanke, ging es Blake durch den Kopf, als er die Treppen zur Veranda der McNallys hinaufstieg. Er hatte nicht nur ständig Harper in seinem Kopf, er hatte auch

Brooke und Reeva an ihrem gemeinsamen Wochenende ins Herz geschlossen und war schon allein deshalb dankbar dafür, dass die Nachbarn ein Auge auf die Familie hatten.

Blake hob gerade die Hand zum Klopfen, als die Haustür auch schon aufgerissen wurde und Brooke ihn lachend in eine freundschaftliche Umarmung zog. »Hallo. Komm rein«, rief sie, griff nach seiner Hand und zog ihn über die Schwelle. »Reeva!«

Das Mädchen kam aus dem hinteren Teil des Hauses gerannt, gefolgt von Lucky. Den Krümeln in ihrem Gesicht nach aus der Küche, wo sie sicher Kekse genascht hatte. Und da der Hund sich die Schnauze schleckte, hatte er ihr dabei vermutlich Gesellschaft geleistet.

»Hey, Blake.« Das Mädchen streckte ihm die Ghettofaust hin, und er stieß mit seiner dagegen.

»Schön, euch zu sehen«, sagte Blake, bückte sich, um Lucky zu streicheln und ließ den Blick suchend durch das Wohnzimmer schweifen. Harper war nirgends zu sehen.

Doch bevor er fragen konnte, hob Brooke die Hand. »Wir haben uns für den großen Auftritt entschieden. Du weißt schon, wie es eine Dame verdient hat, wenn sie Zeit und Energie darauf verwandt hatte, atemberaubend auszusehen.« Sie gab dem Hund ein Zeichen und schickte ihn in sein Hundekörbchen neben der Couch. Dann drehte sie sich zu ihrer Tochter um. »Reeva, hol deine Tante, ja?«

Das Mädchen sauste die Treppe hinauf und brüllte dabei, dass Harper kommen sollte, weil Blake da war. Bei dieser Lautstärke wäre es vermutlich gar nicht nötig gewesen, dass sie sich überhaupt auf den Weg nach oben machte. Im nächsten Moment kam sie ihnen auch schon wieder entgegengerannt. »Sie kommt«, verkündete sie mit glänzenden Augen, blieb vor ihnen stehen und drehte sich um, um den großen Auftritt, wie Brooke es genannt hatte, nicht zu verpassen.

Einen Moment starrten sie gemeinsam auf den leeren oberen Treppenabsatz. Und dann war sie plötzlich da, und Blakes Herz stolperte einen Moment, nur um dann im nächsten Moment in einen wilden Galopp zu verfallen. Harper … er erkannte sie fast nicht wieder … sah nicht atemberaubend aus, wie ihre Schwester behauptet hatte. Sie war … eine Erscheinung.

»Wow!«, hauchte Reeva, als ihre Tante langsam, die Hand auf das Geländer gelegt, die Treppe herunterkam. Blake hatte sich keine großartigen Gedanken gemacht, was Harper an diesem Abend tragen würde, als er sie zu der Gala eingeladen hatte. Aber jetzt wusste er, dass er den Ballsaal mit der schönsten Frau am Arm betreten würde. Das Kleid, das sie trug, schmiegte sich an ihre schmalen Kurven und warf bei jeder Bewegung das Licht zurück. Das Silber am Saum funkelte genau wie ihre High Heels, und der Schlitz im Stoff, der den größten Teil ihres Beines zeigte, verdrehte Blake schon jetzt den Kopf. Er riss seinen Blick von ihrem Oberschenkel los und ließ ihn über das dunkle Blau des Stoffes nach oben wandern. Über die dünnen Träger hinweg an ihrem Hals hinauf, bis sich ihre Blicke trafen. Harper lächelte ihn an, und diese Geste wirkte fast ein wenig unsicher.

Er schenkte ihr ein breites Grinsen. »Sieht so aus, als hätte ich heute das große Los gezogen«, sagte er, als sie die letzte Treppenstufe erreichte. Er machte einen Schritt auf sie zu und küsste sie auf die Wange. »Hallo, Harper«, murmelte er, den Mund dicht neben ihrem Ohr. »Du siehst umwerfend aus.« So duftete sie auch. Und so fühlte sich ihre Haut unter seinen Lippen an.

»Danke.« Eine feine Röte überzog ihre Wangen. »Dein Anblick ist auch nicht zu verachten.«

Blake hörte Reevas Kichern hinter sich und erinnerte sich daran, dass Harper und er nicht allein waren. Er räusperte sich, trat einen Schritt zurück und brachte wieder etwas Abstand zwischen sie und sich. »Bereit für einen aufregenden Abend?«, fragte er.

Sie lächelte und griff nach einer Stola und ihrer Handtasche, die am Geländerpfosten hinter ihr hingen. »Bereit.«

»So schnell kommt ihr nicht davon.« Brooke wedelte mit ihrem Handy. »Das hat echt was von einem Abschlussball-Moment. Bitte lächeln.«

Blake stellte sich wieder neben Harper und legte ihr leicht den Arm um die Schultern. Sie lächelten für Brooke und Reeva, die diesen Augenblick wirklich zu zelebrieren schienen. Fast so, als hätten sie selbst keinen Abschlussball besucht. Als Harpers Schwester zufrieden war, zog sie zwei Schecks aus der Gesäßtasche ihrer Jeans. »Gibst du die für uns ab?«, fragte sie Blake. »Das sind die Spenden der Familie McNally und von unserer Freundin Naya Clarkson.«

»Ähm.« Er starrte die zusammengefalteten Schecks an, den sie ihm entgegenhielt. »Das ist sehr nett, Brooke, aber absolut nicht nötig. Harper ist mein Gast, und ich habe mich bereits darum gekümmert. Marshall Construction wird wie jedes Jahr eine große Spende einreichen.«

»Stimmt.« Brooke hielt ihm die Schecks weiter entgegen. »Und das hier wirkt sicher ein bisschen wie ein Tropfen auf den heißen Stein.«

Harper berührte Blakes Arm und zog damit seine Aufmerksamkeit auf sie. »Es ist uns ein Anliegen, unseren Teil beizutragen.«

»Okay. Ich kümmere mich sehr gern für euch darum.« Blake griff nach den Schecks und schob sie in die Innentasche seiner Smokingjacke. Irgendetwas lag in der Luft, flimmerte zwischen den Schwestern. Etwas Wichtiges. Denn Brooke hatte recht. Ihre Spende war verglichen mit den dicken Schecks, die heute noch in die Sammeltöpfe wandern würden, sicher wirklich eine Kleinigkeit. Aber es schien ihnen viel zu bedeuten, etwas beizusteuern. Und dafür gab es ganz offenbar einen Grund – über den sie nicht sprechen würden, wenn er den Blick richtig deutete, den die beiden tauschten. Aber vielleicht würde Harper ihm etwas darüber erzählen, wenn sie allein waren. »Sollen wir?«, fragte er und bot Harper seinen Arm.

»Sehr gern.« Harper umarmte erst noch ihre Schwester und küsste Reeva auf den Scheitel, bevor sie ihr Schultertuch umlegte und sich bei ihm einhakte.

»Habt einen schönen Abend«, rief Brooke ihnen nach, als er Harper durch die Haustür führte und diese dann hinter sich zuzog.

»Warte einen Moment«, sagte er leise, als Harper sich der Treppe zuwandte.

Sie drehte sich zu ihm um, und Blake legte seine Hände auf ihre Schultern. »Hi«, flüsterte er und ließ seine Finger an ihrem Hals nach oben gleiten, rahmte ihr Gesicht ein und senkte seine Lippen auf ihre. Harper kam ihm entgegen, schob ihre Hände um seine Taille und öffnete sich ihm. Blake ging auf diese stumme Einladung ein und vertiefte den Kuss. Als sie sich schließlich voneinander lösten, lächelte Harper an seinen Lippen, und er küsste sie gleich noch einmal. »Das wollte ich schon tun, als ich dich oben an der Treppe stehen gesehen habe«, murmelte er, als auch dieser Kuss endete. Er griff nach Harpers Hand und verschränkte seine Finger mit ihren. »Aber jetzt sollten wir wirklich los, wenn wir nicht zu spät kommen wollen. Schließlich soll der Abend unvergesslich werden.«

Harper warf ihm einen Seitenblick zu und lächelte, als sie die Treppe hinunterstiegen. »Das ist er schon«, sagte sie leise.

Harper genoss jede Sekunde. Von dem Moment an, in dem ihre Schwester ihr mit Nayas Kleid, den Haaren und dem Make-up geholfen hatte. Sie hatte sich wundervoll gefühlt. So aufgebrezelt war sie noch nie ausgegangen. Brooke war mindestens genauso aufgeregt wie sie.

Wehmut schlich sich in die Vorfreude, als Harper an den Moment dachte, in dem sie sich zum ersten Mal so hätte fühlen sollen. Auf dem Highschool-Abschlussball. Auf dem sie ein Kleid getragen hatte, das ihr Vater für sie ausgesucht hatte. Es war hässlich gewesen – abgrundtief hässlich und zugeknöpft. Damit ja kein Junge auf die Idee kam, sie anzufassen. Dabei hätte ihr Vater sich diese Gedanken gar nicht machen müssen, denn es hatte keinen Jungen gegeben, der sie um ein Date zum Ball gebeten hatte. Und sie hatte sich gar nicht getraut, überhaupt einen Blick in Richtung ihrer männlichen Mitschüler zu werfen. Die Angst vor ihrem Vater und seiner strengen Einstellung war viel zu groß gewesen. Besonders, nachdem er sie vor ein paar Jahren in ein weißes Kleid gesteckt hatte und auf einem Purity-Ball hatte schwören lassen, unbefleckt in die Ehe zu gehen und sich ganz allgemein von den Jungs fernzuhalten. Stattdessen war sie mit zwei Freundinnen, die ebenfalls nicht nach einem Date gefragt worden waren, zum Ball gegangen, hatte den größten Teil des Abends in einer dunklen Ecke stehend verbracht und dem Treiben auf der Tanzfläche sehnsuchtsvoll zugeschaut. Brooke war genauso wenig auf ihrem Abschlusstanz gewesen. Wobei sie ihren Begleiter vermutlich aus einer ganzen Reihe von Verehrern hätte aussuchen können. Aber als ihre Highschoolzeit geendet hatte, waren sie längst auf der Flucht aus Kansas gewesen und bereits dabei, sich ein neues Leben aufzubauen.

Nach dieser wehmütigen Erinnerung hatte Harper beschlossen, diesen Abend zu genießen. In vollen Zügen. Und wenn es einen Hauch von Abschlussball hatte – dann würde sie auch das in vollen Zügen auskosten.

Sie hatte nicht gewusst, wie es sich anfühlte, in einem so wunderschönen Kleid eine Treppe hinunterzuschreiten und einem Mann den Atem zu verschlagen. Es war … unbeschreiblich. Blakes Blicke hatten regelrecht an ihr geklebt. Und ihr Herz hatte wilde Saltos gegen ihren Rippenbogen geschlagen. Als seine Lippen über ihre Wange geglitten waren, hatte sie das Gefühl, innerlich zu verglühen. Sie war aufgeregt gewesen. Nervös, weil sie Angst gehabt hatte, diesem Abend – und Blake – nicht gerecht zu werden. Aber als sie vor ihm gestanden hatte, waren alle Befürchtungen verflogen. Die Sorge, von einem von Blakes Bekannten oder Geschäftspartnern erkannt zu werden, hatte sie bereits bei einem Blick in den Spiegel beiseite gewischt. Sie sah so anders aus als die Assistentin, dass sie niemand erkennen würde. Und als Blake sie vor dem Haus an sich gezogen und auf eine Art geküsst hatte, die sie alles um sich herum vergessen lassen hatte, waren alle ihre Befürchtungen verflogen. Sie war vielleicht nicht firm in den Umgangsformen in seinen Kreisen. Aber Blake war an ihrer Seite. Mit ihm fühlte sie sich sicher.

Auf der Fahrt nach Providence plauderten sie locker, wobei Harper das Gefühl hatte, dass Blake sich bemühte, alle Themen, die Marshall Construction betrafen, außen vor zu lassen. Dieser Abend war ein Date. Eine richtige Verabredung. Harper konnte nicht verhindern, dass ein paar der Sicherheitsschlösser um ihr Herz ihren Dienst versagten und sich der dicke Schutzschild ein wenig weiter öffnete. Und als er seinen Wagen vor dem altehrwürdigen Hotel ausrollen ließ, fühlte sie sich ein wenig wie die Heldinnen ihrer Bücher. Blake reichte den Schlüssel an den Parkservice weiter, hielt ihr die Beifahrertür auf und reichte ihr die Hand. Bei ihm untergehakt traten sie auf den kurzen roten Teppich, der in einen riesigen Ballsaal führte, in dem es vor Menschen nur so wimmelte. Männer mit wichtigen Mienen und im Smoking, die hier sicher nebenbei Geschäfte abschlossen, und Frauen aller Altersklassen in wunderschönen Roben und Kleidern. Diamanten funkelten mit dem Licht der unzähligen Kronleuchter um die Wette. Harper konnte nicht anders, als die Hand auf ihr wild klopfendes Herz zu legen und sich staunend umzusehen. Der Cinderella-Effekt, wie sie ihn inzwischen heimlich nannte, nahm zu. »Das ist unglaublich«, flüsterte sie.

Blake zwinkerte ihr zu. »Mein Plan, dich zu beeindrucken, funktioniert also? Warte ab, bis wir miteinander tanzen.«

Harper lächelte, als Blake sie ein wenig enger an sich zog und durch die Menschenmenge führte. Er musste sie mit gar nichts beeindrucken. Sie würde ihn nicht weniger schätzen, wenn er sie zu einer Pizza eingeladen hätte. Aber sie war ganz eindeutig fasziniert von seiner Welt.

Sie schlängelten sich an den Gruppen von Galagästen vorbei, die überall zusammenstanden. Immer wieder wurden sie aufgehalten, wurde Blake begrüßt und nach seinem Vater gefragt. Er stellte sie jedes Mal vor. Als Harper McNally. Ihre Gegenüber grüßten sie freundlich, lächelten ihr zu. Immer wieder trafen sie auf Geschäftspartner von Blake, die ihr in der Vergangenheit alle schon begegnet waren. Bei Besprechungen. Am Telefon. Doch niemand erkannte sie. Auch nicht, wenn sie ihren Namen hörten.

Und nur ganz selten runzelte jemand die Stirn, wenn er sie ansah oder sie sprechen hörte.

»Ist dir das unangenehm?«, fragte Blake leise, als sie schließlich an ihren Tisch traten.

»Was?« Mit den High Heels waren sie fast auf Augenhöhe. Sie drehte sich zu ihm um, und ihre Blicke verhakten sich für einen Moment.

»Dass die Leute dich nicht erkennen, obwohl sie dir schon begegnet sind«, sagte er und zog den Stuhl zurück, an dem ihr Platzkärtchen stand.

»Oh, das.« Harper setzte sich. Sie nutzte den Moment, den Blake brauchte, um ebenfalls Platz zu nehmen. Sie war sich nicht sicher. Es war gut, dass niemand sie erkannte, oder? Das bedeutete auf der einen Seite, dass sie ihren Job genau so ausführte, wie Blake es von ihr erwartete. Unsichtbar. Und andererseits war dadurch niemandem bewusst, dass Blake mit seiner Assistentin ausging. Den unschönen Gedanken, dass diese Menschen ihr immer wieder ins Gesicht gesehen hatten und sie trotzdem nicht erkannten, schob sie beiseite. Schließlich hatte Blake bei ihrem ersten Treffen außerhalb der Firma ebenfalls im ersten Moment nicht gewusst, wer sie war. »Ich glaube, es hilft uns, einen entspannten Abend zu verbringen, ohne dass mich jemand bittet, einen Termin für ein Geschäftsessen nächste Woche zu vereinbaren.«

Blake lachte. »Das stimmt.« Er beugte sich zu ihr hinüber, und sein Atem streifte ihren Hals, als er weitersprach. »Es wird ein paar Leute geben, die im Verlauf des Abends versuchen werden, Geschäftliches zu besprechen. Aber ich werde mich bemühen, das auf ein Minimum zu beschränken.«

Harper legte ihre Hand kurz auf seine und zog sie dann wieder zurück, weil ihr das ein wenig zu vertraulich vorkam. Hier, an einem großen runden Tisch voller fremder Menschen. »Verbring diesen Abend bitte so, wie du es sonst auch tun würdest«, flüsterte sie.

»Ich will diesen Abend vor allem mit dir verbringen«, antwortete er. Und wieder setzte dieses Kribbeln tief in ihrem Bauch ein. Als ob Blake klar wäre, was für eine Wirkung er auf sie hatte, grinste er sie breit an und stellte sie dann den Gästen vor, mit denen sie sich den Tisch teilten.

Harper entspannte sich an Blakes Seite zunehmend. Das Sieben-Gänge-Menü war unglaublich lecker und ihre Tischgesellschaft freundlich und mit zunehmendem Champagnerkonsum immer humorvoller. Niemand von ihnen arbeitete mit Blake zusammen, also wusste auch niemand, dass Blake seine persönliche Assistentin neben sich sitzen hatte. Und da sich die Gespräche um Filme, Kunst und Musik drehten, erfuhr auch niemand davon. Harper schämte sich zwar nicht für ihren Job, sondern war sich – ganz im Gegenteil – sehr wohl bewusst, wie wichtig ihre Arbeit für Blake war. Trotzdem hatte sie befürchtet, den einen oder anderen missbilligenden Blick zu ernten, wenn die Leute wüssten, wer sie wirklich war. Für jemanden, der sich immer im Hintergrund hielt und versuchte, unsichtbar zu sein, war dieses Maß an Aufmerksamkeit fast ein bisschen zu viel.

Aber in dieser Runde musste sie sich darum wirklich keine

Sorgen machen. Sie lauschten den Reden, die gehalten wurden. Applaudierten der großen Spendensumme, die zusammengekommen war. Und als die Band aufspielte, nahm sie Blakes Hand, als er sie bat, mit ihm zu tanzen.

Blake zog Harper dichter und dichter an sich, als er mit ihr tanzte. Ihre Bewegungen passten gut zusammen, und Harpers Absätze ermöglichten es, dass ihre Blicke sich fast auf Augenhöhe begegneten. Er hatte für einen Moment befürchtet, dass das Nichterkennen seiner Geschäftspartner und Mandanten sie verletzen würde. Doch dann hatte er begriffen, dass es nicht seine Assistentin war, die ihn heute begleitete, sondern die Harper, mit der er auf der Ranch in den Catskill Mountains gewesen war.

Sie hatten während des Essens jede Menge Spaß gehabt, die Reden hinter sich gebracht. Aber jetzt, auf der Tanzfläche, hatte für ihn der schönste Teil des Abends begonnen. »Amüsierst du dich?«, murmelte er an Harpers Ohr.

Sie legte den Kopf ein wenig zurück, um ihm in die Augen sehen zu können, und lächelte ihn an. »Dieser Abend ist fantastisch. Ich genieße jede Sekunde.« Sie hatte ihre Hand auf seinen Brustkorb gelegt, als sie mit ihm sprach. Konnte sie spüren, wie sehr sich sein Herzschlag beschleunigte, wenn sie ihm so nahe war? »Danke, dass du mich gebeten hast, dich zu begleiten.«

»Danke, dass du Ja gesagt hast.« Blake zog Harper wieder enger an sich und strich mit den Lippen federleicht über ihren Hals. Er spürte, wie sie unter dieser Berührung erschauderte, sich noch näher an ihn lehnte. »Ich könnte ewig so weitertanzen«, sagte er, was ihm durch den Kopf ging, ohne darüber nachzudenken.

»Ich auch«, wisperte sie, die Lippen neben seinem Ohr.

Ihr warmer Atem strich über seine Haut, und Blake änderte seine Meinung augenblicklich. Er wollte zwar weiter mit ihr tanzen, aber nicht hier, wo sie von so vielen Menschen umgeben waren. Er wollte mit ihr allein sein, seine Hände über ihre Haut gleiten lassen. Ihr den dünnen Träger ihres Kleides von der Schulter streifen und seine Lippen dort entlangwandern lassen.

Als der Song endete, löste sich Blake trotz des Bedürfnisses, Harper immer weiter in seinen Armen zu halten, von ihr. Sie hatten ein paar Lieder durchgetanzt, und Harper war die hohen Schuhe nicht gewohnt. Eine Pause tat ihr sicher gut. »Sollen wir an der Bar einen Drink nehmen?«, fragte er und ließ seine Hände von den Schultern aus an ihren Armen hinuntergleiten, bis er ihre Hände in seine nehmen konnte. Er war noch nicht ganz bereit, sie loszulassen.

»Gute Idee.« Harper hakte sich wieder bei ihm unter und ließ sich zu einem der hohen Barhocker führen, die an einem langen Tresen aufgereiht waren.

Blake orderte ein weiteres Glas Champagner für sie und für sich selbst ein Wasser. »Auf uns.« Sie stießen an, und Blake griff wieder nach ihrer Hand und verschränkte seine Finger mit ihren. Sie beobachteten die tanzenden Paare, und Harper winkte zweien ihrer Tischnachbarn zu, die zu einer schnelleren Melodie über das Parkett wirbelten.

Blake wollte gerade einen Schluck trinken, als jemand gegen ihn stieß.

»Entschuldigung«, sagte eine tiefe Stimme hinter ihm.

Er schaffte es, das Glas auszubalancieren, ohne etwas zu

verschütten, und drehte sich dann um. »Kein …« Problem, wollte er sagen. Doch die Worte blieben ihm im Hals stecken. »Stadtrat Logan«, sagte er stattdessen überrascht.

»Marshall.« Sein Gegenüber nickte ihm zur Begrüßung zu, bevor sein Blick zu Harper glitt. »Wie ich sehe, genießen Sie die Party.«

»Eine wichtige Veranstaltung, um obdachlosen Teenagern zu helfen«, blieb Blake förmlich. Er konnte die Art, wie Logan Harper ansah, nicht ausstehen. »Das ist doch sicher auch der Grund, aus dem Sie hier sind, nicht wahr?«

»Sicher.« Der Stadtrat nippte an seinem Whiskey. »Soziale Projekte liegen mir immer am Herzen«, sagte er eine Spur zu laut. Ganz der Politiker, der jede Gelegenheit nutzte, gehört zu werden. »Ganz besonders, wenn es um Kinder geht.«

Blake lag die Frage auf der Zunge, ob seine Art von sozialem Engagement neuerdings darin bestand, Gangmitgliedern bei Nacht und Nebel persönlich Umschläge voller Geld zuzustecken. Er verkniff sich den Kommentar. Sinnvoller war es sicher, erst einmal herauszufinden, was der Stadtrat in Admiral Hill zu suchen gehabt hatte, bevor er ihn damit konfrontierte, dass er ihn gesehen hatte. »War nett, mit Ihnen zu plaudern«, sagte er stattdessen und drehte sich zu Harper um. »Sollen wir an unseren Tisch zurückkehren?«, fragte er sie.

»Gern.« Sie blickte ein wenig irritiert zwischen ihm und Logan hin und her.

Sie hatte sich bereits erhoben und an seiner Seite den ersten Schritt in Richtung der Tische gemacht, als Logan sich hinter ihm räusperte. Blake wandte sich noch einmal zu ihm um.

Der Blick des Stadtrates klebte noch immer an Harper.

»Keine Architektin, hoffe ich für Sie«, sagte er. »Nicht, dass Ihnen noch einmal ein Drama wie mit Miss Sullivan passiert.«

Blake erstarrte. Wie konnte es dieser Mistkerl wagen, Melody zu erwähnen. Hier. Vor Harper. Nachdem er sie eine Ausschreibung mit einem von Blake gestohlenem Entwurf hatte gewinnen lassen. Bevor er es sich anders überlegen konnte, machte er einen Schritt auf den Mann zu. Logan war kleiner als er, doch sein Blick blieb selbstgefällig und überheblich, auch als Blake über ihm aufragte. Blake konnte nicht verhindern, dass sich seine Hand reflexartig zu einer Faust zusammenzog.

Er hätte Logan sicher nicht geschlagen. Weder gehörte er zu den Typen, die ihre Emotionen nicht unter Kontrolle hatten, noch war er bereit, einen Skandal heraufzubeschwören, indem er einem Arschloch wie dem Stadtrat eine reinhaute. Trotzdem legte sich automatisch ein warmes, beruhigendes Gefühl um ihn, als sich Harpers Hand um seine Faust schloss. Sein Puls wurde langsamer, und das rote Flimmern vor seinen Augen, das Logans Provokation ausgelöst hatte, verschwand. »Kümmern Sie sich um Ihre eigenen Angelegenheiten«, knurrte Blake. »Lass uns hier verschwinden«, sagte er dann leise zu Harper und führte sie zu ihrem Tisch, wie sie es gerade vorgehabt hatten.

Schweigend gingen sie an der Tanzfläche entlang. Als sie ihre Plätze erreichten, blieb Harper stehen, statt sich zu setzen, und sah ihn aufmerksam an. Sie arbeiteten schon so lange und eng zusammen, dass sie vermutlich nur einen Blick brauchte, um seine Gefühlslage zu analysieren. Einen Moment wirkte sie unsicher, doch dann legte sie die flache Hand an die Stelle zwischen seinen Schulterblättern. Eine Geste, die ihn augenblicklich beruhigte.

»Lass uns gehen«, sagte Harper leise.

Blake wollte, dass sie diesen Abend genoss. Er wollte ihn mit ihr genießen. »Wir müssen nicht …«, begann er, doch sie schüttelte den Kopf.

»Wir hatten einen wundervollen Abend. Du musst dich nicht von diesem windigen Politiker beleidigen lassen, nur damit ich noch ein wenig tanzen und ein weiteres Glas Champagner trinken kann.«

»Harper …« Blake wollte etwas sagen, aber er wusste nicht, was. Ihre Worte sorgten dafür, dass sich sein Brustkorb um sein Herz herum zusammenzog. Sie war so … selbstlos. Ein anderes Wort fiel ihm nicht ein. Seit ihrem Ausflug auf die Ranch hatte Blake über Harper nachgedacht. Hatte sie wahrgenommen, ihrer Art zu arbeiten viel mehr Aufmerksamkeit geschenkt als früher. Und er hatte gemerkt, dass sie einfach so tickte. Sie stellte ihre Bedürfnisse nie in den Vordergrund. Nahm sich nie wichtiger als die Menschen um sich herum. Er hätte ihr gern gesagt, wie anziehend er das fand, doch bevor er seine Gedanken in Worte fasste, hatte sein Unterbewusstsein längst eine andere Entscheidung getroffen. Er beugte sich zu ihr herunter und küsste sie. Tief. Lange. Ohne einen Zweifel daran, was er für sie empfand. Ihre Hände glitten am Revers seines Smokings nach oben, schlossen sich um seinen Hals. Sie schmiegte sich in seine Umarmung und erwiderte den Kuss. Als sie sich schließlich langsam von ihm löste, wurde Blake bewusst, dass sie mitten in dem riesigen Ballsaal standen und ihnen bereits einige Gala-Gäste neugierige Blicke zuwarfen. Es war ihm egal, wer sie sah oder was die Leute sich dachten. Er strich ihr mit dem Daumen über die Wange. »Wenn wir jetzt gehen, würdest du mich nach Newport begleiten?«

Harper sah ihn unverwandt an, als sie sprach. »Zu dir nach Hause?«

Er nickte.

Eine feine Röte überzog ihre Wangen. »Worauf warten wir noch?« Sie griff nach ihrer Handtasche und dem Schultertuch und hakte sich bei ihm unter. »Lass uns verschwinden.«

15

Harper trat in den Lastenaufzug, der ein wenig altersschwach aussah, und wartete, bis Blake das Metallgitter hinter ihnen schloss. Während der Lift sich ratternd in Bewegung setzte, drehte sich Blake zu ihr um und zog sie zu einem Kuss an sich. Genau wie er es wieder und wieder getan hatte, seit sie beschlossen hatten, die Gala zu verlassen. Auf dem Weg zum Parkservice. Als sie auf den Wagen gewartet hatten. An jeder roten Ampel, die ihre Fahrt nach Newport verlängerte. Und nun auf dem Weg in sein Apartment.

Als der Aufzug mit einem Ruck anhielt, schob Blake das Gitter auf, ohne den Kuss zu unterbrechen. Rückwärts trat er in den Flur vor seinem Loft und zog Harper mit sich. Sie küssten sich noch einmal, bevor er die Tür aufschloss und für sie aufhielt.

»Komm rein«, sagte er und drückte auf den Lichtschalter, als Harper über die Schwelle trat.

Statt heller Deckenbeleuchtung schalteten sich nur ein paar raffinierte Leuchtelemente und indirekte Beleuchtung ein. Genug Licht, um die Details des Apartments erkennen zu können. Aber so weit gedimmt, dass sie durch die riesigen Bogenfenster auf das Treiben auf dem Brick Market Place und der Thames Street unter sich sehen konnte und einen spektakulären Blick auf die Boote in der Bucht und die beleuchteten Piers hatte.

Harper blieb mitten im Raum stehen und blickte auf das Wasser hinaus. Sie spürte, wie Blake hinter sie trat, erwartete, dass er sie küsste. Doch er zögerte. »Ist das hier wirklich okay für dich?«, murmelte er neben ihrem Ohr, und sein Atem streifte ihre Haut. Hinterließ eine erwartungsvolle Gänsehaut.

Harpers Herz drehte einen Looping, so schnell, dass ihr schwindlig wurde und sie das Bedürfnis, die Hand auf den Brustkorb zu pressen, unterdrücken musste.

Sie drehte sich in seinen Armen um. Statt einer Antwort küsste sie ihn. Langsam. Tief. Ihre ganze Sehnsucht, ihr Verlangen, lagen in diesem Kuss. Als Blake ihn mit der gleichen Intensität beantwortete, griff sie nach seinen Händen, die noch immer um ihre Taille geschlungen waren, und schob sie Zentimeter für Zentimeter an ihrem Körper nach oben. Bis sie ihre Brüste erreichten. Eine Einladung, für die es keine Worte brauchte.

Blake stöhnte tief, und im nächsten Moment hatte er sie wieder umgedreht, hielt sie mit dem Rücken an seine Brust gepresst. Harper spürte seinen Atem auf ihrem Hals, bevor er die Lippen über ihre Haut gleiten ließ. Seine Fingerspitzen strichen über den tiefen Ausschnitt ihres Dekolletés, fuhren die Kante nach, die der Stoff auf ihrer Haut zog. Über die Spaghettiträger auf ihren Rücken.

Dann umfassten seine Hände ihre Taille und fuhren in einer endlos langsamen Bewegung nach oben. Unter ihren Brüsten stoppten sie. Harpers Herz schlug wild und schnell. Ihre Haut kribbelte. Unter seinen Berührungen wurde ihr regelrecht schwindlig. Sie ließ den Kopf gegen Blakes Schulter sinken und konnte ein leises Keuchen nicht unterdrücken, als Blakes Daumen durch den Stoff ihres Kleides ihre aufgerichteten Brustspitzen streichelten. »Blake …« Harper vergaß, was sie sagen wollte, als er sie weiter reizte. Sie wollte sich umdrehen, doch Blake hielt sie fest, zog ihren Rücken an seine Brust. Seine Lippen liebkosten ihren Hals und die Schulter. Seine Hände brachten sie um den Verstand. Und sie konnte seine Erregung spüren, die zu dem sehnsüchtigen Zittern in ihrem Inneren passte.

»Wie fühlst du dich?«, flüsterte Blake an ihrem Ohr.

»Ein bisschen wie Cinderella. Ein wunderschönes Kleid. Ein Ball. Und …« Sie wollte nicht sagen: ein Prinz.

Aber Blake sprang ein, bevor ihr Schweigen unangenehm wurde. »Und ein Lord of Late Nights.« Er löste den Griff um Harpers Taille und drehte sie zu sich herum. »Wie gut, dass es schon spät ist. Genau meine Zeit«, spielte er auf seinen Spitznamen an und ging vor Harper in die Hocke.

Seine Hand schob sich durch den Schlitz des Kleides und glitt an der Außenseite ihres Beines hinunter. »Wenn du Cinderella wärst und das hier dein Märchen, dann müssten wir als Erstes diese Schuhe loswerden.« Er hob ihr Bein ein wenig an, zog ihr den High Heel aus und wiederholte die Prozedur mit dem zweiten Schuh. Dann glitten seine Hände an den Innenseiten ihrer Schenkel hinauf, nahmen das Material des Kleides mit sich und entblößten ihre Oberschenkel, weiter und weiter. Blake folgte mit seinen Lippen dem Pfad, den seine Hände gezogen hatten.

Immer höher und höher schoben sich seine Hände. Bis sie gegen den Spitzensaum ihres Höschens stießen. Blake schob ihr Kleid noch höher, entblößte die hellblaue Spitze ihres Höschens. Er strich mit den Fingerspitzen über den hauchzarten Stoff. Dann hob er den Blick, und was Harper in seinen Augen funkeln sah, ließ sie schwanken. Hunger. Und Lust. »Wenn du Cinderella wärst«, seine Stimme klang rau, als er mit den Daumen unter die Bündchen ihres Höschens fuhr, »würde ich dich ficken, genau jetzt und hier. Um nicht eine Sekunde der wertvollen Zeit bis Mitternacht zu verschwenden.«

Seine Worte jagten einen erregten Schauder über ihren Körper. Doch bevor sie antworten konnte, erhob Blake sich in einer langsamen, geschmeidigen Bewegung und küsste sie. Hart und besitzergreifend. »Wenn du Cinderella wärst«, fuhr er fort, »könnte ich andererseits auch bis Mitternacht warten und dabei zusehen, wie das Kleid von deinem Körper verschwindet. Obwohl«, seine Hände tasteten nach dem Reißverschluss in ihrem Rücken und zogen ihn langsam herunter, »ich so lange auf keinen Fall warten kann. Oder will.« Er strich ihr die Träger von den Schultern, und Harper ließ es zu. Wie in Trance. Das Kleid rutschte an ihrem Körper herunter wie eine seidige Bewegung und bildete im nächsten Moment einen dunkelblauen See zu ihren Füßen.

Als sie den Blick wieder hob, hatte Blake bereits seine Smokingjacke ausgezogen und begann, sein Hemd aufzuknöpfen, ohne den Blick auch nur für eine Sekunde von ihrem Körper zu lösen.

»Lass mich das machen.« Sie war bis jetzt passiv gewesen, hatte sich von Blake verführen lassen. Aber sie wollte ihn ebenfalls spüren. Ihn berühren. »Wenn ich Cinderella wäre«, nahm sie seine Worte auf und begann, die Knöpfe des Hemdes zu öffnen, »würde ich jede Sekunde Haut an Haut mit dir verbringen, bis die Uhr zwölf schlägt.« Ihre Fingerspitzen glitten über die Haut, die sie mit jedem Knopf weiter freilegte. Sie ließ ihre Lippen folgen, so wie Blake es vorher an ihren Schenkeln getan hatte.

Er löste seine Manschetten, und als sie den letzten Knopf geöffnet hatte, schüttelte er sich den Stoff von den Schultern, der neben ihrem Kleid auf dem Boden landete. Ohne ihn weiter zu beachten, zog er Harper wieder an sich. Ihre Haut glitt über seine. Sie schlang die Arme um seinen Nacken, als sie in einem weiteren tiefen Kuss versanken. Ohne die Liebkosungen zu unterbrechen, schob Blake seine Hände unter ihren Po und hob sie hoch. Harpers Beine schlangen sich um seine Mitte, und im nächsten Moment wurde sie durch den Raum getragen.

Harper achtete nicht darauf, wohin Blake ging. Schafften sie es bis zu seinem Bett? Oder nur bis zur Couch? Es war ihr egal. Sie bedeckte seine Schultern mit Küssen, fuhr die Stränge der Muskeln an seinen Armen nach und versank in einem weiteren, tiefen Kuss, als Blake sich mit ihr herunterbeugte und sie kühle, weiche Laken unter sich spürte. Seine Lippen glitten über ihr Dekolleté, sogen ihre aufgerichteten Brustspitzen durch den Stoff ihres BHs in seinen Mund.

In Harpers Unterleib ballten sich alle Gefühle, zu denen sie fähig zu sein schien. Pures Verlangen, eine wilde Zärtlichkeit und das ungläubige Staunen, dass das alles gerade passierte. Und dass Blake es schaffte, sie auf diesem schmalen Grad aus Erregung und Lust tanzen zu lassen.

Seine Hand glitt unter ihren Rücken, öffnete den Verschluss ihres BHs, der im nächsten Moment verschwand. Genau wie ihr Höschen, das Blake mit inzwischen ungeduldigen Bewegungen an ihren Beinen herunterzog. Er streifte den Rest seiner Kleider ab, zog die Schublade seines Nachttischs auf und öffnete ein Kondompäckchen. Im nächsten Moment hatte er den Schutz übergestreift und war wieder bei ihr. »Wenn du Cinderella wärst«, flüsterte er an Harpers Lippen, »wäre das hier ein Märchen.« Er verschränkte seine Hände mit ihren und schob sie neben ihren Kopf. »Aber ich will, dass es echt ist. Außerdem hast du dich längst verwandelt. In die echte Harper. Und die finde ich verdammt toll.« Ihre Lippen verschmolzen, als Blake sich in sie schob.

Für einen Moment verharrten sie, die Blicke miteinander verwoben. Dann begann Blake, sich zu bewegen. Harper kam ihm entgegen, genoss jeden dieser magischen Funken, die wie Elektrizität durch ihre Adern jagten.

Blakes Lippen liebkosten sie, küssten sich an ihrem Hals hinunter, reizten ihre Brüste. Er löste ihre verbundenen Hände, um seine zwischen ihre Körper zu schieben und ihren sensibelsten Punkt zu streicheln. Harper nutzte die Chance, ihre Arme und Beine um ihn zu schlingen. Sie spürte die Erlösung, die wie eine Welle durch ihren Körper rollte und ihr einen Höhepunkt bescherte, der sie bis tief in ihr Herz erschütterte. Und als sich ihr Körper um Blake herum zusammenzog, ließ er sich mit einem tiefen Stöhnen in seinen Höhepunkt fallen.

Blake strich mit den Fingerspitzen über Harpers Schlüsselbein. »Ich bin wirklich froh, dass das kein Cinderella-Moment war und du um Mitternacht aus meinem Leben verschwunden bist«, murmelte er.

Harper lag in seinem Bett, in seine Umarmung gehüllt, und hatte die Augen geschlossen. Sie kicherte bei seinen Worten leise. »Es hat sich wirklich ein bisschen so angefühlt.

Aber ich bin auch sehr froh, dass ich dich nicht fluchtartig verlassen musste, weil meine Kutsche sich sonst wieder in einen Kürbis verwandelt. Vor allem hätte ich es sehr bedauert, einen meiner Schuhe zurücklassen zu müssen.«

»Hmm.« Blake ließ die Lippen über Harpers Schläfe gleiten. »Diese Schuhe …« Er seufzte genüsslich. »Vielleicht hättest du die als Letztes ausziehen sollen, statt als Erstes.«

»Mr. Marshall!« Harper drückte ihre Lippen auf seinen Brustkorb. Genau dorthin, wo sein Herz schlug. »Sie sind voller schmutziger Gedanken.«

»Das bin ich schon, seit du diese Treppe heruntergeschwebt bist. Du beherrschst meine Gedanken, Harper.« Er hob mit dem Zeigefinger ihr Kinn weit genug an, dass er sie küssen konnte. »Die ganze Zeit. Was mir ziemlich gut gefällt, obwohl es mich wirklich von der Arbeit abhält. Ich hätte mich bei dieser Gala so oder so sehen lassen. Aber mit dir konnte ich das Ganze auch genießen.«

»Bis auf dieses merkwürdige Zusammentreffen mit Logan«, sagte Harper leise. Ihr Finger zog kleine Kreise auf seiner Haut, und Blake musste aufpassen, um sich nicht ablenken zu lassen.

»Hmm«, brummte er. Im Moment wollte er nicht an diesen Mistkerl denken. Ganz abgesehen davon, dass Harper nichts davon wusste, wie Melody ihn über den Tisch gezogen hatte. Er würde die Erinnerungen an seine Ex-Verlobte auf keinen Fall in sein Bett holen. Diese Nacht gehörte Harper und ihm. »Was hat es eigentlich mit eurer Spende auf sich gehabt? Brooke und du, ihr habt ziemlich entschlossen gewirkt, euren Teil für obdachlose Teenager beizutragen. Genau wie eure Freundin.«

Harper presste die Lippen auf die Stelle, über die sie gerade noch mit ihrer Fingerspitze gekreiselt war. Blake hatte das Gefühl, dass sie nichts dazu sagen würde. Doch dann hob sie den Kopf, und ihre Blicke trafen sich. »Wir wollen helfen, weil wir es können. Keine riesigen Summen, wie die Leute, die auf dieser Gala waren. Aber jeder Betrag hilft, nicht wahr? Unsere Freundin Naya hat eine ganz eigene Geschichte. Es steht mir nicht zu, sie zu erzählen. Aber Brooke und ich, wir hatten auch schon Zeiten, in denen es für uns nicht so rosig lief. Damals waren wir sehr glücklich, als uns jemand geholfen und unter die Arme gegriffen hat.«

»Eure Nachbarn in Jamestown?«, fragte Blake. Ihm war schon aufgefallen, dass zumindest diese Pokerrunde ein sehr genaues Auge auf die McNallys hatte.

»Ja. Diese Stadt ist wundervoll. Wir haben dort so viel Rückhalt bekommen. Chancen, von denen wir nie zu träumen gewagt hätten.« Harper schloss die Augen und stieß einen kleinen Seufzer aus. »Keine Ahnung, was ohne unsere Nachbarn und Freunde aus uns geworden wäre.«

Blake strich Harper eine Haarsträhne hinter das Ohr. »Wie meinst du das? Was für Probleme hattet ihr denn?«

Blinzelnd öffnete Harper die Augen. In ihrem Blick konnte Blake sofort erkennen, dass sie bereute, was sie zu ihm gesagt hatte. Sie schenkte ihm ein Lächeln und ließ ihre Hand über seinen Brustkorb gleiten, strich über seinen Bauch und weiter nach unten. »Wen interessiert die Vergangenheit in einer Nacht wie dieser? Ich möchte noch so einen Cinderella-Moment, bevor ich ohne meinen Schuh in die Nacht rennen muss.«

Harper konnte das Thema zwar ändern, aber Blake würde es ganz sicher nicht vergessen. Auch wenn er sich in diesem Moment sehr gerne von Harper ablenken ließ. »Ich werde auf deinen Schuh achtgeben«, versprach er. »Und jetzt noch mal zu dieser märchenhaften Nacht. Wie enden die normalerweise?« Er küsste sie. »Mit Feuerwerk?«, murmelte er an ihren Lippen.

»Definitiv mit Feuerwerk«, erwiderte Harper.

Blake rollte sich herum, sodass Harper unter ihm lag. »Dann lass uns eins zünden.«

Als Harper erwachte, schien warmes Sonnenlicht durch große Bogenfenster. Sie brauchte einen Augenblick, um sich daran zu erinnern, wo sie war. Dann wurde ihr bewusst, dass sie in Blakes Bett lag. In seine Umarmung geschmiegt. Nach einer Nacht, die märchenhaft gewesen war. Auch wenn sie froh war, dass all das nicht in einem Märchen, sondern in der Wirklichkeit stattgefunden hatte. Sie hatte das Bedürfnis, sich wohlig zu strecken, wollte Blake aber nicht aufwecken. Stattdessen blieb sie einfach still liegen, bis er begann, sich zu bewegen.

»Morgen«, murmelte er mit einer vom Schlaf rauen Stimme und presste seine Lippen in ihren Nacken.

»Guten Morgen«, wisperte sie zurück. Sie schloss die Augen, als Blakes Hand zärtlich über ihren Bauch strich.

»Wenn du Cinderella wärst«, flüsterte er an ihrem Ohr, »wäre Mitternacht sowieso vorbei, und wir könnten ewig so liegen bleiben. Oder da weitermachen, wo wir nach dem Feuerwerk aufgehört haben.« Seine Hand wanderte zu ihrem Oberschenkel. »Aber die Realität sieht das anders. Ich muss aufstehen. Bleib liegen«, sagte er. »Ich bringe dir erst einmal einen Kaffee.«

Blake drückte ihr noch einen Kuss auf die Schulter und sprang dann aus dem Bett. Sie sah ihm nach. Er machte sich nicht die Mühe, etwas anzuziehen, als er durch die offene Tür verschwand. Harper blickte sich im Raum um. Das Bett mit den dunkelblauen Laken dominierte Blakes Schlafzimmer. Die Fenster waren auch hier große Bögen, die jede Menge Licht hereinließen. Licht, das sich in den honiggelben, knarzenden Dielen verfing, die sicher noch aus dem alten Warenhaus stammten, das Blakes Zuhause einst gewesen war. Die Wände waren in einem weichen Hellgrau gehalten, und außer zweier Barn Doors, hinter denen sich vermutlich das Bad und Blakes Kleiderschrank verbargen, gab es hier nur eine Kommode und einen antik wirkenden Ledersessel. Ein paar Klamotten, die über den Sessel geworfen waren, hielten den Raum davon ab, steril zu wirken.

Harper entdeckte ihre Unterwäsche auf dem Boden. Ihr Kleid lag vermutlich noch im Wohnzimmer, oder wie auch immer man den Raum bezeichnen konnte, der den Rest des Lofts dominierte. Also angelte sie sich eines von Blakes T-Shirts vom Sessel und zog es über. Auch wenn Blake kein Problem damit zu haben schien, nackt durch sein Apartment zu spazieren, wirkte die vergangene Nacht im schonungslosen Licht des neuen Tages nicht mehr ganz so glamourös. Blake machte zwar keine Anstalten, sie loswerden zu wollen, auch wenn er arbeiten musste, aber Harper hatte keine Ahnung, wie sie von nun an miteinander umgehen würden. Vielleicht hätten sie vorher darüber nachdenken sollen. Jetzt mussten sie auf jeden Fall darüber reden.

Blake kehrte wenig später zurück. Noch immer nackt und in jeder Hand einen Kaffeebecher. »Mit einem Schluck Milch für dich«, sagte er und reichte ihr die blaue Tasse.

Harper starrte einen Moment überrascht in den Becher und hob den Blick dann wieder. »Du weißt, wie ich meinen Kaffee trinke?«

Blake zuckte mit den Schultern und setzte sich neben ihr auf die Bettkante. »Um ehrlich zu sein, habe ich es bis vor ein paar Tagen nicht gewusst. Aber seit wir auf der Ranch waren, hat sich vieles geändert. Wir haben uns verändert.« Er grinste. »Man könnte sagen, dass sich die Ereignisse ein wenig überschlagen haben. Aber ja, wie du deinen Kaffee magst, habe ich inzwischen herausgefunden.«

Harper trank einen Schluck Kaffee, um die Überraschung, die diese simple Geste in ihr auslöste, nicht zu zeigen. Wieder wurde der Spalt, der in ihrem Schutzschild klaffte, ein wenig weiter aufgebogen. Ließ ein paar der Gefühle ein, die wie Sonnenstrahlen wärmten. »Wir müssen über das reden, was passiert ist.« Was mit uns passiert ist, wollte sie sagen. War sich aber nicht sicher, ob es überhaupt ein uns gab.

»Stimmt.« Blake nippte an seinem Kaffeebecher. »Wie wäre es, wenn wir uns heute Abend treffen? Ich könnte zu dir kommen. Dann reden wir in Ruhe.«

»Du hast jetzt keine Zeit mehr, weil du arbeiten musst.« Harper schob die Bettdecke zur Seite, um aufzustehen. Wahrscheinlich war sie schon viel zu lange hier. »Ich sollte wirklich langsam gehen.«

»Nein.« Blake beugte sich vor und küsste sie sanft. »Ich habe das nicht gesagt, damit du gehst und ich in Ruhe arbeiten kann.« Er schenkte ihr dieses verschmitzte Grinsen, dem sie nichts entgegensetzen konnte. »Ich habe einfach nur versucht, ein Date für heute Abend rauszuschlagen.«

»Oh.« Harper versuchte, die Gedanken zu ordnen, die durch

ihren Kopf wirbelten. »Okay«, sagte sie dann langsam. »Ich habe heute Abend nichts vor. Also lass uns reden.«

»Perfekt.« Blake hielt ihr die Hand hin. »Und jetzt möchte ich mit dir frühstücken, bevor ich wirklich anfangen muss zu arbeiten.« Er zog Harper aus dem Bett und verschwand dann hinter einer der Barn Doors, aus der er im nächsten Moment, bekleidet mit einer Board Shorts und einem T-Shirt wieder auftauchte. »Du kannst mein Shirt anlassen, wenn du möchtest. Das Frühstück wird heute auf der Dachterrasse serviert.«

Ein Frühstück auf der Dachterrasse klang genauso luxuriös wie der vergangene Abend. Und die Tatsache, in der warmen Sonne zu sitzen und den Möwen dabei zuzusehen, wie sie über dem Hafen kreisten und versuchten, Häppchen von den einfahrenden Hummerfischern abzustauben, gefiel ihr.

Harper aß etwas von dem Müsli, das Blake serviert hatte. Es gab also zumindest etwas, was an diesem Morgen nicht perfekt war. Und das war irgendwie … beruhigend. Blakes Kühlschrank passte zum Rest seines Apartments. Kühl. Minimalistisch. Übersichtlich. Etwas anderes als Cerealien hatte er ihr nicht anbieten können. Sie wollte verdammt sein, wenn das den Spalt in ihrem Schutzpanzer nicht noch ein Stückchen weiter geöffnet hatte.

Harper schob sich die Haare, die ihr die leichte Brise ins Gesicht wehte, hinter das Ohr. »Du hast einen Billardtisch in deinem Apartment stehen«, fasste sie den kurzen Rundgang in seinem Loft bei Tageslicht zusammen. »Andere haben an dieser Stelle einen Esstisch.«

Blake grinste. »Mein Glück, dass ich nicht andere bin.« Er trank noch einen Schluck Kaffee und lehnte sich dann in seinem Deckchair zurück. »Genau genommen haben meine

Freunde darauf bestanden. Sie haben mir geholfen, das Loft auszubauen. Das Mindeste, was ich tun konnte, war, ihnen den Wunsch nach einem Billardtisch zu erfüllen. Pizza aus der Packung lässt sich schließlich auch im Stehen oder auf dem Sofa vor dem Fernseher essen.«

»Völlig klar.« Harper lachte.

Blake verzog gespielt schmerzhaft das Gesicht und kratzte sich am Kopf. »Du hättest mal meine Mutter hören sollen. Und den Vortrag, den sie mir zum Thema Wohnungseinrichtung gehalten hat. Ganz zu schweigen von meiner Schwester, der Innenarchitektin. Aber ich habe mich gegen die Frauen in meiner Familie behauptet. Das passiert mir nicht oft.«

Harper blickte auf den Horizont hinaus, damit Blake das Lächeln nicht sah, das sich bei seinen Worten auf ihr Gesicht legte. Er tat so, als ob seine Mutter und seine Schwester versucht hätten, ihm reinzureden. Dabei standen sie ihm so nah, dass das höchstens ein liebevoller Schlagabtausch gewesen sein konnte. Blake hatte gar keine Ahnung, wie glücklich er sich schätzen konnte, zu einer so eng zusammenhaltenden, liebevollen Familie zu gehören. Eltern zu haben, die ihre Kinder so bedingungslos liebten, wie Richard und Mirinda Marshall das taten. Und wie selbstverständlich Blake diese Liebe erwiderte, indem er sein altes Leben einfach aufgegeben hatte, um die Firma zu übernehmen. Mit Sicherheit hatte niemand ein Problem damit, wenn er sich statt eines Esstisches ein Männerspielzeug ins Apartment stellte. »Du hast aus dieser alten Warenhaus-Etage auf jeden Fall etwas Einzigartiges gemacht«, sagte sie.

»Danke.« Blake rollte die *Newport Daily News* auseinander, die er aus seinem Briefkasten geholt hatte, während Harper kurz im Bad verschwunden war. »Willst du den Politikteil?«, fragte er und reichte Harper die Blätter. Dann überflog er die Sportseite.

Sie betrachtete die Titelseite der Zeitung, auf der groß ein Foto der Narzissen prangte, wie es jedes Jahr um diese Zeit der Fall war. Dann wurde immer darüber berichtet, wie vor Jahren eine Million Narzissen-Zwiebeln gespendet und in der ganzen Stadt verteilt worden waren. Was Newport im Frühling mit einem fröhlichen, gelben Teppich überzog. Ein ähnlicher Artikel hatte auch vor zehn Jahren in der *Newport Daily News* gestanden, die Brooke und sie damals am Pier gefunden hatten. Einer der Gründe, aus dem sie sich damals zum Bleiben entschieden hatten. Als obdachlose, hungrige Ausreißerinnen. Und nun saß sie hier. Auf der Dachterrasse eines Lofts mit Blick über die Stadt und den Ozean. Aß Müsli in der warmen Frühlingssonne und teilte sich die Zeitung mit einem Mann. Einem Mann, mit dem sie eine unglaubliche Nacht verbracht hatte.

Harper bemühte sich, nicht zu viel in diesen gemütlichen, vertrauten Moment hineinzuinterpretieren. Sie saßen nur hier und lasen beide den Teil der Zeitung, den sie am meisten mochten. Mehr war da nicht.

16

Brooke sah von ihrem Laptop auf, als Harper aus dem Haus trat. Ihre Schwester hatte es sich auf der kleinen Veranda gemütlich gemacht. Dieser Tag war wirklich perfekt, um ihn draußen zu verbringen. Und die Veranda ein optimaler Platz für neugierige Schwestern.

Blake hatte sie nach dem Frühstück auf dem Dach nach Hause gefahren und den Moment, in dem sie ausstieg, mit einem langen Kuss voller sinnlicher Versprechungen in die Länge gezogen. Als sie es endlich geschafft hatten, sich zu verabschieden, hatte er versprochen, seine Arbeit so schnell wie möglich zu erledigen und wiederzukommen.

Brooke hatte sie mit Sicherheit beobachtet, denn sie saß mit einem breiten Grinsen im Gesicht auf der Veranda, als Harper die Treppe zum Haus hinaufstieg. »Du kommst spät, Schwesterchen«, sagte sie und wackelte mit den Augenbrauen. »Sieht ganz so aus, als hättest du einen schönen Abend gehabt.«

»Wo ist Reeva?«, fragte Harper statt einer Antwort.

»Mit Lucky am Strand. Während ich versuche, mich durch diesen Businessplan zu kämpfen.« Sie wies mit der Kaffeetasse in der Hand auf den Laptop, sah dann aber wieder

Harper an. »Ich wäre allerdings bereit für eine kleine Pause und ein paar schmutzige Details der letzten Nacht.«

»Es gibt keine schmutzigen Details.« Oder höchstens ein paar, von denen sie ihrer Schwester garantiert nichts erzählen würde. »Ich springe kurz unter die Dusche und ziehe mir etwas anderes an, dann helfe ich dir mit dem Businessplan«, versprach Harper und flüchtete ins Haus. Sie brauchte einen Moment für sich. Ein paar Minuten, in denen sie die Nacht mit Blake verarbeiten konnte. Er hatte ihr zwar angeboten, mit ihm zusammen zu duschen, aber sie hatte ihm widerstanden. Sonst wäre er wahrscheinlich gar nicht mehr zum Arbeiten gekommen.

Harper hängte Nayas Kleid auf einen Bügel, duschte und schlüpfte in bequeme Yogahosen, ein altes T-Shirt, das darauf hinwies, dass Rhode Island bei Ebbe ganze 3 Prozent größer war, und kehrte zu ihrer Schwester auf die Veranda zurück.

»Kaffee?«, fragte Brooke und hielt die Thermoskanne hoch, die sie mit herausgebracht hatte.

»Lieber nicht.« Koffein hatte sie inzwischen eindeutig genug im Blut. Stattdessen schenkte sie sich ein Glas der frischen Limonade ein, die ihre Schwester an diesem Morgen gemacht hatte, und setzte sich neben Brooke.

Eine Weile blickten sie einfach auf den Strand. Sie entdeckten Reeva, die mit einer Freundin und Lucky an den Wellen entlangtobte. Dieses Wochenende war das erste, das warm genug war, einen richtigen Strandtag zu planen. Sie winkten der Poker-Gang zu, die bereits neben dem Eiswagen Stellung bezogen hatte, allerdings noch auf Neele verzichten musste, die im Piece of Heaven sicher alle Hände voll zu tun hatte. Mason und Elijah Hill gönnten sich einen Spaziergang in der Sonne und warfen ihnen Kusshände zu, als sie am Haus vorbeigingen. Ruby stand mit Angelo, dem die Pizzeria gehörte, auf einen Plausch vor ihrer Galerie.

Coralee arrangierte auf der Veranda nebenan die Gestecke und Sträuße ihres Blumenladens. »Hallo, ihr zwei«, rief sie und winkte ihnen zu. »Gib jedem Tag die Chance, der mit dem meisten Lächeln zu sein«, brachte sie die Zitate von Mark Twain und Charlie Chaplin durcheinander.

Was Harper und Brooke immerhin zum Lachen brachte – und damit seinen Zweck erfüllte.

»Du hast gestrahlt«, sagte Brooke schließlich. »Als du aus Blakes Wagen ausgestiegen bist«, ergänzte sie, als Harper ihr einen Seitenblick zuwarf. »Da hast du regelrecht geleuchtet.«

»Brooke …«, begann Harper, war sich aber noch immer nicht sicher, wie sie das, was sie empfand, nein, was sie beide in der vergangenen Nacht empfunden hatten, in Worte fassen sollte.

»Schon gut.« Ihre Schwester griff nach Harpers Hand und drückte sie. »Ich habe dich einfach lange nicht mehr so glücklich gesehen. Dieses Strahlen steht dir wirklich gut. Es ist egal, was es ist oder wie lange es dauert. Genieß es einfach.«

»Ich fühle mich auch glücklich«, gab Harper zu. »Zumindest im Moment ist es wundervoll, mit Blake zusammen zu sein. Wir haben nicht darüber gesprochen, wie es weitergeht. Ob es weitergeht.« Harper seufzte. »Blake kommt nachher vorbei, damit wir darüber reden können.«

»Hmm.« Brooke trank einen Schluck Kaffee und schwieg dann für einen Moment. »Weißt du, so breit wie sein Grinsen war, als er von hier weggefahren ist, glaube ich, dass du ihn auch ziemlich glücklich machst. Ich bin also gespannt, wie es mit euch weitergeht. Aber dass es weitergeht, bin ich mir sicher. Ihr tut euch einfach gegenseitig gut.«

Vielleicht hatte ihre Schwester da sogar recht. Sie taten sich gut. Blake ihr, weil er sie auf Händen trug und ihr – zumindest für die vergangene Nacht – die Welt zu Füßen gelegt hatte. Und sie ihm, weil sie ihn einfach viel zu gut kannte und seine Wünsche bereits erahnen konnte, bevor er sie aussprach. Aber das änderte nichts daran, dass Blakes Beziehungen, Affären oder wie auch immer man das nennen wollte, nie von Dauer waren. Und nie besonders tief gingen. Zumindest nicht, seit seine Verlobte sich von ihm getrennt hatte. Dass das Thema Melody Sullivan ihm noch immer unter die Haut ging, hatte der Zwischenfall mit Stadtrat Logan am vergangenen Abend ganz klar gezeigt.

Harper erwiderte den Händedruck ihrer Schwester. »Na komm«, sagte sie. »Zeig mir mal, was du schon hast.« Sie zog den Laptop zu sich heran und scrollte durch das, was Brooke bereits geschrieben hatte.

Sie verbrachten den Tag bei wundervollem Wetter draußen. Reeva tauchte immer mal wieder auf. Allein. Mit Lucky im Schlepptau. Ihrer Freundin. Oder allen beiden. Um etwas zu trinken. Um Snacks aus dem Kühlschrank zu holen. Und um jede Menge Sand vom Strand ins Haus zu schleppen. Harpers Herz quoll über vor Liebe zu ihrer Nichte. Und vor lauter Glück, dass Reeva so leben konnte. Sie würde die Erinnerungen an ihre eigene Kindheit nie verdrängen können. Wie es Ohrfeigen gesetzt hatte, wenn sie mit den Schuhen ins Haus gerannt waren. Ohrfeigen, wenn sie die Kleider, die sie am Sonntag in der Kirche tragen sollten, mit Saft bekleckert hatten. Die Prügel für Widerworte, eine andere Meinung,

Fehler. Aus Harper hatte das einen unsichtbaren Geist gemacht. Aus ihrer Schwester eine Rebellin. Zum Glück war Reeva eine Miniausgabe von Brooke. Sie würde immer ihre eigene Meinung haben – und sie auch vertreten. Gegen Reeva würde nie jemand die Hand erheben, solange Harper das verhindern konnte. Sie würde ihren Träumen und Wünschen folgen können. Würde sich verlieben dürfen, wann und in wen sie wollte. Und vor allem würde sie immer ein Zuhause haben, in dem sie mit Liebe und einer Umarmung empfangen werden würde.

Es war spät geworden, als Brooke den Laptop endlich zufrieden zuklappte. »Ich finde, dass dieser Businessplan wirklich wasserdicht ist.«

»Ich kann zumindest nicht erkennen, was dagegen sprechen sollte, dir dieses Darlehen zu gewähren. Smells like Wood läuft sehr gut. Wenn du Wood by Wilson übernimmst, hast du zwei fantastisch laufende Unternehmen, die du ja zum größten Teil jetzt schon leitest«, stimmte Harper ihr zu. Nachdem sie die Bücher akribisch durchgegangen waren und sich alles genau angesehen hatten, hegte sie keinen Zweifel, dass Brooke die Schreinerei kaufen sollte.

»Wenn das sogar meine auf super Nummer sicher gehende große Schwester für eine gute Idee hält, sehe ich keinen Grund zu zögern. Selbst die Bank hat mir bei dem Gespräch neulich grünes Licht signalisiert.« Brooke legte ihren Kopf an Harpers Schulter. »Ich wünsche mir das so sehr, Harps. Ray hat mir mit der Schreinerei eine Chance gegeben, von der ich niemals zu träumen gewagt hätte. Die Firma in seinem Sinne weiterzuführen, fühlt sich so richtig an.«

Harper blickte zur Poker-Gang hinüber, wo Ray gerade

resigniert den Kopf auf den Tisch fallen ließ und Neele triumphierend die Fäuste in die Luft streckte. »Ich glaube, Ray ist mindestens so froh wie du, Wood by Wilson an dich zu verkaufen. Immerhin kann er dann regelmäßig von seinem Pokertisch aufstehen, in die Werkstatt kommen und dir reinreden.«

Brooke kicherte. »Ich kann es kaum erwarten.«

Blake war später dran, als er geplant hatte. Was in letzter Zeit immer häufiger vorkam, ihn aber normalerweise nicht störte. Aber er war mit Harper verabredet. Sie hatten zwar keine Zeit vereinbart, sie wartete aber wahrscheinlich trotzdem seit einer Weile darauf, dass er auftauchte.

Immerhin hatte er an diesem Tag einiges von seiner To-do-Liste streichen können. Die Gewissheit, dass er Harper am Abend schon wieder sehen würde, hatte es ihm ermöglicht, sie während der Arbeit aus seinen Gedanken zu verbannen und sich vollständig auf seinen Job zu konzentrieren.

Doch jetzt senkte sich bereits der Abend über die Uferpromenade. Überall am Strand glommen die Lichter kleiner Lagerfeuer auf. Die Menschen lechzten nach dem langen Winter und dem kühlen Frühjahr nach dem ersten Hauch des bevorstehenden Sommers, den dieser Tag mit einer Überdosis Sonne in die Bucht geweht hatte. Viele würden versuchen, dieses Gefühl so lange wie möglich zu genießen und um die Feuer herum feiern.

Blake war es völlig egal, wo er diesen Abend verbrachte, solange er dabei Harper in seiner Nähe hatte. Ein nicht ganz typischer Gedanke für ihn, wenn es um eine Frau ging, musste er sich eingestehen. Er hatte keine Ahnung, warum diese Frau ihn so faszinierte. Abgesehen vom wirklich aufregenden Sex, den sie in der vergangenen Nacht gehabt hatten. Vielleicht lag es daran, dass sie so geheimnisvoll wirkte und nur wenig über sich und ihr Leben außerhalb der Firma preisgegeben hatte. Vermutlich wollte sein Unterbewusstsein einfach dieses Rätsel lösen, zu dem sie für ihn geworden war.

Er ließ den Jaguar hinter ihrem Wagen am Straßenrand ausrollen und stieg aus. Die Pokerrunde saß an ihrem üblichen Platz, und die Frau und einer der Männer winkten ihm zu.

Blake hob die Hand zum Gruß und wollte sich schon zum Haus der McNallys umdrehen, als ihm etwas einfiel. Er lief zum Pokertisch hinüber, so wie er es bei seinem ersten Besuch in Jamestown getan hatte.

»Wollen Sie eine Runde mitspielen?«, fragte einer der Männer unter einer Lockenmähne hervor, die etwas von grauer Stahlwolle hatte.

»Nein.« Sein Blick fiel auf die Jacke des Mannes, die zu dem nostalgischen Eiswagen passte, der neben der Laterne stand. »Ich wollte fragen, ob Sie mir noch ein Eis verkaufen, auch wenn es schon ein wenig spät ist.«

Der Mann seufzte und erhob sich. »Ich hoffe, Sie können pokern«, sagte er und drückte Blake sein Blatt in die Hand. »Spielen Sie für mich weiter, solange ich Ihr Eis hole. Was wollen Sie denn?«

Das wusste Blake nicht. Noch nicht, jedenfalls. Er grinste den Eisverkäufer an. »Einmal Reevas Lieblingssorte, einmal etwas für Harper und eins für Brooke. Ich nehme einfach nur Vanille.«

»Na, wenn es sonst nichts ist«, brummte der Eisverkäufer und trottete zu seinem Wagen, während Blake Platz nahm.

»Sind Sie ein guter Pokerspieler?«, wollte die Frau mit der feuerroten Bienenkorb-Frisur wissen, die ein Shirt mit dem Aufschrift Piece of Heaven trug.

»Nicht wirklich.« Wenn es etwas gab, das man beim Poker nie preisgeben durfte, dann, wie gut man war. Das half zumindest beim ersten Spiel, um den Überraschungseffekt zu nutzen. »Ich hätte nichts dagegen, wenn Sie kurz warten, bis Ihr Mitspieler wieder da ist. Nicht, dass ich ihn um Haus und Hof bringe.«

Die Frau legte die Karten ab, und die beiden Männer, die noch am Tisch saßen, taten es ihr gleich. »Vielleicht können Sie uns stattdessen verraten, was für Absichten Sie bezüglich unserer Harper haben.«

»Ihre Harper?« Blake hob die Augenbrauen, amüsiert, dass sich die alte Dame so schützend vor sie stellte. Und doch berührt davon, wie sehr die Nachbarn auf die McNallys achteten.

»Natürlich«, sagte einer der Männer. »Sie ist unser Mädchen. Wir schauen nach unseren Leuten. Jamestown ist eine Familie.«

Blake legte ebenfalls seine Karten verkehrt herum auf den Tisch und beschwerte sie mit einer großen Muschel, wie die anderen es getan hatten, als er aus den Augenwinkeln sah, dass der Eisverkäufer auf dem Rückweg zu ihnen war. »Das finde ich sehr beruhigend«, sagte er. »Es ist gut zu wissen, dass Harper und ihre Familie in Jamestown so gut aufgehoben sind.« Eine gute Antwort, wie er fand, mit der er es außerdem schaffte, sich der Befragung zu entziehen, die die Herrschaften angesetzt hatten. »Wenn Sie mich entschuldigen? Viel Glück beim Weiterspielen.« Er zog seinen Geldbeutel aus der Tasche, reichte dem Eisverkäufer einen Zwanziger und nickte der Pokerrunde zum Abschied zu.

Das Eis vor sich her balancierend, lief er über die Straße und klopfte kurz darauf an die Tür der McNallys.

Sie ließen ihn ein bisschen warten. Blake balancierte die Eisbecher, die ihm vermutlich Frostbeulen bescheren würden, wenn sie ihn noch lange hier stehen ließen, und wartete geduldig.

Schließlich öffnete Harper ihm mit einem »Hi«, das deutlich reservierter klang, als er sich das auf der Fahrt nach Jamestown vorgestellt hatte. In ihrem Blick konnte er deutlich lesen, dass sie vermutet hatte, ihn heute gar nicht mehr zu sehen.

»Sorry.« Er lächelte zerknirscht. »Ein paar Telefonate haben einfach zu lange gedauert. Aber ich habe eine Entschuldigung dabei. Und ein Dankeschön für die Cookies, die Reeva für mich gebacken hat.«

Harper antwortete nichts darauf, sondern trat einen Schritt zur Seite, um ihn hereinzulassen. Doch das war nicht die Begrüßung, die er sich wünschte. »Hi«, sagte er und küsste Harper. Mit dem Eis in den Händen konnte er sie nicht in seine Arme ziehen, und doch konnte er spüren, wie ihr Widerstand ein wenig schmolz.

Als sie den Kuss beendete und mit der Hand über seine Schulter strich, konnte er bereits das kleine Lächeln auf ihrem Gesicht sehen. »Es tut mir wirklich leid, dass ich so spät bin«, sagte er noch einmal.

»Du bist hier«, erwiderte sie. »Und du hast Eiscreme dabei. Jetzt komm rein, bevor dir die Finger abfrieren.«

Blake ging an ihr vorbei und begrüßte Lucky, der begeistert an ihm hochsprang.

»Reeva und Brooke sind in der Küche«, sagte Harper hinter ihm und versuchte Lucky davon abzuhalten, das Eis in seiner Hand zum Kentern zu bringen.

»Hallo«, rief Brooke ihm entgegen und kam ein paar Schritte auf ihn zu, um ihm zwei Eisbecher abzunehmen und ihn dann in eine schwesterliche Umarmung zu ziehen.

Reeva folgte ihm, umarmte zur Begrüßung seine Hüfte, wobei ihre Augen längst an dem Eis klebten.

»Ein kleines Dankeschön für deine Kekse«, erklärte er Reeva. »Wenn deine Mom es erlaubt.« Mist. Er hatte gar nicht daran gedacht, dass er nicht einfach so mit Eis hereinplatzen konnte. Manche Eltern …

Doch Brooke lachte. »Wie könnte dieser erste warme Tag besser enden als mit einem Eis. Deinem Lieblingseis«, stellte sie mit einem Blick in den Becher fest, den Blake noch in der Hand hielt.

»Und deinem Lieblingseis«, ergänzte er und schob Brooke den zweiten Becher über den Küchentresen.

»Ah.« Sie blickte auf die beiden Becher, die sie ihm abgenommen hatte. »Dann gehört das hier dir.« Sie reichte Harper einen. »Und das langweilige ist deins.«

Für einen Moment herrschte Stille, als alle ihre Eislöffel in die Becher tauchten. Dann hob Brooke den Kopf und grinste ihre Schwester an. »Er lässt sich zwar echt Zeit, bis er hier auftaucht, aber er weiß, wie man eine Frau um den Finger wickelt. Oder zumindest uns zwei.« Sie legte die Hand auf Reevas Schulter. »Komm, Süße, wir essen unser Eis auf der Veranda und tratschen ein bisschen mit den Nachbarn, die vorbeigehen.« Sie gab ihrer Tochter einen sanften Schubs in Richtung Tür.

»Danke, Blake.« Reeva winkte ihm mit dem Löffel in der Hand zu und trabte dann vor ihrer Mutter hinaus. »Sollen wir die Poker-Gang besuchen? Dann könnte ich Neele ein bisschen beraten. Sie hatte ziemlich viel Pech in letzter Zeit«, hörten sie sie zu Brooke sagen.

Als die Tür hinter ihnen zuschlug, breitete sich ein drückendes Schweigen in der Küche aus. Harper stocherte in ihrem Eis herum, ohne ihn anzusehen. Hatte er es echt verbockt? Schon nach der ersten Nacht?

Blake stellte seinen Eisbecher zur Seite und zog Harper ihren aus der Hand, um ihn danebenzuschieben. Dann wartete er, bis sie den Kopf hob und sich ihre Blick trafen. »Du hast gedacht, ich würde nicht kommen«, sagte er leise.

Harper senkte für einen Moment den Blick wieder, dann sah sie ihn an und bemühte sich um ein Lächeln. »Es tut mir leid, dass ich so gedacht habe. Ich weiß ja, wie viel Arbeit du hast. Und dass du oft in deinen Aufgaben versinkst, ohne zu merken, wie spät es wird.«

Blake strich mit den Fingerknöcheln über ihre Wange. »Aber das ist nicht, was du gedacht hast. Du dachtest, für mich wäre die vergangene Nacht eine einmalige Sache gewesen.« Eine Feststellung, keine Frage.

Harper hielt seinen Blick. Ehrlichkeit lag in ihren Augen. Blake hatte längst begriffen, dass sie entweder die Wahrheit sagte oder schwieg. Sie log nicht. »Das stimmt«, sagte sie leise. »Ich habe darüber nachgedacht, ob das eine einmalige Sache gewesen ist.«

Blake zog sie in seine Arme, einfach weil er ihren Körper an seinem spüren wollte. »Obwohl ich gesagt habe, dass ich heute Abend vorbeikommen würde, damit wir reden können?« Seine Hände glitten über ihren Rücken.

Harpers Körper entspannte sich an seinem. Sie ließ ihren Kopf an seine Schulter sinken. »Vielleicht gerade deswegen«, murmelte sie, und ihr warmer Atem strich über seine Haut.

»Wie wäre es, wenn ich versuche, das Beste aus diesem Abend zu machen?«, fragte er. »Ich könnte dich zu einem romantischen Strandspaziergang mit Sonnenuntergang entführen.« Er ließ seine Lippen über ihre Schläfe gleiten, und als sie den Kopf hob, küsste er sie richtig. »Unterwegs können wir reden.«

»Okay.« Harper löste sich von ihm, aber er zog sie noch einmal zu einem Kuss zu sich heran.

Als er sie diesmal wieder losließ, machte sie einen Schritt zurück und brachte Abstand zwischen sie, als traue sie ihrem eigenen Körper nicht über den Weg. »Lass uns gehen«, sagte sie, und Blake mochte es, wie rau ihre Stimme dabei klang.

Er folgte ihr aus dem Haus und verabschiedete sich von Reeva und Brooke. Dann verschränkte er seine Finger mit Harpers und schlenderte mit ihr über die Strandpromenade auf den Sand, der Jamestown vom Ozean trennte. Obwohl viele Leute unterwegs waren und eine ganze Reihe Lagerfeuer brannte, verteilten sich die Strandbesucher gut genug, dass sie für sich blieben. Harper winkte hin und wieder jemandem zu oder rief ein Hallo über den Strand. Abgesehen davon gingen sie eine Weile schweigend am Wasser entlang.

»Es ist schön hier«, sagte Blake schließlich, um die Stille zu durchbrechen. Er meinte, was er es sagte. Der Blick auf Newport auf der anderen Seite der Bucht und die Brücke, die alles in einem riesigen Bogen überspannte, boten ein Bild, an dem man sich wahrscheinlich nie satt sehen konnte. Schon gar nicht, wenn die Sonne gerade begann unterzugehen.

»Ja.« Harper ließ den Blick über das Wasser schweifen. »Ich liebe diesen Ort wirklich von ganzem Herzen.«

»Wie seid ihr hier gelandet?«, wollte Blake wissen. Dass jemand nach Newport zog, konnte er verstehen. Aber Jamestown wirkte auf ihn wie ein Geheimtipp. Man überquerte die Insel ständig, fuhr über die beiden Brücken, die den schnellsten Weg nach Providence bildeten. Aber man verließ nie den Highway. Was Jamestown wie ein kleines Geheimnis wirken ließ, an dem man ständig vorbeirauschte, ohne es zu entdecken. »Das da sieht interessant aus«, sprach er weiter, als Harper nicht gleich antwortete. Er wies auf das Strandhaus an der Ocean View Avenue rechts von ihnen, das ein wenig verwahrlost und heruntergekommen aussah, aber vermutlich einer der besten Plätze war, um den Sonnenaufgang zu genießen. Es stand ein wenig abseits der anderen Häuser in der Straße, in der auch Harpers Zuhause lag.

»Hmm.« Harper warf dem Haus einen sehnsüchtigen Blick zu. »Früher habe ich mir immer vorgestellt, dort zu leben. Es war absolut wundervoll. Mit einem kleinen Sonnenraum und Buntglasfenster an der Treppe, durch die das Sonnenlicht fiel. Die Walkers, denen das Haus gehört hat«, erklärte sie, »waren wundervolle, warmherzige Leute. Sie haben uns oft auf ein Glas Eistee oder selbst gemachte Limonade eingeladen, wenn wir mit Reeva hier spazieren gegangen sind. Dann saßen wir auf ihrer Veranda, den ganzen Strand und das Meer vor uns.« Harper seufzte. »Aber dann haben sie verkauft und sind in den Süden gezogen. Wir vermissen sie immer noch.«

»Aber da wohnt doch niemand mehr, oder?« Blake konnte sich vorstellen, wie dieses hübsche Häuschen mit der umlaufenden Veranda und dem Zuckerbäckerstuck aussehen würde, wenn sich jemand die Mühe machte, dafür Werkzeug in die Hand zu nehmen.

»Nein.« Harper schüttelte den Kopf. »Ich weiß nicht mal, an wen sie verkauft haben. Aber seit sie weggezogen sind, steht das Haus leer und verfällt Stück für Stück. Es bricht einem das Herz.«

»Aber was du erzählst, zeigt, wie nett die Menschen hier sind. Ich kann verstehen, dass euch dieses Städtchen gefällt«, sagte Blake.

»Jamestown war ein reiner Zufall für uns. Und unser größtes Glück«, stimmte Harper ihm zu. »Brooke hat ja hier die Schreinerei gefunden: Wood by Wilson. Sie hat früher bereits mit unserer Mutter zusammen alte Möbel restauriert. Als wir hierhergezogen sind, hat sie angefangen, für Ray Wilson zu arbeiten. Und wenn man hier einen Job hat und auch noch hier lebt, schafft man es gar nicht, außerhalb dieser Gemeinschaft zu bleiben.« Sie zuckte mit den Schultern. »Man wird einfach Teil davon. Es ist ein bisschen wie in einer großen, lebhaften Familie. Brooke und ich waren verdammt dankbar dafür, als wir hergezogen sind.«

Was aber noch immer nicht erklärte, wieso die Schwestern überhaupt hier gelandet waren. »Aber was hat euch hergebracht?«, wollte er wissen. »Wieso seid ihr von Kansas nach Rhode Island gezogen?«

»Sollen wir uns für einen Moment dort hinsetzen?«, schlug Harper vor und wies auf einen Baumstamm, der vermutlich irgendwann von der Flut angespült worden war und silbrig grau und vom Wasser glatt geschliffen im Sand lag.

Sie schlenderten zu dem Treibgut hinüber. Blake wischte den Sand von der Oberfläche, bevor er Harper Platz nehmen ließ und sich dann neben sie setzte. Weil er den Körperkontakt zu Harper einfach nicht verlieren wollte, legte er den Arm um ihre Schultern und zog sie an sich.

Harper winkte einem älteren Paar zu, das mit seinem Hund an den Wellen entlangspazierte, die auf dem Strand ausrollten. »Weißt du«, begann sie dann, »wir leben schon seit zehn Jahren hier. Und wir haben uns ein gutes Leben aufgebaut.« Sie schwieg einen Moment und betrachtete versonnen die Brücke, ehe sie weitersprach. »Vor unserer Ankunft hier war nicht alles einfach. Aber manchmal braucht es diese harten Zeiten, um schätzen zu lernen, was man hat.«

Das verstand Blake nur zu gut. Er liebte seine Familie, hatte sich aber nie Gedanken darüber gemacht, wie fragil dieses Geflecht war und wie schnell sich alles ändern konnte. Erst der Herzinfarkt seines Vaters hatte ihm gezeigt, wie kostbar all das war.

»Weißt du …« Harper kuschelte sich an seine Schulter, und Blake genoss die Selbstverständlichkeit, mit der sie das tat. »Ich finde es wichtiger, in die Zukunft zu sehen. Was bringt es, über die Vergangenheit zu reden? Sie ist vorbei und lässt sich nicht mehr ändern. Viel wichtiger ist es doch, im Hier und Jetzt zu sein und sich Gedanken über die Zukunft zu machen.«

Harper hatte also kein Problem, sich körperlich an ihn zu lehnen, vertraute ihm aber nicht genug, um ihm von ihrer Vergangenheit zu erzählen, die ganz offenbar ein paar Geheimnisse barg, die sie zu der Frau gemacht hatten, die sie jetzt war. Einer Frau, die bei ihrem Job und in ihrem Privatleben zwei Seiten von sich zeigte, die so verschieden waren wie Tag und Nacht. Blake war neugierig auf diese Geschichte. Aber er konnte spüren, dass Harper noch nicht bereit war, ihm aus ihrem Leben zu erzählen. Und bis sie so weit war, würde vermutlich noch eine ganze Weile vergehen. »Okay«, sagte er. »Lass uns über die Zukunft reden«, ging er auf ihren Vorschlag ein. »Ich möchte mit dir zusammen sein. Zeit mit dir verbringen.« So einfach war das für ihn, wurde ihm in dem Moment klar, als er es aussprach. So hatte er lange nicht mehr empfunden, wenn es um eine Frau ging.

»Wenn du das sagst, klingt das so einfach.« Harper lehnte noch immer an seiner Schulter und blickte auf das Meer hinaus. Ihre Stimme war leise, als sie weitersprach. »Aber ganz so einfach ist das nicht. Zum einen arbeiten wir zusammen«, zählte sie auf, »und zum anderen …« Sie schwieg einen Moment, als müsse sie nach den richtigen Worten suchen. »Was genau meinst du mit ›zusammen sein und Zeit verbringen‹? Ich meine …« Wieder stockte sie. »Als was bezeichnest du das, was zwischen uns ist?«, beendete sie den Satz schließlich.

Für einen Moment spürte er das unangenehme Gefühl, das sich in den vergangenen zwei Jahren breitgemacht hatte, wenn eine der Frauen, mit denen er sich verabredet hatte, zu weit gegangen war und versucht hatte, ihn in die Ecke zu drängen. Auf eine Beziehung festzunageln. Aber so war Harper nicht. Sie hatte nie versucht, bei ihm zu landen. Ganz im Gegenteil. Er konnte verstehen, dass ihre Situation eine besondere war und sie eine gewisse Sicherheit brauchte. Er schob die warnenden Gedanken zur Seite. »Müssen wir das definieren?«, fragte er. »Können wir es nicht einfach genießen, zusammen zu sein?«

Einen Moment schwieg sie, so als müsse sie über das, was er gesagt hatte, nachdenken. »Wir brauchen Regeln«, erklärte sie dann, und ihre Stimme klang dabei fest und entschlossen. »Wie gehen wir in der Öffentlichkeit damit um? Wie verhalten wir uns in der Firma? Du musst dir vielleicht keine Gedanken machen. Aber ich bin deine Assistentin. Was glaubst du, was die Leute sagen werden, wenn zwischen uns plötzlich etwas läuft?«

Blake strich über ihre Schulter und knetete sanft ihre Nackenmuskeln, die sich bei ihren Worten verspannt hatten. »Das bedeutet, dass du nicht möchtest, dass irgendjemand von uns weiß?« Er war sich nicht sicher, ob er Harper richtig verstanden hatte. Wollte sie, dass er sich offen zu ihr bekannte? Oder war es ihr lieber, dass niemand von ihnen wusste?

»Mir wäre es lieber so. Zumindest in der Firma.« Sie drehte sich in seinem Arm, sodass sie ihm in die Augen sehen konnte. Sie waren sich in diesem Moment so nahe, dass Blake nicht anders konnte, als seine Lippen über ihre gleiten zu lassen. »Weißt du«, fuhr sie fort, nachdem sie sich ein wenig zurückgelehnt hatte, um einem weiteren Kuss zu entgehen. Dem Glänzen in ihren Augen nach nicht, weil sie keinen weiteren Kuss wollte, sondern weil sie ihrer Widerstandskraft nicht traute. »Der Abend und die letzte Nacht waren wundervoll. Und ich würde wirklich gern weiter Zeit mit dir verbringen. Aber ich muss einfach wissen, was ich für dich bin. Wir wissen beide, dass du Frauen nach einer Weile gern wieder aus deinem Leben aussortierst. Das wird bei uns nicht möglich sein, es sei denn, du würdest mich feuern, wenn du nichts mehr mit mir zu tun haben willst.«

Dieser Gedanke ließ Blake ungläubig auflachen. »Keine Sorge, ich werde dich nicht feuern«, versicherte er Harper. »Du bist die beste Assistentin, die ich mir wünschen kann. Ohne dich bin ich aufgeschmissen. Und wer sagt denn«, er strich ihr eine Haarsträhne hinter das Ohr, die der auffrischende Wind in ihr Gesicht geweht hatte, »dass ich derjenige bin, der irgendwann nicht mehr mit dir zusammen sein will? Genauso gut kann es doch sein, dass du in ein paar Wochen die Nase voll hast von mir.« Harper wusste vielleicht, wie er in der letzten Zeit seine Beziehungen geführt hatte. Er hatte allerdings keine Ahnung, was für Erfahrungen sie in dieser Hinsicht gemacht hatte. Er kannte sie gut genug, um zu wissen, dass sie im Moment keine Beziehung hatte, sonst hätte sie sich niemals auf ihn eingelassen und ihn längst in seine Schranken gewiesen. Aber wie sah es in ihrer Vergangenheit aus? War sie eine Herzensbrecherin? Gab es Männer, die ihr das Herz gebrochen hatten? Den einen, ganz besonderen Mann? Blake war sich sicher, auch darauf keine Antworten zu bekommen, sollte er diese Fragen stellen.

Harper bedachte ihn mit einem nachdenklichen Blick. Dann breitete sich ein verschmitztes Lächeln auf ihrem Gesicht aus. »Stimmt. Könnte gut sein, dass ich dich abserviere, weil du beginnst, mich zu langweilen.« Sie drückte ihm einen Kuss auf und stand auf. »Wir fassen also zusammen, dass das zwischen uns keinen Namen hat, bei der Arbeit nicht an die große Glocke gehängt wird und wir nicht wissen, wer wen irgendwann abserviert«, zählte sie auf.

Blake erhob sich ebenfalls und griff nach ihren Händen, um sie an sich zu ziehen. »So nüchtern klingt das nicht besonders schön. Ich finde ein ›wir genießen, was wir haben‹ passender.«

»Alles eine Frage der Formulierung.« Harper grinste und ließ sich für einen Kuss in seine Arme ziehen. Einen langen, sinnlichen Kuss. Träge, aber voller Versprechungen.

»Was fangen wir mit dem Rest des Abends an?«, fragte Blake, seine Lippen nur Millimeter von ihren entfernt, bevor er sie noch einmal küsste.

»Ich finde, dass wir uns jetzt einen Drink verdient haben. Wie wäre es mit einem Cocktail in unserer Beach Bar?«, schlug Harper vor.

»Ein Drink hört sich nach dem perfekten Abschluss dieses Strandspaziergangs an.«

Harper versuchte noch immer, das Gespräch mit Blake zu verarbeiten, als sie das Rip Tide, die einzige Beach Bar der Stadt, erreichten. Er hatte ihr keine Hoffnungen gemacht. Und er hatte ihr nicht versprochen, dass er eine ernsthafte Beziehung mit ihr führen würde. Dass er tiefere Gefühle für sie hatte. Sie würden eine Zeit lang Spaß miteinander haben. Würden den jeweils anderen genießen. Und dann würde einer von ihnen – Harper wusste genau, wer das sein würde – diese Affäre beenden. Denn etwas anderes war es nicht. Sie hatte sich selbst daran erinnert, dass sie beschlossen hatte zu nehmen, was Blake zu geben bereit war. Das hatte sie bereits entschieden, bevor sie ihn zu dieser Gala begleitet und mit ihm geschlafen hatte. Immerhin hatte sie ihn davon überzeugt, das zwischen ihnen in der Firma geheim zu halten. In Jamestown würde der Versuch, nicht darüber zu sprechen, daran scheitern, dass bereits viel zu viele Leute Bescheid wussten und sich die Neuigkeiten mit Sicherheit wie ein Lauffeuer verbreiten würde, wenn Blake und sie Hand in Hand über den Strand gingen. Aber ihre Nachbarn und Freunde wollten nur das Beste für sie. Sie würden keinen bösartigen Tratsch über sie verbreiten und höchstens versuchen, Blake davon zu überzeugen, dass er sie gefälligst so schnell wie möglich heiraten sollte.

»Harper McNally!«, rief Zac Elliot und winkte ihnen von seinem Platz hinter dem Tresen zu.

»Hey, Zac.« Sie drängte sich zwischen den Barbesuchern durch und besetzte einen Platz am Tresen. »Das ist Blake«, stellte sie ihren Begleiter vor. Sie musste sich nicht nach ihm umdrehen, sie konnte spüren, dass er direkt hinter ihr war.

Zac zog die Augenbrauen nach oben. »Ist das nicht der

Lord of Late Nights?« Sein Blick pendelte zwischen ihnen hin und her. »Dein Boss, oder?«

Harper bemühte sich, nicht die Augen zu verdrehen. Sie wandte sich zu Blake um. »Tut mir wirklich leid. Ich weiß nicht, woher er diesen Spitznamen hat.«

Blake grinste, statt genervt die Augenbrauen zusammenzuziehen, wie sie es fast erwartet hatte. »Wenigstens scheine ich in Jamestown einigermaßen berühmt zu sein.«

»Bilde dir nur nichts darauf ein«, rief Zac über den Tresen. »Willkommen im Rip Tide. Du siehst aus wie jemand, der nicht Nein sagt zu einem guten Gin Tonic.«

Blake nickte und setzte sich neben Harper, als der Platz frei wurde. »Klingt gut«, sagte er.

Zac nickte. »Und du? Das *Harper Special*?«, wollte er von ihr wissen.

»Auf jeden Fall.« Harper lehnte sich ein wenig zu Blake hinüber. »Ich habe hier meinen eigenen Drink. Zac verrät nicht, was drin ist. Aber er schmeckt verdammt lecker. Meine Schwester hat auch einen. Wir bekommen ihn hier in der Bar und im *Narragansett Café*, das Zacs Bruder Chester gehört«, erklärte sie ihm.

»Natürlich hast du hier einen eigenen Drink.« Blake schüttelte lachend den Kopf. Er sah sich im Raum um, nahm die Einrichtung in sich auf. Die ausrangierten Surfboards, die als Stehtische dienten. Girlanden aus Flip-Flops, die sich, mit Lichterketten verziert, an der Wand entlanghangelten. Gerahmte Poster von Surfprofis, die Zacs Idole nicht nur beim Wellenreiten zeigten, sondern auch von ihnen signiert waren. Zac war Surfer mit Leib und Seele und bei jeder sich bietenden Gelegenheit mit seinem Brett draußen vor Narragansett auf dem Wasser. Wer seine Leidenschaft nicht an den

Klischees wie seinem wilden, blond gesträhnten Wuschelkopf und der Muschel, die er an einem Lederband um seinen braun gebrannten Hals trug, erkannte, begriff es spätestens, wenn er Zacs Bar betrat. »Cooler Laden«, stellte er fest und nickte dem Barkeeper zum Dank zu, als der die Drinks über den Tresen schob. »Auf uns«, sagte er so leise, dass über den laut aufgedrehten Jack-Johnson-Song nur Harper seinen Toast hören konnte.

»Auf uns«, erwiderte sie und konnte nicht anders als zu lächeln.

Sie nippten an ihren Drinks, und Harper schloss genießerisch die Augen, als sich die Mischung aus exotischen Früchten und Rum auf ihrer Zunge ausbreitete. Als sie die Augen wieder öffnete, hing Blakes Blick an ihrem Gesicht. In seinen Augen lag wieder dieses dunkle Glitzern, das dieses wilde Kribbeln in ihrem Magen auslöste. Sie räusperte sich. »Wie schmeckt der Drink?«, fragte sie.

Blake blinzelte. »Fantastisch«, erwiderte er, ohne den Blick von ihr zu lösen. Harper war sich nicht ganz sicher, ob er gerade wirklich von dem Gin Tonic sprach.

Doch dann blinzelte er erneut und sah sich in der Bar um. »Was für Leute kommen hierher? Einheimische? Touristen?«, fragte er.

Harper drehte sich ebenfalls um und ließ ihren Blick über die Gäste schweifen, die lachend mit ihren Drinks anstießen und unter den Lichterketten tanzten, die unter der Decke quer durch den Raum gespannt waren.

Seine Frage löste die Spannung, die gerade noch zwischen ihnen in der Luft gehangen hatte. »Teils, teils«, sagte Harper und trank noch einen Schluck ihres Cocktails. »Wir schaffen es ganz gut, in Jamestown unter uns zu bleiben, auch wenn der Highway quer über die Insel verläuft. Wusstest du, dass jeden Monat über eine Million Autos über die Brücken fahren? Im Sommer legen jede Menge Boote in der Bucht an, die Besatzungen triffst du dann hier. Viele Pensionen und Hotels haben wir hier nicht. Aber wer einen Strandspaziergang macht, landet ebenfalls oft hier. In den Wintermonaten bleiben wir hier allerdings ziemlich für uns. Da drüben«, sie wies mit dem Glas in der Hand auf die Hills, die mit ein paar Freunden um einen der Surfboard-Tische standen, »ist zum Beispiel unsere Dance Crew. Elijah gibt richtig gute Zumba-Kurse, zu denen fast alle Frauen der Gegend gehen.«

Sie erzählte Blake lustige Geschichten über ihre Freunde und Nachbarn. Brachte ihn zum Lachen. Ein Geräusch, das sie unglaublich gern hörte. Besonders, wenn sie dafür verantwortlich war.

Als sie sich schließlich auf den Rückweg zu ihrem Haus machten, diesmal auf der Straße statt über den Strand, war die Nacht bereits über die Ocean View Ave hereingebrochen. Eng umschlungen und ohne viel zu sprechen, schlenderten sie an der Promenade entlang. Einmal mehr wurde Harper bewusst, dass sich das Schweigen mit ihm nicht unangenehm anfühlte. Fast ein bisschen, als verstünden sie sich auch, ohne viel zu reden.

Als sie das Haus erreichten, brannte das Verandalicht, der Rest lag im Dunkeln. »Möchtest du noch mit reinkommen?«, fragte sie Blake.

»Gern.« Er folgte ihr ins Haus, wo sie stürmisch von Lucky begrüßt wurden.

Brooke hatte einen Zettel auf dem Küchentresen hinterlassen. Harper spürte Blake hinter sich, als er sich über ihre Schulter lehnte und mitlas. »Reeva übernachtet bei einer

Freundin, und Brooke ist mit Naya ausgegangen?« Seine Lippen streiften ihren Hals. »Heißt das, du hast sturmfrei?«

Harper drehte sich um. Den Küchentresen im Rücken, vor sich Blakes Körper, der sich an ihren schmiegte. »Willst du mein Zimmer sehen?«, flüsterte sie an seinen Lippen.

»Unbedingt.« Blake hatte eine Art, sie zu küssen, als gäbe es nichts anderes auf der Welt. Als zähle nichts außer ihr. Ein Gefühl, das trügerisch war – in das sie sich aber nur zu gern fallen ließ.

17

Harper erwachte auch nach dieser Nacht in Blakes Armen. In ihr Bett gekuschelt, sein warmer, entspannter Körper an ihrem. Seine Augen waren noch geschlossen, aber seine Hände glitten in trägen Bewegungen über ihren Körper. Ein Lächeln lag auf seinen Lippen, und Harper konnte nicht anders, als ihn sanft zu küssen.

»Guten Morgen«, murmelte er, ohne die Augen zu öffnen. Er rollte sich so herum, dass Harper unter ihm lag, und vertiefte den Kuss. »Schöner kann man nicht aufwachen.«

Sie kamen langsam zueinander. Leise, wie das Knistern der Lagerfeuer am Strand. Die Explosivität, mit der ihr Verlangen in den letzten beiden Tagen aufeinandergeprallt war, fehlte. Und doch war es wundervoll, in diesen sanften, warmen Höhepunkt zu gleiten. In Blakes Armen zu erschauern, die Arme um seinen Nacken zu schlingen und ihn an sich zu ziehen, als auch er seine Erlösung fand.

Sie blieben lange einfach liegen. Arm in Arm. Die Augen geschlossen. Harpers Kopf ruhte an Blakes Brust. Sie konnte seinen Herzschlag unter ihrer Wange spüren. Das schnelle Klopfen, das immer langsamer und ruhiger wurde, je länger sie so dalagen.

Als Blake sich schließlich auf den Rücken drehte, kuschelte Harper sich an seine Seite.

Er schob den Arm unter seinen Kopf und ließ den Blick durch den Raum gleiten. »Dieses Zimmer ist echt toll«, sagte er. »Vor allem dieses Bett ist der Hammer.«

»Hmm. Das hat alles Brooke für mich gebaut.« Als sie in dieses Häuschen gezogen waren, hatte ihre Schwester darauf bestanden, dass Harper das größte Schlafzimmer bekam. Sie hatte aus alten Weinkisten ein wunderschönes Bücherregal gebaut und einen alten Sessel vom Flohmarkt neu aufgepolstert und daraus Harpers Leseecke gemacht. Das Highlight war allerdings wirklich ihr Bett. Es stand frei im Raum, hatte ein Kopfteil und einen Rahmen aus Altholz, die indirekt beleuchtet wurden. Diese einzigartigen, individuellen Möbel waren Brookes Art, Danke zu sagen. Für alles, was Harper für ihre kleine Familie getan hatte.

»Ich würde mir echt gern ein paar Möbel von Brooke bauen lassen.« Blake strich mit den Fingerspitzen über das Holz des Kopfteils. »Am liebsten würde ich sie unter Vertrag nehmen für die Inneneinrichtungen unserer Bauprojekte. Meine Schwester wäre begeistert, mit jemandem wie ihr zusammenzuarbeiten.«

»Du kannst sie fragen, aber sie wird dir wahrscheinlich einen Korb geben. Wir sind gestern ihren Businessplan durchgegangen, und er sieht wirklich gut aus. Sobald die Bank grünes Licht gibt, wird sie die Schreinerei übernehmen, in der sie arbeitet.«

»Das klingt toll. Ich würde dir ja anbieten, ebenfalls einen Blick drauf zu werfen. Aber ich vermute, dass längst alles Hand und Fuß hat, nachdem du es dir angesehen hast.«

Harper drehte sich so, dass sie ihre Hände auf Blakes

Brustkorb legen und dann ihren Kopf darauf betten konnte. »Danke. Das ist wirklich nett von dir. Aber der Plan sieht tatsächlich schon gut aus.« Sie presste ihre Lippen auf die Stelle, an der sein Herz schlug. »Wie wäre es mit Frühstück? Nachdem wir letztes Wochenende deine Gäste waren, würden wir uns freuen, wenn du mit uns isst.«

»Diese Einladung nehme ich gerne an«, sagte er.

»Super. Ich muss dich aber warnen: Von uns hat niemand das Format von Mrs. Spearce. Es wird wesentlich chaotischer zugehen als auf der Ranch.«

»Herausforderung angenommen.« Blake grinste und zog sie für einen herzhaften Kuss an sich.

Eine halbe Stunde später saßen sie lachend am Frühstückstisch, feuerten Reeva beim Pancake backen an und bemitleideten Lucky, weil er umsonst nach dem Bacon auf dem Tisch schielte.

Harper lehnte sich mit ihrer Kaffeetasse in der Hand zurück und beobachtete Blake und ihre Familie. Sie war dankbar, dass sie ihn nicht ins Haus und wieder hinaus hatte schmuggeln müssen. Er wurde von ihrer Familie behandelt, als gehöre er an einem Sonntagmorgen genau hierher.

Und Blake schien sich absolut wohlzufühlen. Er quetschte Brooke über ihre Arbeit in der Schreinerei aus, lobte Reevas leicht verbrannte Pfannkuchen und schenkte Harper nach einem aufmerksamen Blick in ihre Richtung Kaffee nach.

»Wie verbringst du den Rest des Tages?«, fragte Brooke gerade und knabberte an einem Streifen Bacon. »Wir haben uns heute für eine freiwillige Strandsäuberungs-Aktion eingetragen. Du bist herzlich eingeladen, mit uns zusammen Müll einzusammeln.«

Blake versenkte seinen Pancake in einem See aus Ahornsirup. »Ein wirklich verlockendes Angebot«, sagte er und schnitt ein großes Stück Pfannkuchen ab. Sirup tropfte auf seinen Teller, als er es vorsichtig zu seinem Mund balancierte. »Aber leider muss ich arbeiten. Inzwischen entwickle ich mich vom Lord of Late Nights zum Lord of Whole Weekends.«

Brooke, die gerade einen Schluck Kaffee trinken wollte, schnaubte und verschluckte sich prompt. Lachend hustete sie.

Blakes nächsten Satz bekam sie gar nicht mit. »Heute Abend bin ich zum Essen bei meinen Eltern.« Harper hingegen hatte ihn gehört.

Blake klopfte ihrer Schwester lachend auf den Rücken. Er bemerkte nicht, wie Harper schluckte und ihr Herz sank. Blake verhielt sich innerhalb ihrer Familie, als wäre er längst ein Teil davon. Er dachte aber nicht einmal darüber nach, sie um ihre Begleitung zu bitten. Sie trank einen Schluck Kaffee und klebte sich ein Lächeln auf die Lippen, als Blake in ihre Richtung sah. Diese Gedanken standen ihr überhaupt nicht zu. Nur weil sie Blake zum Frühstück mit ihrer Familie einlud, die er immerhin bereits kannte, musste er sie noch lange nicht zu seinen Eltern mitnehmen. Streng genommen war sein Vater sogar ihr oberster Boss. Und sie war immerhin diejenige gewesen, die ihre Affäre nicht an die große Glocke hängen wollte. Sie rieb sich über den Brustkorb, dort, wo ihr Herz schmerzhaft gegen ihre Rippen schlug. Denn eine Entscheidung konnte richtig sein und trotzdem weh tun. Das hatte sie in ihrem Leben doch schon oft genug gemerkt.

»Es gibt keinen Brokkoli«, verkündete Blakes Neffe Tyler begeistert, sobald er durch die Tür kam.

»Die beste Nachricht dieses Tages«, sagte Blake und klatschte Tyler mit einem High Five ab. Dann bückte er sich, um Sammy, der dem Jungen nachgetrottet war, hinter den Ohren zu kraulen.

»Drinks auf der Terrasse«, ließ Tyler ihn wissen und rannte davon.

Blake folgte ihm, durchquerte den Wintergarten und trat auf die große Steinterrasse, von der aus man über die Klippen auf den Ozean hinausblicken konnte und links vom Grundstück seiner Eltern aus sogar ein paar der beeindruckenden Herrenhäuser aus der goldenen Zeit sehen konnte.

»Da bist du ja«, rief Oliver. »Wie immer zu spät.«

Blake verdrehte die Augen. »Da ihr noch bei den Drinks seid, ist mein Zuspätkommen vermutlich zu verschmerzen.« Er machte die Runde und begrüßte alle. Als er fertig war, tauchte bereits die Haushälterin auf und hielt ihm auf einem Tablett einen Gin Tonic entgegen. »Danke, Mrs. Wells«, sagte Blake, nahm den Drink und stieß mit den anderen an. »Ein perfekter Ausklang dieses ersten warmen Wochenendes«, stellte er fest. Er hatte erst gestern mit Harper Gin Tonic im Rip Tide getrunken. Ungezwungen. Serviert von einem Surfer im Ambiente eines Surfertreffs. Heute trank er den Gin Tonic auf weiß lackierten Bistrostühlen auf einem Terrakotta-Boden aus geschliffenen Kristallgläsern. Diese beiden unterschiedlichen Szenarien ließen ihn grinsen. Es war ein bisschen, als pendelte er zwischen zwei Welten.

»Was ist so witzig?«, wollte Phoebe wissen.

»Nichts.« Blake bedachte sie mit einem extra breiten Grinsen. »Ich freue mich nur, meinen Sonntagabend mit euch zu verbringen.« Und darüber, wie viel der liegengebliebenen Arbeit er hatte aufholen können. Es war fast, als hätten die Nächte mit Harper wie ein Energie-Booster funktioniert. Bei dem Gedanken, heute Nacht allein in seinem Bett schlafen zu müssen, vermisste er Harper bereits wieder. »Ich nehme an, euer Ausflug nach Maine war schön?«, fragte er seinen Bruder, der zufrieden mit sich und der Welt auf seinem Stuhl saß und den Arm um eine vor Glück leuchtende Lacey gelegt hatte, die neben ihm saß.

»Das war eine wirklich gute Idee«, schwärmte Lacey. »Diese kleine Auszeit haben wir gebraucht. Jetzt können wir uns wieder auf die Hochzeit konzentrieren.«

»Ohne die Nerven zu verlieren«, ergänzte Oliver.

»Es war wirklich großzügig von dir, für Lacey und Olly auf der Gala einzuspringen«, sagte Phoebe. Ihre Augen blitzten, als plane sie einen Frontalangriff, während sie harmlos lächelte und dann einen Schluck von ihrem Drink nahm. Sie wirkte unschuldig, aber Blake kannte sie und ihre hinterhältigen Attacken bereits sein ganzes Leben lang. »Wie war es denn so?«

Blake legte den Kopf schräg und fixierte sie, als könne das helfen, ihre Gedanken zu lesen. Dann zuckte er die Schultern. »Wie solche Empfänge nun mal sind«, blieb er vage. Niemand in seiner Familie musste wissen, dass Harper und er …

»Wer ist die Frau, mit der du dort gewesen bist?«, wollte Phoebe wissen.

»Oh, du hattest eine Begleitung?« Blakes Mutter lächelte. »Ich hoffe, es war ein schöner Abend. Stellst du uns die junge Dame bei Gelegenheit vor?«

Blakes Lächeln fühlte sich an, als fletsche er die Zähne. Er hatte keine einzige der Frauen, mit denen er in den letzten eineinhalb Jahren etwas gehabt hatte, mit zu seinen Eltern gebracht. Genau genommen hatte er ihnen seit Melody niemanden mehr vorgestellt. Und das würde sich jetzt nicht ändern. Weil Harper das zwischen ihnen nicht an die große Glocke hängen wollte. Und weil er selbst seinen Eltern erst wieder eine Frau vorstellen würde, wenn er vorhatte, sich fest zu binden. Und davon war er bei dem Arbeitspensum und nicht vorhandenem Privatleben, mit dem er sich im Moment herumschlug, gefühlte Lichtjahre entfernt. »Ich habe diese Frau gerade erst kennengelernt.« Was nicht einmal gelogen war. »Lass uns nichts überstürzen, ja?« Er zwinkerte seiner Mutter zu, um den Ton leicht zu halten.

»Du kanntest sie auf jeden Fall gut genug, um sie zu küssen«, konterte seine Schwester.

Blake, der gerade an seinem Gin Tonic genippt hatte, verschluckte sich. »Was?«, keuchte er.

Phoebe zog mit einem selbstgefälligen Blick in seine Richtung ihr Handy aus der Tasche und scrollte einen Moment über den Bildschirm, bevor sie es umdrehte und in die Runde hielt. Blake erkannte Harper und sich. An ihrem Tisch. Versunken in den Kuss, bevor sie die Gala verlassen hatten. Es war von etwas weiter weg aufgenommen und deshalb nicht ganz scharf. Aber das waren ganz eindeutig Harper und er. Phoebe hatte offenbar richtigen Spaß daran, ihn vorzuführen. Wahrscheinlich eine späte Rache dafür, dass er ihr mal die Haare geschnitten hatte, als sie fünf gewesen war, oder für einen der anderen Streiche, den er ihr im Laufe ihrer Kindheit gespielt hatte.

»Woher hast du das?«, fragte er und schnappte sich ihr Handy.

»Lindsey war auf der Gala. Sie hat euch gesehen und es mir geschickt«, erklärte Phoebe.

»Dann sag Lindsey, sie soll gefälligst meine Privatsphäre

akzeptieren.« Er drückte auf Löschen und verschob das Bild in den Papierkorb in dem Wissen, dass seine Schwester es sich jederzeit wieder von ihrer Freundin schicken lassen könnte, um ihn weiter zu nerven. »Das Gleiche gilt für dich, Schwesterchen. Halt dich aus meinem Privatleben raus und lass mich in Ruhe.«

Blakes Vater lächelte, bevor er in die gleiche Kerbe haute: »Dann ist es also etwas Ernstes?« Schließlich verteidigte Blake sein Privatleben nie so vehement und ließ die Scherze und den Spott seiner Familie sonst emotionslos über sich ergehen.

»Nein, Dad.« Er bemühte sich, nicht mit den Zähnen zu knirschen. So gegrillt hatten sie ihn schon lange nicht mehr. »Das geht niemanden von euch etwas an. Ich war auf der Gala. Ich habe unseren Scheck überreicht. Mehr gibt es dazu nicht zu sagen.«

»Wenn es geheimnisvoll wird, muss was dran sein«, schlug sich nun auch Lacey auf die Seite seiner Familie. Die Frau, der er gerade ein romantisches Wochenende mit ihrem Verlobten ermöglicht hatte. Ganz fantastisch.

Blake beschloss, einfach seinen Gin Tonic zu trinken und den Rest seiner Familie weiterrätseln zu lassen. Ihm entging allerdings nicht, dass seine Mutter sich nicht an den Spekulationen beteiligte und ihm stattdessen einen nachdenklichen Blick zuwarf. Oliver runzelte die Stirn, als betrachte er ein Bild, in dem ein Puzzleteil fehlte, das er nicht finden konnte. Er war so oft in Blakes Büro gewesen. Wahrscheinlich kam ihm Harper irgendwie bekannt vor, er konnte sie aber nicht einordnen. Blake war sich sicher, dass ihm das nie gelingen würde. Denn die Harper, die ihm bei Marshall Construction begegnet war, war eine völlig andere Frau.

Der Montagmorgen begann mit der üblichen Hektik eines Wochenstarts. Blake hatte über das Wochenende wirklich viel gearbeitet, stellte Harper fest, als sie ihre Mails durchging. Sie hatte bereits einiges abgearbeitet, als Blake mit einem breiten Grinsen im Gesicht in die Firma kam. Er blieb an ihrem Schreibtisch stehen, und sein Grinsen wurde noch ein bisschen breiter. »Guten Morgen, Harper. Wie geht es dir?«, fragte er förmlich, aber in seinen Augen tanzte ein mutwilliges Lächeln.

»Blake.« Sie nickte ihm zu, konnte sich ein Lächeln aber ebenfalls nicht verkneifen. »Ich hoffe, du hattest ein schönes Wochenende. Fleißig bist du ja auf jeden Fall gewesen.«

Er legte seine Aktenmappe mit den für sie ausgedruckten Dokumenten auf ihren Tisch. »Stimmt, ich war fleißig. Aber ich hatte ein paar wirklich energiespendende Erlebnisse.« Er zwinkerte ihr zu. »Ich habe das Gefühl, Bäume ausreißen zu können.«

Harper konnte nicht anders, als auf diesen Flirt einzugehen. Sie blickte kurz zum Eingang hinüber, und als sie niemanden entdecken konnte, räkelte sie sich kurz und wohlig. »Ich weiß, was du meinst. Ich habe am Wochenende auch eine ganze Menge Energie gesammelt.«

Sie sah, wie Blake schluckte und sich sein Blick verdunkelte. »Dann … ähm …« Er wies mit dem Daumen über die Schulter in Richtung seines Büros. »… ich muss mal …« Er nickte ihr zu, drehte auf dem Absatz um und war im nächsten Moment in seinem Büro verschwunden.

Harper lehnte sich in ihrem Schreibtischstuhl zurück und atmete langsam aus. Sie warf noch einen Blick zur Tür und presste dann für einen Moment die Hand auf ihr wild klopfendes Herz. Wäre das von jetzt an immer so, wenn sie in der Firma aufeinandertrafen?

Sie beugte sich gerade wieder vor, um nach ihrer Kaffeetasse zu greifen, als die Gegensprechanlage piepte. Sie drückte die Taste. »Ja, Blake?«

»Könntest du bitte kurz in mein Büro kommen?«, klang seine von der Technik leicht verzerrte Stimme durch den Lautsprecher.

»Natürlich.« Harper ließ die Taste los und erhob sich. Sie stand auf und strich ihre Bluse glatt. Brooke hatte sie am Abend überredet, nicht mehr ihre ›Uniform‹ bei der Arbeit zu tragen. Ganz hatte Harper es nicht geschafft, aus ihren alten Mustern auszubrechen. Aber immerhin hatte sie ihr übliches Outfit gegen eine Jeans und eine ihrer üblichen, etwas unförmigen Blusen getauscht. Ein Fortschritt, wie sie fand.

Sie klopfte an Blakes Bürotür und zog sie auf sein »Herein« hin auf.

Blake saß nicht an seinem Schreibtisch, wie sie es erwartet hatte, sondern stand direkt vor ihr. Er griff nach ihrer Hand, zog sie in den Raum und schob die Tür ins Schloss. Im nächsten Moment hatte er sie mit dem Rücken gegen die Tür gepresst und küsste sie. Hart und besitzergreifend.

Emotionen überrollten Harper wie eine Schockwelle. Sie erwiderte den Kuss, schob ihre Hände unter Blakes Jackett und zog ihn noch näher an sich.

Sie hatte keine Ahnung, wie lange der Kuss andauerte, wie lange sie sich aneinanderklammerten, als wären sie monatelang getrennt gewesen. Erst das endlose Klingeln ihres Telefons, das durch die Tür klang, holte Harper langsam in die Realität zurück. Sie beendete den Kuss und schob Blake ein Stück von sich. »Ich muss da rangehen«, wisperte sie.

»Hmm?« Blake schien nicht zu verstehen, was sie meinte.

»Das Telefon.« Harper schob ihn noch weiter zurück, damit sie an ihm vorbeihuschen und zu seinem Schreibtisch gehen konnte. »Marshall Construction, Blake Marshalls Büro«, meldete sie sich, nachdem sie das Gespräch mit einem Knopfdruck übernommen hatte.

»Na endlich. Das hat ja gedauert. Hier ist Melanie aus der Buchhaltung. Harper, kannst du mir die Rechnungen der letzten Woche raussuchen? Nina ist krank«, erklärte die Kollegin, warum sie Harper um Hilfe bat.

»Natürlich. Das ist gar kein Problem. Ich such die Sachen raus und schicke sie dir in ein paar Minuten«, versprach Harper.

»Ich wusste, dass ich mich auf dich verlasen kann. Danke, Harps.« Melanie legte auf, und Harper ließ die Hörer langsam sinken. Sie hob den Blick zu Blake, der an der Tür lehnte und sie beobachtete. »Was war das denn gerade?«, fragte sie.

»Das Telefonat?«, fragte er mit unschuldigem Gesichtsausdruck zurück.

»Dein Überfall«, gab sie zurück.

»Ach, das.« Er stieß sich von der Tür ab und kam langsam auf sie zu. Ein bisschen erinnerte er sie an ein Raubtier. Selbstsicher. Seine Beute im Blick. Harper müsste auf die andere Seite des Schreibtisches wechseln, um Abstand zwischen sie zu bringen. Einfach weil ihr Gehirn und ihr Körper nicht mehr zurechnungsfähig zu sein schienen, wenn Blake ihr zu nahe kam. Doch sie bewegte sich nicht. Wartete, bis Blake sie erreichte und zu einem weiteren Kuss an sich heranzog. »Ich konnte einfach nicht an dir vorbeigehen und so tun, als hätte es dieses Wochenende nicht gegeben«, murmelte er an ihren Lippen. »Ich konnte nicht einfach hier sitzen, mit dir auf der anderen Seite dieser Tür, und dich nicht wenigstens einmal in die Arme nehmen und küssen.«

»Das geht mir genau so. Aber wenn uns jemand erwischt …«

Blake küsste sie noch einmal und trat dann einen Schritt zurück, um sie durchzulassen. »Ich brauche wenigstens einen Kuss am Morgen. Zu meinem Kaffee und meinen Oreos«, behauptete er gut gelaunt. »Dann kann ich den Rest des Tages problemlos arbeiten. Ein Kuss in der Mittagspause wäre gut. Und einer zum Feierabend«, zählte er weiter auf. »Es sei denn, du lässt dich von mir zu einem Date überreden. Dann würde ich auf diesen Kuss nicht bestehen.«

Harper schüttelte lachend den Kopf. »Du bist verrückt, weißt du das?«

»Verrückt nach dir. Und nach jedem Moment, den du mir vergönnst«, erwiderte er.

»Okay.« Harper schmiegte sich noch einmal in seine Arme. Schließlich ging es ihr nicht anders als ihm. »Drei Küsse pro Tag. Oder zwei und eine Verabredung.« Sie strich mit ihren Lippen über seine. »Nimm das als Gutschrift«, murmelte sie. »Falls ich irgendwann mal keine Zeit haben sollte.«

Blake fühlte sich fantastisch. Tatsächlich ein bisschen, als könne er Bäume ausreißen. Oder Berge versetzen. Oder beides. Gleichzeitig. Er musste über seine albernen Gedanken lachen, als er den Transporter von Marshall Construction neben dem Basketballfeld in Admiral Hill ausrollen ließ. Harper hatte es nicht ganz geschafft, sich selbst an die von ihr aufgestellten Regeln zu halten. Sie hatte die ganze Woche über die Finger genauso wenig von ihm lassen können wie er von ihr. Verstohlene Berührungen. Heimliche Küsse. Zweimal hatte sie die Nacht bei ihm verbracht. Sie ließ nicht alles stehen und liegen wegen ihm, auch wenn sie sich nicht weniger nach ihrem Zusammensein sehnte als er. Das konnte er spüren. Und doch mochte er es, dass sie einen Abend mit ihrer Freundin Naya verbringen wollte. Ihre Nichte babysitten, während ihre Schwester auf einem Elternabend war. Und sich nicht Elijahs Zorn zuziehen wollte, weil sie die Zumba-Stunde schwänzte. Wobei Blake den Verdacht hegte, dass der Hauptgrund für dieses Training die Zumba-Ritas waren, die es im Anschluss gab. Einmal hatte sie ihn sogar damit zum Lachen gebracht, dass sie seine Einladung zum Abendessen damit abgelehnt hatte, sich endlich mal wieder um ihre Kakteen kümmern zu müssen. Sie stellte Blake nicht auf einen Sockel. Strickte ihr Leben nicht um ihn, wie es ein paar seiner letzten Affären getan hatten. Umso besonderer waren die Stunden, die sie in seinen Armen verbrachte. Er vermisste sie bereits am nächsten Morgen, wenn sie seine Wohnung eher als er verließ, um vor ihm an ihrem Schreibtisch zu sitzen und die Scharade weiter aufrecht zu erhalten.

Blake winkte Will und Liam zu, die bereits angefangen hatten, mit einem Presslufthammer den brüchigen Zement des Basketballplatzes aufzustemmen, und sprang aus dem Transporter. Er hatte Harper gebeten, den Arbeitseinsatz auf dem Basketballplatz zu planen. Seine Kumpels hatten Zeit, und sogar sein bester Freund Jamie war aus seiner Forscherhöhle in Boston geklettert, um sie zu unterstützen. Sie würden den Basketballplatz auf Vordermann bringen. Weil sie selbst hier spielten – aber vor allem, weil sie etwas für das

Viertel tun wollten. Dem Verfall entgegenwirken. Zeigen, dass es sich lohnte, in diese Nachbarschaft Zeit, Geld und Kreativität zu investieren.

Harper hatte sich um die Genehmigungen gekümmert. Einen Termin mit der *Newport Daily News* vereinbart, die versprochen hatte, einen Reporter zu schicken. Blake hatte das Baumaterial besorgt und die Arbeitsbienen organisiert. Neben seinen Kumpels und ein paar ihrer Freunde und Kollegen waren auch sein Bruder Oliver und sein Schwager Thomas im Boot. Vielleicht fanden sich sogar noch ein paar Helfer, die sie bei der Arbeit sehen und spontan zur Schaufel greifen würden.

Dieses Wochenende würde auf jeden Fall sehr anstrengend werden. Die körperliche Arbeit würde guttun, ihn aber auch fordern. Und am Ende würden seine Kumpels und Verwandten an diesem Abend auf jeden Fall in sein Loft einfallen, Bier trinken, Pizza in sich reinstopfen und Billard spielen. Eine weitere Nacht, die er nicht mit Harper verbringen konnte. Vielleicht morgen Abend, dachte er und begrüßte Luke und seinen Bruder, die zu ihm herüberkamen.

»Das Wetter ist perfekt«, sagte Oliver mit einem Blick zu den Möwen, die am Himmel über ihnen kreisten.

»Ich weiß gar nicht, ob ich überhaupt noch genug Muskeln habe, um so hart zu arbeiten.« Jamie zog ein paar nagelneuer Arbeitshandschuhe aus der Gesäßtasche seiner abgetragenen Jeans.

»Blasen an den Händen wirst du auf jeden Fall bekommen«, prophezeite Blake seinem besten Freund und schlug ihm kameradschaftlich mit seinen Handschuhen gegen den Arm.

Die Sonne, die am vergangenen Wochenende den Beginn des Sommers hatte erahnen lassen und die ganze Woche über nicht mehr verschwunden war, hatte nun offensichtlich beschlossen, dass es Zeit für eine kleine Hitzewelle war. Als der Lärm der Presslufthämmer nachließ, nahm Blake seinen Gehörschutz ab. Er rieb sich mit seinem Bandana über die Stirn, bevor er es wieder in die Gesäßtasche seiner Jeans schob.

»Warum habe ich mich noch mal breitschlagen lassen, mich hier zu quälen?«, brummte Jamie neben ihm und zog seinen Gehörschutz ebenfalls herunter.

»Weil du in deiner Forscherhöhle weder mit Tageslicht noch mit körperlicher Betätigung konfrontiert wirst.« Blake warf ihm einen Seitenblick zu und betrachtete den wilden Haarschopf seines Freundes, der tatsächlich ein wenig an Einstein erinnerte. Abgesehen davon sah Jamie fit und sportlich aus. Blakes Behauptung war an den Haaren herbeigezogen, aber es machte Spaß, ihn ein wenig aufzuziehen.

Blake nahm Anlauf und schob seine Schubkarre voller Betonbrocken über das schmale Brett, das in den Bauschutt-Container führte. Sie waren weit gekommen. Der alte Boden des Platzes war inzwischen abgetragen. Sobald sie den Schutt beseitigt und die Splitschicht neu verdichtet hatten, konnten sie den Beton für den neuen Platz gießen. Er war guter Dinge, dass sie das heute noch hinbekommen würden.

Rückwärts balancierte er die Schubkarre wieder herunter und stellte sie neben Jamies ab.

»Was treibt ihr hier? Kaffeekränzchen?« Oliver blieb neben ihnen stehen und wischte sich mit dem Unterarm über die Stirn. »Verdammte Hitze«, brummte er.

»Verdammte Hitze. Und verdammter Blake«, stimmte Liam

ihm zu, der sich ebenfalls zu der Gruppe gesellte. »Wir sollten irgendwo was zu essen auftreiben. Pizza für alle vielleicht«, schlug er vor.

»Erst mal sieht es so aus, als bekämen wir Damenbesuch.« Jamie pfiff leise durch die Zähne. »Das ist doch mal ein Anblick in dieser Wüste aus Staub und zerstörtem Beton.«

Blake drehte sich um, um zu sehen, wer die Aufmerksamkeit seines Freundes fesselte. »Harper?« Ungläubig starrte er auf den dunkelblauen Toyota, der neben dem Basketballfeld stand. Und auf seine Assistentin, die neben der Fahrertür stand. In Jeans und einem Tanktop. Die Haare zu einem lässigen Knoten auf dem Kopf zusammengebunden und eine Sonnenbrille auf der Nase. Vom Rücksitz des Wagens kletterten gerade Brooke und Reeva. Auf der Beifahrerseite stieg die Frau mit den schwarzen Haaren und der pinkfarbenen Haarsträhne aus, die Blake von Bildern kannte: Harpers beste Freundin Naya.

»Hey, Blake«, rief Reeva über den Platz und winkte ihm.

»Hey.« Er winkte zurück. »Entschuldigt ihr mich kurz?«, bat er seine Freunde und ging zu den Frauen hinüber. »Schön, euch zu sehen«, sagte er, nicht sicher, was Harper hier wollte und wie er sich ihr gegenüber verhalten sollte. Ihre Familie wusste von ihnen. Aber seine Freunde … Brooke nahm ihm die Entscheidung ab, indem sie ihn wie immer freundschaftlich umarmte. Reeva tat es ihr nach. Also umarmte er auch Harper kurz und flüchtig. »Sie müssen Naya sein.« Er reichte der Freundin die Hand.

»Und du der berühmte Lord of Late Nights. Schön, dich endlich mal kennenzulernen.« Sie erwiderte den Gruß mit einem festen Händedruck.

Blake wollte gerade fragen, was die Frauen hergeführt hatte, als Reeva ihm bereits die Antwort lieferte. »Wir haben Essen mitgebracht. Sandwiches für alle. Und Zitronenlimonade. Hausgemacht. Naya hat so einen großen Limonadenspender vom Gemeindezentrum geholt. Den haben wir komplett vollgemacht.« Sie warf ihrer Mutter einen Blick über die Schulter zu. »Ich hoffe bloß, dass ich auch einen Becher davon abbekomme.«

Harper legte ihrer Nichte die Hand auf die Schulter und schob sich mit der anderen die Sonnenbrille ins Haar. »Ich hoffe, es ist okay, dass wir einfach so hier auftauchen. Wir können nicht besonders gut mit einem Presslufthammer umgehen, aber wir wollten auch unseren Beitrag leisten. Also haben wir einen Lunch für die fleißigen Helfer vorbereitet.«

»Es ist uns ein großes Anliegen zu helfen, wenn ihr etwas für das Viertel tut«, ergänzte Naya. »Meine Jungs, also die Jungs für die ich in meiner Wohngruppe verantwortlich bin, werfen hier auch gern Körbe. Sie sind heute bereits in eine andere soziale Maßnahme eingebunden, sonst hätte ich sie zum Helfen abkommandiert.«

Blake lachte. »Es wird in Zukunft noch genug Arbeit geben, an der sie sich beteiligen können. Zum Beispiel können sie dafür sorgen, dass der Platz sauber bleibt und instand gehalten wird. Aber jetzt erst einmal danke für den Lunch.« Er drehte sich zu seinen Freunden und Helfern um und winkte sie heran. »Die Truppe stand schon kurz vor der Meuterei vor lauter Hunger. Ihr kommt also genau im richtigen Moment.«

»Und wer ist das?«, wollte Reeva wissen, als ein schnittiger Mercedes hinter ihnen ausrollte.

Blake blinzelte, als er den Wagen erkannte. »Was ist denn

heute los?«, murmelte er, als seine Mutter den Sicherheitsgurt löste und ausstieg. »Das ist meine Mom«, flüsterte er Reeva zu und ging dann zu Mirinda hinüber. »Ich kann dich nur vorsichtig umarmen«, sagte er mit Blick auf das lässige, aber ein wenig zu schicke Outfit seiner Mutter für eine Baustelle.

»Ach was.« Mirinda umarmte ihn fest. »Ich wollte meinen Beitrag leisten und euch unterstützen, wenn du mit deinem Bruder und deinen Freunden in der Hitze schuftet.«

»Oh.« Blake warf einen Blick auf die große Kühlbox auf dem Rücksitz des Wagens. »Das ist super …« Er blickte über seine Schulter zu Harpers Wagen, wo sich sein Freiwilligentrupp bereits über die Sandwiches hermachte und die Limonade hinunterkippte, die Brooke ihnen ausschenkte.

Seine Mutter lachte. »Ihr habt also tatsächlich helfende Engel. Ich habe mir schon gedacht, dass ihr euch Pizza bestellt oder irgendetwas in der Art. Also dachte ich mir, ich besorge einfach Eis für alle.«

»Das ist Eis?« Blake grinste sie an. »Wie immer eine Frau mit Weitblick. Danke Mom.« Er öffnete die Wagentür und holte die Kühlbox heraus. »Komm mit, damit ich dich denen vorstellen kann, die du noch nicht kennst.«

»Hört mal her, Leute«, sagte er, als er die Kiste mit dem Eis neben Harpers Corolla abstellte. »Das ist meine Mom. Sie liefert den Nachtisch. Ich hoffe sehr, dass ihr noch arbeiten könnt, wenn ihr euch die Bäuche so vollschlagt.«

Um Mirinda Marshall musste Blake sich keine Sorgen machen. Seine Mutter übernahm es gleich selbst, diejenigen zu begrüßen, die sie kannte und sich denen vorzustellen, denen sie noch nie begegnet war. Als sie Harper erreichte, stutzte sie einen Moment. »Sie sind die Assistentin meines Sohnes«, sagte sie überrascht. »Hallo, Harper. Ich muss gestehen, ich hätte Sie fast nicht erkannt. Sie sehen fantastisch aus.«

»Ja. Ähm …« Harper knetete unbehaglich ihre Hände und warf ihm einen Blick zu. »… das sind meine Schwester, meine Nichte und meine beste Freundin. Wir wollten ebenfalls unseren Teil zu dem Projekt beitragen.«

»Wie wundervoll.« Mirinda hakte sich bei Harper unter. »Wir telefonieren ja meistens nur miteinander. Deshalb nutze ich die Chance, Sie zu sehen, einfach um einmal Danke zu sagen. Sie tun so viel für unsere Familie.«

Blake biss sich auf die Wange. Seine Mutter war so überschwänglich, während sich Harper gleichzeitig so unwohl fühlte. Als seine Mom erwähnte, wie viel sie für ihre Familie tat, lief Harper doch tatsächlich knallrot an.

»Oh, ich …«, stammelte sie.

»Ich meine es ernst.« Mirinda tätschelte Harpers Arm. »Sie sind Blake so eine Hilfe. Ohne Ihre Unterstützung würde er kein Land mehr sehen. Er ist so schon völlig überarbeitet. Ich möchte mir gar nicht vorstellen, wie das ohne Sie wäre.«

»Danke«, hörte Blake Harper leise sagen.

Er wandte sich um, weil jemand an seinem Shirt zupfte. »Hey, Reeva. Was ist los? Hast du immer noch keine Limonade abbekommen?«

Das Mädchen schüttelte den Kopf. »Die sind alle viel zu groß und drängeln.«

Blake grinste und verdrehte die Augen. »Die sind manchmal wie große Kinder. Jungs halt.«

»Jungs sind meistens doof«, sagte sie prompt.

Blake registrierte, dass sie das Wort ›meistens‹ betonte. Ob sie schon zum ersten Mal verknallt war? In einen Klassenkameraden? Ein Pop-Sternchen? Der Gedanke war irgendwie süß. »Ich habe mehr Muskeln als die«, sagte er und spannte seinen Bizeps an. »Ich schubs die Jungs zur Seite und besorg dir die Limo.«

18

Der Tag entwickelte sich genau so, wie Blake sich das vorgestellt hatte. Nach der Lunchpause packte seine Helfercrew wieder voller Elan und Energie an. Der restliche Beton wurde abgetragen, der Boden verdichtet und schließlich der neue Boden gegossen. Als sie den Bereich am Ende des Tages absperrten und mit ›Betreten verboten‹-Schildern bestückten, damit niemand ihr Tageswerk zerstörte, war er definitiv bereit für eine heiße Dusche, ein kaltes Bier und Pizza.

Er brachte den Transporter zurück in die Firma. Als er nach Hause kam, hatten es sich sein Bruder und seine Kumpels bereits gemütlich gemacht und mampften Pizza, die sie mit *Whalers* aus seinem Kühlschrank hinunterspülten.

Er ließ sich von Will und Luke zweimal beim Billard abziehen, bevor er aufgab und sich mit einem weiteren Bier auf die Dachterrasse zurückzog. Der Himmel war noch immer wolkenlos, und das Königsblau des ausklingenden Abends wich bereits dem Schwarz der Nacht. Unter einem Meer aus Milliarden von Sternen fühlte er sich für einen Moment wie auf einer Insel, auch wenn er unter sich auf der Straße die Menschen hören konnte, die die Bars und Restaurants der Stadt besuchten, lachten und das Wochenende genossen.

Blake ließ sich in einen Deckchair fallen und trank einen Schluck Bier. Er wünschte sich, dass Harper hier wäre, neben ihm säße und mit ihm in die Sterne blickte. Bisher hatte er es nicht geschafft, mit ihr zu sprechen und nachzuhaken, ob sie den Small Talk mit seiner Mutter gut überstanden hatte. Er zog gerade sein Handy aus der Hosentasche, als er Schritte auf der Treppe hörte. Im nächsten Moment tauchte Jamies wilder Lockenschopf auf.

Jamie hatte ebenfalls ein Bier in der Hand und ließ sich in den Deckchair fallen, in den Blake sich eben noch Harper gewünscht hatte. »Hey, mein Freund.« Er hielt das Bier so, dass Blake mit ihm anstoßen konnte, und trank dann einen Schluck. »Was ist los mit dir?«

Blake, der ebenfalls einen Schluck trinken wollte, ließ die Flasche wieder sinken. »Was meinst du damit? Nichts ist mit mir los.«

»Hmm.« Jamie legte den Kopf in den Nacken und blickte in die Sterne. »Zumindest solange deine Assistentin nicht in der Nähe ist.« Er warf Blake einen Seitenblick zu. »Bevor sie da war und nach der Lunchpause warst du ganz der Alte. Aber solange sie in deiner Nähe war, ist dein Blick ständig zu ihr gewandert, und du hattest diesen ganz speziellen Ausdruck in den Augen.«

Blake schnaubte. »Was machst du in deiner Höhle in Boston? Elektromotoren entwickeln oder Liebesromane schreiben?«

»Du kannst es ins Lächerliche ziehen. Aber ich bin dein ältester Freund. Ich erkenne diesen Blick. Ganz einfach, weil ich ihn schon einmal gesehen habe.«

»Jamie …« Blake wusste, was sein Freund sagen wollte. Er hatte ihn nur einmal mit einer Frau erlebt. Mit Melody. Seiner ersten großen Liebe. Die Frauen, mit denen Blake in den letzten Jahren zusammen gewesen war, hatte sein Freund gar nicht kennengelernt. »Das hier lässt sich nicht mit Melody vergleichen. Harper und ich, das ist …« nichts Ernstes, hätte Blake gern gesagt. Aber so oberflächlich wie seine vergangenen Affären fühlte sich das Zusammensein mit Harper auch nicht an. Also schloss er den Mund und schwieg.

»Du hast was mit deiner Assistentin?« Jamie blickte wieder in die Sterne. »Sie arbeitet doch schon – wie lange? – zwei Jahre für dich?«

»Eineinhalb«, korrigierte Blake ihn.

»Und jetzt fangt ihr etwas miteinander an?«

»Es ist ein bisschen, als würde ich sie erst jetzt sehen«, gestand Blake seinem Freund. »Als hätte ich sie bis vor ein paar Wochen überhaupt nicht wahrgenommen.«

»Du hörst selbst, wie schräg das klingt«, bemerkte Jamie.

»So schräg«, stimmte Blake ihm zu und lachte leise. »Ich will einfach nicht zu viel in die Sache hineininterpretieren. Es fühlt sich gut an, mit ihr zusammen zu sein. Mehr will ich im Moment nicht. Und Harper ist damit ebenfalls zufrieden. Ihr ist es noch viel wichtiger als mir, dass nicht jeder von uns weiß.«

»Verständlich.« Jamie stellte sein Bier in den Flaschenhalter in seiner Lehne und schob die Hände hinter den Kopf. »Wenn du mein Boss wärst, würde ich auch nicht wollen, dass Gott und die Welt davon wüssten, dass ich mit dir in die Kiste steige.«

»Das ist doch Quatsch. Heutzutage interessiert so etwas doch keine Menschenseele mehr«, widersprach Blake seinem Freund. »Wir leben im 21. Jahrhundert.« Und sein Zusammensein mit Harper war kein ›in die Kiste steigen‹, sondern viel mehr. Aber das erzählte er seinem Freund lieber nicht, sonst würde Jamie Dinge in diese Beziehung interpretieren, die gar nicht da waren.

Harper tastete auf dem Nachttisch nach ihrem Handy und öffnete die Augen erst, als sie das Telefon in der Hand hielt und einen Blick auf das Display werfen konnte. Naya.

Ruckartig setzte Harper sich auf. Es war früh am Morgen, und Naya gehörte zu den Langschläfern. Wenn sie so früh anrief, musste etwas passiert sein. »Bist du okay?«, fragte Harper statt einer Begrüßung.

»Ja, bin ich.« Naya keuchte in ihr Handy.

»Da stimmt doch was nicht! Bist du verletzt? Naya! Rede mit mir!«, sagte Harper eine Spur zu laut und zu panisch, als ihre Freundin nicht sofort antwortete.

»Ich bin hier«, ächzte Naya. »Mir fehlt nichts. Ich hatte nur die dumme Idee, joggen zu gehen. Riesenfehler!«

Harper schob sich die vom Schlaf zerzausten Haare aus dem Gesicht. Naya machte keinen Sport. Selbst wenn sie sich dazu überreden ließ, zu Elijahs Zumba-Kurs zu kommen, tat sie das hauptsächlich wegen der guten Margaritas, die es im Anschluss gab. »Seit wann gehst du laufen?«

»Ich hatte diese Schnapsidee, weil all diese Typen, die dein dunkler Lord gestern auf der Baustelle angeschleppt hat, so fit aussahen. Da dachte ich, ein bisschen Sport würde mir auch nicht schaden.«

»Naya, du siehst mindestens so fit aus wie der Freiwilligentrupp gestern. Muss ja niemand wissen, dass du nur so aussiehst und insgeheim eine genauso schlappe Nudel bist wie ich.« Genau genommen war ihre Freundin mit den Selbstverteidigungskursen, die sie regelmäßig hielt, immer noch fitter als Harper. »Also, was ist passiert? Bist du irgendwo gestrandet? Soll ich dich abholen?«

»Bis nach Hause schaffe ich es alleine. Ich bin noch nicht mal eine Meile gelaufen. Aber vielleicht solltest du herkommen. Und vor allem solltest du Blake Bescheid geben. Ich habe dich angerufen, weil ich seine Nummer nicht habe. Aber ich bin gerade am Basketballplatz. Sieht so aus, als ob jemand seine Zerstörungswut an dem frischen Beton ausgelassen hat. Kommt einfach her, okay?«

»Der Basketballplatz wurde zerstört?« Harper sprang aus dem Bett und angelte Jeans und ein T-Shirt aus dem Schrank.

»Ich würde es eher ›beschädigt‹ nennen. Kommt her, okay? Ich rufe inzwischen die Cops. Auch wenn das vermutlich bedeutet, dass meine Nemesis höchstpersönlich hier auftaucht.« Naya murmelte den letzten Satz nur, aber Harper verstand sie trotzdem.

Sie wünschte ihrer Freundin, dass sie sich nicht ausgerechnet heute Morgen mit diesem Beamten auseinandersetzen musste, mit dem sie ständig aneinandergeriet. »Ich bin unterwegs. Und ich rufe sofort Blake an.«

Sie schlüpfte in ihre Klamotten und zog auf dem Weg nach unten einen Hoodie vom Treppengeländer, den sie gestern Abend dort hingehängt hatte.

In ihrem Wagen schaltete sie die Freisprechanlage ein und wählte Blakes Nummer.

»Hey«, klang seine verschlafene, raue Stimme durch ihren Wagen. »Hast du mich vermisst?«

»Blake …«

»Wenn du mir sagen willst, dass du vor meiner Tür stehst

und ich aufmachen soll, weil du es keine Sekunde ohne mich …«

»Blake!«, unterbrach Harper ihn noch einmal.

Er kannte Harper gut genug, um an ihrer Stimme zu hören, dass etwas nicht okay war. »Was ist los? Ist dir was passiert?«

Für eine Sekunde wärmte es Harpers Herz, dass er sich als Erstes nach ihr erkundigte. »Nein, ich bin okay. Naya hat mich gerade angerufen. Jemand hat das Basketballfeld beschädigt. Sie informiert gerade die Cops. Ich bin auf dem Weg nach Admiral Hill und habe die Genehmigungen und die Korrespondenz mit der Stadt dabei. Trotzdem wäre es gut, wenn du auch kommen könntest.«

Sie hörte etwas poltern, einen saftigen Fluch und dann Blakes: »Bin schon unterwegs. Bis gleich.«

Er legte auf, und Harper lenkte ihren Wagen auf die Pell Bridge.

Ein paar Minuten später hielt sie neben Naya, die am Basketballfeld an einer Straßenlaterne lehnte, deren Birne fehlte.

Kaum war sie aus dem Wagen gesprungen und hatte ihre Freundin zur Begrüßung umarmt, hielt auch schon Blake hinter ihr.

Er trat neben sie, begrüßte Naya ebenfalls und betrachtete dann die Verwüstung des Platzes, der am Vortag noch so vielversprechend ausgesehen hatte.

In einer fassungslosen Geste fuhr sich Blake durch die Haare, als er die Teile der zerschlagenen Bank sah, die aus dem inzwischen ausgehärteten Beton ragten. Glassplitter stachen wie spitze Dornen aus dem Boden. Die neuen Basketballkörbe waren mit Farbe besprüht worden. Genau wie die

Schilder, die die Bewohner des Viertels eigentlich davon hatten abhalten sollen, den Platz zu betreten. »Verpiss dich aus unserem Viertel, reiches Arschloch«, las Blake vor, was über das ›Betreten verboten‹ gekritzelt worden war. »Das darf doch nicht wahr sein!« Wütend trat er gegen den Laternenpfahl, an dem Naya gerade noch gelehnt hatte. »Was denken die, warum ich das mache? Weil ich mich hier breitmachen will? Das ist ein verdammter Basketballplatz. Auf dem spiele ich mit meinen Freunden, die aus diesem Viertel kommen. Und es gibt jedem anderen, der hier wohnt, die Möglichkeit sich hier mit seinen Kumpels auf ein Spiel zu treffen. Was ist daran falsch?«

»Nichts.« Naya legte ihm in einer beruhigenden Geste die Hand auf die Schulter. »Das ist nicht die Meinung der Menschen, die hier leben. Aber es passt in ein ganz bestimmtes Bild, das sich in den letzten Monaten immer deutlicher abgezeichnet hat.«

»Was meinst du damit?«, fragte Harper.

Bevor Naya antworten konnte, hielt ein weiterer Wagen am Straßenrand. Ihre Freundin stöhnte genervt auf, als sie den Fahrer erkannte. »War ja klar, dass sie ausgerechnet ihn schicken«, murmelte sie. »Du wirst gleich aus erster Hand hören, was hier los ist. Und dass angeblich meine Jungs dafür verantwortlich sind.«

Harper glaubte, ihre Freundin mit den Zähnen knirschen zu hören, als der Mann aus dem Wagen stieg. Er war groß und sah im Gegensatz zu Naya und Harper so aus, als ob er einen ziemlich großen Teil seiner Freizeit im Fitnessstudio verbrachte. Seine Haare waren militärisch kurz geschnitten. Auf Harper wirkte er … kompetent.

»Guten Morgen«, grüßte er, als er zu ihnen herübergekommen war. Er trug ein legeres Hemd, das allerdings perfekt gebügelt war, Jeans und Sneakers. »Detective Sloan, Newport Police Department.«

»Ich bin Blake Marshall. Danke, dass Sie so schnell kommen konnten.«

Der Detective zuckte mit den beeindruckend breiten Schultern. »Ich hatte Bereitschaft. Aber da ich sowieso in einigen Fällen von Vandalismus in dieser Gegend ermittle, bin ich mit Sicherheit der richtige Ansprechpartner für sie.« Er warf Naya einen Blick zu, die die Augen verdrehte und ein genervtes Schnauben von sich gab, das zu ihrer ausgeleierten Jogginghose, den ausgetretenen Schuhen und dem großen T-Shirt, das ihr ständig über die Schulter rutschte und so den Blick auf die Träger ihres pinkfarbenen Sport-BHs lenkte, passte. Sie wünschte sich sicher, dass sie dem Cop, mit dem sie ständig in Streit geriet, professioneller gegenübertreten könnte.

Harper befürchtete, dass ihre Freundin sich hinreißen lassen und irgendetwas sagen könnte, das sie später bereute. »Hallo, Detective«, lenkte Harper seine Aufmerksamkeit auf sich. »Ich bin Harper McNally, Mr. Marshalls persönliche Assistentin.« Sie hielt ihm die Papiere hin, die sie mitgebracht hatte. »Marshall Construction hat mit einem Freiwilligenteam gestern den Basketballplatz wieder auf Vordermann gebracht. Das sind die Genehmigungen der Stadt.«

»Hmm«, brummte der Detective und blätterte durch die Unterlagen, bevor er seinen Blick wieder hob und abermals an Nayas störrischem Gesichtsausdruck hängen blieb. »Danke, Miss McNally«, sagte er. »Können Sie mir verraten, was Sie hier zu suchen hatten, Miss Clarkson?«

»Das Gleiche wie immer, Detective Sloan. Alles zerstören, was dieses Viertel schöner macht.« Nayas Lächeln glich eher einem Zähnefletschen.

»Miss Clarkson ist mit Miss McNally befreundet. Sie hat uns gestern bei der freiwilligen Aktion unterstützt«, erklärte Blake nach einem irritierten Blick in Nayas Richtung. »Sie hatte meine Nummer nicht, also hat sie meine Assistentin angerufen, als sie die Schäden entdeckt hat. Und anschließend die 911.«

Der Ermittler ging in die Hocke, um sich die Beschädigungen aus einem anderen Blickwinkel zu betrachten, und Naya lief hin und her, als müsse sie überschüssige Energie abbauen. Was eigentlich unmöglich sein dürfte, nachdem sie schon fast eine Meile gerannt war.

»Was haben die beiden denn für ein Problem?«, fragte Blake leise.

Harper warf ihm einen um Entschuldigung bittenden Blick zu. »Lange Geschichte«, wisperte sie. Die sie ihm jetzt ganz sicher nicht erzählen würde, denn in diesem Moment richtete sich Sloan wieder auf.

»Wir haben in den letzten Monaten viel Ärger mit einer Personengruppe, die für eine ganze Menge an Zerstörungen und Vandalismus in Admiral Hill verantwortlich ist. Ich habe diese Fälle übernommen, weil ich vom Dezernat für Bandenkriminalität bin. Wir haben noch nicht ermittelt, wer für diese Schäden verantwortlich ist.« Sein Blick wanderte abermals zu Naya, die aussah, als wolle sie dem Detective gleich die Zunge rausstrecken – wie ein beleidigtes Kindergartenkind.

»Meine Jungs waren es auch diesmal nicht«, ließ sie ihn wissen. »Bevor Sie fragen: Ich bin ihr Alibi. Ich habe nämlich diese Nacht Dienst in der Wohngruppe gehabt und darauf geachtet, dass sich niemand rausschleicht, um hier herum zu randalieren. Meine Jungs mögen den Basketballplatz übrigens sehr und spielen selbst gerne hier.«

»Wie auch immer.« Sloan räusperte sich und wandte sich wieder an Blake. »Wir haben im Moment noch keinen Tatverdächtigen. Ich sehe Fußspuren im Beton. Aber die Mischung war offenbar noch zu weich, um einen stabilen Abdruck liefern zu können. Das Material ist verlaufen. Fingerabdrücke werden wir an den auf den Platz geworfenen Gegenständen wahrscheinlich auch nicht finden. Aber wir werden es probieren. Ich lasse die Kameras in der Umgebung auswerten. Die meisten funktionieren allerdings nicht. Mehr können wir im Moment nicht tun.«

Blake biss sich nachdenklich auf die Lippe und betrachtete die Verwüstung noch einmal. »Ich habe einen Verdacht«, sagte er, als er sich wieder zu Sloan umdrehte.

»Ich höre.« Der Beamte zog ein kleines Notizbuch und einen Kugelschreiber aus seiner Gesäßtasche.

»Diego Alvarez und Stanley Logan«, sagte Blake.

Der Detective, der bereits angefangen hatte zu schreiben, ließ seinen Block sinken. »Stadtrat Logan?«, fragte er.

Blake nickte grimmig. »Genau der.«

Etwas veränderte sich in Sloans Auftreten. Seine Körperhaltung wurde noch steifer. Die Lippen bildeten eine schmale Linie. »Sie wollen andeuten, dass ein berüchtigtes Gang-Mitglied dieser Gegend und der Stadtrat für diesen Vandalismus verantwortlich sind?«, hakte er noch einmal nach. »Gemeinsam?«

»Natürlich war Logan nicht selbst heute Nacht hier, um Bänke und Flaschen auf den Platz zu werfen. Aber meine Freunde und ich haben neulich etwas Interessantes beobachtet.« Blake berichtete von dem Treffen zwischen dem Stadtrat und Alvarez, das er beobachtete hatte, und Sloan machte sich Notizen.

Nachdem Blake geendet hatte, klopfte sich der Ermittler nachdenklich mit dem Kugelschreiber gegen das Kinn. »Ihre Beobachtungen werden uns vermutlich erst einmal nicht weiterbringen, Mr. Marshall. Aber ich behalte das im Hinterkopf und halte meine Augen weiter offen.«

Blake nickte. »Vorerst reicht es mir, wenn Sie den Platz wieder freigeben, nachdem Sie alle Spuren gesichert haben, damit wir die Schäden beseitigen können. Und wenn ich höchstpersönlich die Nacht hier verbringen muss, um den Beton zu bewachen. So etwas wird kein zweites Mal passieren.«

Detective Sloan ermittelte keinen Täter. Harper hatte die Spannungen zwischen ihm und Naya gespürt. Aber als Blake den Stadtrat erwähnt hatte, war etwas in dem Polizisten vorgegangen. Harper konnte nicht sagen, was. Aber die Stimmung an dem Basketballplatz hatte sich verändert. Hatte Sloan beschlossen, Blakes Verdacht nicht nachzugehen, weil es lächerlich war, Logan zu beschuldigen? Oder hatte er wirklich nicht herausfinden können, wer für die Zerstörung verantwortlich war?

Blake und seine Freunde hatten es geschafft, die Beschädigungen zu beseitigen. Der Beton war noch einmal neu begossen worden. Und diesmal hatten sie sich einen Wachdienst gegönnt, der den Platz so lange überwacht hatte, bis der Boden ausgehärtet war.

Harper war mit ihrer Schwester und Naya beim ersten Spiel gewesen, das Blake und seine Freunde auf dem neuen Platz ausgetragen hatten, und hatte ihm zugejubelt.

Sie war erleichtert, nicht wieder auf Mirinda Marshall zu treffen. Blakes Mutter war freundlich zu ihr gewesen, wie sie es immer war. Aber ihr Blick war irgendwie … schärfer gewesen. Als ob sie genau wisse, dass Harper eine Affäre mit ihrem Sohn angefangen hatte.

In den nächsten zwei Wochen blieben Harper und Blake bei ihrem Muster. Berührten und küssten sich im Büro, wenn sie allein waren. Verbrachten die Abende gemeinsam, wenn sie beide Zeit hatten. Und zweimal war Blake nach späten Terminen noch ins Haus geschlichen, um die Nacht in ihrem Bett zu verbringen. Mit Blake zusammen zu sein, fühlte sich so echt an. Trügerisch echt. Vielleicht empfand er doch genug für sie. Mehr als für die Frauen, mit denen er in den vergangenen zwei Jahren zusammen gewesen war. Vielleicht hatten sie wirklich eine Chance. Auch wenn Harper keine Ahnung hatte, wie sich das mit ihrem Job vereinbaren ließ.

Sie schob den Gedanken entschieden zur Seite. Blake und sie waren erst seit so kurzer Zeit zusammen. Es war ein Fehler, schon jetzt Luftschlösser zu bauen.

Heute war allerdings ein Tag, an dem Blake sie brauchen würde. Ihren Zuspruch. Und ein wenig Ablenkung, wenn sie nach Hause kamen. Harper schob das gegrillte Käsesandwich auf ihrem Teller hin und her und starrte durch die Fenster des Ellie's auf das Treiben vor dem Providence Performing Arts Center. Sie hatte sich einiges an Arbeit mitgebracht, aber sie konnte sich nicht konzentrieren. Blake traf sich in Federal Hill mit einem Makler, der den Verkauf seines Hauses übernehmen sollte. Er hatte sich endlich entschlossen, diesen Teil seines Lebens hinter sich zu lassen. Den Teil, in dem er von einem restaurierten, nach seinen Vorstellungen umgebauten Haus leben und eine Familie gründen würde.

Harper fühlte sich ein bisschen lächerlich bei dem Gedanken, dass sie der Verkauf erleichterte. Das ›Zu verkaufen‹-Schild stand bereits seit eineinhalb Jahren im Vorgarten der alten Villa, aber Blake hatte sich bis jetzt nicht aufraffen können, eines der Angebote anzunehmen. Ein bisschen hatte sich das Festhalten an dem Haus angefühlt, als hänge er noch immer an seiner Ex-Verlobten, mit der er dieses Leben geplant hatte. Und trotzdem zog sich ihr Herz schmerzhaft zusammen, wenn sie daran dachte, wie schwer ihm dieser endgültige Schritt fallen musste.

Harper klappte ihren Laptop zu, ohne den Blick von der Kreuzung vor dem Ellie's zu nehmen. Sie konnte heute Abend noch ein wenig arbeiten. Jetzt würde sie einfach hier sitzen und auf Blake warten. Sie beobachtete den Bettler, der einen großen Teil der Leute zu kennen schien, die vorbeigingen, denn er wechselte mit vielen ein paar Worte, und sein Glas füllte sich schnell und beständig mit Dollarnoten. Ein junges Paar stritt, wenn Harper die Körpersprache der beiden richtig deutete. Doch schon im nächsten Moment fielen sie sich in die Arme und küssten sich, als ob sie völlig allein auf der Welt wären. Harper ließ den Blick weiterschweifen. Eine alte Dame versuchte mit Leckerli, ihrem Hündchen klarzumachen, dass es an der Kreuzung Sitz machen sollte. Blakes Mutter kam über die Straße genau auf sie zu. Der Pantomime-Künstler bewegte sich wie … Blakes Mutter? Harper zuckte zusammen, als ihr Blick zu Mirinda Marshall zurückschnellte, die direkt auf das Ellie's zuhielt. Was wollte die Frau hier? Konnte Harper sich unsichtbar machen? Vielleicht wollte Mirinda nur ein paar Macarons holen und würde sie gar nicht bemerken … zu spät!

Blakes Mutter hatte sie durch das Fenster erspäht. Warum musste Harper auch immer an einem der Tische am Fenster sitzen? Mirinda winkte ihr zu, bevor sie die Tür des Cafés aufschob. »Harper! Was für eine Überraschung, Sie hier zu sehen.«

War es das? Wusste nicht jeder, dass sie hier arbeitete und auf Blake wartete, wenn er Termine in Providence hatte? »Schön, Sie zu sehen«, sagte sie, als Mirinda ihr zur Begrüßung die Hand reichte.

»Ich liebe die Macarons hier«, sagte ihr Gegenüber prompt. »Eigentlich wollte ich mir nur etwas zum Naschen für diese wirklich langweilige Sitzung des Kulturausschusses besorgen.« Sie warf einen Blick auf ihre Uhr. »Aber ich habe noch etwas Zeit. Sie arbeiten wahrscheinlich. Vielleicht kann ich Sie zu einer kleinen Pause und einem Cappuccino überreden?«

Harper warf einen Blick auf ihren zugeklappten Laptop. Es war ziemlich offensichtlich, dass sie gerade nicht gearbeitet hatte. »Ja … ähm, gern.« Wie sollte sie auch ablehnen? Sie saß hier herum und starrte Löcher in die Luft, während sie von Mirindas Sohn träumte. Um so zu tun, als sei sie viel zu beschäftigt für eine Pause, war es zu spät. Wenn Mirindas Blick nur nicht so durchdringend wäre, dass Harper das Gefühl bekam, sie könne ihre Gedanken lesen.

»Wunderbar.« Blakes Mutter ging zum Tresen hinüber, orderte zwei Cappuccinos und zeigte auf ein paar Macarons in der Auslage, die die Bedienung auf einem Teller drapierte.

Mit der Bestellung auf einem Tablett kehrte sie kurz danach zu Harper zurück und nahm ihr gegenüber Platz. »Wie geht es Ihrer Schwester und Ihrer entzückenden Nichte?«, fragte sie und schob einen Cappuccino zu Harper herüber. »Es war schön, Ihre Familie und Ihre Freundin kennenzulernen.«

»Es geht allen gut. Danke.« Harper schluckte. Sie wusste nicht, worauf Mirinda hinauswollte. War das hier wirklich nur Small Talk? Sie schaffte es jedenfalls nicht, sich zu entspannen.

»Ich erinnere mich nur zu gern, als meine Kinder in diesem Alter waren.« Mirinda lachte. »Die Jungs waren zu jeder Schandtat bereit und haben sich von ihrer Schwester zu allem Möglichen anstacheln lassen. Ihre Nichte scheint mir ein sehr schlaues Mädchen zu sein.«

»Ja.« Harper nickte. »Das ist sie wirklich. Wir sind sehr stolz auf sie.«

Es entstand eine Pause, in der Mirinda genüsslich in ein Macaron biss und Harper unruhig auf ihrem Stuhl hin und her rutschte.

»Ich habe es Ihnen ja schon an diesem Nachmittag beim Basketballplatz gesagt, Harper«, sprach Mirinda weiter, als sie ihre Tasse wieder abgesetzt hatte. »Wir sind Ihnen wirklich sehr dankbar. Ich genauso wie mein Mann. Sie waren Blake eine großartige Stütze in den letzten eineinhalb Jahren. Ich weiß nicht, wie er das ohne Sie hätte stemmen sollen.«

»Danke.« Harper spürte, wie Röte in ihre Wangen stieg. In den letzten Wochen hatte Harper sich nicht nur um Blakes Schreibtisch und Telefon gekümmert. Sie verbarg ihren Gesichtsausdruck hinter einem Schluck Cappuccino.

Mirinda drehte ihre Tasse einen Moment gedankenverloren zwischen den Händen. »Wissen Sie«, fuhr sie dann fort und sah Harper direkt in die Augen. »Irgendetwas hat sich verändert. Zum Positiven. In den letzten Wochen wirkt Blake ein wenig anders. Gelöster. Glücklicher. Wir haben uns wirklich Sorgen um ihn gemacht. Er nimmt seine Aufgaben so verdammt ernst«, ergänzte sie lächelnd. »Ich bin mir sicher, dass eine Frau hinter dieser Veränderung steckt.«

»Eine …« Harper erstarrte. »… Frau? Sie verlangen jetzt hoffentlich nicht von mir, dass ich Ihnen Details aus dem

Leben Ihres Sohnes berichte, Mirinda. Oder ihn für Sie ausspioniere.«

»Auf keinen Fall.« Blakes Mutter lehnte sich mit einem feinen Lächeln im Gesicht in ihrem Sitz zurück. »Ich spreche nur aus, was ich beobachtet habe. Und ich sage Ihnen etwas, Harper. Diese Frau – wer auch immer sie ist – scheint meinen Sohn sehr glücklich zu machen. Ich wünsche mir, dass sie auch weiterhin Teil seines Lebens sein wird. Und jetzt«, sie warf einen Blick auf ihre Armbanduhr, »muss ich leider los. Es war wundervoll, mit Ihnen zu plaudern.« Sie griff über den Tisch und drückte Harpers Hand sanft. Dann stand sie auf und schlang sich ihre Handtasche über ihre Schulter. Im nächsten Moment war sie auf der Straße und lief zielstrebig in Richtung Performance Arts Center davon.

Harper blieb mit vier Macarons, einer halb vollen Tasse Cappuccino und der Erkenntnis zurück, dass Mirinda genau wusste, dass sie und Blake eine Affäre hatten.

19

Der Verkauf seines Hauses in Providence machte es endgültig. Blake hatte nach seinem Umzug nach Newport zwar das ›Zu verkaufen‹-Schild in den Vorgarten gestellt, wirklich bemüht, einen neuen Besitzer zu finden, hatte er sich allerdings in den vergangenen eineinhalb Jahren nicht. Er hatte sogar ein paar Optionen ausgeschlagen, obwohl der Geschäftsmann in ihm gewusst hatte, dass das anständige Angebote gewesen waren.

Das Apartment aufzugeben, in dem er damals zusammen mit Melody in der Nähe der Brown University gelebt hatte, war ihm um so vieles leichter gefallen. Aber das *Addams Family*-Haus zu verkaufen, war wie ein Schlussstrich unter sein altes Leben – in das er nie zurückkehren würde.

Harper war da gewesen. An seiner Seite. Hatte ihm geholfen, das unwiderruflich Vergangene hinter sich zu lassen und ein neues Kapitel aufzuschlagen. Inzwischen musste er zugeben, dass sich das durchaus gut anfühlte. Ein bisschen, als hätte er diese Tür schließen müssen, um Energie aufbringen zu können, eine neue zu öffnen.

Die letzten Wochen waren in einem Wirbel aus Arbeit und Harper verschwommen. Er hatte sich auf Harper gestützt, in der Firma wie auch privat. Nur bei einer Sache waren sie sich nicht einig geworden: Sie glaubte, seine Mutter wisse, dass sie zusammen waren. Ein Gedanke, der Harper in helle Panik versetzte. Blake hingegen war sich sicher, dass seine Mutter nur versuchte, Informationen abzufischen. Harper war Mirindas Meinung nach mit Sicherheit die Frau, die am meisten über das Leben ihres Sohnes wusste. Sie hatte ein Foto von ihm auf einer Gala gesehen, auf dem er eine Frau küsste. Blake kannte seine Familie gut genug, um zu wissen, dass ihr das keine Ruhe ließ. Auch wenn ständig alle Marshalls betonten, einander Freiraum und Privatsphäre zu lassen, mischten sie sich doch ständig in das Leben der anderen ein. Harper kaufte ihm das nicht wirklich ab. Verglichen mit der Harmonie, die abgesehen davon zwischen ihnen herrschte, war das allerdings eine Kleinigkeit.

Ein Klopfen an seine geöffnete Bürotür ließ Blake den Blick heben. Er hatte schon wieder mehr über die Frau nachgedacht, die im Türrahmen stand, als über das Edge on Hudson-Projekt. Was vermutlich auch daran lag, dass es viel angenehmer war, über Harper nachzudenken, als über dieses verdammte Projekt, dass sich immer mehr zu einem Problemfall entwickelte. »Hey«, sagte er und lächelte.

Harper hob den Stapel Papiere, den sie in der Hand hielt. »Ich muss kurz in die Buchhaltung. In fünf Minuten bin ich wieder da.«

»Alles klar.« Blake lehnte sich in seinem Sessel zurück. »Sollen wir zusammen zum Lunch gehen?«, fragte er, was nicht hilfreich war. Das verdammte Projekt wäre nach der Mittagspause immer noch da.

»Nein.« Harper lächelte ihn an. »Das würden uns die *Hudson*-Leute nicht danken«, erinnerte sie ihn daran, dass es ihm nicht helfen würde, die Probleme vor sich her zu schieben. »Wir können uns Lunch bestellen, und dann gehen wir dieses Problem an«, machte sie einen Gegenvorschlag.

Blake seufzte ergeben. »So machen wir es.«

Er wartete, bis Harper gegangen war und legte dann den Kopf in den Nacken. Ihm würde nichts anderes übrig bleiben, als selbst nach Sleepy Hollow zu fahren und sich mit dem Bauinspektor auseinanderzusetzen. Vielleicht würde das das Projekt endlich voranbringen. Je eher, desto besser. Heute war Donnerstag. Wenn er noch heute Abend fuhr, hätte er am Freitag genügend Zeit, sich mit allen Beteiligten zu besprechen, hoffentlich Lösungen für alle offenen Fragen zu finden und den Bauinspektor zu beruhigen. Dann könnte er am späten Abend zurück sein. Oder … Blake richtete sich auf. Er könnte etwas Besonderes aus dieser Geschäftsreise machen. Ein Blick zur halb offenen Tür bestätigte ihm, dass Harper noch nicht zurück war. Er griff nach seinem Handy und scrollte zu Brookes Nummer.

Als Harpers Schwester den Anruf entgegennahm, hörte er kreischende Sägen im Hintergrund. »Blake, hey«, begrüßte sie ihn. »Warte kurz.« Er hörte, wie sie eine Tür hinter sich schloss und der Lärm abnahm. »Was kann ich für dich tun?«, fragte sie.

»Ich möchte dich um einen Gefallen bitten«, sagte Blake. Harpers Donnerstagabend bestand normalerweise aus ihrem Zumba-Kurs und anschließend Margaritas mit ihren Freundinnen und Nachbarinnen. »Ich würde Harper gern zu einem romantischen Wochenende entführen. Und zwar heute noch. Hilfst du mir?«

»Heute ist Zumba«, kam Brookes Antwort prompt.

»Ich weiß, aber ich muss geschäftlich weg, und das würde sich anbieten«, versuchte Blake zu erklären.

Aber noch bevor er zu Ende sprechen konnte, hakte Brooke schon wieder ein. »Du willst meine Schwester auf eine Geschäftsreise mitnehmen und nennst das romantisch?« Die Empörung in ihrer Stimme ließ ihn lächeln.

»Ein bisschen mehr Sinn für Zweisamkeit kannst du mir zutrauen«, beruhigte er sie. »Ich muss ins Hudson River Valley. Wenn wir heute noch fahren, kann ich morgen ein paar Termine wahrnehmen. Dann könnten wir von dort aus nach New York fahren und das Wochenende in der Stadt verbringen.«

»New York City?« Brooke schwieg einen Moment. »Hör mal, Blake, das klingt nach einer super Idee. Aber ich glaube, Harper ist kein besonders großer Fan der Stadt. Vielleicht fahrt ihr irgendwann mal ein Wochenende nach Maine oder so was.«

»Was stimmt denn mit New York nicht?« Harper hatte ihm gegenüber nie erwähnt, dass sie die Stadt nicht mochte. Wer hatte bitte schön ein Problem damit, sich ein Wochenende lang in dieser Metropole verwöhnen zu lassen?

»Das muss sie dir selbst erzählen.«

Okay, von Brooke würde er keine Antwort bekommen. Aber abhalten lassen würde er sich von seiner Idee auch nicht. »Ich werde sie danach fragen. Aber bis dahin …« Er hörte, wie Harper im Vorzimmer mit jemandem lachte. Gleich wäre sie wieder an ihrem Schreibtisch. »… könntest du ihr eine Tasche packen? Und sie beim Zumba-Kurs entschuldigen? Ich habe das Gefühl, dass sie beim nächsten Mal nachsitzen muss, wenn sie unentschuldigt fehlt.«

»Blake, ich bin mir wirklich nicht sicher …«, begann Brooke noch einmal.

Er hörte Harpers Schritte vor seinem Büro. »Ich muss jetzt

Schluss machen«, flüsterte er. »Danke für deine Hilfe.« In dem Moment, in dem Harper die Tür aufschob, legte er das Handy zurück auf den Tisch und schenkte ihr ein unschuldiges Lächeln. »Bereit für den Lunch?«, fragte er.

Harper drehte sich auf dem Beifahrersitz so, dass sie Blake ansehen konnte. In seinem Gesicht spiegelte sich ein leicht amüsierter Ausdruck. »Ich meine das ernst«, wiederholte sie noch einmal. »Du kannst nicht einfach über mein Leben entscheiden. Ich wollte heute zu meinem Zumba-Kurs. Und bis jetzt hast du mich noch nie für eine deiner Geschäftsreisen gebraucht.«

»Einmal ist immer das erste Mal.« Blake sah zu ihr hinüber und schenkte ihr ein freches Grinsen.

»Pff.« Harper blickte wieder nach vorn. Die Landschaft zog an ihnen vorbei. Sie waren auf der I 95 unterwegs in Richtung Süden. Weil Blake einfach entschieden hatte, dass sie ihn begleiten würde.

»Ich wollte dich überraschen«, begann Blake nach einem Augenblick erneut. »Brooke hätte keine Tasche für dich gepackt und sogar nach Newport gebracht, wenn sie die Idee nicht gut gefunden hätte, oder?«

Mit dem Familienargument zu kommen, war fies. Blake wusste genau, dass sie dem nichts entgegensetzen konnte. »Vielleicht ist meine Schwester ja genauso hinterhältig wie du«, murmelte sie.

»Ist sie nicht.« Blake griff nach ihrer Hand und zog sie an seine Lippen, um einen zarten Kuss auf ihre Fingerknöchel zu hauchen. Statt ihre Hand dann wieder loszulassen, legte er sie auf seinen Oberschenkel und verschränkte seine Finger mit ihren. »Ich muss nach Sleepy Hollow, das stimmt. Aber anschließend würde ich gern dieses Wochenende mit dir verbringen. Die Überraschung bot sich also an. Bitte nicht schmollen.« Wieder blitzte dieses freche Grinsen in seinem Gesicht auf, das Harper erst seit ein paar Wochen kannte und das ihr jedes Mal wie ein Blitz in den Magen fuhr. »Ich entschädige dich für die Zumba-Stunde«, versprach er und zwinkerte ihr zu.

»Und für die Zumba-Ritas«, verlangte Harper, musste sich aber bereits bemühen, nicht zu lachen.

»Selbstverständlich.« Blake konzentrierte sich wieder auf den Verkehr. »Ich sorge dafür, dass du dich regelrecht betrunken fühlst.«

»Unter diesen Umständen verzeihe ich dir die Entführung möglicherweise.« Sie kuschelte sich in ihren Sitz. »Ich bin mir aber immer noch nicht sicher, ob ich ein großer Freund von Überraschungen bin«, ergänzte sie vorsichtshalber, weil sie nach wie vor daran zweifelte, ob sie die Idee, einfach so von ihrem Arbeitsplatz weg entführt zu werden, gut fand. Auch wenn ihr der Gedanke gefiel, dass Blake ein romantisches Wochenende für sie plante. Aus dem Hudson River Valley war es nicht mehr so weit bis zur Marshall Ranch. Sicher würden sie ein paar romantische Tage in den Catskill Mountains verbringen. Dort, wo alles zwischen ihnen angefangen hatte.

»Vielleicht wirst du die Zeit mit mir so genießen, dass du die nächste Überraschung gar nicht erwarten kannst«, neckte Blake sie.

»Vielleicht ist dein Ego auch einfach zu groß«, hielt sie dagegen.

»Nicht mein Ego. Meine Entschlossenheit, dich zu verführen«, korrigierte Blake. »Man sagt mir nach, dass ich wirklich sehr entschlossen sein kann.«

Darauf antwortete Harper nicht. Sie starrte auf die Bäume, die an ihrer Seitenscheibe vorbeiglitten. Blake schaffte es immer wieder, ihr den Wind aus den Segeln zu nehmen und ihren Verstand zu okkupieren. Der Spalt in der Schutzmauer um ihr Herz war inzwischen so groß, dass dieser eins neunzig große Mann problemlos durchschlüpften konnte. Harper wusste, dass sie mit dem Feuer spielte. Dass sie sich schon bald die Finger verbrennen würde. Aber sie schaffte es nicht, die wärmenden Flammen zu ignorieren, die Blakes Worte in ihr auslösten.

Sie erreichten Sleepy Hollow spät an diesem Abend und checkten müde in ein Hotel ein, dessen schlecht gelaunte Rezeptionistin Blakes Geduld auf die Probe zu stellen schien. Es regnete in Strömen. Um etwas von der Umgebung sehen zu können, würde Harper bis zum nächsten Tag warten müssen. Aber so wie sich das Städtchen präsentierte, konnte sie gut verstehen, warum es als Vorlage für Tim Burtons Horrorfilm gedient hatte. Fast hätte es sie nicht gewundert, wenn Jonny Depp, alias Constable Crane, plötzlich neben Blakes Wagen her geritten wäre. Oder ein kopfloser Reiter. Sie wusste von den Zeichnungen und Projektplanungen, wie das Edge on Hudson-Projekt aussehen würde, wenn es fertig war. Sie selbst war aber noch nie in diesem Tal gewesen. Nachdem sie sich von der Überraschung dieses Trips erholt hatte, hatten Freude und Neugier begonnen zu überwiegen.

Sie hatten unterwegs gehalten und in einem kleinen Gasthof gegessen. Jetzt folgte Harper Blake, der seinen Koffer und ihre Reisetasche trug, in das Zimmer, das er für sie reserviert hatte.

»Ich hole noch ein wenig Eis. Brauchst du noch irgendwas?«, fragte Blake, als er ihr Gepäck abgestellt hatte.

Harper unterdrückte ein Gähnen und schüttelte den Kopf. »Ich möchte nur noch ins Bett.«

»Klingt gut.« Blake zog sie in seine Arme und presste seine Lippen auf ihren Scheitel. »Ich bin dabei.«

Harper löste sich aus der Umarmung, um das Bett aufzuschlagen. Blake machte sich noch einmal auf den Weg zur Eismaschine, während sie im Bad verschwand. Sie warf einen Blick in die Tasche, die ihre Schwester für sie gepackt hatte. Obenauf lag einer ihrer üblichen Pyjamas, der aus einer karierten Shorts und einem Tanktop bestand. Blake warf ein paar Eiswürfel in ein Glas mit Wasser und trank einen großen Schluck. Er trug ebenfalls nur noch seine Boxershorts und verschwand nach Harper im Bad. Ein paar Minuten später schlüpften sie gemeinsam unter die Laken. Harper kuschelte sich in Blakes Arme und schloss die Augen. Eingehüllt in seine Wärme und seinen beruhigenden, steten Herzschlag fiel sie in einen tiefen, traumlosen Schlaf.

Blake weckte Harper mit einem sanften Kuss. Seine Hände strichen langsam und träge über ihren Körper. Was Harper ganz automatisch dazu brachte, sich genüsslich zu räkeln.

»Das ist wirklich sehr verführerisch«, murmelte Blake an ihrem Ohr, »aber dafür haben wir nicht mehr genug Zeit.« Er ließ seine Lippen über ihren Hals gleiten. »Ich möchte dir etwas zeigen. Wir treffen uns gleich in der Lobby«, schlug er vor. »Du kannst in Ruhe aufstehen, während ich ein paar Telefonate führe.« Blake küsste sie noch einmal, dann richtete er sich auf. Im nächsten Moment hörte Harper, wie er die Zimmertür hinter sich ins Schloss zog.

Langsam setzte sie sich auf und warf einen Blick aus dem Fenster. Blake hatte offenbar die Vorhänge zurückgezogen, um das Morgenlicht hereinzulassen. Es hatte aufgehört zu regnen. Ein heller Nebel lag über dem Rasen. Nichts erinnerte mehr an das gruselig dunkle Tim-Burton-Szenario, in dem sich die Umgebung bei ihrer Ankunft präsentiert hatte. Harper war neugierig auf das, was Blake ihr zeigen wollte, also schob sie die Decke zur Seite und stellte im Bad die Dusche an. Dann warf sie einen genaueren Blick in die Tasche, die ihre Schwester für sie gepackt hatte. Natürlich hatte Brooke sich nicht die Mühe gemacht, eine ihrer ›Uniformen‹ einzupacken. Unter dem Schlafanzug, den sie am Abend herausgenommen hatte, lagen Jeans, Shirts und die süße Strickjacke, die Reeva ihr zu Weihnachten geschenkt hatte. Harper seufzte. Blake hatte ihr schon erklärt, dass er ihre Hilfe bei seinen Gesprächen nicht brauchte, also war das kein offizieller Arbeitstag. Aber ohne ihr übliches Outfit fühlte sich das hier noch viel … intimer an. Der Spalt im Schutzschild ihres Herzens öffnete sich prompt ein Stück weiter. Sie zog die Klamotten aus der Tasche und ging ins Bad.

Als sie kurz darauf in die Lobby trat, beendete Blake gerade ein Gespräch. Er schob sein Handy in die Hosentasche, stand auf und schnappte sich eine Bäckertüte und einen Papphalter mit zwei To-go-Bechern, die er auf dem Tischchen neben sich abgestellt hatte.

»Bereit?«, fragte er, küsste Harper auf die Wange und deutete mit der Tüte in der Hand in Richtung Ausgang.

»Bereit und neugierig«, erwiderte sie und nahm ihm den Papphalter ab. Sie folgte Blake zu seinem Wagen und ließ sich von ihm durch das Städtchen fahren. Sleepy Hollow schien noch nicht erwacht.

»Es ist wirklich schön hier«, sagte Harper, als die hübschen Häuser und kleinen Geschäfte an ihrem Fenster vorbeiglitten.

Blake brummte zustimmend, bog noch zweimal ab, und plötzlich lag der Hudson vor ihnen. »Wow«, entfuhr es Harper. Sie beugte sich vor, um noch besser durch die Windschutzscheibe sehen zu können, als Blake auf einen Parkplatz direkt am Fluss fuhr. »Das ist wundervoll.«

»Das hier ist eine der beeindruckendsten Stellen des Hudson. Er ist hier fast fünf Kilometer breit«, sagte Blake. »Die Governor Mario M. Cuomo Bridge gibt es erst seit ein paar Jahren.«

»Ein beeindruckendes Bauwerk«, stimmte Harper ihm zu.

»Hier frühstücke ich immer, wenn ich in Sleepy Hollow bin.« Blake lächelte sie an. »Das ist einer der schönsten, friedlichsten Orte, an denen ich je war.«

»Ich verstehe, was du meinst.« Die modernen, stählernen Zwillings-Zacken der Brücke, die hier in den Himmel ragten, und darunter die unbändige Kraft der Natur. Nebel lag wie ein zarter Schleier über dem Wasser und wurde vom leichten Wind, der durch das Tal strich, zerrissen. Der Fluss glitzerte im Licht der Sonne, die sich gerade über die Baumwipfel des gegenüberliegenden Rocklands erhob. Der Boden und das Gras waren noch nass. Harper konnte sich sogar vorstellen, bei strömendem Regen wie in der vergangenen Nacht hier zu sitzen. In der Fahrerkabine in Blakes Wagen. Blake an ihrer Seite. Jonny Depps Version von Constable Crane zog an ihrem inneren Auge vorbei. Okay, nein, nachts im Regen wollte sie vielleicht nicht hier sitzen. Aber an einem so wundervollen Morgen hatte dieser Ort fast etwas Magisches. Das Schönste daran war vermutlich, dass Blake ihn mit ihr teilte. Dass er sie überhaupt hierhergebracht hatte.

»Komm mit«, holte Blake sie aus ihren Gedanken. Er öffnete die Fahrertür, griff nach den Kaffeebechern und der Gebäcktüte und stieg aus. Harper folgte ihm.

Er hatte das Frühstück auf der Motorhaube abgestellt. Harper zog ihre Jacke enger um sich und lehnte sich gegen die Wärme des Wagens, die einen angenehmen Kontrast zur frischen, kühlen Morgenluft bildete. »Ich könnte ewig hier bleiben«, sagte sie, mehr zu sich selbst als zu Blake, und nahm den Kaffeebecher, den Blake ihr reichte.

»Ich glaube, genau darum geht es. Dieser Ort ist einfach perfekt. Zum Nachdenken. Zum Abschalten. Viele Entscheidungen, die das Bauprojekt betrafen, habe ich erst entschieden, als ich hier gestanden habe.«

Harper nickte und nippte an ihrem Kaffee. »Dann war es richtig herzukommen.«

»Vielleicht hätte ich das schon viel eher machen müssen, um dieses Projekt klarer zu sehen.«

»Jetzt sind wir ja hier.« Harper drückte Blakes Hand. »Und ich bin dankbar, dass du mich entführt und mitgenommen hast.«

»Das bin ich auch.« Blake küsste sie. Dann griff er nach der Bäckertüte und hielt sie für Harper auf. Sie entschied sich für den Donut mit den bunten Zuckerstreuseln, der ihren Tag noch ein wenig heller erstrahlen ließ. Sie frühstückten, ohne viel zu sprechen. Und wieder fiel Harper etwas auf. Blake und sie unterhielten sich gern, tauschten sich aus. Aber es war nie unangenehm, mit ihm zu schweigen. Im Gegenteil, es fühlte sich behaglich und richtig an. Harper hatte nie das Bedürfnis, die Stille mit Worten füllen zu müssen, weil sie das Stummsein nicht ertrug.

Nach dem Frühstück machten sie einen kleinen Spaziergang über den River Walk und durch den Pierson Park, der am Ufer des Hudson angelegt worden war.

»Die Gespräche werden sich wahrscheinlich eine Weile hinziehen«, sagte Blake, als sie wieder im Wagen saßen.

»Das macht nichts. Ich werde mir die Stadt ansehen, ein bisschen bummeln. Vielleicht finde ich ja ein paar Mitbringsel für Brooke und Reeva.«

Sleepy Hollow war genau so wunderschön, wie Harper es am Morgen auf dem Weg zum Fluss bereits festgestellt hatte. Sie hatte Blake am Edge on Hudson-Projekt abgesetzt. Nachdem er sie auf der Baustelle herumgeführt hatte, war sie durch die Straßen gebummelt, hatte die kleinen Läden durchstöbert und sich eine Führung durch Kykuit, einem der Anwesen der Rockefeller Familie, gegönnt. Der Sommersitz dieser reichen New Yorker Familie erinnerte sie an die Herrenhäuser, die in Newport auf den Klippen standen.

Zu Mittag holte sie sich einen Burrito in einem Taco-Laden und kehrte mit einem Nora-Roberts-Roman, den sie in der süßen Buchhandlung in der Main Street gefunden hatte, in den Pierson Park zurück. Sie machte es sich mit ihrem Lunch und dem Buch auf einer der Bänke am Wasser mit Blick auf die Brücke bequem. Harper wusste gar nicht mehr, wann sie zuletzt einen ganzen Tag nur für sich gehabt hatte. Sie liebte ihr Leben, genoss es, mit ihrer Familie und ihren Freunden zusammen zu sein. Aber einfach einen Tag vertrödeln und mit sich selbst allein sein … das war schlicht wundervoll.

Blake war in Hochstimmung, als er sich von seinem Bauleiter am Pierson-Park absetzen ließ. Er reichte dem Mann die Hand, bedankte sich und stieg aus dem schlammverspritzten Pick-up mit dem Marshall Construction-Logo. Harper hatte ihm geschrieben, dass sie es sich mit einem Buch am Fluss gemütlich gemacht hatte.

Er blieb einen Moment stehen, nachdem Ian gefahren war, und genoss den Anblick der Brücke, die sich über den Fluss spannte. Es war die richtige Entscheidung gewesen herzukommen. Blake hatte die Probleme regeln können, für die es am Telefon und per Mail einfach keine Lösung gegeben hatte, weil dafür ein Vier-Augen-Gespräch notwendig gewesen war.

Nachdem das endlich geklärt war, konnte er den Rest des Wochenendes genießen. Er drehte sich um und entdeckte Harper auf einer der Bänke. Sie lag auf dem Rücken, die Beine angezogen und las, offenbar so tief in die Welt des Buches versunken, dass sie nichts um sich herum mitzubekommen schien. Blake betrachtete sie einen Moment. Die langen Beine, die in Jeans steckten. Das rosafarbene Jäckchen mit dem zarten Spitzensaum, das sie unglaublich anziehend wirken ließ. Statt ihrer strengen Brille trug sie Kontaktlinsen, und ihre offenen Haare fielen von der Bank und berührten fast den Boden. Sie sah entspannt aus. Glücklich. In sich ruhend.

Er zückte sein Handy und schoss ein Foto von ihr. Dann ging er zu Harper hinüber und strich mit den Fingern über ihr Knie, als sie nicht sofort bemerkte, dass er neben ihr stand.

Sie ließ das Buch sinken, und ein Lächeln zog sich über ihr Gesicht. »Hey.« Sie setzte sich auf, um ihm Platz zu machen. »Wie ist es gelaufen?«

Blake grinste. »Gut genug, um dir versprechen zu können, dass der Bauleiter und der Inspektor dich nicht mehr pausenlos mit ihren Telefonaten und E-Mails belästigen werden. Zumindest für eine Weile.«

»Wow. So gut gleich!« Harper lehnte sich an seine Schulter, als er sich gesetzt hatte, und er legte den Arm um sie.

»Ja. Diese Gespräche waren mehr als überfällig. Früher war ich viel öfter auf den Baustellen, habe nach dem Rechten gesehen. Mit der Arbeit der vergangenen Jahre ist das mehr und mehr untergegangen.«

»Du musstest sehr viele Aufgaben in sehr wenig Zeit quetschen. Wie heißt es so schön? Man kann nicht auf jeder Hochzeit tanzen … oder in dem Fall: auf jeder Baustelle vorbeischauen.«

Blake lachte über die Abwandlung des Sprichworts. »Es ist aber ein ziemlich wichtiger Teil der Arbeit. In Zukunft möchte ich mich wieder mehr um diese Dinge kümmern. Also müssen wir einen Weg finden, mehr Platz für so etwas im Terminkalender zu schaffen.«

»Das bekommen wir hin«, versprach Harper ihm mit der Überzeugung einer Assistentin, die das Leben ihres Bosses perfekt managte.

Aber jetzt wollte er die private Harper, die mit der er ein unvergessliches Wochenende in New York City verbringen wollte. Er küsste sie. »Bist du bereit zu gehen?«, flüsterte er an ihren Lippen.

»Bereit und neugierig, was du vorhast«, antwortete sie.

20

»Wohin fahren wir?«, fragte Harper, als Blake den Jaguar auf die Interstate 87 in Richtung Süden lenkte. »Ich dachte, wir verbringen das Wochenende auf der Ranch.«

»Sleepy Hollow ist nicht mal eine Stunde von New York entfernt. Ich würde das Wochenende gern mit dir in der Stadt verbringen«, sagte Blake und bemerkte, wie Harper beim Namen der Stadt zusammenzuckte. Ihre Schwester hatte nicht übertrieben.

»New York City?«, fragte Harper, als wolle sie sichergehen, ihn richtig verstanden zu haben. Ihre Stimme klang ein wenig heiser. Unsicherer, als er es von ihr gewohnt war. »Aber warum?«, fuhr sie zögerlich fort, als Blake nickte. »Wir könnten es uns doch in den Bergen viel gemütlicher machen.«

Blake zwinkerte ihr zu. »Ich bin mir sicher, dass wir es schaffen, es uns in der Stadt ebenfalls gemütlich zu machen.« Als Harper nicht antwortete, sondern einfach nur durch die Frontscheibe auf die Silhouette New Yorks starrte, die sich in der Ferne zu erheben begann, griff er nach ihrer Hand und verschränkte seine Finger mit ihren. »Brooke hat mir erzählt, dass du wahrscheinlich nicht besonders begeistert sein wirst von meiner Idee. Aber es ist ein bisschen wie mit dem River Walk in Sleepy Hollow. Ich wollte dir diesen Ort unbedingt zeigen. Genauso will ich dir mein New York City zeigen. Die Plätze, die ich liebe. Die Architektur, die mich fasziniert«, erklärte er.

Harper schluckte und schwieg einen Moment, so als müsse sie erst ihre Gedanken sortieren, bevor sie antwortete. »Ich teile die Faszination der Menschen für diese Stadt einfach nicht. Sie ist laut, dreckig. Sie stinkt. Niemand ist freundlich und hilfsbereit, wie wir es aus Newport oder Jamestown gewöhnt sind. Warum fühlen sich die Menschen so angezogen von dieser Stadt?«

»Für mich ist es auf jeden Fall die Architektur. Die unglaublichen Gebäude und der Fortschritt und die Entbehrungen, unter denen sie in den zwanziger und dreißiger Jahren des letzten Jahrhunderts erschaffen wurden. Ich mag den Mut der Menschen, einfach in diese Stadt zu kommen und ihr Glück zu versuchen«, zählte Blake auf. »Die Möglichkeiten, die diese Stadt bietet. Dieser niemals langsamer werdende Puls.«

Wieder schwieg Harper eine Weile, starrte auf die Skyline vor ihnen, die mit zunehmendem Verkehr um sie herum größer wurde. »Was du beschreibst, ist die Faszination eines Menschen, der sich nie Gedanken um Geld machen musste. Und der das auch in Zukunft nicht tun muss. Die meisten Hoffnungen, die du mit hierherbringst, sterben in dieser Stadt. Weil die meisten Menschen kein unbegrenztes Budget haben.«

Blake hatte schon seit Harpers Begegnung mit Wild Thing auf der Ranch vermutet, dass hinter Harpers und Brookes Geschichte mehr steckte, als sie behauptet hatte. »Möchtest du mir davon erzählen?«, fragte er.

»Nein.« Harper schüttelte den Kopf ein wenig zu heftig.

»Okay. Hör zu.« Blake drückte ihre verschränkten Hände beruhigend. »Ich mache dir einen Vorschlag. Ich zeige dir meine Version von New York City. Wenn du die Stadt danach noch immer so siehst wie jetzt, akzeptiere ich das und wir fahren nie wieder hierher. Aber ich bitte dich, dich darauf einzulassen. Ich gebe zu, dass unser Hotel ganz hübsch und möglicherweise am oberen Ende der Preisskala angesiedelt ist. Aber abgesehen davon sind viele Dinge, die ich an der Stadt liebe, gar nicht so teuer oder sogar kostenlos. Also?« Er warf ihr einen Blick unter hochgezogenen Augenbrauen zu. »Gibst du mir und New York eine Chance?«

Natürlich war die Suite, die Blake in einem Boutique Hotel im Art-déco-Stil reserviert hatte, nicht mit Marlas Absteige in der Lower Eastside zu vergleichen, in die Harper und Brooke vor zehn Jahren gestolpert waren. Der Wohnbereich und das Schlafzimmer waren nicht besonders groß, aber gemütlich und liebevoll eingerichtet. Der Empfangschef war herzlich gewesen, und die Champagnerflasche, die auf dem Couchtisch auf sie wartete, war perfekt gekühlt.

All das hatte aber nichts daran geändert, dass Harper in dem Moment in Panik verfallen war, in dem Blake ihr gesagt hatte, wohin sie fuhren. Ihr Herz hatte ziemlich lange gebraucht, um wieder normal zu schlagen. Und kaum waren sie vor dem Hotel aus dem Wagen gestiegen, wurde sie wieder eingehüllt in den schweren Umhang aus Gerüchen und Lärm, der sofort eine Gänsehaut auf ihren Armen aufblühen ließ.

Blake hatte sie gefragt, warum sie so eine Abneigung gegen New York hatte. Doch sie hatte ihm nicht von ihrem ersten Aufenthalt hier erzählt. Sie schämte sich noch immer für die Machtlosigkeit, der sie damals ausgesetzt gewesen war. Wie sie es fast nicht geschafft hätte, ihre Schwester zu beschützen. Egal, wie stolz sie auf das war, was Brooke und sie sich inzwischen aufgebaut hatten, an diesen Teil ihrer Geschichte dachte sie nicht gerne. Sie war nie wieder in diese Stadt zurückgekehrt, die ihr so schonungslos gezeigt hatte, dass sie ein Niemand war und dass es unglaublich einfach war zu scheitern.

Blake öffnete den Champagner und schenkte ihnen ein. »Auf dieses Wochenende. Auf dich«, brachte er einen Toast aus, nachdem er ihr ein Glas gereicht hatte.

»Auf uns«, erwiderte Harper. Sie nippte an dem Champagner und stellte das Glas dann zur Seite, um nach ihrer Tasche zu greifen. »Ich packe schnell meine Sachen aus. Dann bin ich bereit, mir die Stadt mit deinen Augen anzusehen. Was haben wir denn vor?« Sie würde ihre Meinung über New York City nicht ändern. Aber Blake hatte sich Gedanken gemacht und dieses Wochenende geplant. Es wäre unfair, seine Bemühungen einfach zur Seite zu wischen.

»Was das betrifft, musst du dich überraschen lassen. Ich empfehle dir Jeans und bequeme Schuhe.«

Harper stellte die Tasche im Schlafzimmer aufs Bett und öffnete sie. Zum ersten Mal nach ihrer Abreise nahm sie alle Kleidungsstücke heraus und legte und hängte sie in den Schrank. Sie war dankbar über die Turnschuhe, die Brooke für sie eingepackt hatte. Überrascht war sie hingegen über das kleine Schwarze, das für die meisten Anlässe von Beerdigungen bis zu Schultheateraufführungen passte. Über das Spitzenunterwäsche-Set, das sie vor einer Weile gekauft, aber noch nicht getragen hatte, schüttelte sie nur den Kopf.

Blake überraschte Harper tatsächlich. Ihr Hotel lag im Meat Packing District, nur einen kurzen Fußweg von der High Line entfernt. Hand in Hand schlenderten sie über das Kopfsteinpflaster, vorbei an hippen Bars und stylischen Restaurants. Die Häuser waren saniert, strahlten aber noch immer in ihrem alten Charme. Sie verstand, warum Blake mit bewunderndem Blick durch die Straßen ging.

Vor ihnen öffnete sich der Blick auf den Hudson River, und sie stiegen am Whitney Museum die Treppen zur High Line hinauf. Harper war bei ihrem letzten Aufenthalt in der Stadt nicht auf der stillgelegten Bahntrasse unterwegs gewesen, um die Blumen und die Aussicht zu genießen. Brooke und sie waren zu sehr damit beschäftigt gewesen, eine Bleibe und Arbeit zu finden. Mit Blake an ihrer Seite und ohne Existenzängste konnte sie die negativen Erinnerungen tatsächlich ein wenig zur Seite schieben und den Spaziergang genießen. Wie die Touristen, die um sie herum zu hören waren und die in jeder Menge Sprachen miteinander redeten und lachten, die Harper noch nie zuvor gehört hatte. Als eine Bank frei wurde, setzten sie sich und sahen dem fröhlichen Treiben um sie herum zu. Mit Blakes Arm um ihre Schultern, der Harper fest an seiner Seite hielt, beschloss sie, einfach den Moment zu genießen.

Als ihr Magen knurrte, lachte Blake leise. »Hunger?«, fragte er.

»Hmm. Ich glaube, mein Bauch erinnert sich gerade daran, dass der Burrito meine letzte Mahlzeit war.«

»Komm mit.« Blake stand auf und hielt Harper wieder die Hand hin. »Ich weiß, wo wir richtig lecker essen können.«

Und wieder überraschte Blake sie. Statt eines schicken Restaurants führte er sie die Treppen von der High Line hinunter und in den Chelsea Market, wo sie in einem kleinen, lauten Restaurant, das vor Menschen nur so wimmelte, Burger bestellten.

Harper verdrehte genüsslich die Augen. »Ich könnte schwören, dass das der beste Burger meines Lebens ist«, sagte sie, bevor sie noch einen herzhaften Biss nahm.

Blake lachte. »Vermutlich liegt es an dem Übermaß an frischer Luft, das du heute genossen hast.«

»Vielleicht.« Harper griff nach ihrer Serviette und wischte ihre Finger ab. »Ich muss gestehen, dass dein Blickwinkel auf New York wirklich schön ist. Anders als ich es mir vorgestellt habe, aber wirklich faszinierend.«

Harper hatte ihm nicht erzählt, warum sie etwas gegen New York City hatte, außer dass es ihrer Meinung nach eine Frage des Geldes war, ob man diese Stadt als schön empfand. Für Blake Ansporn genug, ihr das Gegenteil zu beweisen. Es hatte funktioniert.

Nach dem Essen waren sie in den Meat Packing District zurückgeschlendert und in einer Bar mit einer Pub Quiz Night gelandet. Sie hatten spontan beschlossen mitzuraten. Blake hatte keine Ahnung, wann er zum letzten Mal so viel gelacht hatte. Mit Harper an seiner Seite schien einfach alles leicht. Am Ende hatten sie sogar den vierten Platz belegt. Als sie schließlich zurück im Hotel waren, hatten sie das ›Bitte nicht stören‹-Schild an die Tür gehängt und die Welt für den Rest der Nacht ausgeschlossen.

»Statt Frühstück schleppst du mich zum Bahnhof?« Harper versuchte sich an einem Schmollmund, den Blake einfach küssen musste.

Lachend zog er sie in seine Arme, ließ die hektischen New Yorker in ihrem gewohnt gehetzten Tempo an ihnen vorbeiströmen, das auch an einem Samstagvormittag nicht nachließ. »Lass dich überraschen«, bat er sie und zog sie durch die Türen der Grand Central Station, als er sich wieder von ihr gelöst hatte. Er liebte die Hallen dieses Bahnhofs. Den Prunk. Den Stuck und die Kronleuchter. Die Deckenmalerei. Sie stiegen in der großen Ankunftshalle mit der berühmten Uhr über dem Informationsstand die Treppen zur Empore hinauf. Blake führte Harper zu einem der kleinen Bistrotische an der Balustrade und bestellte bei dem Kellner, der sofort neben ihnen auftauchte, Mimosas und süße Teilchen.

»Und wieder hast du mich überzeugt.« Harper stieß mit ihm an, als die Drinks kamen. »Hier zu sitzen und die Leute zu beobachten, macht echt Spaß.«

»Die Grand Central Station ist das erste New Yorker Gebäude, das viele Reisende zu sehen bekommen«, erzählte er Harper, die gebannt in die Halle unter sich starrte. »Sie sollte die Menschen willkommen heißen, ihnen sagen: Ihr seid angekommen. Hier werdet ihr euer Glück finden. Das war früher so. Und es funktioniert noch immer, wenn du mich fragst.«

Harper wandte ihren Blick von den Menschen in der Halle ab und sah Blake an. »Denkst du, dass das vielen gelungen ist? Dass sie hier glücklich geworden sind?«, fragte sie ihn mit so viel Ernst in den Augen, dass Blake schlucken musste.

»Ich glaube schon.« Er strich ihr das offene Haar hinter das Ohr. »Wären so viele nachgekommen, wenn die ersten erzählt hätten, dass diese Stadt so schrecklich ist?«

Harper schwieg einen Moment nachdenklich. »Vielleicht waren viele einfach auch verzweifelt genug, es zu probieren, weil sie dort, wo sie herkamen noch weniger Chancen hatten.«

Blake war sich sicher, dass dieser Satz nicht nur etwas mit den Immigranten und Glücksrittern vergangener Jahrhunderte zu tun hatte. Harper sprach über ihre eigene Geschichte.

»Ich bin mir zumindest sicher, dass diese Stadt ein Tor zum Rest dieser Welt voller unbegrenzter Möglichkeiten war. Nicht jeder hat es hier geschafft. Aber New York City war der Ausgangspunkt für viele abenteuerliche und erfolgreiche Reisen in eine ungewisse Zukunft, in der am Ende doch viele Menschen ihr Glück gefunden haben.«

»Hmm.« Ein melancholisches Lächeln schlich sich in Harpers Züge, und wieder hatte Blake das Gefühl, einen Knopf gedrückt zu haben. Wenn sie nur endlich ihre Vergangenheit mit ihm teilen würde! Er wollte alles über sie wissen.

»Gibt es einen Ort, den du gerne sehen würdest?«, fragte er, als Harper nichts weiter sagte und ihre Geschichte auch diesmal im Dunkeln blieb.

»Das Strawberry Fields Memorial«, sagte sie nach kurzem Überlegen. »Das würde ich wirklich gern sehen.«

»Okay.« Blake beugte sich zu Harper hinüber und küsste sie auf die Wange. »Dann ist unser nächster Stopp der Central Park.«

Sie nahmen nach ihrem Frühstück ein Taxi zur 5th Avenue und schlenderten durch den Frühling, der im Park ausgebrochen war, zu dem *Imagine*-Mosaik, das an John Lennon erinnerte. Blake machte ein paar Fotos von Harpers albernem Grinsen und ein paar gemeinsame Selfies, die sie sofort an Brooke weiterleitete. Dann suchten sie sich einen Platz unter einem der vielen blühenden Bäume im Park. Blake breitete seine Jacke aus, setzte sich hin und bettete Harpers Kopf in seinem Schoß. Er lud sich die E-Book-Version des Romans auf sein Handy herunter, den Harper sich in Sleepy Hollow gekauft hatte, und las ihr daraus vor. In der Sonne, umgeben von Kinderlachen, den Gitarrenklängen von ein paar Hippies, die ein Stück weiter saßen. Inmitten des schnellen Pulses dieser Stadt wurde Blakes Herzschlag ruhiger und ruhiger. Er blickte auf die Frau hinunter, die den Kopf in seinem Schoß gebettet hatte, die Augen geschlossen, ein leises Lächeln auf ihren Lippen. Er strich an ihrem Haaransatz entlang, ließ die Fingerspitzen über die zarte Haut an ihrem Hals gleiten.

Harper und Blake hatten sich von Anfang an bemüht, ihr Zusammensein wie ein Geheimnis zu behandeln. Er hatte seine Gründe gehabt. Und Harper ihre. Die zum größten Teil aus der Angst bestanden, was die Leute sagen würden. Und weil sie ihn zu gut kannte. Seine Beziehungen dauerten meist nicht besonders lange. Sie befürchtete, in nicht allzu langer Zeit eine dieser Frauen aus seiner Vergangenheit zu sein, während in ihm das Bedürfnis wuchs, immer mehr über sie zu erfahren, jede freie Minute mit ihr zu verbringen. Er konnte sich vorstellen, auch noch in einem Jahr mit Harper so im Central Park zu sitzen. Oder in zehn. Gedanken, die er in Bezug auf eine Frau schon verdammt lange nicht mehr gehabt hatte.

Blake hatte sich wirklich alle Mühe gegeben, Harper die schönen Seiten New Yorks zu zeigen. Trotzdem war sie in ihren Träumen in Marlas Absteige zurückgekehrt. War der Typ mit offener Hose über sie hinweggestiegen und hatte Brooke lautlos weinend in ihren Armen gelegen. Schweißgebadet war sie mitten in der Nacht aus diesem Albtraum aufgeschreckt, dankbar dafür, dass Blake diesen Moment einfach verschlief. Eine Weile konzentrierte sich Harper darauf, ihre Atmung und ihren Herzschlag zu beruhigen. Dann kuschelte sie sich an Blakes warmen Körper, dankbar, dass er im Schlaf den Arm um sie legte und sie fester an sich zog. In der Sicherheit seiner Umarmung schlief Harper tatsächlich noch einmal ein, und diesmal drehten sich ihre Träume um Blake und sie selbst – und hatten nichts Düsteres mehr an sich.

Nachdem sie einen ziemlich entspannten Tag in der Stadt verbracht hatten (Harper war selbst überrascht, dass sie die Stunden mit Blake so bezeichnete), hatte der Samstag doch noch luxuriös geendet. Harper war in die sexy Unterwäsche, die Brooke in ihre Tasche gepackt hatte, und ihr kleines Schwarzes geschlüpft und hatte sich von Blake in eines dieser edlen Restaurants ausführen lassen, die, in einem Wolkenkratzer, umgeben von Glas, hoch über der Stadt zu schweben schienen. In den bodentiefen Fenstern, vor denen sie saßen, spiegelten sich die unzähligen Lichter der nächtlichen Skyline. Das Essen und der Wein waren so fantastisch, wie die Preise es erwarten ließen. Und ihr Begleiter schien aus reinem Charme zu bestehen.

Harper rieb sich unauffällig über das Stechen in ihrer Herzgegend, während Blake das Dessert für sie bestellte. Die Schutzmauer um ihr Herz hatte bereits gebröckelt, seit sie mit Blake auf die Ranch gefahren war. Aber dieser Tag in New York City, die Art, wie er es mit kleinen Gesten geschafft hatte, ihr die Angst vor dieser Stadt zu nehmen, hatte alles verändert. Die Stunden, die sie im Central Park verbracht hatten, hatten ihre Schutzschilde endgültig gesprengt. Sie hatte sich in Blake verliebt. Ihr Herz genauso wie ihr

Verstand. Das hier war nicht die Verknalltheit, die auf ihre erste Begegnung mit diesem Mann vor fast einem Jahrzehnt gefolgt war. Nicht die harmlose Schwärmerei, die sie in den vergangenen Jahren immer mal wieder ergriffen hatte. Sie war verliebt.

Sie hatte Brooke ein Bild vom Strawberry Fields Memorial geschickt. *Imagine – stell dir vor …* Brooke hatte ihr sofort zurückgeschrieben, dass sie es ebenfalls kaum fassen konnte, was sie jetzt, zehn Jahre nach ihrem ersten Besuch dieses Denkmals, erreicht hatten. Aber Harper ging noch ein anderer Gedanke durch den Kopf, von dem sie ihrer Schwester nichts erzählte. Imagine – stell dir vor … du verliebst dich in einem Mann, von dem du weißt, dass er nicht für die Ewigkeit ist. Ob John Lennon eine Antwort darauf gehabt hätte?

Als sie schließlich ins Hotel zurückkehrten, wartete die letzte Überraschung des Tages auf Harper. Die Hotelsuite war von Dutzenden Kerzen erhellt. Rosen standen in großen Vasen in den Räumen verteilt und verbreiteten ihr schweres Aroma. Aus versteckten Lautsprechern drang leise, klassische Musik.

»Blake …« Sie drehte sich zu ihm um, sah das Kerzenlicht, das sich in seinen Augen spiegelte und sie zum Leuchten brachte. Wenn sie ihr Herz nicht längst an ihn verloren hätte, wäre es in genau diesem Moment geschehen.

Er sagte nichts, schüttelte nur sein Jackett von den Schultern und warf es achtlos über einen der Sessel. Dann hielt er Harper seine Hand hin, und sie legte ihre ohne zu zögern hinein. Mit einer sanften Bewegung zog er sie an sich und begann, sich zu der Melodie aus den Lautsprechern zu bewegen.

Harper ließ sich gegen seinen Körper sinken, in seine Umarmung. Die Augen geschlossen trieb sie dahin. Es tat gut, die Führung einmal jemand anderem zu überlassen. Auch wenn es nur während eines Tanzes war.

Schließlich war sie diejenige, die es nicht mehr aushielt, dem anderen so nah zu sein, ohne ihn zu berühren. Sie schob die Hände zwischen ihre Körper, zog das Hemd aus seiner Hose und streifte seinen Bauch mit ihren Handrücken. Die Muskeln zogen sich unter ihrer Berührung zusammen. Langsam begann sie, die Knöpfe einen nach dem anderen zu öffnen. Blake und sie gerieten für einen Moment aus dem Tritt, doch dann fingen sie sich wieder, tanzten, während Harper die Hände über seinen Oberkörper gleiten ließ.

Sie spürte seinen Herzschlag unter ihren Fingerspitzen, als sie das Hemd auseinander- und dann über seine Schultern schob. Es fiel hinter Blake zu Boden.

Er küsste ihre Halsbeuge. Ließ seine Lippen dort liegen, knabberte an ihrer Haut. Eng umschlungen tanzten sie weiter, bis Harper ihn so weit zurückschob, dass sie einen Schritt zurückmachen und Abstand zwischen sie bringen konnte. Sie hob die Hand, um ihn zu stoppen, als er ihr folgen wollte. Blake hatte ihr ein so wundervolles Wochenende beschert. So einen besonderen Tag. Und ihr fiel nur die eine Art ein, sich bei ihm zu bedanken – und ihm ihre Liebe zu zeigen. Sie drehte sich einmal um die eigene Achse und zog dabei langsam den Reißverschluss ihres Kleides herunter. Ihr Herz raste. Sie spürte die Hitze in ihren Wangen. Bisher hatte sie sich noch nie so aufreizend vor – und für – einem Mann ausgezogen. Aber bei Blake fühlte sie sich so sicher, so begehrt. Er ließ sie keine Sekunde aus den Augen, als sie das Kleid an ihrem Körper herunterschob und dann aus dem kleinen

Stoffhaufen trat. Seine Lider senkten sich ein wenig, und er schluckte, als sie die Hände an ihrem Körper hinaufgeleiten ließ und ihren Haarknoten löste.

Die Haarspitzen federten über ihre Schultern – und im nächsten Moment lag sie wieder in Blakes Armen und fand sich in einem ungeduldigen, heißen Kuss wieder. Seine Hände glitten über ihren Körper. Hastig, als könne er es gar nicht erwarten, sie überall zu berühren.

»Halt dich fest«, murmelte er und schob seine Hände unter ihren Po.

Harper schlang die Beine um seine Mitte und die Arme um seinen Nacken und ließ sich die wenigen Schritte ins Schlafzimmer tragen. Als Blake sie auf dem Bett absetzen wollte, zog sie ihn mit sich herunter, rollte sich herum, sodass sie auf ihm lag. Ihre Hände glitten an seinem Oberkörper hinunter, bis sie seinen Hosenbund erreichten. Ihre Lippen folgten dem Pfad, ließen seine Haut unter ihren Berührungen vibrieren, seine Muskeln zittern.

Im nächsten Moment fand sie sich abermals auf dem Rücken. Blake küsste sie und griff unter ihren Körper, um den BH zu lösen. Ihr Höschen folgte. Seine Hände und sein Mund waren überall. Strichen über ihr Dekolleté, durch das Tal zwischen ihren Brüsten und an ihrem Bauchnabel vorbei. Mit einer langsamen, sanften Bewegung öffnete er ihre Schenkel. Harper hob den Kopf, und ihre Blicke begegneten sich. Blake sah ihr tief in die Augen, als er ihren sensibelsten Punkt küsste. Dieser Moment war so … intim. Viel zu intim. Harper biss sich auf die Lippe, um nicht damit herauszuplatzen, wie sehr sie sich in Blake verliebt hatte. Sie schloss die Augen und ließ den Kopf in den Nacken fallen. Die Welle ihres Höhepunkts rollte über sie hinweg, riss sie mit sich. Und noch ehe die letzten Funken verglüht waren, hatte Blake sich seiner restlichen Klamotten entledigt und sie in seine Arme gezogen.

Harper küsste Blake. Sie konnte ihm vielleicht nicht sagen, dass sie sich in ihn verliebt hatte, weil sie nicht wusste, ob er das Gleiche empfand. Aber sie konnte es ihm zeigen. Also rollte sie sich noch einmal herum, bis er unter ihr lag, richtete sich auf und nahm ihn in sich auf.

Blakes Finger umfassten ihre Taille, als wollte er sie für immer so festhalten. Doch als sie begann, sich zu bewegen, ließ er auch er seinen Kopf in den Nacken fallen, genoss sie mit geschlossenen Augen.

Als er sie wieder öffnete, war sich Harper sicher, in einen Spiegel ihrer Gefühle zu sehen. Er zog sie für einen Kuss zu sich herunter. »Du bist so wunderschön«, murmelte er an ihren Lippen. Seine Hände reizten ihre Brustspitzen, glitten tiefer, liebkosten sie und katapultierten sie in einen weiteren Höhepunkt, in den er ihr folgte.

21

VOR ZEHN JAHREN

Benji saß auf der Veranda und winselte, als Harper den staubigen Pfad zum Haus hinauflief. Der Retriever versuchte, mit der Pfote die Fliegengittertür zu öffnen.

Harper war erschöpft. Die Bücher, die sie aus der Bibliothek ihres Community Colleges ausgeliehen hatte, um für ihre Business-Klausur zu lernen, schienen einen Zentner zu wiegen und zogen ihren Arm nach unten. Im Bus hatte sich ein ziemlich unangenehm riechender Mann neben sie gesetzt und versucht, ein Gespräch mit ihr anzufangen. Genau genommen hatte er sie für diese Unterhaltung nicht gebraucht. Er hatte einfach auf sie eingeredet, bis sie Kopfschmerzen bekommen hatte. Von seiner wirren Geschichte. Und von seinem Geruch. Der Wunsch nach einem eigenen Auto war staubige Meile für staubige Meile, die der Bus zurücklegte, gewachsen. Wieder einmal. Wenn sie einen eigenen Wagen hätte … Er musste ja gar nicht neu sein. Im Kopf war sie ihre Finanzen durchgegangen, während der Mann ihr etwas von einer außerirdischen Lebensform erzählt hatte, die sich definitiv unter ihnen versteckte. Harper wusste bis auf den letzten Cent genau, wieviel Geld sie besaß. Von ihrem Vater würde sie keine Unterstützung für ein eigenes Auto bekommen.

Aber wenn sie in den College-Ferien arbeitete, könnte es in diesem Jahr vielleicht reichen. Nachdem sie ihre Studiengebühren bezahlt hatte.

Ein paarmal hatte Harper vorsichtig versucht, ihren Vater darauf anzusprechen. Ein Auto wäre viel sicherer, als seine Töchter mit dem Bus fahren zu lassen, wo sie Leuten ausgesetzt waren, die schworen, dass sich die Außerirdischen tarnten und unter uns lebten. Die die Menschheit infiltrierten. Und ganz in der Nähe von Hazelton ihr Basislager hatten. Inklusive Raumschiff.

Ihren Vater hatten ihre Argumente genauso wenig interessiert, wie den Verrückten neben ihr, dass Harper aussteigen wollte. Sie hatte sich an dem Mann vorbeidrängen müssen, der prompt hinter ihr aufgestanden und ihr zur Tür gefolgt war. Plötzlich klang seine Stimme aggressiver. »Bist wohl auch eine von denen?«, hatte er gekeift, und als Harper nicht antwortete, hatte er ergänzt: »Hier ist es doch!« Seine dreckigen Finger mit den schwarz umrandeten Nägeln hatten in die Richtung ihres Elternhauses gezeigt. »Da verstecken sie sich, diese verfickten Freaks. Sie wollen uns alles Leben aussaugen. Schlüpfen in unsere Hüllen, um Unheil über die Welt zu bringen.«

Harper hatte es vorgezogen, das Weite zu suchen. Als sie aus dem Bus sprang, kaum dass sich die Türen öffneten, gab der Typ ihr einen kräftigen Schubs, den sie kaum abfangen konnte. Im letzten Moment, bevor sie ihre Bücher fallen ließ und zu Boden stürzte, gewann sie ihr Gleichgewicht wieder und richtete sich langsam auf. Die Luft flimmerte, und Harpers Herz raste. Doch dann schlossen sich die Türen, ohne dass der Verrückte ebenfalls ausgestiegen war, und der Bus entfernte sich langsam. Das tiefe Vibrieren des Motors verlor sich in der Hitze des Nachmittags.

Wenn sie nur ein Auto hätte … Sie legte die Viertelmeile bis zum Haus in einem langsamen Trott zurück. Schweiß lief ihren Rücken hinunter, ließ ihr Shirt auf der Haut kleben. Für einen Frühlingstag war es verdammt heiß. Oder Harper einfach noch nicht an die hoch stehende Sonne gewöhnt. Die Sehnsucht nach der Kühle ihres Zuhauses überwog den Wunsch nach einem Auto inzwischen. Vielleicht konnte sie sich eine halbe Stunde hinlegen. Die Stille ihres Zimmers genießen, bevor sie sich an ihre häuslichen Pflichten machte. Um diese Zeit war ihr Vater bei der Arbeit, was bedeutete, dass die nächsten Stunden ruhig und entspannt verlaufen würden.

Doch dann war sie den Weg zum Haus hinaufgetrottet und hatte Benji auf der Veranda sitzen sehen. Ihr Herz hatte angefangen zu rasen. Ihr Vater war hier. Am frühen Nachmittag. Und der Hund war ausgesperrt. Das konnte nur bedeuten, dass Brooke in Schwierigkeiten steckte. In großen Schwierigkeiten. Denn nachdem der Hund, der Harpers Schwester ihr Leben lang beschützt hatte, Charles McNally gebissen hatte, als der seine jüngere Tochter vor einem halben Jahr verprügelt hatte, sperrte er das Tier immer erst aus, bevor er sich Brooke vorknöpfte.

»Sch.« Harper legte ihre Bücher auf die Verandastufen und ließ ihren Rucksack von der Schulter rutschen. Dann griff sie nach Benjis Halsband und zog ihn ein Stück zur Seite. Mit einem sanften Streicheln über seinen Kopf versuchte sie ihn zu beruhigen. »Mach ihn nicht auch noch wütend auf dich, okay?«, wisperte sie. »Bleib«, befahl sie, als sie sich wieder aufrichtete und der Retriever Anstalten machte, ihr ins Haus zu folgen. Sie schob seinen Kopf zur Seite, als sie langsam das Fliegengitter und dann die Haustür aufschob.

Dämmrige Kühle empfing sie. Doch das, wonach sie sich noch vor ein paar Minuten gesehnt hatte, jagte ihr jetzt einen Schauder über den Rücken. Gänsehaut überzog ihren Körper – und ließ sie zusammenzucken, als im nächsten Augenblick Geschirr zerbarst. Vermutlich eine Tasse. Ihr Vater hatte eine Vorliebe dafür, Tassen oder Gläser gegen die Wand zu werfen. Um seinem Zorn Ausdruck zu verleihen oder seinen Standpunkt deutlich zu machen. Es gab eine Stelle an ihrer Küchenwand, die bereits sämtliche wässrigen Grauschattierungen aufwies, weil die Gefäße nicht immer leer waren, wenn sie zerbarsten und sie die Wand so oft hatten schrubben müssen, dass sie ihre Farbe verloren hatte. Hätten sie das Geld, das sie in den vergangenen Jahren für neues Geschirr ausgegeben hatten, gespart, könnten sie sich einen Wagen für Harper inzwischen wahrscheinlich leisten.

Doch anders als sonst, wenn ihr Vater einen seiner berüchtigten Wutanfälle hatte, hörte Harper ein leises Wimmern. Ein Wimmern, das nur von ihrer Schwester kommen konnte.

Harpers Herz stolperte. Auf Zehenspitzen schlich sie den kurzen Flur hinunter und in die Küche. Von der Stelle, an der ein Glas die übliche Stelle getroffen hatte, tropfte Orangensaft. Lief in kleinen Rinnsalen an der Tapete hinunter und verbreitete einen unschuldig süßlichen Geruch im Raum. Ein Geruch, der nicht zu dem vor Zorn dunkelrot verfärbten Gesicht ihres Vaters passte. Nicht zu den ängstlich aufgerissenen Augen ihrer Schwester, die sich auf dem Boden in Embryo-Stellung zusammengerollt hatte, als wolle sie ihren Bauch schützen.

»Du denkst, du kannst deine Füße unter meinen Tisch stecken und dich wie eine verdammte Hure benehmen?«, brüllte Charles, holte aus und trat nach Brooke. Er traf ihre Rippen, und Brooke krümmte sich vor Schmerzen noch weiter zusammen.

Harper hatte das Gefühl, den Schmerz selbst spüren zu können. Sie war nicht oft das Ziel der Wutanfälle ihres Vaters. Aber zulassen, dass er ihre Schwester so misshandelte, war unmöglich. »Daddy«, sagte sie leise, um ihn von Brooke abzulenken.

Den Moment, in dem Charles zu ihr herumfuhr, nutzte ihre Schwester, um ein Stück weiter in die Ecke zu kriechen. Was ihr nichts nutzen würde, wenn ihr Vater sich wieder auf sie konzentrieren würde. In dieser Küche gab es kein Entkommen. Nicht, bis Charles McNally fertig war mit dem, was er vorhatte.

»Verschwinde!«, brüllte er Harper an.

Sie schluckte. »Ich … ich …« Ihre Gedanken rasten. Warum schaffte sie es nie, sich etwas Gutes einfallen zu lassen, wenn sie eine rettende Idee brauchte? »… wollte fragen, ob Brooke mir helfen kann, die Bettwäsche zu wechseln. Dann könnten wir die Laken heute noch waschen und raushängen.«

»Die Laken?« Charles kam einen bedrohlichen Schritt auf sie zu, und Harper musste sich zwingen, nicht vor ihm zurückzuschrecken. Sie senkte den Blick.

»Die Laken, die diese Hure beschmutzt hat? Weißt du etwas darüber?« Ihr Vater griff nach ihrem Zopf, riss ihren Kopf nach hinten, sodass sich ihre Blicke trafen, und verpasste ihr eine Ohrfeige, die ihren Kopf hätte herumfliegen lassen, wenn er sie nicht so eisern festgehalten hätte.

»Ich … nein, Sir«, brachte sie heraus. Der Versuch, ihre Stimme fest klingen zu lassen, war hoffnungslos. Aber solange sich ihr Vater auf sie konzentrierte, konnte Brooke vielleicht doch verschwinden. Sie versuchte, ihrer Schwester an Charles Schulter vorbei das Zeichen zu geben, sich aufzurappeln. Doch ihre Schwester blieb zusammengekrümmt und mit geschlossenen Augen liegen. Ihre Hand schloss sich um einen Stift. Oder einen Plastikstick? Harper konnte es im ersten Moment nicht genau erkennen. Doch dann begriff sie, was den Tobsuchtsanfall verursacht hatte. Sie hatte diese Sticks schon einmal gesehen. In der Werbung für Schwangerschaftstests. Oh! Mein! Gott!

»Verschwinde!« Charles stieß Harper zurück, sodass sie in den Flur taumelte.

Sie tat, was ihr Vater von ihr verlangte. Immer. Das war ihre Überlebensstrategie. Seit so vielen Jahren, dass sie nicht einmal mehr wusste, wann sie begonnen hatte, diesen Weg zu gehen. Aber jetzt hatte sich alles geändert. Es ging nicht um sie. Ihre Schwester erwartete ein Baby. Ein Baby! Harper blinzelte, als das Wort wie ein Schrei durch ihren Kopf hallte. Ihr Vater hatte sich bereits wieder von ihr abgewandt und hielt auf Brooke zu. Er zerrte sie vom Boden hoch, während Harper noch immer wie zur Salzsäule erstarrt im dämmrigen Flur stand.

»Du hast einen Schwur geleistet. Hast einen Eid abgelegt, rein zu bleiben, bis du heiratest«, knurrte er. »Hast du keinen Funken Ehre in dir?« Er schüttelte Brooke, und wieder hörte Harper dieses Wimmern.

Ihre Schwester brachte Charles oft auf die Palme. Was das betraf, ähnelten Brooke und sie sich kein bisschen. Aber ihre Schwester ertrug ihre Bestrafungen immer mit hoch erhobenem Kopf. Mit Verachtung im Blick, wenn sie ihre Augen genau auf die ihres Vaters richtete. Ganz egal, ob er sie in ihrem

Zimmer einsperrte oder körperlich züchtigte. Dieses hilflose Wimmern hatte Harper noch nie von ihr gehört.

Während Brooke versuchte, sich wegzudrehen und die Hände schützend vor ihren Körper legte, begriff Harper, was hier gerade geschah. Ihre Schwester hatte Angst. Nicht um sich selbst, sondern um das ungeborene Leben, das in ihr wuchs. »Lass sie los!«

Harper wurde erst bewusst, dass sie die Worte geschrien hatte, als ihr Vater sich zu ihr umdrehte. Mit einer Bewegung, die an Zeitlupe erinnerte. An eine dieser Zeitlupen in Filmen, kurz vor dem schrecklichen Unfall. Oder bevor ein Leben zerstört wurde. Eine dieser Zeitlupen, die den Moment einläuteten, in dem es kein Zurück mehr gab.

Für einen Moment, der sich zog wie eine Ewigkeit, starrte Charles sie an. Ihr Schrei hatte ihn wahrscheinlich nicht weniger überrascht als Harper selbst. Dann riss er Brooke am Arm nach vorn und schleuderte sie in Harpers Richtung.

Sie fing ihre Schwester auf, die zitternd gegen sie taumelte. Harper schlang ihre Arme ganz fest um Brooke. »Ich hab dich«, flüsterte sie und drehte sich so, dass sie schützend zwischen ihrem Vater und ihrer Schwester stand.

»Seit wann spielst du die Heldin, du fetter Nichtsnutz?«

Harper spürte den heißen, giftigen Atem ihres Vaters im Nacken, als er ganz nahe und bedrohlich an sie herantrat. Sie kniff die Augen zusammen, erwartete den Schlag, der nicht kam.

»Es wird dir nichts nützen. Versteck dich nur« Die Worte waren wieder für Brooke bestimmt. »Du bist minderjährig, also wirst du tun, was ich dir sage. Du wirst diesen verdammten Bastard nicht bekommen, hast du mich verstanden?«

Brooke presste sich noch ein wenig enger an Harper.

»Dieses Ding wird weggemacht. Und dann wirst du nie wieder darüber sprechen und so leben, wie du es, verdammt noch mal, geschworen hast.« Seine Erinnerung an den Eid, den die Schwestern hatten leisten müssen, als sie noch halbe Kinder gewesen waren, trieb eine Gänsehaut über Harpers Körper. Weiße Kleider, die feierliche Stimmung und das Versprechen, unberührt und rein zu bleiben, was sie damals gar nicht wirklich verstanden hatten. Diese Worte ihres Vaters, leiser als sein übliches Gebrüll, waren viel grausamer und Furcht einflößender als alles, was sie von ihm kannten.

Charles wartete nicht ab, ob eine von ihnen etwas erwidern würde. Er stapfte an ihnen vorbei. Als die Haustür hinter ihm ins Schloss fiel, atmeten Harper und Brooke gleichermaßen erleichtert auf. Gerettet. Für den Moment. Aber nicht für lange.

Blake goss Harper und sich Champagner ein und stellte die Flasche dann auf den Nachttisch, während sie kurz im Bad verschwunden war. Er hatte das Licht nicht eingeschaltet. Die Kerzen, die auf seinen Wunsch hin vor ihrer Rückkehr ins Hotel angezündet worden waren, spendeten genug Licht.

Er drehte sich um, als Harper die Tür hinter ihm öffnete, und grinste, als sie nackt auf ihn zukam. »Du siehst atemberaubend aus«, flüsterte er und küsste sie, bevor er die Decke hob, damit sie darunterschlüpfen konnte.

Er folgte ihr, schob sich ein Kissen in den Rücken und lehnte sich gegen das Kopfteil des Bettes. Harper kuschelte sich an seine Schulter und nahm das Glas entgegen, das er ihr reichte.

»Auf uns«, sagte er. »Ich habe dieses Wochenende mit dir sehr genossen.«

»Das ging mir genauso«, sagte Harper leise. Sie nippte an ihrem Champagner und drehte sich dann in seinem Arm so, dass sie ihn ansehen konnte. »Du hast mir eine wirklich wundervolle Seite von New York gezeigt. Ich hätte nicht gedacht, dass ich mich hier so wohlfühlen könnte.«

Das Bedürfnis, Harper noch einmal zu fragen, was sie Schlechtes in der Stadt erlebt hatte, lag ihm auf der Zunge, aber Blake drängte es zurück. Ihr Blick war so ernst, auch wenn er das Glühen des Höhepunkts in ihren Augen noch sehen konnte. »Ist alles okay?«, fragte er und strich mit den Fingerspitzen an ihrem Hals hinauf. Er ließ seine Hand für einen Moment an ihrem Gesicht liegen, und Harper schmiegte ihre Wange hinein und schloss die Augen.

»Es ist alles okay.« Sie hob die Lider wieder und sah ihn an. »Du hast mich gefragt, warum ich mich in New York nicht wohlfühle«, knüpfte sie an genau die Frage an, die ihm gerade durch den Kopf gegangen war.

»Hey.« Er zog seine Hand weg und küsste die Stelle, an der sie gerade noch gelegen hatte. Dann zog er sie wieder in seine Umarmung. »Du musst nicht darüber reden.«

»Doch.« Sie legte die Hand auf seinen Brustkorb und kuschelte sich noch ein wenig mehr an ihn. »Ich möchte dir davon erzählen. Vor zehn Jahren, bevor Brooke und ich nach Rhode Island gekommen sind, hatten wir gehofft, hier, in New York, ein neues Leben zu beginnen. Wir waren von zu Hause abgehauen.« Sie stieß einen ungläubigen Seufzer aus und schüttelte leicht den Kopf. »Brooke war damals siebzehn. Manchmal frage ich mich, wie wir das durchgestanden haben. Aber irgendwie haben wir es geschafft.«

Blakes Herz zog sich zusammen. »Dann hattet ihr keine schöne Kindheit in Kansas. Dieses Pferd … das war nicht dein einziges Kindheitstrauma?«

»Nein.« Harpers Stimme klang leise und traurig.

Blake nahm ihr das Glas ab und stellte es zusammen mit seinem auf den Nachttisch. Dann zog er Harper in eine richtige Umarmung und legte sein Kinn auf ihren Scheitel. »Was war mit deiner Mutter?«

»Meine Mom starb, als wir noch Kinder waren. Ein Autounfall«, erzählte sie. »Unser Vater war ziemlich überfordert mit uns Mädchen. Er war schon immer ein Choleriker gewesen, und Strafen hatten auch vor dieser Zeit schon oft aus einer Ohrfeige bestanden, oder im schlimmsten Fall auch mal aus einer Tracht Prügel.«

Blake schloss die Augen. Harper hatte ihm noch nicht viel aus ihrem Leben erzählt, und er hatte bereits das Bedürfnis, ihren Vater von seinem Hof in Kansas zu zerren und ihm heimzuzahlen, was er seinen Töchtern angetan hatte. Er zwang sich, die Fäuste zu lösen, zu denen er seine Hände geballt hatte, und in sanften Kreisen über ihren Rücken zu streichen.

»Aber ohne Mom wurde alles nur noch schlimmer«, erzählte sie weiter. »Er hat für unsere Erziehung den Weg der Härte gewählt. Es war ihm wichtig, die Kontrolle über unser Leben zu behalten. Dafür hat er alles getan. Hast du schon mal von den sogenannten Purity Balls gehört?«

Blake überlegte einen Moment. Irgendwie kam ihm dieser Begriff bekannt vor. »Sind das nicht diese Veranstaltungen, bei denen kleine Mädchen ihren Vätern schwören, Jungfrau zu bleiben, bis sie heiraten?«

Harper nickte an seiner Schulter. »Genau, er hat uns schwören lassen, unbefleckt in die Ehe zu gehen, wie er es genannt hat.«

Es dauerte einen Moment, bis Blake begriff. »Brooke ist nicht in Rhode Island schwanger geworden. Das ist der Grund, aus dem ihr abgehauen seid.«

»Eine Teenagerschwangerschaft. Ein Kindsvater, der sofort die Beine in die Hand genommen hat, als er davon erfahren hat. Und zu Hause ein Dad, der komplett ausgerastet ist.« Harper vergrub ihr Gesicht an Blakes Brust, und er zog sie noch enger an sich. »Er hat Brooke verprügelt. Ihr in den Bauch getreten. Für ihn war klar, dass das Baby abgetrieben wird und Brooke so tun wird, als sei das alles nie geschehen.« Harper gab einen Laut von sich, der klang, als könne sie noch immer nicht glauben, was damals passiert war. »Dabei ist unser Vater noch nicht einmal übermäßig religiös. Es ging ihm einfach um Kontrolle. Mit mir war es immer verhältnismäßig einfach, weil ich keinen Ärger wollte. Ich habe mich an die Regeln gehalten, versucht, ihn nach Möglichkeit nicht auf die Palme zu bringen.«

Wahrscheinlich hatte Harper bereits damals gelernt, sich unsichtbar zu machen. Blake lachte leise. »Ich kann mir vorstellen, dass das deiner Schwester nicht ganz so gut gelungen ist.«

»Das stimmt. Brooke hat immer an den Gittern unseres Gefängnisses gerüttelt. Sie hat sich geweigert, sich seinem Willen zu beugen. Und nachdem sie schwanger geworden war, gab es für uns nur eine Chance: Flucht. Wir mussten unter dem Radar fliegen, weil Brooke erst siebzehn war.

Unser Vater hat sie sicher als vermisst gemeldet und dafür gesorgt, dass sie gesucht wurde. Also landeten wir in New York. Eine Schulfreundin von mir hat hier gelebt. Aber schon nach einer Nacht war klar, dass wir hier nicht bleiben können.« Sie erzählte Blake von den Erfahrungen, die sie hier gesammelt hatten und die in keiner Weise mit seiner Sicht auf die Stadt vereinbar waren.

»Verdammt, bin ich froh, dass ihr das unbeschadet überstanden habt und in Rhode Island gelandet seid.« Blake wollte sich gar nicht vorstellen, wie das Abenteuer New York für zwei unschuldige Mädchen vom Land hätte enden können. »Ist das, was du mit deinem Vater erlebt hast der Grund, aus dem du bei der Arbeit so eine Art … Verkleidung …«, sagte er, nachdem er einen Moment nach dem richtigen Wort gesucht hatte, »… trägst? Manchmal habe ich das Gefühl, dass du privat ein völlig anderer Mensch bist.«

Harper schwieg einen Moment. »Als wir nach Rhode Island kamen, war ich unglaublich froh, einen Job bei Marshall Construction ergattert zu haben. Das war unsere Rettung. Der Lohn würde uns über Wasser halten. Wir konnten irgendwann sogar eine kleine Krankenversicherung für Brooke abschließen, falls es Probleme mit dem Baby geben sollte. Aber damals herrschten raue Zeiten bei Marshall Construction. Die Leiterin der Buchhaltung war kein besonderer Menschenfreund.«

»Mrs. Murphy.« Blake schüttelte sich theatralisch. »Ich erinnere mich. Selbst ich habe in ihrer Gegenwart immer eine Gänsehaut bekommen.«

»Ich war erst ein paar Tage da, als eine meiner Kolleginnen gefeuert wurde. Die anderen munkelten, dass unsere Chefin ein Problem mit ihren viel zu schrillen, schillernden Outfits hatte. Natürlich weiß ich nicht, ob das gestimmt hat, aber ich habe mir das zu Herzen genommen. Denn genau an diesem Tag hatte ich morgens Kaffee auf meine Bluse gekleckert und sie gegen das einzige saubere Kleidungsstück eingetauscht, das wir noch hatten. Ein Shirt von Brooke, das mir zum einen zu klein war und zum anderen mit einem Peace-Zeichen aus bunt schillernden Pailletten verziert war. Vielleicht habe ich mir das nur eingebildet, aber ich schwöre dir, ich habe den Blick der Frau den ganzen Tag in meinem Nacken gespürt. Als ich abends nach Hause ging und noch nicht gefeuert war, habe ich mir geschworen, niemals wieder so aufzufallen. Dazu war mir dieser Job einfach viel zu wichtig.«

»Dann hast du dich all die Jahre so gekleidet?«

»Hmm.« Harper hob den Kopf ein wenig, um ihm ein kleines Lächeln zu schenken. »Wie gesagt, es ist mir nach meinem Leben in Kansas nicht schwergefallen, mich anzupassen. Am Ende war das einer der Gründe, warum ich den Job als deine Assistentin bekommen habe.«

Blake runzelte die Stirn. Er verstand nicht ganz, was das mit ihm zu tun hatte. »Wie meinst du das?«

»Als man dir versucht hat nahezubringen, dass du ein wenig Unterstützung gebrauchen könntest, hast du herumgebrüllt, dass du nur jemanden nimmst, der mit der Wand verschmilzt und praktisch unsichtbar ist …«

»… damit mir nicht noch einmal eine Mitarbeiterin von der Konkurrenz weggeschnappt wird«, erinnerte Blake sich jetzt wieder. »Verdammt.« Er legte den Kopf in den Nacken und stöhnte. Melody in ihren auffälligen, schillernden Outfits blitzte vor seinem inneren Auge auf. Er war so wütend gewesen. So verletzt. Blake konnte nicht mehr wortwörtlich wiedergeben, was er damals gesagt hatte. Aber es war ausschließlich seinem eigenen Zorn geschuldet gewesen. »Ich entschuldige mich für das, was ich gesagt habe. Und wie ich es gesagt habe. Damals …«

»Ich weiß, Blake.« Harper legte ihre Hand auf seine Brust, dorthin, wo sein Herz schlug. »Du hast damit gekämpft, dass deine Verlobte dich verlassen und Firmeneigentum gestohlen hat. Du hast dich verraten gefühlt.«

Blake lachte trocken. »Gut, dass du noch immer Entschuldigungen für mich findest. Aber trotzdem hätte ich dich nicht so behandeln dürfen. Ich mache es wieder gut. Versprochen.« Er legte zwei Finger unter ihr Kinn und hob es so weit an, dass er sie mit einem tiefen, sinnlichen Kuss um Verzeihung bitten konnte. »Versprich mir nur eins«, murmelte er und küsste sie noch einmal. »Sei du selbst. Du musst dich nicht mehr hinter dieser Verkleidung verstecken. Nicht vor mir und nicht vor dem Rest der Welt.« Als sie zögerte, hakte er noch einmal nach. »Versprich mir das, Harper.«

»Okay«, wisperte sie und ließ sich in den nächsten Kuss fallen.

Harper erwachte, in Blakes Umarmung geschmiegt. Sie hielt die Augen geschlossen und ließ ihre Gedanken treiben. In der vergangenen Nacht hatte sie ihm alles über sich erzählt. Hatte ihm all ihre Geheimnisse offenbart. Blake wusste nun, wer sie war. Und warum sie zu dieser Frau geworden war. Und er hatte sich nicht angewidert von ihr abgewandt. Er hatte ihr gesagt, dass er stolz auf Brooke und sie war. Darauf, dass sie es geschafft hatten, Reeva zu einem so wundervollen Mädchen großzuziehen. Er hatte ihr nicht gesagt, dass er sich in sie verliebt hatte. Aber manchmal brauchte es keine Worte. Manchmal waren es die Taten eines anderen. Die Blicke und Berührungen. Manchmal brauchte man einfach keine Worte, um den anderen spüren zu lassen, dass man ihn liebte.

22

Blake kehrte in absoluter Hochstimmung nach Newport zurück. Das Wochenende mit Harper in New York war die absolut richtige Entscheidung gewesen. Er fühlte sich ihr nah, wie es ihm schon lange nicht mehr bei einer Frau gegangen war. Die gutgemeinten Sticheleien seiner Kumpels bei einem Basketballspiel auf ihrem restaurierten Platz, wo er das Wochenende verbracht hatte und vor allem mit wem, ließ er über sich ergehen und spielte sie mit der Energie, die er aus den Tagen und Nächten mit Harper mitgebracht hatte, in Grund und Boden.

Am Montagmorgen konnte er sich ein breites, zufriedenes Grinsen nicht verkneifen, als Harper nicht wie üblich in ihrem mausgrauen Outfit mit Brille auf ihrem Platz saß, sondern eine hübsche Bluse und einen Blazer trug. Ihre Haare waren zwar noch immer in einem Knoten zusammengefasst, aber dieser saß viel lockerer und ließ sie weniger streng wirken.

Sie kehrten in ihren Rhythmus aus Arbeit, verstohlenen Küssen, gemeinsamen Lunchpausen und sinnlichen Nächten zurück. Bis Harper ihn eine Woche später anrief, um sich krank zu melden. Sie hatten die Nacht nicht zusammen verbracht, weil Reeva darauf bestanden hatte, einen Abend gemeinsam mit ihrer Mutter und ihrer Tante zu verbringen.

»Ich fand es wichtig, für Reeva da zu sein, wenn sie sich einen Familienabend wünscht.« Harpers Stimme klang schwach. »Wie sich herausgestellt hat, hat Reeva ein Magen-Darm-Virus aus der Schule mitgebracht und uns angesteckt.«

Blake verzog das Gesicht. Allein der Gedanke, dass dieser Virus alle erwischt hatte, ließ ihn schaudern.

»Es tut mir wirklich leid, aber ich muss mich krankmelden«, fuhr Harper fort.

»Mach dir darum keine Gedanken. Kann ich irgendetwas für euch tun? Braucht ihr etwas?« Er ging nebenher seinen Terminkalender durch und überlegte, was er wie schieben könnte, um Zeit für die McNallys freizuschaufeln.

»Nein, wir sind versorgt. Essen können wir ja sowieso nichts, zumindest im Moment. Bitte Rachelle aus dem Sekretariat, dich zu unterstützen, okay? Die Telefone könnt ihr an den Empfang umleiten. Jenny wird sich schon drum kümmern«, schlug Harper vor. »Sie sind beide echt gut und können mit ein bisschen mehr Verantwortung wunderbar umgehen.«

Blake schmunzelte. Selbst wenn Harper krank war, machte sie sich Gedanken, damit in der Firma alles glatt lief.

»Ich habe alles im Griff«, versprach er ihr. Schließlich hatte er bis vor eineinhalb Jahren auch alles selbst erledigt. »Werde schnell wieder gesund. Und richte Brooke und Reeva meine besten Wünsche aus.«

Blake trat Jenny den Telefondienst ab, ließ Rachelle die Mails erledigen und kümmerte sich selbst um den Rest. Verdammt, wie hatte er das früher nur geschafft? Er hatte das Gefühl, ohne Harper noch mehr in Arbeit zu versinken. Einmal mehr wurde ihm im ganzen Ausmaß bewusst, wie viel sie erledigte, ohne dass er überhaupt etwas davon mitbekam. Er nahm sich vor, sich ein ganz besonderes Dankeschön zu überlegen, um ihr nicht nur zu zeigen, wie viel sie ihm bedeutete, sondern auch, wie sehr er ihre Arbeit schätzte. Und dann musste er sich angewöhnen, das regelmäßig zu tun. Einfach, weil Harper unersetzbar war in seinem Leben. Und weil sie das verdient hatte.

Aber erst einmal musste er ihr und ihrer Familie einen Krankenbesuch abstatten. Nach der Arbeit fuhr er mit einem großen Eimer Salzbrezeln und einem Sixpack Cola nach Jamestown.

Die Strandpromenade war gut besucht bei dem schönen Wetter, das langsam, aber sicher den Sommer ankündigte. Blake winkte der Poker-Gang im Vorbeifahren zu und warf einen Blick zum Strand hinüber, wo sich jede Menge Leute tummelten.

Auf sein Klopfen hin öffnete ihm Naya die Tür. Sie sah nicht so aus, als hätte das Magen-Darm-Virus auch sie erwischt. Trotzdem wirkte sie ganz schön erledigt. »Was für eine Freude, dich zu sehen«, sagte sie und zog ihn in eine kurze, freundschaftliche Umarmung. »Hast du vor, mich abzulösen und die Nachtschicht zu übernehmen?« Sie verzog das Gesicht. »Das Schlimmste dürfte inzwischen vorbei sein. Bei allen dreien.« Sie zuckte die Schultern, strich sich die pinkfarbene Strähne hinter das Ohr und ergänzte: »Zumindest wüsste ich nicht, was da noch rauskommen sollte.«

Blake lachte trocken. »Dann habe ich wohl das bessere Zeitfenster erwischt«, stimmte er Naya zu. »Ja, ich bleibe hier.«

»Gut.« Nayas Blick wurde wieder ernst. »Ich mache mir ein bisschen Sorgen um Reeva. Wenn sie nicht bald etwas trinken kann, ohne es wieder auszuspucken, dehydriert sie zu sehr. Dann musst du dir Gedanken machen, ob du sie ins Krankenhaus bringst. Brooke geht es allerdings schon wieder ein bisschen besser. Die Entscheidung könnt ihr also gegebenenfalls zusammen treffen.«

Blake nickte – und hörte sich auch alle anderen Anweisungen an, die Naya für ihn bereithielt. Natürlich hoffte er inständig, dass es Reeva nicht im Laufe dieses Tages noch so schlecht gehen würde, dass sie in eine Klinik musste. Er konnte sich noch gut daran erinnern, wie seine Schwester als Kind einmal aus dem gleichen Grund in der Notaufnahme gelandet und an einen Tropf angeschlossen worden war. Sie hatte schreckliche Angst gehabt. Wenn es ging, würde er Reeva diese Erfahrung gern ersparen.

Blake folgte Naya ins Haus. Sie griff nach ihrer Jacke und rief: »Ablösung ist da. Ich bin weg. Ruft mich morgen an, wenn ihr noch was braucht.« Sie erhielt keine Antwort. »Sie liegen alle drei im Wohnzimmer«, erklärte sie Blake, umarmte ihn noch einmal zum Abschied, und im nächsten Moment fiel die Haustür hinter ihr ins Schloss.

Blake ging ins Wohnzimmer, das offenbar in ein Krankenlager umfunktioniert worden war. Lucky, der in seinem Körbchen vor sich hingedöst hatte, sprang auf, um ihn schwanzwedelnd zu begrüßen. Blake bückte sich, um den Hund zwischen den Ohren zu kraulen. Das Sonnenlicht, das die Promenade und den Strand beleuchtete, hatten die McNallys ausgesperrt. Dafür ließ das bläuliche Licht des Fernsehers ihre blassen Gesichter noch ungesunder aussehen. Brooke und Reeva hatten sich auf dem breiten Seitenteil der Couch zusammengekuschelt. Das Mädchen schlief. Brooke winkte ihm zur Begrüßung schwach zu.

Harper lag ausgestreckt auf dem anderen Teil der Couch. Bei seinem Anblick weiteten sich ihre Augen erschrocken, dann zog sie sich die Decke über den Kopf. »O mein Gott!«, hörte er sie durch das Patchworkmuster murmeln. »Was machst du hier? Geh weg!«

Blake musste lachen. »Ich bin ab jetzt euer Pfleger.« Er beugte sich noch einmal zu Lucky hinunter, um ihn zu kraulen. »Braucht ihr im Moment irgendetwas?«

»Nur, dass du weggehst«, nuschelte Harper ihre Aufforderung noch einmal durch die Decke.

»Ich gehe, aber nur, um mit Lucky draußen eine Runde zu drehen.«

Lucky, der zu verstehen schien, dass er rausdurfte, tänzelte aufgeregt um Blakes Beine.

Als der Hund sein Geschäft erledigt hatte und Blake ein paarmal den Ball am Strand für ihn geworfen hatte, kehrten sie zum Haus zurück. Blake wollte nicht zu lange wegbleiben, falls die McNallys irgendetwas brauchten. Lucky war ein bisschen beleidigt über den kurzen Ausflug, fügte sich dann aber in sein Schicksal, ließ sich auf der Veranda den Sand von den Füßen wischen und legte sich dann im Wohnzimmer neben Harper vor die Couch.

Blake machte es sich in dem Sessel bequem, der dem Sofa gegenüberstand, und holte den Laptop aus seiner Messenger Bag. Dann begann er, sich um die Mails zu kümmern, die Harper normalerweise für ihn erledigte und von denen Rachelle nicht sicher gewusst hatte, wie sie sie beantworten sollte.

In den nächsten Stunden machte Blake gleich mehrere interessante Entdeckungen. Zum einen war Harper keine besonders gute Patientin, die ständig genervt vor sich hinmurmelte und schimpfte, wenn sie nicht gerade weggedämmert war. Und zum anderen verbrachte er mehr Zeit an der Haustür, um Haus- und Hilfsmittel gegen den Magen-Darm-Infekt entgegenzunehmen und Fragen nach dem Gesundheitszustand der McNallys zu beantworten, als damit, seine Mails zu bearbeiten.

»Hi, ich bin Coralee«, sagte eine zierliche Frau um die Fünfzig und strahlte ihn über einen riesigen Blumenstrauß hinweg freundlich an. »Mir gehört das Faithful Flowers nebenan.« Mit der Hand, in der sie ein paar Äpfel balancierte, wies sie zum Nachbarhaus mit der schön bepflanzten Veranda und dem Angebotsaufsteller vor der Tür. »In meinem Laden stehen ein paar von Brookes restaurierten Möbeln«, ergänzte sie, während das Obst ins Trudeln geriet.

Blake fing die Äpfel auf, bevor sie zu Boden plumpsten, und nahm den Strauß entgegen, den Coralee ihm entgegenstreckte und der jede erdenkliche Blüte zu enthalten schien, die man um diese Jahreszeit finden konnte.

»Etwas Fröhliches«, kommentierte sie die Blumen. »Und die Äpfel … Sie wissen ja: An apple a day makes you happy.«

Blake war sich sicher, dass der Spruch anders lautete, lächelte aber und versprach, den McNallys das Beste von ihrer Nachbarin auszurichten.

Kaum hatte er in einem der Küchenschränke eine Vase gefunden und die Blumen auf den Couchtisch gestellt, klopfte es bereits wieder.

Die alte Dame, die auf der Veranda stand, streckte ihm ein Glas voller Kräuter entgegen. »Ich kenne Sie nicht, junger Mann«, ließ sie ihn statt einer Begrüßung mit krächzender Stimme wissen.

Da sie ihm das Glas trotz ihrer Aussage weiter entgegenhielt, griff er danach. »Ich bin Blake Marshall«, stellte er sich vor. »Ich kümmere mich ein bisschen um die McNallys, solange sie krank sind.«

»Der Lord of Late Nights?« Die Frau zog die dünnen Augenbrauen so hoch, dass sie zwischen den Querfalten auf ihrer Stirn verschwanden.

Er schluckte das Seufzen hinunter, das ihm auf der Zunge lag, und schenkte ihr ein Lächeln, das sich etwas angestrengt anfühlte. Hier wusste wirklich jeder über jeden Bescheid.

»Ich bin Grandma Wilson. Ich bin dieses Jahr hundert geworden. Und wissen Sie, warum?«

»Herzlichen Glückwunsch, und nein, ich habe keine Ahnung, wie Sie sich so jung gehalten haben.«

»Damit.« Ihr knorriger Zeigefinger tippte auf den Deckel des Glases. »Weil ich jeden Morgen eine Tasse von diesem Tee trinke. Zwei Löffel pro Tasse«, kommandierte sie. »Dann sind die Mädchen ruck, zuck wieder in Hochform.« Ohne ein weiteres Wort drehte sie sich um und stieg die erste Stufe der Verandatreppe hinunter.

»Warten Sie, ich helfe Ihnen«, bot Blake an und machte einen Schritt hinter ihr her.

»Tss.« Sie nahm für einen Moment ihre knochige Hand vom Geländer und winkte ab. »Ich bin vielleicht alt, aber fit wie ein Turnschuh. Der Tee ist der Schlüssel«, erinnerte sie ihn noch einmal.

Blake wartete trotzdem, bis Grandma Wilson unten angekommen war und sicher auf die Strandpromenade trat, wo sie der Pokerrunde zuwinkte. Dann kehrte er mit dem Tee ins Haus zurück. Neugierig schraubte er den Deckel ab und roch an den Kräutern, nur um im nächsten Moment entsetzt den Kopf zurückzuziehen und das Glas wieder zu verschließen.

Diese Teemischung war absolut schrecklich. Er würde den McNallys daraus ganz sicher keinen Tee aufbrühen, damit sie wieder gesund wurden. Also ließ er das Glas in der Küche stehen und widmete sich im Wohnzimmer wieder der Krankenwache und seinen Mails.

Die nächste Besucherin war Neele Chapman, Mitglied der Poker-Gang und Besitzerin einer Bäckerei, die nur Cupcakes vertrieb, soweit Blake wusste. Ihr rotes, aufgetürmtes Haar wurde vom Wind zur Seite gedrückt, als sie ihm eine hellblaue Gebäckschachtel mit weißer Schleife und dem Aufdruck Piece of Heaven überreichte. Blake wollte gerade sagen, dass die McNallys den Inhalt vermutlich nicht essen würden, doch Neele war schneller. »Das gehört in den Kühlschrank«, befahl sie. »Damit die Mädchen etwas Leckeres haben, wenn es ihnen wieder besser geht. Für jetzt ist das hier.« Sie hielt eine Tüte Salzbrezeln hoch. Die kleine Ansammlung gleichartiger Tüten neben der Packung, die er mitgebracht hatte, bedeckte inzwischen den halben Küchentresen.

Nachdem Blake der Bäckerin versichert hatte, dass es mit ›ihren Mädchen‹ langsam, aber sicher aufwärts ging, ließ sie ihn zu seinen Mails zurück. Er beantwortete genau zwei, bis es das nächste Mal klopfte und er nach draußen ging, um eine große Flasche Cola und eine weitere Packung Brezeln entgegenzunehmen. Diesmal von Harpers Salsa-Trainer Elijah Hill und dessen Mann Mason, wie sie sich vorstellten.

»Ich habe den Mädchen den Link zu einem kleinen Stretching-Programm auf ihre Handys geschickt«, erklärte Elijah und legte Blake seine Mitbringsel in die Arme. »Wenn es ihnen besser geht, wollen sie nach dem ganzen Herumliegen sicher etwas für ihren Körper tun.«

»Jetzt komm«, forderte Mason seinen Mann auf zu gehen.

»Wir lassen Sie in Ruhe«, fuhr er an Blake gewandt fort und legte ihm in einer kurzen, dankbaren Geste die Hand auf die Schulter. »Wir sind sehr froh, dass Sie sich um unsere Mädchen kümmern.«

»Das mach ich doch gern«, gab Blake wahrheitsgemäß zurück. Er brachte die Brezeln und Cola in die Küche.

Diesmal schaffte er es nicht einmal mehr zu seinem Laptop zurück, bevor es das nächste Mal klopfte. Vielleicht sollte er die Tür einfach offenstehen lassen. Dann konnten einfach alle am Krankenbett der McNallys vorbeischlendern und sich selbst von ihrem Gesundheitszustand überzeugen.

»Hey, Zac«, grüßte er den Typen, den er aus dem Rip Tide wiedererkannte.

»Schön, dich zu sehen, Mann.« Zac nickte zu seinem Begleiter, der ihm ähnlich genug sah, um ein Verwandter zu sein. »Mein Bruder Chester. Ihm gehört das *Narragansett Café*.«

»Wir haben hier was für die McNallys.« Chester zog eine Flasche mit einer trüben Flüssigkeit aus seinem Rucksack. »Ist ein altes Familienrezept und hilft garantiert gegen sämtliche Magen-Darm-Beschwerden.«

»Ich schwöre dir, das ist schon fast ein Wundermittel«, ergänzte Zac.

Diesmal riskierte Blake gar nicht erst, die Flasche zu öffnen, nachdem er sich bedankt und sie in die Küche gebracht hatte. Stattdessen stellte er sie gleich neben Grandma Wilsons Tee.

Neben einer von Reeves Klassenkameradinnen, die die Hausaufgaben vorbeibrachte – mit einer Tüte Salzbrezeln –, tauchten im Laufe des Nachmittags noch einige andere Freunde und Nachbarn auf, die nach den McNallys sehen wollten.

Als am Abend die Sonne hinter den Horizont sank und zarte Nebelschleier begannen, an den Booten hinaufzukriechen, die in der Bucht vor Anker lagen, waren die McNallys wach und in der Lage, wieder etwas zu sich zu nehmen – und bei sich zu behalten. Blake flößte ihnen jede Menge Tee ein – der aus dem Drugstore stammte und den Mrs. Wilson, die Frau des Schreinereibesitzers, vorbeigebracht hatte. Sie knabberten an Zwieback und Brezeln, und Blake hörte Harper murmeln, dass sie nie wieder Salzgebäck essen würde, wenn das hier vorbei war.

Brooke und Reeva beschlossen, einfach auf dem Sofa liegen zu bleiben und vor dem Fernseher zu schlafen. Harper hingegen war der Meinung, dass sie unbedingt eine Dusche brauchte und in ihrem eigenen Bett schlafen wollte.

Blake, der noch einmal mit Lucky rausgegangen war, kehrte gerade ins Haus zurück, als sie sich die Treppe hinaufquälte. Blake folgte ihr.

»Ich kann das alleine«, fuhr sie ihn an, als er ihr auch noch in ihr Zimmer folgte und sich in ihren Lesesessel fallen ließ, während Harper einen Pyjama aus ihrem Schrank zog und in Richtung Bad stapfte. »Du kannst nach Hause gehen. Uns geht es gut.«

Blake lächelte sie an. Er würde nicht mit ihr streiten. Sie musste ihre Energie darauf verwenden, wieder gesund zu werden. Stattdessen klappte er, in der Hoffnung, endlich in Ruhe arbeiten zu können, wenn Harper schlief, seinen Laptop auf. Während er die Kalkulationen für ein Projekt in Boston durchging, lauschte er mit einem Ohr auf das Rauschen des Wassers, um sicherzugehen, dass Harper keinen Schwächeanfall oder Kreislaufzusammenbruch hatte.

Als das Wasser schließlich abgedreht wurde, und Harper

kurz darauf in ihrem Pyjama ins Schlafzimmer zurückkehrte, sah sie viel frischer aus. Sie wirkte noch immer ein wenig brummig, aber irgendwie auch verletzlich. Was wahrscheinlich der Grund war, warum sie ihn noch einmal fragte: »Habe ich mich unklar ausgedrückt?«

Blake verstand, dass jemand, der das Leben Tag für Tag so gut im Griff hatte wie Harper, es nicht mochte, so schwach und auf Hilfe angewiesen zu sein. In einer unschuldigen Geste hob er die Hände von der Tastatur. »Hierzubleiben war ein Befehl von Naya. Ich würde es nicht wagen, mich ihr zu widersetzen.«

Harper stieß ein Schnauben aus. Sie kroch unter ihre Decke und drehte Blake den Rücken zu.

Harper erwachte mit den ersten Sonnenstrahlen. Sie fühlte sich matt, aber zumindest war der Brechreiz verschwunden und ihr Kopf klar. Eine Bewegung ließ sie zu ihrem Lesesessel hinübersehen. Blake regte sich gerade, schlug die Augen auf, und ihre Blicke trafen sich.

»O mein Gott«, wisperte sie. »Bist du die ganze Nacht hiergeblieben und hast in diesem Sessel geschlafen?«

»Hmm.« Er rieb sich über sein Kinn, und Harper konnte das Kratzen seiner Bartstoppeln hören.

»Komm ins Bett«, bat sie ihn und hob die Decke an.

Blake brauchte einen Moment, sich aus dem Sessel zu schälen und seine Muskeln zu strecken, bevor er, so wie er war, zu ihr ins Bett schlüpfte. »Geht es dir besser?«, fragte er und betrachtete ihr Gesicht prüfend.

»Viel besser. Danke.« Harper kuschelte sich an seine Brust.

»Ich war furchtbar, oder?« Als Blake nicht antwortete, stieß sie ein kleines Lachen aus. »Ich bin die schrecklichste Patientin, die man sich nur vorstellen kann.« Ganz einfach, weil sie es hasste, zur Untätigkeit verdammt zu sein und nichts tun zu können. Obendrein noch von Blake in diesem Zustand gesehen zu werden … furchtbar!

»Ist mir aufgefallen«, gab er zurück, und Harper konnte das Schmunzeln in seiner Stimme hören.

Ihr Herz weitete sich. Blake hatte immer noch nicht gesagt, dass er sie liebte. Genauso wenig wie sie. Aber er war hiergeblieben. Hatte sich nicht nur von ihrer miesen Laune nicht abschrecken lassen. Er hatte sich um ihre ganze Familie gekümmert. Würde ein Mann so etwas für die Frau tun, mit der er schlief, wenn er sie nicht liebte? Ganz sicher nicht.

»Weißt du, was mich wirklich glücklich macht?«, fragte er leise.

»Was?« Harper kuschelte sich noch näher an ihn.

»Nach allem, was du mir über dein Leben erzählt hast, eure Flucht, New York, wie ihr hier gelandet seid, ist es schön zu wissen, dass sich dieser Ort um euch kümmert. Ich habe das Gefühl, dass ganz Jamestown gestern auf eurer Veranda stand.«

»Ja.« Harper hüllte sich in die Wärme ein, die das Wissen um ein funktionierendes Sicherheitsnetz immer in ihr auslöste. Die Menschen auf dieser Insel hatten sie mit offenen Armen empfangen und nie enttäuscht. »Es ist ein Segen, hier zu leben. Unsere Nachbarn sind unsere Familie. Aber glaub mir,«, sie hob den Kopf und grinste Blake an, »hin und wieder sind sie absolute Nervensägen.«

Blake bestand darauf, dass Harper den Rest der Woche zu Hause blieb und sich erholte. Er kam jeden Tag nach der Arbeit vorbei, brachte kleine Aufmerksamkeiten für sie und ihre Familie mit, die immer ins Schwarze trafen. Vor allem bei Reeva, die ihn definitiv um ihren kleinen Finger gewickelt hatte.

Harper nutzte die Tage, die er ihr zur Erholung verordnet hatte, um noch einmal den Businessplan für die Übernahme der Schreinerei durchzugehen. Naya kam vorbei und verbrachte ein paar ruhige Nachmittage mit ihr auf der Veranda. Und in einem unachtsamen Moment ließ sie sich sogar zu einem Pokerspiel überreden, in dem die Poker-Gang sie gnadenlos abzockte.

Am Montag hatte sie genug von dem ruhigen Leben. Sie fühlte sich wieder fit und war wie sonst auch vor Blake im Büro. Sie schenkte ihm seinen Kaffee ein, legte seine zwei Oreos daneben und küsste ihn, kaum dass er durch die Tür seines Büros getreten war.

»Besser kann man nicht in den Tag starten«, murmelte Blake an ihren Lippen und zog sie für einen weiteren Kuss an sich.

Als sie schließlich an ihren Arbeitsplatz zurückkehrte, begann sie methodisch, die Ablage zu sortieren und die Sachen zur Seite zu legen, die durch ihre Abwesenheit liegen geblieben waren. Das waren die ersten Aufgaben, die sie erledigen würde.

23

Die Tage verschwammen zu einem angenehmen, ruhigen Trott. Harper und Blake steckte bis zum Hals in Arbeit, wie es für sie üblich war. Sie verbrachten nach wie vor die Nächte und einen Großteil der Wochenenden zusammen, wobei Blake meist bei ihnen in Jamestown war. Die einzige Unterbrechung dieses berechenbaren, aber angenehmen Alltags war die spontane Party, die sie mit der halben Stadt feierten, als Brooke grünes Licht von der Bank für den Kauf der Schreinerei bekommen hatte.

Auch am Freitag danach war nur wenig los bei Marshall Construction. Das Telefon und Harpers Mailprogramm hatten offenbar beschlossen, ihr heute eine kleine Pause zu gönnen, sodass sie mit ihrer üblichen Routine schneller vorankam als sonst. Bis zum Mittag hatte sie bereits einen großen Teil ihrer täglichen Aufgaben erledigt.

Sie klopfte an Blakes angelehnte Tür und schob diese ein Stück weiter auf, als sie sein »Herein« hörte.

»Ich muss zu Harriette in die Buchhaltung, um ein paar Dinge durchzusprechen.« Sie hob die Akten, die sie in der Hand hielt. »Wenn du mich gerade nicht brauchst, bin ich kurz oben.«

»Kein Problem. Danach können wir ja überlegen, was wir heute Mittag essen«, schlug er vor.

»Klingt gut. Ich beeile mich.«

Harper nahm die Treppe in den zweiten Stock des Gebäudes. Harriette wartete bereits auf sie und begrüßte sie mit einem freundlichen Lächeln. »Sie sehen fantastisch aus in diesem Outfit, Harper.«

Sie hatte eine Bluse über schmal geschnittene schwarze Jeans und einen hellen Blazer an. Eines der Outfits, die sie trug, seit Blake sie gebeten hatte, nicht mehr zu ihrer alten ›Uniform‹ zurückzukehren, sondern mehr sie selbst zu sein. Durch ihren privaten Kleidungsstil plötzlich so aufzufallen und darauf angesprochen zu werden, fühlte sich allerdings nach wie vor unangenehm für sie an. Harper zwang sich zu einem Lächeln und bedankte sich bei Harriette für das Kompliment. »Hier sind die Unterlagen, die Sie haben wollten.«

»Fantastisch. Sie sind so schnell. Ich hatte den Gedanken noch gar nicht richtig ausgesprochen«, sie schnippte mit den Fingern, »und schon stehen Sie hier. Aber wenn Sie schon mal da sind, hätten Sie vielleicht Zeit für eine Tasse Kaffee, Harper?« Harriette hatte sich in Richtung ihres Büros in Bewegung gesetzt und zwang Harper damit, ihr zu folgen. »Ich würde gern ein paar Änderungen besprechen und Ihre Meinung hören.«

»Sie wollen wissen, ob ich denke, dass Blake damit einverstanden sein wird?«, korrigierte Harper die Aussage und konnte sich ein echtes Schmunzeln nicht verkneifen. Harriette war ziemlich gerissen, wenn es darauf ankam.

»Sie haben den Nagel auf den Kopf getroffen. Warum sich die Mühe machen, ein Projekt weiterzuverfolgen, wenn Blake nicht daran interessiert ist? Und niemand weiß so gut wie Sie, wie unser Boss tickt.«

Harper verbarg die Hitze, die ihr in die Wangen stieg, indem sie ihr Handy aus der Gesäßtasche ihrer Jeans zog und Blake schrieb, dass sie ein wenig länger brauchen würde.

Harper hatte geschrieben, dass sie noch etwas mit Harriette besprechen wollte und es etwas länger dauern würde. Blake legte gerade sein Handy zurück auf den Schreibtisch, als es an seiner Bürotür klopfte. »Herein«, rief er und stand auf, als sein Bruder den Raum betrat. »Olly. Was treibt dich hierher?«

»Hallo, großer Bruder. Wenn der Berg nicht zum Propheten kommt … und so weiter.«

Sie umarmten sich und klopften sich gegenseitig auf die Schultern.

»Wir waren uns nicht sicher, ob es dich noch gibt oder du möglicherweise durch einen Cyborg ersetzt wurdest, der uns in regelmäßigen Abständen Nachrichten schreibt, damit wir uns keine Sorgen machen.«

Blake verzog das Gesicht. In letzter Zeit hatte er sich wirklich nicht oft bei seiner Familie sehen lassen. Den größten Teil seiner freien Zeit, die ja an sich schon sehr dünn gesät war, hatte er mit Harper verbracht. »Tut mir leid. Ich war ziemlich beschäftigt. Aber«, er hob in einer ergebenen Geste die Hände, »ich gelobe Besserung.«

Oliver grinste. »Diese Einstellung gefällt mir. Wie wäre es mit gleich? Hast du Zeit? Ich lade dich zum Lunch ein.«

Blake nickte. Mit Bedauern dachte er daran, dass er dann nicht mit Harper würde essen können. Er würde sie stattdessen einfach heute Abend ins The Mooring einladen. »Okay. Ich muss nur Harper Bescheid geben, dass ich außer Haus bin.«

»Deine Assistentin saß nicht an ihrem Platz, als ich kam«, sagte Oliver und bedachte Blake mit einem Blick, den er nicht deuten konnte.

»Nein. Sie ist in der Buchhaltung, um dort etwas zu erledigen. Wir müssen warten, bis sie wieder da ist, dann können wir los.«

»Wo wir schon von ihr reden …« Oliver ließ sich in einen der Clubsessel fallen, in denen Blake Besprechungen abhielt, während er selbst sich wieder hinter seinen Schreibtisch setzte und die Datei sicherte, an der er bis gerade eben gearbeitet hatte. »… deine Assistentin und du, was läuft da?«

Blake, der gerade nach der Maus greifen wollte, erstarrte mitten in der Bewegung. Seine Hand blieb wie bei einer Marionette mitten in der Luft hängen. Langsam ließ er sie sinken. »Wie meinst du das?«, fragte er betont neutral.

Oliver schnaubte. »Du kannst vielleicht den Rest der Familie für dumm verkaufen, aber ich hab sie sofort erkannt. Sie ist die Frau, mit der du auf der Gala rumgeknutscht hast. Und dann taucht sie auf der Baustelle des Basketballplatzes auf und trägt plötzlich hautenge Jeans und ein Tanktop. Lässt diese hässliche Brille weg. Und das obwohl sie sich gekleidet hat wie eine biedere Jungfrau, die in den Neunzigern hängengeblieben ist, seit sie in deinem Vorzimmer sitzt. Ich kann eins und eins zusammenzählen, Bruder.«

»Und was wäre das nach deiner Rechnung?« Blake hatte es von Anfang an für eine gute Idee gehalten, seine Beziehung zu Harper geheim zu halten. Aber nicht mit seiner Familie zu reden, fühlte sich irgendwie falsch an.

Oliver schnaubte. »Sie gräbt dich an. Das sieht selbst ein Blinder. Deine Assistentin macht sich an dich ran. An deiner

Stelle wäre ich verdammt vorsichtig. Lass dich bloß nicht auf jemanden wie sie ein.«

»Jemanden wie sie?« Blake stand auf. Langsam packte ihn die Wut.

»Du weißt schon. Melody 2.0. Ein Mädchen von der falschen Seite der Bahngleise«, klärte sein Bruder ihn auf, als wäre er minderbemittelt.

»Tja.« Blake verschränkte die Arme vor der Brust. »Vielleicht ist es für deine Warnungen zu spät, du Beziehungsexperte.« Blake wies Oliver nicht darauf hin, dass er es, bis er Lacey getroffen hatte, bei kaum einer Beziehung über die Dreimonats-Marke geschafft hatte, also nicht wirklich prädestiniert war, ihm irgendwelche Ratschläge zu geben. »Und ich kann dich beruhigen. Harper ist kein bisschen wie Melody.«

»Ach nein? Ich hab sie durchleuchten lassen.«

Für einen Moment hing Stille, schwer wie Blei, zwischen den Brüdern. Blake hörte eine Frau auf Absatzschuhen durch die Lobby hasten. Draußen hupte eines der Krabbenfischerboote, die vorbeituckerten. »Du hast was?«, fragte Blake schließlich leise. Fassungslos. Harper würde dieser Eingriff in ihre Privatsphäre sicher sehr treffen. Selbst er war stinksauer, und ihn betraf es noch nicht einmal. »Ich kann mich gar nicht daran erinnern, dass unsere Eltern uns zu Arschlöchern erzogen haben.«

Oliver hob abwehrend die Hände. »Ich habe mir ihre Vergangenheit nicht angesehen, weil ich ein Arschloch bin, sondern weil ich dich beschützen will. Von uns will nämlich niemand, dass du noch einmal auf so eine Goldgräberin wie Melody reinfällst. Die dich ausnimmt und dann sitzen lässt wie deine verdammte Ex-Hexe. Diese Harper ist keinen Deut besser. Abgehauen aus Arkansas, zusammen mit einer Teenagerschwester, die schwanger war.«

»Kansas«, korrigierte Blake seinen Bruder. »Ich weiß das alles. Sie hat mir von ihrer Vergangenheit erzählt. Ich vertraue Harper, okay? Und ich will nicht, dass sich auch nur einer von euch in diese Geschichte einmischt.«

»Nimm doch mal die rosarote Brille ab. Die will sich ins gemachte Nest setzen. Oder sie droht dir irgendwann, dich wegen sexueller Belästigung zu verklagen und verlangt eine siebenstellige Abfindung dafür, dass sie die Klappe hält. Ist nicht so, dass das nicht alles schon vorgekommen wäre«, zählte sein Bruder auf.

Blakes Wut kochte hoch. »Du hast genau zwei Möglichkeiten. Du hörst auf der Stelle auf, oder du verschwindest aus meinem Büro und suchst dir einen neuen Trauzeugen.« Er sprach leise. Gefährlich leise. Denn er hatte das Bedürfnis, seinem Bruder mitten ins Gesicht zu brüllen.

»Gut, gut«, sagte Oliver beschwichtigend. »Vermutlich weißt du, was du tust. Und was die Hochzeit angeht, das ist einer der Gründe, aus dem ich eigentlich hier bin. Lacey liegt mir wegen der Tischordnung bei der Hochzeit in den Ohren. Bis dahin sind es nur noch vier Wochen, und du hast ihr immer noch keine Begleitung mitgeteilt, die sie auf dieses verdammte Kärtchen schreiben kann. Ich fände es gut, wenn …«

»Sie kann Harper auf das verdammte Kärtchen schreiben«, unterbrach Blake ihn. Er konnte sich schon vorstellen, was Oliver als Nächstes sagen wollte. Er konnte gern neben Laceys Brautjungfer oder einer der unzähligen Cousinen sitzen. Blake hatte das Gespräch über die Hochzeit immer wieder vor sich hergeschoben, weil Harper und er so ein Geheimnis um ihre Beziehung machten. Was nicht ganz unbegründet war, wenn man sich den Auftritt seines Bruders ansah. Auch wenn Blake wusste, dass Oliver sich nur

Gedanken um ihn machte. »Und hör verdammt noch mal auf, dir Sorgen um mich zu machen.«

»Beim letzten Mal, als dich eine Frau über den Tisch gezogen hat, hast du ziemlich in den Seilen gehangen. Sieh es mir also nach, wenn ich mir das nicht einfach so ansehe«, konterte Oliver.

»Beim letzten Mal hat mir eine Frau das Herz gebrochen und mich beklaut. Denkst du ernsthaft, ich lasse so etwas noch einmal zu? Dass mir eine Frau so nahekommt?«, fragte er und zog nachdrücklich die Augenbrauen hoch. »Ich habe das hier im Griff, und du kannst aufhören, Mutter Bär zu spielen.« Blake atmete tief durch und stützte die Hände auf der Schreibtischoberfläche ab. Er hasste es, mit seinem Bruder zu streiten, und er konnte durchaus verstehen, dass er sich Sorgen machte. Als Melody ihn verlassen hatte, hatte er wirklich keine gute Figur abgegeben. Er bemühte sich um ein Lächeln, das sich nicht ganz echt anfühlte, von dem er aber wusste, dass sein Bruder es sehen musste, um beruhigt zu sein. »Sorg einfach dafür, dass Harper nicht den Brautstrauß fängt, damit sie nicht auf dumme Gedanken kommt«, scherzte er.

Oliver atmete erleichtert auf. »Das lässt sich einrichten, versprochen. Was ist jetzt mit dem Lunch, damit ich dir mit noch mehr nervtötenden Geschichten meiner bevorstehenden Hochzeit auf den Geist gehen kann?«

Blake griff nach seiner Jacke. »Ich gebe Harper kurz Bescheid, und dann können wir gehen.«

Harper beeilte sich, wieder an ihren Arbeitsplatz zu kommen. Harriettes Ideen waren gut, also hatte sie sie darin bestärkt,

Blake ihr Konzept für die Veränderungen in der Buchhaltung vorzustellen. Dann hastete sie die Treppe hinunter, damit Blake nicht zu lange Anrufe entgegennehmen musste, weil ihr Platz nicht besetzt war. Im Erdgeschoss winkte sie Jenny am Empfang zu und ging an ihrem Schreibtisch vorbei auf Blakes Büro zu, um ihm zu sagen, dass sie wieder da war.

Wie zuvor hob sie die Hand, um an die angelehnte Tür zu klopfen, als sie hörte, wie Blake sagte: »Harper ist kein bisschen wie Melody.«

Sie stockte. Mit wem sprach Blake da über sie? Telefonierte er?

»Ach nein?«, hörte sie eine Stimme sagen. Sein Bruder, erkannte sie. Das war Oliver. »Ich hab sie durchleuchten lassen.«

Er hatte was?, dachte sie die gleichen Worte, die Blake aussprach. Was war hier los? Wieso sprachen Blake und sein Bruder über sie?

Harper hatte die Hand noch immer zum Klopfen erhoben, aber sie konnte sich nicht dazu durchringen, gegen das Türblatt zu pochen. Langsam ließ sie ihren Arm sinken. Sie schaffte es aber nicht, die paar Schritte zurückzutreten, die sie von diesem Gespräch trennen und hinter ihrem Schreibtisch in Sicherheit bringen würden. Eigentlich wollte sie nicht lauschen, aber ihr Herz schlug ein wenig schneller, als Blake sie gegen seinen Bruder verteidigte. Ihm sagte, dass er ihr vertraute. Er klang sauer auf seinen Bruder. Und obwohl sie nicht wollte, dass ihre Beziehung publik wurde – aus genau solchen Gründen –, wollte sie auch nicht, dass Blake und sein Bruder sich stritten. Wegen ihr.

Sie hob den Arm abermals, um zu klopfen, sich bemerkbar zu machen und die Diskussion über sie zu unterbinden.

Die beiden zu belauschen, war nicht okay. Doch dann gefror ihr das Blut in den Adern. Ihr Herz schien für einen Moment still zu stehen. Denn Blake hatte weitergesprochen, in beschwichtigendem Tonfall, der seinen Bruder vermutlich beruhigen sollte. Doch es war nicht der ruhige Ton, in dem Blake sprach, der dafür sorgte, dass ihr Herz in ihrem Brustkorb einmal zusammengequetscht wurde.

»Beim letzten Mal hat mir eine Frau das Herz gebrochen und mich beklaut. Denkst du ernsthaft, ich lasse so etwas noch einmal zu? Dass mir eine Frau so nahe kommt?«

Die Worte hallten in ihrem Kopf wider. Und wider. Und wider. Ihr wurde bewusst, dass sie vergessen hatte zu atmen, als Sternchen vor ihren Augen zu tanzen begannen. Sternchen, die durch die Tränen schwammen, die unaufhaltsam in ihr aufstiegen. Sie taumelte und stützte sich mit der rechten Hand an der Wand neben der Tür ab, während sie die Linke auf ihren verrücktspielenden Magen presste. Die Magen-Darm-Grippe war harmlos gewesen, verglichen damit, wie elend sie sich jetzt gerade fühlte. In ihren Ohren summte es so laut, dass sie fast den Satz verpasst hätte, der ihr endgültig sagte, was sie für Blake war. Ein Nichts. So viel wert wie die anderen Frauen, mit denen er sich in den zurückliegenden eineinhalb Jahren getroffen hatte.

Harper kannte ihn so gut, sie konnte sogar das Lächeln in seiner Stimme hören, als er seinen Bruder bat, den Brautstrauß bloß nicht in ihre Richtung zu werfen.

Sie wünschte sich, sie hätte diesen Satz verpasst. Sie wünschte sich, sie wäre länger bei Harriette geblieben und nie Zeugin dieses Gesprächs geworden. Eines Gesprächs, das sich so grausam anfühlte, dass sie keine Ahnung hatte, wie sie damit umgehen sollte. Das ihr die Augen geöffnet hatte, auch wenn sie im Moment nicht einmal wusste, was sie mit diesem Wissen anfangen sollte. Sie wollte schreien, also presste sie die Hand vor den Mund, als sie langsam, Schritt für Schritt, zurückwich, bis sie ihren Schreibtisch an ihrer Hüfte spürte. Dann drehte sie sich um, hastete auf ihren Platz, weil ihr plötzlich klar wurde, dass Blake und sein Bruder auf dem Weg nach draußen waren. Auf dem Weg zu ihrem Arbeitsplatz. Zu ihr. Es blieben nur noch Sekunden, eine neutrale Maske aufzusetzen. Ihr blieb keine Zeit, das Gesagte wirklich zu begreifen und zu verarbeiten. Im Moment blieb ihr einfach nur übrig zu funktionieren. Wer hätte gedacht, dass jahrelanges Training in Unauffälligkeit einmal so hilfreich sein könnte, dachte sie bitter.

Sie starrte auf ihren schwarzen Bildschirm, als die Männer lachend und darüber diskutierend, wo sie lunchen wollten, aus Blakes Büro kamen.

»Ah, Harper, du bist zurück. Wunderbar. Olly und ich sind zum Lunch in der Stadt.«

Sie nickte mechanisch und grüßte seinen Bruder, ohne aufzusehen. »Hallo, Oliver.«

»Harper«, erwiderte er, ohne sich die Mühe zu machen, in ihre Richtung zu sehen, wie sie aus den Augenwinkeln bemerkte.

»Okay. Dann bis später, Harper.« Einen Moment blieb Blake zögernd vor ihrem Schreibtisch stehen, als wolle er noch etwas sagen, doch dann folgte er seinem Bruder, als der nach ihm rief.

Harper sank in ihrem Stuhl zusammen, als die Eingangstür hinter ihnen zupendelte, und bemühte sich, nicht zu hyperventilieren.

Ihr Handy vibrierte mit einer Nachricht, und sie griff mit

zitternden Fingern danach. Blake. *Sorry, dass es mit dem Lunch nicht geklappt hat. Ich reserviere stattdessen einen Tisch im* The Mooring *heute Abend.*

Harper legte das Handy zurück auf den Tisch und stand mit wackligen Beinen auf. Sie musste hier raus. Sie brauchte Luft. Sie musste nachdenken. Sie musste begreifen, was da gerade geschehen war.

24

VOR EINEINHALB JAHREN

Blake starrte auf den Ring, der vor ihm auf dem Tisch lag. Die Sonne fing sich in dem Solitär, und er kniff die Augen zusammen, bis die nächste dunkle Wolke, die über die Bucht segelte, das stechende Blenden unterbrach. Eine Wolke so dunkel wie seine Gedanken. Wobei Blake sich nicht mehr sicher war, ob er überhaupt noch klar denken konnte. Seit sein Vater ins Krankenhaus eingeliefert worden war und die Ärzte um sein Leben gekämpft hatten, war nichts mehr wie zuvor. Inzwischen befand sich Richard in der Reha, und die Hoffnungen, dass er wieder ganz der Alte werden würde, waren groß. Aber noch waren es Hoffnungen. Es gab vermutlich keine Zeit im Leben eines Menschen, in dem er seinen Partner mehr brauchte. Die Schulter, auf die man sich stützen konnte. Der Arm, der beruhigend über den Rücken strich. Die Stimme, die leise flüsterte, dass alles gut werden würde.

»Was ist das?«, fragte Blake. Er erkannte seine eigene Stimme fast nicht wieder, so rau und erschöpft klang sie. Er rieb sich über das Gesicht, über die brennenden Augen und den Bartschatten, der inzwischen nicht mehr nur ein oder zwei Tage alt war.

Melody gab ein ungehaltenes Seufzen von sich. Die Arme

vor der Brust verschränkt, Fingerspitzen, die ungeduldig vor sich hin klopften. »Du solltest eigentlich wissen, was das ist. Du hast ihn schließlich gekauft.«

»Dass das dein Verlobungsring ist, sehe ich auch. Ich wollte eigentlich wissen, was das soll.« Die dunkle Wolke, die sich immer weiter über seinen Kopf zu senken schien, machte ihm das Denken schwer. Melody hatte ihn schon einmal verlassen. Doch das hatte er verstehen können. Irgendwie. Aber sie war zurückgekommen. »Du gehst?«, fragte er leise. »Warum?«

»Wir funktionieren einfach nicht mehr. Wenn du das nicht siehst, nimm deine verdammten Scheuklappen ab.« Ein ungeduldiges Wippen ihrer High-Heel-Spitze gesellte sich zum Klopfen ihrer Finger. Ihr Kleid war schwarz und schmiegte sich eng an ihren spektakulären Körper. Als die Sonne wieder durch die Wolken brach, funkelte der Stoff glitzernd vor Blakes Augen. Ihre Haare glichen einem hellblonden Vorhang, der offen bis über die Mitte ihres Rückens fiel. Ihr Make-up saß perfekt. Melody war so schön. Eine Erscheinung. Aber ihr Blick erinnerte Blake plötzlich an hellblaues Eis.

Blake schluckte. »Wir hatten doch so viele Pläne.« Er kannte sie, die liebevolle Seite, die in ihr schlummerte. Die nicht viele zu sehen bekamen. Die sie gut verstecken konnte, wenn sie diese Mauer aus Eis hochfuhr.

»Hatten wir, ja. Vielleicht erinnerst du dich noch dunkel. Wir wollten mit spektakulären Architekturprojekten die Baubranche revolutionieren. Inzwischen sehe ich nur deine kleinen, spießigen Pläne«, fauchte sie ihn an. »Die nur für dich wichtig sind. Für dieses furchtbare hässliche *Addams Family*-Haus, das du gekauft hast. Für mich gleich mit. Ich will mich nicht an einer beschissenen, halb verfallenen Vorstadtvilla selbst verwirklichen. Ich will, dass die Architekturwelt meinen Namen kennt.«

Blake schwieg. Melody hatte gesagt, dass sie mit ihm in dieses Haus ziehen würde. Sie hatten darüber gesprochen, Kinder zu bekommen.

»Ich bin jedenfalls raus.« Melody machte auf dem Absatz kehrt und ging zur Tür.

Sie löste einfach so ihre Verlobung? Aus heiterem Himmel? Es hatte nicht einmal ein Anzeichen gegeben, dass etwas nicht stimmte. Sie hatte kein Problem angesprochen. »Melody, warte.« Blake sprang auf, blieb aber hinter seinem Schreibtisch stehen. Er fühlte sich … hilflos. Die Frau, mit der er den Rest seines Lebens verbringen wollte, konnte doch nicht einfach so gehen. »Können wir darüber reden? Ich hatte keine Ahnung, dass du nicht glücklich bist. Wir können doch daran arbeiten.« Er hob die Arme, nicht sicher, ob er sie aufhalten oder sich dafür entschuldigen wollte, dass er nicht gemerkt hatte, dass sie in eine Krise geschlittert waren.

Melody drehte sich noch einmal zu ihm um. »Natürlich hast du nichts davon gemerkt. Bei dir dreht sich ja alles nur noch um deine Familie. Daddy hier, Daddy da«, imitierte sie ihn mit gespielt weinerlicher Stimme.

Ihre Worte waren wie eine Faust in den Magen, die Blake zurücktaumeln ließ. »Entschuldige? Mein Vater hatte einen schweren Herzinfarkt.« Fast hätte er gefragt, ob sie nicht für ihre Familie da sein wollte, wenn ihr so etwas passiert wäre, verkniff sich den Kommentar aber im letzten Moment, weil er die Antwort sehr wohl kannte. Sie würde sich nicht für ihre Mutter einsetzen, weil sie bereits vor vielen Jahren mit ihr gebrochen hatte. Familie hatte für Melody eine gänzlich andere Bedeutung als für ihn. »Können wir nicht wenigstens darüber reden? Wir sind zusammen, seit wir sechzehn sind. Das wirft man doch nicht einfach so weg. Insbesondere, wenn man vorhatte zu heiraten.«

»Wir sind keine Teenager mehr, Blake. Werd erwachsen. Unsere Beziehung war auch vorher schon on-off. Ich habe eine Entscheidung getroffen – und die werde ich bestimmt nicht rückgängig machen, weil du hier rumjammerst wie ein kleines Kind.«

Blake ließ sich langsam auf seinen Schreibtischsessel zurücksinken. Melody schoss mit ihren Augen eiskalte Blitze auf ihn ab. Wo war das Mädchen geblieben, das ihm schüchtern zugelächelt hatte und mit wippendem Pferdeschwanz durch die Gänge der St. Georges School gerannt war? Die Frau, mit der er stundenlang über Architektur diskutieren konnte? Mit der er das perfekte Team bildete, wenn es darum ging, ein neues Gebäude zu entwerfen. »Was ist mit unserem Projekt?«, fragte er leise. Sie hatten den Entwurf für den Luxuswohnkomplex am Pier, den sie in der folgenden Woche einreichen wollten, gemeinsam gestaltet. Denn Melody war eine fantastische Architektin. Es mussten nur noch Kleinigkeiten ausgearbeitet werden. Das würde er notfalls auch allein hinbekommen, wenn es ihr jetzt unangenehm war, weiter mit ihm zusammenzuarbeiten. Andererseits konnten sie auf diesem Weg vielleicht doch noch mal miteinander sprechen.

»Schätzchen.« Sie zog den rechten, perfekt geschminkten Mundwinkel zu einem geringschätzigen Lächeln hoch. »Du glaubst doch nicht, dass ich mit dir Schluss mache und trotzdem noch für dich arbeite. Wenn ich sage, ich bin raus, dann bin ich es auch. Komplett. Ich habe meine Kündigung im Personalbüro abgegeben, bevor ich hergekommen bin.

Mach dir einfach ein schönes Leben. So werde ich es auch machen.« Sie wandte sich wieder zur Tür um, und während sie sie mit der einen Hand aufzog, hob sie die andere, ringfreie, zu einem kleinen Winken. »Bye-bye!«

Dann schwang die Tür hinter ihr zu, und Blakes Verlobte und beste Architektin war aus seinem Leben verschwunden.

Blake blieb an seinem Schreibtisch sitzen und starrte auf die Tür. Die Gedanken in seinem Kopf rasten. Hatte er seine Familie wirklich wichtiger genommen als Melody? In einer Situation wie der, in der er sich befand, musste er nun einmal Prioritäten setzen. Statt sich Gedanken um seine Verlobte machen zu müssen, hätte sie eigentlich an seiner Seite sein und den Horror der letzten Wochen gemeinsam mit ihm durchstehen müssen. Sie war nicht an seiner Seite gewesen. Verdammte Scheiße! Jetzt wusste Blake auch warum. Sie hatte den Ausstieg aus ihrem gemeinsamen Leben geplant, während er um das Leben seines Vaters gebangt hatte und gleichzeitig versuchte, die Firma am Laufen zu halten. Sie hatte einfach alles weggeworfen, was sie hatten. Alles. Ohne mit der Wimper zu zucken. Zum zweiten Mal. Wut kochte wie heißer Teer in ihm hoch.

Er griff nach seinem Handy und rief seinen Chat mit Jamie auf. *Melody hat mich verlassen*, schrieb er.

Es dauerte nur Sekunden, bis sein Freund das Emoji, das entsetzt die Augen aufriss, zurückschickte und *Was?* dazuschrieb. Die Punkte auf dem Display tanzten weiter, und einen Augenblick später tauchte die nächste Nachricht auf. *Wie geht es deinem Dad?*

Gut, antwortete Blake.

Hör zu, ich muss hier noch ein paar Sachen erledigen, aber dann setz ich mich ins Auto und komm rüber. Du, ich und eine Flasche Single Malt heute Abend. Und dann erzählst du mir, was passiert ist.

Danke, tippte Blake zurück und legte das Handy zurück auf den Schreibtisch. Dann stand er auf und griff nach seiner Jacke. Er würde jetzt nach Newport fahren, seine Mutter besuchen und im Hauptsitz von Marshall Construction nach dem Rechten sehen. Schließlich führte er keine Beziehung mehr, richtig? Also war er niemandem Rechenschaft schuldig. Und so konnte er sich zumindest auf die Menschen in seinem Leben konzentrieren, die ihm Liebe entgegenbrachten.

Am Abend kehrte er in sein Apartment nach Providence zurück. In das Apartment, das bis zu diesem Tag das Zuhause von Melody und ihm gewesen war. Es wunderte ihn nicht wirklich, dass alle ihre Sachen verschwunden waren. So generalstabsmäßig, wie sie ihren Abgang geplant hatte, war das der krönende Abschluss. Blake horchte in sich hinein. Sein Inneres fühlte sich so leer an wie der Schrank, in dem nur noch zwei einsame Kleiderbügel baumelten.

Er setzte sich auf den Balkon, von dem aus man einen spektakulären Blick auf die Stadt und den Providence River hatte. Doch statt auf das Panorama zu blicken, legte er den Kopf zurück und starrte in den blauen Himmel hinauf. Die immer gleiche Frage ging ihm durch den Kopf, seit Melody sein Büro verlassen hatte: Was habe ich falsch gemacht?

Er wusste nicht, wie lange er schon nachdenklich in den Himmel gestarrt hatte, als sich sein Freund in den Deckchair neben ihm fallen ließ. Jamie hatte einen Schlüssel, damit er in Providence pennen konnte, wenn er hier Termine hatte. Das Gästezimmer gehörte praktisch ihm.

Glas klirrte, als Jamie seine Mitbringsel abstellte. Eine

Flasche guten Scotch und zwei Gläser, die aus Blakes Küche stammten, wie er feststellte, als er den Blick vom Firmament senkte und seinen Freund ansah. »Danke, dass du gekommen bist.«

»Wo sollte ich sonst sein, wenn meinem besten Freund das Herz gebrochen wurde. Willst du darüber reden?« Er schenkte ihnen ein und reichte Blake eines der beiden Gläser.

»Ich weiß nicht.« Blake drehte das Glas nachdenklich zwischen seinen Händen. »Viel gibt es da gar nicht zu erzählen. Sie hat mich heute einfach vor vollendete Tatsachen gesetzt. Verlobung gelöst, Job gekündigt, ihr Zeug aus unserer Wohnung geräumt«, zählte er auf.

»Wohin ist sie?«, fragte Jamie und fuhr sich mit den Händen durch seine Locken, die daraufhin noch wilder von seinem Kopf abstanden.

»Ich habe keine Ahnung.« Blake zuckte mit den Schultern. »Vielleicht hätte ich sie das fragen sollen, aber ich bezweifle, dass ich eine Antwort bekommen hätte.«

»Hmm.«

Blake blickte wieder zu seinem Freund hinüber, der ins Leere starrte, als versuche er im Kopf ein besonders kniffliges Rätsel zu lösen. »Was?«

Jamie nippte an seinem Drink. »Sorry, dass ich dir das jetzt sagen muss. Ich weiß, das willst du nicht unbedingt hören. Aber Melody gehört zu den berechnendsten Wesen, die ich kenne. Das war sie schon in der Schule. Wenn sie dir jetzt also den Laufpass gegeben hat, dann hat sie bereits etwas Neues in Aussicht. Entweder beruflich oder es gibt einen anderen Mann. Vielleicht sogar beides.«

Blake sagte nichts und leerte stattdessen seinen Tumbler. Sie wussten beide, dass Jamie recht hatte. Als Melody ihn das letzte Mal verlassen hatte, waren ein Job und ein Mann die Auslöser dafür gewesen.

»Liebst du sie?«, fragte Jamie rundheraus und füllte Blakes und sein Glas noch einmal auf.

»Ich wollte sie heiraten, Mann.« Blake nahm einen großen Schluck Whiskey und hielt seinem Freund das Glas gleich noch mal hin.

»Das ist nicht die Antwort auf meine Frage. Ich möchte nicht wissen, ob du ihr einen Ring an den Finger stecken wolltest. Ich will wissen, ob du sie liebst.«

Wieder schwieg Blake. Liebte er Melody? Die wunderschöne Frau mit dem eiskalten Blick? »Ich glaube«, sagte er nachdenklich, »ich liebe das Mädchen, das sie einmal war. Du glaubst das wahrscheinlich nicht, aber ich kann sie noch sehen, die Melody Sullivan von damals.« Irgendwo in dieser berechnenden, unterkühlten Frau musste es doch noch stecken, dieses sechzehnjährige Mädchen, das auf der anderen Seite der Gleise aufgewachsen war. Sie hatte ein Stipendium für die St. Georges School gehabt, die elitäre Privatschule in Newport, die Blake besucht hatte. Damals war sie eine ganz normale Jugendliche gewesen. Was Blakes Teenagerherz gestohlen hatte, waren ihr schönes Lächeln und die Zielstrebigkeit gewesen, mit der sie ihre Pläne verfolgt hatte. In gewisser Weise tat sie das noch. Und was jetzt das Aus für ihre Beziehung bedeutete, hatte ihm damals imponiert, besonders wenn er an seine Mitschüler aus dieser Zeit dachte, von denen die meisten keinen blassen Schimmer gehabt hatten, was sie einmal mit ihrem privilegierten Leben anfangen sollten.

»Ich weiß, was du meinst. Aber ich war damals auch dabei, falls du dich erinnerst. Und ich finde, sie hat schon immer versucht, dich auszunehmen. Diese Frau ist nicht nur ehrgeizig – sie will das Beste. Von allem. Mit jemandem wie dir an ihrer Seite hatte sie ausgesorgt. Bis sie gemerkt hat, dass da draußen noch größere Fische herumschwimmen.«

»Psychoanalyse? Das ist ja ganz was Neues.« Blake zog die Augenbrauen hoch, obwohl ihm bewusst war, dass in Jamies Worten mehr als nur ein Funken Wahrheit lag. »Vielleicht hätte es geholfen, deine Meinung eher zu hören.«

Jamie schüttelte den Kopf. »Hättest du mir zugehört?«

Blake lachte und trank noch einen großen Schluck. »Nein, wahrscheinlich hätte ich dich verprügelt.«

»Du hättest es versucht.« Jamie lachte und trank ebenfalls. »Ich bin vielleicht kleiner als du, aber auf jeden Fall gemeiner.«

Sie lachten gemeinsam, was Blake guttat, und blickten auf den Fluss hinunter. Blake war dankbar dafür, einen Freund wie Jamie zu haben. Jemanden, der sein Leben lang an seiner Seite war. Der immer für ihn da war, auch wenn er erst jetzt mit seiner Meinung zu Melody rausrückte.

»Auf jeden Fall«, Jamie legte ihm die Hand auf die Schulter, »glaube ich, dass du ohne sie besser dran bist. So fühlt es sich im Moment vermutlich nicht an. Du denkst, dass sie dir das Herz gebrochen hat. Im besten Fall hat sie nur deinen Stolz verletzt.«

»Dein Wort in Gottes Ohr«, murmelte Blake. Er wusste, dass es nicht so war. Melody hatte sich verändert. Sie war nicht mehr das Mädchen, in das er sich Hals über Kopf verknallt hatte.

Aber er wusste genau, was Melody mit seinem Herzen anstellen konnte. Er hatte bereits nach ihrem Studium um ihre Hand angehalten, aber sie hatte ihn gebeten, noch zu warten, bis sie ihr Auslandspraktikum in London hinter sich gebracht hatte. Von diesem Praktikum war sie jedoch nicht zurückgekehrt. Sie hatte Gefallen an der großen, weiten Welt gefunden, die ihr mehr zusagte als das miefige Providence. Von Newport ganz zu schweigen. Die Beziehung hatte sie einfach am Telefon beendet.

Am Ende war es ein Sex-Skandal mit ihrem verheirateten Boss gewesen, der sie nach Rhode Island zurückgetrieben hatte. Mit eingezogenem Schwanz hatte sie an seine Tür geklopft. Und Blake hatte sie nicht nur wieder eingestellt, weil sie eine wirklich brillante Architektin war. Er hatte sie auch wieder in sein Herz gelassen. Sie hatte sich sehr um Blake bemüht, war noch schöner als früher. Aber natürlich war auch ihm aufgefallen, dass sie kälter und berechnender war. Sie verbrachten zwei weitere Jahre als Paar, bevor Blake abermals um ihre Hand anhielt. Weil er gedacht hatte, dass sie erkannt hatte, dass es ein Fehler gewesen war, ihn zu verlassen. Weil er gehofft hatte, seine Seelenverwandte zurückbekommen zu haben. Weil er sich sicher gewesen war, sie noch immer zu lieben. Diesmal hatte sie diesen Antrag angenommen, und jetzt saß Blake auf seinem Balkon, betrank sich und fragte sich, ob sie ihn nur gewählt hatte, weil es an besseren Alternativen gemangelt hatte.

Am Morgen nach einer Flasche Single Malt aufzuwachen, war nie angenehm. Ins Büro zu gehen und ein Bauimperium zu leiten, war die Hölle. Die Versuchung, einfach im Bett liegen zu bleiben, war groß. Aber er war kein Student mehr, der die Vorlesung schwänzen konnte, wenn er es in der Nacht zuvor übertrieben hatte. Er war der Boss. Und Melodys Weggang hatte sicher längst die Runde gemacht.

Also quälte er sich in die Senkrechte, duschte eine gefühlte Ewigkeit und spülte ein paar Advil mit seinem pechschwarzen Kaffee runter.

Als er das Architekturbüro der Firma betrat, von dem aus er noch immer einen Großteil der Geschicke von Marshall Construction lenkte, kam ihm Eloy aus der Newporter Zentrale entgegen.

Blake stutzte und bemühte sein schmerzendes Hirn mit der Frage, ob er einen Termin verpasst hatte. Eloy kam nie nach Providence. Es sei denn …

»Wir haben ein Problem«, platzte sein Mitarbeiter statt einer Begrüßung heraus.

»Lass uns in mein Büro gehen«, schlug Blake vor und war sich der neugierigen Blicke bewusst, die ihnen folgten. »Was ist los?«, fragte er, als er die Tür hinter sich schloss.

»Das ist los.« Eloy zitterte vor Zorn, als er ein paar Papiere auf Blakes Schreibtisch warf.

Blake griff danach. »Eine Einreichung zur Ausschreibung für den Luxuswohnkomplex am Pier von Harrison Wright?« Er blätterte durch die Unterlagen und erstarrte, als er die Animation des Projekts erblickte. »Das ist unser Entwurf«, sagte er. Sein Kopf interessierte sich nicht mehr dafür, dass er vor einer Stunde Tabletten genommen hatte. Er fühlte sich auf einmal an, als würde er jeden Moment vor Schmerzen explodieren.

»Der Entwurf, an dem Miss Sullivan und Sie gearbeitet haben. Der Marshall Construction gehört.« Eloy stützte die Hände in die Hüften und starrte für einen Moment aus dem Fenster. Dann drehte er sich wieder zu Blake um. »Man könnte sagen, sie hat die Firma nicht mit leeren Händen verlassen.«

Blake ließ sich auf seinen Schreibtischsessel fallen und wartete, bis die Welle aus Übelkeit über ihn hinweggeschwappt war. *Scheiße* war alles, was er denken konnte. »Sie hat unser Projekt geklaut. Dann arbeitet sie jetzt also für Wright?«

»Ja. Und der Entwurf scheint ihr Willkommensgeschenk zu sein.«

Blake stützte die Ellenbogen auf die Tischplatte und legte den Kopf in die Handflächen. Dann hatte Melody also nicht nur ihre Beziehung verraten und ihre Verlobung aufgekündigt. Sie war zu Blakes größtem Konkurrenten gewechselt und hatte ihr Projekt von Marshall Construction mitgenommen.

JETZT

»Wenn du mich fragst, hättest du Melody damals verklagen sollen.« Oliver schob seinen Teller mit leeren Austernschalen zur Seite.

Hab ich aber nicht, hätte Blake am liebsten wie ein trotziges Kind geantwortet. Auch wenn er wusste, dass sein Bruder recht hatte. Damals hatte er nur mit Stadtrat Logan gesprochen und versucht, ihn davon zu überzeugen, den Entwurf, den Wright eingereicht hatte, aus dem Rennen zu nehmen. Logan hatte das verweigert, was dafür gesorgt hatte, dass Blake nicht nur verdammt wütend, sondern auch stutzig geworden war. Er hatte es allerdings nicht über sich gebracht, Melody wirklich zu verklagen. Die Entwürfe waren ganz klar Eigentum von Marshall Construction, und Blake hatte genau wie Melody daran gearbeitet. Aber er hatte die Schlammschlacht gefürchtet, in der diese Auseinandersetzung geendet hätte. Nicht rechtlich, sondern menschlich. Und das hatte er nicht nur sich selbst nicht antun wollen. Sein Vater war immer noch nicht über den Berg gewesen und hätte nur schwerlich damit umgehen können. »Ich habe sie aber nicht verklagt«, sagte Blake mit einer Stimme, die seinem Bruder sagen sollte, dass er keine weiteren Diskussionen über dieses Thema führen wollte. »Melody ist Vergangenheit. Und zwar schon lange.«

»Eine Vergangenheit, aus der du nichts gelernt hast.« Oliver wies mit dem Weißweinglas in der Hand in Blakes Richtung. »Sonst hättest du dich nicht noch einmal auf eine Frau mit dem gleichen sozialen Hintergrund eingelassen, wie Melody ihn hat.«

Blake schnaubte. Wer einmal erlebt hatte, wie Harper mit ihrer Familie umging, was sie für ihre Schwester getan hatte, als diese von ihrer Schwangerschaft erfahren hatte, der würde niemals auf die Idee kommen, sie mit Melody zu vergleichen. »Ich habe dir vorhin schon einmal gesagt, dass Harper nicht wie sie ist. Ganz abgesehen davon, dass ich mich gar nicht noch einmal in die gleiche Situation bringen werde.«

Oliver hob sein Glas, als wolle er auf einen Salut anstoßen. »Hoffen wir, dass Harper das auch weiß.«

Den Blick starr auf das Meer gerichtet, wartete Harper darauf, dass sich ihr Herzschlag beruhigte. Hartnäckig blinzelte sie gegen das Brennen in ihren Augen an. Sie wollte sich gern einreden, dass es nur am Wind lag, der ihr ins Gesicht blies. Weil sie nicht wegen Blake weinen wollte. Nicht um das, was sie gehabt hatten. Solange es ihr gelang, nicht loszuheulen, fühlte sie sich, als wäre ihr wenigstens ein Teil ihrer Selbstachtung geblieben.

Neben ihr wankten die letzten halb verblühten Narzissenköpfe in der Brise. Ein Segelboot glitt lautlos und elegant über die glatte Wasseroberfläche, und die Sonne spiegelte sich in der Pell Bridge. Spaziergänger flanierten an ihr vorbei. Touristen, die ihr freundlich zunickten, weil sie keine Ahnung hatten, was in ihr vorging. Niemand wusste das.

Harper dachte darüber nach, ihre Schwester anzurufen, ließ es dann aber. Erst einmal musste sie einen klaren Kopf bekommen und entscheiden, wie ihr Leben weitergehen sollte. Eine Entscheidung, die sie allein treffen wollte. Die sie eigentlich schon getroffen hatte. Sie wusste nur noch nicht, wie sie es Blake sagen sollte. Wo sie es doch nicht einmal selbst begriff.

Harper schloss für einen Moment die Augen und ließ Sonne und Wind über ihr Gesicht streichen. Das fühlte sich beruhigend an. Genau wie damals, als sie zum ersten Mal auf dieser Bank gesessen und gemeinsam mit ihrer Schwester die beste Entscheidung ihres bisherigen Lebens getroffen hatten. Jetzt war es wieder an der Zeit, einen Weg einzuschlagen, der sie in eine neue Richtung führen würde. Es war nicht nur schwer, den sicheren, ausgetretenen Pfad zu verlassen, den sie inzwischen seit so vielen Jahren ging, dass sie ihm mit geschlossenen Augen folgen konnte. Es verursachte ihr regelrechte Panik. Nichts war so schlimm wie eine ungewisse Zukunft. *Ich werde etwas Neues finden. Wir werden klarkommen.* Sie sagte sich diese Sätze wieder und wieder auf. Wie ein Mantra.

Irgendwann, ihre Lunchpause war längst vorbei, schickte

Blake ihr eine Nachricht, dass er von dem Treffen mit seinem Bruder direkt zu einer Besprechung nach Providence fahren würde und nicht mehr ins Büro kam. In einer zweiten Nachricht erinnerte er an die Verabredung im The Mooring.

Harper schob das Handy zurück in ihre Tasche und rappelte sich auf. Sie kehrte ins Büro zurück und setzte sich an ihren PC, um ihre Kündigung zu schreiben.

Blake saß bereits an dem Tisch im The Mooring, den er reserviert hatte, als der Ober Harper an ihren Tisch führte. Er konnte nicht anders als lächeln, als sie auf ihn zukam. Egal, was sein Bruder über Harper gesagt hatte, er genoss jede Sekunde mit ihr und vermisste sie, wenn sie nicht in seiner Nähe war. Sie hatten zwar besprochen, ihre Beziehung geheim zu halten, aber er wollte mit ihr auf Olivers Hochzeit tanzen. Er würde sie überreden, ihn zu begleiten. Mit den Gedanken bei der Vorstellung, wie sie gemeinsam auf dem Empfang erschienen, küsste er sie auf die Wange, als sie den Tisch erreichte. Er schob ihr den Stuhl zurecht und nahm dann wieder ihr gegenüber Platz.

»Wie war der Rest des Tages?«, fragte er, nachdem der Kellner ihnen zwei Gläser Champagner als Aperitif gebracht hatte.

»Gut.« Sie senkte ihren Blick auf den Tisch, hob ihn dann wieder und sah an Blake vorbei auf den Ozean.

»Darf ich Ihnen die Spezialitäten des Tages nennen?« Der Kellner hielt ihnen lächelnd die Speisekarten hin.

»Gern«, sagte Blake, während Harper im gleichen Moment »Nein« sagte.

Er legte den Kopf schräg und blickte Harper an. »Nein danke«, sagte er dann zu dem Kellner. »Geben Sie uns einen Moment?«

»Selbstverständlich.« Der junge Mann zog sich zurück, und Blake konzentrierte sich wieder auf Harper. »Ist alles in Ordnung?«, fragte er.

»Nein.« Sie legte die Hände auf den Tisch, ließ sie dann wieder in ihren Schoß fallen. »Hör zu.« Als sie ihren Blick hob, rieselte ihm ein unangenehmer Schauer über den Rücken. Ihr Blick war nicht kalt und berechnend, aber mit einem Mal wusste er, was gleich passieren würde.

Er öffnete den Mund, aber sein Gehirn war wie leer gefegt. Langsam ließ er sich gegen die Lehne seines Stuhls sinken. Vielleicht irrte er sich und sie wollte ihm etwas völlig anderes erzählen. Neue Probleme mit der Edge on Hudson-Baustelle. Oder Neuigkeiten über Stadtrat Logan.

Harper sah ihm fest in die Augen. Ihre Stimme klang sachlich, als sie sprach. »Wir wussten beide, dass unsere Affäre nicht ewig halten würde. Ich meine, du bist mein Boss, und es fühlt sich einfach nicht länger richtig an, mit dir zusammen zu sein.«

Blake hatte das Gefühl, als setze sein Herz einen Schlag aus. »Harper …«

Sie hob die Hand, um ihn zu unterbrechen. »Lass mich ausreden, bitte. Ich möchte mich beruflich weiterentwickeln«, sagte sie leise.

Blake hatte das Gefühl, in ein Déjà-vu zu fallen. Melody hatte fast genau die gleichen Wörter benutzt. »Was soll das heißen?« Er erkannte seine Stimme fast nicht, so rau klang sie.

»Wir waren uns einig, dass es vorbei ist, sobald es für einen von uns nicht mehr passt. Dieser Moment ist jetzt. Und das bedeutet, ich gehe. Meine Kündigung liegt auf deinem Schreibtisch.«

»Willst du mich verarschen?« Blake rieb sich über den Nacken. »Entschuldige. Ich wollte nicht so heftig klingen. Aber, Harper, warum so plötzlich?«

Sie senkte den Blick wieder, sprach aber mit nüchterner Stimme weiter. »Ich möchte mich weiterentwickeln«, wiederholte sie das Ziel, von dem er bis zu diesem Moment noch nie etwas gehört hatte. Langsam hob sie den Blick wieder und schenkte ihm den Schatten eines Lächelns. »In gewisser Weise hast du mich dazu ermuntert, mir selbst mehr zuzutrauen.«

»Wenn du nicht mehr für mich arbeitest, gibt es keinen Grund mehr, Verstecken zu spielen. Dann können wir doch …«

»Nein.« Ein winziges Kopfschütteln begleitete ihre Worte. Winzig, aber entschieden. Ihre Lippen schlossen sich zu einer schmalen Linie. Distanziert. Sie hatte sich bereits von ihm entfernt, auch wenn sie ihm noch gegenübersaß.

Panik machte sich langsam, aber sicher in Blake breit. Das hier war nichts, womit er gerechnet hatte. Nicht heute. Und auch nicht in der näheren Zukunft. Irgendwann vielleicht. Aber bis dahin … emotional war Harper für ihn nicht mehr erreichbar. Aber vielleicht konnte er sie wenigstens mit ihrem Job ködern. Den sie doch liebte. Zumindest dachte er das. Inzwischen hatte er das Gefühl, eine Fremde vor sich zu haben. »Was kann ich dir bieten, damit du bleibst?«, probierte er den letzten Strohhalm, der ihm einfiel.

»Du kannst mir nichts bieten, das meine Meinung ändert. Mach es uns doch nicht so schwer, Blake.«

Die Panik wuchs. Harper war nicht Melody. Sie war nicht

berechnend. Sie hatte ein riesengroßes Herz. Das hier konnte doch nicht dermaßen aus dem Ruder laufen. »Ist irgendetwas vorgefallen? Hat jemand etwas Blödes zu dir gesagt?« Wie Mrs. Murphy, als Harper in der Firma angefangen hatte. Ein anderer Grund fiel ihm nicht ein, warum sie sowohl den Job als auch ihre Beziehung beendete. Sie konnte doch nicht einfach …

»Ja«, sagte sie und stand auf. »Jemand hat etwas Blödes gesagt. Und deshalb kann ich nicht bleiben. Es hat mir gezeigt, dass für mich der Zeitpunkt gekommen ist, zu gehen und an mich selbst zu denken. Ich muss mich weiterentwickeln.«

Er sah zu ihr hoch. »Aber … wer?«

»Leb wohl, Blake.«

Er sah ihr nach, als sie mit erhobenem Kopf, durchgedrückten Schultern und geradem Rücken das Restaurant verließ, ohne sich noch einmal zu ihm umzudrehen.

»Bringen Sie mir bitte die Rechnung«, sagte er zum Kellner, als der an seinen Tisch trat.

Von Melody verlassen zu werden, hatte ihn getroffen. Er war wütend gewesen. Sein Stolz verletzt. Aber das hier … Er rieb sich mit der Faust über den Brustkorb. Das fühlte sich völlig anders an.

25

Harper setzte einen Fuß vor den anderen. Sie blickte stur geradeaus. Die Augen auf die Tür gerichtet, die sich einen Moment später zwischen Blake und ihr schloss. Die dafür sorgte, dass sich sein Blick nicht mehr in ihren Rücken bohrte. Die ihr erlaubte zusammenzubrechen, ohne dass er es sehen konnte.

Als die Dunkelheit des Abends sie verschluckte, lehnte sie sich gegen die Wand eines Austernfischer-Schuppens. Ihre Knie zitterten, und sie musste den Kopf in den Nacken legen und sich zwingen, tief durchzuatmen. Okay, überhaupt zu atmen. Denn sie hatte das Gefühl, die Luft angehalten zu haben, seit sie sich von Blakes Tisch erhoben hatte und gegangen war.

Ihr Körper beruhigte sich allmählich wieder, und zu ihrer Erleichterung war Blake ihr nicht nach draußen gefolgt, um weiter mit ihr zu reden oder weitere Angebote zu machen. Sie stieß sich von dem Schuppen ab und schleppte sich zu ihrem Wagen, den sie vor dem Pier geparkt hatte. Erst beim zweiten Versuch bekam sie den Schlüssel ins Zündschloss. Blakes Gesicht tauchte vor ihrem inneren Auge auf. Sein freudiges Lächeln, als sie das Restaurant betreten hatte. In diesem Moment hätte sie es fast nicht über sich gebracht, die Affäre zu beenden. Jetzt wusste sie nicht, ob sie erleichtert sein sollte oder gerade einen der schwärzesten Momente ihres Lebens durchmachte.

Sie startete den Motor und parkte aus. Plötzlich wurde ihr bewusst, dass sie nicht mehr die Kraft dafür aufbringen würde, ihren Wagen auf die Pell Bridge zu lenken und nach Hause zu fahren.

Ein paar Minuten später fand sie sich vor Nayas Tür in Admiral Hill wieder.

»Harps!« Naya hatte bereits Schlafshorts und ein ausgewaschenes Tanktop an, als sie die Tür öffnete. Ihre Augen weiteten sich bei Harpers Anblick. »Komm her«, sagte sie und zog sie in eine feste Umarmung.

Harper spürte, wie Naya sich mit ihr im Arm drehte und die Tür zuschob. »Ist mit Brooke und Reeva alles in Ordnung?«, fragte sie leise.

Harper nickte an der Schulter der Freundin. Sie wollte etwas sagen, aber alles, was aus ihrem Mund kam, war ein furchtbarer Schluchzer, der wie ein Klagelaut klang. Sie presste sich die Hand auf die Lippen, um nicht noch so einen grauenvollen Ton von sich zu geben.

»Ist okay, Süße«, flüsterte Naya und führte sie zur Couch. »Lass es raus.«

Als ob die Tränen, die hinter ihren Lidern brannten, genau darauf gewartet hätten, begannen ihre Augen überzulaufen, und sie kauerte sich, geschüttelt von weiteren Schluchzern, in der Sofaecke zusammen.

Naya strich ihr über das Haar. »Ich mach dir erst einmal einen Tee.«

Harper brachte wieder nur so viel Kraft auf, um nicken zu

können. Sie hörte, wie ihre Freundin den Wasserkessel füllte und mit Tassen klapperte. Ihr Murmeln ging in den Küchengeräuschen fast unter, aber Harper hörte es dennoch und war sich sicher, dass Naya gerade ihre Schwester anrief.

Etwas später, als der schlimmste Weinkrampf vorbei war (wobei sich Harper sicher war, dass in den nächsten Tagen noch mehrere folgen würden), saß sie mit angezogenen Beinen auf der Couch und starrte den dampfenden Kräutertee an, den Naya vor ihr abgestellt hatte.

Die Freundin stand auf, als es an der Tür klopfte, und ließ Brooke herein.

Ihre Schwester rannte auf sie zu, zog sie an sich und stieß ein paar Schimpfworte aus. »Was hat der Kerl angestellt? Verdammt noch mal!«

»Wie kommst du darauf, dass es mit … mit … ihm zu tun hat?« Harper stieß die letzten Schluchzer aus, die noch in ihrem Hals festgesessen hatten und lehnte sich an ihre Schwester.

»Weil er mich schon dreimal angerufen hat, seit ich mich auf den Weg hierher gemacht habe. Offenbar haben sich unsere Wege gekreuzt. Irgendwo auf der Brücke vermutlich. Jedenfalls scheint er vor unserer Tür zu stehen, um mit dir zu reden.«

»Ist Reeva sicher? Wo ist sie?« Erst jetzt wurde Harper bewusst, dass ihre Schwester hier war, ihre Nichte aber sicher längst schlief.

»Keine Sorge. Reeva liegt in ihrem Bett, und Coralee ist rübergekommen, um auf sie aufzupassen. Sie hat mich auch angerufen, um mir mitzuteilen, dass der Lord of Late Nights vor unserer Tür steht.«

»Bei dir hat er es auch ein paarmal probiert«, ergänzte

Naya und hielt ihnen das Display hin, nachdem sie das Handy aus Harpers Handtasche gezogen hatte, die sie einfach irgendwo fallen gelassen hatte.

Brooke seufzte. »Ich glaube, er wird jetzt damit aufhören. Ich habe ihm gesagt, dass du in Sicherheit bist. Wenn du mit ihm reden willst, meldest du dich. Ansonsten wäre der Zeitpunkt genau richtig, dich einfach in Ruhe zu lassen.«

»Danke«, wisperte Harper. Sie war instinktiv zu Naya geflohen. Aber sie hatte gewusst, dass ihre Schwester alles stehen und liegen lassen würde, um für sie da zu sein.

Brooke strich ihr eine der Haarsträhnen aus dem Gesicht, die inzwischen wahrscheinlich wild um ihren Kopf flogen. »Kannst du uns erzählen, was passiert ist?«, fragte sie sanft.

Noch immer konnte Harper ihre Tränen nicht stoppen. Aber sie schaffte es, Brooke und Naya von dem Gespräch zu berichten, dessen unfreiwillige Zeugin sie geworden war. Als sie damit endete, wie sie Blake im The Mooring sitzen gelassen hatte, klatschten sich Brooke und Naya mit einem High Five ab.

»Das war genau richtig«, pflichtete ihre Schwester ihr bei.

»Besser hättest du es nicht machen können«, stimmte auch Naya zu.

Harper ließ sich gegen die Lehne des navyblauen Sofas fallen und starrte auf die gegenüberliegende Wand, die Naya in eine Unterwasserlandschaft verwandelt hatte, die so täuschend echt war, dass es sie nicht gewundert hätte, wenn plötzlich ein Clownfisch oder ein Seepferdchen zu ihnen herübergeschwebt wäre. Ihre Freundin hatte sich bewusst gegen viele Möbel und Schnickschnack entschieden. Außer dem Sofa, einer alten Truhe, die wahlweise als Couchtisch oder zum Ablegen der Füße genutzt werden konnte, und einer schmalen Kommode war der Wohnbereich leer. Naya erreichte die Atmosphäre im Raum mit dem Bild, das sich auch über die Ecken der Wand hinweg bis in ihr Schlafzimmer zog.

Obwohl der Raum kahl wirken müsste, besaß er seine eigene, mystische Gemütlichkeit. Harper war gern hier. Und sie war dankbar, dass sie jetzt zwei der drei wichtigsten Menschen ihres Lebens um sich hatte und sich ausheulen konnte. »Ich weiß gar nicht, wie es weitergehen soll. Ich glaube, außer dem Entschluss, dich nicht allein abhauen zu lassen«, sie drückte die Hand ihrer Schwester, »habe ich in meinem ganzen Leben noch keine überstürzte Entscheidung getroffen.« Sie rieb sich mit den Händen über das Gesicht und nahm dann dankbar den Waschlappen mit warmem Wasser, den Naya ihr brachte. Sie legte ihn auf die brennende Haut ihrer Augen und Wangen und ließ ihn einen Moment dort, bevor sie die letzten Tränen wegwischte. »Keinen Job mehr zu haben … Brooke, es tut mir wirklich unendlich leid.«

»Ach was.« Ihre Schwester legte den Arm um sie und zog sie an sich. »Mach dir darum keine Gedanken. In der Schreinerei wird erst mal jede Menge Papierkram anfallen, bei dem ich dir endlos dankbar wäre, wenn du mir hilfst. Und abgesehen davon bist du so gut in deinem Job, dass du im Handumdrehen eine neue Stelle findest. Dich nimmt doch nun wirklich jeder mit Kusshand.«

Harper biss sich auf die Unterlippe. »Dazu bräuchte ich ein gutes Empfehlungsschreiben. Und im Moment bin ich mir nicht sicher, ob Blake mir eines ausstellen wird.« Wieder sah sie Blakes fassungslosen Gesichtsausdruck vor sich. Wie die Gefühle von überrumpelt zu verletzt gewechselt waren, nur um am Ende nahezu verzweifelt zu wirken. Aber er war nicht verzweifelt, rief sie sich in Erinnerung. Er liebte sie nicht. Er wollte keine tieferen Gefühle für sie entwickeln. Er war es nur nicht gewohnt, derjenige zu sein, der verlassen wurde. Er war derjenige, der seine Beziehungen beendete. Soweit Harper wusste, war das bisher nur ein einziges Mal anders gewesen. Sie konnte durchaus verstehen, dass das einer der Gründe war, warum Blake sein Herz nicht noch einmal für eine Frau öffnen wollte. Aber sie war nicht die Art von Affäre, die es ihm erlaubte, sie emotional am ausgestreckten Arm verhungern zu lassen.

»Denkst du, er würde dir ein Empfehlungsschreiben verweigern?« Brooke runzelte die Stirn.

Harper verschränkte die Hände in ihrem Schoß und öffnete sie im nächsten Moment wieder. »Ich weiß es nicht. Ich habe ihn auf jeden Fall verletzt. Ich habe ihn nur einmal in einer solchen Situation erlebt.« Als er die Assistentin seines Vaters und die Personalchefin angebrüllt hatte, dass er nur noch die Art von Frau in seinem beruflichen Umfeld akzeptieren würde, die praktisch unsichtbar war. Sie zwang sich zu einem Lächeln. »Aber das ist ja keine Entscheidung, die ich heute oder morgen treffen muss. Habe ich euch schon mal gesagt, wie dankbar ich bin, euch beide in meinem Leben zu haben?«

»Nein.« Naya wies mit dem Kinn in Richtung der Tasse mit dem inzwischen erkalteten Tee. »Aber du hast meinen Tee verschmäht. Der ist gut für die Nerven.«

Harper rümpfte die Nase ein wenig. »Ich mag keinen Tee. Aber danke, dass du dir die Mühe gemacht hast.«

»Okay.« Brooke klatschte in die Hände. »Dann ist es jetzt Zeit für Rotwein und Eiscreme. Hast du was da?«, fragte sie Naya. »Und dann sollten wir uns irgendwas auf Netflix reinziehen, in dem Männer nicht gut wegkommen. Wir lästern und sagen uns die ganze Zeit, dass wir totales Glück haben, weil wir von diesen Typen verschont geblieben sind.«

»Klingt nach einem Plan.« Naya stand auf. »Wein hab ich. Vielleicht könnt ihr ihn schon mal aufmachen. Ich geh solange zu den Jungs hoch, die haben nämlich noch Eis. Bei der Gelegenheit drehe ich gleich meine letzte Runde. Fangt schon mal mit dem Wein an, aber wartetet mit dem Film auf mich.« Mit diesen Worten verließ sie die Wohnung, um noch einmal in der Wohngruppe ihrer Teenager nach dem Rechten zu schauen.

Blakes Laune war beschissen – falls dieses Wort überhaupt ausreichte, seinen Zustand zu beschreiben. Er stand am Morgen eine gefühlte Ewigkeit unter der Dusche. Die Hände gegen die Fliesenwand gepresst, ließ er den heißen Wasserstrahl auf seine Schultern und seinen Rücken prasseln. Als das nicht half, die Verspannung und die Kopfschmerzen aus seinem Körper zu vertreiben, die eine Nacht ohne Schlaf und voller hin und her wälzen verursacht hatte, stellte er die Dusche mit einem Fluchen auf Eiskalt.

Schließlich drehte er das Wasser ab, trocknete sich ab und ging zur Kaffeemaschine, um die Wirkung, die die Dusche nicht erzielt hatte, mit Koffein zu erreichen.

Er hatte zigmal versucht, Harper zu erreichen, nachdem er die Rechnung beglichen und das The Mooring verlassen hatte. Statt zu seinem Wagen zu gehen, war er auf der Terrasse des Restaurants unter den im Wind baumelnden Lichterketten stehen geblieben und hatte wieder und wieder Harpers Nummer gewählt. Er wollte sich nicht wie ein verdammter

Stalker aufführen. Aber er musste einfach noch einmal mit ihr reden. Wenn jemand aus der Firma ihr Unrecht getan hatte, dann würde er das klären. Er würde sich denjenigen vorknöpfen, der schlecht über sie geredet hatte. Und er würde ihr zeigen, dass sie keine Angst haben musste, zum Gerede oder Gespött der Leute zu werden. Schließlich stand er hinter ihr. Hinter dem, was sie hatten. Und was er nicht vermissen wollte.

Wie ein Vollidiot war er nach Jamestown gefahren und hatte an ihre Tür geklopft. Aber sie war nicht zu Hause gewesen. Stattdessen hatte die nette Dame vom Blumenladen die Tür einen Spaltbreit geöffnet und ihm flüsternd erklärt, dass sie auf Reeva aufpasste, weil weder Brooke noch Harper da waren. Bevor sie ihn mit einem »Je später der Abend, desto gefährlicher die Gäste« weggeschickt hatte.

Er hatte es gehasst, Harper nicht zu erreichen. Nicht mit ihr sprechen zu können und zu wissen, dass es ihr nicht gut ging. Am Ende hatte er Brooke angerufen, die ihm zu verstehen gegeben hatte, dass sie sich um ihre Schwester kümmerte und er nicht noch einmal anrufen sollte.

Den Rest der Nacht hatte er sich den Kopf darüber zerbrochen, wie er Harper wieder für sich gewinnen konnte. Blake war noch lange nicht bereit, sie einfach so gehen zu lassen. Harper und er, das passte doch perfekt. Er verstand überhaupt nicht, wie sie das, was sie hatten, so einfach aufgeben konnte. Wobei, einfach war es ihr sicher nicht gefallen. Ihre Entscheidung hatte sich dennoch wie Verrat angefühlt.

Der Kaffee war stark und schmeckte bitter. Sein Magen drehte sich um, also goss er ihn weg, zog sich an und machte sich auf den Weg in die Firma.

Als er auf Harpers Arbeitsbereich zuhielt, wappnete er sich

darauf, ihren verwaisten Schreibtisch zu sehen. Überrascht blieb er stehen, als er sie vor sich sitzen sah, den Blick fest auf ihren Computermonitor gerichtet. Gekleidet in einen der Hosenanzüge, die in den vergangenen Jahren zu ihrer Rüstung geworden waren. Die Brille wieder auf der Nase. »Du bist hier«, brachte er heraus.

Harper hob den Kopf. »Selbstverständlich bin ich hier. Meine Kündigungsfrist beträgt drei Wochen.«

»Ja. Ähm …« Blake wusste nicht, was er sagen sollte. Auch Melody hatte eine Kündigungsfrist gehabt. Interessiert hatte das seine Ex-Verlobte nicht.

Einen Moment blieb er vor ihrem Schreibtisch stehen und starrte sie an. Harper blickte nicht zu ihm auf, gab ihm nicht die Möglichkeit, ihr zu zeigen, wie sehr er sie vermisste. Wie wichtig sie ihm war. »Harper, ich …«, bin für dich da, wollte er sagen. Egal, wer dich falsch behandelt hat, ich kläre das für dich. Ich möchte da sein und jedes Problem für dich lösen. Ich möchte nicht, dass du jemals wieder in eine so schreckliche Situation gerätst, wie auf der Flucht vor deinem Vater. Ich beschütze dich. Das waren die Wörter, die Blake durch den Kopf gingen. Aber er schaffte es nicht, sie auszusprechen.

Harper wirkte in ihrer Hosenanzug-Rüstung und der stoischen Miene, als wolle sie es mit der ganzen Welt aufnehmen. »Die Post von heute liegt auf deinem Schreibtisch. Außerdem habe ich dir zwei Mails der Investoren aus Oregon weitergeleitet, die du dir dringend ansehen solltest.«

Sie tippte weiter, den Blick auf den Bildschirm gerichtet. Einen Moment blieb Blake noch vor ihrem Schreibtisch stehen. Doch als Harper auch weiterhin nicht aufblickte, setzte er sich schließlich in Bewegung und ging in sein Büro. Ihr Verhalten machte ihn wütend. Und Blake wusste nicht, wohin mit seiner Wut, wenn er sie nicht an Harper auslassen wollte. Er schloss die Tür hinter sich, weil er hoffte, so wenigstens etwas räumlichen Abstand zwischen Harper und sich zu bringen. Vielleicht konnte er so klarer denken.

Als er vor seinem eigenen Schreibtisch stand, zog sich sein Brustkorb schmerzhaft zusammen. Auf der aufgeräumten Oberfläche lag ein schlichter, weißer Briefumschlag. Er wusste, was das war: Harpers Kündigung. Trotzdem hatte sie ihm wie jeden Morgen seinen Kaffee hingestellt und zwei Oreos danebengelegt. Verdammt! Es musste für sie beide doch einen Weg geben! Er riss die Bürotür auf und stürmte ins Vorzimmer zurück. »Harper, wir können doch nicht einfach so alles beenden. Lass uns darüber reden.« Das Flehen in seiner Stimme war nicht zu überhören. Aber es war ihm inzwischen egal, wie verletzlich er sich ihr gegenüber zeigte. Er wollte sie einfach nur zurück.

Seine Worte ließen Harper wenigstens aufblicken. Ihr Gesicht strahlte eine so tiefe, endgültige Traurigkeit aus, die ihn mitten ins Herz traf. »Lass uns das hier beruflich halten, Blake. Ich werde meine Entscheidung nicht rückgängig machen.«

Blake schluckte. »Okay. Entschuldige.« Er würde sich etwas anderes einfallen lassen. Langsam drehte er sich abermals um und kehrte zu seinem Büro zurück.

»Blake«, hörte er Harper leise hinter sich sagen.

»Ja?« Er fuhr zu ihr herum.

Ihr Blick war ernst und entschlossen. »Ich möchte dir Rachelle als Assistentin ans Herz legen. Ich bin mir sicher, dass sie ihren Job gut machen wird.«

»Du hast mir erst gestern aus heiterem Himmel gesagt, dass du dich aus dem Staub machst. Ohne wirklich mit mir darüber zu reden, was eigentlich los ist. Das würde ich gern erst einmal verdauen, bevor ich mir Gedanken über eine neue Assistentin mache.« Die Hilflosigkeit wandelte sich langsam, aber sicher in Frustration, und er war sich sicher, dass Harper das spürte.

»In Ordnung.« Sie sah ihn noch immer so ernst und traurig an. »Ich möchte dich nur daran erinnern, dass die Zeit, die mir zum Einlernen meiner Nachfolgerin bleibt, mit jedem Tag kürzer wird.«

Blake antwortete nicht darauf. Die Wut über ihr Verhalten war zurück. Er schloss seine Bürotür hinter sich. Bewusst leise. Weil er sie am liebsten ins Schloss geknallt hätte. Mehrmals. Und diesmal öffnete er sie den ganzen Vormittag nicht mehr.

Die Woche entwickelte sich zu einer emotionalen Achterbahnfahrt. Am Dienstag wartete ein Blumenstrauß auf Harpers Schreibtisch auf sie. In einem Moment, in dem sie sich unbeobachtet fühlte, schloss sie die Augen und roch an den üppigen Blüten. Dann trug sie das Arrangement zum Empfang. Es war viel zu groß, um auf ihrem Arbeitsplatz stehen zu bleiben, während sie dort versuchte, ihren Job zu erledigen. Außerdem war es unmöglich für sie, den ganzen Tag auf die Blumen zu blicken und daran zu denken, dass Blake brütend hinter seiner verschlossenen Bürotür saß.

Als Harper am Mittwochmittag aus ihrer Lunchpause kam, stand eine von Neeles hellblauen Piece of Heaven-Schachteln neben ihrer Tastatur. Sie zog das weiße Band auf und hob den Deckel. Sechs Cupcakes, wahrscheinlich alle Sorten, die Neele heute im Angebot gehabt hatte. Der Duft, der der Schachtel entströmte, war himmlisch. Einen Moment zögerte

Harper, die Hand über den ausgefallenen Gebäck-Kreationen, dann schob sie den Deckel entschlossen wieder zu und trug die Leckereien in die Kaffeeküche der Verwaltung. Wenn sie einen Cupcake essen wollte, konnte sie im Piece of Heaven selbst einen kaufen. Harper würde sich nicht von Blake einwickeln lassen.

Auch nicht von der Portion Chicken Alfredo, ihrem Lieblingsessen, das am Donnerstagmittag zur Lunchzeit auf ihrem Platz stand.

Als sie abends zum Zumba-Training ging, setzte sie sich, statt die Hüften zu schwingen, direkt zu Mason an die Bar. Ihr war nicht nach reden zumute. Also ließ sie sich von ihm erzählen, wie er den Besuch seiner Schwiegermutter vorbereitete. Die Frau schien ihm wirklich Angst zu machen. Wenn Harper sich nicht so verloren gefühlt hätte, hätte sie die Bemühungen, dem alten Drachen – wie er sie nannte – jeden Wunsch zu erfüllen, bevor sie selbst überhaupt daran dachte, ziemlich amüsant gefunden.

Später, als Brooke sich bei ihr unterhakte und sie gemeinsam die Ocean View Avenue entlang nach Hause schlenderten, versuchte Harper, den milden Abend zu genießen. Aber sie schaffte es nicht, die Gedanken zu verdrängen, die sich permanent in ihrem Kopf drehten.

Brooke seufzte neben ihr. »Er macht es dir schwer«, stellte sie fest und lehnte ihren Kopf an Harpers Schulter.

»Hmm.« Harper hatte erwartet, dass Blake endlich begriffen hätte, wie ernst sie es meinte und sich um einen Ersatz für sie kümmerte. »Er versucht ständig, mich mit irgendwelchen Geschenken zu beeindrucken. Weil ich mich weigere, meine Meinung zu ändern. Aber wohin soll das denn führen?«

»Weißt du, was du brauchst?« Brooke stieß ein kleines Kichern aus. »Eine Auszeit. Du musst mal raus. Und ich habe eine verdammt gute Idee.«

Harper blickte in den leuchtenden Sternenhimmel. Atmete die Duftmischung aus Meer und Holzfeuern ein. Hörte die Fetzen der Gitarrenklänge, die der Wind über den Strand zu ihnen herübertrug. »Immer wenn du eine verdammt gute Idee hast, beginne ich mir Sorgen zu machen.«

Aus Brookes Kichern wurde ein lautes Lachen, für das zum Teil wahrscheinlich auch die beiden Zumba-Ritas, die sie nach dem Training getrunken hatte, verantwortlich waren. »Ich schwöre dir, meine Idee ist völlig ungefährlich. Was meinst du? Schenken wir uns ein Glas Wein ein und gehen an den Strand?«

Harper legte die Hand auf ihren Bauch. »Mir ist ein bisschen flau im Magen. Ein Tee wäre mir lieber.«

»Dann trinken wir einen Tee. Ich hab von Naya noch eine echt gute Mischung. Du wartest auf der Veranda. Ich bin gleich wieder da.«

Sie verschwand im Haus, und Harper setzte sich in einen der Deckchairs, bis ihre Schwester ein paar Minuten später zwei Tassen durch die Tür balancierte.

»Lass uns hierbleiben«, schlug Harper vor. Auf der Veranda fühlte sie sich wie in einem geschützten Bereich, anders als am Strand, an dem ihre Gedanken viel zu offen und weit fliegen konnten und einfach nicht mehr einzufangen waren.

»Gute Idee.« Brooke stellte die Tassen ab und ließ sich auf den zweiten Deckchair fallen. »Also, ich habe mir Folgendes überlegt«, kam sie direkt auf den Punkt. »Du musst hier raus«, wiederholte sie, was sie zuvor bereits festgestellt hatte. »Ich kann im Moment nirgends hin.« Sie lachte leise und pustete sich die Haare aus der Stirn. »Ich hätte nie gedacht, dass Ray so viel Papierzeug in seinem Büro gestapelt hat. Wir müssen alles durchgehen und entscheiden, was noch wichtig ist für die Schreinerei und was wegkann. Wie wäre es, wenn ich mich am Wochenende dahinterklemme und versuche, alles durchzugehen, was sich bei Wood by Wilson finden lässt. Und während ich Papierstaub einatme, machen Reeva und du euch ein schönes Wochenende und fahrt auf die Pony-Ranch, mit der wir Reeva ursprünglich überraschen wollten. Die Gutschrift haben wir schließlich noch.«

Harper antwortete nicht. Sie hatte nicht das Gefühl, dass eine Flucht ihre Situation besser machen und die Erinnerungen sie nicht verfolgen würden.

»Reeva würde ausflippen«, fuhr ihre Schwester fort. »Du würdest zu ihrer absoluten Lieblingstante mutieren.«

Harper konnte sich ein Lächeln nicht verkneifen. »Ich bin ihre Lieblingstante«, erinnerte sie Brooke. Sie griff nach ihrer Tasse und blies in den heißen Tee, um ihn ein wenig abzukühlen. »Wahrscheinlich hast du recht. Ein Ausflug würde Reeva wirklich glücklich machen.«

»Dir wird es auch guttun, glaub mir«, bat Brooke sie. »Du wirst mit völlig neuen Erkenntnissen aus diesem Wochenende zurückkommen.«

26

Jamies Ideen waren scheiße gewesen. Blake hatte es mit Blumen versucht. Mit Harpers Lieblingsgebäck. Mit ihrem Lieblingslunch. Auch wenn er selbst das Gefühl gehabt hatte, dass das einfach nur ein hilfloser Bestechungsversuch gewesen war – dafür kannte er Harper schließlich gut genug. Und es hatte schließlich nicht funktioniert. Er war sauer auf sie, weil sie sich schlichtweg weigerte, mit ihm zu reden. Weil sie ihn und die Firma einfach so verließ. Weil er sehen konnte, dass sie mindestens genauso litt wie er, aber nicht bereit war, diesen Zustand zu ändern.

Der Freitag hatte begonnen wie jeder andere Tag, seit Harper die Bombe hatte platzen lassen. Sie hatte ihn mit einem neutralen Nicken begrüßt und dabei kaum den Blick vom Monitor gelöst. Ihre Rüstung hatte perfekt unperfekt gesessen, und ihr Haarknoten und die Brille hatten ihr die nötige Distanz verliehen. Auf seinem Schreibtisch stand neben der Morgenpost sein Kaffee mit seinen zwei Oreos. Bei geschlossener Tür hatte er mit seiner Arbeit begonnen und dabei so wenig mit Harper kommuniziert wie immer in den vergangenen Tagen.

Nach einer nervtötenden Videokonferenz griff Blake nach seiner Tasse und machte sich auf den Weg, um sich aus der Kaffeeküche eine frische Ladung Koffein zu besorgen. Harpers Platz, zu dem sein Blick immer als Erstes glitt, wenn er die Tür öffnete, war verwaist. Aber er nahm eine Bewegung rechts von sich wahr. Sie stand auf Zehenspitzen vor einem der Regale und versuchte, einen Ordner aus dem obersten Fach zu angeln.

Blake dachte nicht nach. Er trat einfach hinter sie und stellte seine Tasse in eines der Regalfächer. Dann griff er über sie hinweg und zog den Ordner heraus.

Harper erstarrte für den Bruchteil einer Sekunde, dann ließ sie den Arm langsam sinken. Einen Moment blieben sie einfach so stehen. Blake atmete ihren Duft ein, konnte sich nicht gegen die Anziehung wehren, die von ihr ausging. Schon gar nicht, als Harper sich zu ihm umdrehte. Mit einer Geschwindigkeit, die ihn an Zeitlupe erinnerte. Er wich nicht zurück. Stand einfach nur da, den Ordner in der Hand, den Blick auf ihre Lippen gerichtet, nach denen er sich so sehr sehnte.

Sie waren sich so nahe. Viel zu nah. Ihr Atem vermischte sich. Wenn er sich nur ein paar Zentimeter vorbeugte und Harper ihm entgegenkam … Harper wollte das genauso wie er. Er konnte es in ihren Augen lesen, als er für einen Moment den Blick hob, nur um ihn im nächsten Augenblick wieder auf ihren Mund zu senken. Er beugte sich vor, um mit den Lippen über ihre zu streichen. Seine Hand glitt an ihrer Seite nach oben, schob sich über ihre Schulter und an ihrem Hals entlang, um sich auf ihre Wange zu legen. Er wollte ihr Gesicht einrahmen wie ein wunderschönes Foto, das er für immer behalten wollte. »Harper«, flüsterte er und senkte seine Lippen noch weiter.

Nur Millimeter trennten sie noch voneinander, als er ihre Hand spürte, die sich auf seinen Brustkorb legte. Nicht, um ihn zu berühren, zu liebkosen, sich um seinen Nacken zu legen, um ihn noch näher an sich heranzuziehen. Sondern um ihn wegzuschieben, Abstand zwischen sie zu bringen.

»Bitte nicht«, wisperte Harper – und er atmete die Worte regelrecht ein. Ihr Verlangen, das die Bitte begleitete. Der verzweifelte Unterton in ihrer Stimme.

Verdammte Scheiße! Was tat er hier eigentlich? All seine Kräfte gegen das Bedürfnis gebündelt, seine Lippen auf ihre zu pressen, stützte er die Hand, die über ihre Wange streichen wollte, neben ihrem Kopf gegen das Regal und schob sich ein Stück zurück.

Harper nutzte den Moment, unter seinem Arm hindurch zuschlüpfen. Mit ein paar schnellen Schritten war sie an ihrem Schreibtisch und bezog dahinter Stellung, als brauche sie eine Barriere. Nicht, um sich vor einem Übergriff seinerseits zu schützen, wurde ihm klar. Sie war sich nicht sicher, ob sie sich selbst gut genug unter Kontrolle hatte, um dem zu widerstehen, was zwischen ihnen pulsierte. Denn er war auf keinen Fall der Einzige, der diese Verbindung spürte. Nicht, wenn er in Harpers glänzende Augen blickte und ihre geröteten Wangen sah. Ihr ging es nicht anders als ihm. Aber solange sie nicht mit ihm redete, würde sich nichts ändern.

Blake schluckte den frustrierten Seufzer herunter, der in seinem Hals festsaß, griff nach seiner Tasse und ging zu Harper hinüber, um ihr den Ordner zu geben. Sie achtete darauf, dass sich ihre Hände nicht berührten, als sie ihn entgegennahm.

Auf dem Weg in die Kaffeeküche strich er die Idee aus seinem Kopf, zum Feierabend einen ihrer Lieblingscocktails aus dem Rip Tide kommen zu lassen. Einfach, um sie an die schöne Zeit zu erinnern, die sie in der Strandbar gehabt hatten. Der Einfall war Mist. Genau wie jeder andere Versuch, sie zu beeindrucken.

Jamie hatte ihm geraten, Harper zu zeigen, wie gut er sie kannte, indem er die Sachen besorgte, die sie am meisten mochte. Natürlich hatte er Harper in den letzten Wochen verdammt gut kennengelernt. Vor allem hatte er herausgefunden, wie entschlossen sie war. Sie würde sich nicht umstimmen lassen. Nicht, solange sie ihre Meinung nicht selbst änderte. Dabei wusste Jamie nur, dass Blake seine Assistentin nicht verlieren wollte und sie wirklich mochte. Von den Gefühlen, die in seinem Brustkorb tobten, hatte sein Freund keine Ahnung. Vielleicht wären seine Tipps besser, wenn Blake ihm erzählte, was tatsächlich zwischen Harper und ihm passiert war. Und doch hatte er seinem besten Freund nichts von ihnen erzählt. Er hatte Angst, dass Jamie genauso reagieren würde wie sein Bruder.

Es machte jedenfalls keinen Sinn, das Unvermeidliche noch länger hinauszuschieben. Am Montag würde er ein Gespräch mit Rachelle führen. Er würde Harpers Karriere nicht im Weg stehen. Wenn sie nicht mehr für ihn arbeiten wollte, schön. Aber sie fühlte sich genauso zu ihm hingezogen wie er zu ihr. Er konnte sich von seiner Assistentin trennen. Um die Frau aber würde er weiter kämpfen.

Harper beendete den Arbeitstag mit wild klopfendem Herzen. Es hatte in dem Moment begonnen zu rasen, als sie Blake hinter sich gespürt hatte und ihre Körper sich fast berührten, als er den Ordner für sie aus dem Regal geangelt hatte. Es hatte noch mehr Fahrt aufgenommen, als sie sich fast geküsst hätten und ihre Vernunft erst in allerletzter Sekunde eingesetzt hatte. Es hatte seitdem nicht mehr aufgehört, wie verrückt zu schlagen.

Harper musste hier raus. Am Abend war ihr die Idee, das Wochenende mit Reeva wegzufahren, noch nicht als die Lösung ihrer Probleme erschienen. Jetzt allerdings schon. Reevas aufgeweckte Art würde ihr helfen, an etwas anderes zu denken als an Blake. Der Abstand würde ihr guttun.

Brooke hatte ihr geschrieben, dass sie Reeva die guten Neuigkeiten bereits überbracht hatte und die Kleine schon völlig aus dem Häuschen war.

Als Harper den Corolla vor dem Haus ausrollen ließ, saß ihre Nichte bereits auf den Verandastufen, neben sich ihren pinkfarbenen Kinderkoffer. Sie sprang wild winkend auf und hüpfte auf der Stelle. Was Lucky, der neben ihr gesessen hatte, dazu brachte, ebenfalls herumzuhüpfen, auch wenn er die Aufregung nicht ganz zu verstehen schien. »Harper!«, brüllte sie laut genug, dass zumindest die Poker-Gang sie noch hören konnte. »Das ist die beste Idee aller Zeiten! Ich habe gepackt. Deinen Koffer auch schon.« Ihr Wortschwall war ungebremst. Deshalb ließ Harper einfach zu, dass Reeva ihr um den Hals fiel und sich an ihr festklammerte, als sie die Stufen hinaufstieg. »Mom findet, dass du auf jeden Fall noch einmal nachsehen musst, ob die Dinge, die ich eingepackt habe, okay sind.« Sie stieß den abgrundtiefen Seufzer aus, den sie für die unverständlichen Entscheidungen Erwachsener reserviert hatte, und in Harpers Brustkorb löste sich zum ersten Mal seit Tagen der Stein, der sie niedergedrückt hatte. Reevas kleinen Körper an sich gepresst, drehte sie sich einmal im Kreis, was Lucky dazu veranlasste, fröhlich bellend an ihnen hochzuspringen, weil er mitspielen wollte.

»Na gut«, flüsterte Harper in das nach Erdbeershampoo duftende Haar ihrer Nichte. »Lass uns schnell nachschauen, was du für mich eingepackt hast, und dann geht die Reise auch schon los.« Ohne Reeva abzusetzen, betrat sie das Haus.

Ihre Schwester sollte recht behalten. Harpers Magen fühlte sich zwar ein wenig flau an seit dem kleinen Regal-Zwischenfall mit Blake. Aber in Reevas Gesellschaft konnte sie sich schnell auf alles andere um sich herum konzentrieren und Blake ausblenden. Seine Augen genauso wie seinen Mund. Statt auf seine Bauchmuskeln konzentrierte sie sich auf die Landschaft, als ihre Nichte und sie in Richtung New Hampshire fuhren. Die großen Wälder, die sie durchquerten, animierten Reeva zu einem ganzen Haufen Fragen. Sie sangen die Songs von Lady Gaga und Tyler Swift aus dem Radio mit und erzählten sich alberne Witze.

Reeva war kaum zu stoppen, wenn sie einmal in Fahrt war. Und sie hatte mitunter die Energie einer ganzen Springbock-Herde.

Auf dem Reiterhof angekommen bestand Reeva darauf, als Erstes die Pferde zu sehen, bevor sie in ihr Zimmer eincheckten. Nachdem Harper sie endlich zum Dinner in ein Restaurant lotsen konnte und sie sich eine Portion Chicken Wings und Süßkartoffelpommes geteilt hatten, waren sie völlig fertig in ihre Betten gefallen und eingeschlafen.

Harper hatte es nicht geschafft, Blake aus ihren Träumen herauszuhalten. Als Reeva sie im Morgengrauen wachrüttelte, war sie gerade wieder an der Stelle gewesen, an der Blake ihr geholfen hatte, den Ordner aus dem Regal zu ziehen. Nur dass sie in ihrer Fantasie nicht vor ihm zurückgewichen war. Stattdessen hatte sie ihn an sich gezogen, ihn geküsst und sich von ihm gegen das Regal pressen lassen. Er hatte ihre Bluse aufgerissen, um ihre Brustspitzen durch ihren BH hindurch mit den Lippen reizen zu können. Seine Hände waren unter ihren Rock gefahren, hatten sich um ihren Po gelegt, damit er sie hochheben und seine Erektion gegen ihre sensible Mitte pressen konnte.

Harper schlug die Hände vor ihr Gesicht, als sie die Augen aufschlug und Reevas Gesicht vor sich sah. Eine Welle aus Übelkeit rollte bei den Gedanken an den schlüpfrigen Traum über sie hinweg. Ausgerechnet Blake. Konnte in einem solchen Traum nicht Chris Hemsworth die Hauptrolle spielen? Natürlich nicht. In ihn war Harper schließlich nicht verliebt.

Doch wie am Tag zuvor reichte Reevas Energie für sie beide. Sie verputzte in Rekordgeschwindigkeit eine Riesenportion Pancakes, während sich Harper noch zu aufgewühlt fühlte, um etwas zu essen und sich an eine Tasse Tee hielt. Dann ließ sie sich von ihrer Nichte, die um keinen Preis das Ausmisten verpassen wollte, zum Stall zerren.

Je höher sich die Sonne über die dunkelgrünen Baumwipfel hob, desto weiter stieg auch Harpers Stimmung. Sie genoss den Tag mit Reeva und den Pferden in vollen Zügen. Hin und wieder dachte sie wehmütig daran, wie viel Spaß das Mädchen in Kansas haben würde, wenn sie es über die Jahre geschafft hätten, ein einigermaßen normales Verhältnis zu ihrem Vater aufzubauen. Sie hätte ihrer Nichte gern ihre Wurzeln gezeigt. Aber neue Wurzeln wachsen zu lassen war fast genauso gut.

Auch an diesem Abend fielen sie völlig erschöpft, aber glücklich ins Bett, und Harper träumte nicht einmal von Blake.

Dafür ging es ihr in dem Moment, in dem sie am nächsten Morgen die Augen aufschlug, hundeelend. Sie schaffte es gerade noch, ins Bad zu rennen und den Toilettendeckel hochzuklappen, als sie sich auch schon übergeben musste. Die Kälte der Fliesen, auf denen sie kniete, jagten eine Gänsehaut über ihren Körper, während sie, die Haare mit einer Hand auf dem Kopf zusammengefasst, würgte und würgte, bis ihr Magen völlig leer war.

Erschöpft blieb sie auf den Rand der Kloschüssel gestützt hocken, um sicherzugehen, dass der Übelkeitsanfall wirklich vorbei war, als sie das nasse, kalte Tuch spürte, das Reeva ihr in den Nacken legte. Dann kniete sich ihre Nichte hinter sie, legte den Kopf an ihren Rücken und schlang die Arme um Harper. »Mommy macht das immer bei mir, wenn mir schlecht ist«, flüsterte sie.

»Danke, Engelchen.« Harper legte ihre freie Hand auf die ihrer Nichte. »Mir geht es schon besser. Lass uns aufstehen, okay?«

»Hmm.« Reeva erhob sich und füllte einen Becher Wasser, den sie ihr reichte, als Harper sich mühsam aufrappelte und die Spülung bediente.

Wann war aus dem Kind eine kleine Erwachsene geworden? Harper nahm den Becher und spülte sich den Mund aus, ehe sie wieder ins Schlafzimmer zurückkehrte.

Reeva saß bereits im Schneidersitz auf ihrem Bett und sah sie mit großen Augen an. »Ist das wegen neulich, als ich das Virus mit aus der Schule gebracht habe?«, fragte sie.

»Nein, Schatz.« Harper strich ihr über die Haare. »Das ist schon viel zu lange her. Wahrscheinlich habe ich einfach nur etwas Falsches gegessen«, beruhigte sie Reeva.

»Aber wir haben doch genau das Gleiche gegessen. Und mir geht es gar nicht schlecht«, erwiderte die Kleine mit der Logik einer Neunjährigen. Harper machte sich bereits auf einen ganzen Haufen Fragen gefasst, als Reeva einen Moment nachdenklich schwieg und auf ihrer Unterlippe herumkaute, bevor sie den Blick wieder hob und Harper mit einem wissenden Blick betrachtete. »Weißt du, die Mom von Mimi muss auch andauernd spucken. Das ist, weil sie ein Baby bekommt. Ich habe darüber nachgedacht, und ich fände es schön, wenn du auch eins hättest. Dann wäre da jemand, mit dem ich spielen kann. Obwohl so ein Baby echt klein ist und so. Und du wärst nicht mehr so traurig wegen Blake.« Sie strahlte Harper an. »Kann ich schon raus und beim Ausmisten helfen, bevor wir frühstücken? Gestern war fast die ganze Arbeit erledigt, weil wir so ewig gebraucht haben.«

Harper nickte. Sie spürte eine weitere Welle aus Übelkeit auf sich zurollen. Eine, die sich nicht nur in ihrem Magen festsetzte, sondern sich an ihr Herz krallte und ihr den Atem nahm. Ganz langsam begrub sie Harper unter sich. Vor ihren Augen flimmerte es. Harper brachte noch die Energie auf, darauf zu achten, dass Reeva richtig angezogen war, bevor sie zu den Ställen rannte. Dann rollte Harper sich mit einem hilflosen Wimmern zu einem Ball zusammen und blieb einfach im Bett liegen.

Konnte das sein? Hatte Reeva gerade mit ihrem kindlich unschuldigen Kommentar ihren Zustand auf den Punkt gebracht? Sie hatte bereits seit Tagen dieses flaue Gefühl im Magen. Aber weder das Essen noch die Probleme mit Blake waren daran schuld. Fieberhaft rechnete sie nach, wann sie ihre letzte Periode gehabt hatte. Sie war überfällig. Zwei Wochen. »O Gott«, murmelte sie in ihr Kissen. Sie presste die Hand auf ihren Bauch. Konnte das wahr sein? War es möglich, dass sie schwanger von ihm war – und das ausgerechnet, nachdem Blake beschlossen hatte, dass sie ihm nicht genug bedeutete, um sich ernsthaft auf sie einzulassen? Was für ein verdammter Witz des Schicksals.

Einige Zeit später kam Reeva dreckverschmiert und eingehüllt in den Duft nach Pferden und Heu zurück, um Harper zum Frühstück abzuholen – weil sie kurz davor war zu verhungern, wie sie verkündete. Glücklicherweise hatte sich die Übelkeit bis dahin so weit gelegt, dass sie zu einem Kräutertee gebutterten Toast essen konnte.

Sie brachte den Tag auf der Ranch hinter sich, dankbar darüber, dass Reeva ohne Punkt und Komma redete und kaum Antworten erwartete. Ein Umstand, der Harper ein schlechtes Gewissen machte. Aber ihre Gedanken kehrten immer wieder zu der Befürchtung zurück, tatsächlich schwanger zu sein.

Als Reeva es am Nachmittag endlich geschafft hatte, sich von jedem Pferd höchstpersönlich zu verabschieden, und sie endlich auf dem Rückweg nach Rhode Island waren, hielt Harper unterwegs an einem *Walgreens*. Sie bat Reeva, im Wagen zu warten, und rannte in den Gang mit den Schwangerschaftstests. So etwas im Drugstore in Jamestown zu kaufen würde dafür sorgen, dass innerhalb von zehn Minuten die halbe Stadt Bescheid wusste. Wenn sie schon gezwungen war, auf so ein verdammtes Ding zu pinkeln, dann würde sie es wenigstens irgendwo im Nirgendwo kaufen. Anonym. Die schiere Auswahl an verschiedenen Tests überforderte sie. Also griff sie einfach blind nach verschiedenen Packungen, warf an der Kasse noch zwei Schokoriegel für Reeva auf das Band, ließ die Tests nach dem Bezahlen in ihrer Handtasche verschwinden, um Fragen ihrer Nichte zu vermeiden, und hastete zum Auto zurück.

Die Sonne sank bereits hinter den Horizont, als Harper ihren Wagen auf der Ocean View Avenue ausrollen ließ. Der Pokertisch und der Eisstand waren schon verwaist, aber durch die heruntergelassenen Fenster wehte die frische Brise den Duft unzähliger Barbecues und das Lachen der Leute am Strand herein.

Brooke und Naya saßen mit einem Glas Wein auf der Veranda und winkten ihnen. »Wir haben euch schon erwartet«, rief Brooke ihnen zu.

Harper stieg aus und hob entschuldigend die Schultern. »Reeva musste sich von jedem Pferd persönlich verabschieden. Das hat eine Weile gedauert.«

»Jetzt seid ihr ja da.« Brooke breitete die Arme aus, als ihre Tochter aus dem Wagen sprang und die Verandastufen hinaufstürmte. Sie warf sich in die Umarmung ihrer Mutter und plapperte weiter, ohne Luft zu holen, als wolle sie versuchen, alle Erlebnisse dieses Wochenendes in eine Zwei-Minuten-Präsentation zu packen.

Harper lud das Gepäck aus und folgte ihrer Nichte etwas langsamer. Sie hatte noch keine Zeit gehabt, sich Gedanken darüber zu machen, wann sie mit ihrer Schwester und ihrer besten Freundin über ihre Vermutung sprechen wollte. Doch offenbar war ihr die Entscheidung abgenommen worden. Naya war hier. Sie hatte die Tests in der Tasche, also würde sie noch heute erfahren, was die Zukunft für sie vorsah. Harper war sich nur nicht sicher, ob sie schon bereit war, damit umzugehen.

Sie ließen Reeva die Pizza auswählen, die sie bestellen würden, und hörten sich weiter die abenteuerlichen Geschichten an, die die Kleine von ihrem Pferdewochenende erzählte. Brooke hielt die Weinflasche in Harpers Richtung, doch sie schüttelte den Kopf.

»Harper hat gespuckt«, erzählte Reeva prompt und schob ihren leeren Teller zur Seite.

»Tatsächlich?« Brooke warf ihr einen Seitenblick zu. »Jetzt wird es aber Zeit für dich und Lucky. Ab nach oben. Ich bring dich ins Bett.«

Während Reeva und Brooke ihr Gute-Nacht-Ritual vollführten, räumten Harper und Naya die Küche auf, und Harper goss der Freundin und ihrer Schwester noch einmal Wein nach und füllte ihr Wasserglas.

Brooke bedachte Harper mit einem strengen Blick, der noch nie funktioniert hatte, wenn ihre kleine Schwester sich daran versucht hatte, und verschränkte die Arme vor der Brust, als sie in die Küche zurückkehrte. »Was ist los?«, wollte sie wissen. »Ist auf dem Ausflug irgendetwas passiert, außer, dass dir schlecht geworden ist? Worüber Reeva übrigens ausführlich philosophiert hat.« Sie verzog das Gesicht. »Hattest du noch mal Ärger mit Blake? Ich merke doch, dass irgendwas los ist.«

Natürlich merke Brooke so etwas. Sie standen sich viel zu nah. Es würde gar nichts bringen zu versuchen, ihre Befürchtung für sich zu behalten, selbst wenn sie das wollte. Harper hatte Angst. Wirkliche Angst vor dem, was der Test anzeigen würde, wenn sie ihn erst einmal gemacht hätte.

Wortlos zog sie ihre Handtasche heran, nahm die Testpackungen heraus, die sie bei *Walgreens* gekauft hatte, und legte sie auf die Kücheninsel.

»Uff«, entfuhr es Naya.

Brooke ließ sich auf ihren Hocker plumpsen. »Wow.« Sie strich mit den Fingerspitzen über den Glanzlack der Verpackungen. »Ich würde jetzt ja gern fragen, wie das passieren konnte …«

Naya lachte leise. »Aber eigentlich können wir uns das denken.«

Harper hob die Hände, um die beiden zu stoppen. »Erst einmal würde ich gern wissen, was diese Dinger anzeigen. Mir ist seit ein paar Tagen übel. Den Rest hat euch Reeva ja schon berichtet. Sie hat mir von Mimis Mutter erzählt, der wegen ihrer Schwangerschaft ständig schlecht ist.« Sie stützte die Ellenbogen auf die Kücheninsel und rieb sich über das Gesicht. »Ich habe nachgerechnet – und bin zwei Wochen drüber. Auch wenn ich keine Ahnung habe, wie das passiert ist.« Am Anfang hatten Blake und sie Kondome benutzt. Doch dann war ihre Beziehung intensiver geworden. Intensiv genug, dass Harper sogar an Liebe geglaubt hatte. Sie hatte ohnehin die Pille genommen, um ihre Periode zu regulieren, und Blake war mit den Frauen, mit denen er zuvor zusammen gewesen war, immer auf Sicherheit bedacht gewesen und hatte sich ihr zuliebe noch einmal durchchecken lassen. Also hatten sie auf Kondome verzichtet. Harper hatte keine Ahnung, was schiefgelaufen war – falls sie wirklich schwanger sein sollte.

Naya schnipste mit den Fingern und holte Harper so aus ihren Gedanken. »Es war der Magen-Darm-Virus. Der hat die Pille gekillt.«

Harper stöhnte und schlug sich mit der flachen Hand gegen die Stirn. Ihre Freundin hatte recht. »Natürlich. Verdammt! Wieso habe ich nicht daran gedacht?«

»Weil du krank warst, Süße«, beruhigte Naya sie. »Und danach einfach froh, dass es dir besser ging.«

Brooke griff nach Harpers Hand und sah mit der anderen die Tests durch. »Okay, das hier sind Früherkenner.« Sie schob drei von ihnen neben Harpers Wasserglas. »Such dir einen aus. Mach den Test. Dann sehen wir weiter. Und vor allem: Hab keine Angst!«

Harper drückte die Hand ihrer Schwester dankbar. Dann atmete sie tief durch und griff nach den Tests. »Ich mache sie alle drei«, entschied sie.

Harper ließ die Tests im Bad zurück und stellte den Alarm auf ihrem Handy, als sie wieder an den Küchentresen zurückkam. Schweigend warteten sie, bis das Klingeln ertönte. Doch in dem Moment, in dem sie wusste, dass die Ergebnisse da waren, hielt die Angst Harper wie mit eisernem Griff auf ihrem Stuhl gefangen. Was, wenn das Ergebnis positiv war? Was, wenn …

»Na komm schon.« Naya stand entschlossen auf und griff nach Harpers linker Hand. »Hier herumzusitzen bringt uns nicht weiter. Wir gehen jetzt zusammen da rein und sehen nach.«

Brooke tastete nach ihrer Rechten und schenkte Harper ein aufmunterndes Lächeln.

Gemeinsam gingen sie ins Bad. Alle drei Tests zeigten das Gleiche an. Harper starrte auf die zarten Linien, die ihr Leben für immer verändern würden.

»Du wirst Mama«, flüsterte Brooke.

Harpers Schwester und ihre Freundin umarmten sie gleichzeitig von beiden Seiten.

»Du wirst eine wundervolle Mom sein«, wisperte Naya. »Hab keine Angst. Gemeinsam schaffen wir das.«

Doch Harper hatte Angst. Absolute Panik traf es wahrscheinlich eher. Sie zitterte. »O Gott!«, brachte sie tonlos heraus. »Ich bin schwanger von meinem Boss, der mich nicht liebt, und zu allem Überfluss habe ich gerade auch noch meinen Job gekündigt. Das ist ein schrecklicher Start ins

Leben für dieses Baby.« Sie presste die Hand auf ihren flachen Bauch.

»Kaum schwanger, schon wirst du melodramatisch.« Brooke lachte leise und zwinkerte ihr zu. »Na komm, lass uns die Dinger entsorgen, und dann reden wir«, schlug sie vor.

»Als Erstes brauchst du einen Arzttermin«, überlegte Naya, als sie es sich kurz darauf auf der Couch gemütlich gemacht hatten. Sie und Brooke tranken noch ein Glas Wein, Harper hatte Tee in ihrer Tasse.

Sie hatte zwar kein Verlangen nach Alkohol, aber der Gedanke, in Zukunft andauernd Tee zu trinken, war ihr schon jetzt zuwider. In letzter Zeit hatte sie einfach viel zu viel von dem Zeug geschlürft. »Ich rufe gleich morgen früh an und mache einen Termin aus.« Harper hatte sich in die Kissen zurückgelegt. »Wir sollten Reeva erst einmal nichts davon erzählen. Und auch sonst niemandem. Sonst weiß innerhalb von zwei Stunden ganz Jamestown Bescheid. Das alles ist so neu, ich muss mich erst einmal selbst damit auseinandersetzen.«

Brooke legte ihr die Hand auf das Knie. »Mach dir keine Sorgen. Wir verraten nichts. Es ist völlig klar, dass du jetzt erst einmal ein paar Tage zum Nachdenken brauchst. Blake und du, ihr werdet einen Weg finden. Eine Lösung, mit der ihr beide gut leben könnt. Für ihn wird das ja mindestens ein so großer Schock wie für dich. Das Gute ist«, sie zwinkerte Harper zu, »du musst dir keine Sorgen machen, ob dein Kind alles haben wird, was es braucht. Wir haben das bei Reeva mit viel weniger hinbekommen, als wir jetzt haben. Und Blake wird sich sicher nicht lumpen lassen und gut für sein Kind sorgen.«

Blake. Harper hatte noch keine Zeit gehabt, über ihn nachzudenken. Falsch. Sie hatte jeden Gedanken an ihn bewusst zur Seite gedrängt. Denn ein gemeinsames Baby würde zwei

Dinge bedeuten. Erstens, dass sie nie von ihm loskam. Dass sie nie die Chance hatte, Blake wirklich aus ihrem Leben zu verbannen. Sie wusste nicht, wie er zu Kindern stand, aber mit ihrer Nichte und seinem Neffen war er immer wundervoll umgegangen. Eine Ahnung sagte ihr, dass er sich auch um sein eigenes Kind kümmern würde. Und zweitens: Ein Baby würde Olivers Theorie, dass sie sich bei Blake ins gemachte Nest setzen wollte, bestätigen. Er würde seinem Bruder ins Gesicht grinsen und sagen: Siehst du, ich habe dich gewarnt, Harper McNally ist eine ganz gewöhnliche Goldgräberin, die dich über den Tisch gezogen hat. »Blake darf nichts davon erfahren«, brach sich ihre Panik Bahn.

»Was?« Brooke und Naya hatten gleichzeitig gesprochen und sahen sie entsetzt an.

»Du willst ihm das Baby verheimlichen?«, fragte Naya.

»Er hat ein Recht, von deiner Schwangerschaft zu erfahren«, schob Brooke nach. »Du musst ihm das sagen!«

Harper schloss die Augen, hinter denen Tränen zu brennen begannen. »Natürlich sage ich es ihm. Ich werde ihm sein Kind nicht verschweigen. Aber …« Sie wischte eine Träne von ihrer Wange, die einen Weg aus ihren Augenwinkeln gefunden hatte. »Ich muss mich erst … entlieben«, sagte sie schließlich. »Wie soll ich sonst jemals über ihn hinwegkommen? Außerdem will ich erst einen Plan haben, der zeigt, dass wir es auch ohne ihn hinbekommen, bevor ich ihm von meiner Schwangerschaft erzähle.«

»Das ist verständlich.« Naya prostete ihr mit dem Weinglas zu. »Lass nur nicht zu viel Zeit verstreichen.«

»Das werde ich nicht. Versprochen. Aber bis dahin kein Wort zu irgendjemandem.«

27

Blake fühlte sich im Ausnahmezustand. Seit er beschlossen hatte, Rachelle den Job als Harpers Nachfolgerin anzubieten, ging es in seinem Büro drunter und drüber. Die Frauen gingen parallel zu ihrer täglichen Arbeit alle Aufgaben durch, die als seine Assistentin anfielen. Bei vielen Punkten bestand Harper darauf, mit ihm zu besprechen, ob sie weiter so gehandhabt werden sollten wie bisher. Das bedeutete, ständige Meetings mit seiner alten und seiner neuen rechten Hand abzuhalten. Wobei Rachelle immer ein wenig nervös und aufgeregt wirkte, und Harper kühl und distanziert – zumindest wenn es ihn betraf. Für Rachelle fungierte sie als eine Art Cheerleader.

Zu allem Übel hatte das Edge on Hudson-Projekt einen neuen Bauinspektor bekommen, weshalb unzählige Fragen noch einmal neu beantwortet werden mussten. Aber besser bis zur Erschöpfung arbeiten, statt zu viel Zeit zu haben, in der er über Harper nachdenken konnte.

»Hey.«

Blake blickte von seinem Bildschirm auf, als sein Bruder an die inzwischen wieder halb offen stehende Tür klopfte und den Kopf hereinsteckte. »Hallo.« Er stand auf, um Oliver zu begrüßen.

Oliver fächelte sich Luft zu. »Ich heirate in drei Tagen und hatte das dringende Bedürfnis, vorher noch einmal meinen großen Bruder zu sehen. Ich mache doch keinen Fehler, oder?«

»Du?« Blake lachte. »Lacey und du, ihr seid perfekt füreinander. Mach dir keine Sorgen. Die Hochzeit wird mit Sicherheit wundervoll. Und der richtig schöne Teil beginnt doch sowieso erst danach, oder?«

»Wahrscheinlich hast du recht.« Oliver rieb sich über den Nacken. »Kalte Füße vor der Hochzeit sind laut Internet nichts Ungewöhnliches. Ich liebe Lacey wirklich über alles.«

»Dann musst du dir auch keine Sorgen machen.« Blake schlug ihm brüderlich auf die Schultern.

»Stimmt. Das sollte ich nicht. Wahrscheinlich ist es Laceys Mom, die mich verrückt macht. Die ganzen Leute, die ständig irgendetwas wissen wollen. Wegen des Anzugs. Des Caterings. Der Torte. Den Stuhlhussen. Was zur Hölle sind Stuhlhussen? Wir hätten nach Hawaii fliegen sollen und ganz allein am Strand heiraten. Oder nach Las Vegas durchbrennen.« Er seufzte. »In drei Tagen haben wir es geschafft.« Einen Moment schwieg er, als wollte er seine eigenen Gedanken verdauen. »Gehen wir zusammen zum Lunch?«, fragte er dann.

Blake schüttelte den Kopf. »Tut mir leid, aber bei mir geht es drunter und drüber. Harper hat gekündigt und lernt noch ihre Nachfolgerin ein, bevor sie die Firma endgültig verlässt.«

»Ähm …« Oliver blinzelte. »Gekündigt? Aber warum denn? Ich meine, du hattest mir geschrieben, dass du doch allein zur Hochzeit kommst, aber ich dachte …«

»Hör zu, ich habe jetzt keine Zeit, darüber zu reden. Lass uns in Ruhe bei einem Bier quatschen, wenn du aus den Flitterwochen zurück bist. Mauritius.« Er wackelte mit den Augenbrauen, um seinen Bruder vom Thema Harper abzulenken. Und sich selbst irgendwie auch.

»Aber, Blake ...« Oliver drehte sich um, als wolle er sichergehen, dass niemand sie belauschen konnte. »Mir ist da vorhin was passiert, worüber ich auch noch mit dir reden wollte ... Ich habe die Handtasche deiner Assistentin umgestoßen und dabei ...«

Der alten oder der neuen, hätte Blake am liebsten gefragt. Doch in diesem Moment fing sein Telefon an zu klingeln. »Sorry, da muss ich rangehen. Wir sehen uns am Samstag am Altar.«

»Blake, hör mal ...«, begann sein Bruder noch einmal. Aber Blake hatte die Nummer des Bauinspektors aus Sleepy Hollow auf dem Display erkannt und abgehoben. Er winkte Oliver noch einmal zu und konzentrierte sich dann wieder auf seinen Job.

Blake brachte die Woche hinter sich. Irgendwie. Am Samstag erwachte er in seinem alten Zimmer in seinem Elternhaus. Wieder lag eine Nacht hinter ihm, in der er viel zu realistisch von Harper geträumt hatte. Nicht davon, wie sie sich nackt über ihn beugte oder unter ihm dieses kleine Keuchen ausstieß, wenn er in sie eindrang. Nicht von diesem Blick aus halb geschlossenen Augen, der ihn im Bett die Kontrolle verlieren ließ. Nicht dieses Lächeln, das ihm zeigte, dass sie ganz genau um die Macht wusste, die sie über ihn und seinen Körper hatte.

Diesmal war der Traum anders gewesen. So als hätte jemand ein Video seiner glücklichsten Momente mit Harper gedreht. Er sah sie am Feuer der Dutton Ranch sitzen und lächeln. Hand in Hand auf der High Line in New York City.

Den Kopf in seinen Schoß gebettet im Central Park, während er ihr etwas vorlas. Wie sie strahlte, als sie ihn und seine Freunde auf dem Basketballplatz mit Sandwiches und Eistee versorgt hatte. Wie sie auf dem Empfang ausgesehen hatte.

»Scheiße«, murmelte Blake. Er strampelte seine Decke zur Seite und stand auf. Dann zog er eine Jogginghose und ein T-Shirt über und ging barfuß in die Küche hinunter.

Die Sonne strahlte bereits hell und stark vom Himmel. Dieser Tag war absolut perfekt für die Hochzeit seines Bruders. Aber bevor der Trubel losging, brauchte Blake noch ein paar Minuten für sich. Er goss sich einen Becher Kaffee ein und schlüpfte in ein Paar Flip-Flops. Langsam ging er über den Rasen zu den Klippen hinunter. Er balancierte auf ein paar der riesigen Felsbrocken herum, die die Natur von der Landkante abgerissen hatte. Als die Steine immer flacher wurden, blieb er auf einem von ihnen stehen und blickte zum Horizont, als könne er dort Antworten finden. Antworten, zu denen er nicht einmal die Fragen wusste.

Der Wind riss an seinen Haaren und seinem T-Shirt. Fegte immerhin für eine Weile seinen Kopf leer. Als Blake seinen Kaffee ausgetrunken hatte, kehrte er um und kletterte zum Haus zurück.

»Immer noch der kleine Abenteurer«, rief ihm seine Mutter lächelnd entgegen, als er über die Wiese auf das Haus zulief, und erinnerte ihn daran, wie er als Kind gemeinsam mit Jamie auf den Klippen imaginäre Piraten gejagt hatte. Mirinda trug einen Morgenmantel und saß mit einer Tasse Kaffee auf der überdachten, windgeschützten Terrasse.

»Du bist früh auf«, grüßte Blake sie und schnipste mit dem Finger gegen einen der großen Lockenwickler auf ihrem Kopf.

Sie lächelte ihn an. »Heute ist ein großer Tag. Um als Mutter des Bräutigams gut auszusehen, muss ich inzwischen ein wenig mehr Zeit investieren.«

»Du siehst so fabelhaft aus wie eh und je«, erwiderte Blake und küsste sie auf die Schläfe. Was nicht gelogen war. Seine Mutter war eine dieser attraktiven Frauen, die mit dem Alter nur noch schöner wurden.

»Pah. Wenn du denkst, mit Schmeicheleien künftig um den Brokkoli beim Familienessen herumzukommen, hast du dich geschnitten«, zog sie ihn gutmütig auf.

»Mist.« Blake grinste sie an. »Einen Versuch war es auf jeden Fall wert.«

»Blake?« Mirinda wurde ernst, als er sich schon abwenden und ins Haus gehen wollte.

»Hmm?«

»Geht es dir gut?« Sie griff nach seiner Hand. »Du siehst traurig aus.«

»Alles okay«, log er, um sie zu beruhigen. »Du weißt ja, wie verrückt es manchmal in der Firma zu geht. Ich habe das Gefühl, seit zwei Wochen mit einer Stunde Schlaf pro Nacht klarkommen zu müssen. Aber die Zeiten ändern sich auch wieder.«

»Olly hat erzählt, dass deine Assistentin gekündigt hat«, fuhr sie fort, als glaube sie seiner Erklärung kein bisschen.

Das Gerede seines Bruders ging Blake auf die Nerven. Was ging es ihn denn an, was in der Firma vorging? Was zwischen Harper und ihm vorging? »Die alte Tratschtante sollte sich mit ihrer Hochzeit beschäftigen und nicht mit meinen Angestellten«, sagte er ungehalten.

Seine Mutter zog die Augenbrauen hoch. »Angestellte?«

»Was sonst?«, knurrte er.

Mirinda zuckte die Schulter, als sei das keine große Sache. »Ich dachte nur, dass zwischen euch mehr ist als ein reines Arbeitsverhältnis.«

Blake erstarrte mitten in der Bewegung. Harper hatte behauptet, dass seine Mutter Bescheid wisse und er hatte es ihr nicht geglaubt. Offenbar hatte sie doch recht gehabt.

»Ich bin nicht blind, mein Junge. Ich habe Harper sehr wohl erkannt auf den Fotos von der Gala. Ich habe das Leuchten in ihren Augen gesehen, als sie für den Lunch auf eurer Baustelle in Admiral Hill gesorgt hat. Und vor allem habe ich gesehen, wie glücklich du plötzlich wieder warst. Das hat mir so gefehlt, Blake. Ich finde, Harper ist eine bemerkenswerte Frau.«

»Das mag sein. Aber ganz ehrlich? Harper hat beschlossen, einen Schlussstrich zu ziehen, und ich konnte sie nicht vom Gegenteil überzeugen. Ende der Geschichte. Ich sollte jetzt langsam mal duschen und mich rasieren, damit Olly nicht ausflippt«, versuchte er das Gespräch zu beenden.

Doch seine Mutter schien plötzlich alle Zeit der Welt zu haben. »Hast du versucht, sie zurückzugewinnen?«, wollte sie wissen und nippte an ihrem Kaffee.

»Selbstverständlich habe ich das versucht.« Blake musste sich zwingen, nicht die Augen zu verdrehen. Diese Art von Gespräch führte man mit seinem besten Freund, nicht mit seiner Mutter.

»Ich meine nicht solche Sachen wie Blumen, Schmuck oder Pralinen«, sagte sie, von seiner Ungeduld völlig unberührt. Und als wüsste sie genau, womit Blake versucht hatte, Harper zurückzuerobern. »Ich meine damit.« Sie tippte gegen ihren Brustkorb. Dorthin, wo ihr Herz schlug. »Hast du ihr gesagt, dass du sie liebst?«

»Ich muss jetzt wirklich rein. Wir sehen uns später.« Blake ließ seine Mutter auf der Terrasse sitzen, stellte seine Kaffeetasse im Vorbeigehen auf den Küchentresen und ging auf sein Zimmer. Doch statt zu duschen und seinen Dreitagebart zu entfernen, ließ er sich auf sein Bett fallen und starrte an die Decke. Er hatte Harper nicht gesagt, dass er sie liebte. Weil er das nicht tat. Sie bedeutete ihm viel, keine Frage. Aber das war doch keine Liebe. Oder doch? Auch wenn sich das Zusammensein mit ihr völlig anders angefühlt hatte als mit den anderen Frauen, die er in der letzten Zeit gedatet hatte. Aber es hatte sich auch anders angefühlt als mit Melody. Und sie hatte er geliebt. Jahrelang. Er wusste also sehr wohl, was dieses Gefühl bedeutete. Und das mit Harper war etwas völlig anderes gewesen. War Harper am Ende deswegen gegangen? Weil sie einen Liebesschwur erwartet hatte? Wohl kaum.

Seit Melody ihm das Herz gebrochen und die Firma betrogen hatte, war er sich sicher gewesen, überhaupt nicht mehr zu so tiefen Gefühlen fähig zu sein. Also war es ja wohl ausgeschlossen, dass sein Herz schneller schlug, weil er Harper liebte. Er war einfach überfordert und sein Herz verwirrt. Aber Liebe? Nein. Trotzdem ließen ihn die Worte seiner Mutter nicht los. Nicht, als er endlich unter die Dusche sprang. Nicht, als er seinen Smoking anzog und das Knopflochsträußchen angesteckt bekam. Oder mit seinem Bruder und dessen Freunden in der Bräutigamsuite herumhing, wo die Männer ein letztes ›Bier in Freiheit‹ tranken und schlechte Scherze über die Ehe rissen.

Er nahm seinen Platz als Trauzeuge an der Seite seines Bruders ein. Und als Lacey schließlich in einer traumhaft schönen Robe den Gang hinunterschritt, verstand Blake plötzlich.

Es war nicht das Kleid, das sie zu einer atemberaubenden Braut machte. Die kunstvolle Frisur mit den eingeflochtenen Blumen, die sie wie eine Elfe wirken ließen. Es war das glückliche Strahlen, das von ihr ausging, und das einzig und allein seinem Bruder galt. Blake warf Oliver einen Seitenblick zu. Die Träne, die er sich aus dem Augenwinkel wischte. Das breite Grinsen, das gar nicht mehr von seinem Gesicht verschwand und das er von sich selbst kannte, wenn er mit Harper zusammen war.

Verdammt! Das war Liebe! Und er liebte Harper. Auf eine Art, die sich tatsächlich nicht mit seinen Gefühlen für Melody vergleichen ließ. Melody war seine erste große Liebe gewesen – und für viele Jahre eine große Illusion. Aber das, was er für Harper empfand, war echt und tief. Fassungslos bemühte er sich, nicht über seine eigene Dummheit den Kopf zu schütteln. Wie hatte er das nicht merken können? Als das Brautpaar seine Gelübde sprach, wurde Blake endgültig klar, was er wollte. Harper. Er wollte mit ihr zusammen sein. Mit ihr an seiner Seite aufwachen bis zum Ende seines Lebens. Er wollte ihr seine Sicht auf die Metropolen der Welt zeigen und das Staunen in ihren Augen sehen. Wochenenden mit ihr und ihrer Familie auf der Ranch verbringen. Oder sich einfach nur am Sonntagmorgen bei einer Tasse Kaffee die Zeitung teilen. Auf ihrer Veranda oder seiner Dachterrasse. Ganz egal. Es ging nur darum, sie in seinem Leben zu haben.

Nachdem sein Bruder und Lacey Ja gesagt hatten und ihre Liebe unter dem Jubel der Hochzeitsgäste mit einem Kuss besiegelten, hakte sich die erste Brautjungfer bei ihm unter, und sie folgten dem Paar in den Garten der Mansion, in der die Feier stattfand. Während der Fotograf die Grüppchen um das Brautpaar immer wieder neu arrangierte, um diesen Tag für die Ewigkeit festzuhalten, versuchte Blake, Harper anzurufen. Er landete auf der Mailbox. Natürlich war es unmöglich, ihr jetzt zu sagen, dass er sie liebte. Also bat er sie nur, ihn zurückzurufen. Was sie nicht tat. Genauso wenig wie sie auf die Nachricht antwortete, die er hinterher schrieb. Oder die zweite und die dritte, die folgten.

Mist! Er hatte das Gefühl, nicht eine Sekunde länger warten zu können, um mit ihr zu reden und ihr zu sagen, was er für sie empfand. Trotzdem kam er seiner Pflicht nach und hielt eine Rede auf das Brautpaar, die die Hochzeitsgesellschaft zum Lachen brachte und zu Tränen rührte. Er stand das Essen durch, obwohl er die Delikatessen, die serviert wurden, nur appetitlos von einer Seite auf die andere schob, und tanzte pflichtschuldig mit der ersten Brautjungfer.

Doch dann zog er seinen Bruder zur Seite. »Kann ich kurz mit dir reden?«

»Klar, Mann. Deine Rede war der Hammer! Danke noch mal dafür.« Oliver schlug ihm begeistert auf die Schulter.

»Gern geschehen. Hör mal, sei bitte nicht sauer, aber ich muss weg. Wenn es geht, komme ich wieder, sobald ich alles geklärt habe. Aber …«, er zuckte mit den Schultern, »ich kann das nicht länger aufschieben.«

»Die Firma?« Oliver runzelte die Stirn. »Können die nicht bis Montag warten?«

»Nein. Nicht die Firma. Ich muss mit Harper reden«, platzte Blake heraus.

»Oh. Dann hat sie es dir also gesagt? Weißt du, als ich es herausgefunden habe, habe ich erst vermutet, sie will dich vielleicht reinlegen und dir das Kind unterjubeln. Kuckucksei und so. Du weißt schon. Aber das mit der Kündigung habe ich einfach nicht verstanden. Wenn sie dich abziehen könnte, würde sie doch nicht kündigen, sondern dir die Pistole auf die Brust setzen.«

Blake starrte seinen Bruder an. Olivers Worte waren in seinem Gehirn angekommen, aber es dauerte, bis er begriff, was sein Bruder da sagte. »Welches Kind?«, fragte er. Sein Herz begann wie wild zu schlagen. »Welches Kind, verdammt noch mal?« Einige Gäste warfen ihnen bereits neugierige Blicke zu, weil Blakes Stimme sogar über den Lärm der Liveband hinweg zu hören war.

»Komm mal runter, Mann.« Oliver zog ihn am Arm in eine ruhigere Ecke. »Ich dachte, du weißt, dass Harper schwanger ist.«

»Nein. Ich hatte keine Ahnung. Und ich frage mich, woher du es weißt.« Plötzlich war ihm die Fliege zu eng, und er riss an der Schleife und öffnete den obersten Knopf seines Hemdes.

»Ich habe dir doch erzählt, dass ich ihre Handtasche umgestoßen habe, als ich vor ein paar Tagen bei dir war. Da ist ein Haufen Zeug rausgefallen – unter anderem ein Ultraschallbild. Ich habe das Ding sofort erkannt. Weißt du noch, wie Phoebe uns damit auf die Nerven gegangen ist, als sie mit Tyler schwanger war?«

»Und du hast kein Sterbenswörtchen gesagt?« Blake war noch immer dabei, die Informationen zu verdauen. Harper war schwanger. Von ihm. Und hatte ihm das einfach verschwiegen.

»Wollte ich doch«, verteidigte Oliver sich. »Aber du hast mich praktisch rausgeschmissen, bevor ich zu Wort gekommen bin. Irgendein wichtiges Telefonat, wenn ich mich recht erinnere.«

Blake dachte an den letzten Besuch seines Bruders zurück.

Er hatte Oliver tatsächlich gebeten zu gehen, weil er so viel zu tun gehabt hatte.

Jetzt gab es noch viel mehr zu klären, als er sich jemals hätte vorstellen können. Jetzt ging es nicht mehr nur darum, dass er Harper liebte. Er hatte in Zukunft offenbar eine eigene Familie. Das war ganz schön viel auf einmal – und machte das Gespräch mit Harper zu einer noch dringenderen Angelegenheit. Sie würde doch nicht auf die Idee kommen, es wegmachen zu lassen und ihm deshalb nichts davon erzählt? Er wischte den Gedanken zur Seite. Sie und ihre Schwester hatten gemeinsam mit Naya auch Reeva großgezogen. Und da hatten die Sterne für die McNallys noch wesentlich schlechter gestanden, als sie es inzwischen taten. »Ich muss los«, sagte er zu Oliver.

Das »Viel Glück!«, das sein Bruder ihm hinterherrief, ging im Lärm der Party um ihn herum fast unter.

Blake rannte aus dem Saal und wartete ungeduldig, bis der Parkservice seinen Wagen brachte. Als hätte sich die Welt gegen ihn verschworen, hatten ganze Touristenhorden beschlossen, dieses warme Frühsommerwochenende zu nutzen, um wie die Heuschrecken in Newport einzufallen und sämtliche Straßen und Plätze zu bevölkern. Sie verursachten einen verdammten Stau in der Stadt. Blake brauchte eine Ewigkeit, bis er endlich auf der Pell Bridge war und das Gaspedal durchtreten konnte.

28

Harper saß mit Lucky auf der Veranda vor dem Haus und starrte in den warmen Nachmittag. Reeva war mit einer Freundin am Strand, und Brooke hatte noch in der Schreinerei zu tun. Zeit genug, sich mit einem Glas frischer, hausgemachter Limonade hinzusetzen und Pläne zu schmieden für die nächsten Monate und Jahre. Finanziell. Zeitlich. Würde sie jetzt noch jemand einstellen, wo sie schwanger war? Würde sie vielleicht einen Teilzeitjob finden? Die Fragen schienen inzwischen mehr und mehr Platz einzunehmen, wobei keinerlei Antworten in Sicht waren.

Als Lucky freudig bellend aufsprang und zur Verandatreppe rannte, hob Harper den Kopf. »Bleib, Lucky«, rief sie automatisch, bevor ihr klar wurde, wen ihr Hund da schwanzwedelnd begrüßte. Blake, der gerade aus seinem Wagen gestiegen war. In einem weißen Hemd, das er bis zu den Ärmeln aufgekrempelt hatte, und einer schwarzen Smokinghose. Offenbar kam er direkt von der Hochzeit seines Bruders. War die denn schon vorbei? »Was willst du hier?«, fragte sie, nicht besonders höflich. Sie hatte Wochenende. Blake am Montag wiederzusehen, würde anstrengend genug werden.

Er stemmte die Hände in die Hüften und blickte zu ihr hoch. »Bist du schwanger?«

»Was?« Erschrocken sprang Harper auf, was ihren Kreislauf dazu veranlasste, unter ihr wegzusacken. Langsam ließ sie sich in den Deckchair zurücksinken.

»Bist du okay?« Blake war mit wenigen Sätzen bei ihr und ging neben dem Stuhl in die Hocke. Lucky setzte sich neben ihn und sah Harper erwartungsvoll an.

»Natürlich bin ich okay. Noch einmal die Frage: Was willst du hier?«, ignorierte sie die Frage nach ihrer Schwangerschaft.

»Ich habe dich angerufen und dir Nachrichten geschickt. Du hast nicht geantwortet.« In Blakes Stimme mischten sich Sorge und Vorwurf.

»Mein Handy liegt im Haus.« Sie streichelte Lucky, der die Liebkosungen mit einem Hundekuss auf ihr Handgelenk quittierte. »Und ich möchte dich bitten, jetzt zu gehen. Wir sehen uns am Montag in der Firma.«

»Wo du nur über Firmenangelegenheiten reden wirst«, konterte Blake. »Aber das, worüber ich mit dir sprechen will, ist privat. Mein Bruder hat dein Ultraschallbild gesehen. Bist du schwanger, Harper?«

Sie schloss für einen Moment die Augen, hielt ihr Gesicht in die Sonne und versuchte, das schmerzhafte Klopfen ihres Herzens zu ignorieren. »Dann hat dein Bruder wohl richtig gesehen. Ja, ich erwarte ein Baby.«

»Wir«, betonte er das Wort, »erwarten ein Baby.« Auf seiner Stirn zeigte sich eine Falte, die ihn wütend aussehen ließ. »Du hast es nicht für nötig gehalten, mir davon zu erzählen? Aber mich betrifft das genauso wie dich.«

Müdigkeit legte sich um Harpers Schultern wie eine schwere Decke. Sie hatte nicht umsonst warten wollen, bis sie über Blake hinweg war, bevor sie ihm die Neuigkeiten überbrachte. »Ich hätte es dir gesagt. Aber ich weiß es selbst erst seit ein paar Tagen und bin noch dabei, das Ganze irgendwie zu verarbeiten.«

»Ich bin Teil des Ganzen, und das werde ich auch bleiben.« Die zornige Falte auf seiner Stirn glättete sich wieder.

»Sicher. Wir werden eine Lösung finden und einen Plan aufstellen. Dein Anwalt wird da sicher etwas aufsetzen können. Aber bis es so weit ist, wird noch jede Menge Zeit vergehen. Wir müssen also nicht heute darüber streiten, wie es weitergehen wird.«

»Harper, du verstehst nicht.« Blake griff nach ihrer Hand, und für einen Moment genoss sie seine Körperwärme, die durch ihre klamme Haut drang. »Ich werde nicht wieder gehen. Ich liebe dich. Ich will eine Beziehung mit dir. Mit unserem Kind.«

Harpers Herz setzte für einen Schlag aus, nur um anschließend in doppeltem Tempo weiter gegen ihren Brustkorb zu trommeln. Genau das hatte sie befürchtet – und genau das hatte sie vermeiden wollen. »Danke, Blake. Das Angebot ist wirklich großzügig. Aber ich werde mich nicht auf dich einlassen, nur weil du denkst, das Richtige tun zu müssen. Du liebst mich nicht. Aus dir spricht dein Pflichtgefühl. Du willst doch immer allen helfen. Deinem Dad. Dem Basketballplatz. Aber mit mir wird das nicht funktionieren. Denn ich habe mehr verdient als dein Pflichtgefühl. Ganz abgesehen davon, dass ich niemals in deine Augen blicken und dort den Zweifel sehen möchte, ob ich nicht doch nur eine Goldgräberin bin und dir ein Kind untergeschoben habe, um mich ins gemachte Nest zu setzen.« Mit einer langsamen Bewegung zog sie ihre Hand aus Blakes und stand auf. »Bitte geh jetzt«, sagte sie leise und zog die Tür auf.

»Ich liebe dich, Harper«, sagte er hinter ihr. »Vielleicht habe ich das ein bisschen spät begriffen. Aber ich will mit dir zusammen sein. Ohne Geheimnisse. Als richtiges Paar.«

Harper drehte sich nicht um und schüttelte den Kopf, als wolle sie seine Worte aus ihrem Kopf vertreiben. Das klang so schön. Viel zu gut, um wahr zu sein. »Ich würde dir das wirklich gern glauben«, erwiderte sie leise. »Aber Brooke und ich haben schon sehr früh gelernt, dass wir uns nur auf uns selbst verlassen können. Ich …« Sie schluckte. »Ich vertraue dir einfach nicht.« Blake öffnete den Mund, doch Harper drehte sich wieder zur Tür um, zwang ihre Füße, einen Schritt über die Schwelle zu machen und ließ ohne ein weiteres Wort die Tür hinter sich zufallen. Sie setzte sich im Wohnzimmer auf die Couch und zog die Beine an. Mit angehaltenem Atem wartete sie, bis sie seine Schritte auf der Treppe hörte. Dann legte sie den Kopf auf ihre Knie und ließ den Tränen freien Lauf.

Brooke fand sie eine halbe Stunde später zusammengerollt und schluchzend auf der Couch.

»Hey, Süße, was ist denn los?« Sie setzte sich neben sie, bettete Harpers Kopf auf ihrem Oberschenkel und strich ihr über die Haare. Ihre Schwester roch nach Holz, und die kleinen Staubwolken, die aufstiegen und im Sonnenlicht, das durch die Fenster fiel, tanzten, waren Zeuge, dass sie einiges von dem Holzmehl aus der Schreinerei mit ins Haus gebracht hatte. »Komm schon, erzähl mir, was passiert ist.«

Harper schloss die Lider, unter denen noch immer Tränen hervorquollen. Brooke war ihr sicherer Hafen. Ihre Schwester gab ihr immer das Gefühl, dass alles gut werden würde. Stockend begann sie zu erzählen.

Als sie geendet hatte, schwieg Brooke eine Weile, strich Harper aber weiter beruhigend über die Haare, wie sie es bei Reeva immer tat, um sie zu beruhigen. »Du hättest ihn nicht gehen lassen dürfen«, sagte sie dann leise.

»Was?« Harper wollte sich aufrichten, aber Brooke legte ihr sanft die Hand auf die Schulter. Also ließ sie sich wieder zurücksinken. »Ich habe ihm nichts zu sagen.«

»Außer, dass du ihn liebst. Und er liebt dich, Harper.«

»Er sagt, dass er mich liebt. Weil das der einfachste Weg ist, seinen Willen zu bekommen. Aber ich weiß, dass es nicht so ist. Er empfindet nichts für mich. Er tut nur, wovon er glaubt, dass er es tun muss.«

»Da irrst du dich, Süße. Er wird seiner Pflicht nachkommen, keine Frage. Aber wie wir wissen, gehört Blake zu den Menschen, die nicht gerade damit hausieren gehen, wenn sie sich verlieben. Wenn er die berühmten drei Worte zu dir sagt, solltest du zumindest darüber nachdenken. Du solltest wenigstens mit ihm reden. Vor allem, wenn er dafür von der Hochzeit seines Bruders abhaut, auf der er der Trauzeuge ist. Für mich sagt das ziemlich viel. Über die Schwangerschaft hätte er auch noch am Montag in der Firma mit dir reden können. Aber dass er dich liebt, hat er offenbar keine Sekunde länger für sich behalten können.«

»Du solltest unbedingt diese rosarote Brille absetzen«, sagte Harper leise.

»Sobald du mit ihm geredet hast, werde ich dich nicht länger damit nerven. Dieses Gespräch bist du ihm schuldig. Und vor allem bist du es dir schuldig. Schließlich warst du auch nicht ehrlich zu ihm. Womit ich nicht die Schwangerschaft meine, sondern die Tatsache, dass du ihn ebenfalls liebst. Sprich mit ihm. Wenn du danach immer noch glaubst, dass er es nicht meint, wie er es sagt, kannst du ihn immer noch in den Wind schießen.«

»Blake ist hier!«, hörten sie im nächsten Moment Reeva brüllen, die die Verandatreppen heraufgepoltert kam. Die Haustür fiel hinter ihr ins Schloss. »Sein Auto steht vor dem Haus«, rief sie atemlos.

Brooke zog die Augenbrauen hoch. »Das, liebe Schwester, ist ein Zeichen. Blake ist noch hier. Er ist nicht zur Hochzeit seines Bruders zurückgekehrt. Rede mit ihm! Hör dir wenigstens an, was er zu sagen hat.«

Harper verdrehte die Augen. Sie fühlte sich wie ein störrischer Teenager, der von seiner Mutter gesagt bekam, wie er sich zu verhalten hatte. »Na schön. Ich werde ihm zuhören. Aber das heißt noch lange nicht, dass ich mich von ihm einwickeln lasse.«

»Wir werden sehen«, hörte sie Brooke hinter sich murmeln.

Harper schaffte es, die Augen nicht zu verdrehen, und stapfte aus dem Haus, um Blake die Chance zu geben, mit ihr zu reden. Sie konnte ihn nirgends entdecken. Also rief sie ihn an. Sie hörte sein Handy leise hinter sich klingeln und sah sich um. Die Melodie kam aus seinem Auto. Harper beendete den Anruf und ging zu seinem Jaguar hinüber. Das Handy lag auf seinem Beifahrersitz. »Na wunderbar«, murmelte sie.

»Suchst du den Lord of Late Nights?«, rief Dexter vom Pokertisch zu ihr herüber.

Harper überquerte die Straße. »Habt ihr ihn gesehen?«, fragte sie und ließ den Blick über den bevölkerten Strand wandern.

»Die Richtung stimmt schon mal.« Neele wies mit dem Kinn in Richtung der Wasserkante.

Ray legte seine Karten ab. »Wahrscheinlich wirst du ihn nicht finden, so viel wie heute los ist. Aber du kannst Coralee fragen. Sie ist vorhin mit dem Hund ihrer Schwester spazieren gegangen und war in die gleiche Richtung wie Blake unterwegs. Der übrigens ziemlich sauer aussah. Was …?«

»Danke. Das hilft mir wirklich weiter.« Harper unterbrach die Poker-Gang, bevor sie sie ausquetschen konnten, was zwischen Blake und ihr vorgefallen war. Wahrscheinlich hatten sie ihre Diskussion auf der Veranda beobachtet.

Sie lief auf den Strand und wählte die Nummer ihrer Nachbarin.

»Hallo, Schätzchen«, rief Coralee fröhlich in ihr Telefon. Dem Rauschen des Windes und der Wellen nach war sie noch immer am Wasser unterwegs.

»Hey, Coralee, hast du zufällig Blake irgendwo am Strand gesehen?«

»Den Lord of Late Nights?«

Harper hätte am liebsten vor Frustration geknurrt. Wann hörten die Leute in Jamestown endlich auf, Blake so zu nennen?

»Reisenden soll man den Weg zeigen«, fuhr Coralee fort.

»Reisende soll man nicht aufhalten«, korrigierte Harper. »Aber ich muss ihn aufhalten. Ich muss mit ihm reden.«

»Ich habe ihn nur ganz kurz gesehen.« Coralee seufzte. »Er ist in Richtung des Rip Tide gegangen. Vielleicht ist er ja dort.«

»Danke, Coralee.« Harper legte auf und lief los in Richtung der Strandbar, während sie Zacs Nummer wählte.

»Rip Tide. Wir haben die beste Strömung.«

»Zac, hey. Ich bin's, Harper.« Sie umrundete eine Gruppe Teenager, die am Lagerfeuer saß und Nirvana-Songs zur Gitarre sang.

»Hey. Wie geht's?«

»Gut. Hör mal, Zac, ist Blake irgendwo in der Nähe?«

»Ah, dein Lord. In der Bar ist er nicht aufgetaucht. Aber ich kann ihn von hier aus sehen. Er sitzt auf diesem großen, umgestürzten Baumstamm am Ufer. Aber Harper«, er zögerte einen Moment, und sie konnte den Humor in seiner Stimme hören, als er weitersprach, »er ist nicht allein da. Da war eine andere Dame ganz eindeutig schneller als du.«

Er legte auf, bevor sie weiterfragen konnte. Aber sie wusste, welchen Baumstamm er meinte. Sie hatte selbst oft genug dort gesessen, den für sie kreierten Cocktail in der Hand, und hatte sich den Sonnenuntergang angesehen. An dieser Stelle hatte sie das erste Gespräch ihrer Beziehung mit Blake geführt. Mit dem leer stehenden Strandhaus im Rücken, von dem sie früher so oft geträumt hatte.

Harper legte noch einmal einen Zahn zu. Umrundete Großfamilien, wich Frisbees und Bällen aus. Sie hatte keine Ahnung, mit welcher Frau Blake zusammensaß. Wenn er jetzt mit der nächsten schäkerte, obwohl er gerade behauptet hatte, er liebe sie …

Nach Luft ringend blieb sie stehen, als sie ihn entdeckte. Blake konnte sie nicht sehen, weil er mit dem Rücken zu ihr saß. Er neigte den Kopf, um der Frau neben ihm besser zuhören zu können. Und Harpers wild klopfendes Herz … schmolz einfach dahin.

Sie strich sich die Haare aus dem Gesicht, atmete tief durch und ging langsam auf den Baumstamm zu. »Hi«, sagte sie, als sie hinter Blake stehen blieb. Er drehte sich um. Erhob sich langsam, als er sie erkannte.

»Harper, Liebes. Da bist du ja endlich.« Grandma Wilson erhob sich umständlich von dem Baumstamm. »Ich dachte schon, du kommst gar nicht mehr.« Sie zwinkerte Blake zu. »Ich habe deinen jungen Mann ein bisschen bei Laune gehalten. Und vergiss nicht …«, Sie beugte sich über dem Stamm ein wenig in ihre Richtung. »… wenn du hundert werden willst, musst du jeden Tag mit einem hübschen Mann flirten.« Langsam richtete sie sich wieder auf. »War schön, mit Ihnen zu plaudern, Blake.« Mit einem Winken ging sie in Richtung der Uferlinie davon.

Blake sah ihr stirnrunzelnd hinterher. »Sie hat mir vorhin erzählt, dass ihr Geheimrezept, hundert zu werden, darin besteht, jeden Tag zwei Meilen am Strand entlangzuspazieren. Und neulich, als ihr diesen Magen-Darm-Virus hattet, war es dieser grauenvolle Tee, den sie mitgebracht hatte.«

»Ja.« Harper musste bei dem Gedanken, wie verrückt ihre Nachbarn und Freunde manchmal waren, lächeln. »Grandma Wilson verfügt über eine ganze Menge Geheimrezepte, um hundert zu werden.« Sie wurde wieder ernst. »Darf ich mich einen Moment zu dir setzen?«, fragte sie leise.

»Natürlich.« Blake hielt ihr die Hand hin.

Einen Augenblick zögerte Harper, dann legte sie ihre hinein und ließ sich von ihm über den Baumstamm helfen. Seite an Seite setzten sie sich hin und schauten auf das Meer hinaus. Aber Blake ließ ihre Hand nicht los und verschränkte stattdessen seine Finger mit ihren. Er blickte auf ihre verschlungenen Finger und strich mit dem Daumen über ihre Haut, was ein Kribbeln ihren Arm hinauf sandte.

Harper zog ihre Hand nicht weg, nahm den Blick aber nicht vom Horizont. »Ich habe Angst«, sagte sie leise. »Angst, dass du das, was du gesagt hast, nicht so meinst.«

»Harper …« Er schwieg einen Moment. »Ich weiß erst seit ein paar Stunden, dass wir ein Kind bekommen. Und im ersten Augenblick hat mich das echt umgehauen. Aber der Gedanke … Ich wollte schon immer eine Familie. Kinder. Einen Hund. Das ganze Programm. Aber ich habe nach meiner letzten Trennung nicht mehr daran geglaubt, dass sich das in absehbarer Zeit erfüllen würde. Ich habe nicht mit dir gerechnet.«

Harpers Augen brannten. Sie war sich sicher, dass nur der Wind daran schuld sein konnte, der vom Meer zu ihnen herüberwehte. Oder vielleicht die Hormone, die seit Neuestem durch ihren Körper schossen. Sie schluckte an dem Kloß vorbei, der in ihrem Hals saß. »Ich möchte nicht, dass du mit mir zusammen sein willst, nur weil wir ein Kind bekommen.«

»Aber das will ich nicht, Harper.« Er drehte sich so, dass er sie ansehen konnte. »Ich wollte das zwischen uns auch schon, bevor ich davon wusste.«

Harper zögerte nur kurz. Bisher hatte sie nicht darüber nachgedacht, wie Blake und sie miteinander umgehen würden, wenn sie ihn fand. Sie hatte ihrer Schwester nur versprochen, ihm zuzuhören. Aber vielleicht war der Zeitpunkt auch richtig, um ihm gegenüber ehrlich zu sein. »Ich habe mit angehört, wie du zu deinem Bruder gesagt hast, dass du dich nicht noch einmal auf eine Frau einlassen willst. Dass dir niemand mehr nah genug kommen würde, dass du dich verlieben würdest. Und dann Olivers Unterstellungen, ich könnte dich über den Tisch ziehen, um mich an dir zu bereichern.«

Blake seufzte und ließ den Kopf hängen. »Dann waren wir diejenigen, die das Falsche gesagt haben. Deshalb bist du also gegangen. Wegen mir. Und Olly.«

»Ja.« Ihre Antwort war so leise, dass sie gar nicht sicher sagen konnte, ob Blake sie gehört hatte.

»Verdammt. Wir hätten längst miteinander reden sollen.

Andererseits habe ich ein bisschen gebraucht, bis ich begriffen habe, dass ich dich liebe. Erst als du nicht mehr da warst, ist mir klar geworden, wie sehr ich dich vermisse. Wie sehr ich dich in meinem Leben brauche. Ich liebe dich, Harper.« Seine Stimme hatte einen flehenden Ton angenommen. »Ich habe ein wenig länger gebraucht, bis mir klar geworden ist, wie sehr ich dich liebe und dass ich dich nicht mehr gehen lassen will. Wirklich begriffen habe ich es erst heute, als mein Bruder und seine Frau ihre Ehegelübde gesprochen haben. Genau das ist es, was ich mit dir will. Und was deine Schwangerschaft betrifft: Ich kann es nicht beweisen, aber ich war schon auf dem Weg zu dir, bevor Olly mir erzählt hat, dass er dein Ultraschallbild gesehen hat. Ich kann dir nur sagen, dass ich dich liebe. Über alles. Und unser Kind genauso. Bitte.« Die Finger seiner freien Hand strichen in einer federleichten Bewegung über ihren Bauch. »Gib mir eine Chance, dir zu zeigen, was du mir bedeutest. Ich habe nicht vor, es noch einmal zu vermasseln.«

Die Worte ließen Harper regelrecht schwindlig werden. Oder vielleicht waren das auch ihre Schwangerschaftshormone, die ihren Körper verrücktspielen ließen. »Du kannst mir nicht garantieren, dass du mich nicht verletzt«, wisperte sie.

Blake legte seine freie Hand über ihre beiden verbundenen. »Das stimmt. Dafür gibt es keine Garantie. Vielleicht verletze ich dich. Vielleicht benehme ich mich irgendwann noch einmal wie ein Idiot. Aber Harper …« Er wartete, bis sie den Blick hob und ihn ansah. »Ich würde das niemals absichtlich tun. Und falls so etwas passieren sollte, würde ich alles daransetzen, es wieder gut zu machen. So wie ich es jetzt probiere.« Er wandte den Blick ab und blickte auf den Ozean hinaus. So, als müsse er sich sammeln und genau überlegen, was er als Nächstes sagte. Dann drehte er sich wieder zu Harper um, und sein Blick funkelte vor Entschlossenheit. »Harper, ich kann dir nur sagen, wie ich empfinde. Ich kann dir nur mein Herz zu Füßen legen. Du bist diejenige, die über uns entscheidet. Ich bitte dich. Ich bitte dich von ganzem Herzen, mir zu vertrauen.« Er schluckte, und als er weitersprach, klang seine Stimme heißer. »Du bist so stark, Harper. Du bist so mutig gewesen. Du bist mit Brooke abgehauen, hast New York überstanden und dir in Rhode Island ein neues Leben aufgebaut. Ich kann dich nur bitten, auch für uns mutig zu sein und mir die Möglichkeit zu geben, dir und dem Baby zu beweisen, wie sehr ich euch liebe.«

Harper blinzelte. Sie schaffte es nicht, die Tränen zurückzuhalten, die gegen ihre Lider drückten. Ihr Herz überschlug sich. Vor Aufregung. Vor Freude. Vor … Liebe. Sie legte ihre Hand an seine Wange. »Ich liebe dich, Blake«, flüsterte sie gegen den Wind an, der die Tränen auf ihren Wangen trocknete. »Vermassle es bloß nicht.« Und dann küsste sie ihn, glitt mit den Lippen über seine. Sie hatte Blake so vermisst. Seine Nähe. Die Sicherheit in seinen Armen.

Ein erleichtertes Seufzen entwich ihr und mischte sich mit dem, das Blake ausstieß. »Ich vermassle es nicht. Versprochen.« Er vertiefte den Kuss, und alles in Harper wurde ruhig. Sie schloss die Augen und ließ sich in das Gefühl fallen, dass Blake für sie da sein würde. Dass er sie auffangen würde. Dieser Mann gab ihr die Sicherheit, die ihr so viele Jahre gefehlt hatte.

»Ähm.« Das Räuspern hinter ihnen ließ sie auseinanderfahren.

Harper und Blake drehten sich um.

Hinter ihnen stand Zac, in jeder Hand einen Cocktail, den er grinsend hochhielt. »Ich dachte, ihr wollt vielleicht anstoßen und bei einem Drink den Sonnenuntergang genießen.«

»Oh, das ist lieb.« Harper verzog entschuldigend das Gesicht. »Aber …«

»Für dich gibt es eine alkoholfreie Variante.« Zac zwinkerte ihr zu, und Harper nahm den Cocktail seufzend entgegen.

»Dann weiß es also bereits die ganze Stadt«, murmelte sie, als Blake und sie sich wieder umdrehten. »Wie auch immer sie das herausgefunden haben.«

Blake lachte. »Auf uns«, sprach er einen Toast aus und hob sein Glas. »Auf unser Baby. Auf Jamestown.« Seine Lippen schwebten nur ein paar Millimeter von ihren entfernt. »Und auf unsere Liebe.«

EPILOG

Harper legte mit einem Seufzen die vergilbten Papiere auf den Tisch. »Wir können hier noch Wochen weitermachen. Oder Monate«, ergänzte sie mit einem Blick auf das Datum der Rechnung, die sie gerade aus einem Ordner gezogen hatte. 18.08.1976. »Was war nur los mit Ray? Hier gibt es kein System.«

»Deshalb brauche ich dich ja, große Schwester.« Brooke klimperte mit den Wimpern, machte einen Schmollmund und blickte auf das Papierchaos, in dem sie hockten. »Ohne dich bin ich hoffnungslos verloren.«

»Wir kriegen das schon hin«, versprach Harper ihr.

Brooke strahlte sie an. »Ich bin dir jedenfalls unglaublich dankbar, dass du mir unter die Arme greifst.«

»Es ist definitiv eine gute Idee, das Büro über den Showroom von Smells like Wood zu verlegen.« Harper tippte gegen die Ohrenschützer, die um ihren Hals hingen und die sie jedes Mal aufsetzen mussten, wenn in der Schreinerei nebenan jemand die große Kreissäge benutzte.

»Wahrscheinlich hat Ray einfach immer nur so schnell wie möglich alles erledigen wollen, weil das hier kein besonders einladender Ort ist«, überlegte Brooke laut.

Womit sie vermutlich recht hatte. Harper ließ den Blick durch das kleine verstaubte Kabuff schweifen. Windschiefe Metallregale voller Ordner. Und als deren Ablageflächen nicht mehr ausgereicht hatten, hatte Ray einfach auf dem Boden weitergestapelt. »Wenn wir das neue Büro einrichten, wird alles hell, freundlich und organisiert sein«, versprach Harper. Wie ein guter, funktionaler Arbeitsplatz gestaltet werden musste, wusste sie schließlich nur zu gut. »Es wird dir ganz leichtfallen, darin zu arbeiten.«

Brooke legte den Ordner zur Seite, in dem sie gerade geblättert hatte, und stand auf. Sie zog Harper hoch und hakte sich bei ihr unter. »Oder …«, wieder dieses bittende Lächeln, »dir wird es leichtfallen, in dem hellen, freundlichen und gut organisierten Büro zu arbeiten.«

»Brooke …«, begann Harper.

»Ja, ich weiß«, unterbrach ihre Schwester sie. »Du wirst darüber nachdenken, und ich werde es erfahren, wenn du dich entschieden hast. Aber jetzt müssen wir los, sonst kommen wir zu spät zu deiner Verabredung.«

Harper verdrehte die Augen. Blake, der jeden Tag darüber klagte, wie sehr er sie als seine rechte Hand vermisste, hatte sie darin bestärkt, sich mit der Wahl ihres nächsten Jobs Zeit zu lassen. Auch wenn die Chancen ziemlich gut standen, dass sie für ihre Schwester arbeiten würde. Sie hatte beschlossen, auf seinen Rat zu hören und tatsächlich erst einmal an sich selbst zu denken, bevor sie sich für eine neue Anstellung entschied. Die sie, so wie sie sich selbst kannte, vermutlich eben wirklich bei ihrer Schwester antreten würde. Sie strich ihr langes Sommerkleid im Hippiestyle glatt, auf das Blake bestanden hatte, als sie neulich durch eine der kleinen Städtchen entlang der Küste geschlendert waren. Sie hatten es am

Kleiderständer vor einer kleinen Boutique entdeckt. Da der Preis herabgesetzt war, hatte sie ihm erlaubt, es ihr zu kaufen. Es war immer noch nicht leicht für Harper, Geschenke von ihm anzunehmen, weil sie Angst hatte, jemand könnte denken, sie nutze ihn nur aus oder ließe sich von Blake aushalten. Sie legte die Hand auf ihren flachen Bauch. Seit ihrer Aussprache mit Blake waren erst zwei Wochen vergangen. Was sie da spürte, waren also eher die Schmetterlinge, die sich aufführten wie Cheerleader nach einem der Spiele auf dem Basketballplatz in Admiral Hill. Schmetterlinge, die allein der Gedanke an Blake in ihr schwirren ließ – und noch nicht das Baby. Aber zu wissen, dass dieses kleine Leben in ihr war, dass es sicher und geliebt aufwachsen würde … Sie lächelte, zog die Ohrenschützer von ihrem Hals und legte sie auf einen windschiefen Stapel alter Bestellungen. Brooke verstaute ihren daneben, und gemeinsam verließen sie den düsteren, staubigen Raum. Durch die Schreinerei gingen sie nach draußen und betraten ihr Haus durch die Hintertür.

Schon von hier konnten sie Blake und Reeva hören. Die beiden saßen am Küchentresen, vor sich das geöffnete Cookie-Glas, und waren in eine Diskussion über Superhelden vertieft. Zu Reevas Frustration verstand Blake einfach nicht, dass Supergirl tausendmillionentrilliarden Mal besser war als dieser alberne Deadpool, der ständig Wörter benutzte, die im Haus McNally verboten waren.

»Hey, ihr zwei.« Es war Zeit, Blake aus Reevas Fängen zu retten. Sie hatte es ihrer Nichte nie verraten, aber sie mochte Deadpool ebenfalls lieber. Ganz besonders die vielen Feiertage, die er vor seiner Verwandlung mit seiner Freundin ›feierte‹. Sie schüttelte den Kopf. Wenn Blake in der Nähe war, drifteten ihre Gedanken viel zu oft in diese eine Richtung ab, die ihr dieses Grinsen aufs Gesicht zauberte – und das zumindest Blake sehr genau lesen konnte.

So wie jetzt, als er ihr zuzwinkerte, bevor er sie zu einem Begrüßungskuss an sich zog. »Hey«, murmelte er an ihren Lippen. »Du siehst fantastisch aus. Und du riechst verdammt gut«, er ließ seine Nase über ihre Halsbeuge gleiten. »Nach Harper und Holz.«

Sie seufzte. »Und jeder Menge verstaubtem Papier. Wie war dein Tag?«, wollte sie wissen, als sie sich wieder von ihm losmachte.

Jetzt war es an Blake zu seufzen. Diese Woche war die erste ohne Harper gewesen. Er hatte ihr jeden Tag die gleiche Antwort gegeben. Und die erhielt sie auch jetzt. »Es war okay. Aber Rachelle ist nun mal nicht du. Ich vermisse meine beste persönliche Assistentin.«

»Gib ihr ein bisschen Zeit«, sagte Harper wie jeden Tag und schloss das Keksglas, bevor ihre Nichte sich einen Zuckerschock zuzog.

»Danke übrigens, dass du mich heute morgen wegen Logan angerufen hast.«

»Hmm.« Harper klaute einen Cookie aus dem Glas. »Nachdem Naya mir erzählt hat, dass zwei Jungs aus ihrer Wohngruppe ihn um eines der alten, stillgelegten Fabrikgebäude haben herumschleichen sehen, dachte ich, du solltest das wissen.« Diese Sache war einfach noch nicht ausgestanden, auch wenn sie weiterhin nicht wussten, was hier wirklich los war. Aber sie würden dranbleiben.

»Du hast gesagt, es gäbe Neuigkeiten«, erinnerte Brooke, die hinter ihr in die Küche gekommen war, Blake an den Grund seines Besuchs. »Ich bin nicht viel geduldiger als Reeva«, verriet sie ein offenes Geheimnis.

»Ach das.« Blake grinste von einem Ohr zum anderen. »Das tut mir jetzt echt leid, aber Harps wird es zuerst erfahren. Du wirst noch ein bisschen warten müssen.« Er erhob sich von seinem Platz und griff nach Harpers Hand. »Aber ich habe ein paar Einkäufe in den Kühlschrank gepackt und Naya für später eingeladen. Wir grillen. Allerdings erst nach Sonnenuntergang. Bist du bereit?«, wandte er sich an Harper.

Sie hatte keine Ahnung, was er vorhatte, also nickte sie einfach nur und ließ sich von ihm aus dem Haus ziehen.

Hand in Hand schlenderten sie die Ocean View Avenue hinunter. Der Sand knirschte unter ihren Flip-Flops, und der Wind spielte mit Harpers offenen Haaren, ließ ihr Kleid und Blakes lässiges Hemd flattern. Die Sonne sank zwar schon in Richtung Horizont, aber es war noch immer warm. Sie wurden eingehüllt vom Duft nach Sonnenmilch, dem Rauch der Holzfeuer und Meer. Familien packten ihre Habseligkeiten nach einem Tag am Strand zusammen. Die Möwen kreischten, und in der Bucht ankerten täglich mehr Segelboote. Nur der Pokertisch war verwaist, was für einen Freitagabend wirklich untypisch war.

»Meine Eltern würden euch nächstes Wochenende gern zum Essen einladen«, holte Blake sie aus ihren Gedanken. »Ich habe zugesagt. Aber wenn du meinst, dass das irgendwie … zu früh ist oder so was, können wir es gern verschieben.«

»Nein.« Harper presste ihre Hand abermals auf das Kribbeln in ihrem Bauch. »Das klingt gut. Reeva und Brooke möchten deine Familie gern kennenlernen.«

»Die Einladung betrifft auch Naya. Vorausgesetzt, sie will.«

Harper blieb stehen. Mitten auf der Strandpromenade. Sie blinzelte gegen die Tränen, die ihr in die Augen stiegen.

Natürlich hatte Blake auch an Naya gedacht. Die nicht mit Harper verwandt war, aber trotzdem eine Schwester. Er hatte ihr Leben in sehr kurzer Zeit verstehen gelernt und wusste, wie wichtig die Freundin für die McNallys war. »Danke«, flüsterte sie, legte ihre Arme um seinen Nacken und küsste ihn.

Nachdem sie sich ihre Liebe gestanden hatten, hatte Blake Nägel mit Köpfen gemacht. Er hatte ihr Zögern nicht länger hingenommen. Nein, er wollte mit ihr zusammen sein. Offiziell. Und ohne ein Geheimnis daraus zu machen. Schon am nächsten Wochenende hatte er sie seiner Familie vorgestellt. Nur Oliver und Lacey, die noch auf Hochzeitsreise waren, hatten gefehlt. Harper war erleichtert gewesen, wie herzlich die Marshalls sie aufgenommen hatten.

Blake löste sich sanft von ihr und zog ihre Arme von seinem Hals, um seine Finger erneut mit ihren zu verschränken. »Ich könnte zwar ewig so weitermachen, aber das würde meine Überraschung verderben. Also komm.« Er zog sie weiter, die Straße hinunter.

Das verfallene Strandhaus der Walkers kam in Sicht, und Harper kniff die Augen zusammen. »Ist das die Poker-Gang, die da wegläuft?«, fragte sie, als sie ein paar Gestalten mehr oder weniger elegant zwischen den Pinien hinter dem Haus verschwinden sah.

»Keine Ahnung. Ich habe niemanden gesehen.« Blake zuckte die Schultern.

Harper warf ihm einen Seitenblick zu und sah seinen Versuch, nicht zu lachen. Er hielt genau auf das Haus zu.

Wieder stutzte Harper, als sie den merkwürdigen Schimmer bemerkte, der durch die Fenster drang. »Was ist das?«, fragte sie.

Blake seufzte. »Wer sagt, dass nur deiner Schwester und deiner Nichte die Geduld fehlt? Das ist definitiv eine genetische Sache bei euch.« Sie waren inzwischen an dem Strandhaus angekommen, und Blake öffnete die Tür. Was darin bestand, dass er sich mit voller Wucht gegen das verzogene Holz stemmte und, als sie nachgab, in den Raum taumelte.

Harper folgte ihm – und blieb wie angewurzelt stehen, als sie einen Fuß über die Schwelle gesetzt hatte und sich in einem Meer aus Kerzen und Blumen wiederfand. »Blake, was …« Sie wusste nicht, was sie sagen sollte.

»Harper.« Er drehte sich zu ihr um und griff nach ihren Händen. Das Lächeln war aus seinem Gesicht verschwunden. In seinen Augen konnte sie nur Ernsthaftigkeit sehen. Ernsthaftigkeit und die Liebe für sie und ihr Kind. »Ich habe das Haus gekauft.«

»Du hast was …?« Im ersten Moment begriff sie nicht, was er damit sagen wollte. »So wie das *Addams Family*-Haus in Providence?«, fragte sie leise. Das Haus, in dem er eine Familie hatte gründen wollen?

»Ja. Ähm …« Er drückte ihre Hände. »Hör mir zu. Ich habe mir gedacht, dass wir ein Zuhause brauchen. Etwas Eigenes. In Brookes und Reevas Nähe. In der Nähe der Schreinerei, weil ich weiß, dass du deiner Schwester nachgeben und ihre Buchhaltung machen wirst. Ich wollte ein Haus für uns, von dem ich weiß, dass du es liebst. Von dessen Veranda aus wir jeden Abend den Sonnenuntergang über dem Atlantik betrachten können. Wo unser Kind, und vielleicht auch ein Hund, im Sand spielen können. Ein Haus, bei dessen Umbau ich mich noch ein bisschen austoben kann. Aber wenn du das nicht möchtest, ist das völlig okay.« Mit der freien Hand strich er über ihre Wange, und erst jetzt wurde Harper bewusst, dass Tränen über ihr Gesicht liefen. »Ich kann es umbauen und weiterverkaufen. Wir müssen nicht hier …«

»Doch!«, unterbrach Harper ihn. »Wir müssen genau hier leben! Freudentränen«, schniefte sie und wedelte mit der freien Hand vor ihrem Gesicht, um sich zu beruhigen. »Das ist das reine Glück. Und die Hormone, wahrscheinlich. Blake, das ist so wundervoll.« Sie sah sich in dem völlig heruntergekommenen Raum um, der sanft im Licht der Kerzen glomm. Atmete den Duft all der Blumen ein, der sich mit dem des Ozeans mischte. »Dann war das die Poker-Gang?«, fragte sie.

»Hmm. Sie haben die Kerzen für mich angezündet. Ich wollte hier drin kein offenes Feuer unbeaufsichtigt brennen lassen. Sonst hätten wir vermutlich schneller komplett neu bauen können, als uns lieb ist.«

»Die Blumen sind von Coralee.« Harper strich über die seidige Textur einer Rosenblüte.

»Ja. Sie meinte: Liebe ist die Blume, die man gießen muss.« Um Blakes Mundwinkel herum zuckte das Lachen.

Und Harper konnte nicht anders, als zu lachen. »John Lennon in einer Version von Coralee Miller?«

»Aber John hatte immerhin recht. *Liebe ist die Blume, die man wachsen lassen muss.* Ich liebe dich, Harper McNally.«

»Und ich liebe dich, Blake Marshall.« Harper ging auf die Zehenspitzen und küsste ihn. »Ich muss Brooke anrufen«, sagte sie, als der Kuss endete. »Das muss sie sehen.« Sie machte eine ausholende Geste mit der Hand, die den ganzen Raum einschloss.

»Später«, erwiderte Blake, nahm abermals ihre Hand und führte sie zu einer halb offen stehenden Tür, die auf die Veranda führte. Auf dem morschen, durchhängenden Holz standen zwei nagelneue Deckchairs und auf einem Tischchen davor zwei Drinks in Gläsern, die das Logo des Rip Tide trugen. Ein Gin Tonic für Blake und für sie etwas, das aussah wie ein Virgin Harper Special.

»Wow.« Mehr fiel ihr nicht ein.

Blake ließ sie Platz nehmen und reichte ihr dann den Drink, bevor er seinen eigenen zu einem Toast hob. »Ich kann es gar nicht erwarten, deine Familie hier zu haben. Ich würde mir am liebsten jedes einzelne Möbelstück von deiner Schwester bauen lassen. Aber als Erstes möchte ich eine Tradition einführen, die ich für die Ewigkeit beibehalten will. Du, ich und der Sonnenuntergang in der Narragansett Bay. Auf dieser Veranda.«

DANK

An erster Stelle Ihnen, liebe »Spezial-Agentin« Leonie Schöbel, dafür, dass Sie immer für mich und meine Projekte kämpfen.

Ihnen, liebe Frau Dyballa, dafür, dass Sie der Ocean View Avenue den Weg im Verlag geebnet haben.

Liebe Dr. Diana Mantel, ich wiederhole mich (sehr gerne): Danke für die Redaktion und den Glitzerstaub, den du auch diesmal wieder über die Geschichte gestreut hast.

Danke, lieber Andi Taube, dass du nicht lockergelassen hast, bis du den richtigen USA-Kontakt für mich gefunden hast.

Steve Cox, I am very thankful for getting me in contact with Chief Mellow and Captain Silva.

Chief Mellow, thanks for having me at the police station and answering all my questions about Jamestown, the people living there and their little flaws. It helped to add the extra little something.

Captain Silva, thanks to you, too. Lucinde and I had a great time when we were visiting you at the Newport Police Department. Even looking through the bars of a prison cell was fun (luckily I didn't have to stay longer).

Liebe Grit Karraß Nanfelt, was für ein lustiger Zufall uns zusammengeführt hat! Es war wundervoll, dich kennenzulernen und von dir so viel über Newport und Rhode Island zu erfahren. Herzlichen Dank!

Meine liebe Lucinde Hutzenlaub, es war so ein großes Abenteuer, mit dir auf Recherchereise zu gehen, die uns sogar nach Sleepy Hollow geführt hat. Was für ein Glück, dass wir dem kopflosen Reiter nicht begegnet sind. Bei all den anderen Dingen, die auf diesem Trip passiert sind, lag das durchaus im Bereich des Möglichen. ;-)

Leonie Lastella, Soulsister, es ist so einfach, mit dir zu arbeiten – und Spaß zu haben. Immer sicher sein zu können, dass du die Antworten auf meine Fragen weißt – meistens schon, bevor ich gefragt habe. Das ist so besonders, wie all unsere abenteuerlichen Reisen. ;-)

Liebe Kristina Günak – mein Gewissen und meine liebste Kletterhortensien-Züchterin. Dich und deinen Rat zu haben, tut so gut.

Und auch euch, liebe Miriam Covi, Svenja Lassen und Nicole Wellemin, danke für den tollen Austausch und die wunderbaren Gespräche.

Und, last but not least, ein riesiges Dankeschön an euch, liebe Leserinnen und Leser! Ich freue mich, dass ihr diese Geschichte gefunden habt, und hoffe, ihr kehrt nach Jamestown zurück, um auch Brooke und Naya zu besuchen.

LESEPROBE

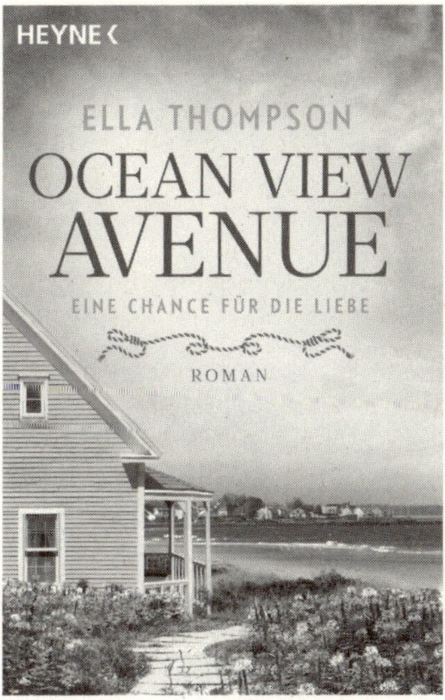

ELLA THOMPSON

Ocean View Avenue 2
Eine Chance für die Liebe

Es braucht ein ganzes Dorf, um ein Kind großzuziehen.

(AFRIKANISCHES SPRICHWORT)

PROLOG

VOR ZEHN JAHREN

Scott Davis' dunkle Locken fielen ihm in die Stirn. Sie verliehen ihm ein verwegenes, wildes Aussehen. Diese Locken waren Brooke vor zwei Monaten als Erstes an ihm aufgefallen und hatten sie wie magisch angezogen. Gemeinsam mit seinem herausfordernden Lächeln, das er aufblitzen lassen konnte, wann immer ihm danach war. Und diesen unglaublich blauen Augen. Für einen Moment hatten sie sich voller Schock geweitet, nur um sich im nächsten Moment in blaues Eis zu verwandeln. So kalt, dass sich die Härchen in Brookes Nacken aufstellten. Das charmante Lächeln war verschwunden. Stattdessen bildete sein Mund eine gerade, zornige Linie.

Angeekelt ließ er den Stick fallen. Er prallte auf die Kücheninsel, federte nach und kippte auf die Seite, sodass Brooke die beiden hellblauen Linien sehen konnte, als sie den Kopf senkte. Striche, die sie die ganze Nacht hindurch angestarrt hatte. In der Angst vor dem, was ihr Vater sagen oder tun würde.

Angst um Scotts Reaktion hatte sie allerdings nicht gehabt. Sie hatten doch so viel Spaß gehabt in den letzten Wochen. Und er hatte gesagt, dass er sie liebt. Aber jetzt war nichts mehr davon in seinem Blick zu lesen.

»Scott?«, flüsterte Brooke. Sie hasste sich dafür, wie sehr die Unsicherheit ihre Stimme zittern ließ.

Ein Ruck ging durch seinen Körper, dann machte er einen Schritt zurück. Und noch einen. »Denk nicht mal dran, mir das anzuhängen.« Seine Stimme klang flach und emotionslos.

»Anhängen?« Brooke stand noch immer wie versteinert da, sah dabei zu, wie er sich im Türrahmen umdrehte und mit langen Schritten im dämmrigen Flur des Ranchhauses verschwand. Er ging, wurde ihr plötzlich klar. Er ließ sie allein. »Scott!« Diesmal klang ihre Stimme schrill. Aber sie löste sich aus ihrer Erstarrung und rannte ihm nach. »Warte doch!«

Er war bereits auf der Veranda, als sie ihn einholte. Als sie nach seinem Arm griff, um ihn aufzuhalten, drehte er sich zu ihr um. »Das war's, Baby. Spar dir die Mühe, mich anzurufen.«

Als er sich wieder umwandte und den Fuß auf die erste Treppenstufe stellte, glitten ihre klammen Finger von seiner Haut. Als sie den Kontakt zu ihm verlor, begann ihre Welt zu rotieren, als wäre er ihr Fels in der Brandung, der unter ihren Füßen zu Staub zerfiel. »Aber … wir haben beide …«

»Nein, Baby. Nicht wir.« Er wedelte mit einer abgehackten Bewegung zwischen ihnen hin und her. »Deine Pussy. Dein Problem.«

Sie stand wie angewurzelt auf der Veranda und sah zu, wie er den Kickstarter seines Motorrades durchtrat, sich auf den Sitz schwang und Gas gab.

Der April war viel zu heiß und zu trocken. Selbst für Kansas. Die Reifen des Motorrades wirbelten eine Staubwolke auf, die in den unnatürlich blauen Himmel stieg. Als Scott nur noch ein kleiner Punkt auf der Zufahrtsstraße zur Ranch war, gaben Brookes Beine nach. Sie sank auf die Verandastufen und presste die Hand auf ihren Bauch.

Benji ließ sich neben ihr auf die aufgeheizten Holzdielen fallen. Brooke vergrub das Gesicht im Fell ihres Hundes und ließ den Tränen freien Lauf, die sie zurückgehalten hatte, seit sie auf diesen verdammten Test gepinkelt hatte.

Sie wusste nicht, wie lange sie auf der Veranda gesessen und geweint hatte, als sie den Schrei ihres Vaters hörte. »Brooke!!!«

Ihr Körper erstarrte zu Eis. Charles McNally war zu Hause. Und er hatte den Schwangerschaftstest gefunden.

1

JETZT

Ein leichter Wind bauschte die Vorhänge in Brooke McNallys Schlafzimmer und trug den frischen Geruch nach Ozean und das Rauschen der Wellen herein. Brooke streckte sich. Sie liebte den frühen Morgen, wenn die Welt gerade erst erwachte – und ihre Tochter definitiv noch schlief.

Früher war sie um diese Uhrzeit oft mit ihrer Schwester in den Tag gestartet. Aber seit Blake Marshall – Lord of Late Nights, wie sie ihn gerne nannten – Harper verfallen war, schaffte sie es morgens oft nicht mehr so früh aus dem Bett.

Brooke grinste bei dem Gedanken an das Glück ihrer Schwester, das sie mehr als verdient hatte. Blake trug sie und das Baby, das sie im Winter bekommen würden, auf Händen. Nicht weniger hatte Harper verdient.

Das Grinsen wurde noch breiter, als Brooke bewusst wurde, dass heute einer der wundervollsten Tage ihres Lebens war. Sie schob die Bettdecke zur Seite und stand auf. Ihr Zimmer war das kleinste im Haus, aber sie brauchte auch nicht viel. Bett, Kleiderschrank, eine Kommode und ein paar Regale, alles Möbel, die sie selbst gebaut hatte, reichten ihr völlig. Der Rest ihres Lebens spielte sich im Erdgeschoss ihres Zuhauses ab. Und in der Schreinerei, zu der sie nur über den Hof hinter dem Haus gehen musste.

Im Pyjama (eine Shorts, auf der bunte Cupcakes tanzten, und ein ausgewaschenes T-Shirt mit den Umrissen der Insel, auf der sie lebte, und dem Slogan *Jamestown Girl*) huschte sie leise ins Bad und dann die Treppe hinunter. Die Zeitschaltuhr an der Kaffeemaschine hatte dafür gesorgt, dass ihr Lieblingsgetränk bereits auf sie wartete. Brooke goss sich eine Tasse ein, inhalierte tief und trank ihren ersten Schluck mit geschlossenen Augen. Sie blieb an die Kücheninsel gelehnt stehen und genoss die wilde Vorfreude, die gemeinsam mit dem Koffein durch ihre Blutbahnen schoss.

Im nächsten Moment hörte sie das Klackern von Luckys Krallen auf dem Holzboden. Er hatte offenbar mitbekommen, dass jemand aufgestanden und bereit war, mit ihm rauszugehen. Mit seinem roten Lieblingsball im Maul stieß er Brooke an. Sie stellte ihren Kaffee zur Seite und beugte sich herunter, um den Hund zu kraulen, was er mit enthusiastischem Schwanzwedeln quittierte.

»Nur noch schnell den Kaffee für Harper vorbereiten, dann gehen wir«, versprach sie ihm und richtete sich wieder auf, um die geblümte Lieblingstasse ihrer Schwester aus dem Regal zu nehmen und einen Schluck Milch hineinzugießen. Sie hatte sich bereits wieder zu ihrem eigenen Kaffee umgedreht, als ihr einfiel, dass Blake bei Harper übernachtete. Also stellte sie die schwarze Lord-of-Late-Nights-Tasse, die ihre Tochter Reeva ihm zum Geburtstag vor einer Woche geschenkt hatte, neben die von Harper.

»Jetzt können wir«, erklärte sie dem ungeduldig hin und her laufenden Hund und griff nach ihrer Tasse. Lucky raste vor ihr her zur Haustür und sah sich ungeduldig nach ihr um, als wolle er sichergehen, dass sie auch wirklich kam.

Brooke ließ ihn raus und folgte ihm auf die schmale Veranda. Unter ihren nackten Füßen knirschte der Sand, den der Wind in der Nacht auf die Stufen geweht hatte, die zur Ocean View Avenue hinunterführten. Als Brooke und ihre Schwester vor zehn Jahren ihr altes Leben hinter sich gelassen hatten, hätte sie sich niemals träumen lassen, einmal in einem kleinen, aber gemütlichen Häuschen zu wohnen, das nur von einer breiten Promenade vom Strand getrennt war. Und vom Atlantik, dessen Wellen sanft auf dem Sand ausrollten.

Lucky tobte längst durch das Wasser. Brooke folgte ihm barfuß. Der Sand fühlte sich kühl unter ihren Füßen an. Aber die Luft war bereits warm und ließ einen perfekten Sommertag am Meer erahnen.

Sie machte sich keine Gedanken darüber, dass jemand sie schräg anschauen könnte, weil sie, nur mit einem Pyjama bekleidet, über den Strand lief. Um diese Uhrzeit, zu der die Sonne sich gerade erst hinter der stählernen Konstruktion der Pell Bridge erhob und das Wasser glatt wie Glas in der Bucht lag, waren noch nicht viele Leute unterwegs. Die, die Brooke kannten, machten sich nichts daraus. Und alle anderen – waren ihr egal. Ein Prinzip, das Brooke verinnerlicht hatte. Früher aus reinem Selbstschutz. Aber in Jamestown, Rhode Island, war das so gut wie nie nötig, weil sie und ihre Liebsten hier gemocht wurden. Teil einer großen Familie waren.

Brooke trank ihren Kaffee. Warf den Ball für Lucky und ließ das kalte Ozeanwasser über ihre Zehen hinwegschwappen.

Die Anwesenheit ihrer Schwester spürte sie, bevor diese,

ebenfalls barfuß und im Pyjama, ihren eigenen Kaffee in der Hand, neben sie trat. Harper stieß sie sanft mit der Schulter an. »Morgen«, murmelte sie. Ihre Stimme klang noch ein wenig rau und schlaftrunken. »Bist du aufgeregt?«

Brooke lehnte sich für einen Moment an ihre Schwester. »So was von aufgeregt.« Sie nippte an ihrem Kaffee und blickte auf den Horizont. »Alles ist neu und doch irgendwie gleich.« Sie warf Harper einen Seitenblick zu und schaffte es nicht, ihr breites Grinsen zu kontrollieren. »Ich bin so unglaublich glücklich.«

Harper lachte. Sie bückte sich, um Luckys Ball aufzuheben und ihn in die Wellen zu schleudern. Mit einem begeisterten Bellen stürzte sich der Hund hinterher. »Wahrscheinlich wirst du heute Abend Muskelkater haben, vor lauter Lächeln.« Sie legte Brooke den Arm um die Schultern. »Dieses Jahr passieren viele Dinge zum ersten Mal. Und das fühlt sich wirklich gut an. Apropos, Reeva macht zur Feier des Tages Frühstück.«

Brooke schüttelte sich eine Haarsträhne aus der Stirn und seufzte. Ihre Tochter liebte es, Frühstück zu machen. Aber die Küche erinnerte im Anschluss immer an ein Schlachtfeld.

»Sie hat Blake erlaubt, ihr zu assistieren«, ergänzte Harper.

Brooke konnte sich ein Lachen nicht verkneifen. »Das macht es nicht unbedingt besser.«

»Womit du absolut recht hast.« Harper stieß sie abermals mit der Schulter an. »Na komm, lass uns reingehen und das Chaos genießen.«

Brooke pfiff nach Lucky, und als er angetrabt kam, kehrten sie um. Sie wischten ihm auf der Veranda den Sand aus dem nassen Fell und von den Pfoten und folgten dann ihm und dem Duft nach frisch gebratenem Speck ins Haus.

Reeva und Blake standen zusammen am Herd und grinsten sie breit an, als die Schwestern in den offenen Wohn- und Küchenbereich traten. Ja, es hatte sich wirklich viel verändert, dachte Brooke. Zum Beispiel hatte Reeva plötzlich eine Vaterfigur in ihrem Leben, die sie anbetete. So sehr sie im Moment auch vor Glück übersprudelte, brach ihr der Gedanke doch das Herz, dass sie ihrer Tochter in den vergangenen neun Jahren genau das nicht hatte bieten können.

»Seid ihr bereit für ein Frühstück für werdende Mütter und frischgebackene Schreinereibesitzerinnen?«, holte Blake sie aus ihren Gedanken.

Reeva balancierte eine Platte mit nicht ganz identisch aussehenden Pancakes zum Esstisch. Blake folgte ihr mit dem gebratenen Speck und dem Rührei. Sie hatten sich Mühe gegeben. Blumen hatten auf mysteriöse Weise ihren Weg aus den Kästen auf der Veranda in kleine Blumenvasen auf den Tisch gefunden. Frisch gepresster Orangensaft stand neben der Thermoskanne mit Kaffee. Und zu Brookes Freude waren die Winterservietten endlich aufgebraucht und durch eine Version mit rosa Herzchen und den Worten *Home, Sweet Home* ersetzt worden.

Brooke setzte sich. »Das sieht fantastisch aus.«

Reeva warf Blake ein zahnlückiges, zufriedenes Grinsen zu. »Wir wünschen dir einen absolut perfekten ersten Tag als Chefin.«

»Danke, Süße.« Brooke beugte sich zu ihr hinüber und küsste sie auf den Scheitel.

Blake goss ihnen Saft ein und hob sein Glas dann zu einem Toast. »Auf einen neuen Lebensabschnitt. Viel Erfolg!« Sie stießen mit dem Saft an, und Brooke musste schlucken.

Manchmal ließ sich das Ausmaß an Glück, das um ihr Leben herumwirbelte, gar nicht begreifen.

Nach dem Frühstück brachte Brooke ihre Tochter zur Schule und schlüpfte in ihre Arbeitsklamotten, die sich aus einer dunkelgrünen Latzhose, einem schwarzen Poloshirt mit dem Logo *Wood by Wilson* und ihren von Kratzern und Leim- und Farbflecken überzogenen Stahlkappenstiefeln zusammensetzten. Die Haare band sie zu einem festen Zopf, den sie durch die hintere Öffnung ihrer alten, unter Holzstaub ergrauten Baseballkappe schob.

»Ich bin bereit«, sagte sie, als sie auf die Veranda trat, auf der es sich Harper und Blake gemütlich gemacht hatten. Blake mit einem Kaffee, der genauso stark und schwarz war, wie Brooke ihn liebte. Harper war nach der einzigen Tasse, die sie sich während ihrer Schwangerschaft gönnte, zu einem Kräutertee übergegangen, den ihre Freundin Naya für sie zusammengestellt hatte.

Blake erhob sich. »Deine neue Buchhalterin wird dich in die Schreinerei begleiten. Und ich muss langsam los.« Er küsste sie auf die Wange. »Toi, toi, toi.«

Harper stand ebenfalls auf. »Na dann, lass uns starten, Boss.«

Brooke prustete los, was automatisch ein wenig der nervösen Energie in ihrem Inneren abbaute. »Nenn mich nicht Boss. Das wirkt kein bisschen glaubwürdig.«

Statt zu antworten zog Harper sie lachend von der Veranda und um das Haus herum.

Das Tor zur Schreinerei stand offen, aber von dem Krach der Kreissägen, Hobel und Nagelpistolen war noch nichts zu hören. Ihre Kollegen – ihre Angestellten, korrigierte sie sich im Stillen – waren noch nicht da. Sie würden frühestens in einer halben Stunde hier auftauchen. Aber Brooke war schon immer ein bisschen eher da gewesen und hatte sich in Ruhe angesehen, was an dem Tag alles erledigt werden musste, sogar bevor sie am vergangenen Tag ihre Unterschrift auf den Vertrag gesetzt und Wood by Wilson übernommen hatte. Sie war neue Aufträge durchgegangen. Hatte die Unterlagen alter Aufträge in das Kabuff namens Büro geworfen, wo es in einem chaotischen Wirrwarr mit anderen Schriftstücken der Ablage verschmolzen war. Sie hatte …

»Herzlichen Glückwunsch!«

Brooke zuckte zusammen, als sie über die Schwelle der Werkstatt trat und ihre drei Angestellten, Harry, Parker und Harvey, mit einem großen Blumenstrauß vor ihr standen.

Überrascht presste sie die Hand auf ihr wild schlagendes Herz. »Jungs!«, rief sie übermütig und drehte mit den Blumen, die Parker ihr in die Hand drückte, eine Pirouette auf der Stahlkappe ihres Stiefels. »Danke«, sagte sie. Und damit meinte sie nicht nur den netten Empfang und die Glückwünsche, sondern auch, dass sie nach der Übernahme der Schreinerei genauso zusammenarbeiten würden wie davor.

Ihre Mitarbeiter applaudierten ihr. Doch dann glitt Harveys Blick an ihr vorbei und blieb hinter ihr hängen. »Was machst du denn hier?«, fragte er.

»Bist du nicht ab heute Pensionär?«, schob Harry nach.

Und auch Parker ließ sich zu einem Kommentar hinreißen. »Ich habe die Wette gewonnen«, bemerkte er selbstzufrieden. »Ich wusste, dass du es keinen Tag zu Hause aushalten wirst.«

Brooke wusste ganz genau, wer hinter ihr stand. Sie reichte die Blumen an ihre Schwester weiter, stützte die Hände in die

Hüften und drehte sich mit gespielt strenger Miene zu ihrem ehemaligen Boss und Mentor Ray Wilson um. »Zivilisten ist der Zutritt zur Werkstatt verboten, Sir«, sagte sie und musste sich auf die Lippe beißen, um nicht loszulachen. »Wenn Sie ein Möbelstück in Auftrag geben möchten, vereinbaren Sie bitte einen Termin.«

Owen Mitchell legte auf und ließ das Handy sinken. Die Streitgespräche mit seiner Schwiegermutter Janet laugten ihn immer aus. Er wusste, dass es ihre Masche war, ihn an seine Schuld zu erinnern. Sie schaffte es, ihn dazu zu bringen, seine Entscheidungen infrage zu stellen. Selbst jetzt noch, nachdem die Möbelpacker einen Lkw beladen und sich auf den Weg Richtung Ostküste gemacht hatten. Jetzt, wo völlig klar war, dass Theo und er Kalifornien verlassen würden. Owen wusste vor allem, dass er Janet das Herz brach. Noch einmal. Dass er ihr alles nahm, was für sie von Bedeutung war. Aber nur, wenn er sie verletzte, würde seine eigene vernarbte Seele es irgendwie schaffen zu überleben. Er konnte nur hoffen, dass seine Entscheidung die richtige für Theo war.

»Scheiße!« Owen schob sich die Haare aus dem Gesicht und erinnerte sich dunkel daran, dass er schon vor Wochen vorgehabt hatte, zum Friseur zu gehen. Das Wort hallte von den leeren Wänden wider, die ihn umgaben. Er hatte das Handy bereits auf den Küchentresen gelegt, doch jetzt griff er noch einmal danach und rief seine Favoriten auf.

»Schatz«, antwortete seine Mutter Anna im nächsten Moment, obwohl es in Jamestown, Rhode Island, schon fast Mitternacht war – als hätte sie nur auf diesen Anruf gewartet. »Ist alles in Ordnung bei euch?«

»Mache ich einen Riesenfehler?«, fragte er statt einer Begrüßung.

Für einen Moment herrschte Stille in der Leitung. Owen konnte sich vorstellen, wie seine Mutter die Augen schloss und schluckte. »Nein«, sagte sie dann mit fester Stimme. »Du tust genau das Richtige. Das einzig Richtige.«

Owens Fingerspitzen glitten über den grau gesprenkelten Granit des Küchentresens, genau über die Stelle, an der immer ihre Obstschale gestanden hatte, die Claire und er gleich nach dem Einzug in dieses Haus in diesem kleinen Laden an der Strandpromenade gefunden hatten. »Es fühlt sich an«, begann er mit rauer Stimme, »als würde ich Claire verlassen und einfach abhauen.«

»Schatz, du verlässt sie nicht«, versicherte ihm seine Mutter. Owen hatte vergessen, wie oft er diese Frage seit seinem Entschluss, nach Hause zurückzukehren, gestellt hatte. Sich selbst. Seinen Eltern. Den wenigen Freunden, die er noch hatte. Die Antwort der anderen war immer die gleiche gewesen – und seine Mutter sagte es jetzt genauso: »Theo und du beginnt einen neuen Lebensabschnitt. So platt das klingt, genau das hätte sich Claire für dich gewünscht. Für euch. Und wenn du …« Sie stockte. »Wenn du nicht mehr da wärst«, fuhr sie schließlich fort, »hätte sie genau das Gleiche getan.«

»Danke.« Owen rieb sich über die brennenden Augen.

»Versuch, ein wenig zu schlafen. Theo und dir morgen eine gute Fahrt. Meldet euch zwischendurch mal, ja?«, bat seine Mutter.

»Danke, Mom. Das machen wir. Gute Nacht.« Er legte das Handy auf den Küchentresen und ging ein letztes Mal durch die Räume, die einst so viel Fröhlichkeit und Glück versprochen hatten. So viel Leben versprüht hatten. Jetzt strahlten sie nur noch eine unerträgliche, hämische Kälte aus. Als ob dieses Haus ihn und die Träume, die Claire und er hier geträumt hatten, verhöhne.

Seine beiden letzten Koffer und seine Laptoptasche standen in seinem ehemaligen Schlafzimmer. Theo lag in seinem Zimmer im Schlafsack auf einer Isomatte und schlief. Die sandfarbenen Locken hingen ihm ins Gesicht, und Owen erinnerte sich daran, dass er nicht der Einzige war, der einen Friseurtermin brauchte.

Er war dankbar dafür, dass sein Sohn die letzte Nacht in seinem alten Zuhause verschlief und nicht von Erinnerungen, guten wie schlechten, heimgesucht wurde. Owen konnte sich noch in allen Details an den strahlend hellen Sonntagvormittag erinnern, an dem Claire und er darüber gestritten hatten, in welcher Farbe sie das Kinderzimmer ihres damals noch ungeborenen Sohnes streichen sollten. Oder ob Tapeten nicht doch besser wären. Owen hatte Claire schließlich den Mund zugehalten und sie ihn zärtlich in die Handfläche gebissen. Lachend und sich küssend waren sie zu Boden getaumelt und hatten sich geliebt. Genau hier, mitten in diesem Zimmer. Umgeben vom Sonnenlicht, das alles um sie herum zum Leuchten gebracht hatte. Owen blinzelte gegen das Brennen hinter seinen Lidern an und versuchte, die Erinnerung zur Seite zu schieben.

Leise schloss er Theos Zimmertür hinter sich. Doch bereits im Flur überfiel ihn die nächste Erinnerung, als er über die lose Kugel des Treppenpfostens strich. Wie oft hatte Claire ihn darum gebeten, dieses verdammte Ding zu befestigen, weil es sonst noch mal jemandem auf den Kopf fallen würde? Er hatte es ihr immer versprochen – und dann doch nie Zeit dafür gehabt. Bis es zu spät gewesen war.

Wie die Wellen in einem Orkan fegte Erinnerung für Erinnerung über ihn hinweg, als er ins Erdgeschoss zurückkehrte. So viel war in diesem Haus geschehen. So viel hatten sie zusammen erlebt.

Neben der Haustür stand noch die Weinflasche, die einer der Nachbarn zum Abschied vorbeigebracht hatte. Owen griff danach, dankbar, dass sie billig genug war, um über einen Schraubverschluss zu verfügen, denn sein Korkenzieher war längst auf dem Weg nach Osten. Er goss den Wein mangels Alternativen in einen Plastikbecher. Langsam drehte er sich in seinem Wohnzimmer im Kreis. Betrachtete die helleren Vierecke an den Wänden, an denen Bilder und Fotos ihr Leben dokumentiert hatten. Dann ließ er sich auf den Boden sinken. Den ersten Becher Wein leerte er auf ex. Er hatte nicht erwartet, dass sein Herz mehrmals brechen könnte. Schließlich hatte er sich gefühlt, als hätte er es in den letzten zwei Jahren geschafft, dieses verdammte Ding wenigstens so weit zusammenzutackern und -zukleben, um funktionieren zu können. Auf einmal aber befand er sich in einer Situation, die ihn einfach wieder dahin zurückgeworfen hatten, wo er am Anfang gestanden hatte. Mit einem Haufen scharfkantiger Trümmer im Brustkorb statt eines Herzens. Theo und er hatten Entscheidungen treffen müssen. Harte, schreckliche Entscheidungen. Sie konnten nicht alles mit nach Rhode Island nehmen. Claires Kleider zum Beispiel hatte er zum größten Teil gespendet und verschenkt. Nur ihr Hochzeitskleid und den Strohhut mit den bunten Bändern, den sie am Strand immer getragen hatte, hatte er behalten.

Owen leerte auch den zweiten Becher Wein auf ex. Aber er half nicht, seine Gedanken zu betäuben. Irgendwann legte er sich einfach zurück und starrte an die Decke. Dann spürte er sie. Claire. Sie lag neben ihm. So wie früher, als sie noch keine Couch gehabt hatten und deshalb einfach eine Picknick-Decke auf dem Boden ausgebreitet hatten, wenn sie fernsehen wollten.

»Es tut mir leid«, flüsterte Owen. »Ich will dich nicht verlassen.«

Claire beugte sich zu ihm herüber und küsste ihn.

Owen fragte sich, wie es sein konnte, dass er sie schmecken und fühlen konnte, dass er ihren Duft einatmete, wenn sie nicht mehr da war.

»Ich bin immer bei dir«, wisperte sie an seinen Lippen. »Und bei Theo.« Aber sie sagte nicht, dass es richtig war zu gehen, sie und ihre gemeinsamen Erinnerungen zurückzulassen. Ihr Leben mit Füßen zu treten.

Stattdessen spürte Owen, wie sie ihm langsam entglitt. Er krümmte sich zusammen und versuchte, den Schmerz ihres Verlustes wegzuatmen. So, wie er es in der Therapie gelernt hatte, die er begonnen, aber nie beendet hatte.

Er schloss die Augen und atmete den Duft seines bisherigen Lebens ein, bis ihn der Schlaf erlöste.